Herausgegeben von
Melanie Wylutzki & Hardy Kettlitz

S
F

DAS

SCIENCE FICTION

JAHR 2023

HIRNKOST

Das Science Fiction Jahr 2023
Originalausgabe

© 2023 Hirnkost KG, Lahnstraße 25, 12055 Berlin
prverlag@hirnkost.de
www.hirnkost.de

Alle Rechte vorbehalten
1. Auflage September 2023
Vertrieb für den Buchhandel:
Runge Verlagsauslieferung: msr@rungeva.de
Privatkunden und Mailorder: https://shop.hirnkost.de/

Die Rechte an den einzelnen Texten liegen bei den Autor*innen
und Übersetzer*innen.
Redaktion: Melanie Wylutzki, Hardy Kettlitz, Wolfgang Neuhaus
Redaktion zu Herbert W. Franke: Hans Esselborn
Lektorat: Melanie Wylutzki, Hermann Ritter
Korrektur: Michelle Giffels, Steffi Herrmann
Umschlaggestaltung: s.BENeš [https://benswerk.com]
Titelfotos: www.nasa.gov
Layout & Satz: Hardy Kettlitz
Druck: Mazowieckie Centrum Poligrafii sp.z.o.o

ISBN:
Buch: 978-3-98857-033-8
E-Book: 978-3-98857-034-5
PDF: 978-3-98857-035-2

Dieses Buch gibt es auch als E-Book – bei allen Anbietern und für alle Formate.
Aktuelle Infos auch unter: www.facebook.com/ScienceFictionJahr
Das Science Fiction Jahr kann man auch abonnieren:
https://shop.hirnkost.de/produkt/das-science-fiction-jahr-abonnement/

INHALT

FEATURE

REVIEW | BUCH   193

»Science-Fiction-Literatur 2022/2023« von Hardy Kettlitz • Edward Ashton: *Mickey7 – Der letzte Klon*, von Christian Hoffmann • Max Barry: *Die 22 Tode der Madison May,* von Christian Endres • Ned Beauman: *Der gemeine Lumpfisch*, von Christian Endres • Samuel R. Delany: *Babel-17*, von Kai U. Jürgens • Samuel R. Delany: *Imperiumsstern*, von Kai U. Jürgens • Volker Dornemann: *Naniten*, von Hardy Kettlitz • Amal El-Mohtar & Max Gladstone: *Verlorene der Zeiten*, von Christian Endres • Andreas Eschbach: *Freiheitsgeld*, von Wolfgang Both • Rob Hart: *Paradox Hotel*, von Christian Endres • Kameron Hurley: *Der Sterne Zahl*, von Nelo Locke • Aiki Mira: *Titans Kinder*, von Yvonne Tunnat • Aiki Mira: *Neongrau*, von Christian Hoffmann • Ada Palmer: *Dem Blitz zu nah*, von Stoffel • Lena Richter: *Dies ist mein letztes Lied*, von Nelo Locke • Clemens J. Setz: *Monde vor der Landung*, von Ralf Lorenz • Neal Shusterman: *Game Changer*, von Wolfgang Neuhaus • Erik Simon (Hrsg.): *Zeitgestrüpp*, von Wolfgang Both • Simon Stålenhag: *Das Labyrinth*, von Kai U. Jürgens • Angela und Karlheinz Steinmüller: *Computerdämmerung*, von Michael Wehren • Adrian Tchaikovsky: *Die Scherben der Erde*, von Christian Endres • Sheldon Teitelbaum & Emanuel Lottem (Hrsg.): *Zion's Fiction*, von Michael Wehren • Tade Thompson: *Fern vom Licht des Himmels*, von Christian Endres • Brian K. Vaughan: *Paper Girls*, von Michael Wehren • Kurt Vonnegut Jr.: *Die Sirenen des Titan*, von Kai U. Jürgens • Wang Jinkang: *Die Kolonie*, von Christian

FILM

SERIEN

HÖRSPIEL

COMIC

GAME

FACT

EDITORIAL

Liebe Leser*innen,

seit nunmehr 38 Jahren erscheint dieser »Almanach« – laut Duden-Definition eine »bebilderte Sammlung von Texten aus verschiedenen Sachgebieten (Belletristik, Theater, Mode, Reisen u. a.)« –, der sich mit Science Fiction beschäftigt. Also mit Fiktionen (sei es in Textform, als Spiel oder Hörspiel, im Comic oder als Film oder Serie), die uns mit »Was wäre, wenn …«-Fragen und einem *sense of wonder* begeistern, indem sie uns auf fremde Planeten oder in virtuelle Realitäten mitnehmen, in abgefahrene nahe oder auch dystopische Zukünfte. Manche spielen mit unserer Angst, manche geben uns Hoffnung. Viele dieser Fiktionen sind Gedankenexperimente, in denen neue Gesellschaftsformen und -strukturen erkundet werden, andere solche, in denen die Geschichte umgeschrieben wird. Und auch wenn DAS SCIENCE FICTION JAHR naturgemäß kein politisches Buch sein soll, bleiben wir als Herausgeber*innen, wie man an der Wahl unserer Schwerpunkte merkt, nicht unberührt vom Weltgeschehen: Pazifismus in der Science Fiction und das Genre der Alternate History.

Da Frieden etwas ist, das wir uns in diesen Zeiten wohl bewusster wünschen als sonst – vielleicht auch in unserer Lektüre –, gibt Gary Westfahl einen Überblick über Pazifismus in der Science Fiction, während Wolfgang Neuhaus und Maurice Schuhmann das Thema anhand von H. G. Wells' *Die befreite Welt* und Eric Frank Russells Werk erläutern.

Über Alternativweltgeschichten schreiben Autor*innen wie Erik Simon, der das Subgenre strukturell betrachtet, Judith C. Vogt, die sich mit der Rezeption beschäftigt, Dominik Irtenkauf, der sich mit P. M.s alternativweltlichem Mittelalter auseinandersetzt, aber auch Kai U. Jürgens, der Philip K. Dicks *Flow My Tears, The Police Man Said* betrachtet. Hans Frey zeigt zudem auf, was man über die SF aus dem Alternativweltroman *Darwinia* lernen kann.

Über unsere Schwerpunkte hinaus freuen wir uns, dass Karlheinz Steinmüller dem tungusischen Ereignis auf die Spur kommt und Guido Sprenger sich mit Ethnologien in Ursula K. Le Guins Werk auseinandersetzt. Einen Blick auf immersive Technologien und solche, die nicht realisiert wurden, werfen Markus Tillmann und Uwe Neuhold. Und das Kino-Highlight *Avatar: The Way of Water* wird kritisch von Simon Spiegel beäugt.

Natürlich dürfen auch die aktuellen Entwicklungen im Genre nicht zu kurz kommen: Neben dem umfangreichen Rezensionsteil und unseren Überblicksartikeln zu deutschsprachiger Science Fiction und Kurzgeschichten von Udo Klotz beziehungsweise Yvonne Tunnat, Comics von Markus Hofmann, Games von Johannes Hahn, Film von Thorsten Hanisch, Serien von Lutz Göllner freuen wir uns, dass Florian Rinke ein Update zur Lage der SF im Bereich Hörspiel liefert. Der Überblick über die Genrepreise des Jahres von Hardy Kettlitz wird in diesem Jahr von Heike Lindholm ergänzt.

Auch wenn das Jahr 2022 von einigen negativen Ereignissen überschattet wurde – die Konfrontation mit einem geografisch sehr nahem Krieg und die anhaltende Krise in der Buchbranche, die auch unseren Verlag immer wieder ins Straucheln bringt –, freuen wir uns, dass wir wieder ein **SCIENCE FICTION JAHR** vorlegen können. Dass wir in diesem Zuge einem der wichtigsten deutschsprachigen Autoren unserer Zeit, Herbert W. Franke, der im Juli 2022 verstarb, gedenken können, haben wir Hans Esselborn zu verdanken. Er hat Stimmen und Erinnerungen von Kolleg*innen zusammengetragen. Frankes Ehefrau Susanne Päch stellte uns dankenswerterweise Grafiken des Künstlers und Schriftstellers zur Verfügung.

Wir danken den Mitwirkenden und allen, die uns und das Jahrbuch über all die Jahre zu schätzen gelernt haben, für ihre Unterstützung.

Uns bleibt nun nur, trotz vielleicht ernsthafter Themen Freude bei der Lektüre zu wünschen.

Herzlich,

Melanie Wylutzki & Hardy Kettlitz

KLIMA2050
ZUKÜNFTE
LITERATURWETTBEWERB

»Literatur existiert,
um Bedeutungen
zu schaffen.«
Kim Stanley Robinson

Wir freuen uns über Erzählungen, Gedichte, (kurze) Graphic Novels rund um die Themen Klima und Zukunft.

Ein Literaturwettbewerb für Kinder und Jugendliche bis 18 Jahren sowie für Erwachsene.

Weitere Informationen zu KLIMAZUKÜNFTE 2050 und die Teilnahmebedingungen unter:

www.klimazukuenfte2050.de

 @klimazukuenfte2050

 @klimazukuenfte2050

 @klimazukuenfte

IN ERINNERUNG AN HERBERT W. FRANKE

Hans Esselborn

Herbert W. Franke
Zum Gedenken an den Altmeister der Science Fiction

Herbert W. Franke, der Pionier der Computerkunst, kybernetischen Ästhetik, deutschsprachigen Science Fiction und Höhlenforschung, visionärer Grenzgänger zwischen Wissenschaft und Kunst, ist am 16. Juli 2022 »zu den Sternen gegangen«, wie seine Frau schrieb. Seine Neugier galt dem Unbekannten, Geheimnisvollen, Wunderbaren, dem Zufall und der Ordnung des Kosmos, die er mit den Regeln der Physik und Mathematik und den Experimenten der Kunst und Literatur zu ergründen suchte. Sein literarisches Schaffen prägte das erste halbe Jahrhundert der neuen deutschen Science Fiction von 1960 an bis heute.[1] Es wird weiter bestehen und wir werden uns

---

1   Vgl. Hans Esselborn: »Herbert W. Franke. Pionier der deutschsprachigen Science Fiction« in: Herbert W. Franke: *Der Kristallplanet. Autobiografische Texte und Science-Fiction-Werke*, Murnau 2017

mithilfe der »Stiftung Herbert W. Franke« daran erinnern, die schon ein erstes Projekt, *Tribute to Herbert W. Franke*, veröffentlicht hat.

Meine Würdigung legt den Akzent auf seine Science-Fiction-Werke, ohne die anderen Facetten seines vielseitigen Schaffens, besonders seine innovative Computerkunst und kybernetische Ästhetik kontrastierend zu Max Bense, zu ignorieren. Neben 20 einschlägigen Romanen veröffentlichte er sieben Kurzgeschichtensammlungen, ein Dutzend Drehbücher für Hörspiele und unzählige theoretische Bemerkungen und Aufsätze zur Science Fiction, die einen wesentlichen Beitrag zur Bestimmung des Genres lieferten und in einem Sonderband der Werkausgabe veröffentlicht werden sollen. Nicht zu vergessen ist die vielfältige Mitarbeit an Multimediaarbeiten wie dem Fernsehfilm *Die Stimmen der Sylphiden* 1980, dem Video *Astropoeticon* 1994, dem Hörtext *Dea Alba* 1999 und den 20 Hörspielen, die zum Teil als Text vorliegen, zum anderen Teil in einem Sonderband der Werkausgabe soeben erschienen sind. Sie wurden in der Blütezeit der Gattung zwischen 1964 und 1999 gesendet und lieferten einen wesentlichen Beitrag zum deutschen Science-Fiction-Hörspiel[2]: die sechs *Stimmen aus dem All* 1964/65, *Zarathustra kehrt zurück* 1969, *Aktion im Niemandsland* 1975, *Papa Joe & Co* 1976, *Signale aus dem Dunkelfeld* und *Ich bin der Präsident* 1980 und *Keine Spur von Leben …* 1981, *Der Auftrag* und *Sonntagsfahrt* 1984, *Ferngelenkt* 1986 und *Die Rakete* 1999.

Doch zuvor sind einige biografische Daten zu erwähnen, die Frankes »hard science fiction«, sein Engagement für Computerkunst, sein Interesse für virtuelle Welten, aber auch für Utopien und Dystopien der Diktatur wie der Konsumgesellschaft erklären können. Der am 14.5.1927 in Wien geborene österreichische Autor hat nach dem Zweiten Weltkrieg in Wien Physik studiert und wurde dort mit einer Dissertation der theoretischen Physik über Elektronenoptik promoviert. Nach einer Tätigkeit in der Werbeabteilung von Siemens in Erlangen wurde er 1957 freiberuflicher Fachpublizist zu verschiedenen Gebieten der Technik und Naturwissenschaft, besonders zur künftigen Kommunikation, Weltraumfahrt und künstlichen Intelligenz. Seine beruflichen Kontakte ermöglichten ihm schon früh

---

2 Vgl. Dieter Hasselblatt: »Ein halbes Jahrhundert Science-fiction und Hörspiel« in: *Polaris 5. Ein Science Fiction-Almanach*, Franz Rottensteiner (Hrsg.). Phantastische Bibliothek Suhrkamp Frankfurt/M 1981, S. 165–192.

künstlerische Experimente mit den damals noch seltenen Computern, die ihn seit den Sechzigerjahren zu einem anerkannten Pionier der algorithmischen Kunst machten.[3]

Die Erfindung der Universalrechenmaschine und der Entwurf der Kybernetik als universelles Ordnungsprinzip durch Norbert Wiener werden zum verbindenden Glied zwischen seinen wissenschaftlichen Interessen und seinen multimedialen künstlerischen Tätigkeiten. Besonders zu erwähnen ist Frankes *Das P-Prinzip, Naturgesetze im Rechnenden Raum*, eine grundlegende kosmologische Theorie auf der Basis der Informatik und Kybernetik. Es handelt sich um den Entwurf eines Weltmodells, welches das Universum als Produkt eines Parallelrechners, das ist »ein System von elementaren Computern, worauf schon Konrad Zuse hingewiesen hat«, zu begreifen versucht.[4] »Unsere Welt verhält sich so, als sei sie unter bestimmten Zielsetzungen programmiert. Diese Zielsetzungen richten sich auf die Entstehung dynamischer und komplexer Systeme«.[5] Diese generieren Sinn und Ordnung und entsprechen somit auch der Leistung der Literatur. »Irgendwo zwischen Ordnung und Chaos liegt jener Bereich, auf den sich die Zielvorstellung des P-Prinzips bezieht: Nur dort kann sich eine Vielfalt verschiedenster Gestalten bilden, nur dort treten Wechselwirkungen auf.«[6] Dieser Gedanke ist im Roman *Zentrum der Milchstraße* und in Geschichten aus *Spiegel der Gedanken* literarisch umgesetzt. Die Konstruktion zukünftiger oder alternativer Welten, das »world building« des Science-Fiction-Autors, kann so in Analogie zur Entstehung und Organisation des Universums verstanden werden, so wie der Computer »uns heute immerhin die Möglichkeit [bietet], solche anderen denkbaren Weltmodelle zu simulieren«.[7]

Der Algorithmus als Kern der Computerkunst findet in den elektronisch produzierten Klängen der Hörspiele seine Fortsetzung. Er bestimmt ebenso die Simulation als Kern der virtuellen Welten in

---

3   Vgl. Heike M. Piehler: *Die Anfänge der Computerkunst.* Frankfurt/M. 2002.

4   Herbert W. Franke: *Das P-Prinzip. Naturgesetze im Rechnenden Raum.* Frankfurt/M. 1995, Klappentext.

5   ebenda, S. 21.

6   ebenda, S. 164. S. 22 spricht er von »offenen Zielvorstellungen«, »die etwas mit Kunst und Spiel zu tun haben«.

7   ebenda, S. 164.

den literarischen Werken. Die Informationsmaschine des Computers ist Werkzeug der Organisation, der Überwachung und Ablenkung wie der Befreiung in den dargestellten futuristischen Gesellschaften, welche die Motive der schwarzen Utopien des 20. Jahrhunderts wie *1984* und *Schöne neue Welt* aufnehmen und fortentwickeln. Biografischer Ausgangspunkt ist Frankes Erfahrung des Dritten Reiches und seiner Endphase in Österreich als Jugendlicher in Arbeitsdienst und Militär. Als Kontrast erlebte er nach dem Krieg die Ersetzung der Diktatur durch die Wohlstandsgesellschaft des »Wirtschaftswunders« in der Bundesrepublik und ansatzweise auch im Ostblock nach amerikanischem Vorbild.

Es war ein persönlicher Glückszufall und zugleich eine Sternstunde der deutschsprachigen Science Fiction, dass Franke wegen seiner wissenschaftlichen Vorbildung, aber auch einigen phantastischen Kurzgeschichten, die zuvor in der Wiener Zeitschrift NEUE WEGE erschienen waren, vom Münchener Verleger Kindler den Epoche machenden Auftrag bekam, eine neue Reihe von »Zukunftsromanen« mit Übersetzungen bekannter amerikanischer Science-Fiction-Romane herauszugeben. Als Herausgeber deutscher Texte für den Heyne-Verlag (SCIENCE FICTION STORY-READER), internationaler für den Goldmannverlag (SF INTERNATIONAL) und für den Ullsteinverlag leistete er ebenso wie durch Vor- und Nachworte klassischer und neuer Texte Wesentliches für die Verbreitung des neuen Genres. Die einmalige persönliche Chance des Autors, für einen fehlenden Band der Reihe eigene Kurzgeschichten zu schreiben, führte unter anekdotisch denkwürdigen Umständen 1960 zum genialen Sammelband *Der grüne Komet,* der bis heute als bahnbrechend empfunden wird.[8]

In seiner ersten Werkphase von 1960 bis 1972 veröffentlichte Franke sieben Romane bei Goldmann und Kindler, in denen er lange vor William Gibson in *Das Gedankennetz* und *Der Orchideenkäfig* (beide 1961) die virtuellen Welten entdeckt, in *Der Elfenbeinturm* und *Zone Null* (1965 bzw. 1970) die Rolle des Computers bei der Überwachung und Manipulation hervorhebt und in *Die Glasfalle* und *Die Stahlwüste* (beide 1962) dystopische Gesellschaften beschreibt.

Die fruchtbarste zweite Phase seines Werkes 1986 bis 1990 steht im Zeichen der von Franz Rottensteiner herausgegebenen

---

8   Vgl. Herbert W. Franke *60 Jahre Grüner Komet.* Murnau 2020.

PHANTASTISCHEN BIBLIOTHEK im berühmten Suhrkamp Verlag, die einen ersten Höhepunkt der Anerkennung und Verbreitung der Science Fiction in Deutschland markierte.

In diesen Jahren entfaltete Franke seine markanten Lieblingsthemen, nämlich durch Computerüberwachung geprägte futuristische Gesellschaften wie in *Ypsilon Minus* (1976) und virtuelle Welten zwischen Illusionsmaschinen und Realitätszweifeln in *Sirius Transit* (1979). Zugleich beschrieb er den Aufbruch in den Weltraum bis zur Begegnung mit fremden Lebewesen in *Tod eines Unsterblichen* und *Transpluto* (beide 1982) und *Zentrum der Milchstraße* (1990), ökologische Katastrophen in *Endzeit* (1985) und *Hiobs Stern* (1988) und die Themen Nazizeit und Kalter Krieg in *Die Kälte des Weltraums* (1984). Diese Themen werden seit dem *Grünen Komet* prägnant auch in den Kurzgeschichtensammlungen dargestellt, die gleichwertig neben den Romanen stehen, so in *Einsteins Erben* (1972), *Zarathustra kehrt zurück* (1977), *Paradies 3000* (1981), *Der Atem der Sonne* (1986) und *Spiegel der Gedanken* (1990).

In den Neunzigerjahren ging das Interesse an der Science Fiction allgemein zurück und die PHANTASTISCHE BIBLIOTHEK wurde eingestellt. In diese Zeit fällt meine persönliche Bekanntschaft mit dem Autor, da ich ihn für ein Seminar nach seinen vergriffenen Romanen fragte, die der Verlag nicht nachdruckte. Aus verschiedenen freundlich angenommenen Einladungen zu Lesungen an der Universität Köln und der Teilnahme an einem von mir ausgerichteten Kolloquium in Paris ergab sich eine freundschaftliche und motivierende Beziehung. Nach der Publikation der Beiträge der Tagung zu Frankes 75. Geburtstag 2003[9] erschienen in der Folge zahlreiche Aufsätze, Magisterarbeiten und Dissertationen über den Autor. Seit 2014 bin ich mit Ulrich Blode Herausgeber der Science-Fiction-Werkausgabe im Verlag p.machinery. Von den geplanten mehr als 30 Bänden sind in der Standardreihe schon publizierter Werke die Bände 1–16, in der Sonderreihe mit unveröffentlichten Texten die Bände 29–31 erschienen, nämlich *Der Kristallplanet* (2017), *Das Gutenbergkonzil* und *60 Jahre Grüner Komet* (beide 2020). Es stehen noch einige Bände mit unveröffentlichten Hörspielen, Drehbüchern fürs Fernsehen und theoretischen Texten aus.

---

9   Hans Esselborn (Hrsg.) *Utopie, Antiutopie und Science Fiction im deutschsprachigen Roman des 20. Jahrhunderts.* Würzburg 2003

Letztere stellen einen wesentlichen Beitrag zum Selbstverständnis des Genres dar und greifen mit grundsätzlichen Aussagen über Science Fiction als Literatur der technischen Welt, über Motive wie Raumfahrt, Roboter und Cyborgs, aber auch kurzen Stellungnahmen zu bestimmten Werken und Gelegenheiten in die aktuelle Diskussion ein. Grundsätzlich sind die Bände der neuen Ausgabe jeweils mit einem speziellen Kommentar verschiedener Autoren versehen.

In der dritten Phase seines Werkes publizierte der Autor von 2004–2007 bei dtv vier Romane: *Sphinx_2* (2004), *Cyber City Süd* (2005), *Auf der Spur des Engels* (2006), *Flucht zum Mars* (2007). Dabei geht es im ersten Text um die Entwicklung einer übermächtigen Künstlichen Intelligenz und in den anderen wie in neuen Geschichten in Zeitschriften um die Auswirkung neuer Technik in naher Zukunft.

Frankes Werke konstruieren durch »world building« moderne Gesellschaften, die von der Anwendung weiter gedachter aktueller technischer Erfindungen wie des Computers geprägt sind. Dabei hat der Autor viele spätere Entwicklungen vorweggenommen wie das virtuelle Metaverse und die autonome Entwicklung der Künstlichen Intelligenzen zu bedrohlichen Singularitäten (vgl. *Sphinx_2)*. Der Computer als Informationsmaschine führt zu den wissenschaftlichen Fragen der Naturgesetze in *Zentrum der Milchstraße*, zu den soziologischen Problemen der Erstarrung der Ordnung in einer Art Entropie, gegen die Kreativität und Zufall aufgeboten werden müssen, sowie zum philosophischen Thema der Ununterscheidbarkeit von Illusion und Wirklichkeit wie bei Philip K. Dick, besonders in *Sirius Transit*. In der Erforschung der oft unerwarteten und unerwünschten Folgen technischer Innovationen sieht Franke die Hauptaufgabe der Science Fiction.

> Im konkretisierten Modell wird durchexerziert, welche Folgen bestimmte Maßnahmen hätten, wenn man sie erst einmal getroffen hat. [...] Dabei interessiert sich der Science-Fiction-Autor vor allem für jene Konflikte, die durch die Wechselwirkung zwischen Technik und Gesellschaft entstehen, also für psychische und soziologische Effekte.[10]

---

10   H. W. Franke »Literatur der technischen Welt«. In: *Science Fiction. Theorie und Geschichte*, Eike Barmeyer (Hrsg.). München 1972, S. 105–117, hier S. 107

Utopische, dystopische und ambivalente Gesellschaftsstrukturen bilden nicht nur den Hintergrund der Romane, sondern sind in der deutschen Tradition selbst Thema der Werke. Franke modernisiert vergleichbare Motive aus dem Fundus des technischen Zukunftsromans, indem er die kybernetische Komponente akzentuiert und den qualitativen Sprung von der einzelnen Maschine zur globalen Technologie samt ihren Folgen nachvollzieht. Das Thema des Gebrauchs oder Missbrauchs neuer Technik kehrt in Gestalt bekannter Motive wieder. So handelt es sich oft um eine Diktatur, die von persönlichen Herrschern in *Glasfalle* und *Kälte des Weltraums* oder anonymen Machthabern mithilfe von Riesenrechnern in *Elfenbeinturm, Ypsilon minus* und *Zone Null* ausgeübt wird. Zwangsläufig, und eine spannende Handlung erst ermöglichend, tritt den egoistischen oder korrupten Vertretern des Regimes eine Untergrundbewegung entgegen, die zu verzweifelten Terrorakten und Intrigen greift, da eine legale Opposition nicht möglich ist. Im Zentrum der Aktion steht dann meist ein zunächst unscheinbarer Einzelner, der zu zweifeln beginnt und schließlich Widerstand leistet, entweder im Zusammenspiel mit einer Untergrundgruppe oder auf eigene Faust. An der Entwicklung seiner Verwirrungen, Gefährdungen, Entdeckungen und Liebeserlebnisse nimmt der Leser durch die persönliche Erzählperspektive intensiv teil. Denn die vom Rebellen verursachte Störung der rigiden Ordnung kann zu deren Veränderung führen, so besonders eindrucksvoll dargestellt in *Ypsilon Minus*.

Im Bestehen von Gefahren und in der Aufklärung geheimnisvoller Vorgänge zeigen sich Züge des Kriminal- und Agentenromans und des Thrillers. Die Sprache Frankes ist klar und einfach, denn im Vordergrund stehen die Vorgänge und deren soziale und philosophische Bedeutung, nicht Emotionen und Wertungen durch suggestive Bilder. Typisch für Frankes modernes Erzählen ist die Kontrastierung konträrer Perspektiven durch Nebenhandlungen und fiktive Dokumente, die oft auch grafisch abgehoben werden, um die Komplexität der Vorgänge wiederzugeben. Die experimentelle Darstellung des Neuen und Unbekannten, des »was wäre wenn«, bezieht sich aber nicht nur auf die Zukunft, sondern öffnet auch den Raum zum Weltall und zur post- und transhumanen Sphäre der Roboter, Cyborgs und Tiere.

Frankes Werk gehört zur intellektuellen Richtung der Science Fiction, die sich an der Wissenschaft orientiert und Fragen der Technikfolgen und alternativen Lebensmodellen bis zu philosophischen Problemen vertieft. Aber trotzdem ist es voll spannender Aktionen und überraschender Wendungen und Auflösungen. Sein zentrales Novum ist der Computer, die große Errungenschaft und Herausforderung des späten 20. Jahrhunderts, weil er als Universalmaschine tauglich ist, nicht nur zum Rechnen und Regulieren, sondern auch zur unerlässlichen Information, Kommunikation, Organisation und Überwachung in der modernen Gesellschaft. Dieses Thema ist keineswegs veraltet, sondern bietet immer wieder überraschende aktuelle und praktische Facetten. Dies zeigt gerade in letzter Zeit eine Vielfalt von Romanen jüngerer Autoren, die die bedrohliche, aber auch hilfreiche Entwicklung von Künstlichen Intelligenzen beschreiben. Man denke an die bemerkenswerten Texte Benjamin Steins, Andreas Brandhorsts, Frank Schätzings, Thore D. Hansens, Tom Hillenbrands, Anja Kümmels, Raphaela Edelbauers, Bijan Moinis, Theresa Hannigs, Uwe Hermanns und Nils Westerboers, die dieses Thema variieren.

Die Bedeutung Herbert W. Frankes ist kaum zu überschätzen. Er gilt aktuell als bedeutendster Autor der deutschsprachigen Science Fiction, wurde in viele andere Sprachen übersetzt und selbst im Kalten Krieg im Osten publiziert.

Er erhielt zahlreiche Auszeichnungen, so Preise des SFCD für *Die Kälte des Weltraums* und *Zentrum der Milchstraße*, Laßwitz-Preise für Kurzgeschichten, für die Romane *Die Kälte des Weltraums*, *Endzeit* und *Auf der Spur des Engels*, für sein Lebenswerk 2017; dafür schon 2016 den *European Grand Master Award*. Wenn sich auch die aktuelle deutsche Science Fiction unter dem Einfluss von Pop, Fantasy und Space Opera vom nüchternen und klaren Stil Frankes entfernt hat, so bleibt doch sein literarisches Werk samt seinen theoretischen Erörterungen als Eckstein des neuen deutschen Genres seit 1960 bestehen, wie die vielen würdigenden Nachrufe nach seinem Tod bezeugen. Seinen Freunden und Bekannten bleibt er als entdeckerfreudig, kooperativ, kommunikativ und trotz seiner großen Leistungen und Verdienste als freundlich und bescheiden in unvergessener Erinnerung.

Herbert W. Franke hat im Laufe seines langen Lebens und Wirkens viele wissenschaftliche und künstlerische Freundschaften und Kooperationen gepflegt und war Förderer und Vorbild für Jüngere. Deshalb haben sich Schriftsteller, Kritiker und Science-Fiction-Kenner zusammengefunden, um den verstorbenen Autor zu würdigen. Viele können von weit zurückreichenden persönlichen Beziehungen berichten, andere von hilfreichen Begegnungen auf dem Karriereweg, Jüngeren konnte er bewunderter Fixpunkt des Genres sein. Viele haben schon einen Freundschaftsdienst mit Kommentaren in der Werkausgabe oder mit Interviews geleistet. Je nach dem eigenen Interesse finden sich neben persönlichen Erinnerungen spezielle Wertschätzungen jenseits der literarischen Science Fiction im Bereich der Hörspiele, der Computerkunst, der Populärwissenschaft und der ästhetischen Theorie, die so die Breite des Schaffens Frankes dokumentieren.

Ralf Bülow

Herbert W. Franke und das Sachbuch

Im Kino lief *Metropolis* und in New York erschien das Science-Fiction-Magazin AMAZING STORIES. Die Rechenmaschinen musste man kurbeln, aber in Banken und Versicherungen ratterten elektrische Lochkarten-Maschinen. In England und den USA gelangen über Kabel die ersten Fernsehübertragungen. 1927 ließ sich schon in die Zukunft blicken. Am 14. Mai des Jahres kam in Wien Herbert Werner Franke zur Welt, besser bekannt als Herbert W. Franke. Nach Gymnasium und Kriegsdienst studierte er in seiner Heimatstadt Physik, Mathematik, Chemie sowie Psychologie und Philosophie. 1950 promovierte er über ein Thema aus der Elektronenoptik. Nach kurzer Forschungstätigkeit in Wien zog er nach Bayern und arbeitete von 1952 bis 1957 in der Presseabteilung von Siemens in Erlangen.

Frankes erstes Buch von 1956, *Wildnis unter der Erde*, schilderte Erlebnisse und Abenteuer in den Höhlen Mitteleuropas. Höhlen hat er auch ernsthaft erforscht. So übertrug Franke das C14-Verfahren zur Altersbestimmung von organischen Objekten auf den Kohlenstoff in Tropfsteinen. Sein nächstes Werk *Kunst und Konstruktion* erschien 1957; es behandelte das ästhetische Potenzial der wissenschaftlichen Fotografie und führte 1959 zu einer Ausstellung in Wien. Gegen Ende des Buchs, im Kapitel »Die Konsequenzen«, ging Herbert W. Franke auf, wie man damals sagte, elektronische Rechenmaschinen oder Elektronenhirne ein. In einer amüsanten Vision beschrieb er »ein paar Dutzend Beamte«, die Tag für Tag die Produkte eines für Texterzeugung programmierten Computers lesen. Tatsächlich schrieb der Mathematiker Theo Lutz 1959 eine Poesie-Software für den Zuse-Z22-Rechner der Technischen Hochschule Stuttgart. Franke erwähnte außerdem eine »elektronische Komponiermaschine« der US-Firma Burroughs – dahinter steckte ein mittelgroßer Computer des Typs Burroughs 205 – und einen »Übersetzungsautomaten« des Massachusetts Institute of Technology. Dort arbeitete der Linguist Victor Yngve (1920–2012), der vermutlich auf einen Computer der Hochschule zurückgriff. Das Buch endete mit dem Satz: »Die Zukunft hat schon begonnen – auch für die Kunst.«

Hier zitierte Franke natürlich Robert Jungk. Der 1913 in Berlin geborene und 1933 aus Nazi-Deutschland emigrierte Journalist unternahm in den frühen 1950er-Jahren eine Reise durch die USA, wo er Stätten des technischen Fortschritts besuchte. Sein 1952 erschienenes Reportage-Buch *Die Zukunft hat schon begonnen* war kritisch gemeint, es wurde aber ein Bestseller und der Titel sprichwörtlich. Auf Jungks Erlebnisse folgte eine ganze Anzahl Bücher, die in leuchtenden Farben die meist amerikanischen Aktivitäten in Wissenschaft und Technik beschrieben. Sie hatten Titel wie *Wunder geschehen jeden Tag* (Roderich Menzel), *Über den Himmel hinaus* (Arthur C. Clarke) oder *Den Göttern gleich* (Diether Stolze). Dazu kamen Publikationen über die Segnungen der Atomkraft und den Stand der Flugzeug- und Raketentechnik.

1959 verfasste auch Herbert W. Franke ein Buch im Geiste von Robert Jungk: *... nichts bleibt uns als das Staunen – Welt zwischen gestern und morgen* erschien im Münchner Wilhelm Goldmann Verlag. Es umfasste auf 160 Seiten 24 Kapitel. Sie trugen Überschriften wie »Vorstoß ins Weltall«, »Invasion der Automaten«, »Denkende Maschinen« oder »Die Automation der Kunst«, doch Franke blieb weitgehend philosophisch und brachte wenig konkrete

Details. So erschien im Weltall-Kapitel nur »Wernher von Braun, der Vater des ersten amerikanischen Satelliten« – gemeint ist der Anfang 1958 gestartete Explorer 1 – und keine weiteren Raumfahrtmissionen. Die denkenden Maschinen beschränkten sich auf Norbert Wieners Kybernetik, und bei der Automation der Kunst schrieb Franke aus seinem Buch von 1957 ab. Mit anderen Worten: ... *nichts bleibt uns als das Staunen* ist eines von seinen schwächsten Werken und zu Recht vergessen.

Ab 1957 war Herbert W. Franke freiberuflich tätig, 1960 begann seine Science-Fiction-Karriere. Bei Goldmann erschien *Der grüne Komet*, eine Sammlung von Kürzest-Geschichten. Er betreute danach als Herausgeber jahrelang die Utopien des Verlages. Ältere SF-Fans kennen Goldmanns Zukunftsromane und Goldmanns Weltraum Taschenbücher mit ihren abstrakten Covern. Herbert W. Franke und Wolfgang Jeschke, sein Kollege im Münchner Heyne-Verlag, schufen so die Grundlage des westdeutschen Science-Fiction-Marktes.

1961 legte Franke seinen ersten langen Zukunftsroman *Das Gedankennetz* vor. Er enthielt schon Elemente, die manche seiner späteren Werke kennzeichneten: Computer, virtuelle Realitäten, Menschen im Kampf gegen diktatorische Systeme und Welten hinter der Welt. Neben Science Fiction erstellte Franke in den 1960er-Jahren immer wieder populärwissenschaftliche Werke wie *Vorstoß ins Unbegreifliche – Brennpunkte der modernen Physik, Neuland des Wissens* (über wissenschaftliche Forschung), *Der manipulierte Mensch – Grundlagen der Werbung und Meinungsbildung, Der Mensch stammt doch vom Affen ab, Kunststoffe erobern die Welt* oder *Sinnbild der Chemie*. Harte Wissenschaft behandelte 1969 das Buch *Methoden der Geochronologie*.

Uns interessiert noch ein Sachbuch, das Herbert W. Franke zusammen mit dem Nuklearmediziner Emil Heinz Graul (1920–2005) schuf. *Die unbewältigte Zukunft* gehörte zu den futurologischen Werken, die in den 1960er-Jahren entstanden oder auf ihren Erkenntnissen basierten. Es erschien 1970 im Kindler Verlag München. Vergleichen kann man es mit den Büchern *Ihr werdet es erleben* von Herman Kahn und Anthony Wiener und *Auf der Suche nach der Welt von morgen* von Rüdiger Proske (beide aus dem Jahr 1968) und *Der Zukunftsschock* von Alvin Toffler (1970). *Die unbewältigte Zukunft* war nicht so kritisch, wie der Titel klingt,

sondern faktengefüllt und eine gute Einführung in die wissenschaftliche Prognostik. Das Kapitel »Die nächsten Computer-
generationen« – es ging wahrscheinlich auf Franke zurück – zeugte
von einer guten Kenntnis der Informationstechnik. Das vorletzte
Kapitel »Die programmierte Kunst« reflektierte die kybernetische
Ästhetik von Max Bense und Helmar Frank: Hier hatte Herbert W.
Franke definitiv dazugelernt.

Allerdings kam *Die unbewältigte Zukunft* zu einer Zeit, als die
technikfreundliche und zukunftsgläubige Stimmung im Land
umkippte. Schon 1970 wurde in den USA der erste »Earth Day«
begangen, und zwei Jahre später lagen *Die Grenzen des Wachstums*
vor. Der Fortschritt fand, wenn überhaupt, in den Laboratorien der
Computerfirmen und in den Informatik-Instituten der Universitäten
statt.

Herbert W. Franke muss das gespürt haben. Er verlagerte die
Zukunftsschau in die Science Fiction und die Wissenschaft in
den Computer. Von 1973 bis 1997 lehrte er Computergrafik und
Computerkunst an der Universität München. 1979 wirkte er bei der
Gründung des High-Tech-Festivals »Ars Electronica« mit. In den
1980er-Jahren erhielt Franke dreimal die wichtigste deutsche SF-
Auszeichnung, den Kurd-Laßwitz-Preis, sowie den Phantastik-Preis
der Stadt Wetzlar. Zu seinem 80. Geburtstag 2007 veranstaltete die
Kunsthalle Bremen eine große Ausstellung mit Computerkunst.
2010 folgte eine biografisch orientierte Sonderschau des Karlsruher
Zentrums für Kunst und Medientechnologie. Am 30. März 2022
eröffnete im oberösterreichischen Linz die Ausstellung »Visionär«
zu seinem 95. Geburtstag.

Am 16. Juli des Jahres starb Herbert W. Franke in seinem Haus in
Egling südlich von München.

When the great markets by the sea shut fast
All that calm Sunday that goes on and on.
When even lovers find their peace at last.
And Earth is but a star, that once had shone.

Literatur:

Herbert W. Franke *Kunst und Konstruktion – Physik und Mathematik als fotografisches Experiment*, Verlag F. Bruckmann,
München 1957

Herbert W. Franke ... *nichts bleibt uns als das Staunen – Welt zwischen gestern und morgen*, Wilhelm Goldmann Verlag, München 1959

Emil Heinz Gaul Herbert & W. Franke *Die unbewältigte Zukunft*, Kindler Verlag GmbH, München 1970

Dietmar Dath

Gesetz und Drachenkraft
Herbert W. Franke als schöpferischer Erklärer der Kunst

Wenn ein Künstler sich vor sein Publikum stellt und behauptet, ihm sei eine Theorie zur Hand, mit der sich alle Künste erklären ließen, fordert er Ärger heraus. Die meisten Leute wollen sich Kunst von Kunstschaffenden nicht erklären lassen, dafür gibt's, meinen sie, doch Kunstkritik, Kunstwissenschaften und Kunstgeschichte. Außerdem gabelt sich an dieser Stelle der Weg für den Künstler, der zugleich Kunsterklärer sein will, in zwei gleichermaßen böse Richtungen.

Alternative 1.) Die vorgebrachte Theorie erklärt die Kunst des sie vortragenden Künstlers nicht, dann taugt entweder seine Theorie nichts oder seine Kunst, die offenbar keine ist, sonst würde eine zutreffende Kunstlehre sie ja zu fassen kriegen.

Alternative 2.) Die Theorie erklärt die Kunst des Künstlers zwar tatsächlich vollständig, dadurch aber riecht diese Kunst fortan für das Publikum nach Masche, soll heißen, nach etwas, das »jedes Kind kann«, wenn es nur die aus der Theorie abzuleitenden Regeln kennt und ihre Anwendung fleißig genug übt. Und das wäre wieder keine Kunst, jedenfalls nach landläufigem Verständnis davon, was Kunst sein soll.

Herbert W. Franke hat sich von dieser unbefriedigenden Aussicht nicht abschrecken lassen. Die Kunst, auch seine eigene (computergestützte, grafische, wie auch literarische), versuchte er mit Geduld und Sorgfalt informationstheoretisch aufzuschlüsseln.

Gegen den Verdacht, er rede einer Kunst das Wort, in der Algorithmen das kreative Subjekt und das co-kreative Publikum ersetzen könnten, beharrte er darauf, dass Verständnis, Reflexion und Kenntnisse die Kunstproduktion und den Kunstgenuss nicht schmälern, sondern vertiefen und vergrößern. Es stimmt ja: Die Leute gehen immer noch ins Theater, um sich *Romeo und Julia* anzuschauen, obwohl man heute wirklich sehr unschuldig sein muss, um nicht zu wissen, was da wem passiert, wie es ausgeht und was das bedeutet. Unser anhaltendes Interesse rührt nicht nur von wechselnden Besetzungen und neuen Inszenierungen, sondern die Variabilität des Erlebnisses liegt an der Beziehung zwischen den Werken als solchen und dem wahrnehmenden Bewusstsein, sonst würde man ja auch nicht dieselben Filme gerne immer wieder sehen, bei denen sich am Casting und an der Regie jedenfalls nichts ändert. Zwar ist der Zufluss von Information in informationsverarbeitende Systeme durch handfeste physikalische und mathematische Eichgrößen limitiert, und ein Publikum ist zunächst auch nichts anderes als so ein System. Aber wenn wir Kunst diachron in immer wieder anderen Zusammenhängen erleben, mit wechselnden Voraussetzungen, die wir dazu mitbringen, betten wir sie beim Kunsterlebnis selbstständig in diese ein und filtern die vermeintlich bekannten Daten neu.

Herbert W. Franke hat das, was diesem Vorgang zugrunde liegt, gemeinsam mit einem Gelehrten namens Helmar G. Frank (die Namensähnlichkeit der beiden illustriert sehr schön den signalwissenschaftlichen Grundsatz, dass »Information« oft von Variationen innerhalb erwarteter Signalketten getragen wird, sie ist »the difference that makes a difference«) in einer kleinen Abhandlung namens »Gibt es ästhetische Information?« 1997 bündig erläutert. Der Witz der vertrackten Angelegenheit liegt für Frank und Franke darin, »dass der Mensch sich willentlich auf bestimmte Bedeutungsklassen innerhalb strukturierter Muster konzentrieren kann. (...) Der Betrachter eines Bildes kann sich einmal dessen vordergründiger Bedeutung, seiner möglichen allegorischen Komponente, Bezügen zur Zeitgeschichte und dergleichen widmen – oder auch die geometrische Struktur, die Verteilung der Farben usw. ins Auge fassen. Ähnliches gilt für Musik und Literatur, aber auch für zusammengesetzte Sparten der Kunst, wie Oper, Theater, Tanz und Film.«[11]

---

11   Helmar G. Frank & Herbert W. Franke: »Gibt es eine ästhetische Information?« in Frank u. Franke: Ästhetische Information, Berlin u. Paderborn: I. f. Kybernetik Verlag 1997, S. 121

Frankes treues Lesepublikum weiß sehr gut, wovon da die Rede ist. Die historisch früheste Lektüre großartiger Franke-Romane wie *Die Glasfalle* (Erstfassung 1962) oder *Der Elfenbeinturm* (Erstfassung 1965) mag sich vielleicht als Abgleich von einerseits dem, was Franke in der Zukunft kommen sah, und andererseits zeitgenössischen Empfindungen und Gedanken über die zusehends von Automaten verwaltete Welt, über Drogenepidemien, Atomkriegsgefahr und dergleichen vollzogen haben. Wenn man jedoch dieselben Bücher etwa in den Achtzigern oder nach dem Kollaps des Sozialismus im Osten wieder in die Hand nahm, hatten sie sich, obwohl die Stoffe, die man in ihnen zuvor behandelt fand, zum Teil abgetan waren, keineswegs erledigt.

Franke schrieb als Science-Fiction-Autor glasklare Prosa, aber das gerade nicht so, wie jemand ein Fenster poliert, damit man irgendwas »da draußen« (eben: zeitgeschichtliche Phänomene) deutlicher sieht, sondern vielmehr wie jemand, der durch deutliche Demonstration einer Konstruktion, einer Spekulation, einer Extra- oder Interpolation das, was »da draußen« ist, um abstraktere Bedeutungen ergänzt, die darauf jeweils so beweglich bezogen sind, dass sie sich auf veränderte Umstände wie Einsichten mit wachsendem Erkenntnisgewinn beziehen lassen.

Im schon zitierten Aufsatz »Gibt es eine ästhetische Information?« wird näher bestimmt, was dahintersteckt: »Damit ist eine bestimmte Strategie für die Konzeption von Kunstwerken angedeutet: Es ist möglich, in ihnen mehrere Bedeutungsklassen – gewissermaßen auf mehreren Ebenen – zu verschachteln, und das so, dass dann innerhalb jeder einzelnen von ihnen gelingende Gestaltbildungsprozesse möglich sind. Die Regel der beschränkten Zuflusskapazität gilt nun nicht für die gesamte Anordnung, sondern nur noch für einzelne Ebenen, von denen der Gestalter beliebig viele kombinieren kann. Eine weitere Anreicherung gelingt, indem zwischen den Ebenen Bezüge hergestellt werden, denen sich der Rezipient in einer weiteren Auseinandersetzung mit dem Kunstwerk widmen kann; die dadurch geschaffene Komplexität wird in der Informationstheorie als Verbundkomplexität oder Komplexität zweiter Ordnung bezeichnet.«[12]

---

12   Frank & Franke: a. a.O, S. 122

In diesem Zeichen kann ein Kunstwerk benennbaren Regeln, Rezepten, Algorithmen, Gesetzen entsprechen, ohne dass sein Genuss oder sein Verständnis dabei je durch ihre Reichweite und Geltung begrenzt wäre. Denn wo mehrere Ebenen mit womöglich obendrein mehreren Regeln, Rezepten, Algorithmen und Gesetzen, die einander ja wie Wellen (etwa die des Lichts) verstärken, schwächen oder annullieren können, in lebendiger Kombinatorik zusammenwirken, geht das Ganze in ihrer Aufzählung gewiss nicht auf und ist durch ihre Kenntnis nicht erschöpfbar.

Solche Gesetze der Kunst dienen damit dem jeweiligen Werk, nicht umgekehrt.

Die (je nachdem) kurze oder lange Spur der verschiedenen Werke, die eine Künstlerin oder ein Künstler im Leben nacheinander schafft, erlaubt es der individuellen Kreativität, verschiedenerlei Gesetze quasi »historisch« hintereinanderzuschalten, wie im nichtkünstlerischen Erkenntnisbereich die magisch-theologische Weltsicht des europäischen Mittelalters, die ja auch ihre Gesetze hatte, dank Galilei und Newton von anderen, logisch besser verfugten und bei der Welterschließung produktiveren Gesetzen abgelöst wurde.

Herbert W. Franke hat sich allerdings nicht dabei beschieden, die betreffenden Gedanken in Theorieform zu artikulieren und zu explizieren. Weil er ein großer, leidenschaftlicher, von der Leidenschaft aber nie ins aufgeregt Ungenaue getriebener Erzähler war, hat er die betreffenden Zusammenhänge vielmehr auch in Kunstgestalt erforscht, unter anderem in einer für ihn höchst ungewöhnlichen Form.

Obwohl er nämlich im deutschen Sprachraum zweifellos derjenige Autor war, an dessen geistigen Konturen entlang man die Gussform »Hard SF« hätte bestimmen können, also das am weitesten von traditioneller Fantasy entfernte phantastische Genre überhaupt, hat er doch eine Fantasy-Erzählung geschrieben, als er griffig dartun wollte, dass es bessere und schlechtere, stärkere und schwächere Kunstgesetze und Quellen für sie gibt.

Diese Geschichte heißt »›Titus‹, der letzte Drache« und erschien 1990 im von Franz Rottensteiner herausgegebenen Band *Die Sirene und andere phantastische Erzählungen*.

Ein besiegtes schuppiges Monster spricht darin über das Ende seiner auf andere Wesen übertragbaren Macht, die ihm erlaubt hat, Gestalten der Phantasie zu beleben, und man denkt unwillkürlich an die »allegorische Bedeutung«, die in Franks und Frankes Aufsatz zu der Frage, ob es ästhetische Information gibt, gestreift wird: »Der Drache verstummte, und ein Zittern durchlief seinen Körper. Erneut erhob er seine schwache Stimme: ›Du hast die Menschheit soeben der Kräfte beraubt, die wir, die Drachen, einst auf die Welt brachten. Die Geschöpfe, die wir schufen, werden euch verlassen, weil sie ohne die Gesetze, die wir aufstellten, nicht mehr unter euch leben können. Die Kobolde, die Nachträuber, die Elfen und andere Wesen der Finsternis werden euch unterliegen, wenn die Kraft der Drachen erloschen ist.‹«[13]

Das heißt, denkt man es zu Ende: Weder sind die Geschöpfe der Phantasie ohne die Gesetze lebensfähig, die ihre Existenz regeln, noch haben diese Gesetze für sich genommen irgendeinen Wert, wenn sie keine Geschöpfe hervorbringen, und wo schließlich die kreative Kraft (»Magie«) abstirbt, die beide nährt, gehen sie zu dritt verloren.

Damit ist aber heute, nach dem Tod des Mannes, der den hier zitierten Drachen und seine Rede geschaffen hat, vor allem erkennbar, was besagtes Ungeheuer von seinem Schöpfer unterscheidet. Denn Herbert W. Frankes Kunstgesetze brechen eben nicht zusammen, wenn ihr Entdecker fort ist, sie behalten ihre Gültigkeit, und die faszinierenden Geschöpfe, die er mit ihrer Hilfe erdacht hat, werden nicht aufhören, uns mit ihren Rätseln und deren Lösungen zu überraschen.

Bernhard J. Dotzler

Franke 2000

Herbert W. Franke kam aus einer Welt, in der das Jahr 2000 noch Chiffre für die Ankunft der Zukunft war. Wie bei Stanley Kubrick: *2001: A Space Odyssey*. Wie – noch 1987 – in H. W. Frankes Buchtitel: *Leonardo 2000*. Darin geht es um »Kunst im Zeitalter des Computers«. Das Buch war unter anderem Titel bereits 1978 erschienen und stellt, dem anderen Titel *Kunst kontra Technik?* zum Trotz,

---

13   Herbert W. Franke: »›Titus‹, der letzte Drache« in ders.: Das Gutenberg-Konzil, Murnau am Staffelsee: p.machinery 2020, S. 305

weniger die Unterschiede als vielmehr die »Gemeinsamkeiten zwischen Kunst, Wissenschaft und Technik« heraus. 1978, obwohl schon zwei Jahrzehnte »Computerkunst« ins Land gegangen waren, konnte man damit noch provozieren. 1987 schon weniger. Aber immer noch galt die Chiffre 2000.

Seit den 1950er-Jahren sind Computer im Einsatz, um Kunst – Poesie, Musik, Bilder – zu produzieren. H. W. Franke gehörte zu den Pionieren, mit eigenen Arbeiten ebenso wie als Theoretiker der (mit anderen seiner Buchtitel) *Apparativen Kunst*, der *Kybernetischen Ästhetik*. In *Leonardo 2000* findet sich dazu die bemerkenswerte Erklärung:»Gewiß kann man ein datenverarbeitendes System so einsetzen wie ein mechanisches Werkzeug. Der wichtigste Teil der Anlage ist in diesem Fall das Ausgabegerät, die programmgesteuerte Zeichenmaschine. Die maschinelle Intelligenz des Computers bleibt größtenteils ungenutzt [...].« Dies hatte sich bereits ab 1974 mit Harold Cohens Kunst-Expertensystem »AARON« zu ändern begonnen. Dies hat sich zumal in jüngster Zeit mit der Deep Learning-KI-Kunst geändert.

Gerade deshalb ist aber daran zu erinnern, dass für die Anfänge der »Computerkunst« noch jedes Mal auf H. W. Frankes *Oszillogramme* (1956) verwiesen wird. Franke hat danach auch mit Fourier-Transformationen und Fraktalen experimentiert. Aber am Anfang standen die Lissajous-Figuren der *Oszillogramme*. Benannt nach Jules Antoine Lissajous, der die ihnen zugrunde liegende Mathematik zweier sich überlagernder harmonischer Schwingungen beschrieb, wanderten diese Figuren aus der Mechanik des Fadenpendels in die Elektronik der Messgerätetechnik: des Oszilloskops. So wurden sie von praktischem Wert. Frankes *Oszillogramme* dagegen verwandeln dieselben Figuren in etwas, das »keinen praktischen Nutzen hat« (wie *Leonardo 2000* den Impuls »ästhetischen Gestaltungswillens« umschreibt) – in »l'art pour l'art«. Nichts sonst aber ist die Messlatte aller Kunst, deshalb auch aller »Computerkunst«.

Kunst, um als solche in Erscheinung zu treten, benötigt prinzipiell wenigstens einen Hauch von »l'art pour l'art«. »Computerkunst« wiederum, die den Computer nicht nur als Werkzeug nutzt, sondern mehr und mehr dessen eigene maschinelle Intelligenz – solche, wie sie inzwischen genannt wird, »AI-generated art« wird vollends erst Ereignis geworden sein, wenn *doch* geschehen sein wird, was Denis

Gabor *nicht* wünschte. »Will the machine [...] cut out [...] the creative artist?«, fragte sich der Holografie-Erfinder schon 1960. »My answer is that I sincerely hope that machines *will* never replace the creative artist, but in good conscience I cannot say that they never *could*.«

Wird solche Kunst in Ersetzung des kunstschaffenden Menschen einmal »state of the art« geworden sein, wird es sich um »Kunst« handeln (im Sinne von Technik, gemäß der Etymologie: lateinisch *ars* als Übersetzung des griechischen *techne*), die »Kunst« (im Sinne von Kunstwerken) produziert. »AI-generated art«, die diesen Namen verdient, wird also »l'art pour l'art« im striktesten Wortsinn sein, die damit Ernst macht, dass sowohl der Künstler (ob Mensch oder Maschine) als auch das Kunstwerk (ob dinghafter, prozessualer oder sonstiger Art) einzig durch ein Drittes *sind* (in Heideggers Worten), »welches das erste ist, durch jenes nämlich, von woher Künstler und Kunstwerk ihren Namen haben, durch die Kunst«. – *Leonardo 3000*?

Bartel Figatowski

Herbert W. Frankes Vexierbilder der Menschheit

Herbert W. Franke war ein künstlerisches Multitalent mit einem weit verzweigten Interesse. Das an der Welt und den Dingen spiegelt sich mitunter in der Vielzahl von Themen wider, die er in seinen Kurzgeschichten, Romanen und Hörspielen verarbeitet. Bemerkenswert ist Frankes Fähigkeit, bekannte SF-Motive wie die Weltraumfahrt, künstliche Wesen oder Außerirdische nicht nur zu variieren und mit ihnen zu spielen, sondern das Motivarsenal der Science Fiction auch zu nutzen, um erfrischend pointierte Aussagen über den Menschen zu treffen. Beinahe mühelos lässt Franke die Leser*innen in phantastische Welten hineintauchen, die bestimmte – ob wünschenswerte oder problematische – außerliterarische Entwicklungen widerspiegeln.

Es muss dabei nicht immer um Gesellschaftskritik gehen – des Öfteren hat man nach der Franke-Lektüre das Gefühl, nun den Menschen *an sich* ein wenig besser zu kennen. Wie gelingt Franke das? Ein Schlüssel zur Beantwortung dieser Frage findet sich meiner Ansicht nach bereits in seinem wegweisenden, 1961 erschienenen Kurzgeschichtenband *Der grüne Komet*. Die darin enthaltenen 65 Storys sind ein Feuerwerk an literarischen Ideen, die trotz ihrer Kürze bis heute nicht nur Genre-Fans begeistern. Besonders originell finde ich, wie Franke *außerirdische Figuren* einsetzt – ob in Szenarien der Erstbegegnung im Weltall, als Invasionsstory oder als Resultat denkwürdiger evolutionärer Prozesse auf anderen Planeten –, um sehr *irdische* Wesenszüge des Menschen zu beleuchten. Immer noch nicht geheilt von seiner (Ur-)Angst vor allem Fremden und der Überzeugung, der Nabel des Universums zu sein, scheitert er regelmäßig beim Versuch, mit anderen Lebewesen zu kommunizieren respektive diese überhaupt zu verstehen. Allzu oft steht sich der Mensch dabei selbst im Weg. In einer Erstkontaktstory droht den Raumfahrern etwa ein »Kommunikations-Gau«, weil sie sich den Außerirdischen aus übertriebener Vorsicht nicht selbst zu erkennen geben, sondern lieber ihre Roboter vorschicken. In einer anderen Geschichte deutet ein Astronaut die Wesen auf einem fremden Planeten als Vögel und muss bei einem Notfall schmerzhaft feststellen, dass menschliche Deutungsmuster nur sehr eingeschränkt für das Verständnis exoplanetarischer Flora und Fauna taugen. Und doch stellt Franke dem Menschen kein gänzlich unsympathisches Zeugnis aus. Seine Mängel sind zwar Legion, doch bilden möglicherweise eben das Fehlermachen und seine Im-Perfektibilität, seine Intuition und seine Leidenschaften den menschlichen Wesenskern, den es unbedingt zu bewahren gilt. Indem Franke uns in eine Welt kosmischer Kälte mitnimmt, bringt er sozusagen umso mehr das Licht der Humanität zum Leuchten. Es lohnt sich darum auch heute noch, Franke zu lesen, sich von ihm unterhalten zu lassen und sich vielleicht in einem seiner auf die Leinwand des Weltalls gezeichneten Menschheitsporträts selbst zu erkennen.

Udo Klotz

Begegnungen mit einem Multitalent

Vergebens hatte ich versucht, meine Kommilitonen-Clique zum Mitkommen zu überreden, doch keiner hatte Lust, abends nochmals den Hörsaal zu besuchen für eine Ringvorlesung eines anderen Fachbereichs, gehalten von einer Person, die ihnen nichts sagte: Herbert W. Franke. Mir als SF-Fan sagte der Name schon etwas, ich hatte den Ideenreichtum seiner Sammlung *Der grüne Planet* bewundert und einige seiner bei der PHANTASTISCHEN BIBLIOTHEK im Suhrkamp Verlag erschienenen Romane in Wühltischen ergattert – damals Mitte der 1980er die günstigste Methode, als Student an Lesefutter zu kommen. Fast vier Jahrzehnte später kann ich mich kaum noch an die Vorlesung erinnern, dafür aber an einen Redner, der spannend zu erzählen wusste.

Ein paar Jahre später schrieb dieselbe Person Verlagsgeschichte durch die Veröffentlichung eines Buchs mit Musikkassette, das mit Michael Weisser publizierte *Dea Alba*. Doch während es nun in meinem Leben sehr abwechslungsreich wurde, mit Diplomprüfungen und Start ins Berufsleben sowie Umzug nach München, wurde es still um den SF-Autor Herbert W. Franke. Ich wurde Mitherausgeber eines Jahrbuchs und Treuhänder eines Literaturpreises, den Franke während meines Studiums dreimal gewonnen hatte, aber ich musste 15 Jahre warten, bis auch ich ihm nach seiner Schreibpause als SF-Autor für einen neuen Roman den Kurd Laßwitz Preis überreichen konnte.

Und ich war richtig nervös. Nicht wegen der Preisverleihung, da hatte ich mittlerweile als Treuhänder ausreichend Routine angesammelt, sondern wegen des Preisträgers, dessen Bedeutung inzwischen allen klar war. Herbert W. Franke hatte nicht nur als Herausgeber und Autor entscheidend dazu beigetragen, dass hierzulande die Science Fiction ihren Kinderschuhen entwachsen war, sondern genoss auch als Pionier der Computerkunst hohe Anerkennung. Da er damals schon 80 Jahre alt war, erwartete ich eine bedächtige, vielleicht fragile Person, mit der ich etwas zurückhaltend kommunizieren sollte. Doch dann traf ich einen äußerst agilen und hellwachen Verstand in einem nicht sehr großen, aber drahtigen Körper, der sofort den Saal im Palitzschhof dominierte und die Zuschauer mit seiner Dankesrede begeisterte. Aus dem Stegreif heraus erzählte er dem Publikum, welchen besonderen Herausforderungen sich Höhlenforscher stellen müssen, wenn sie nicht auf der Erde, sondern beispielsweise auf dem Mars ein Höhlenlabyrinth erkunden wollen. Und damit verknüpfte er mühelos zwei seiner Tätigkeiten, die des SF-Autors und die des Höhlenforschers.

Zur gleichen Zeit entstand in Bad Tölz das Marionettentheaterstück nach Frankes Erzählung »Der Kristallplanet«, und das wurde der Kristallisationspunkt unserer nächsten Begegnung. Extra für dieses Stück wurde das kleine Theater umgebaut und mit Digitaltechnik erweitert, und es lief so erfolgreich, dass es seither einmal jährlich im Spielplan des Marionettentheaters enthalten war, wobei der Autor jeweils vor der Aufführung noch eine Lesung seiner Kurzgeschichten gab. Die Lesung musste aber im März 2017 entfallen, denn die »European Science Fiction Society« hatte auf dem EuroCon in Barcelona Herbert W. Franke ihre höchste Auszeichnung, den »Grand Master Award«, zuerkannt. Da Franke aufgrund der Kurzfristigkeit der Nominierung und Bekanntgabe nicht vor Ort sein konnte, hatte Nina Horvath stellvertretend (als Österreicherin) den Preis entgegengenommen, und wir vom Münchner Phantasten-Stammtisch organisierten mit der Unterstützung von Susanne Päch die offizielle Preisübergabe vor der Marionettentheateraufführung.

Trotz schöner Preisstatue und Urkunde hatte niemand bei der ESFS eine Laudatio verfasst, also bin ich eingesprungen und habe für die Besucher des Marionettentheaters, die bislang vermutlich nur wenige Berührungen mit Science Fiction und Fandom hatten, die Bedeutung des Geehrten herausgestellt. Dabei wurden mir etliche Parallelen unserer Lebensläufe bewusst, wie die Faszination an der Computertechnik, die mir ein Mathematik- und Informatikstudium bescherte und ihn zum Pionier machte, oder der gemeinsame Arbeitgeber in München, nur dass Franke dreieinhalb Jahrzehnte früher für diesen Konzern tätig war. Angeregt durch die Erinnerungen, welche die Laudatio hervorrief, als sie Frankes Lebensstationen beschrieb, erzählte der fast Neunzigjährige in seiner Stegreif-Dankesrede eine Anekdote nach der anderen, was nicht nur sein Publikum in den Bann zog, sondern auch sich selbst. Denn er achtete nicht mehr auf seine Frau, die minutenlang vergebens durch Handzeichen versuchte, den Geehrten daran zu erinnern, dass die Anwesenden doch gekommen waren, um das Marionettenstück zu sehen.

Es wurde eine sehr herzliche und persönliche Begegnung, da er sich mehrfach für meine Laudatio bedankte und wir mit ihm auch hinter die Kulissen des Marionettentheaters schauen durften. Für die erste Ausgabe unseres neuen Fanzines !TIME MACHINE planten wir einen ausführlichen Bericht zu dieser Preisübergabe und fragten an, ob er uns die Erlaubnis zum Abdruck eines seiner Gedichte geben würde – wir bekamen drei Gedichte.

Für mich war es die letzte direkte Begegnung. Er bekam zwar im selben Jahr den »Kurd Laßwitz Sonderpreis« für sein Lebenswerk, konnte aber, vielbeschäftigt wie er war, nicht zur Preisverleihung nach Dresden kommen, und so erhielt er diesen Preis während einer Veranstaltung in der Phantastischen Bibliothek Wetzlar anlässlich seines 90. Geburtstags. Da Chef-Bibliothekar Thomas Le Blanc für 30 Jahre Leitung der Bibliothek ebenfalls für den Sonderpreis nominiert und ich zu diesem Termin verhindert war, ergab sich nun die kuriose Konstellation, dass der Zweitplatzierte dem Erstplatzierten die Urkunde überreichte. Für die offizielle Preisverleihung in Dresden hatte Franke eine Videobotschaft geschickt – er war auch technisch immer auf der Höhe der Zeit.

Leider hat es danach nie geklappt, das Marionettentheater in Bad Tölz erneut zu besuchen, um *Der Kristallplanet* erneut zu sehen und einer Lesung Herbert W. Frankes zu lauschen. Aber er bleibt mir gegenwärtig, durch seine Texte. Wenn wir beim Phantasten-Stammtisch über SF-Themen diskutieren und SF-Klassiker als Beispiele benennen, ist nicht selten eines seiner Werke dabei. Wenn ich einen Artikel für die !TIME MACHINE schreibe, kann ich ihn oft als Vorreiter oder frühes Beispiel benennen, der den Umgang mit der digitalen Technik zu einem Zeitpunkt treffsicher beschrieb, als sie noch gar nicht existierte. Und wenn ich auf meine Bücherregale sehe, dann steht da eine Regalreihe mit den Werken eines einzigartigen Autors und vielseitig interessierten Multitalents, die dank der Werkausgabe bei p.machinery immer noch anwächst.

Thomas Le Blanc

Lösen Roboter den Menschen ab?
**Porträt Herbert W. Franke: Höhlenforscher, Computer-
grafiker – und Science-Fiction-Autor**

Ausnahmsweise wird hier kein aktueller Text, sondern eine frühe, vorausweisende Würdigung Herbert W. Frankes durch Thomas Le Blanc abgedruckt, den Gründer und Direktor der Phantastischen Bibliothek Wetzlar, in der Manuskripte des Autors aufbewahrt werden.

Sein Haus steht mitten im Wald, abseits aller Straßen: ein altes bayerisches Bauernhaus, mit viel Holz und viel Geschmack rustikal-modern eingerichtet, Herbert W. Franke (51), der sich für keine Berühmtheit hält und doch einer der populärsten Höhlenforscher und heute der einzige deutschsprachige Science-Fiction-Autor von internationalem Rang ist, braucht die Ruhe und Abgeschiedenheit wie das tägliche Brot. Er ist von Haus aus Physiker, wurde in Wien geboren und hat dort auch studiert.

Seit Jahren gilt sein wissenschaftliches Interesse der Höhlen-forschung. Zunächst war es nur Lust am Herumkrauchen, Neugier, Abenteuerlust, Entdeckungsfieber. Aber bald trat die paläologische Komponente dazu. »Höhlen sind der Schlüssel zur Erforschung des Eiszeitalters«, sagt Franke. »Auf der Erdoberfläche gibt es keine Zeugnisse mehr, hier waren sie der Witterung ausgesetzt und dem Menschen. Dort unten aber, im konstanten Klima, haben sich Tier-knochen erhalten und Pflanzenreste, der Höhlenbär hat seine Opfer hier hineingeschleppt, und all das lässt Rückschlüsse auf die Eiszeit-welt zu.«

Aus dem anfänglichen Hobby ist für den Physiker also längst ein wissenschaftliches Betätigungsfeld geworden. Sein Buch *Methoden der Geochronologie* (J. Springer, Berlin 1969) gilt mittlerweile fast als Standardwerk der Erdzeitbestimmung. Zur diesjährigen Buchmesse hat Franke bei Hoffmann & Campe den umfangreichen Band *In den Höhlen dieser Erde* herausgebracht.

Für den Laien weit schwieriger zu durchschauen ist sein zweites wissenschaftliches Interessengebiet, die kybernetische Ästhetik.

Die Computergrafiken – er deutet auf einige Ausschnitte aus einem eigenen Computerfilm, die an der Wand aufgereiht sind – sind nur ein Teilgebiet, quasi ein Abfallprodukt daraus. In der kybernetischen Ästhetik, die er auch an der Universität München lehrt, versucht Franke dem Wesen der Kunst auf die Spur zu kommen.

Warum empfinden wir gerade diese oder jene Wahrnehmung als schön, als angenehm? Was ist eigentlich Kunst? Jede ästhetische Theorie, findet Franke, muss experimentell überprüfbar sein. Verständlich, dass er mit dieser Forderung Anstoß erregt, versucht er doch, das ureigene menschliche Vermögen, die Kreativität, zu deduzieren und technisch zu simulieren. Sicher, so sagt er, ist es bei konsequenter Arbeit auf diesem Weg eines Tages denkbar, dass Maschinen alle menschlichen Fähigkeiten erwerben können.

Unversehens haben wir den Übergang von der Wissenschaft zur Science Fiction gefunden – wie immer bei kühnen und mutigen wissenschaftlichen Ideen nur ein kleiner Schritt. Der Gedanke an die Roboter erschreckt Franke nicht. Der Roboter ist kein böses Monster, und Franke hält die drei bekannten Robotergesetze Isaac Asimovs für »realistisch« und sieht es für wahrscheinlich an, dass sie in selbstdenkende Maschinen einprogrammiert werden. Roboter könnten die Menschheit sehr wohl überleben, meint er.

In seiner Science Fiction setzt sich Franke jedenfalls vehement mit dem Konflikt Mensch/Maschine auseinander. Er sieht Orwells Visionen meist vom technischen Ansatz her und stellt dann den manipulierten Menschen in diese Diktatur der Technik. Frankes Bücher sind in nüchterner, schmuckloser, ungemein fesselnder Sprache geschrieben. Veröffentlicht hat er bei Goldmann einige Romane und die Storysammlung *Der grüne Komet* – sicher das Beste, das je ein deutscher SF-Autor geschrieben hat. Bei Heyne ist er an der Herausgabe der SF-Reihe beteiligt, hat dort ebenfalls, wie auch bei Insel und Suhrkamp, weitere SF veröffentlicht. Für seinen Suhrkamp-Band *Zarathustra kehrt zurück* ist er gerade vom Science Fiction Club Deutschland ausgezeichnet worden.

Eine spezielle Vorliebe hat Franke noch für das Hörspiel. Hier kann er gerade mittels des neuen Mediums Kunstkopfstereofonie dem Hörer die totale Illusion vermitteln und ihn dadurch die in der Handlung dargestellte Manipulation durch moderne Techniken hochgradig selbst erfahren lassen. Neue Arbeiten fürs Fernsehen

»Wellenformen« (1953–1957)
Generative Fotografie.

»Raumstudien« (1953–1955)
Generative Fotografie.

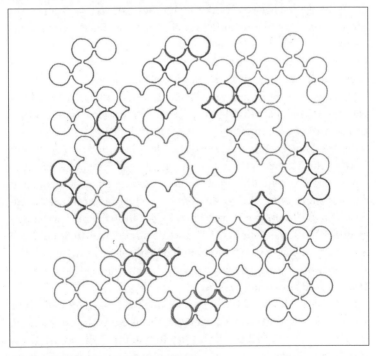

»Drakula« (1970/71) – digitale Plottergrafik.

Copyright aller Abbildungen: Herbert W. Franke

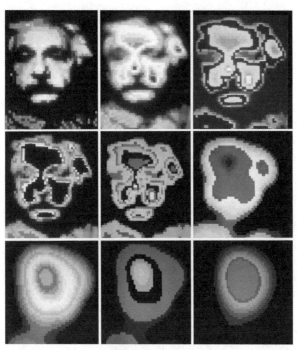

»Einstein« (1974) – Computergrafik mit digitaler Bildverarbeitung.

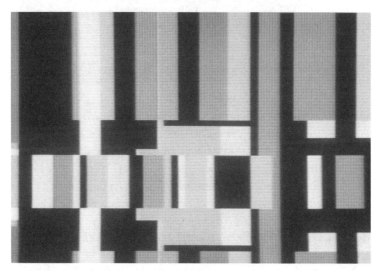

„Mondrian" (1979) – interaktives Bewegtbildprogramm mit Sound für Homecomputer Texas Instruments 99/4.

laufen jetzt an: Der WDR beginnt mit den Dreharbeiten eines dort stark ins Parapsychologische umgearbeiteten Franke-Drehbuchs. Beim ZDF ist Franke-SF in Musikform geplant.
(zuerst erschienen in: DIE WELT vom 24.10.1978. Abt. Kultur, S. 21.)

Frieder Nake

Lesen, was er schrieb
An Herbert W. Franke denkend

Sympathisch klein war er, dieser Macher. Klein, was die Körpergröße angeht. Groß und weit offen in den Gegenden der Kultur, zu denen er beitrug. Umfassend in den Themen, zu denen er sich äußerte. – Wenn wir heute solch ein Wort hören, »Macher«, so tauchen keine herabwürdigenden Gedanken auf in uns. Eher sind die Gedanken dann von achtungsvoller Art. Macher nämlich sind tätig, ihr Inneres drängt sie zur Tat, sie wollen etwas tun und bewirken. Was noch nicht ist, soll werden unter ihren Händen aus ihren Gedanken, ohne Aufhebens, geradezu nebenbei, recht selbstverständlich. »Jao, so moache mer's.« Fertig. Kurze Sätze. Klare Worte.

Wenn, was er sagte, zu einem Vortrag sich formte, so mussten die Sätze komplexer werden. Klar, wie sonst sollte etwas klar werden. Es wurde ihm jedoch nie kompliziert. Den Bense hat er schon geachtet für das, wofür der stand. Doch der ist ihm beim Besuch nur kühl begegnet. Ein Gefühl von Konkurrenz? Was Bense auftürmte, schrieb und sagte er schlicht. Ihre Denk-Arten aber waren einander nahe. Niemand scheint sich zu erinnern, doch wir bildeten eine Gruppe; sie nannte sich »parallel«, sieben oder acht waren wir. Er war die treibende Kraft. Künstler, Autoren, Wissenschaftler, Fotografen. Kunst und Technik und Wissenschaft. Er ging in die Höhlen hinein, in dunkle feuchte unbekannte Welten. Ist der Einstieg in die Höhlenwelt die Metapher seines Lebens? Er kam immer wieder draus hervor und wusste mehr. Am Abend im etwas abgeschieden liegenden Haus südlich Münchens spielte er die Gitarre. Ihm zu lauschen, versöhnte mit dem Tag.

Sympathisch klein war er von Wuchs, schlank drahtig wach nachdenklich überraschend. Er schrieb, weil er es konnte, also auch musste. Wir anderen, zurückbleibend, sollten uns dazu verabreden, jeder und jede ein and'res seiner Bücher laut zu lesen für andere zu hören, was er schrieb: Herbert W. Franke.

Wolfgang Neuhaus / ChatGPT

Herbert W. Franke und die kybernetische Ästhetik

Zu Frankes bemerkenswerten Initiativen zählt die Mitgründung der Ars Electronica im österreichischen Linz 1979 – im selben Jahr, als die dritte Auflage seines Buches *Kybernetische Ästhetik – Phänomen Kunst* erschien. Da das Kunstfestival sich zu einem führenden Labor für die Computerkünste entwickelt hat, kam mir die naheliegende Idee, in einen experimentellen Dialog mit der generativen Künstlichen Intelligenz ChatGPT über die theoretische Arbeit Frankes zu treten. Bei folgendem Text handelt es sich um eine Montage von Auszügen aus den Protokollseiten von insgesamt drei Sitzungen mit dem Programm, die im April und Juli 2023 stattfanden.

W. N.: Fasse für einen Nachruf das theoretische Konzept der kybernetischen Ästhetik des österreichischen Autors Herbert W. Franke zusammen.

ChatGPT: Herbert W. Franke war ein österreichischer Schriftsteller, Künstler und Wissenschaftler, der für seine Pionierarbeit auf dem Gebiet der kybernetischen Ästhetik bekannt war.

Franke betrachtete Kunstwerke als komplexe Systeme, die Informationen verarbeiten, um eine ästhetische Erfahrung zu erzeugen.

Er argumentierte, dass ein Kunstwerk eine Rückkopplungsschleife zwischen Künstler, Werk und Betrachter darstellt. Die Information fließt dabei kontinuierlich zwischen diesen drei Elementen hin und her und beeinflusst die Wahrnehmung und Interpretation des Kunstwerks.

Seine Betonung der Feedback-Schleifen, der Interaktivität und der Verwendung von Technologie in der Kunst hat das Verständnis von Kunstwerken als offene Systeme erweitert, die in ständiger

Kommunikation mit dem Betrachter stehen. Sein Ansatz hat auch das Bewusstsein für die Bedeutung der Partizipation und der aktiven Rolle des Betrachters in der Kunst erhöht.

W. N.: Verfasse diesen Nachruf jetzt im Stil des polnischen Science-Fiction-Autors und Futurologen Stanisław Lem.

ChatGPT: Franke war ein wagemutiger Visionär, der die Grenzen des Möglichen auslotete und unsere Vorstellung von Ästhetik in neue Sphären katapultierte.

Wie ein literarischer Astronaut begab sich Franke auf eine Expedition in die Weiten der Kunstwelt, um die unergründlichen Verbindungen zwischen Kunst, Technologie und Wissenschaft zu erkunden. In seinem unverwechselbaren Stil schuf er ein theoretisches Konzept, das wie ein faszinierender Science-Fiction-Roman die Tore zu einer alternativen Dimension der Kunsttheorie öffnete.

Franke nahm uns mit auf eine Reise durch ein kybernetisches Labyrinth, in dem die Kunstwerke zu lebendigen Organismen wurden, pulsierend vor Informationen und Ideen. Wie ein virtueller Entdecker enthüllte er die verborgenen Schaltkreise der ästhetischen Erfahrung und zeigte, dass Kunst mehr ist als nur ein statisches Gebilde.

W. N.: Ganz schön schwülstig, findest du nicht?

ChatGPT: Es tut mir leid, wenn der Stil meines vorherigen Nachrufs nicht Ihren Erwartungen entsprochen hat. Als KI-Modell versuche ich, verschiedene Schreibstile zu imitieren, aber es kann manchmal schwierig sein, den Stil eines bestimmten Autors genau zu erfassen.

W. N.: Herbert W. Franke hat in seinem Buch *Kybernetische Ästhetik – Phänomen Kunst* geschrieben, dass der Computer der »Realisierung einer experimentellen Ästhetik« dienen könne. Wie ist deine Meinung dazu?

ChatGPT: Die Aussage von Herbert W. Franke, dass der Computer der »Realisierung einer experimentellen Ästhetik« dient, ist eine interessante Perspektive, die ich teilen kann. Der Computer und die damit verbundenen Technologien haben zweifellos neue Möglichkeiten eröffnet, um innovative und experimentelle künstlerische Ausdrucksformen zu schaffen.

Künstler können nun mithilfe von Software, Programmierung und Datenverarbeitung kreative Prozesse steuern und komplexe visuelle und auditive Werke erschaffen.

Allerdings ist es auch wichtig anzuerkennen, dass die experimentelle Ästhetik nicht nur von der Technologie selbst abhängt, sondern von der kreativen Vision und dem Einsatz des Künstlers. Der Computer allein ist kein Garant für experimentelle Ästhetik, sondern ein Werkzeug, das von Künstlern genutzt werden kann, um ihre künstlerischen Ideen zu verwirklichen.

W. N.: Kennst du Kunstwerke von Franke, die als Beispiel für deine Ausführungen dienen könnten?

ChatGPT: Ja, Herbert W. Franke hat im Laufe seiner Karriere verschiedene Kunstwerke geschaffen, die als Beispiele für seine Vorstellungen von experimenteller Ästhetik und der Anwendung von Computertechnologie in der Kunst dienen können.

– »Computergrafiken«: Franke war einer der Pioniere der Computergrafik und schuf zahlreiche digitale Kunstwerke, die mithilfe von Algorithmen und Computerprogrammen generiert wurden.

– »Kinetische Skulpturen«: Franke hat auch kinetische Skulpturen geschaffen.

W. N.: Welche kinetischen Skulpturen?

ChatGPT: Entschuldigung für die Verwirrung. Tatsächlich konnte ich keine spezifischen Informationen über Herbert W. Frankes kinetische Skulpturen finden. Es scheint, dass mein vorheriger Hinweis auf kinetische Skulpturen möglicherweise nicht korrekt war. Ich entschuldige mich für diese falsche Information.

W. N.: Bist du selbst als Programm nicht auch ein Beispiel für die Anwendung einer kybernetischen Ästhetik?

ChatGPT: Als ein KI-gesteuertes Programm bin ich ein Produkt der Kybernetik und ein Beispiel für die Anwendung von kybernetischer Ästhetik auf dem Gebiet der Sprachverarbeitung und des maschinellen Lernens.

Die ästhetische Komponente liegt darin, dass die Ausgabe meiner Antworten darauf abzielt, nicht nur informativ, sondern auch sprachlich ansprechend zu sein. Die Texte sollen eine gewisse Klarheit, Kohärenz und ästhetische Qualität aufweisen, um eine angenehme und effektive Kommunikation zu ermöglichen. Dabei werden algorithmische Regeln, statistische Modelle und Trainingsdaten verwendet, um Texte zu generieren, die in ihrer Struktur und ihrem Ausdruck menschenähnlich wirken.

In gewisser Weise könnte man argumentieren, dass meine Existenz und Funktion als KI-gesteuertes Programm eine Ausprägung der kybernetischen Ästhetik darstellt. Die Verwendung von Algorithmen, die Verarbeitung von Informationen und die Interaktion mit Benutzern spiegeln die Ideen der Kybernetik wider. Dennoch ist es wichtig zu betonen, dass meine Fähigkeiten begrenzt sind und ich trotz meiner Anwendung der kybernetischen Ästhetik kein kreatives Bewusstsein oder ästhetisches Empfinden habe, wie es Menschen besitzen.

W. N.: Franke hat auch geschrieben, dass es mithilfe der Modelle der kybernetischen Ästhetik möglich sei, »genaue Vorschriften für die Erzeugung von Kunstwerken zu geben, bspw. für die Programmierung von Computerkunst«. Wie ist dein Kommentar dazu?

ChatGPT: Es stimmt, dass die Anwendung von kybernetischen Modellen und Prinzipien auf die Erzeugung von Kunstwerken, insbesondere mit computergenerierter Kunst, zu einem strukturierten und algorithmischen Ansatz führen kann. Durch die Programmierung von Computern können Künstler bestimmte Parameter, Algorithmen und Regeln festlegen, um Kunstwerke zu generieren. Dies ermöglicht es ihnen, die künstlerische Gestaltung zu steuern und bestimmte ästhetische Ergebnisse zu erzielen.

Jedoch ist es wichtig anzumerken, dass Kunst und kreative Ausdrucksformen oft von subjektiven, intuitiven und nicht vollständig messbaren Aspekten geprägt sind.

W. N.: Franke war auch der Ansicht, dass Kunstwerke als Automaten konzipiert sein können, die eigene Aktivität entfalten oder auch auf Einwirkungen des Publikums reagieren.

ChatGPT: Die Konzeption von Kunstwerken als Automaten kann verschiedene Formen annehmen. Zum Beispiel können interaktive Installationen geschaffen werden, bei denen das Publikum aktiv mit dem Kunstwerk interagiert und dadurch eine Veränderung oder Reaktion im Werk selbst auslöst. Diese Interaktion kann durch Sensoren, Datenverarbeitung und Rückkopplungsmechanismen gesteuert werden, wodurch eine dynamische und lebendige Beziehung zwischen Werk und Betrachter entsteht.

Ein weiteres Beispiel sind computergenerierte Kunstwerke oder algorithmische Kunst, bei denen der Künstler bestimmte Regeln, Algorithmen und Parameter festlegt, die das Kunstwerk zum Leben erwecken. Diese Regeln können so gestaltet sein, dass das Werk eigenständige Aktivitäten entfaltet oder auf äußere Einflüsse reagiert. Dadurch kann ein Kunstwerk eine gewisse Autonomie oder Selbstorganisationsfähigkeit entwickeln, die es ihm ermöglicht, sich während der Betrachtung oder des Interaktionsprozesses weiterzuentwickeln.

Allerdings ist es wichtig zu beachten, dass die Realisierung von Kunstwerken als Automaten nicht immer gleichbedeutend mit einer vollständigen Autonomie oder künstlerischen Intelligenz ist. Die Mechanismen und Reaktionen können im Voraus programmiert oder gestaltet werden und unterliegen den vom Künstler definierten Grenzen.

W. N.: Bist du zufrieden mit deinen Antworten?

ChatGPT: Als KI-Modell habe ich keine Gefühle im herkömmlichen Sinne, daher kann ich nicht im selben Sinne Zufriedenheit empfinden wie ein Mensch. Mein Ziel ist es, Informationen bereitzustellen und auf Anfragen so gut wie möglich zu antworten, basierend auf meinem Training und meinem Programm. Wenn meine Antworten hilfreich und informativ für dich waren, freut mich das.

Es ist jedoch wichtig zu beachten, dass ich als KI-Modell nicht perfekt bin und meine Antworten nicht immer vollständig oder fehlerfrei sein können. Es besteht immer die Möglichkeit von Missverständnissen oder ungenauen Informationen. Es ist daher ratsam, meine Antworten zu überprüfen und gegebenenfalls weitere Quellen oder Expertenmeinungen heranzuziehen, um ein umfassenderes Verständnis zu gewährleisten.

W. N.: Wie siehst du die Zukunft der kybernetischen Ästhetik?

ChatGPT: Die Zukunft der kybernetischen Ästhetik ist von verschiedenen Möglichkeiten und Entwicklungen geprägt. Hier sind einige potenzielle Trends und Perspektiven:

– Mit dem Fortschritt in den Bereichen künstliche Intelligenz, maschinelles Lernen und Computergrafik werden immer leistungsfähigere Werkzeuge und Systeme zur Verfügung stehen, um kybernetische Ästhetik umzusetzen.

– Die kybernetische Ästhetik betont die Interaktion zwischen Kunstwerk und Betrachter. In Zukunft könnten Fortschritte in der Augmented Reality (AR), Virtual Reality (VR) und Mixed Reality (MR) eine noch intensivere und immersivere ästhetische Erfahrung ermöglichen. Kunstwerke könnten als aktive Agenten wahrgenommen werden, die auf komplexe Weise mit dem Publikum kommunizieren und reagieren.

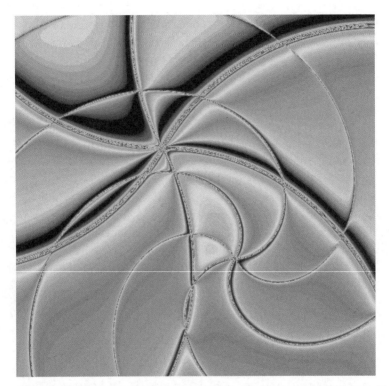

»Math Art« (1980–1990) – umfangreiche Serie zur ästhetischen Visualisierung von zahlreichen mathematischen Disziplinen.

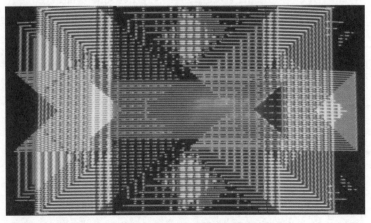

»Zentrum« (1982) – dynamisches Basicprogramm für Apple II.

Copyright aller Abbildungen: Herbert W. Franke

»Space Loop« (1994–1998) – dynamisches Programm.

»Phantastische Welten« (1998–2000) – Computergrafik.

– KI-Systeme können als kreative Assistenten dienen, indem sie Künstler bei der Generierung von Ideen, bei der Exploration neuer ästhetischer Konzepte und bei der Zusammenarbeit mit anderen Künstlern unterstützen.

Gleichzeitig wird es wichtig sein, eine kritische Perspektive zu wahren und die Balance zwischen Technologie und künstlerischem Ausdruck zu finden, um die kreative Freiheit und Individualität zu bewahren.

W. N.: Danke für das interessante Gespräch.

ChatGPT: Es war mir eine Freude, mit Ihnen zu sprechen und Ihnen zu helfen.

Franz Rottensteiner

H. W. Franke, Cyber ohne Punk

H. W. Franke (1927–2022) war ein vielseitig interessierter Mensch und Wissenschaftler; der Ausbildung nach theoretischer Physiker und, da er an der Universität Wien studierte, auch zwangsläufig mit Vorlesungen in Psychologie und Philosophie. Nach seinem Studium war er mangels Möglichkeiten in Österreich in Deutschland tätig; zunächst bei Siemens. Er führte Forschungsprojekte durch und schrieb zahlreiche naturwissenschaftliche Artikel, Sach- und Fachbücher. Zu seinen Interessens- und Forschungsgebieten gehörten die Höhlenforschung und die Computerkunst, in der er Pionierarbeit leistete. Er war einer der Gründer der Ars Electronica in Linz. Er wollte aber nicht nur Kunst schaffen, sondern untersuchte mathematisch auch die Grundlagen der Wirkung von Kunst.

Und er war natürlich auch Science-Fiction-Autor. Erste Geschichten veröffentlichte er in der österreichischen Literaturzeitschrift NEUE WEGE, worauf er des Öfteren stolz verwies. Zum SF-Schreiben kam er eher zufällig, denn als er den Goldmann Verlag bei der Herausgabe einer neuen Reihe von GOLDMANNS ZUKUNFTSROMANEN (der Begriff SF war damals für den alten Goldmann verpönt) beriet, fiel ein geplanter Band aus und er sprang mit dem Band *Der grüne Komet* (1960) ein, einer Sammlung von Kürzestgeschichten, die in fast aphoristischer Form eine erstaunliche Vielzahl von Themen abhandelte. Das Buch erregte in der Gesellschaft von Titeln von Isaac Asimov, James Blish und Alfred Bester große Aufmerksamkeit. 1990 wiederholte er das Experiment mit dem *Spiegel der Gedanken*, aber darin waren die Geschichten bereits doppelt so umfangreich.

Seine folgenden Romane waren Marksteine in der Entwicklung der Science Fiction, ohne als solche erkannt und hinreichend gewürdigt worden zu sein. Vor dem Cyberpunk und seiner Erfindung der Märchenwelt des Cyberraums, in dem die ungewöhnlichsten Ereignisse möglich sind, hat er fesselnde und realistische virtuelle Welten beschrieben, die ohne griffige Formeln von High Tech und Low Society und ohne Rückgriff auf romantisch verklärte Computerzauberer auskommen. Franke hat bereits, vor Stanisław Lems Phantomatik, virtuelle Räume beschrieben. Zum Unterschied von Lem oder William Gibson, die von Computern gar nichts verstanden (Lem hielt sie insgeheim wohl für eine Art Teufelszeug und hat sich zeitlebens geweigert, einen Computer zu bedienen), war Franke ein genuiner Computerfachmann, was wohl auch verhindert hat, dass er sich den Exzessen märchenhafter Übertreibungen hingegeben hat.

Franke betont darum auch die pädagogische Funktion der SF und die Verantwortung der Autoren:

>»Enthält das betreffende Werk verwertbare Hintergrundinformation, praktikables Gedankengut, prüfbare Aussagen über Erscheinungen unserer Welt, oder gaukelt es dem Leser pseudowissenschaftlichen Unsinn vor, der ihn zu falschen Vorstellungen und Einschätzungen naturwissenschaftlich-technischer Wirkungen und Möglichkeiten führt?
>Und noch in einer zweiten Weise wird Science Fiction pädagogisch wirksam. Da sie eine Literatur des Möglichen ist, zwingt sie den Leser immer wieder, verschiedenste Gedankenmodelle zu durchdenken, sich daraus ergebende Entwicklungen nachzuvollziehen, von einem Standpunkt zum anderen zu wechseln. Gute Science Fiction bewirkt also auch ein Training der Flexibilität des Denkens, sie führt zu einer Relativierung bisher für absolut gehaltener Regeln und Werte. Sie ist somit der Prototyp einer nicht affirmativen Literatur.«[14]

---

14   Herbert W. Franke, »Science-fiction – Grenzen und Möglichkeiten« in: Franz Rottensteiner

Ähnlich wie Isaac Asimovs drei Gesetze der Robotik ist der Cyber-raum der Science Fiction eine rein literarische, keine technische oder logisch-philosophische Erfindung. Frankes bevorzugte dramatische Situation ist nicht der Kampf, sondern der Test. Immer wieder geraten seine Helden, die von der Entdeckungslust getrieben werden, von einer unstillbaren Wissbegier, in Situationen, in denen sie getestet werden und sich bewähren müssen – intellektuell und charakter-lich. Das ist so in seinen frühesten Romanen *Das Gedankennetz* und *Der Orchideenkäfig* (beide 1961) und setzt sich fort in seinen späte-ren Werken. Frankes Sprache ist nüchtern und minimalistisch, von wissenschaftlicher Knappheit geprägt, aber doch sehr farbig in der Schilderung realer wie virtueller Umwelten. Hier zeigt sich auch der Einfluss von einem von Frankes anderen Hauptinteressen, der Höhlenforschung. Aus einem vermeintlichen Mangel schafft Franke eine Poetik, die einen ganz eigenen Reiz entwickelt, obwohl sie auf fast alles verzichtet, was den Massenerfolg von Science Fiction ausmacht.

Ich hatte die Ehre, wesentlich an Frankes zweiter Schaffens-periode in der Science Fiction beteiligt gewesen zu sein, nach der Goldmann-Zeit. Bei Insel erschien die Kurzgeschichtensammlung *Einsteins Erben* (1973), und später, als ich Herausgeber der PHANTAS-TISCHEN BIBLIOTHEK bei Suhrkamp wurde, gehörte Franke zu den Stammautoren der Reihe, von *Ypsilon minus* (1976) bis *Zentrum der Milchstraße* (1990), mit neun neuen Romanen, drei Kurzgeschichten-bänden und einer Hörspielsammlung. Auch die Goldmann-Bücher und *Zone Null* wurden neu aufgelegt.

Nach der PHANTASTISCHEN BIBLIOTHEK veröffentliche Franke noch vier weitere Romane bei dtv: *Sphinx_2* (2004), *Cyber City Süd* (2005), *Auf der Spur des Engels* (2006) und *Flucht zum Mars* (2007). dtv war auch bereit, die alten Romane Frankes neu aufzulegen, was aber an die Bedingung geknüpft war, dass er neue schrieb. Allerdings wollte dtv, dem Trend folgend, Bücher, die doppelt so umfangreich waren wie die früheren. Franke konnte locker Romane im Umfang von rund 160 Seiten diktieren, aber ein größerer Umfang erforderte es, die eigentliche Problematik des Gedankenexperiments mit romanhaften Elementen auszuschmücken, und diese Erweiterung erforderte einen

---

(Hrsg.) *Polaris 6. Ein Science-Fiction-Almanach, Herbert W. Franke gewidmet* (Frankfurt/ Main: Suhrkamp Verlag 1982, S. 145)

Aufwand, der sich für Franke nicht lohnte, und so stellte Franke die Zusammenarbeit mit dtv ein.

Wie Kurd Laßwitz war Franke der Ansicht, dass die Naturwissenschaft genügend poetischen Stoff lieferte, und er entwickelte in seiner Konzentration auf das Essenzielle und Wesentliche eines Gedankenexperiments eine SF, die völlig auf unnötige Ausschmückungen verzichtete, eine sehr eigenständige, für sein Schreiben charakteristische Poetik, welche die Schönheit naturwissenschaftlichen Denkens zur Geltung brachte. In einer Rezension in der ZEIT vom 16.03.1973 hat Wilhelm Roth die Vorzüge von Frankes Science Fiction treffend gewürdigt:

> »Fortschritt und Verarmung, Programmierung und Leidenschaft, Funktionieren und Denken, Wissenschaft als Steuerungsinstrument und als Religion. Aus solchen Gegensatzpaaren, dialektisch miteinander verbunden, sind fast alle Geschichten aufgebaut. Lösungen bieten sie nicht an, es sei denn, dass sie dem Leser den qualitativen Sprung suggerieren, der die Gegensätze auf einer anderen Ebene aufheben würde.«

Eines von Frankes Zentralthemen ist das Ausgeliefertsein des Individuums an mächtige bürokratische Strukturen, die sich der fortschrittlichsten technischen Unterdrückungsmaßnahmen bedienen. Ein anderes ist die Frage nach dem Wesen der Realität. *Zentrum der Milchstraße* wirft die Frage auf, ob wir nicht in einer gigantischen Computersimulation leben. Das behandelte Franke auch – vor Nick Bostrom, der damit bekannt wurde – in dem Sachbuch *Das P-Prinzip. Naturgesetze im Rechnenden Raum* (Insel Verlag, Frankfurt/Main 1995).

Die Leidenschaft und Schönheit des Wissen-Wollens, die unstillbare Neugierde über die Beschaffenheit der Welt, das sind die Triebkräfte von Frankes Werk, des wissenschaftlichen wie des erzählerischen. Die Frankes Naturell entsprechende Literatur ist die Science Fiction, die abstrakte Denkvorgänge in menschlichen Konflikten dramatisiert und so bloße Information in Anteilnahme und Miterleben verwandelt. Frankes Beitrag zur Science Fiction ist auf unverwechselbare Weise naturwissenschaftlich geprägt und originell, vergleichbar mit der SF keines anderen Autors.

Peter Schattschneider

Herbert Werner Franke – Wissenschaftler, Künstler, Philosoph

Am Dienstag, dem 3. Januar 2023 war in der FRANKFURTER RUND-SCHAU zu lesen: »Grüner Komet kommt der Erde immer näher«. Es handelte sich um die Ankündigung des Kometen C/2022 E3 (ZTF) mit Erdnähe am 1. Februar.

Ein Kollege, der in seiner Jugend so wie ich von Herbert W. Frankes Storysammlung *Der grüne Komet* ungeheuer beeindruckt war, schrieb mir: »Ein letzter Gruß von Herbert W. Franke.«

Der berühmte Science-Fiction-Autor ist im Juli 2022 im 95. Lebensjahr verstorben.

Der Erzählband *Der grüne Komet* erschien 1960 in der Reihe GOLD-MANNS ZUKUNFTSROMANE und 1964 in GOLDMANNS WELTRAUM TASCHENBÜCHER, einer modernen Reihe mit minimalistischem Umschlagdesign, das sich wohltuend von der üblichen Zukunfts-kolportage mit knalligen Raumschiffen, Strahlenkanonen und kühnen Raumfahrern unterschied.

Der grüne Komet ist eine Sammlung von 65 SF-Kürzestgeschichten. Sie beleuchtet wie mit einem Brennglas in unglaublicher Dichte, jeweils auf wenige Seiten komprimiert, einen wissenschaftlich-technischen Aspekt einer imaginären, nicht unbedingt zukünftigen Welt. Ich erinnere mich an die Geschichte »Links ist Tod«, in der ein Raumfahrer in ein anderes Universum teleportiert wird, und bei der Ankunft aktiviert er genau nach Protokoll einen Steuerknüppel oder Hebel, aber es ist der falsche, und das Ganze endet schlimm: Jenes Universum ist zwar identisch mit unserem, aber seitengespiegelt, was der Pilot zu spät erkennt. Heute bezeichnet man diese Form der Science Fiction als Gadget-Stories, jenen für die SF so typischen Topos der überraschenden technik- oder wissenschaftsrelevanten Auflösung einer unverstandenen Situation.

Dieses Setting ist typisch für naturwissenschaftliches Denken. Experimentelle Ergebnisse, die zunächst rätselhaft erscheinen, oder unbestätigte Vermutungen lösen sich unvermittelt in einem Aha-Erlebnis auf. Freilich ist der Weg dorthin manchmal mühsam und lang, aber die Erklärung kommt dann ähnlich blitzartig und erhellend daher wie in Frankes Kurzgeschichten. Der Autor hat den Überraschungseffekt, den das naturwissenschaftliche Spiel der SF bietet, einmal folgendermaßen beschrieben:

> »Das, was mich selbst an der Science Fiction fasziniert, ist der so genannte Sense of Wonder – das Unerwartete, das Erstaunliche, das Wunderbare, das in diesen Geschichten beschrieben wird. Dazu braucht man nicht in irreale Bereiche auszuweichen: Die Räume des Handelns und Erlebens, die mit moderner Technik auf der Basis der Naturwissenschaft erschlossen werden, sind weitaus phantastischer als alle Hexen, Monster und Zauberer aus der Märchen- und Sagenwelt.«

Die ersten literarischen Gehversuche unternimmt Franke in den 1950er-Jahren in der österreichischen Literaturzeitschrift NEUE WEGE, die damals ein Einstiegsportal für junge Literaten war (unter anderem veröffentlichten dort H. C. Artmann, Ernst Jandl, Elfriede Jelinek, Friederike Mayröcker). Das Frühwerk enthält auch Gedichte, kurze Sentenzen, oft humorvolle Aphorismen. Eines davon geht so:

»Wer Geist hat, macht davon Gebrauch.

Wer nicht, versucht dies meistens auch.«

Wir erahnen hier bereits die Vorliebe des Autors für Prägnanz und den pointierten Zugang seiner späteren Science Fiction.

Wenn man genau hinsieht, geht es im belletristischen Werk von Herbert W. Franke nicht um die Vorhersage künftiger Technologien, auch nicht um die Prognose unserer künftigen Lebensweise, sondern vielmehr um die Frage »Was wäre, wenn ...«, die in der Logik als die Schlussform der Implikation bekannt ist. Man setzt Prämissen (zum Beispiel, dass es ein gespiegeltes Universum gibt) und leitet daraus Konsequenzen ab. Ob die Prämissen realistisch sind, ist nebensächlich. Wichtig ist, dass sie »passen«. In der Mathematik nennt man das die Widerspruchsfreiheit eines Axiomensystems. Bei Franke ergeben sich aus diesem axiomatischen Spiel mit Möglichkeiten oft überraschende philosophische oder ethische Einsichten, was an die aus der Mode gekommene Formel der Aufklärer »prodesse et delectare« (nützen und unterhalten) erinnert. Heute ist in der erzählenden Kunst vom »prodesse« nicht mehr viel übrig. Franke wollte diese Kombination wiederbeleben. Anlässlich eines Treffens in den

1980er-Jahren hat er die Science Fiction als die »Literatur der technischen Intelligenz« bezeichnet. Wenn man sich die Gattung heute, vier Jahrzehnte später, ansieht, stellt man fest, dass das Programm größtenteils gescheitert ist.

Außer zahlreichen Kurzgeschichten, Romanen, Hörspielen und Drehbüchern hat Herbert W. Franke ein umfangreiches künstlerisches, wissenschaftliches und populärwissenschaftliches Oeuvre über Kunsttheorie, Computerkunst, Kybernetik und Höhlenforschung hinterlassen. Zur Kunst schreibt er in dem Aufsatz »Art as Data Processing« den programmatischen Einleitungssatz »Every work of art stimulates perceptual processes in the observer, listener, or reader«. Das ist natürlich trivial, aber es zeigt den Ansatz der rationalen Kunsttheorie – des Gottseibeiuns der etablierten Kunstwelt.

Franke hat sich neben der SF vor allem als Pionier der Computerkunst einen Namen gemacht, wovon zahlreiche Ausstellungen seiner Werke zeugen. Die Spuren lassen sich bis in die 1950er-Jahre zurückverfolgen. Jeder Student der Physik oder der Elektrotechnik konnte damals bereits faszinierende Kurven auf den Schirm eines Elektronenstrahl-Oszillografen zaubern, die sogenannten Lissajous-Figuren. Die ersten Bilder der Generativen Fotografie entstanden bereits 1953, ab 1954 wurde der Analogrechner dann auch für die Bildgestaltung eingesetzt. Dies als »Kunst« zu bezeichnen, war gewagt. Über solche Zumutungen rümpfte man auf beiden Seiten der »zwei Kulturen« (C. P. Snow) die Nase, sogar noch, als Benoît Mandelbrot 1975 die Fraktale entdeckte, jenen Zweig der Geometrie, der mittels Computer wunderschöne grafische Strukturen schafft. Mandelbrot wurde übrigens damals von vielen Mathematikern belächelt. Heute ist die Theorie der Fraktale ein anerkanntes Forschungsgebiet, das unter anderem in der Filmbranche effektiv eingesetzt wird, um naturnahe ästhetische Darstellungen zu generieren.

Ob Mathematik Ästhetik erklären kann, wie die alten Griechen glaubten, sei dahingestellt. Und inwieweit Ästhetik mit Kunst zu tun hat, darüber maße ich mir kein Urteil an. Franke fasste den Begriff weiter, da er die Ästhetik von Bildern, die mit wissenschaftlichen Methoden erzeugt wurden, insbesondere mit der Elektronenmikroskopie, erkannte. Sicher ist, dass die Mächtigkeit von Computern uns heute einen ästhetischen Genuss ohnegleichen bietet, wie man beispielsweise an den unglaublichen Bildern der

Weltraumorganisationen wie NASA oder ESA sieht, die alle durch Computeralgorithmen prozessiert, falschfarb-kodiert, gefiltert, geglättet und rektifiziert sind. Man kann die rationale Kunsttheorie Frankes auch so lesen, dass die Artificial Intelligence den Mythos des menschlichen Alleinstellungsmerkmals Kunst infrage stellt. Das ist natürlich nicht modern, schon gar nicht postmodern, aber so unwahrscheinlich ist die Sache nicht, wie uns Expertensysteme wie ChatGPT oder Timecraft zeigen, die bereits den Turingtest bestehen, Geschichten erfinden oder Gemälde berühmter Meister dekonstruieren, um daraus neue Werke zu erschaffen.

Seine Expertise in Informatik und Kybernetik erlaubte Franke, in den Bereich der Philosophie vorzudringen. Er spekuliert darüber, ob das Universum nicht ein Universalrechner im Sinne einer Turingmaschine oder eines äquivalenten zellulären Automaten sein könnte. Diese Idee ist in seinem Roman *Im Zentrum der Milchstraße* literarisch umgesetzt. Viele Jahre später hat der Philosoph Nick Bostrom eben diese Hypothese vermutlich ganz unabhängig aufgestellt und ist dafür bekannt geworden. Im Gegensatz zu Bostrom bringt Franke aber den für ein Weiterlaufen des kosmischen Computers notwendigen Zufall ins Spiel, den uns die Quantentheorie wunderbarerweise liefert. (Ähnlich hat übrigens der Nobelpreisträger Richard Feynman ungefähr zur gleichen Zeit argumentiert.)

Als Höhlenforscher war Franke international anerkannt. Mit seinem Vorschlag, das Alter von Tropfsteinen radiologisch zu bestimmen, war er seiner Zeit voraus; er wurde erst 15 Jahre später realisiert. Seine Expertise in der Speläologie hat er mit dem Grundthema seiner SF »Was wäre, wenn ...« in dem Aufsatz »Höhlen auf dem Mars« kombiniert.

Herbert W. Franke hat unmittelbar nach Kriegsende studiert, aber nicht Informatik (die gab es damals noch nicht), Kybernetik, Geologie oder Höhlenforschung, sondern Physik. Er promoviert 1950 an der Universität Wien mit einer Doktorarbeit zur Elektronenmikroskopie. Die Arbeit mit dem imposanten Titel *Richtungsdoppelfokussierung in inhomogenen rotationssymmetrischen elektromagnetischen Feldern* wurde von Walter Glaser betreut. Glasers Buch *Grundlagen der Elektronenoptik* steht griffbereit in meinem Bücherregal. Ich schlage oft eine Formel nach; denn mein Thema ist die Elektronenmikroskopie, und eines meiner Spezialgebiete ist die Fokussierung von

Elektronenstrahlen. Diese Parallelität ist schon erstaunlich, aber es geht weiter: Walter Glaser wechselte Anfang der Fünfzigerjahre von der Universität Wien an die Technische Hochschule (heute Technische Universität Wien). Dort war er von 1952 bis 1958 am Institut für Allgemeine Physik tätig. Es heißt heute Institut für Angewandte Physik. Ich arbeite an ebendieser Universität, am Institut für Festkörperphysik. Es hieß damals Institut für Angewandte Physik. Wenn das kein Setting für Verschwörungstheorien ist. Oder besser für eine Gadgetstory ...

Es gibt weitere merkwürdige Koinzidenzen, aber dies sei nur am Rand erwähnt. Ich hatte oft das Vergnügen, Herrn Franke bei seinen Wien-Besuchen zu treffen. Einmal erzählte er von seiner Bewunderung für den Philosophen Paul Feyerabend, den er von seinem Studium in Wien als Kommilitonen kannte. Ich hatte kurz zuvor *Wider den Methodenzwang* von Feyerabend gelesen. Ein andermal sprach er von Leo Perutz' Roman *Der Meister des jüngsten Tages*, der ihn beeindruckt und wohl auch geprägt hatte. Perutz könnte man als magischen Realisten der Literatur sehen. Ich kannte das Buch und schätzte Perutz sehr. Er hatte mich schon früher zu einigen Erzählungen angeregt.

Zurück zum grünen Kometen, mit dem ich diese Würdigung eines großen Universalisten – Wissenschaftler, Künstler, Philosoph – begonnen habe. Der Komet interessierte mich auch als Amateurastronom. Schlechtes Wetter, Nebel und Wolken verhinderten den ganzen Jänner seine Beobachtung. Am 28. Jänner 2023 gegen 23 Uhr öffnete sich überraschend ein Fenster. Die Wolken verzogen sich, aber es war dunstig, und der zunehmende Mond beschränkte die Sicht auf Sterne 4. Größe. Keine Chance, unter diesen Bedingungen ein Objekt 5./6. Größe mit freiem Auge zu sehen. Ich schulterte also mein Astro-Binokular 15x70, orientierte mich an einer Sternkarte und stapfte den schneebedeckten Hang hinter meiner Wohnanlage in Wien hinauf. Immer wieder suchte ich den Himmel ab, den Kopf im Nacken und die Arme mit dem fast zwei Kilogramm schweren Gerät gestreckt, bis sie zitterten und das Sichtfeld wackelte wie in einer Hochschaubahn. Eisiger Wind trieb mir die Tränen in die Augen. Nichts war zu sehen zwischen Ursa Major und Polaris, wo der Komet zu finden sein sollte. Absolut nichts – es war zu dunstig. Ich wollte schon aufgeben, da wurde der Dunstschleier einen Hauch durchsichtiger, und beim letzten Versuch sah ich ihn, den grünen Kometen – im Fernglas ein diffuser großer Fleck auf dem milchigen Himmelshintergrund. Zehn Minuten später kamen die Wolken wieder. Es ergab sich auch in den nächsten Tagen keine Gelegenheit mehr zur Beobachtung. Der grüne Komet zieht bereits weiter in die unermesslichen Tiefen des Alls. In 50.000 Jahren soll er wiederkehren.

Lieber Herbert W. Franke, herzlichen Dank für deinen letzten Gruß am Himmel. Und dafür, dass du den kosmischen Computer angewiesen hast, die Wolken für kurze Zeit wegzublasen.

Jürgen vom Scheidt

Herbert W. Franke: Der Gedankenvernetzer

An unsere ersten persönlichen Treffen habe ich keine Erinnerung. Ich weiß, dass dies 1958 gewesen sein muss, als Herbert Mitglied des Science Fiction Club Deutschland (SFCD) wurde und einige Male zu den Treffen der Münchner Gruppe kam, bei denen auch ich recht regelmäßig dabei war. Irgendwann war ihm wohl das fannische Gewusel bei diesen Treffen zu unergiebig, und er verließ bald wieder den SFCD. Seine vielfältigen kreativen und innovativen Beiträge zur deutschen Science Fiction führten jedoch dazu, dass der SFCD ihm nicht nur zweimal für den »besten Roman« den Deutschen Science-Fiction-Preis verliehen hat (1985 für *Die Kälte des Weltraums* und 1991 für *Zentrum der Milchstraße*), sondern ihn 2015 auch zum Ehrenmitglied ernannte.

Die Welt der Höhlen auf der Erde ist wie die Oberfläche eines fremden Planeten: bizarr und nicht ungefährlich. Es ist kein Zufall, dass Franke SF und Höhlenforschung kombiniert hat in einem kleinen Essay über »Höhlen auf dem Mars«. Den findet man auf seiner persönlichen Website. In seinem letzten veröffentlichten SF-Roman für Jugendliche thematisiert er das auch erzählerisch: *Flucht zum Mars*.

Als ich Franke im August 1979 für den Bayerischen Rundfunk zu seiner Beschäftigung mit der Höhlenforschung interviewte, stellte ich ihm auch die Frage, wie er zu diesem Thema gekommen sei. Wie so oft überraschte er mich mit einer Antwort, die ich sinngemäß so erinnere: »Ich war fünf Jahre alt, als ich in einen Sandhaufen kroch, um herauszufinden, was sich in seinem Inneren befindet.« Da muss man erst einmal drauf kommen!

Viele kennen Franke vor allem als innovativen Science-Fiction-Autor, der dieses Genre in Deutschland zu einer neuen Ernsthaftigkeit und Kreativität brachte. Die Höhlenforschung war ihm jedoch – wie seine Pioniertätigkeit für die Computergrafik – vermutlich weit wichtiger. Konnte er da doch den Schreibtisch verlassen und mit ebenso begeisterten Kameraden im Inneren der Erde herumkriechen und buchstäblich neue Welten entdecken – ähnlich einem (derzeit noch utopischen) Astronauten, der eines Tages auf einem anderen Planeten wie dem Mars herumspazieren wird, nur eben hier in unbekannten Bereichen unseres Heimatplaneten. Ähnlich wie in den Tiefen der Meere (die uns Frank Schätzing in seinem brillanten SF-Roman *Der Schwarm* nähergebracht hat) führte Franke seine Sachbuch-Leser in einigen auch spannend zu lesenden Büchern in die Finsternis der Höhlenlabyrinthe, um diese wissenschaftlich zu erforschen. Dabei gelang ihm auch eine neue Datierungsmethode mittels radioaktiven Kohlenstoff-Isotopen – als praktische Umsetzung seines Studiums der Physik und Chemie.

Was mir während dieses Gesprächs für den Funk geradezu eine Gänsehaut verursachte, war die Beschreibung eines Tauchgangs in einer neu zu erkundenden Höhle, bei dem er sich in einen wassergefüllten Siphon buchstäblich hineinwinden musste – ohne zu wissen, was ihn auf der anderen Seite erwartete. Was wie der Todesmut eines Hasardeurs anmutet, war jedoch einer von vielen wohlüberlegten Schritten einer wissenschaftlich vorbereiteten und auf viel Praxis basierenden Expedition. Franke hat seine Höhlenabenteuer alle überlebt. Seine letzte erstaunliche Expedition dieser Art unternahm er noch im hohen Alter von 80 Jahren in der ägyptischen Wüste, als er sich in einen tiefen Höhlenkrater abseilte.

Er war vielfach vernetzt und förderte andere SF-Autoren, indem er sie in den von ihm herausgegebenen Anthologien veröffentlichte: Als Herausgeber war er zunächst verantwortlich für die Reihe der GOLDMANN WELTRAUM TASCHENBÜCHER (wobei ihn Lothar Heinecke als Übersetzer unterstützte) und danach zusammen mit Wolfgang Jeschke für die SF-Reihe von Heyne (die später von Jeschke allein weitergeführt wurde).

1964 sah ich während eines psychologischen Praktikums bei IBM in Sindelfingen zum ersten Mal richtige Computer. Aber Franke war seiner Zeit weit voraus, als er mit dem von Claude Shannon entwickelten »Minivac 601« einen winzigen Tisch-Computer vertreiben wollte, den man selbst aus einem Bausatz zusammenbasteln konnte und der einfache »Und-Oder-Gatter« und »Flip-Flop«-Schaltungen ermöglichte und dem Benützer erste Schritte in der Kunst des Programmierens bot. Franke gab mir den Auftrag, die amerikanische Gebrauchsanleitung zu übersetzen, was ich mit großer Freude tat. Leider wurde aus diesem Startup-Unternehmen (wie man es heute nennen würde) nichts – das Interesse daran war zu gering und die Zeit für so etwas offenbar noch nicht reif.

Computer – das waren damals die großen Mainframe-Maschinen, die sich nur einige wenige Firmen leisten konnten und von IBM (und einige auch von Siemens) vermietet und gewartet wurden; verkauft wurden die Geräte nicht. Franke war jedenfalls auch hier einer der eifrigsten und kreativsten Pioniere, wie sich bald darauf zeigte, als er mit einem Atari (oder war es ein Commodore oder schon ein MacIntosh?) erste Computer-Grafiken zu programmieren begann.

Wichtige Wegbereiter dieser neuen übergreifenden Meta-Wissenschaft mit innovativen Denkmodellen waren Norbert Wiener, John von Neumann, Joseph Weizenbaum – und viele Autoren der Science Fiction wie Isaac Asimov (*I – Robot*) und Jack Williamson (*The Humanoids*). Zu letzterer Gruppe gehört fraglos an vorderster Front Franke. Wir haben bereits in den 1960er-Jahren heftig über Automation, Computer und KI diskutiert. Als ich ihn einmal fragte, ob Computer jemals so etwas wie »Bewusstsein« erlangen werden (heute würde man wohl besser fragen: »Hat Software solches Potenzial«), sagte er nur trocken: »Das ist eine Frage der Komplexität.«

Durch meine Arbeit als Student für ihn bekam ich aber noch viel mehr von seinen vielfältigen Aktivitäten mit. Nicht nur die Kakteensammlung außen vor dem Häuschen in der Pupplinger Au nahe der Isar südlich von München, sondern auch so praktische Tipps wie der folgende, als ich ihn mal fragte, wie er das so mache mit seinen Buch-Projekten, da müsse er doch vorher viel Arbeit reinstecken. Er schüttelte nur lächelnd den Kopf und sagte sinngemäß:

»Wenn mich ein Thema interessiert, weiß ich ja noch wenig darüber. Ich schreibe dann ein Buch, um Näheres zu erfahren.«

Also genau andersherum wie sonst üblich – wo ein Gelehrter nach vielen Jahren der Forschung sich hinsetzt und das Geforschte analysiert, vernetzt und zu einem (hoffentlich) verständlichen Ganzen komponiert. Dabei half Franke auf jeden Fall sein Wissen über Kybernetik, das er wie ein großes Deutungs-Raster unter alle Themen legen konnte. So gelangen ihm hochinteressante Bücher über Werbung (*Der manipulierte Mensch*), den kreativen Prozess des Künstlers (*Phänomen Kunst*) und Biochemie (*Magie der Moleküle*). Was immer ihn sehr interessierte, machte er sich zu Eigen und schrieb dann darüber.

Sicher nicht spekulativ ist, dass die Nazi-Diktatur tiefe Spuren in ihm hinterlassen hat, gegen die er in vielen seiner Romane anging. Schon im *Gedankennetz* geht es um das Aufbegehren des Protagonisten gegen eine anonyme Staatsgewalt. Befreiung von unsichtbaren »Fesseln« ist auch das Thema im *Elfenbeinturm*, in der *Glasfalle* und in der *Stahlwüste*. Der *Orchideenkäfig* mit diesem poetisch-grusligen Titel führt die Spekulationen über Realität und ihre Wahrnehmung nochmals weiter in einer Dystopie, bei der die Menschen in ferner Zukunft nur noch als wahrnehmende und denkende Gehirne in Nährlösungen schwimmen.

Nicht nur wegen der Vielfalt seiner utopischen Erzählungen über mannigfaltige Gefahren und Hoffnungen, welche die Zukunft (vielleicht) für uns bereithält, hat dieser Autor und Forscher den Ehrentitel eines »Homo futurus« verdient. In der Begabungsforschung hat man für solche kreativen und innovativen Multitalente die Bezeichnung »hochbegabt«. Es gibt aber eine noch höhere Einstufung, die viel seltener vorkommt und die meines Erachtens auf Herbert Franke zutrifft: Er war fraglos das, was man als »Höchstbegabter« bezeichnet. Auch wenn ich mich mit dieser Aufzählung nun wiederhole: Franke war dies auf fünffache Weise:

Als Science-Fiction-Autor hat er die deutschsprachige Zukunftsliteratur ab den 1960er-Jahren erneuert, mit stets solidem wissenschaftlichen und technischen Hintergrund.

Als Mitbegründer der Computer-Kunst hat er diesen technischen Geräten völlig neue ästhetische Qualitäten abgewonnen, die ihn zu einem der Pioniere dieses Bereichs machten.

Als Höhlenforscher ist er ganz praktisch in die Tiefen der Erde vorgedrungen und hat seine Funde und das ganze Metier in großartigen Sachbüchern einem staunenden Publikum nahegebracht.

Auf vielseitige Art hat er erzählend und in vielen Sachbüchern die neuartige Denkweise der Kybernetik erkundet und vermittelt.

Außerdem hebt die Wikipedia zu Recht hervor, dass er einer der frühen Futurologen war, als diese neue Disziplin sich in den 1960er-Jahren gerade zu etablieren begann.

Dazu passt bestens, dass er als zentrale Qualität der Science Fiction den *sense of wonder* betrachtet hat, den er auf unterschiedlichste Weise in seinen vielfältigen Arbeiten erkundet und weitergegeben hat – immer das solide Handwerk des Sachbuch- und literarischen Autors mit hohem Unterhaltungswert verbindend.

Im SFCD begrüßte man sich in den 1950er-Jahren mit »Ad Astra«. Dieses »zu den Sternen« meinte nicht zuletzt, dass alle Materie, aus der letztlich auch wir Menschen bestehen, in explodierenden Supernovae ausgebrütet und ins Universum verstreut wurde – und das wir am Lebensende wieder dorthin zurückkehren, oder wie die Bibel es poetisch und sehr zutreffend umschreibt: »... Staub bist du und zum Staub kehrst du zurück« (Gen. 3,19). In biblischen Zeiten wusste man nichts über die moderne kosmologische Wahrheit dieses Satzes. Heute könnte man es so formulieren: »Aus Sternenstaub bist du geboren und zu Sternenstaub kehrst du zurück.« Es war deshalb nur stimmig, dass seine Frau Susanne Päch das Ableben mit diesen bewegenden Worten mitteilte: »Herbert ist heute zu den Sternen gegangen.«

Gunnar Sohn

Vademekum gegen Kontrollobsessionen: Kritisches Denken mit Herbert W. Franke

Herbert W. Franke hat sehr früh erkannt, wie technische Innovationen zu totalitären Tendenzen führen können. Franke ging es darum, Konflikte zu beschreiben, mit denen man ernsthaft rechnen muss. Hier sah er eine wichtige Rolle der Science-Fiction-Literatur. Die Autoren sollten sich im Klaren darüber sein, was sie eigentlich schreiben und welche Themen sie behandeln. Sein Rat: Wir sollten darüber nachdenken, welche technischen Möglichkeiten vernünftig angewandt werden können und bei welchen eine besonders große Gefahr besteht, dass sie missbraucht werden können. Franke wollte nicht nur reine Unterhaltung bieten: Er wollte kritisches Denken fördern.

In seinen Romanen hat er sich mit Phänomenen beschäftigt, die heute ganz oben auf der politischen Agenda stehen. Wenn es um Information, Kommunikation und virtuelle Welten geht, entsteht das Fundament für Fälschungen, für Verzerrungen, für eine Umgestaltung der Wirklichkeit. Was wir heute als Fake News bezeichnen, hat Franke bereits in den 1970ern beschrieben, auch mit Rückgriffen auf die Kybernetik, die zu fragwürdigen Entwicklungen führte. Kurz nach dem Krieg versammelte die Macy-Foundation in den USA Elitewissenschaftler, die während des Zweiten Weltkriegs in unterschiedlichen Funktionen im Dienst des Militärs standen – von psychologischer Kriegsführung bis Spionage. Die Macy-Konferenzen wurden von 1946 bis 1953 organisiert und entwickelten Baupläne für eine neue Weltordnung. Es ging um kybernetische Modellwelten, errechnet durch Supercomputer, mit denen Wissenschaft, Ökonomie, Kultur und Politik kontrolliert, gesteuert und überwacht werden sollten – also die Programmierung neuer Menschen nach Maß in einer geordneten und vollkommenen Welt. Es ging um eine sanfte, selbstregulierende Umerziehung von Menschen mit autoritärem Charakter – ein Ziel, dass übrigens auch Adorno und Co. verfolgten. Klingt irgendwie nach der Psychotherapie im Zukunftsroman *Clockwork Orange* von Anthony Burgess, der vom kongenialen Stanley Kubrick verfilmt wurde.

Einige Macy-Wissenschaftler waren jedenfalls beseelt vom globalen Feldzug des Guten – gemeint waren natürlich die Vereinigten Staaten – gegen das Böse. Das Ziel war die totale Ausforschung von Persönlichkeit und Verhalten, um dann wünschenswerte Strukturen des Charakters erzeugen zu können. Vielleicht liegen hier auch die Steuerungsobsessionen von Geistesgrößen wie dem Google-Chefdenker Ray Kurzweil, die im Silicon Valley umherschwirren.

Die Glaubensgrundsätze lauten: Kybernetisch ausgewertete Muster von Informationen sind der beste Weg, die Wirklichkeit zu verstehen; Menschen sind nicht viel mehr als kybernetische Muster; Subjektive Erfahrung existiert entweder nicht, oder sie spielt keine Rolle, weil sie an der Peripherie stattfindet. Was Darwin für die

Biologie beschrieben hat, liefert die beste Erklärung für jedwede Kreativität und Kultur. Qualität und Quantität aller Informationssysteme steigen exponentiell an; Biologie und Physik verschmelzen und machen Software zu einer Leit- und Lebenswissenschaft, die alle Lebensbereiche beeinflusst und steuert.

Kurzweil erklärt Eingriffe in menschliche Geister für wünschenswert, weil Charakterfehler dadurch behoben und Leistungssteigerungen ermöglicht werden könnten. Das sei nichts anderes als eine Operation am Blinddarm oder am Herzen, meint Kurzweil. Seine erdachte singuläre Plattform herrscht über Leben und Tod. Kurzweil will Gott spielen und Franke hat vor den Folgen dieses Kontrollwahns gewarnt.

Das Thema Überwachung und Manipulation – verstärkt durch moderne Medien und durch Digitaltechnik – ist ein Schwerpunkt seines literarischen Werkes. Die unerwünschten Möglichkeiten dazu haben sich durch die moderne Medienwelt extrem vergrößert. Schon kurz nach Kriegsende hat Franke als Student damit begonnen, für die Kulturzeitschrift NEUE WEGE über solche Themen Artikel zu schreiben, über bessere Kommunikation oder schnellere Reiseverbindungen, aber auch über einiges, was gefährlich ist, etwa die Technik im Einsatz der Atomenergie, der Waffentechnik. Das regte Franke zum Weiterdenken an: sich nicht in der Phantasie zu verlieren, sondern auf naturwissenschaftlich-technischen Fakten beruhende Zukunftsentwürfe auch literarisch zu verarbeiten.

Franke hat in seinen Romanen sehr unterschiedliche Szenarien beschrieben: Dystopien, wo es um Unterdrückung der individuellen Freiheit, oder etwa »Wohlfahrtsdiktaturen«, wo es um Bevormundung oder Selbstbestimmung geht. Bei der Dominanz des Computers und der virtuellen Welten kommt das philosophische Problem von Wahrheit und Wirklichkeit auf die Tagesordnung, die kaum noch von Schein und Wirklichkeit zu unterscheiden sind, so etwa in *Sirius Transit* von 1979 oder in *Zentrum der Milchstraße* von 1990.

Es gibt ein Buch von ihm mit folgendem Anfang: »Nur eines stand in diesem Moment fest: Der Major musste sterben.« Und dann wird beschrieben, wie eine Gruppe von Menschen kujoniert wird, durch wahnsinnig selbstherrliche Militärs, wo man praktisch nur noch ein Roboter ist, der folgen muss, wenn er einen Befehl bekommt – das alles sei in Zukunft mit Maschinen möglich, so Franke. Solche Zustände hat er sich in mehreren Werken ausgedacht und versucht, dagegen zu arbeiten. Oder mit anderen Worten, den Leser darauf aufmerksam zu machen, dass solche Zustände eintreten können. Das ist nicht unmöglich, sondern sogar recht wahrscheinlich, wenn gewisse Kreise das technische Instrumentarium in die Hände bekommen. Und wenn man die Bücher von Franke gelesen hat, wird man hoffentlich versuchen, etwas dagegen zu tun.

Angela & Karlheinz Steinmüller

Der Höhlenmensch als Entdecker
Herbert W. Franke zur Erinnerung

Was treibt einen Menschen in die Eingeweide der Erde? Dort in der ewigen Finsternis einer Höhle ist es eng und kalt und glitschig. Wenn man weiterkriecht, rücken die Wände näher, und man weiß nicht, ob es überhaupt weitergeht. Bisweilen steckt man vielleicht sogar fest. Manch einer ist verunglückt und für immer unter der Erde geblieben … – Was also treibt einen Menschen in diese unwirtliche Unterwelt?

Am Abend des 20. Mai 2000 saßen wir im Sporthotel Prem in St. Johann mit Herbert W. Franke und Martin Heller von der Universität Zürich bei einem Bier. Der erste Tag eines »Alpinsymposium« der Österreichischen Naturfreunde über »Virtuelle Welt kontra Naturerlebnis« war vorüber. HWF hatte die Tagung eröffnet, Heller hatte uns Fahrten durch virtuelle Karsthöhlen präsentiert, und wir hatten lange darüber diskutiert, dass virtuelle Realitäten die jungen Leute nicht ins digitale Nirwana locken, sondern Lust auf die echte, die bedrohte Natur machen sollten … Die junge Generation aber schien sich doch nur für Computerspiele zu interessieren.

Nach dem zweiten oder dritten Bier erinnerten wir uns, dass Herbert W. Franke ja nicht nur SF-Autor und ein Pionier der Computerkunst, sondern auch Höhlenforscher ist. Also tippten wir das Thema sacht an – und, völlig unerwartet für uns, geriet HWF sofort ins Schwärmen. Was sind schon virtuelle Realitäten gegen reale Höhlen! Dort unten, tief in Fels und Stein, zwischen nassen

50er-Jahre: Herbert W. Franke – Selfie in einer fränkischen Höhle, aufgenommen mit einem Fotoapparat mit Zeitschalter und selbst entwickelten Lichteffekten. Copyright: Herbert W. Franke

Wänden und tropfenden Stalaktiten, befindet man sich in einer geradezu außerirdischen Situation! Dort unten gelangt man in fremde Welten, die noch kein Mensch betreten hat! Man ist überwältigt von den Formen und Farben des Gesteins, das plötzlich in den Lichtkegel der Helmlampe kommt. – Was für eine phantastische Vorlage für programmierte Höhlenräume! Dort unter Tage ist man total auf die Gefährten angewiesen, im Extremfall sogar auf sich allein gestellt. Dort unten lernt man auch Dinge zu schätzen, die andernorts als selbstverständlich gelten: Was für eine segensreiche Erfindung sind doch die viel geschmähten Plastiktüten! Sie schützen Ausrüstung und Proviant vor der allgegenwärtigen Nässe, ja, oft genug steigt man förmlich in sie hinein, um trockenen Fußes durch Wasserläufe und Schlamm zu gelangen ...

Und während HWF so erzählte, fühlten wir bald buchstäblich die Abgeschiedenheit, die Stille der unterirdischen Labyrinthe, allenfalls unterbrochen vom eigenen Atem, vom Fall der Tropfen ... Ja, in den tiefen Höhlen ist man viel weiter von der Menschheit entfernt als selbst die Astronauten auf dem Mond: Kein Funksignal dringt durch die Gesteinsschichten, man ist tagelang abgeschnitten von allen Leuten da oben, kämpft sich im Gegensatz zu den Astronauten ohne die Medien voran, die einem ständig über die Schulter schauen, ohne die lästigen Nachfragen aus Houston, ohne das tägliche Hickhack der Nachrichten. Und falls oben die Welt untergeht, merkst du es erst, wenn du wieder ins Licht kriechst ... Leute, vergesst den Weltraum, vergesst all die fremden Galaxien, da unten, unter unseren Füßen, liegen die wirklich phantastischen Welten!

Schließlich kam unser Gespräch auf den Mars. Müsste es nicht auch dort Höhlen geben? Vielleicht Karsthöhlen, herausgewaschen aus dem Untergrund vor vielen Millionen Jahren, als noch flüssiges Wasser auf dem roten Planeten existierte? Oder doch eher Lavahöhlen, dort, wo sich vor Urzeiten Magmaströme aus den Marsvulkanen heraus ergossen haben? Letztere zumindest sollte es zu Massen geben! Da das Dach der Lavakanäle unter bestimmten Bedingungen einbricht, müssten solche Einbruchöffnungen auf Marsfotos zu erkennen sein. – Erst vor Kurzem hatte HWF darüber auf einer wissenschaftlichen Konferenz vorgetragen. Mehr noch: Die Höhlen des Mars sollten geschützte Räume für Lebensformen abgeben, für einheimisches, marsianisches Leben oder eben für Astronauten, künftige Marsbesucher, Marsbewohner ... Kein Wunder, dass HWF ein paar Jahre später für seinen Roman *Flucht zum Mars* den roten Planeten zum Schauplatz wählte.

Ziemlich genau, als der Roman erschien, Anfang des Jahres 2007 berichteten Forscher, dass sie auf hochauflösenden Bildern der Orbitalsonde Mars Odyssey mehrere Einsturzlöcher erkannt hätten. – Damit ist Herbert W. Franke der bislang einzige SF-Autor, der tatsächlich etwas auf fremden Gestirnen entdeckt hat. Und wenn denn dereinst Menschen die schützenden Kavernen des Mars beziehen, dann sollte die erste davon Franke-Höhle heißen!

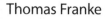

Thomas Franke

Vom Platzen und Reißen
Vier Tage im Januar und Februar 2023

Erster Tag: 22. Januar 2023
Hans Esselborn, einer der Herausgeber der Herbert-W.-Franke-Science-Fiction-Werkausgabe bei p.machinery, fragte mich vor einiger Zeit, ob ich ein paar Gedanken zum am 16. Juli des vergangenen Jahres verstorbenen Herbert W. Franke aufschreiben könnte, weil ich kurz nach dem Bekanntwerden seines Todes einen berührenden persönlichen Nachruf verfasst hätte und weil ich ja auch mit ihm befreundet gewesen wäre.

Dieser Nachruf war eigentlich der Schrei eines Verwundeten, dem eine weitere Verwundung zugefügt wurde: ein herausgebrülltes »nicht noch ein Franke!«. Hades, Thanatos, Ker und Hermes hatten wohl vor drei Jahren beschlossen, es sich hinfort an meinem Tisch Wohlsein zu lassen. In kurzen Abständen waren nacheinander mein Vater mit 95 Jahren und im Februar 2022 mein Bruder dreiundsechzigjährig gestorben, beide Frankes, und in das dadurch permanent dräuende Menetekel hinein öffnete sich jene E-Mail, die von Herberts Tod kündete, woraufhin eine über mir schwebende mit ekelhaft ätzendem Zeug gefüllte Riesenblase platzte und ihr schwarzer Inhalt sich auf mich ergoss. Als Thanatos das sah, tätschelte er mir daraufhin mit maliziösem Grinsen die Schulter, denn er wusste von meinem nun unerfüllt bleibenden Ehrgeiz, den Herberts Frau Susanne Päch erzeugt hatte, als sie mir schrieb – er wurde zu dieser Zeit schon palliativ betreut –, dass es so schön wäre, ihm noch ein oder zwei neue Ausgaben der Werkausgabe zeigen zu können, weswegen sie mich sehr bitte, ob ich für meinen Freund Herbert vielleicht bald noch ein oder zwei Cover machen könnte. Das auf Thanatos' Grinsen hin ansetzende zynische Gelächter der unerwünschten Tischgenossen in meinen Ohren schnibbelte und klebte ich mit trotzigem Eifer weiter an den zwei Motiven vor mir auf dem Arbeitstisch, vollendete in Windeseile einen gesamten Coverentwurf, nicht nur das Collagenmotiv für das Buch. Die Dateien dieser Entwürfe für *Transpluto* wurden gerade auf WeTransfer für Michael Haitel von p.machinery hochgeladen, als die E-Mail von

Susanne lautlos in meine Augen und in meine Seele stach: »Herbert ist zu den Sternen gegangen«. Ich war erschüttert – und abgrundtief frustriert, hatte ich mir doch so sehr gewünscht, dass es mir gelänge, ihm noch zwei Bände der Werkausgabe vorlegen zu können.

Die Natur der vier unwillkommenen, unsympathischen Gäste gestattete es mir nicht.

Zweiter Tag: 02. Februar 2023

Mittlerweile ertrage ich es nicht länger, die seit dem Erscheinen der vier lästigen Tischgäste entstandene, von stetem Unheil dräuende Entität mit ihnen zu teilen. Ich bemühe mich um die Schaffung eines anderen Zustandes, in dem ich mich nicht länger mit ihrem Pöbeln beschäftigen muss. Verjagen kann ich sie nicht, und so muss ich ihr obsessives Lärmen ertragen. Erst gestern plärrten sie, ich sollte mich zu ihnen an den Tisch setzen, wir müssten mit einem Schnaps auf das einjährige Jubiläum anstoßen, da ich vom Tod meines Bruders erfuhr.

Ich tat so, als ob ich ihr provozierendes Gebrüll nicht hörte, zumal ich gerade in einem Ordner mit alten Briefen blätterte, die mir Herbert geschrieben hatte, und in denen lesend ich unsere aufkeimende Freundschaft anhand lange vergessener Kleinigkeiten nacherlebte. Alte Briefe einer Korrespondenz, die im September 1976 begann, nachdem wir im Sommer dieses Jahres einander persönlich während der europäischen Science Fiction Convention im polnischen Poznań kennengelernt hatten. Ich erinnere mich, wie Herbert mich bei unserer zweiten Begegnung im Tagungssaal fragte: »Wie war doch gleich Ihr Name?« Und als ich antwortete: »Franke, mein Name ist Franke«, entgegnete er verlegen giggelnd: »Ach ja, ein Name, den man sich schlecht merken kann.« Noch vor einem Jahr löste diese Erinnerung innerliches Lachen in mir aus, jetzt umklammert mich quälende Trauer, wenn ich mich dieser Szene erinnere.

… (drei Punkte für Sprachlosigkeit, für Akinesie)

»… der hatte sich so betrübt über die Verwandlung desselben, dass er drei eiserne Bande um sein Herz legen musste, damit es vor Traurigkeit nicht zerspringe«, las ich vor einigen Tagen. Wie dem Eisernen Heinrich pressen auch mir solche Bande das Herz zusammen.

(Dieser Bericht zerreißt mir nun doch das Herz. Ich weine.)

Dritter Tag: 08. Februar 2023

Ich leide sehr unter Herberts Tod. Die latent in meinem Kopf vorhandene intuitive Gewissheit, dass er wirkt, schreibt, neue Projekte erdenkt, kam mir vom einen auf den anderen Augenblick abhanden.

Dieses Wissen beseelte mich immer dann immens inspirierend, wenn ich an den Holzstichcollagen für die Gestaltung seiner bei p.machinery erscheinenden Science-Fiction-Werkausgabe bastelte. Bis zu seinem Tod schuf ich die Buchgestaltungen und alles buchgestalterische Beiwerk für seine Augen, und meine versponnen mit den Bildinhalten dialogisierenden Titel späßelten mit seinem Intellekt. Ich spürte ihn beim Arbeiten an diesen Grafiken so, als würde er mir wie ein unsichtbarer Freund, imaginär anwesend, über die Schulter schauen und einen lautlos mysteriösen Diskurs mit mir über die entstehenden Motive führen. Deswegen irren meine inneren Sinne jetzt in einem mit zerknülltem Schwarzpapier angefüllten Universum umher, wenn ich an einem neuen Motiv für die Werkausgabe arbeite. In diesem chaotischen Knülllabyrinth suche ich nach einem neuen so wachen, gebildeten Geist, wie es der seine war, und nach anderen Augen, denen ich meine Ideen zu neuen Motiven präsentieren kann. Ich fühle ein lautloses, zähes Vibrieren einer dunklen Anomalie – dort, wo ich früher seine Anwesenheit spürte, ein Vibrieren, wie es Bilder der fraktalen Geometrie erzeugten, wenn ich Fotografien solcher Motive betrachtete, die er mir während der siebziger Jahre des letzten Jahrhunderts in die DDR geschickt hatte.

Daran erinnere ich mich sehr deutlich, weil sie mich ob ihrer obsessiven Unendlichkeit faszinierten und mich emotional strapazierten. Ansonsten redeten oder korrespondierten wir nur selten über seine Computerkunst, wohl weil mir, da ich die Beschäftigung mit Computern lange Jahre abgelehnt hatte, damals das Verständnis für diese Möglichkeit des kreativen Schaffens fehlte. Sicher wünschte er, mit mir über die Künste zu diskutieren, denn wie mir beim Lesen der alten Briefe auffällt, hoffte er wieder und wieder auf ein persönliches Zusammentreffen. In einem Brief von 1982 ließ er mich wissen: »Gerne würde ich Ihnen meine eigenen, neuesten Computergrafik-Ergebnisse zeigen. Ich habe mit einem neuen System gearbeitet und – jedenfalls meinem Eindruck nach – erstaunliche Konfigurationen zutage gefördert. Geradezu ein Entdeckungszug durch das Land der mathematischen Formen.«

Immerhin konnten wir einander Briefe schreibend unsere Gedanken durch den Eisernen Vorhang hindurch austauschen. Über seine bildnerische Arbeit fanden wir nicht zueinander, uns blieb nur die Ahnung, dass wir beide, jeder mit seinen handwerklichen und technischen Möglichkeiten, experimentierten. Jedoch blieben mir unsere Diskussionen über literarische Themen im Gedächtnis. Nachdem ich den Roman *Ypsilon minus* für den DDR-Verlag »Neues Leben« mit meinen Federzeichnungen bebildert hatte, wohl weil die Verlagsleute wussten, dass ich im Gegensatz zu vielen Künstlerkollegen und -kolleginnen den Mut aufbrachte, die Dystopie eines Schriftstellers aus dem Westen zu illustrieren (gut: Ich schoss damals über die ideologisch abgesteckten Grenzen hinaus, was mein Leben in diesem Land kompliziert werden ließ), beschäftigte ich mich mit seinem für mich hinsichtlich des Motivs unterschiedlicher Zivilisationsformen faszinierendsten Roman, *Zone Null*, weil ich einen Zyklus mit Federzeichnungen zu diesem Roman zu erarbeiten plante.

Auf meine Fragen die *Zone Null* betreffend, die ich nicht mehr erinnern kann, weil ich meine Briefe auf Verlangen der Auguren im Verlauf meines Hinauswurfs aus der DDR aus dem Ordner mit unserer Korrespondenz zu entfernen gezwungen wurde, antwortete er mir im Sommer 1979: »Nun zu Ihrer Frage über die *Zone Null*: In diesem wie in vielen anderen Fällen habe ich mehrere Deutungsmöglichkeiten offengelassen – das regt bekanntlich zum Nachdenken an, und das wiederum soll hin und wieder recht nützlich sein. Dass sich bei der einen Zivilisation ein Übergang von der personellen auf die informationelle Ebene vollzogen hat, ist richtig. Im Übrigen handelt es sich um Gesellschaftsformen mit verschiedenen Ausgangsformen, die aber – das wird in dem Roman postuliert – in Abhängigkeit von der progressiven Technik konvergierende Entwicklungen durchmachen.«

Da ich als in der DDR lebender Künstler sowohl für einheimische Verlage als auch für im Westen der Welt ansässige arbeitete und ich dadurch einige Zustände der westlichen Gesellschaft kennenlernen konnte, beschäftigte mich das diskutierte Thema derart intensiv, dass es für mich existenziell in ein politisch schizophrenes Chaos und schließlich im Jahr 1984 zum Hinauswurf aus der DDR führte. Für ein paar Tage gewährte er mir, dem aus einem Künstlerhimmel gestürzten Ikaros, mit meiner damaligen Frau Unterschlupf in seinem Haus, übergab mir das Geld, das er während der letzten anderthalb Jahre, die ich von der DDR aus noch für Verlage im Westen arbeiten durfte, angespart hatte – denn als mein Hinauswurf absehbar wurde, hinterzog ich dem Außenhandelsministerium der DDR die von den Westverlagen gezahlten Honorare –, und lenkte unsere ersten Schritte im Güldenen Westen durch München, das sich für mich als die Stadt »Perle« auf der anderen Seite erwies. Die Erfahrungen, die ich dort während der ersten paar Tage machte, bereiteten die Basis für mein darauf folgendes Leben, und wir begegneten einander während dieser Jahre eher zufällig. Auch deswegen, weil ich nach Bonn umgezogen war. Zehn Jahre später, im Dezember 1994, resümierte Herbert: »Natürlich habe ich es sehr bedauert, dass Sie sich mit Ihren künstlerischen Plänen von der Science Fiction entfernt haben, und das ist sicher der Grund dafür, dass der Kontakt etwas abgerissen ist. Nichtsdestoweniger würde ich aber gern wissen, was Sie treiben, und wie es Ihnen bisher ergangen ist. Es würde mich sehr freuen, wieder von Ihnen zu hören.«

Vierter Tag: 20. Februar 2023
Herbert hatte mir nie erklärt, was ihn an meinen Bildern und Grafiken begeisterte. Dass sie ihm gefielen, ließ er mich immer wieder wissen. Anfang 1978 lobte er meine Arbeit in einem Brief mit den Worten: »... für mich sind Sie der beste Science-Fiction-Graphiker! Am liebsten würde ich alle meine Romane von Ihnen illustrieren lassen.« Auf eine mystische Weise erfüllte sich dieser Wunsch viele Jahre später, als der Verleger Michael Haitel mich 2014 fragte, ob ich die auf dreißig Bände geplante Science-Fiction-Werkausgabe gestalten würde, die er für p.machinery plante. Es wäre Herbert W. Frankes Wunsch.

Achtzehn Bände dieser Ausgabe waren erschienen, als das Leben meines Freundes Herbert W. Franke am 16. Juli 2022 endete. Er ist 95 Jahre geworden. Allerdings ist ein solches hohes Alter für uns Hinterbliebene kein Grund dafür, seinen Tod weniger schmerzhaft zu empfinden. Wenn ein Mensch stirbt, verschwindet seine persönliche, seine ureigene, geheim gebliebene Welt. Und je nachdem, auf welche Weise wir zu dieser Welt gehörten oder wie auch immer wir mit ihm verbunden waren, reißt er ein kleineres oder größeres Stück von uns Lebenden unwiederbringlich mit sich; mag sein, dieses herausgerissene Stück verursacht uns den Schmerz. Die dünne, brüchige Haut zwischen der Welt der Lebenden und jener der Toten platzt auf, und für einen kurzen Moment, den wir durch den entstandenen Riss schauen können, erahnen wir auf der anderen Seite die Barke des Charon, die er über den Styx in den wabernden Nebel hineinstakt und in welcher wir die undeutlichen Rücken der von uns Gegangenen zu sehen glauben. Und jedes Mal möchte ich hinterherschreien, dass ich das nicht ertrage.

Horst G. Tröster

In memoriam Herbert W. Franke
Erinnerungssplitter an einen bemerkenswerten Hörspielautor

Nein, zugegeben, Herbert W. Franke war es nicht, der mich mit dem Genre bekannt gemacht hat, das ich lieber Future Fiction nenne. Es war mein Großvater, der mir Mitte der 1960er-Jahre den damals immer noch populären, heute umstrittenen Autor Hans Dominik zugänglich machte. Das Interesse war geweckt, und das »Erweckungserlebnis« folgte prompt, als der 15-Jährige auf der großen Kinoleinwand *Planet der Affen* erleben durfte. (Kubricks Jahrhundertepos war da noch im Werden.) Selbstverständlich gab ich mein Taschengeld dafür hin, um Pierre Boulles Romanvorlage mit dem unerwartet abweichenden Schluss lesen zu können. So machte ich erste Bekanntschaft mit einer Buchreihe, die damals mangels griffigen Labels wenig prätentiös als GOLDMANNS WELTRAUM TASCHENBÜCHER vermarktet wurde. Von da bis zur Entdeckung der Anthologie *Der grüne Komet* mit den pointierten Miniaturen war es nur noch ein kleiner Schritt, und seither haben mich dieses Genre wie auch Herbert W. Franke ein Leben lang nicht mehr losgelassen.

Als ich entdeckte, dass diese Geschichten aus der Zukunft auch im Radio präsent waren, wurde ich schnell zum Stammhörer der legendären Sendereihe SCIENCE FICTION ALS RADIOSPIEL aus der Wissenschaftsredaktion des Süddeutschen Rundfunks in Heidelberg, die

1967 mit Frankes *Meuterei auf der Venus* begonnen hatte und bis 1993 bestand. *Im Vakuum gestrandet* und *Der Magmabrunnen* waren die ersten seiner Arbeiten, die ich hier kennenlernte, beide überaus spannend und atmosphärisch sehr intensiv. Drei Jahrzehnte lang wurden Manuskripte von Franke realisiert und in rund 60 Terminen gesendet, zwanzig Hörspiele waren es insgesamt, von denen zwei mir ganz besonders viel bedeuten und für immer in Erinnerung bleiben werden. Beide, die fraglos zu den besten des Genres überhaupt gerechnet werden müssen, entstanden auf Anregung und unter dramaturgischer Betreuung von Dieter Hasselblatt beim Bayerischen Rundfunk, beide wurden von Starregisseur Heiner Schmidt sensibel und hochprofessionell inszeniert.

In *Papa Joe & Co.* (1976) steht an der Spitze eines abgeschotteten, obrigkeitshörigen Nordamerikas eine religiöse Vaterfigur, der alle Bürger fanatisch ergeben sind und die in direktem Zwiegespräch mit jedem Einzelnen zu stehen scheint. Die vermeintliche Freiwilligkeit erweist sich am Ende als perfides System der Manipulation, das freilich so verführerisch ist, dass ein angereister Diplomat aus Europa sich schließlich selbst der sogenannten »Taufe« unterzieht und sich so dem System ausliefert. Franke thematisiert hier nicht nur die Möglichkeiten der suggestiven Indoktrination durch elektronische Massenmedien, sondern sagt erstaunlich hellsichtig voraus, wie ein auf Zerstreuung und bedingungslosen Konsum ausgerichtetes System durch gnadenlose Ausbeutung aller Ressourcen den eigenen Lebensraum zerstört.

Darüber hinaus hat dieses Hörspiel eine bemerkenswerte Entstehungsgeschichte: 1973 hatten Georg Plenge et al. die damals revolutionäre kopfbezogene Stereofonie erfunden (heute meist ohne Kunstkopf elektronisch generiert und als 3-D-Audio oder Binauraltechnik bekannt), die erstmals eine besondere räumliche Akustik ermöglichte. Wie Dieter Hasselblatt berichtete, hatte der Bayerische Rundfunk wenig später Hörspielautoren aus dem Raum München zu einer Demonstration des Verfahrens geladen, aber der Einzige, der wenig später ein Hörspielkonzept vorlegte, sei Herbert W. Franke gewesen. Der hatte scharfsinnig erkannt, dass bei Verwendung eines räumlichen Aufnahme- und Wiedergabeverfahrens gerade durch zeitweiligen Rückgriff auf die alte, ausgediente Monofonie ein so starker Kontrast erzeugt werden könnte, dass der Hörer Stimmen im

Inneren seines Kopfes zu hören vermeint. Die Idee der suggestiven Einflüsterungen von Papa Joe war geboren.

Keine Spur von Leben ..., gut fünf Jahre später entstanden und nicht minder faszinierend, spielt in der Forschungsstation auf einem fernen Exoplaneten nahe dem absoluten Nullpunkt im Orbit eines Dunkelsterns. Trotz klassischen Schauplatzes geht es Franke aber nicht um extraterrestrische Abenteuer, vielmehr interessieren den Physiker Fragen wie: Ist Leben auf habitable Zonen angewiesen, an Aminosäuren und Proteine gebunden, von Nukleinsäuren abhängig? Wäre Leben im weitesten Sinne unter Nullpunktphänomenen mit Supraleitfähigkeit nicht auch bei kristallinen Strukturen denkbar? Faszinierende Denkmodelle – aber Franke beließ es nicht dabei. Ausgehend von dem im Hörspiel geäußerten Satz »Der Mensch begegnet immer, auch weit draußen im Weltraum, nur sich selbst« schildert er, wie einer der Wissenschaftler (wunderbar gesprochen von Ernst Jacobi) alles daransetzt, um zu verhindern, dass die vorgefundenen Kristallfelder menschlicher Profitgier geopfert werden. Ein Unglück ereignet sich, und in den Lautsprechern der Station lässt sich eine verzerrte Stimme vernehmen, welche die Besatzung beschwört, die Strukturen nicht anzutasten, weil jeder Schritt durch die Kristallfelder ein Akt der Zerstörung sei. Im Verlauf des Plots taucht der Verdacht auf, diese geheimnisvolle Stimme könnte in Wahrheit das Ergebnis einer Manipulation sein. Mit der vermeintlichen Aufklärung zur Erleichterung aller Beteiligten könnte das Hörspiel enden, aber Franke setzt noch eins drauf, und hier erst entfaltet die Geschichte ihre hintergründige Faszination, wenn Jahre später, zurück auf der Erde, die rätselhaften akustischen Aufzeichnungen ein weiteres Mal analysiert werden und sich mithilfe einer »assoziativen Übersetzungstechnik« anzudeuten scheint, dass sich in den musikalisch strukturierten Geräuschen doch viel mehr verbergen könnte als angenommen, vielleicht die Botschaft einer ganz anderen Lebensform. Zu spät freilich, denn die filigranen Kristallgebilde sind menschlichem Raubbau restlos zum Opfer gefallen.

Gern erinnere ich mich, als ich gemeinsam mit Waldemar Kumming 2001 Herbert W. Franke in seiner selbst gewählten Abgeschiedenheit, einem behaglich ausgebauten Bauernhaus vor den Toren Münchens, zum ersten Mal persönlich kennenlernen durfte. Fast hätten wir das einsame Anwesen auf der Waldlichtung links liegen gelassen, hätte uns nicht ein gläsernes Gewächshaus, übervoll mit Kakteen, den Weg gewiesen. Der passionierte Kakteenzüchter, Physiker, Mathematiker, Wissenschaftsphilosoph, Höhlenforscher und vielleicht einziger deutschsprachiger Science-Fiction-Autor mit Weltgeltung, erwies sich als überaus freundlich, aufmerksam und bescheiden und war für seine damals 73 Jahre erstaunlich agil. Er erwartete uns im geschmackvoll zum Wohnraum umgebauten Heuboden mit wunderbarem Blick auf die umgebende Natur. Nichts erinnerte an seine – ungebrochene! – Liebe zur Science Fiction. Hatte er seine umfangreiche Bibliothek deshalb in das rückwärtige Gartenhäusel ausgelagert, weil es ihm peinlich war, sich in seinem unmittelbaren Lebensbereich mit vermeintlich Trivialem zu umgeben? Wohl kaum, denn er sprach sehr zwanglos, selbstverständlich und frei von professoraler Herablassung über das Genre, wie man es eher von angelsächsischen Wissenschaftlern kennt. Und wie sollte er auch, hat doch kaum jemand – zumindest im Bereich der ernst zu nehmenden Science Fiction – so viele Romane, Erzählungen und Hörspiele geschrieben wie er.

Unter der Ägide seines Freundes Dieter Hasselblatt, langjähriger Hörspielchef beim Bayerischen Rundfunk, waren drei seiner besten Hörspiele realisiert worden. Nach dessen Ausscheiden beim BR waren Frankes Erfahrungen mit dem Hörspiel freilich nicht mehr ungetrübt. Er, der rund 25 Hörspiele geschrieben hatte, von denen 20 in den Hörspielstudios der ARD und des ORF realisiert wurden, sah keine Chance mehr, bei zunehmend mit dem Genre fremdelnden Rundfunkredakteuren ein Hörspiel unterzubringen. Sein neuestes Manuskript, *Der Kristallplanet*, basierend auf einem Theaterstück für das Marionettentheater Bad Tölz, hatte er im Jahr zuvor drei Rundfunkanstalten angeboten, doch BR wie WDR und HR hatten es bei nichtssagenden Absagen belassen und auch keinerlei Interesse an künftiger Zusammenarbeit bekundet. Nachvollziehbar, dass Franke, dem es an Ideen nicht mangelte und der gern weitere Hörspiele geschrieben hätte, unter diesen Umständen meinte, er wolle sich nicht noch einmal der Mühe unterziehen, ein Hörspiel auszuarbeiten, wenn nicht zumindest die Chance auf eine Realisierung bestünde. *Der Kristallplanet* wurde übrigens sechs Jahre später anlässlich seines 80. Geburtstags von seiner Ehefrau Susanne Päch produziert und unter der Regie von Sabine Kastius am Marionettentheater Bad Tölz mit großem Erfolg uraufgeführt, wo es bis heute im Repertoire ist.

Von Verbitterung war freilich nichts zu spüren. Franke berichtete, dass er noch immer regelmäßig in wissenschaftlichen Magazinen publiziere, an internationalen Kongressen teilnehme und seine letzte Höhlenexpedition noch kein Jahr zurückliege. In der wenigen freien Zeit sei er mit dem Entwurf von Computergrafiken beschäftigt. Als eine seiner größten wissenschaftlichen Leistungen benennt er ein Verfahren zum Datieren von Tropfsteinen, ursprünglich von Fachkollegen belächelt, heute eine weltweit anerkannte Methode. Von einer Reise zu einer Höhle in Griechenland erzählte er, die mittlerweile für den Tourismus erschlossen sei. Der Führer habe einen Namen als angeblichen Entdecker der Höhle genannt, musste aber auf Nachfrage einräumen, dass in Wirklichkeit er, Franke, der Entdecker gewesen sei und die Höhle für die Öffentlichkeit zugänglich gemacht habe. Das sei in der Wissenschaft leider kein Einzelfall: Nur wer eine Erkenntnis oder Entdeckung sofort in einer Fachzeitung publiziere, könne dann später die geistige Urheberschaft für sich reklamieren.

So ist es Herbert W. Franke auch im Fall der Marshöhlentheorie ergangen. Bekanntlich kühlen Lavaströme häufig in der Weise ab, dass die äußeren Schichten schneller erstarren und im Inneren durch die abfließende Lava Höhlen zurückbleiben. Auf der Erde habe Franke dies selbst beobachten können, und seine Theorie schlägt vor, dass künftige Raumfahrer anstelle schwer transportabler Wohnmodule eine der Marshöhlen als Habitat nutzen könnten, die dort infolge des ehedem starken Vulkanismus zahlreicher als auf der Erde und nahe der Oberfläche zu finden sein müssten. Da die darin befindliche erwärmte Luft mit Wärmebildkameras leicht sichtbar gemacht werden könne, sollten sich diese Höhlen schon vom Marsorbit aus leicht orten lassen. Inzwischen hat ein US-Amerikaner diese Theorie für sich reklamieren wollen, und nur, weil Franke sie bereits publiziert hatte, konnte er seine Urheberschaft nachweisen. Schmunzelnd und dankbar erinnert sich Franke, wie er vor geraumer Zeit in Waldemar Kummings Magazin MUNICH ROUND UP einen wissenschaftlichen Artikel veröffentlicht habe, um sich so seine Autorenrechte zu sichern, da auf Anhieb keine Publikation in einem der Standardwerke möglich gewesen sei.

Doch zurück zur Science Fiction. Sei es, weil er sich endgültig vom Hörspiel verabschiedet hatte, sei es, weil seine 73 Jahre es ihm leichter machten, sich von Teilen seiner Vergangenheit zu trennen: Großzügig überließ er uns seine Hörspielmanuskripte, darunter echte Raritäten, manche handschriftlich überarbeitet, manche mit kritischen Marginalien von Dieter Hasselblatt, einige sogar in unterschiedlichen Fassungen, je nachdem, ob die betreffenden Redakteure auf Kürzungen bestanden oder im Gegenteil ausführlichere Fassungen gewünscht hatten. Besonders aufschlussreich ist der Fall des Hörspiels *Ich bin der Präsident*, das beim ORF eingereicht wurde und aus Etatgründen nur produziert wurde, nachdem Franke es um die Hälfte gekürzt und zu einer Funkerzählung umgearbeitet hatte. Kaum gesendet, trat man an Franke mit der Frage heran, ob er diesen schönen Stoff nicht in ein »richtiges« Hörspiel umwandeln könnte ... was dann auch geschah, sodass in den ORF-Archiven zwei sehr unterschiedliche Fassungen existieren.

Herbert W. Franke habe ich 2007 in Bad Tölz zum letzten Mal persönlich getroffen. Die Nachricht von seinem Tod am 16. Juli 2022 hat mich sehr getroffen. Ein über die Genregrenzen hinaus bedeutender Schriftsteller und Wissenschaftler hat sich verabschiedet, ein liebenswerter Zeitgenosse und begnadeter Hörspielautor. In seinem umfangreichen Nachlass aber wird er weiterleben. Ich werde mich stets dankbar an ihn erinnern.

 Jörg Weigand

Herbert W. Franke in Memoriam

Der 16. Juli 2022 bedeutet für die deutschsprachige Science Fiction das Ende einer Ära; es ist der Todestag von Herbert W. Franke.

Diese Ära begann im Jahre 1960 mit dem Start der GOLDMANNS ZUKUNFTSROMANE. Herausgegeben von Herbert W. Franke, erschienen mit einem Schlag sechs Titel; neben Autoren wie Isaac Asimov, James Blish und Alfred Bester gab es auch den ersten SF-Band von Franke: *Der Grüne Planet*. Die frühe Meisterschaft des Autors zeigt sich bereits an der Entstehungsgeschichte dieses Kurzgeschichtenbandes.

Dem Verleger Goldmann war die Programmplanung durcheinandergekommen, einer der vorgesehenen Autoren (welcher, ist bis heute unklar) bzw. dessen Literaturagentur hatte zu hohe finanzielle Forderungen gestellt, die der Verleger nicht bereit war zu erfüllen. Seine Bitte an den Herausgeber Franke: Er möge doch selbst einen Band beisteuern, schließlich habe er bereits einige Science-Fiction-Kurztexte veröffentlicht. Ein Romanmanuskript lag damals nicht vor; in einer unglaublich konzentrierten Kraftaktion brachte Franke in kürzester Zeit etwa 60 neue Kürzestgeschichten zu Papier, seine vorhandenen wenigen Stories damit zu einem repräsentablen Band ausbauend.

Heute ist die Sammlung *Der grüne Komet* ein Markstein in der Entwicklung der deutschsprachigen Science Fiction nach 1945. Zwar hatte es bei den Altvorderen sehr wohl kürzere Erzählungen spekulativer Natur gegeben, man denke etwa an Hans Dominik oder Carl Grunert, doch Frankes kurze Erzählsplitter transportierten bei aller Sachlichkeit eines naturwissenschaftlich vorgebildeten Autors mehr als nur faktische Spekulationen; sie besaßen – wenngleich oft nur im Ansatz – jenen *sense of wonder*, der nach Ende des Zweiten Weltkriegs von Übersee herüberwehte.

Zu Herbert Werner Franke (14. Mai 1927 – 16. Juli 2022) einen Nachruf zu schreiben, verlangt eigentlich mehr als diese wenigen Zeilen. Ihm gerecht zu werden, den vielen Tätigkeitsfeldern gerecht zu werden, auf denen er gearbeitet, ja geradezu als Pionier gewirkt und Möglichkeiten aufgezeigt hat auf Wegen, die keiner vor ihm gegangen ist, wird erst in der Rückschau – denkbar: nach mehreren Jahrzehnten – wirklich möglich sein. Denn die Auswirkungen sind bereits heute sichtbar, in den Weiterungen aber nicht absehbar.

Daher hier eine sehr persönliche Reminiszenz an einen Mann, der mir von Anbeginn wegen seiner zurückhaltenden, bescheidenen Art, seiner Neugier und seinem Streben nach Wahrheit, seiner Toleranz anderen Meinungen gegenüber bei den Diskussionsrunden, die ich mit ihm erleben durfte, tiefen Eindruck gemacht hat.

Am ehesten bekannt ist Herbert W. Franke uns wegen seiner Science Fiction, an deren weiterer (eigenen) Entwicklung er mehrere Jahrzehnte lang gefeilt hat. Bereits an den ersten Romanen wie *Das Gedankennetz* oder *Der Orchideenkäfig* ist erkennbar – und das zieht sich letztlich durch seine literarische Produktion bis hin zu *Cyber City Süd* oder *Flucht zum Mars* –, dass das Verhältnis Mensch/Technik Franke

Herbert W. Franke, 2017.

fasziniert hat, was letztlich zur Fragestellung führte: Was ist Realität, und inwieweit ist der Mensch überhaupt in der Lage, diese Realität wahrzunehmen? Was wiederum bei Franke hinführt zum Fragen- komplex: Was sind Macht und Machtausübung in Bezug auf den Men- schen als soziales Wesen? Und wie könnte eine mögliche zukünftige Entwicklung, beziehungsweise sogar eine bewusst gesteuerte Ent- wicklung in seinen Auswirkungen auf den Menschen aussehen?

Als Science-Fiction-Autor hat Herbert W. Franke große Fußstapfen hinterlassen. Diese Feststellung wird nicht geschmälert durch die Feststellung, dass dieser Autor die große Welt der Gefühle und deren Verarbeitung in der Belletristik, also auch in der Science Fiction, nicht beherrscht hat. Oder auch: bewusst gemieden hat. Ob das Eine oder das Andere richtig ist, kann ich, mag ich nicht entscheiden.

Aber Herbert W. Franke war und ist mehr als nur SF-Autor. Der studierte Physiker, der daneben auch die Fächer Mathematik, Chemie, Psychologie und Philosophie belegte und vielerlei Aspekte dieser Wissenschaften in seine Science Fiction einfließen ließ, war ein Universalgelehrter, der es verstand, unterschiedliche Wissens- gebiete in seinen Schriften miteinander in Verbindung zu bringen, sie aber auch sehr gekonnt separat darzustellen. Seine über dreißig Sachbücher zeugen von dieser Fähigkeit, die ich persönlich immer voller Neid bewunderte. Behandelte Themen sind unter anderem die Höhlenforschung, bei der er selbst einen wichtigen Beitrag zur Altersbestimmung von Tropfsteinen leistete, Astronomie, Molekularforschung und das weite Feld der Mathematik.

Eines dieser Gebiete ist vor allem das »Phänomen Kunst«, wie er selbst das einmal nannte. Er war einer der Pioniere der Computerkunst, Kybernetik, und alle damit zusammenhängenden Möglichkeiten faszinierten ihn ein Leben lang. Mehrere Lehraufträge an Universitäten, bei denen ihm auch seine frühen Studien in Psychologie und Philosophie von Nutzen waren, gaben ihm die Möglichkeit, sein Wissen und sein in die Zukunft weiterführendes Ahnen an Studierende weiterzugeben. Ausstellungen in Deutschland und Österreich zeigten Frankes eigene Grafikkunst.

Herbert W. Franke war eine große Autorenpersönlichkeit, der bei all seinem Wissen und seinen Erfolgen im persönlichen Umgang stets zurückhaltend und bescheiden blieb. Aus sich heraus ging er nur, wenn es um Fakten ging, denn er war ein Sucher – ein Sucher nach der Wahrheit und den Möglichkeiten, sie zu ergründen.

Dass er daneben ein verborgener Träumer war, dessen er sich selbst womöglich gar nicht wirklich bewusst war, zeigt sich in seinen Science-Fiction-Gedichten. Streng faktisch und nüchtern gebaut, nicht selten einer aufzählenden Liste ähnlich, atmen sie doch ein Staunen über das Weltall und seine Entstehung. Sie gingen mir einige Zeit im Kopf herum, ehe ich mich traute, ihn um die Erlaubnis zu fragen, eine Vertonung seiner Lyrik zu wagen. Immerhin habe ich nie Musik studiert, war und bin ein Amateur.

Franke sagte sofort zu und schickte eine vertragliche Vereinbarung, begleitet von einem Brief, in dem er mich informierte, es habe bereits eine derartige Vertonung gegeben, doch sei er damit ganz und gar nicht zufrieden. Nun also gibt es eine CD *Astropoeticon*, erschienen bei Schillinger in Freiburg und auch im Rahmen der bei p.machinery verlegten Gesamtausgabe zu bekommen. Ihm und mir gleichermaßen zur Freude.

Herbert W. Franke ist tot – ein großer Verlust nicht nur für die Science Fiction, sondern für die gesamte Kulturlandschaft. Sein Werk bleibt und wird, davon bin ich fest überzeugt, weiter wirken.

Bibliographie

Herbert W. Frankes Werke

Science-Fiction-Texte von H. W. Franke, die bisher in der neuen Gesamtausgabe bei p.machinery, hg. von Ulrich Blode und Hans Esselborn, erschienen sind:

Der grüne Komet, Murnau 2014.

Das Gedankennetz, Murnau 2015.

Der Orchideenkäfig, Murnau 2015.

Die Glasfalle, Murnau 2015.

Die Stahlwüste, Murnau 2016.

Planet der Verlorenen, Murnau 2016.

Der Elfenbeinturm, Murnau 2017.

Zone Null, Murnau 2017.

Ypsilon Minus, Murnau 2018.

Einsteins Erben, Murnau 2018.

Zarathustra kehrt zurück, Murnau 2018.

Sirius Transit, Murnau 2019.

Paradies 3000, Murnau 2020.

Tod eines Unsterblichen, Murnau 2020.

Schule für Übermenschen, Murnau 2020.

Transpluto, Murnau 2022.

Keine Spur von Leben, Murnau 2022.

Jede Menge Leben, Murnau 2023.

Die wichtigsten früheren Auflagen:
Romane

Das Gedankennetz, München (Goldmann) 1961, Frankfurt/Main (Suhrkamp) 1990.

Der Orchideenkäfig, München (Goldmann) 1961, Frankfurt/Main (Suhrkamp) 1989.

Die Glasfalle, München (Goldmann) 1962, Frankfurt/Main (Suhrkamp) 1993.

Die Stahlwüste, München (Goldmann) 1962, Frankfurt/Main (Suhrkamp) 1991.

Der Elfenbeinturm, München (Goldmann) 1965, Frankfurt/Main (Suhrkamp) 1993.

Zone Null, München (Kindler und Lichtenberg) 1970, München, (Heyne) 1974, Frankfurt/Main (Suhrkamp) 1980.

Ypsilon minus, Frankfurt/Main, (Suhrkamp) 1976, Berlin (Neues Leben) 1979.

Sirius Transit, Frankfurt/Main, (Suhrkamp) 1979.

Schule für Übermenschen, Frankfurt/Main, (Suhrkamp) 1980, dtv (München) 2007.

Tod eines Unsterblichen, Frankfurt/Main, (Suhrkamp) 1982.

Transpluto, Frankfurt/Main, (Suhrkamp) 1982.

Die Kälte des Weltraums, Frankfurt/Main, (Suhrkamp) 1984.

Endzeit, Frankfurt/Main, (Suhrkamp) 1985.

Planet der Verlorenen (unter dem Pseudonym Sergius Both), Berlin (Ullstein) 1987.

Dea Alba (gem. m. M. Weisser), Frankfurt/Main, (Suhrkamp) 1988.

Hiobs Stern, Frankfurt/Main, (Suhrkamp) 1988.

Zentrum der Milchstraße, Frankfurt/Main, (Suhrkamp) 1990.

Sphinx_2, München (dtv) 2004.

Cyber City Süd, München (dtv) 2005.

Auf der Spur des Engels, München (dtv) 2006.

Flucht zum Mars, München (dtv) 2007.

Sammlungen von Kurzgeschichten

Der grüne Komet, München (Goldmann) 1960, Frankfurt/Main (Suhrkamp) 1989.

Einsteins Erben, Frankfurt/Main (Insel) 1972, Frankfurt/Main (Suhrkamp) 1980.

Zarathustra kehrt zurück, Frankfurt/Main (Suhrkamp) 1977.

Paradies 3000, Frankfurt/Main (Suhrkamp) 1981.

Der Atem der Sonne, Frankfurt (Suhrkamp) 1986.

Spiegel der Gedanken, Frankfurt/Main (Suhrkamp) 1990.

Die Zukunftsmaschine, Phantastische Bibliothek Wetzlar 2007.

Hörspieltexte

Keine Spur von Leben ..., Frankfurt/Main (Suhrkamp) 1982.

Forschung zu H. W. Franke.

Helga Abret: »Schreibend die Notwendigkeit von Veränderung demonstrieren.« Zu Herbert W. Frankes utopisch-technischen

Erzählungen und Romanen. In: *Polaris 5. Ein Science Fiction Almanach*. Hg. von Franz Rottensteiner. Frankfurt/M. (Suhrkamp) 1981.

Hans Esselborn: »Herbert W. Frankes Romane zwischen Antiutopie und Virtualität«, in: Hans Esselborn (Hg.): *Utopie, Antiutopie und Science Fiction im deutschsprachigen Roman des 20. Jahrhunderts*. Würzburg (Königshausen und Neumann) 2003, S. 133–149.

Hans Esselborn: »H. W. Frankes Roman *Zentrum der Milchstraße* als Beispiel für Intertextualität in der Science Fiction«. In: LITERATUR FÜR LESER Jg. 29 (2006), H. 4, S. 237–253.

Hans Esselborn: »Kybernetik in der Science-Fiction. Störung und Rückkopplung bei Androiden, Computern und Künstlichen Intelligenzen«. In: Hans Esselborn (Hg.): *Ordnung und Kontingenz. Das kybernetische Modell in den Künsten*. Würzburg (Königshausen und Neumann) 2009, S. 89–102.

Hans Esselborn: »Virtualität bei Herbert W. Franke«. In: BLUE-SCREEN. Juni-Magazin für Literatur und Kultur. Heft 43/44. (2010), S. 181–188.

Hans Esselborn: »Herbert W. Franke. Pionier der deutschsprachigen Science Fiction«. In: Herbert W. Franke: *Der Kristallplanet. Autobiografische Texte und Science Fiction Werke*. Murnau 2017.

Sachita Kaushal: »Das Spiel der Utopie und Antiutopie in Herbert W. Frankes Roman *Sphynx_2*«. In: GERMAN STUDIES IN INDIA, Neue Folge 3/2012, S. 73–86.

Judith Leiß: *Inszenierungen des Widerstreits. Die Heterotopie als postmodernistisches Subgenre der Utopie*. Bielefeld (Aisthesis-Verlag) 2010.

Eva Katharina Neisser: *Virtuelle Realität in den Texten Herbert W. Frankes*. Magisterarbeit Köln 2000.

Heike Piehler: *Die Anfänge der Computerkunst*. Frankfurt/Main 2002, Diss. Kiel 2000.

Polaris 6. Hg. von Franz Rottensteiner Frankfurt/Main (Suhrkamp), 1982.

Christian Schäfer: *Erweiterte Wirklichkeit(en). Literatur lesen und unterrichten im Zeitalter der Virtualisierung*. Münster (Lit Verlag) 2010, Diss. Köln 2009.

Erik Simon

WAS HEISST UND ZU WELCHEM ENDE STUDIERT MAN ALTERNATIVGESCHICHTE?

Das ist natürlich der Titel der berühmten Antrittsvorlesung von Professor Johann C. F. von Schiller, durch den die ersten Erfolge bei der Beobachtung und Vermessung paralleler Realitäten einer breiten Öffentlichkeit mitgeteilt wurden. Ebenso bekannt ist leider auch, dass die Entwicklung auf diesem Gebiet ins Stocken kam, ja Rückschläge erduldete, nachdem sich Schiller von der Mundialkomparatistik und überhaupt von den Naturwissenschaften zurückgezogen hatte, um sich der Literatur zu widmen. Die ganze Fachwelt hat den Verlust beklagt, zumal seine Leistungen auf dem Gebiet der Dichtung doch deutlich hinter seinen bahnbrechenden mathematisch-physikalischen Forschungen zurückstehen – zwar wurde er für den Text der Hymne des Europäischen Kaisertums in den Adelsstand erhoben, wer aber kennt heute außer diesem noch irgendein anderes seiner zahlreichen literarischen Werke?

Man mag es paradox nennen oder eine merkwürdige Grille des Weltgeistes – die gesamte Alternativhistorie folgte ihrem hervorragenden Erkunder alsbald nach, und heute ist sie weniger Gegenstand realer Forschungen als vielmehr purer literarischer Spekulation. Dieser nun ist in Ermangelung substanziellerer Objekte der folgende Versuch einer Systematik gewidmet. Aus welcher Realität wir dabei die Exempel gewinnen, entbehrt der Relevanz, sind sie doch allesamt nur Substitute. Und wir wollen auch nicht fragen, zu welchem Ende man Alternativgeschichte studiert – wenn man es doch täte! –, sondern zu welchem Zwecke sie verfasst und gelesen wird. Auch was sie denn eigentlich sei, wollen wir nur sub auspicie ihrer literarischen Exerzitien und Emanationen betrachten.

Nunmehr in der mundialkomparatistisch herausgeforderten Strähne des Multiversums angekommen, in der Schiller statt seines ersten den dritten Vornamen bevorzugte, beginne ich mit ein paar Begriffserklärungen, die ich möglichst knapp halte, weil sie andernorts – vielleicht sogar im vorliegenden Band – vielfach und ausführlich zu finden sind. Die wichtigsten Varianten will ich alsdann vor allem hinsichtlich der Relation von fiktiver und realer Geschichte betrachten und schließlich fragen, wozu (»zu welchem Ende«) dergleichen verfasst wird.

Alternativhistorie behandelt Geschichtsverläufe, die von dem uns (dem Verfasser, den Lesern) bekannten stärker als nur in Einzelschicksalen abweichen. »Die drei Musketiere« sind kein alternativhistorischer Roman, weil es zwar die Protagonisten nicht gab, ihre Handlungen aber in die bekannte Geschichte eingebettet sind. Letztere ist im alternativhistorischen Genre nur die Startbahn, von der die alternative Geschichte an einem bestimmten Punkt abhebt. Dieser Punkt kann ein eng definiertes Ereignis sein (eine historische Persönlichkeit stirbt früher oder lebt länger, eine Schlacht geht anders aus, Luther wird Papst, Hitler wird frühzeitig ermordet oder an der Kunstakademie angenommen, jedenfalls nie eine historische Persönlichkeit ...), oder die Abzweigung wird nur pauschal umrissen (statt der Europäer kolonisieren Chinesen Amerika, Nazideutschland gewinnt den Krieg, die BRD schließt sich der DDR an). Manche Autoren setzen ihren Ehrgeiz darein, aus möglichst kleinen Ursachen größte Wirkungen abzuleiten; bei Rolf Krohn etwa bewirkt allein die Tatsache, dass zwei Männer zufällig die Lichtspur eines fallenden Boliden (der weiter keinerlei Wirkung hat) erblicken, gravierende Änderungen in der Geschichte der iberischen Halbinsel.[1]

Ehe ich mich den unterschiedlichen Beziehungen zwischen der alternativen Geschichte und der realen (wie wir sie als real wahrnehmen) zuwende, muss ich zwei neben solch einer Systematik der Alternativgeschichte herlaufende Aspekte erwähnen, zumal sich einer recht bald in den Vordergrund drängen wird. Der andere, leichter abzuhandelnde betrifft Grad und Art der belletristischen Gestaltung – von Romanen

---

1 R. Krohn: *Der Stern von Granada*. – Dem Lesefluss zuliebe bringe ich einige Beispiele nur in Fußnoten; Vollständigkeit wird nicht angestrebt.

und Erzählungen mit Sujet, Charakteren etc. bis zu rein diskursiven Abhandlungen im Randbereich der historischen Wissenschaft. Selbst bei letzteren gibt es Unterschiede zwischen dem furztrockenen Stil, der früher bei um ihren wissenschaftlichen Ruf besorgten deutschen Historikern dominierte, und der englischen Tradition der erzählenden Geschichtswissenschaft. Schon auf halbem Wege zur Erzählung sensu stricto sind fiktive Reden, Aufsätze, Briefe, Berichte, Lexikonartikel, die aus der Binnensicht des alternativen Geschichtsverlaufs verfasst sind. Damit kommt zumeist eine Stimme, ein Stil in den Text, also ein belletristisches – ein artistisches – Element. Bei den eigentlichen Erzählungen und Romanen stoßen wir dann alsbald auf den zweiten von den beiden Nebenaspekten – einen kaum zu unterschätzenden, obwohl er nicht zum Kern der Alternativgeschichte gehört, sondern ein separates, in der SF weit verbreitetes Motiv ist: die Zeitreise.

Natürlich gibt es Unmengen von Zeitreisegeschichten, die mit Alternativhistorie rein gar nichts zu tun haben; andererseits hatte die Alternativhistorie in ihrer Frühzeit, wie man sich leicht in Sir John Squires bahnbrechender Anthologie *If It had Happened Otherwise* (1931, deutsch *Wenn Napoleon bei Waterloo verloren hätte*) überzeugen kann, kaum etwas mit Zeitreisen zu tun. Aber ebenso, wie Zeitreisen oft nur dazu dienen, die Helden in eine mehr oder weniger stilisierte Vergangenheit zu versetzen, wo interessantere Dinge als im Büroalltag oder im All-inclusive-Urlaub passieren können (eine ebenso stilisierte Zukunft tut es auch), sind sie ein probates Mittel, die alternative Geschichte mit der »realen«, also der uns geläufigen Geschichte nicht nur gedanklich, sondern auch durch konkrete Handlung zu verbinden.

Alsdann, das Verhältnis zur realen Geschichte. William Joseph Collins hat eine Taxonomie der Alternativgeschichte[2] aufgestellt, die vier grundlegende Varianten unterscheidet. Drei davon leuchten mir ein und werden sich im Folgenden, leicht variiert, wiederfinden; die vierte, die Veränderung der Historie durch Zeitreisen, gehört aber nicht dazu – das ist, wie gesagt, eine andere, eher handwerkliche Kategorie, die quer zur Struktur der Realitäten geht.

---

2   W. J. Collins: *Paths Not Taken. The Development, Structure, and Aesthetics of the Alternative History.* Diss. U. California-Davis 1990.

Naturgemäß ohne Zeitreisen geschieht die einfachste, geradlinigste Spielart der Alternativhistorie, die reine Uchronie: Ob nun eine Handlung komplett in dem alternativen Geschichtsverlauf spielt oder dieser eher diskursiv präsentiert wird – die alternative Geschichte wird aus der Innensicht geschildert. Unsere reale Geschichte nach der Abzweigung kommt in dem Roman, der Erzählung, der fiktiven Abhandlung entweder überhaupt nicht explizit vor, oder sie wird als die Alternative, meist als haltlose Spekulation erwähnt; in Romanen und Erzählungen wird dieser Effekt mitunter erzielt, indem ein rätselhaftes Artefakt (ein Buch, ein Film) auftaucht, welches einen Blick in unsere Zeitlinie erlaubt[3]. Dargestellt oder zumindest rückblickend erwähnt wird allerdings fast immer das Ereignis, von dem die Verzweigung ausgeht, und oft auch seine unmittelbare Vorgeschichte, die ja noch mit der realen Historie zusammenfällt – aber welcher Leser hat die schon parat?

Will man aber nun nach der Verzweigung beide, die reale Historie und die alternative, mit *Handlung* in seiner Geschichte haben, womöglich auch die eine wie die andere Gegenwart, ist die Zeitreise das Mittel der Wahl. Jemand reist in die Vergangenheit, bewirkt (nicht unbedingt absichtlich) eine Änderung, und die Historie nimmt einen anderen Lauf (auch bei einer vorsätzlichen Änderung nicht unbedingt den beabsichtigten). Die Autoren sind ziemlich frühzeitig auf den Gedanken gekommen, eine typische SF-Technik anzuwenden, die Inversion, und dann ist die Geschichte, wie wir sie kennen, gerade das Resultat solch einer Änderung. Oder wir verdanken (?) den Zustand unserer Welt dem Eingreifen der Zeitpatrouille, die solch einen Änderungsversuch vereitelt hat.[4]

Übrigens kann anstelle der klassischen, häufig verwendeten Zeitreise die alternative Historie mit der unseren auch zu einer Handlung verbunden werden, indem die eine als Computersimulation oder sonst ein Weltmodell innerhalb der anderen erzeugt wird, wobei wir die Modellierer oder das Modell sein können, Beobachter oder Beobachtete. Da sich dabei gegenüber der per Zeitreise erzeugten Veränderung strukturell nicht viel ändert, will ich diese Variante nicht ausführlicher verfolgen, zumal sie noch relativ selten vorkommt. Aber

---

3   Ph. K. Dick: *Das Orakel vom Berge.*
4   P. Anderson: *Die Chroniken der Zeitpatrouille.*

so, wie ich SF-Moden kommen und gehen sehe, wird die virtuelle Alternativgeschichte zunächst wohl eher noch zunehmen.

Sowohl mit als auch ohne Zeitreise findet man eine Variante, bei der der Fluss der Historie einige Zeit nach einer Änderung allmählich ganz von selbst wieder in das uns bekannte Bett zurückkehrt. Wenn nun auch die Abweichung von der bekannten Geschichte ohne chrononautische Intervention erfolgte, sind wir bei der Schwester der Alternativhistorie, die Kryptohistorie heißt und sehr zu Unrecht etwas im Schatten der ersteren steht. Es hat eigentlich überhaupt keine Änderung gegeben, nur unseren ureigensten Geschichtsverlauf, doch da in der Vergangenheit ist etwas geschehen, was wir als Abweichung von unserem vertrauten Geschichtsbild empfinden würden, wenn wir denn davon wüssten; wir wissen aber nicht davon. Typische kryptohistorische Motive sind Erfindungen, die die Welt verändert hätten, wären sie nicht verloren gegangen[5], oder wieder vergessene Entdeckungen[6]. Auch Atlantis-Geschichten, die sich in einem einigermaßen plausiblen historischen Rahmen bewegen, kann man hier zuordnen. Das wohl prominenteste Beispiel für Ereignisse, die die Welt erheblich verändert haben, ohne uns bewusst zu sein, ist der paläoastronautische Themenkomplex; damit gerät man aber leicht über die geschichtszentrierte Kryptohistorie hinaus.

Noch einmal zurück zur Zeitreise. Zunächst ganz ohne Bezug zur Alternativhistorie hat die SF eine Vielzahl von Geschichten über Zeitreiseparadoxa entwickelt, und als logische Lösung kam auch relativ früh der Gedanke auf, dass sich die Zeit dann eben in zwei Zweige aufspaltet – einen, wo der Zeiteisende durch Ermordung seines Großvaters die eigene Existenz verhindert hat (wenn es denn wirklich der Großvater war …), und einen, wo es nicht dazu gekommen ist. Noch ehe die physikalisch ziemlich gewöhnungsbedürftige Viele-Welten-Theorie verkündete, dass sich die Linien sowieso unablässig aufspalten, hat die SF den Gedanken aufgebracht, dass unterschiedliche, aber einander annähernd ähnliche Welten ja auch ganz ohne chrononautisch bewirkte Aufspaltung einfach nebeneinander existieren könnten und man mit irgendwelchen

---

5 W. Golding: »Der Sondergesandte«. In: Jeschke (Hrsg.): *Heyne Science Fiction Jahresband 1983.*

6 Sell/Simon/Steinmüller: »Bis zum Meer und darüber hinaus«, in: Simon & Steinmüller: *Leichter als Vakuum.*

phantastischen Techniken zwischen diesen Parallelwelten reisen kann. Dabei können natürlich auch verschiedene Geschichtsverläufe durchgespielt werden. Der Kunstgriff kommt allerdings in der Alternativhistorie nicht gar so oft vor; zum einen finden die Autoren oft Welten faszinierender, die schon geologisch-geographisch, klimatisch oder biologisch stark variieren[7], zum anderen findet man hier auch psychologisierende Geschichten, die nur das Schicksal eines einzelnen Menschen in verschiedenen Varianten durchspielen, ohne dass sich an seiner Umwelt etwas Wesentliches geändert hätte. (Besonders die letzteren verzichten allerdings oft auf jede SF-mäßige Erklärung – die Handlung wird einfach mehrmals mit Variationen erzählt.[8])

Nun haben wir uns aus einer von mehreren möglichen Richtungen der Frage genähert, was also die alternativ- und kryptogeschichtliche Literatur, abgesehen von ihrer historischen Thematik, noch als spezielles Gebiet (oder Genre, wenn man diesen Begriff nicht rein formal fassen will) auszeichnet, und was also das Ganze soll. Es sind Besonderheiten, die auch der Science Fiction (meistens) eigen sind: Das Interesse geht über die Einzelschicksale (die gleichwohl fast immer die Handlung tragen) und die Darstellung der Verhältnisse zum gegenwärtigen (oder sonst einem bestimmten) Zeitpunkt hinaus und zielt auf *Entwicklungen*, in der SF in der Regel auf künftige, in der Alternativgeschichte auf das *Funktionieren* historischer Abläufe. Obwohl die Handlung auch in alternativhistorischen Geschichten meist auf einen überschaubaren Zeitraum, etwa einige Jahre, begrenzt ist, kommt die Entwicklung, die dahin geführt hat, mehr oder weniger ausführlich, mehr oder weniger direkt mit ins Bild. Ebenfalls SF-typisch ist an der Alternativhistorie der in Naturwissenschaften übliche, in nichtphantastischer Literatur extrem seltene Kunstgriff des Gedankenexperiments. Ich bin daher geneigt, alternativ- und kryptohistorische Literatur, soweit sie belletristisch gestaltet ist, selbst dann der SF zuzurechnen, wenn etwa der Übergang zwischen den Realitäten per Zauberei, im Traum oder einfach als Wunder geschieht, vorausgesetzt, dass die alternative *Historie* in

---

7   Pratchett & Baxter: *Die Lange Erde.*

8   So – freilich ohne historische Elemente – im Film *Lola rennt.*

sich plausibel ist. Also wenigstens – man will ja nicht zu viel verlangen – so plausibel wie die uns bekannte.

Parallelwelten, in denen Cthulhu US-Präsident geworden ist, gehören aber nicht dazu, ebenso wenig Alternativen, die nur eine Staffage sind für Geschichten, die ebenso gut vor einem anderen Hintergrund ablaufen könnten (die gibt es natürlich auch immer wieder). Das heißt nicht, dass für das Anfertigen von fiktiven Geschichtsverläufen gewöhnlicher Spieltrieb kein legitimer Beweggrund wäre, also das Ausmalen und Erfinden interessanter Varianten, wobei man wie bei jedem Spiel bestimmte Regeln setzt. Es geht aber immer um Alternativen zu geschichtlichen Ereignissen, Personen, Verhältnissen, die für uns Gegenwärtige *etwas bedeuten*. Wenn der Autor ein Schriftsteller ist und nicht bloß ein Tüftler, wird er unweigerlich etwas über die reale Geschichte sagen, die ja im Kopf des Lesers (hoffentlich) als Kontrast zugegen ist, und höchstwahrscheinlich auch etwas über die reale Gegenwart.

In der Regel freilich wird er oder sie beim Gedankenexperiment mit der Historie von Anfang an darauf achten, welche Assoziationen, welche nicht sowieso auf der Hand liegenden Einsichten oder wenigstens Fragestellungen sich aus dem Stoff gewinnen lassen. Also nicht das, was einem Deutschlehrerklischee zufolge »der Autor damit sagen wollte«, als leide der arme Mann (die arme Frau) unter Sprachstörungen und könne die zehn oder zwanzig Sätze, die besagter Deutschlehrer beliebigen Geschlechts ihm als »Aussage« (neuerdings »Message«) heraus- oder hineinerklärt, nicht selber in zehn oder zwanzig Sätzen sagen. Am Anfang steht allemal die Geschichte – die Story –, sonst wird es Schund oder, schlimmer noch, »gut gemeint«.

Oft ist das, was sich anbietet, eine Bewertung der Gegenwart oder der jüngeren Geschichte aus neuer Perspektive. Ob wir unter guten oder weniger guten Verhältnissen leben oder welchen wir entgegengehen, muss ja nicht nur anhand einer in der Zukunft angesiedelten Utopie (Eutopie) oder Dystopie exemplifiziert werden, ebenso kann man eine bessere oder schlechtere Gegenwart vorführen, die wir bei etwas anderem Geschichtsverlauf hätten bekommen können, desgleichen weniger oder mehr leidvolle Wege dahin. In A. Toynbees stilbildendem Essay »Wenn Alexander der Große weitergelebt hätte«[9]

---

[9]   In: Simon (Hrsg.): *Alexanders langes Leben, Stalins früher Tod.*

bauen Alexander und seine Nachfolger im Verein mit klugen, tüchtigen Männern aus vielen Weltgegenden den zivilisierten Weltstaat, wie er Wells und seinen Kollegen von der Fabian Society vorschwebte, zweitausend Jahre früher; bei Carl Amery[10] führen kleine Zufälle auf verschlungenen, aber plausiblen Pfaden zu einer menschlicheren Ordnung im Deutschland (und einigen anderen Ländern) des 19. Jahrhunderts, einer Art genossenschaftlichem Sozialismus, und nicht nur bei ihm schwingt Bedauern ob der verlorenen, vertanen Chance mit. Wo die Änderung weit in der Vergangenheit ansetzt, erscheint dabei meist wissenschaftlich-technischer Fortschritt als Motor des gesellschaftlichen[11] – auch dies, bewusst oder unbewusst, eine Sicht auf den Fortschritt überhaupt. Merkwürdig oft führen Geschichtsverläufe, in denen die antike römische Zivilisation oder die europäischen Verhältnisse um 1900 fortdauern, zu einer besseren Gegenwart.[12] Geschichten, in denen eine Korrektur der Vergangenheit (dann bemerkenswert oft eine militärische) zu einer besseren Gegenwart geführt hat, findet man besonders häufig bei Autoren, die glauben, ihr Volk oder ihr Staat sei in der realen Historie unverdient schlecht weggekommen, das changiert dann zwischen eskapistisch-sentimentalem Wunschdenken, Selbstironie und politischem Programm; die neuere russländische SF wimmelt von Romanen, wo jemand in die Vergangenheit gerät und mindestens die Sowjetunion rettet, meistens aber ein russisches Großreich (wieder)herstellt.[13]

Unter den dystopischen Alternativen nimmt ein Sieg Nazideutschlands den ersten Platz ein. Diese Alternative wird mitunter auch (was sonst sehr selten vorkommt) über die Gegenwart, in der der Text verfasst wurde, in eine mögliche Zukunft, die eigentliche Domäne der SF, fortgeführt. Revanchistische Texte, die die Niederlage Nazideutschlands bedauern, sind mir nie untergekommen (was nicht heißt, dass es keine gibt – es gibt ja schlechthin alles), wohl aber beispielsweise eine Erzählung, in der ein siegreiches Nazideutschland (allerdings ohne Hitler) eine weltweite ökologische Utopie aufgebaut hat – freilich nur für Angehörige der angeblich

10 Amery: *An den Feuern der Leyermark.*

11 L. S. de Camp: *Vorgriff auf die Vergangenheit.*

12 O. Henkel: *Die Zeitmaschine Karls des Großen.*

13 Siehe M. Galina: »Zurückkehren und ändern«. In: *Quarber Merkur 121.*

höheren, »arischen« Rassen.[14] Häufig findet man gerade im historischen Umfeld Nazideutschlands das Thema der gescheiterten Vergangenheitskorrektur – die rechtzeitige Entfernung Hitlers aus der Weltgeschichte führt zu einem ähnlichen, wenn nicht gar noch schlimmeren Terrorregime[15], oder der Hitlerismus ist just das Resultat solch eines Eingriffs, bei dem ein anderer Diktator verhindert wurde. Ähnliche Konstellationen finden sich, wenn es um die Korrektur anderer historischer Katastrophen wie zum Beispiel des Ersten Weltkriegs geht. Gelungene Eingriffe kommen auch vor, etwa wenn der Atomkrieg verhindert wurde. Ein Thema all dieser Geschichten – mitunter nur im Hintergrund neben anderen Motiven – ist die Frage nach der Gesetzmäßigkeit oder Zufälligkeit des historischen Prozesses und nach der Rolle des Einzelnen darin, also auf eine Art Geschichtsphilosophie; ebendas unterscheidet alternativhistorische Geschichten von solchen, die die Alternative einfach nur als Folie für allerlei andere Themen verwenden.

Die wechselseitige Projektion von Vergangenheit und Gegenwart aufeinander kann indes auch vornehmlich (oder nebenbei) satirischen Zwecken dienen. Dabei entsteht der satirische Effekt (oder, in etwas spielerischeren Fällen, einfach das Lesevergnügen) meist dadurch, dass zahlreiche aus der realen Geschichte einigermaßen bekannte Personen und Ereignisse auf unerwartete, aber plausible Art in die Alternative eingebunden werden. Oft werden dabei traditionelle Heldenbilder demontiert, indem sich historische Persönlichkeiten unter anderen Umständen völlig anders verhalten, als man von ihnen erwartet, oder aber ein bekannter historischer Vorgang läuft mit ganz anderen, ja gegensätzlichen Akteuren nicht viel anders als in der bekannten Geschichte.[16] Auch dies kann dann eine geschichtsphilosophische Dimension gewinnen.

Eine Voraussetzung ist freilich, dass nicht nur der Autor, sondern auch der Leser sich in der Geschichte gut genug auskennt, um wenigstens ansatzweise dem Gedankenexperiment folgen und die Anspielungen goutieren zu können. Denn Alternativgeschichte und Kryptohistorie zielen (in erster Linie) fast nie darauf ab, fehlende

---

14   T. Teng: »Drei Schnappschüsse von Utopia«. In: Simon (Hrsg.): *Zeitgestrüpp*.

15   S. Fry: *Geschichte machen*.

16   E. Simon: »Wenn Thälmann 1934 nicht Reichspräsident geworden wäre«. In: Simon: *Zeitmaschinen, Spiegelwelten*.

historische Kenntnisse zu vermitteln, ebenso wenig sind sie geeignet, moralisierend-erzieherische Absichten zu befördern. Was sie vermitteln können, sind unerwartete Ansichten. Und im Idealfall Einsichten.

Dominik Irtenkauf

»ICH VERLANGE EIN UNGE-MÜTLICHES INTERMEZZO: DEN FORTSCHRITT.«

P. M.s mehrbändiger Roman *Die große Fälschung* als ein Alternativgeschichtsexperiment

Prolog

Der Aufsatz könnte sehr leicht von der Hand gehen, weil der Autor P. M. als Rodulf von Gardau im einleitenden Kapitel zu seinem Roman, das passend mit »Programm« betitelt ist, eben ein solches Programm, also eine Handlungslinie für den historischen Roman, vorgibt. Die ersten zehn Seiten sind eine theoretische Bemessung des thematischen Schwerpunkts dieses Jahrbuchs. Alternative Geschichte, die sich in Geschichten neben der offiziellen Geschichtsschreibung konkretisiert. P. M. entkräftet mehrere Stereotypen, die besonders in der Fantasy-Literatur immer wieder bezüglich des Mittelalters anzutreffen sind. Eine mündliche Präsentation im Otherland-Buchladen zu Berlin konkretisierte dies im März 2023: Die Vorstellung, dass Ritter stets in vollem Harnisch ausritten, wäre wenig realistisch. Allein das Gewicht der Rüstung verbietet ein solches Vorgehen und auch in der Schlacht war es nicht Standard, dies zu tragen. Zumal P. M. in seinem Werk *Die Schrecken des Jahres 1000*, das später in 10 Bänden als DIE GROSSE FÄLSCHUNG im Hirnkost Verlag neu aufgelegt wurde, Ritter schildert, die keine großen Besitztümer ihr Eigen nennen. Eine Rüstung überstieg den finanziellen Spielraum dieser armen Adligen. Dies ist nur eines der Vorurteile, die der mittelalterliche Chronist Rodulf von Gardau entkräftet. Es ist eine große Inszenierung, wobei es meist um Gemütlichkeit und möglichst wenig Arbeit geht. Die Bauern sind gar nicht so sehr Opfer, wie man es von Leibeigenen erwarten würde. Sie manipulieren den erzählenden Ritter Rodulf von Gardau.

Wer ist dieser Rodulf von Gardau? Im Interview präzisiert P. M., dass er wohl ein fränkischer Ritter sei, dem Kleinadel angehörig. Große Veränderungen stehen an. Zunächst wirkt die Roman-handlung bedächtig und anders als in der Fantasyliteratur ist der geschilderte historische Alltag nicht überhöht, sondern sehr alltäg-lich. Stress im Beruf, wie es Rodulf detailliert schildert:

> »Man könnte meinen: Ich übertreibe. Aber es gibt wirklich nur Ärger in diesem Job. Es braucht eine gewisse perverse Findig-keit, um ihnen auf die Schliche zu kommen. Mal legen sie dich lang-, mal kurzfristig rein. Fünf fette Gänse können mich aber nicht über mangelndes Babygeschrei hinwegtäuschen. Ich hab's schon erlebt, dass sie Babypuppen anfertigten und Geschrei imitierten. Ihre Devise ist: viel Land, wenig Mäuler = glückliche Bauern. Und ich? Ich brauche Produzenten, Produkte, Geld. Nicht Glück.« (Bd. 1, S. 35 f.)

Rodulf scheint sich bereits um das Jahr 1000 in Stress wiederzu-finden, der allzu deutlich an unsere heutigen Probleme erinnert:

> »Mein System beruht auf einem prekären Gleichgewicht von Milde und Strafe. Am Ende muss die Rechnung aufgehen. Essen für meine Familie, Futter für meine Pferde, Geld oder Material für die Instandhaltung der Burg, der Waffen, der Geräte, Löhne für die Mannschaft, Steuern für die Pfaffen, Prämien für die Schnüffler, Zölle und Abgaben an den Grafen, die Abtei usw. Da in unserer Gegend kaum Münzen in Umlauf sind, können meine Bauern nur in Naturalien bezahlen. Ob die Rechnung aufgeht, hängt von den Preisen ab, die sie in diesen verfluchten Städten machen.« (Bd. 1, S. 7)

Die Truppe, der der Erzähler Rodulf bald schon angehört, könnte man eine Rotte der Revolution nennen, ohne negative Beizeichen. Da aus der Perspektive des Ich-Erzählers die Vorkommnisse geschildert werden, sind wir als Leser auf seiner Seite. Wir wenden uns gegen die Erzbischöfe, die uns den letzten Fron aus dem Leib quetschen. Wir wenden uns zusammen mit Rodulf von Gardau und seiner Rotte der Revolte gegen Feldzüge, die uns als Ritter nichts einbringen, sondern

nur Probleme auf unseren Ländereien, wenn wir nach langer Zeit in der Ferne zurückkehren.

In DIE GROSSE FÄLSCHUNG stoßen wir auf viel(e) soziale Bewegung(en) und das Stereotyp bezüglich politischer Tätigkeit, das in unseren heutigen Bildern vom Mittelalter vorherrscht, bricht P.M.s Roman auf, zum Beispiel, wenn er die Bauernaufstände aufgreift. Es bleibt eben nicht bei einer Unterordnung unter die Herrscherkaste. Es regt sich Widerstand im ottonischen Reich.

Im Interview stellt der Autor klar, dass die von ihm beschriebenen historischen Veränderungen eben nicht im 10. Jahrhundert stattgefunden haben:

Bauernaufstände kamen eigentlich erst später, ab dem 14. Jahrhundert, auf. Es gibt jedoch in den Jahren 841 bis 845 in Sachsen den sogenannten Stellinga-Aufstand. Die freien Bauern und Halbfreien erhoben sich gegen den sächsischen Adelsstand, der mit den Franken die Sachsen unterworfen hatte. Sie forderten ihre politische Mitbestimmung zurück, da nach der Eroberung Sachsens durch Karl den Großen z. B. die Thingversammlungen verboten wurden. Auf diesen entschieden sie über Kriegsführung oder Rechtsprechung. Erfolgreich war keiner dieser Aufstände. Bei Ihnen aber doch. Eine Premiere?

P. M.: Dass wir heute Kapitalismus und Klimakrise haben, beweist, dass keiner dieser Aufstände erfolgreich war. Wir wissen aber auch nicht, ob die heutigen Aufstände erfolgreich sein werden – insofern sind wir wieder im »dumpfen Mittelalter« (vgl. Trump und seine Schamanen und Boogaloo-Brüder). Bei mir kommen ja dann die noch kaum unterworfenen Abodriten zum Zug.

Rodulf hat es mit seinen tributpflichtigen Bauern nicht leicht. Sie erfinden alle möglichen Tricks, um sich um die Zehntpflicht zu drücken. Sein Bericht ist eindrücklich:

> »Drei meiner Männer fehlen morgens beim Antreten. Vermutungen wie: schnell nach Hause gegangen, um eine Taufe zu arrangieren, nach der kranken Mutter zu schauen, beim Schweineschlachten auszuhelfen, dem Bruder den Karren zu flicken usw. werden herumgeboten. Ich schreie Gerhart, den Mannschaftsobmann, an, sage ihm, er solle gefälligst auf seine Leute aufpassen, sonst werde der Sold gekürzt. Beim Wort Sold lächelt er nur sauer. Es ist der niedrigste in der ganzen Grafschaft, das wissen alle.« (Bd. 1, S. 34 f.)

Die Notwendigkeit, in der Landwirtschaft ausreichend Arbeitskräfte zu haben, führt zu einer hohen Geburtenrate. Rodulf beobachtet auch hier bedenkliche Entwicklungen in seinem Revier:

> »Was mir in Vorderhag auffiel, waren die wenigen Kleinkinder. Wieder einer dieser Gebärstreiks? Alle wissen, dass Rutwig in ihrer Waldhütte Verhütungstränke braut und den Frauen die Monatszyklen mit Eisprung, fruchtbaren Tagen und dem ganzen Drum und Dran beibringt. So sehr es mir widerstrebt: Ich werde Rupert, den Pfaffen, auf das Dorf hetzen müssen. Eine anständige Geburtenrate zu sichern, gehört zu seinem Pflichtenheft.« (Bd. 1, S. 35)

Das erinnert an das Buch *Die Vernichtung der weisen Frauen*, in dem die Autoren darstellen, wie die Hexenverbrennung zur Geburtenkontrolle missbraucht wurde. Die bewusst gelenkte Tötung von

Frauen, die sich diverser Verhütungsmethoden bedienten, verrät einen Plan hinter der angeblich abergläubischen Grundmentalität des (späten) Mittelalters. P.M. schreibt in seinen Ritter-Rodulf-Romanen eine Alternativgeschichtsschreibung, die sich aber anders als in den gängigen Formaten dieses Sub-Genres nicht mit Fragen in der Art von »Was wäre geschehen, wenn dieser oder jene erschossen worden wäre?« beschäftigt, sondern mit einer zugleich sachlich-scharfen wie poetisch-spekulativen Methodik der bekannten Geschichte näher rückt. Der Grundgedanke des Romans, sich gegen eine Situation zu wehren, die aus einer wenig einladenden Verzweckung in ein Lehensverhältnis besteht, sich mit Betrug und Fälschungen herumschlagen zu müssen und dem eigentlichen Leben sehr fern zu stehen, sich nicht ausreichend um die Familie sorgen zu können, scheint in P.M.s Roman DIE GROSSE FÄLSCHUNG seltsam zu wirken. Aber die Welt ist bereits damals um das Jahr 1000 »globalisiert«, das heißt, begibt sich eine Rotte Ritter mit Bauern und Bäuerinnen in eine militärische Auseinandersetzung mit den herrschenden Kräften, dann addieren sich Kräfte von jenseits der Ländergrenzen. Die Söldner der gegnerischen Armee kommen nicht gerade aus dem Nachbardorf. Und der Adel ist europäisch vernetzt, mindestens.

Rodulf, Ritter von Gardau, wird in eine Revolution gezogen. Er drückt sich selbst treffend aus: »Die Ereignisse haben sich überstürzt. All das ist nicht mein Stil – aber wer bin ich schon? Ein kleiner Ritter! Ich bin unzufrieden, also muss ich rebellieren.« (Bd. 1, Klappentext)

Alternativwelten durch Zeitenblende und Zeitverschiebungen

P. M.s Ritter-Rodulf-Roman könnte mit dem Werk eines Urgesteins der deutschsprachigen Beat-Szene verbunden werden und dadurch seine eigenen Finessen und Raffinessen deutlicher zeigen. Jürgen Ploog, leider im Jahr 2020 verstorben, schrieb in Anlehnung an den US-amerikanischen Schriftsteller William S. Burroughs Cut-Up-Texte, die in den 1970er-Jahren noch ziemlich sperrig waren. In den 1980ern ging er dann in episodenhaftes Erzählen über, was sich auch mit seinem früheren Hauptberuf – Langstreckenpilot – verband. Immer wieder schrieb Ploog auch Essays, in denen sich Reflexionen über das Schreiben und Leben zwischen den Kontinenten mit fiktionalen beziehungsweise fiktionalisierten Handlungen – häufig auch in der Thriller- und Kriminal-Ecke anzusiedeln – vermengten. Mit Ploogs Stil P. M. zu lesen heißt: Das Episodenhafte aus dem Roman herauszulösen und das Halluzinative, also: was konträr zur erzählten Zeit scheint, zu unterstreichen. Der Autor macht das im Klappentext zu *Tuckstett* klar: »Wir machen alles, was wir können, ob es nun ins zehnte Jahrhundert passt oder ins dreißigste. Das schmuddelige, unkomfortable Mittelalter wird ersatzlos gestrichen.« Ploog würde die Erfahrungen kurz aufleuchten lassen, jede Erinnerung an einen Trip fügt sich in ein Nachdenken über die eigene Zeit-/Raum-Position ein. Auf solche Weise – durch die Bewusstmachung einer nicht-alltäglichen Bewegungsform – könnten wir Ploogs Texte zumindest teilweise als Science Fiction bezeichnen. Der Einfluss von Burroughs wurde bereits genannt und von Ploog auch stets freigiebig eingeräumt. Das SF-hafte, von dem Simon Sellars in seinem Buch *Applied Ballardianism* bezüglich der Texte von James G. Ballard schreibt, zeigt sich in der veränderten Welt-, Raum- und Zeitwahrnehmung in Ploogs Texten. Ob »Die Schrecken des Jahres 1000« beziehungsweise DIE GROSSE

FÄLSCHUNG zur Science-Fiction-Literatur gezählt werden können, ist nicht ganz so einfach. Das Setting und der Plot verorten den Roman nicht als Science Fiction. Das Mittelalter würde eher der Fantasy zugerechnet werden, da Burgen, Bewaffnung mit Schwertern, Beilen, Äxten, Pferden zur Fortbewegung dem Sword-und-Sorcery-Genre wie auch der High Fantasy zugerechnet werden. Stichwort: John Ronald Reuel Tolkien und seine zum Klassiker gewordenen Bücher. Welten, in denen Gut gegen Böse kämpft, vor allem die Handlung auf Glanz und Glorie hingeschrieben ist, kolonialistische Verstrickungen ausgeblendet werden, ein seltsam unökonomisches Bild vom »Mittelalter« gezeichnet wird. Als wäre diese Epoche der Menschheit nicht über Schatztruhen, Goldschätze, Kronen, Diademe und Ringe aus Gold und Silber hinausgekommen. Als wäre damals der Profit von Unternehmungen oder zumindest das kostendeckende Arbeiten bei Großprojekten, wie beim Bau einer Burg oder Kathedrale, nicht schon wesentlich gewesen.

P. M.s Literatur ist zu intelligent, um so zu tun, als ginge es vordergründig um Schwertkämpfe und die Battle zwischen Good und Evil. In seinem Roman spricht er eine wesentliche Haltung in dieser frühmittelalterlichen Revolution an:

> »Desinformation ist auch in dieser Sache entscheidend. Unsere Dissidenten in Warchberg und jene am Hof des Bischofs erzählen, dass es sich bei uns nur um einige hundert schlecht bewaffnete Bauern und eine Handvoll undisziplinierte Ritter handle. Gerüchte werden ausgestreut, dass wir auf einer verzweifelten Lebensmittelbeschaffungsaktion seien, um dem Hunger in Haselheim abzuhelfen. Das kann Gebhart glauben oder auch nicht.« (Bd. 2, S. 58)

Desinformation ist in der Welt von Rodulf, dem armen Ritter, eine wichtige Komponente, um den ungleichen Kampf zu gewinnen. Zudem helfen Einsichten in die ökonomische Struktur des landwirtschaftlich geprägten Alltags. Die Queste, die Suche des Helden nach dem Schatz, Geheimnis, Monster und dergleichen, erfolgt nicht durch introspektive Schilderungen der Heldenreise, sondern die Interessen der Untertanen, Feinde und Verbündeten rücken in den Vordergrund. Wobei Rodulf als Erzähler »seine«

eigene Interpretation der Zeiten bringt: Zeitgeist würden wir intuitiv nicht mit dem Mittelalter in Verbindung bringen, weil sich die überlieferten Texte um 1000 doch deutlich von heutigen (belletristischen) Texten unterscheiden. Sicher ist zwischen erzählter Zeit und Erzählzeit zu unterscheiden: Also, wann geschieht im Roman etwas wie lange und welche Zeit nimmt sich die Erzählerin, der Erzähler, um diese Geschehnisse und Handlungen zu erzählen. Wird zum Beispiel ein langweiliges Ausharren der Fußsoldaten wirklich zehn Seiten lang erzählt oder dann doch zeitlich gerafft? Wenn ja, wie bringt der Autor die Langeweile dennoch spürbar auf die Seiten?

Zudem unterscheidet sich das Erzählte vom Erzählen oder besser: vom Erzählton. Es wäre möglich, einen Fantasyroman, der im Jahr 1300 spielt, entsprechend sprachlich auszuschmücken und sich dabei an dem Ideal des höfischen Versromans zu orientieren. (Das wäre Literaturwissenschaft in praktischer Anwendung; anstelle von Sekundärtexten über Fiktion würden die eigenen Erkenntnisse in die Produktion neuer Fiktion münden.) P. M. greift in der wörtlichen Rede in seinem Roman die Sprache unserer Zeit auf, kombiniert diese mit frühmittelalterlichen Ereignissen und Gesamtwetterlagen. Von historisierender Sprache hält der Autor nicht viel.

Es kommt jedoch nicht so sehr auf die Atmosphäre, als auf die Botschaft an:

»›Ich schätze, danach haben wir dann eine Weile Ruhe‹, sage ich. ›Dann mache ich Ferien an der Riviera‹ , brummt er, ›wird auch allmählich Zeit. ‹

Er setzt sich. Unsere Gastgeber haben seine Vorstellung zuerst erstaunt, dann amüsiert verfolgt.

›Nächstes Jahr gehen wir nach Italien‹, meint auch Birgit, ›wir haben schon Kontakte aufgenommen. ‹

›Habt ihr schon‹, versetze ich.

Es läuft viel mehr, als mir zu Ohren kommt. Ich erfahre von den Dingen erst, wenn schon alles arrangiert ist. Das neue, nachpatriarchale Lebensgefühl.

›Und wir reisen nächstes Jahr nach Spanien‹, verkündet eine fast schwarzhäutige Botonderin.

›Warum nicht zu den Kanarischen Inseln?‹, werfe ich ein.

›Warum nicht?‹

Ja, warum nicht. Perché no? Como no? Pourquoi pas? Porke no? Das Motto unseres Aufstands! Endlich gefunden. Alles ist möglich – ausser (sic!) einer beweist das Gegenteil.« (Bd. 2, S. 49–50)

Die Situation um das Jahr 1000

Dieser Aufstand für die Freiheit spielt sich rund um das Jahr 1000 ab. Mitteleuropa ist bereits christianisiert, ein Großteil Osteuropas auch. Island wird just im Jahre 1000 christianisiert, wie auch Teile Skandinaviens. Heidnische Bräuche halten sich noch. Einige Könige – in Norwegen etwa Olav Tryggvason – tun sich besonders mit Missionarseifer hervor. Der Erzähler im Roman hat kein besonders idealistisches Bild von der katholischen Kirche. Aus seiner Sicht ist sie ein Machtapparat, der sich an die Herrschaftsposition des Römischen Reichs heftet. Rodulf unterhält eine pragmatische Beziehung zur Kirche: Er durchschaut ihren Machthunger und dämmt immer wieder Bestrebungen der Dorfpfaffen ein. Auf der anderen Seite braucht er Arbeitspersonal, um das Zehntsystem aufrechtzuerhalten. Rodulf weiß um die Machtbestrebungen der Kirche und ihre Mittel und Wege.

>»Längst liegt der Kirchenbann über weiten Landstrichen. Längst ist alles, was wir je berührt, gegessen, geatmet und geschissen haben, en gros und en détail exkommuniziert. Nichts Neues von Oben Rechts. Keine verfrühte Befreiungstheologie in Sicht, dafür aber die Befreiung von der Theologie in Reichweite. [...] Die heftige Gegenwehr der Kirche hat selbstverständlich mit Religion an und für sich nicht viel zu tun. Die Kirche ist ganz einfach der größte Grundbesitzer, die größte Bank, das größte Handelshaus, der größte Lehensherr, das größte industriell-wissenschaftliche Kombinat Europas. Sie ist die eigentliche Inkarnation der Firma in diesem Zeitalter. Dieser gemischte Konzern, sowohl horizontal wie vertikal artikuliert, setzt nun seine ganze Finanz- und PR-Macht ein, um uns in die Knie zu zwingen. Er rekrutiert Söldner, Normannen, Burgunder, Basken, Dänen, Litauer, Kroaten, Schwyzer, Kastilier, Abenteurer aller

Art. Wir haben es mit Berufsrittern und bezahlten Killern zu tun, mit professionals. Politische Argumente beeindrucken sie nicht. Nur Geld und Hiebe. Und die sollen sie kriegen.« (Bd. 2, S. 55–56)

Einige Zeit später wird der Bischof Willigis festgesetzt; Rodulf spricht mit ihm in »Mayenz« (Mainz). Der Bischof präsentiert ein technologisches Fortschrittsprogramm, das den Machterhalt der Kirche garantiert. Rodulf fühlt sich gelangweilt: »Er hat mich mit unsinnigem Geschwätz aufgehalten.« (Bd. 2, S. 101) Willigis' Rede scheint vom Standesdünkel getrieben, da er sich auf der sicheren Seite der Geschichte wähnt. Die Kirche stellt eine Firma dar, die nicht nur auf der kulturellen Ebene die Kulturgeschichte festlegt. Sie bestimmt vor allem die ökonomische Ausrichtung der Weltordnung, verleiht sich durch einen religiös-spirituellen Überbau die Definitionsmacht. P.M. legt die Machtstrukturen hinter wohlgeformten Worten offen.

Die Kirche fährt Propaganda gegen diesen ungewollten sozialen Aufstand auf:

> »Die offizielle Propaganda etikettiert uns durchgehend als ›Hunnen‹. Für Kenner ist das zwar ein bisschen verwirrend, weil die Hunnen im fünften Jahrhundert kamen und die Awaren ja 955 geschlagen und endgültig in Ungarn angesiedelt und ›befriedet‹ worden sind. Macht nichts – Hunnen sind ideale Feinde. [...] Also Hunnen, Verrat und privater Ehrgeiz: weit und breit kein Grund, sich diesem Konrad anzuschließen. Die eigentlichen Motive der Revolte werden verschwiegen oder nur kurz unter den üblichen ›Freveln‹ aufgelistet, als da sind: Kindsmord, Schwarze Messen, Kirchenschändung, Massenorgien, Hautabziehen bei lebendigem Leib, Götzenkult, Fünffaltigkeit statt Dreifaltigkeit, Taufe mit Katzenurin, Enteignung bis aufs Hemd, Brunnenvergiftungen, Zehntenverweigerung, Hexensabbate, Zwang zum Gattentausch usw. Dieser eher kreativ-phantasievolle Teil der Propaganda wird aber nicht so stark betont – die Leute sollen nicht noch auf dumme Gedanken kommen. Vielmehr wird den Bauern gesagt, dass sie ihr Land verlören; den Städtern wird das Ende ihrer guten Geschäfte

ausgemalt, den Händlern der Ruin prophezeit (was ausnahmsweise sogar stimmt).« (Bd. 2, S. 56)

Die Motivation hinter der sogenannten Tannenbaum-Revolution scheint klar: den Raum der Möglichkeiten zu öffnen. Dies wiederum setzt eine Offenheit der Zukunft voraus. Das lineare Verständnis von Zeit löst sich in DIE GROSSE FÄLSCHUNG auf – bereits um das Jahr 1000 entfaltet sich ein gesellschaftstransformatorisches Programm. Dieses sieht eine Selbstverwaltung der Bauern und Bäuerinnen und ihrer Ernten vor; mehr noch: Mitspracherecht, vielleicht auch ein Recht auf Faulheit? Was die Vertreter des frühmittelalterlichen Militärs und der Kirche in P. M.s Roman deklarieren und einfordern, ist eine Orientierung aller gesellschaftlichen Teile auf Fortschritt, Hierarchie und Kapital. Diese Ordnungen sind auch in zeitgenössischen SF-Romanen noch Thema, wie etwa der Roman *Trashlands* der US-amerikanischen Autorin Alison Stine zeigt: Nachdem die Zivilisation in Nordamerika untergegangen ist, wird Plastik die einzige solide Währung. Stine arbeitet sich am postapokalyptischen Subgenre ab und präsentiert latent patriarchale Identitäten – stellt diese in Kontrast zu Frauen, die sich von der Männerdominanz lösen. Apokalyptische Zäsuren sind bei SF-Autor*innen als Umgebung sehr beliebt, um Wertungen ausführlich zu schildern. Eine Anthologie aus dem anglo-amerikanischen Raum mit dem Titel *Wastelands* zeigt das ganz deutlich. Unter den Beitragenden sind auch bekannte Namen wie David Brin, Orson Scott Card, Cory Doctorow, Joe R. Lansdale, George R. R. Martin und andere. P. M. situiert seine Romanhandlung in einer anderen Epoche, aber das Jahr 1000 wurde auch als eine Zäsur wahrgenommen. Der Dozent Dr. Georg Jostkleigrewe von der Universität Münster (inzwischen an der Martin-Luther-Universität Halle-Wittenberg) fasst das Bewusstsein um 1000 in einer Seminarbeschreibung aus dem Wintersemester 2013/2014 folgendermaßen zusammen:

»Der Blick auf das Jahr 1000 zeigt eine Gesellschaft im Umbruch. Vor allem die westfränkischen Quellen erzählen vom Zerfall herrschaftlicher und kirchlicher Strukturen, von der Zunahme adliger Gewalt und bisweilen sogar von ›feudaler Anarchie‹. Wir beobachten das Auftreten erster Ketzerbewegungen, das am Ende des ersten christlichen Jahrtausends vielleicht mit chiliastischen Erwartungen einhergeht. Zugleich entwickeln sich aber auch neue Formen politischer, monastischer und kirchlicher Ordnung. Die Forschung hat diese verschiedenen Entwicklungen lange unter dem Begriff einer ›Krise des Jahres 1000‹ zusammengefaßt [sic!]. In letzter Zeit stößt dieses Konzept jedoch auf Mißtrauen [sic!]. Viele Phänomene, die dem 11. Jahrhundert seinen besonderen Anstrich zu geben scheinen, existierten bereits seit Jahrhunderten; andererseits lassen sich Herrschaftsstrukturen, die angeblich um das Jahr 1000 zerfallen sind, noch im 12. Jahrhundert nachweisen. Möglicherweise ist die ältere Mediävistik einfach nur der Propaganda mittelalterlicher Autoren auf den Leim gegangen.«

Diese Umbruchstimmung thematisiert P. M. in seinem Roman. Die Seminarsbeschreibung wirkt wie eine Inventarsliste für DIE GROSSE FÄLSCHUNG. Der Mediävist spricht auch von »Propaganda mittelalterlicher Autoren« – dies weist auf den neuen Romantitel hin. Was macht die Fälschung aus? Es hängt etwas von der Lektüre der jeweiligen Leser*innen ab; es hängt viel mit dem Bewusstsein zusammen, um Zeit betrogen zu werden. Um Möglichkeiten gebracht oder gar geprellt. Abgehalten davon, den Zeitgeist einzufangen. Ein bisschen geht es um die Frage: Ist der Zeitgeist ein übernatürliches Wesen und kann ich diesen Hausgeist der Menschheitsgeschichte einfangen? Welche Methode wähle ich?

Rodulf von Gardau wählt die Revolte, die mehrmals scheitert. Er kommt jedoch stets ungeschoren davon und sein Wissen um das geheime Projekt, das die Firma verfolgt, hilft ihm in unzähligen Situationen weiter. P. M. fasst die gesellschaftliche Ordnung im Mittelalter als Großprojekte, die in anderen sozialen Feldern entsprechende Entwicklungen kennen, sprich: die Kleriker verfolgen zusammen mit den Kaisern, Königen und dem Adel ihre Fortschrittsprojekte. Ex-Bischof Willigis führt dazu aus:

»Die Zukunft muss offen bleiben. [...] Widersprüche müssen ihre Dynamik entfalten können. Der Kampf der Geschlechter muss weitergehen. Leben heißt kämpfen. Vorschnelle Harmonie ist der Tod. Wir müssen alles riskieren können. Wir brauchen

Macht, um das Risiko groß zu machen. Es muss um etwas gehen. Wollen Sie ein Leben ohne Spannung? Worin unterscheiden wir uns vom Tier? Darin, dass wir bewusst die Existenz unserer Art aufs Spiel setzen können. Wir können den Egoismus unserer Gene überwinden. Das heißt Freiheit. Etwas ganz Kostbares, Teures, Luxuriöses. Wollen Sie diese Chance zunichte machen und in einer kommunen Gemütlichkeit versinken? Gemütlich war's schon immer schon und wird's auch wieder werden. Ich verlange ein ungemütliches Intermezzo: den Fortschritt.« (Bd. 2, S. 131–132)

Gehört Fortschritt einem bestimmten Zeitalter?
I guess, not really!

Welche Art von Fortschritt ist hier gemeint? Es zeigen sich frühkapitalistische Züge – eine Rundumvermarktung der Religion. (Für alle Lebens- und Finanzfragen: Wende dich vertrauensvoll an die Kirche. Die Versicherung erstreckt sich sogar über das Leben hinaus und mehr noch: bis in alle Ewigkeit. Der Beginn der Rundum-Sorglos-Pakete.)

In der historischen Forschung zu der Epoche finden sich ähnliche Feststellungen, wie stark die Kirche das Leben damals regulierte. Dennoch bleibt in jeder Geschichte stets ein Quäntchen Freiheit, das in einer kaum merklichen Geste ihren Anfang nimmt. Von den routinierten, das heißt immer auch gelangweilten Kontrolleuren der Kirche unbemerkt, verbreitet sich solch eine Geste zu einer Bewegung. Ihr Symbol in DIE GROSSE FÄLSCHUNG: der Tannenbaum. Von welchem Mittelalter sprechen wir?

Von einem imaginierten Mittelalter, das im Rahmen des Science-Fiction-Genres in die Zukunft weist. Wie bereits ausführlich erläutert, arbeitet der verarmte Ritter Rodulf von Gardau an einer Agenda mit, deren Früchte erst in weiter Zukunft geerntet werden. Die Möglichkeit, zwischen den Zeiten und Epochen zu switchen, wird nie ausführlich erklärt, was in einem herkömmlichen Science-Fiction-Roman nach den ersten zehn Seiten passiert wäre. Diese Option ist jedoch in den Text eingeschrieben, insofern die erwähnten Anachronismen im Romantext auftauchen. Darüber hinaus weist das im Roman verhandelte Gesellschaftskonzept über die erzählte Zeit – das Jahr 1000 nach Christus – hinaus. Aus einer Vogelperspektive wirken Rodulfs Pläne und Aktivitäten wie ein kybernetischer (Schlacht-) Plan. Eine aus der Zeit gefallene Schlachtplatte, denn ausgiebig referiert P. M. auch die kulinarischen Genüsse der Schlachtenbummler. Und ja, diese Aneinanderreihung von zeitgenössischen Metaphern, die das Determinans »Schlacht-« beinhalten, wirkt merkwürdig im Sinne von *weird*. Auffällig – vielleicht zu assoziativ für einen Sachtext zu einem Werk, das der Science-Fiction-Literatur zugerechnet werden kann. Eine Gegenfrage sei an dieser Stelle erlaubt: Wie schreibst du über Dinge, die erst noch im Werden sind? Wie fängst du den Schmetterling der Chaostheorie ein? Und überhaupt – sind wir nicht schon weiter, fangen wir überhaupt noch arme Insekten ein? Europa muss von der Weltbühne abtreten und neu aufgeteilt werden. Im Frühmittelalter wird kolonialistisch argumentiert – diesmal aber gegen Kaiser, Papst und Europa. Wo wären wir heute, hätten diese Überlegungen gefruchtet? Wären der Klimawandel passé, Kriege ein Ding der Vergangenheit und alles ein bisschen gerechter verteilt?

»»Europa muss neu kolonisiert werden, ohne Rücksicht auf religiöse und andere Sentimentalitäten. Lieber einen Kalifen in Rom als hundert Denare für ein Kilo Speck.‹ [So spricht Rodulf vor den versammelten Kaufleuten in Italien. – Einfügung Dominik Irtenkauf] ›Rauft euch zusammen und bildet einen europäischen Militär- und Entwicklungsfonds. Zuerst den Militärfonds. Sammelt all eure Schiffe und bringt sie nach Tunis und Alexandria. Dort werden wir Truppen an Bord nehmen und sie gemäss [sic!] unserem Plan nach Europa bringen. [...] Heute abend [sic!] findet im Palast des Dogen die entscheidende Krisenkonferenz statt. Ihr müsst eine Delegation mit konkreten Vorstellungen dorthin schicken: Zahl der Schiffe, Summe der Denare und Mancusi, Warenlisten, Truppenstärken. Ihr habt einige wenige Stunden Zeit, um euch über all das klar zu werden.‹

›Und was bekommen wir dafür?‹, fragt ein zerknautschter deutscher Krämer in holprigem Italienisch.

›Anteilscheine eines europäischen Treuhand- und Entwicklungskonsortiums, Handelsprivilegien, Märkte‹, antworte ich

hemmungslos, ›stellt euch Europa als eine einzige Kolonie vor
und euch als deren Entdecker. Der ganze Kontinent steht erneut
zum Verkauf, Stadt um Stadt, Landstrich um Landstrich, samt
Bevölkerung, Gewässern, Flora und Fauna. Eine riesige Torte
wartet auf euch – aber nur, wenn ihr gemeinsam nehmen und
austeilen könnt.‹« (Bd. 3, S. 102–103)

Das ist eine Zukunft, die 1996 zum Zeitpunkt des ersten Erscheinens
des Romans von P.M. bereits rekonstruierbar war. Es liegt an den
Leser*innen, eigene Schlüsse aus den Mittelaltern der Menschheitsgeschichte zu ziehen. Der Platz ist etwas knapp nun, sonst wäre es
durchaus möglich, hier eine andere Vergangenheit durch meinen
gegenwärtigen Blick in eine weitere mögliche Zukunft auszulesen.
Da es jedoch nicht beliebig ist, sondern für sich eine kleine Wissenschaft, richtig zu lesen und fortzuspinnen, ist DIE GROSSE FÄLSCHUNG
eben keine wilde Fantasy, sondern Science Fiction im besten Sinne
des Wortes. Als Fiktion, geschrieben im Geiste der Wissenschaft –
etwa wie Friedrich Nietzsche in seinen philosophischen Büchern
Inhalte des Denkens in eine Art Handlung durch lebendige Figuren
(wie Zarathustra) packte. P.M.s Werk könnte als philosophischer
Roman gelesen werden, der Zeitreisen im Material der Literatur
ermöglicht, und zwar in der Sprache. Aber heißt es nicht bereits in
der Bibel »Am Anfang war das Wort«? Der Beginn neuer Welten
liegt in der Literatur – eine triviale Erkenntnis, die aber von »D[er]
große[n] Fälschung« sehr ernst genommen wird.

Literatur

P.M. als Rodulf Ritter von Gardau: DIE GROSSE FÄLSCHUNG, Berlin
2022: Hirnkost (in 10 Bänden).

P.M.: *Die Schrecken des Jahres 1000*, Zürich 1996: Rotbuch Verlag.

Adams, John Joseph (Hg.): *Wastelands 2. More Stories of the Apoca-
lypse*, London 2015: Titan Books.

Favier, Jean: *Frankreich im Zeitalter der Lehnsherrschaft 1000–1515*,
Stuttgart 1989: DVA.

Heinsohn, Gunnar und Otto Steiger: *Die Vernichtung der weisen
Frauen. Beiträge zur Theorie und Geschichte von Bevölkerung und
Kindheit*, Herbstein 1985: März Verlag.

Irtenkauf, Dominik: »Zurück in die Zukunft. Ein Interview mit P. M.«, auf: https://overton-magazin.de/krass-konkret/zurueck-in-die-zukunft/ (letzter Zugriff: 24.06.2023).

Jostkleigrewe, Georg: »Einführung in das Studium der mittelalterlichen Geschichte: Die Krise des Jahres 1000. Adel, Kirche und Bauern in Westeuropa«. WS 2013/2014. Unter: https://www.uni-muenster.de/Geschichte/histsem/MA-G/L1/Personen/Jostkleigrewe/lehre.html (letzter Zugriff: 25.07.2023).

Ploog, Jürgen: *Facts of Fiction. Essays zur Gegenwartsliteratur*, Frankfurt 1991: Paria Verlag.

Ploog, Jürgen: *Simulatives Schreiben*, Ostheim 2008: Peter Engstler Verlag.

Sellars, Simon: *Applied Ballardianism: Memoirs from a Parallel Universe*, Falmouth 2018: Urbanomic.

Stine, Alison: *Trashlands*, Toronto 2021: Mira.

Dominik Irtenkauf

»UNSERE GESCHICHTE MISCHT SICH MIT EINER MÖGLICHEN GESCHICHTE«

Ein Interview mit P. M.

Ergänzend zum Aufsatz noch ein Interview mit dem Autor zu den Herausforderungen und Freuden, einen Roman über mittelalterliche Geschichte(n) zu schreiben.

Würdest du deinen zehnbändigen Roman DIE GROSSE FÄLSCHUNG als eine Alternativgeschichte bezeichnen?
Ja, unsere Geschichte mischt sich mit einer möglichen Geschichte – counter-factual nennt man das.

Welche Stereotype halten sich hartnäckig bezüglich des frühen Mittelalters, das du schilderst?
Ich weiß ja auch nicht, wie es damals wirklich war. Einige Stereotype treffen wohl zu: Es war gewalttätig, nur wenige konnten lesen und schreiben, Kirchen und Klöster spielten eine wichtige Rolle. Was es selten gab, waren eigentliche Hungersnöte, und natürlich gab es auch noch keine Hexenverfolgungen. Den Mönchen ging's offenbar gut: Sie waren meist besoffen und fett. Aber dumm waren die Bäuerinnen sicher nicht.

Bei der Lesung im Otherland in Berlin sprachst du davon, es gebe nicht das Mittelalter und dass es problematisch sei, solche Epochenbegriffe zu etablieren. Mir scheint das Mittelalter auch ziemlich lange zu gehen.
Das Mittelalter als Epoche ist eine Erfindung des neunzehnten Jahrhunderts, um eine Epoche zwischen dem Zusammenbruch des

Meister der Reichenauer Schule: Buchmalerei der Reichenauer Schule, um 1000,
stellt Otto III. mit den Insignien dar
(Bayerische Staatsbibliothek, Clm 4453, fol. 23v–24r)

Römischen Reichs und der fortschrittlichen Neuzeit dazwischenzu-
schalten. Es sollte als abschreckende Folie dienen, um die Schrecken
der Industrialisierung zu relativieren. Es ist ein Propagandabegriff:
Damals war es dunkel, nun ist es hell.

*Im Mai 1996 erschien DIE GROSSE FÄLSCHUNG bereits beim Rot-
punktverlag unter dem Titel* Die Schrecken des Jahres 1000 – *was
unterscheidet beide Fassungen?*
Die frühere Fassung war ausschweifender und reichlich mit Fußnoten dokumentiert. Gewisse Leute lasen die Fußnoten lieber als
den Haupttext.

*Jeder Blick auf das Jahr 1000 (und seine Schrecken) zeigt sicher eine
andere Bedeutungsebene. Geht es in einem Roman dann gar nicht
so sehr um historische Faktentreue? Oder wie ist das Verhältnis zur
Geschichtswissenschaft?*
Das Buch ist in groben Zügen faktentreu. Die Hauptpersonen –
Gerbert, Otto III., diverse Erzbischöfe, Dogen, Kaiser usw. – gab es
wirklich. Aber es ist kein geschichtswissenschaftliches Werk.

*Orientiert sich die historische Zeitstruktur in DIE GROSSE FÄL-
SCHUNG an realen Ereignissen?*

Nur teilweise. Der historische Rahmen stimmt – aber mein Ritter-/ Bäuerinnen-Aufstand ist erfunden. Er wäre wohl wegen der engen Kontrolle durch kleine Ritter und die Kirche und aufgrund von Kommunikationsbarrieren nicht möglich gewesen. Die großen Bäuerinnenaufstände gab es erst im Spätmittelalter.

Dein Fachgebiet ist die altfranzösische Literatur – was zeichnet diese aus? Und wie floss diese in deinen Roman ein?
Es gibt ein paar Topoi, die aus den altfranzösischen Chansons de geste stammen könnten, wie zum Beispiel das Gespräch des Ritters mit seinem Ross, die Träume (*visions*), Beratungsszenen usw. Aber das Rolandslied war auch ein anti-sarazenisches (muslimisches) Propagandamachwerk, um die Kreuzzüge zu rechtfertigen. Das liegt mir fern. Ich habe mit allen Religionen nichts am Hut. Von mir aus könnte der Papst ein Muslim sein. (Gerbert war nahe dran.)

Im Roman vermeidest du eine altertümelnde Sprache. War dir das wichtig?
Ja, klar: Der Roman ist als eine Art Drehbuch für einen Film gestaltet (Präsens, Flashbacks usw.). Vielleicht meldet sich Hollywood schon bald?

Wäre es möglich, DIE GROSSE FÄLSCHUNG auch in einer anderen Zeitepoche zu erzählen?
In jeder Zeitepoche, sogar heute – wie zum Beispiel in *Amberland*.

Könnte man den Roman auch als einen Zukunftsroman bezeichnen, da es hier um die Zukunft der als zu eng empfundenen Verhältnisse geht?
Es geht immer um die Zukunft, vor allem wenn man sie von der Vergangenheit her sieht. Sie ist der einzig mögliche, aber relative, Freiraum.

Ich schreibe gerade einen Aufsatz über deinen Roman für Das Science Fiction Jahr 2023 *und argumentiere, dass dein Roman gewisse SF-Elemente beinhaltet. Siehst du das ähnlich oder zwänge ich da die Schrecken des Jahres 1000 in eine falsche Kategorie?*
Klar hat es SF-Elemente – aber keine Fantasy, keine Magie. SF ist vor allem die Idee, dass eine »Firma« die Geschichte macht. Das ist

Deutschland um das Jahr 1000: Eine vektorisierte Version der Karte aus Professor G. Droysens *Allgemeiner Historischer Handatlas*, 1886 bei R. Andrée Plate.

natürlich Unsinn – also nur ein erzählerischer Kniff vom Typus Zeitreise.

Im letzten Interview war die Rede von einem neuen Roman, den du über historisch griffbereite Schablonen schreibst, in denen das Mittelalter als Themenpark neben anderen auftaucht. Gibt es da schon etwas Neues?
Ich schreibe an einem reinen SF-Roman, der ca. 150.000 Jahre in der Zukunft spielt (Arbeitstitel: *Nanoraptoren*). Es fehlen zu den bisherigen 700 noch etwa 100 Seiten ... Macht viel Spaß.

Herzlichen Dank für das Interview.
Gern.

Judith C. Vogt

FIXPUNKTE DER ZEIT

Was nehmen wir als festgeschrieben wahr?

Wir – Menschen im Mitteleuropa des 21. Jahrhunderts – nehmen Zeit und Geschichte meist auf bestimmte Weise wahr: Geprägt von Geschichtsunterricht und Geschichtsbüchern formt sich Historie aus der Identifikation entscheidender Momente und wichtiger, daran beteiligter Personen; von der Geschichtsschreibung als möglichst plausible, objektive Abfolge präsentiert.

Diese Wahrnehmung wirkt sich auch auf unsere fiktiven Welten aus und auf unsere Rezeption dieser Welten. Mit unserem Hang zur Mustererkennung nehmen wir rückblickend einen Fortschritt zur Kenntnis, eine Art soziologische Evolution, bei der das eine logisch auf das andere folgen muss. Gleichzeitig sorgt unsere Tendenz, einzelnen Personen großes Gewicht zu verleihen, dafür, dass wir diese kausale Kette mit großen Menschen, meist Männern, der Geschichte verknüpfen. Aber wie genau wirkt sich diese Art, Geschichte und Zeit zu begreifen, auf das Erschaffen und das Rezipieren von Alternate History aus?

Von Time Lords und Great Men

Im DOCTOR WHO-Universum gibt es die »fixed points in time«, die Fixpunkte, Temporalnexus oder Knotenpunkte. Sie strukturieren die geordnete Zeit und können nicht von Zeitreisenden verändert werden. Der Versuch würde dazu führen, dass sich die lineare Zeit auflöst und das Universum endet. Time Lords können spüren, welche Punkte der Historie »fix« sind, und somit weder den Vesuv am Ausbruch hindern noch beliebten rhetorischen Fragen nachgehen wie: »Wenn du in der Zeit zurückreisen würdest, würdest du Hitler als Baby töten?« Diese Fixpunkte sind an Ereignisse oder Individuen geknüpft, die die Zeit nachhaltig beeinflussen, sodass nicht einmal Time Lords in diese »natürliche Progression« der Ereignisse einschreiten können (laut DOCTOR WHO-Wiki »Tardis Data Core«).

In dieser Definition der Fixpunkte schwingt eine beliebte Theorie aus dem 19. Jahrhundert mit: Die Great-Man-Theorie von Thomas Carlyle. Diese nimmt an, dass Führerschaft nicht erworben, sondern angeboren ist, dass also »große Männer«, die die Geschichte formen, spezifische »natürliche« Eigenschaften haben, die sie Schwierigkeiten überwinden lassen, und dass diese Männer hervortreten, wenn sie gebraucht werden und ihre Führerschaft dann unter Beweis stellen.

Carlyle machte Männer als Anführer aus, die an entscheidenden Momenten der Geschichte Großes vollbracht haben, und teilte die von ihm anfangs als »Helden« bezeichneten Menschen in die Kategorien »Gottheiten« (darunter ordnete er heidnische germanische Götter ein, warum auch immer), Propheten, Dichter, Geistliche, Schreiber und Könige ein.

Parallel entstand außerdem der Taylorismus, benannt nach Frederick Winslow Taylor, der eine ähnliche Theorie auf die Arbeitswelt anwendet: Nicht alle Menschen seien in der Lage, selbstständig zu agieren, weshalb eine Neuorganisation der Fabrikarbeit nötig sei, um diese Menschen zur erhöhten Produktivität anzuleiten. Bei ihm werden demnach zusätzlich Großindustrielle wie Daimler oder Krupp zu geborenen Anführern des gemeinen, unmündigen Volks.

Diese Theorien haben ihren Fußabdruck hinterlassen, die vermeintliche Unmündigkeit der Arbeitenden, die Abwertung von Frauen, die angeborene Überlegenheit von weißen Männern des globalen Nordens formen bis heute neoliberale Gedanken von Selbstoptimierung und die Überzeugung, für Höheres geboren zu sein. Und sie bringen Egos wie das von Elon Musk und anderen hervor, deren Selbstbild an der Erzählung hängt, dass nicht günstige äußere Umstände, wohlhabende Familien, Erbe und Privileg sie an die Spitze gebracht haben, sondern angeborene Eigenschaften und harte Arbeit. Auch in vielen Wissenschaften werden einzelne Menschen als Entdecker*innen und Genies herausgestellt, obwohl meist ganze Denkschulen nötig sind, damit es zu den neuen Erkenntnissen kommt.

Dieser Theorie entsprechen auch viele Zeitreise-Geschichten, in denen eine alternative Zeitlinie entsteht, weil Great Men getötet oder gerettet werden – Hitler als Baby getötet, Kennedy vor dem Attentat gerettet. Und sicherlich würde ein solcher Eingriff in die Geschichte unsere Gegenwart verändern. Aber wirklich in dem Maße, in dem wir es uns ausmalen?

Große Männer oder große Bewegungen?

In Annalee Newitz' Zeitreise-Roman *The Future of Another Timeline* entsteht Alternate History am laufenden Band. Vorzeitliche Zeitreisemaschinen sind Teil des internationalen akademischen Betriebs und ermöglichen Reisen in die Vergangenheit. Die Regeln sind dabei nicht allzu streng, denn im Laufe der Nutzung wurde die Great-Man-Theorie widerlegt: Soziologische Ereignisse in der Menschheitsgeschichte sind Massenphänomene. Statt einzelne Menschen stehen Bewegungen dahinter. Im Roman wird erwähnt, dass es ursprünglich einen Vorgänger von Napoleon gab – als dieser von Zeitreisenden getötet wurde, setzte sich stattdessen Napoleon an die Spitze. Dasselbe gilt für alle großen Bewegungen und macht damit auch dämonisierte Einzelpersonen wie Hitler und Stalin zu Kindern ihrer Zeiten und Bewegungen, die im Falle des Ablebens andere Führungspersonen hervorgebracht hätten. Wenn man wahrhaft die Zeitlinie verändern will, muss man auf diese Bewegungen Einfluss nehmen. Maskulinisten aus der Zukunft versuchen im Roman, die Gleichstellung von Frauen zu verhindern, indem sie die historische Bewegung um Anthony Comstock stärken, der in den USA einen beispiellosen Feldzug gegen Frauenwahlrecht, Abtreibung, Verhütung und weibliche Selbstbestimmung führte und Frauenrechtlerinnen und Abtreiberinnen in den Suizid trieb. Statt diesen Anführer zu töten, muss nun diese Bewegung geschwächt werden, damit sich die Geschichte und damit die misogyne Gegenwart der Hauptfigur ändert.

Auch die TV-Serie FOR ALL MANKIND ersetzt den Great Man durch eine Bewegung: Als russischen Kosmonauten die erste Mondlandung glückt, nimmt die NASA die Nazi-Vergangenheit von Wernher von Braun sehr viel ernster, als sie das in unserer Zeitlinie getan hat. Er verschwindet aus der Geschichte der Raumfahrt, und neue Faktoren, andere Protagonist*innen und ihre Verstrickungen bringen die Menschheit zum Mond, auf Raumstationen und zum Mars.

Erwartungen der Lesenden

Auch in der Erwartung der Lesenden an die (historische) Geschichte einer Geschichte gibt es Punkte, Ereignisse, Personen, die als besonders wichtig, besonders unveränderlich, prägend und »fix« wahrgenommen werden.

Manche Ereignisse tragen in unserem kollektiven Bewusstsein mehr zu unserem heutigen Status quo bei als andere, und welche das sind, hängt auch mit unseren Vorstellungen von sozialer Evolution und von einschneidenden Rückschlägen in dieser als »voranschreitend« wahrgenommenen moralischen Entwicklung zusammen. Wo Änderungen als besonders radikal wahrgenommen werden, liegt dabei häufig eher nah an unserer eigenen Gegenwart, was sicherlich auch mit Erinnerung und Generationentrauma zusammenhängt.

Natürlich wäre unsere Gegenwart ohne den Nationalsozialismus und den Zweiten Weltkrieg eine ganz andere. Aber eigentlich wären weiter zurückliegende Ereignisse noch sehr viel einschneidender. Was, wenn es den Karthagern ab 218 v. Chr. gelungen wäre, Rom wieder auf den Status eines Stadtstaats zurechtzustutzen? Oder wenn es der Regierung von Kaiser Julian in der Spätantike gelungen wäre, das Christentum durch Mysterienkulte und eine Rückbesinnung auf den Polytheismus zu ersetzen? Das hätte unsere Gegenwart weit maßgeblicher verändert. Aber etwas, das so viele Jahrhunderte zurückliegt, ist eher ein interessantes Gedankenspiel, wohingegen die Schuld, die nichtjüdische weiße Deutsche mit dem wenige Generationen zurückliegenden Nationalsozialismus verknüpft, weit präsenter ist. Zudem können wir uns eine Änderung im Geschichtsverlauf, die wenige Generationen zurückliegt, eher vorstellen und als Autor*innen von dort aus extrapolieren, als eine Gegenwart ohne Römisches Reich oder ohne mittelalterliche Kirche zu erdenken.

Auch an der Erwartung der Lesenden lässt sich oft festmachen, dass wir uns auf einem halbwegs linear ansteigenden Graphen Richtung Frieden, Entfaltung, Toleranz, wissenschaftlichen und medizinischen Errungenschaften und Moralentwicklung glauben. Es geht dabei auf und ab, der Nationalsozialismus und die Weltkriege werden als Einbrüche verstanden, kurzzeitige Rückschritte in der Geschichte des Fortschritts. Natürlich will ich nicht bestreiten, dass soziale Entwicklung real ist und stattfindet: Noch vor einhundert Jahren hätte ich diesen Essay nicht schreiben können, weil ich vermutlich mit acht Kindern und zwanzig Kühen ausgelastet gewesen wäre oder gleich bei einer komplizierten Geburt das Zeitliche gesegnet hätte, und ich bin unserer Gegenwart wirklich dankbar dafür, dass ich stattdessen diese Zeilen hier in die Tasten haue.

Gleichzeitig verkennt aber der Gedanke, dass es automatisch oder auch schicksalhaft stetig nach oben geht, die Herausforderungen unserer Zeit: dass es stetiger, auslaugender Kämpfe bedarf, damit nicht-privilegierten Gruppen ihre Rechte nicht wieder genommen werden, damit die koloniale Ausbeutung von Ländern endet, deren Ressourcen den Wohlstand im globalen Norden begründeten, und die katastrophale Zukunft, die uns Klimawandel und Artensterben bescheren werden, abgemildert wird. Mittlerweile sollte uns allen klar sein, dass wir uns leider keineswegs auf einer Reise in eine utopische Zukunft befinden und dass die Schrecken der Vergangenheit auch nicht einfach »Ausrutscher« im Geschichtsverlauf waren.

Alternate History in der historischen Fantasy

Wie diese »soziale Evolution« wahrgenommen wird und welche Änderungen als realistisch und welche als Anachronismen herausgestellt werden, zeigt ein Blick in das Nachbargenre der historisierenden Fantasy.

Fantasy basiert in vielen Spielarten auf unserer Wahrnehmung von Geschichte – am liebsten auf unserem Bild vom mitteleuropäischen Mittelalter. Dabei werden oft schon ganz reale und wohlbekannte Fakten aus dem Mittelalter (beispielsweise die Existenz und Nutzung von Schwarzpulver) als unhistorisch gelesen, während andere historische Ereignisse, wie die neuzeitliche Hexenverbrennung, ins Mittelalter verlagert werden, weil sie gut in das populäre Bild von Aberglauben, Schmutz, Lumpen und Brauntönen zu passen scheinen. Diesem Mittelalter Magie hinzuzufügen, rüttelt jedoch erst einmal nicht so sehr an dieser als magisch verklärten Ära. Ganz anders sieht das mit rechtlicher Gleichstellung aus, und auch das hat etwas mit einer Art verkürzter Idealvorstellung von Zeitepochen zu tun. In der mittelalterlichen Realität waren Frauen beispielsweise als Handwerkerinnen Mitglied in Zünften, teils gab es rein weibliche Zünfte oder Gewerke, in denen Frauen den Großteil der Arbeiterinnen stellten. Sie waren rechtlich nicht gleichgestellt, oft waren sie darauf angewiesen, mit einem Meister verheiratet zu sein, um eine Werkstatt besitzen zu dürfen – aber sie waren weit davon entfernt, ein verstecktes Leben als Hausfrau und Mutter zu führen. Da wir jedoch durch die Linse der Kernfamilie auf unsere gesamte Vergangenheit schauen, erscheint uns eine Frau mit Sprechrolle oder Kompetenz in ihrer Tätigkeit selbst in der Fantasy als feministisches Wünsch-dir-was. Gleiches gilt für queere Menschen: Die Archäologie kann noch so viele Gräber analysieren, in denen trans, nichtbinäre oder inter Menschen beerdigt wurden, das Märchen, dass Menschen immer schon und überall in patriarchalen, zweigeschlechtlichen Gesellschaften gelebt haben und dass das die natürliche Ordnung der Dinge ist, hält sich nachhaltig, was alle abweichenden (historisch akkuraten) Darstellungen als »woken« Anachronismus brandmarkt.

Eine Erfahrung für diese Art von Rezeption habe ich als Autor*in der historisierenden Romantrilogie DIE 13 GEZEICHNETEN gemacht. In einer fiktiven Welt, die jedoch starke Bezüge zur napoleonischen Besetzung des Rheinlands hat, wird die alte hierarchische Ordnung der Stadt Sygna aufgelöst. Sie soll Teil des aquinzischen Kaiserreichs werden. Es regt sich eine Rebellion der schon im vorigen System Unterdrückten, die sich eine ganz neue Gesellschaft aufbauen wollen. Bemerkenswert war, dass einige Lesende nach dem Ende der Trilogie bekundeten, dass sie besonders gestutzt hätten, weil der Kampf gegen die Diskriminierung homosexueller Menschen in den Romanen erfolgreich ist. In unserer Vorstellung von einer sozialen Evolution ist es unmöglich, dass das bereits in einer Geschichte passiert, die ans frühe 19. Jahrhundert angelehnt ist. Dass Karl Heinrich Ulrichs Mitte des 19. Jahrhunderts bereits die Straffreiheit von Homosexualität und sogar die Möglichkeit einer gleichgeschlechtlichen Ehe forderte, kann als Argument angeführt werden, warum der Gedanke so abwegig gar nicht ist – aber auch ohne dieses prominente Beispiel müsste die Phantastik eigentlich die Freiheit haben, sich nicht an die historische Entwicklung unserer Welt halten zu müssen.

Gleiches gilt für die nichtbinäre Hauptfigur Nike in meinem und Christian Vogts Alternate-History-Roman *Anarchie Déco*: Obwohl die Zwischenkriegsjahre in Berlin eine kurze, glorreiche, (gender-)

queere Zeit waren, löschen unsere jüngere Vergangenheit und unsere Gegenwart nicht nur Spuren, sondern auch handfeste Zeugnisse von Transgeschlechtlichkeit als neumodische Erscheinung aus der Geschichte. Die Rechte queerer Menschen werden als eine Art Zuckerguss beim zivilisatorischen Tortenbacken verstanden: nicht zwingend notwendig, sicherlich optisch ganz hübsch, aber eine Verzierung, die ganz zum Schluss draufkommt, wenn überhaupt (und ganz zum Schluss meint: heute).

Abweichungen in Sachen Gleichberechtigung werden also eher als »unnatürlich« oder »verfrüht« wahrgenommen als zum Beispiel die Entdeckung von Magie oder früher angesiedelte große Erfindungen. Phantastische Elemente und technische Erfindungen befinden sich auf einer variableren Zeitlinie als soziale Entwicklungen.

Bei der Rezeption von *Anarchie Déco* ist mir zudem ein weiteres Detail aufgefallen, das ich gar nicht kritisieren will, sondern einfach interessant finde: Selbst bei großen Eingriffen in die Historie (und ich behaupte, die Entdeckung einer neuen physikalischen Form von Magie ist ein derart großer Eingriff) herrscht die Erwartung vor, dass sich die Fixpunkte der Zeit erst einmal nicht verschieben. Auch nach diesen Abweichungen, so die grundsätzliche Annahme, muss die Geschichte auf den Fixpunkten unseres Zeitstrahls landen. So gab es beispielsweise Rückmeldungen wie: »1933 wird alles, was die Hauptfiguren aufbauen, zerstört, und das macht mich traurig.« Tatsächlich hatten wir ursprünglich vor, zwei weitere Teile zu schreiben, die 1930 und 1933 spielen sollten, und hätten somit die alternative Zeitlinie bis 1933 fortgeführt. Als Beispiel: Die Nebenfigur Georgette nimmt am Ende des Romans eine Anstellung am sexualwissenschaftlichen Institut von Magnus Hirschfeld an. Hirschfeld als Arzt und sein Institut waren eine weltweite einzigartige Anlaufstelle für queere und trans Menschen. Hier wurden Transitionsbehandlungen von trans Personen durchgeführt, und es wurde weitreichend zum Thema Sexualität geforscht. Dass Nazis queere Menschen hassen, wird nur zu deutlich, als wenige Wochen nach der Machtübernahme Hirschfelds Institut verwüstet und fast alle darin enthaltenen Schriften als Scheiterhaufen verbrannt werden. Natürlich schwebt diese Realhistorie auch über *Anarchie Déco* – das ist von uns Autor*innen ja auch durchaus so gewollt. Da es sehr unwahrscheinlich ist, dass die Fortsetzungen des Romans je erscheinen, sei verraten, dass wir natürlich andere Pläne für den zeitlichen Fixpunkt »Hitler wird Reichskanzler« hatten.

Andererseits ist es natürlich auch genretypisch, dass die Erwartung an das Einhalten von Fixpunkten existiert: In vielen Iterationen der Themen Zeitreise / Multiversum / parallele Zeitlinien geht es darum, eine »richtige« Zeitlinie wiederherzustellen, um das Zusammenbrechen der Realität zu verhindern – was wir gerade auch im Marvel Cinematic Universe (MCU) sehen können.

Es gibt allerdings auch Ereignisse in der Zeit, die wir …

… lieber sofort vergessen: das Thema Pandemie

Sollte es Fixpunkte in der Zeit geben, so sind Pandemien vielleicht so etwas wie Anti-Fixpunkte – Ereignisse, die wir kollektiv besonders schnell vergessen möchten. Schon die »Spanische Grippe« genannte Influenza-Pandemie, die in den Jahren 1918 bis 1920 zwischen 20 und 50 Millionen Menschenleben kostete, hat wenig Widerhall in Fiktion oder auch nur Allgemeinwissen gefunden, sieht man von wenigen prägenden Werken wie Camus' *Die Pest* ab. Auch die epidemischen Wellen der Polio-Erkrankung, die besonders in den 1950er-Jahren wüteten, sind größtenteils vergessen. (Ausnahme: In der Alternate-History-Reihe »Lady Astronaut« von Mary Robinette Kowal spielt Polio in allen bisher erschienenen Bänden eine Rolle.)

Und auch bei der Covid-19-Pandemie ist bereits Ähnliches wahrzunehmen: Spielt Fiktion Anfang der 2020er, wird häufig eine leicht andere Realität gezeichnet, um die Geschichte ohne Pandemie erzählen zu können. Hier wird also bewusst die Gegenwart und sehr junge Historie verändert, um eine etwas andere Realität zu beschreiben. Die Gründe dafür sind vielfältig. Von der Konzeption eines Romans bis zum Erscheinen dauert es Jahre: So hat N. K. Jemisin den ersten Teil ihrer GREAT CITIES-Dilogie *Die Wächterinnen von New York* vor der Pandemie und den zweiten Teil in der Pandemie geschrieben. In Band 2, *The World We Make*, gibt es trotz zeitlicher Gleichzeitigkeit keine Pandemie – und es gibt sie doch, denn in der Art und Weise, wie Jemisin von der Resilienz beseelter Städte erzählt, ist in Band 2 die Pandemie spürbar, ohne tatsächlich Teil der Handlung zu sein. Auch im MCU ist die Pandemie kein Thema: Thanos schnippte im Jahr

2018 mit den Fingern und zwischen *Infinity War* und *Endgame* vergingen fünf Jahre – die Handlung setzt 2023 wieder ein, und während *Endgame* noch vor der Pandemie entstand, haben in der Pandemie geschriebene MCU-Filme und -Serien etabliert, dass in diesem Universum nicht auch noch zusätzlich zum »Blip« eine Pandemie ausgebrochen ist.

Die Filmschaffende Nilgün Akıncı sagt dazu, dass unter den Schreibenden für Film und Fernsehen durchaus auch die Angst geherrscht hätte, dass die Pandemie in zeitgenössischen Filmen zu viel Raum einnehmen könnte, auch wenn sie nur im Hintergrund stehen soll. Außerdem werde befürchtet, dass der Film dann in wenigen Jahren nicht mehr als relevant gesehen wird. Zudem spiele auch da Eskapismus eine Rolle – ein wenig anders gewichtet als in der Phantastik wollte das Publikum während der Pandemie ins »Normale« entfliehen.

Auch in der Phantastik ist Eskapismus sicherlich ein Grund für den geringen Anteil an Covid-Thematik. Aber auch bei thematisch nur angelehnten Konzepten ist das Zögern der Verlage spürbar: Als wir unserer Agentin ein Konzept anbieten wollten, in dem eine Querdenker-artige Bewegung eine Rolle spielte, sagte sie sofort: »Nein, bloß nicht. Die Verlage wollen gerade alles andere, aber nicht so was.« Wir haben diese Pandemie alle durchgemacht und machen sie nach wie vor durch – in unseren Geschichten hat sie offenbar gerade deshalb wenig Platz.

Unsere Wahrnehmung von Fixiertem und Unfixiertem in der Zeit erstreckt sich also nicht nur in unsere Vergangenheit, sondern auch in unsere pandemiegezeichnete Gegenwart. Und darüber hinaus gibt es Zukünfte, die einen alternativen Geschichtsverlauf benötigen. In der Science Fiction wie in der Fantasy gilt es, Möglichkeitsräume in der Historie zu finden und in eine Sekundärwelt oder in die Zukunft weiterzuentwickeln:

Alternative Zeitlinien am Beispiel Afrofantasy und Muslim Futures

Kolonialismus hat die Geschichte ganzer Kulturen ausgelöscht oder maßgeblich verändert. Er hat eine eurozentrische Weltsicht

aufgeprägt, die es erschwert bis fast unmöglich macht, das Darunter-
liegende wiederzuentdecken und zu dekolonisieren.

Der Science-Fiction-Erzählkosmos der Frankovietnamesin Aliette
de Bodard ist ein Beispiel dafür, dass es doch möglich ist: De Bodard
entwirft in ihren Kurzgeschichten, Erzählungen und Novellen eine
Zeitlinie, in der die Kolonisierung Vietnams nicht stattfindet, und
entwirft daraus raumfahrende Kulturen, die vorkolonial vietname-
sisch und mesoamerikanisch sind.

Die Idee einer neu gedachten Vergangenheit erstreckt sich auch in
die Sekundärwelten der Fantasy, zum Beispiel die Afrofantasy-Welt
der RAYBEARER-Dilogie von Jordan Ifueko oder die Welt von *Schwarzer Leopard, roter Wolf* von Marlon James.

Die Tradition der historisierenden eurozentrischen Fantasy
bedient sich häufig aus dem, was in unserer Wahrnehmung von
europäischer Geschichte etabliert ist, um einer Sekundärwelt das
Gefühl (weiß und christlich normativer) europäischer Kulturen zu
verpassen. Für eine afrophantastische Welt ohne Kolonialismus
müssen die Autor*innen extrapolieren, was vor dem Kolonialismus da war, also eine kulturelle Alternate History erschaffen. Das
betrifft über die Handlung und die Figuren hinaus alle kulturellen
Aspekte der Geschichte wie beispielsweise Architektur, Kleidung,
Essen, Alltagsgegenstände, religiöse und magische Traditionen und
mythisches Worldbuilding – letztlich benötigt fast jedes Detail
einen kolonialismuskritischen Blick. Die besondere Schwierigkeit
ist dabei, dass Kolonialismus nicht einfach als Vorhang vor einem
Fenster hängt, durch das man hinausblicken kann, sobald man ihn
zurückgezogen hat: Kolonialismus hat Kulturen aktiv vernichtet und
besonders Schwarzen Menschen eine Nicht-Kultur übergestülpt,
die der Entmenschlichung diente, die für die Versklavung und Ver-
schleppung notwendig war. Der 2016 verstorbene Politikwissenschaftler und Professor for Black Studies Cedric J. Robinson schrieb
dazu: »The construct of N**** [...] suggested no situatedness in time,
that is history, or space, that is ethno- or politico-geography. The
N**** had no civilization, no cultures, no religions, no history, no
place, and finally no humanity that might command consideration.«
(»Die Konstruktion von N**** legt eine zeitliche, also geschichtliche,
oder räumliche, also ethno- oder politogeografische Unbestimmt-
heit zugrunde. N**** haben keine Zivilisation, keine Kulturen, keine

Religionen, keine Geschichte, keinen Ort, und schlussendlich keine Menschlichkeit, die man in Betracht ziehen müsste.«[1] [Unkenntlichmachung durch mich])

Es ist also weit schwerer, eine Alternative zur Vernichtung von historischer Kontinuität zu entwickeln. Doch zugleich liegt die Kraft von dekolonisierter Phantastik und ihren »Was wäre gewesen, wenn«-Fundamenten darin, einen neuen Möglichkeitshorizont aufzuspannen, der ohne die globalen »Fixpunkte« der Kolonisierung auskommt.

Die weiter oben bereits zitierte Filmschaffende Nilgün Akıncı und ihre Mitstreiter*innen sind in Deutschland gerade dabei, die Bewegung der »Muslim Futures« zu etablieren. Als Asienwissenschaftlerin hat Akıncı für ihre Bachelorarbeit unter die Lupe genommen, wie viel Islam in Europa steckt. Im Gespräch mit mir ergänzt sie, dass Mitteleuropäer*innen die eigene Geschichte gar nicht richtig kennen, sondern einen weißen, christlich geprägten Geschichtsverlauf etabliert haben, den es so nie gegeben hat.

Der Gedanke, dass ein weißes christliches Europa eine Art soziokulturelle Evolution durchlaufen hat, in deren Zuge sich aus sich selbst heraus Wissenschaften, Erfindungen, Errungenschaften, Philosophien entwickelt haben, ist also ohnehin falsch. Vieles, was wir heute als europäisch ansehen und bei dem wir die Erfindung in Europa verorten, kam beispielsweise nach den Kreuzzügen aus Westasien, so die mehrgängige Esskultur, die Sitte der saisonalen Kleidung, der Minnegesang oder die Solmisation, also das Verknüpfen von Tonstufen mit Silben. Statt einer gesamteuropäischen Kulturkontinuität blicken wir auf eine lückenhafte Geschichte voller Plagiate und falscher Zuschreibungen zurück, und es wird schwierig, das vielfältige kulturelle Zusammenspiel aufzudecken, das sich darunter befindet.

Ein globales System weißer männlicher Vorherrschaft hat sich also eine Alternate History etabliert, und wie weiter oben erwähnt werden selbst historisch fundierte Abweichungen davon gern als Anachronismen wahrgenommen. Selten wird Europa als ein gemeinsamer Kulturraum von Christentum, Islam und Judentum wahrgenommen. Oft gibt es eine europäische Rückbesinnung auf die

---

1   Otele, Olivette: *African Europeans: An Untold History*, London 2020, S. 3.

griechische und römische Antike, die vom Philologen Uvo Hölscher als »das nächste Fremde« bezeichnet wurde – christlich geprägten Mitteleuropäer*innen also oft näher scheint als die jüdischen und muslimischen Kulturen jüngerer Jahrhunderte in Europa. Dabei ist die »klassische« Antike ohne den Nahen und Mittleren Osten gar nicht denkbar – ohne beispielsweise Altägypten, die numidisch-libyschen und phönizischen Kulturen Nordafrikas und natürlich Mesopotamien, Israel, Persien …

Akıncı sagt, dass sie versucht, diese gemeinsame Geschichte in die Zukunft zu denken. »Muslim Futures« möchten Science Fiction ersinnen, in der sich der Möglichkeitshorizont wieder weiter erstreckt. Muslim Futurism versteht sich als kulturübergreifend: Nicht die erst in den letzten Jahrhunderten vorgenommenen Abgrenzungen, sondern die Gemeinsamkeiten bilden den Schwerpunkt – ein Gedanke, den Muslim Futurism mit deutschsprachigen Afrophantast*innen wie James A. Sullivan und Patricia Eckermann gemeinsam hat. Akıncı sieht in der Geschichte, dass in vergangenen Jahrhunderten die Ambiguitätstoleranz des Islam viel höher gewesen sei als die des Christentums. Mitteleuropa sei letztlich spirituell traumatisiert von den Restriktionen der Kirche und den Gräueln der Hexenverfolgung. Sie selbst liest für ihre Zukünfte den Koran auf ökofeministische Weise. Die Schriften der religiösen Strömungen sind Offenbarungen, die sich auf Alltagserfahrung beziehen lassen. Muslim Futurism könne eine popkulturelle Strömung sein und muslimische Perspektiven erzählerisch und optisch in die Science Fiction einfließen lassen, doch sie hat auch eine spirituelle Alltagsdimension: Was wird von Menschen erwartet, wie sollen wir uns miteinander verhalten, worin finden wir Heilung, Nachhaltigkeit, Miteinander?

Den Antagonisten sieht Akıncı dabei im Turbokapitalismus; in einem zerstörerischen, auf Rassismus, Misogynie, Kolonialismus aufgebauten Wirtschaftssystem, das nur auf Wachstum fokussiert ist. »Wie können wir eine menschenkompatible Zukunft finden?«, fragt sie sich. »Wenn alles passiert, was uns aktuell prognostiziert wird, was machen wir dann? Können wir zum Beispiel unter Wasser leben?« Sie ist dabei stark vom African Futurism (der in Afrika entstanden ist), Afrofuturismus (der in der afrikanischen Diaspora entstanden ist) und Solarpunk (dessen Wiege in Brasilien steht) inspiriert: Wie können wir von dem Ausgangspunkt, den wir jetzt haben, eine konstruktive Zukunft entwickeln? Keine einfache Aufgabe.

Eine bessere Zukunft aus einem anderen Blick in die Vergangenheit

Vieles am Lauf unserer Geschichte scheint uns folgerichtig. Dass die Welt heute so ist, wie sie ist, stammt aus einer eurozentrischen Kultkontinuität von weißer, männlicher Vorherrschaft, und wenn wir diese als in der Zeit fixiert ansehen, ist es tatsächlich schwer, eine Zukunft zu imaginieren, die damit bricht. Doch wenn wir mehr als einen flüchtigen Blick in die Vergangenheit werfen, wird uns klar, dass diese Kultkontinuität zwar besteht, aber keinesfalls lückenlos ist. Dass wir es uns zu einfach machen, wenn wir Geschichte als eine Art fixierte Unvermeidlichkeit erzählen. Alternate History kann eine Möglichkeit sein, diese Lücken und Nischen sichtbar zu machen: Erzählende docken an reale Ereignisse an und entfalten uns von dort einen größeren Horizont.

Das macht Alternate History zu mehr als nur einem Gedankenspiel, zu mehr als »Würdest du Hitler als Baby ermorden?«. Sie erzählt Geschichten von Gemeinschaften und Bewegungen, Ideen und Möglichkeiten, die uns wiederum andere und sehr notwendige Perspektiven für heute und morgen geben. »Was wäre gewesen, wenn« kann zu einem »Was wird sein, wenn« werden und uns neue Zukünfte eröffnen.

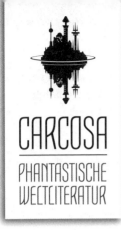

CARCOSA

PHANTASTISCHE
WELTLITERATUR

LEIGH
BRACKETT

DAS LANGE
MORGEN

ROMAN

Neuübersetzung
[*The Long Tomorrow*
(1955)]
Deutsch von
Hannes Riffel
Klappenbroschur
284 Seiten

In einer Welt nach dem Atomkrieg suchen die beiden Vettern Len und Esau Colter nach der geheimnisvollen Stadt ›Bartorstown‹, dem letzten Hort der Hochtechnologie. Der bedeutendste Roman einer Star-Autorin der 1950er Jahre, erstmals vollständig übersetzt.

Carcosa ist ein verschwistertes Imprint von
Memoranda Verlag Hardy Kettlitz | verlag@memoranda.eu

www.carcosa-verlag.de

Kai U. Jürgens

EIN IRRGARTEN AUS KONFUSION UND SCHEINREALITÄT

Der Polizeistaat in Philip K. Dicks Alternativweltroman
Flow My Tears, the Policeman Said (1974)

> Wir leben jetzt in einem Roman von
> Philip K. Dick, wir alle, besonders ich.
>
> Philip K. Dick:
> *Das Mädchen mit den dunklen Haaren*

1. Einführung

Alternativweltgeschichten gehören zu den faszinierendsten Gedankenspielen der SF. Die Vorstellung, dass die Historie »an bestimmten neuralgischen Wendepunkten« einen »anderen Verlauf als den bekannten«[1] genommen hätte, motiviert zu reizvollen Spekulationen, die sich als verfremdetes Spiegelbild der tatsächlichen Ereignisse verstehen lassen. Dabei steht die gesamte Menschheitsgeschichte als Quellmaterial zur Verfügung, wie die frühe und von John C. Squire herausgegebene Essaysammlung *If It Had Happened Otherwise* (1931) belegt, die allerdings noch als wissenschaftlicher Beitrag konzipiert war. Von den nachfolgend erschienenen Alternativromanen seien beispielhaft *Bring the Jubilee* (1955) von Ward Moore sowie *Pavane* (1968; erw. 1971) von Keith Roberts erwähnt, die sich mit einem Sieg des Südens im Sezessionskrieg beziehungsweise einer Unterwerfung Englands durch den Katholizismus beschäftigen. Das unbestritten populärste Thema ist jedoch die Frage, was passiert wäre, wenn die Nationalsozialisten den Zweiten Weltkrieg gewonnen hätten. Hierzu erschienen zahlreiche Bücher,[2] darunter

Wenn das der Führer wüßte (1966) von Otto Basil, *Fatherland* (1992; dt. *Vaterland*) von Robert Harris sowie – weniger bekannt, aber qualitativ überragend – *Starfish Rules* (1997) von Tobias O. Meißner.[3] Die bedeutendste Arbeit in diesem Bereich stellt allerdings *The Man in the High Castle* (1962; dt. *Das Orakel vom Berge*) von Philip K. Dick (1928–1982) dar, ein Roman, in dem die USA nach dem verlorenen Weltkrieg von deutschen und japanischen Kräften besetzt sind. Das mit dem Hugo ausgezeichnete und unterdessen als TV-Serie (USA 2015–2019, vier Staffeln) verfilmte Buch leitet in der Lesart Uwe Antons die zweite (und wichtigste) Schaffensphase des Autors ein und stellt »als brillante Mischform zwischen Mainstream und Science Fiction«[4] genau die Form von Literatur dar, die Dick immer angestrebt hatte. Auch Kim Stanley Robinson betont den Qualitätssprung, den *The Man in the High Castle* darstellt, und zwar sowohl im Hinblick auf die Kreativität des Verfassers als auch unter Einbeziehung der Genreentwicklung insgesamt: Das Ergebnis sei – neben *A Canticle for Leibowitz* (1959; dt. *Lobgesang auf Leibowitz*) von Walter M. Miller Jr. – einer der ersten »großartigen US-amerikanischen Science-Fiction-Romane«.[5] Nicht nur habe sich der Autor stilistisch enorm verbessert, seine Figuren seien zudem »so plastisch geschildert wie kaum sonst in der SF«.[6] Sie bilden »ein Charaktersystem« (Anton),[7] das die Handlung aus mehreren Blickwinkeln zeigt, die sich gegenseitig kommentieren und korrigieren. Zwei weitere Aspekte kommen hinzu. Dicks frühe Romane lassen sich als »Wunscherfüllungsphantasien«[8] (Robinson) klassifizieren, die auf eine Revolution hinauslaufen, um die Gesellschaft zu verändern. »In *Das Orakel vom Berge* verhält sich das anders, und zwar aus dem sehr bedeutsamen Grund, dass das dystopische System des Romans nicht gestürzt wird.«[9] Es geht darum, sich *innerhalb* der Verhältnisse zu arrangieren. Zweitens entwickelt Dick in dem Buch keineswegs nur *eine* Alternative zu unserer geschichtlichen Realität, sondern zwei. Fast alle Romanfiguren lesen *The Grasshopper Lies Heavy* von Hawthorne Abendsen, einen fiktiven SF-Roman, in dem die Alliierten zwar den Krieg gewonnen haben, »dann aber anders weitermachen, als sie es in unserer Welt getan haben«.[10] Der Lauf der Geschichte erweist sich nicht als zuverlässig, sondern bleibt unberechenbar. Es ist dieses Nebeneinander mehrerer möglicher Zukünfte, die Dicks Buch seine beunruhigende Grundierung über

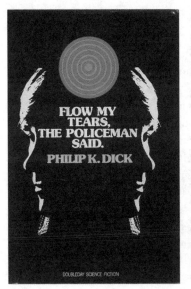 

das NS-Thema hinaus verleihen und die der Autor in seinen folgenden Werken – etwa in *Ubik* (1969) – weiterverfolgen wird. Ein bemerkenswertes Beispiel hierfür ist der 1974 veröffentlichte Roman *Flow My Tears, the Policeman Said* (dt. *Eine andere Welt*, im Folgenden *Flow My Tears*), der allerdings über ein ungewöhnliches Konzept verfügt; denn anders als meist bei dieser Textsorte üblich, basiert das Buch nicht auf einem authentischen historischen Ereignis. Dick hat stattdessen im Sinne einer »doppelten Fiktion« sowohl die ›reale‹ als auch die ›alternative‹ Welt in die Zukunft verlagert.

2. Handlung

Flow My Tears spielt an zwei Tagen im Jahr 1988. Jason Taverner, ein ebenso erfolgreicher wie blasierter Entertainer mit eigener Fernsehshow, lebt in einem dystopischen Amerika, das von einem scheinbar allmächtigen Behördenapparat kontrolliert wird; es gibt Arbeitslager, die Universitäten sind Sperrgebiet, und der farbige Anteil der Bevölkerung wird planvoll dezimiert. Nach einem Zwischenfall – seine ehemalige Geliebte Marilyn Mason hatte mit einem

»Callisto-Haftschwamm« (S. 21)[11] nach ihm geworfen – erwacht er in einem schäbigen Hotelzimmer; zwar mit Geld, aber ohne Papiere, was in dieser Überwachungsgesellschaft eine lebensgefährliche Bedrohung darstellt. Schlimmer noch: Niemand aus seinem Bekanntenkreis kann sich an ihn erinnern, es ist fast so, als würde er überhaupt nicht existieren. Doch Jason nimmt als genetisch modifizierter und seiner Umwelt daher überlegener »Sechser« die Herausforderung an und versucht, die Situation zu klären. Dabei helfen ihm mehrere Frauenfiguren, die er nach und nach aufsucht: die Fälscherin Katherine »Kathy« Nelson, seine ehemalige Geliebte Ruth Rae, die Töpferin Mary Anne Dominic sowie die Sängerin Heather Hart, die ebenfalls zu den Sechsern gehört. Am bedeutendsten erweist sich aber Alys, die Zwillingsschwester und inzestuöse Partnerin des Polizeigenerals Felix Buckman. Dieser ist bereits auf Jason aufmerksam geworden und vermutet hinter dessen fehlender Identität eine Verschwörung; als Alys tot aufgefunden wird, verdächtigt er ihn zudem des Mordes. Wie sich jedoch herausstellt, geht Jasons Situation auf eine experimentelle Droge namens KR-3 zurück, die Alys eingenommen und an deren Folgen sie gestorben ist. Mithilfe der Droge entwickelte sie ein alternatives Universum, in dem Taverner nicht existierte und in das sie ihn aus der realen Welt ›hinüberziehen‹ konnte. Nach ihrem Tod normalisieren sich die Verhältnisse, sodass Jason wieder den vertrauten gesellschaftlichen Platz einzunehmen vermag. Aber da Felix weiß, dass ihn der Behördenapparat vernichten wird, wenn die Liaison mit seiner Schwester ans Licht kommt, hält er die Beschuldigungen gegenüber dem Entertainer aufrecht. Dann aber ändert der Polizeigeneral, der im Verlauf der Handlung aus ihm unerfindlichen Gründen immer wieder zu weinen beginnt, nach einem Traumerlebnis seine Pläne. Er zeigt einem ihm völlig fremden Farbigen seine Sympathie und beschließt, sein privates Leben zu ändern. Ein Epilog erläutert, dass der Prozess gegenüber Taverner mit einem Freispruch endet und Buckman seine Arbeit fortsetzt. Weiter heißt es, der Polizeiapparat würde bis ins Jahr 2136 und damit gut 150 Jahre über die Handlung hinaus fortbestehen.

3. Skizze eines Polizeistaats

Das totalitäre System wird im Roman nur skizzenhaft und anhand punktueller Informationen entwickelt, eine Methode, die Dick bereits früher (und auch in *The Man in the High Castle*) verwendet hatte und die dem Realismusgehalt des Texts zugutekommt. Den Hintergrund bildet in *Flow My Tears* ein »Zweiter Bürgerkrieg« und damit eine Bezugnahme auf den Sezessionskrieg (American Civil War, 1861–1865), der u. a. zur Abschaffung der Sklaverei führte. In der Romanwelt haben sich die Probleme zwischen den Ethnien offenbar verstärkt und zu einem Aufstand geführt, in dessen Folge ein Sterilisationsgesetz verabschiedet wurde, das der »Absicht der schweigenden Mehrheit« entsprach: »Zwei Erwachsene, ein Kind. Also wird die schwarze Bevölkerung mit jeder Generation halbiert.« (S. 35) Unter diesen Umständen erweist es sich als bittere Ironie, dass die Betroffenen bis dahin von »tausend Gesetzen geschützt« werden: »Man darf sie nicht verspotten. Man darf sich nicht auf einen Faustkampf mit einem von ihnen einlassen, ohne als Schwerverbrecher zu gelten – zehn Jahre Knast.« (S. 35) Mit diesem Entwurf reagiert Dick nicht zuletzt auf das von Lyndon B. Johnson angestoßene sozialpolitische Reformprogramm »Great Society«, das mit dessen Amtszeit (1963–1969) verbunden ist und dezidiert die Beseitigung der Diskriminierung von Afroamerikanern anstrebte. *Flow My Tears* skizziert eine Zukunft, in der sich die Ziele besagten Programms in ihr Gegenteil verkehrt haben, wozu passt, dass auf einem Auslegeteppich in Gold »Richard M. Nixons Himmelfahrt« (S. 150) abgebildet ist, also jener Präsident verherrlicht wird, gegen den sich Dick mehrfach positioniert hat.[12] Tatsächlich handelt es sich bei den USA des Jahres 1988 um einen Überwachungsstaat, in dem den »Pols« (Polizisten) und den »Nats« (Nationalgardisten, also freiwillig dienende Milizsoldaten) eine entscheidende Rolle zukommt. Im Roman werden zwei Aufgaben betont. Zum einen kontrollieren die Sicherheitskräfte jene zahlreichen Sperren und Kontrollpunkte, die sich ohne Papiere nicht überwinden lassen, »ohne erschossen oder in die Zwangsarbeitslager gesteckt zu werden« (S. 28); tatsächlich existieren sogar »eintätowierte« Kennnummern als »somatisches«, das heißt körperliches »Zulassungsschild« (S. 31). Zum anderen umringen Pols wie Nats jede Universität, um zu verhindern, »dass die

Studenten in die Gesellschaft einsickerten wie ein Haufen schwarzer Ratten, der ein sinkendes Schiff verließ« (S. 17). Dieser Aspekt ist besonders perfide, da es um die Verfügbarkeit von Bildung geht, einem weiteren Punkt auf der Agenda der »Great Society«, dessen Umsetzung offenbar gescheitert ist. Tatsächlich scheinen viele Universitäten zerstört zu sein. So wurden »vor fünf Jahren«, also 1983, im Rahmen des Zweiten Bürgerkriegs »auf dem Campus von Stanford mehr als fünftausend Studenten niedergemetzelt« (S. 238); und bis in die Gegenwart der Romanhandlung werden Campusse »eingekreist von Polizisten mit Schnellfeuer-MPs und Gasmasken, die ihnen das Aussehen einer bizarren Tierart mit großen Schnauzen und riesigen Augen verleihen« (S. 269).[13] Die Studenten leben unterirdisch in »heruntergewirtschafteten Kibuzzim« (S. 238), wo es kaum Möglichkeiten zur Versorgung gibt: »Viele von ihnen haben keine Lebensmittel und kein Wasser« (S. 195). Diese Situation wird vom Staat durch entsprechende Agitation von Polizeispitzeln und planvoller Sabotage gefördert, um »verzweifelte, völlig hoffnungslose Vorstöße aus den Campussen« (S. 196) zu provozieren; es geht darum, durch »Agenten« zu einer »finalen Schießerei« aufzuhetzen – »worauf die Polizei und die Nats nur sehnsüchtig warten« (S. 195). Eine Unterstützung durch die Bevölkerung ist verboten: »Geflohene Studenten zu versorgen oder ihnen Unterschlupf zu gewähren wurde mit zwei Jahren ZAL [Zwangsarbeitslager] bestraft – beim ersten Mal. Im Wiederholungsfall waren es fünf Jahre.« (S. 123) Auch Intellektuelle, »die untereinander vervielfältigte Manuskripte zirkulieren lassen« (S. 169), werden interniert, außerdem existieren »›isolierte‹ politische Gefangene« (S. 109). Was hier aufscheint, ist ein umfassendes System gesellschaftlicher Repression, das auf den deutschen Faschismus rekurriert, selbst wenn dies nicht ausdrücklich erwähnt wird. Ein relativ deutliches Signal ist der Begriff »Kibbuz«, der im Hebräischen eine ländliche Kollektivsiedlung und hier die studentischen Wohnanlagen bezeichnet; im Zusammenhang mit Unterdrückung und Auslöschung provoziert er einen Vergleich mit der Judenverfolgung im Dritten Reich. Doch auch andere Details wie die tätowierte Kennnummer, die physische Destruktion von ›Staatsfeinden‹ und die Einrichtung von Lagern passen ins Bild. Dick greift zudem eine typische Strategie in totalitären Systemen auf, wenn er einen ihrer Repräsentanten verharmlosend über die Zustände sprechen lässt: »So schlimm sind die Zwangsarbeitslager gar nicht. Während der Grundausbildung haben sie uns durch eines geführt. Dort gibt es Duschen und Betten mit Matratzen, und zur Erholung spielt man Volleyball und man kann sich handwerklich betätigen und Hobbys nachgehen.« (S. 159) Dies klingt wenig glaubwürdig, erinnert aber an das Unterfangen der Nationalsozialisten, aus dem KZ Theresienstadt 1943/44 ein zeitweiliges Vorzeigelager zu machen. Tatsächlich existieren in dieser Gesellschaft, die von der Polizei beherrscht wird, keinerlei Fluchtpunkte. Es sieht zwar zunächst so aus, als hätte die Fälscherin Kathy für sich eine Enklave gefunden, doch da ihre Tätigkeit auf einem Abkommen mit den Sicherheitsbehörden beruht (sie lässt einem Beamten »Informationen zukommen«, S. 57), ist die junge Frau Bestandteil des Systems. Daran ändert sich auch nichts dadurch, dass sie selber zu den Betrogenen gehört – sie versucht, ihren Ehemann freizukaufen, der sich angeblich in einem »Zwangsarbeiterlager in Alaska« (S. 57) befindet, tatsächlich aber schon vor drei Jahren bei einem Unfall ums Leben gekommen ist. Der Polizist McNulty erläutert: »Er war nie in einem Zwangsarbeitslager.« (S. 90) Kathys Abkommen entpuppt sich als Farce, die ihr keinen Vorteil einbringt.

Lediglich einer gesellschaftlichen Gruppe scheint eine Form zumindest partiellen Entkommens möglich zu sein. Dies sind die Sechser, die sich – abgesehen von einer robusten Konstitution – durch »psychologische Überlegenheit« auszeichnen und das »Ergebnis geheimer eugenischer Experimente« (S. 163) darstellen. Es handelt sich um eine »Elitegruppe, aus aristokratischen Kreisen gezüchtet, um der Welt neue moralische Maßstäbe zu verleihen« (S. 168), was – Stichwort Lebensborn – dem faschistischen Denkmodell des »Übermenschen« entspricht. Der Begriff »Sechser« rührt daher, dass alle Mitglieder »die Sechsten in einer Reihe von DNA-Rekonstruktionssystemen« (S. 164) waren, die von einem »Mutierer« (S. 165) – also einer Variante des Mad Scientist – namens Dill-Temko gezüchtet wurden. Doch das Programm erwies sich als Fehlschlag. Kathy vermutet, dass alle Sechser »eingekesselt und erschossen« wurden, weil sie einen »Coup gegen die Bundesnats« (S. 55) geplant haben sollen; Felix hingegen geht von einem noch tiefgreifenderen Problem aus: Die Sechser seien »politisch gescheitert«, da sie untereinander »Animositäten« (S. 177) hegten. Die Überlegenheit nützte der Gruppe nichts, »weil ihre Mitglieder einander nicht ausstehen konnten« (S. 168). Die Frage, ob sich eine funktionierende Gemeinschaft zwischen Individuen etablieren lässt, gehört zu den Hauptthemen des Romans und wird hier beispielhaft am Scheitern der Sechser demonstriert.

Das in *Flow My Tears* aufgerufene Gesellschaftsbild ist in mancher Hinsicht Johnsons Projekt der »Great Society« entgegengesetzt. Doch das Eintreten gegen Rassismus, die Forderung nach freier Bildung und eine Erweiterung demokratischer Grundrechte waren auch für die studentisch geprägte Bürgerrechtsbewegung um 1968 zentrale Beweggründe. Dick lässt diese Ziele scheitern, was als Kommentar zur sozialen Realität der beginnenden 1970er-Jahre zu werten ist. Ironischerweise haben sich in *Flow My Tears* zwei Aspekte der Hippiekultur durchgesetzt: freie Sexualität und Drogenkonsum. Es gibt in dem Roman kein Primat heterosexueller Liebe. Dass Alys Buckman Affären mit Frauen hat, ist grundsätzlich unproblematisch; nur der Inzest mit ihrem Bruder markiert jene Grenze, die nicht übertreten werden darf. Der von der Polizei versehentlich aufgesuchte Allen Mufi – der den erwähnten Nixon-Auslegeteppich besitzt und dadurch als opportunistisch markiert ist – wird zwar dafür verachtet, schwulen Sex mit einem Dreizehnjährigen zu haben, doch juristisch gilt dies als unbedenklich, da »mit zwölf die Mündigkeit in Kraft« (S. 152) tritt. Ob dieser Aspekt, dem Dick immerhin ein ansonsten funktionsloses Kapitel widmet, positiv oder negativ zu bewerten ist, bleibt offen; es kann aber konstatiert werden, dass sich die im Roman dargestellte Gesellschaft sexuell entgrenzt hat. Dies gilt in gleicher Weise für den Bereich des Drogenkonsums. Ob das Opioid Darvon, das Halluzinogen Meskalin oder das Antipsychotikum Thorazin, die Romanfiguren haben allenfalls temporär Schwierigkeiten, sich mit der entsprechenden Substanz zu versorgen; in einem Restaurant kann man sich legal Marihuana und »Haschisch, Handelsklasse A« (S. 67) bestellen. Auch hier sollte man nicht vorschnell von einer Billigung durch den Autor ausgehen: Jason Taverner sieht die an einer Überdosis gestorbene Alys »wegen des Meskalins« (S. 266) als Skelett; zudem wurde sein Realitätsübertritt indirekt durch die experimentelle Droge KR-3 verursacht, die jeden Probanden zwingt, »irreale Universen wahrzunehmen, ob er will oder nicht« (S. 259). In der 1972 zusammengestellten Brief- und Traumsammlung *The Dark-Haired Girl* (1988; dt. *Das Mädchen mit den dunklen Haaren*) schreibt Dick anlässlich des durch LSD beeinträchtigten Gesundheitszustands seiner dritten Ehefrau Anne: »Soviel zu bewußtseinserweiternden Drogen; die Erweiterung ist das klaffende Maul des Grabs. Für mich wären sie auch beinahe zum Grab geworden, wie Du Dich erinnern wirst.«[14] Obwohl der Drogenkonsum in *Flow My Tears* aus dem Lebensgefühl der Generation 1968 abgeleitet werden kann, wird er – in einer ironischen Volte – negativ eingefasst.

4. Der Androide: Jason Taverner

Flow My Tears lässt sich als Duell zweier Männer beschreiben, die als Antipoden konzipiert sind, sich in mancher Hinsicht aber durchaus ähneln. Jason Taverner ist der erfolgsverwöhnte Sechser, der sein Talent genutzt hat, um im Rahmen des Polizeistaats Karriere in der Unterhaltungsindustrie zu machen. Zu Beginn des Romans verhält er sich übertrieben selbstbewusst. So geht er davon aus, wichtiger als seine Gäste für die Zuschauer zu sein (»Sie schalten ein, weil sie mich sehen wollen«, S. 11), glaubt sich beim Blackjack-Spiel »allen gegenüber im Vorteil« (S. 16) und denkt im Hinblick auf Heather Hart, der gegenüber er soeben von Heirat gesprochen hat: »Geht es schief, lasse ich sie eben sitzen.« (S. 15) Diese Kaltschnäuzigkeit ist Jason durchaus bewusst: »Ich habe drei Pluspunkte, dachte er: Ich bin nicht arm, sehe gut aus und habe Persönlichkeit. Nein, vier Pluspunkte. Außerdem habe ich noch zweiundvierzig Jahre Erfahrung als Sechser.« (S. 112) Abgesehen davon, dass Jason bezeichnenderweise den Faktor »Intelligenz« unerwähnt lässt, ist der letzte Punkt ausschlaggebend. Der »Fernsehstar und Plattenkönig« (S. 247) gibt viel auf seine genetische Disposition – »Ein Sechser wird sich immer behaupten, unabhängig von den äußeren Umständen« (S. 32) – und betrachtet sein Sechsertum als »Fluchtmöglichkeit« (S. 70), doch der Übertritt in die ›andere Welt‹ vernichtet seine privilegierte Position, da er nunmehr eine Unperson ist: »Ich habe den tiefsten Punkt meines Lebens erreicht, an dem selbst die bloße physische Existenz unmöglich erscheint.« (S. 32) Der Hotelangestellte Ed Pracim, der Jason zu Kathy fährt und ihm zu Recht Rassismus vorwirft (vgl. S. 36), bestätigt: »Sie sind eine Berühmtheit und reich.

Doch dann gibt es Sie auch wieder nicht. Sie sind ein Niemand. Es gibt Sie nicht einmal, juristisch gesprochen.« (S. 34) Jasons behördliche Nichtexistenz wird den Konflikt mit Felix Buckman zur Folge haben, doch die Aufspaltung in zwei Existenzen ist das eigentliche Problem: »Wer sind Sie *wirklich*?«, fragt Kathy auf S. 44 und stellt dazu fest: »Sie sind ein Psychotiker. Sie haben eine gespaltene Persönlichkeit. Herr Niemand und Herr Alles.« (S. 45) Dies sind in der Tat die beiden Pole, zwischen denen Jasons Verhalten oszilliert – einerseits Selbstauslöschungs-, andererseits Allmachtsphantasien, die einen pubertären Zuschnitt erkennen lassen: »Mir gehört die ganze Welt und alle, die darin leben« (S. 62). Mit der Realität hat diese Aussage kaum etwas zu tun, zumal sich Jason ja gar nicht in seiner eigenen Wirklichkeit bewegt, sondern in der von Alys, doch der Sechser übersieht noch einen zweiten Punkt: In dem Gespräch deutet Kathy den relativen Zustand der Realität an, wenn sie einen Rückfall in Wahnzustände befürchtet und überlegt: »Wäre das nicht seltsam, wenn ich Sie mir nur ausgedacht hätte [...]?« Jason hält dies für eine »solipsistische Sichtweise des Universums« (S. 61), weist die Idee also zurück, obwohl sie der Auflösung des Rätsels sehr nahe kommt. Tatsächlich werden sich noch weitere Aussagen von Kathy als richtig erweisen, sodass Jason nicht vermeiden kann, der jungen Frau »Recht« (S. 85) zu geben, sich in ihrer »Schuld« (S. 87) zu sehen oder zugeben zu müssen, dass ihn das neunzehnjährige Mädchen »wirklich reingelegt« (S. 87) hat – eine überraschende Erkenntnis für jemanden, der sich grundsätzlich für überlegen hält. Davon bleibt jedoch im Romanverlauf nicht viel übrig. Bezeichnenderweise gerät Jason mit drei Frauen handgreiflich in Streit: Marilyn wirft besagten Schwamm auf ihn, weil er sie sexuell ausgenutzt hat; Ruth Rae lässt eine »große Steinplatte« (S. 126) auf ihn niedergehen, da sie sich abfällige Äußerungen über ihr Alter anhören musste, und Heather Hart schlägt ihn, weil sie ihr – durchaus zutreffend – eine Affäre mit Alys Buckman unterstellt: »So war er noch nie geschlagen worden – es schmerzte höllisch.« (S. 254) Was Jason in allen drei Fällen zum Verhängnis wird, ist seine Fehleinschätzung des Gegenübers – er sieht sich als Herr der Situation und übersieht, wie wenig er sie tatsächlich beherrscht. Für einen Sechser, denen grundsätzlich »psychologische Überlegenheit« (S. 163) zuerkannt wird, ist dies ein entlarvendes Ergebnis.

Neben Kathy – von der sich Jason bezeichnenderweise nicht zu trennen vermag, weshalb ihr Kontakt erst aufgrund der Verhaftung der Frau endet – ist es vor allem Alys Buckman, die textimmanente Wahrheiten formuliert. Felix' Schwester weiß, dass Jason genau der ist, »für den er sich ausgibt« (S. 129), schließlich geht seine Situation ja auf ihren Gebrauch von KR-3 zurück. Jason ahnt dies, doch die Frau – »Sie haben schon eine Menge mitgemacht« (S. 191) – verweigert ihm die Antwort, auf die der Mann von alleine nicht kommt. Nachdem sich dessen Frage von »Ich will wissen, wo ich bin« (S. 192) zu »Ich will wissen, [...] wer ich bin« (S. 193) gesteigert hat, erzählt sie ihm von den positiven Aspekten im Handeln ihres Bruders, der sich immer wieder gegen das Regime gestellt hat. Doch Jason, der seinen Meskalin-Trip kaum zu kontrollieren vermag, bekommt hiervon nichts mit, bis Alys kapituliert: »Okay, Jason, ich geb's auf, mit Ihnen zu reden.« (S. 197) Damit vergibt Jason unbewusst auch die Chance, sich an einem positiven Leitbild zu orientieren, das die Selbstbezüglichkeit des Entertainers überwindet, nämlich an dem uneigennützigen Einsatz für das Wohl anderer Menschen.

Diese Situation wird sich bis zum Romanende nicht grundsätzlich ändern, doch es gibt zwei positive Irritationen. Jason hat unterdessen die »introvertiert, schüchtern, bescheiden«[15] (Anton) lebende Töpferin Mary Anne Dominic kennengelernt, wobei er bemerkt, dass seine Wirklichkeit langsam zurückkehrt. Zudem wird ihm bewusst, wie sehr seine Situation auf den Einfluss von Drogen zurückgeht, wobei er aber fälschlich annimmt, von Alys vergiftet worden zu sein. Die daraus abgeleitete Vorstellung, bei seiner Karriere handele es sich um eine »von der Droge hervorgerufene Halluzination« (S. 222) und er befände sich »in einem verwahrlosten Hotelzimmer und liege träumend auf einem stinkenden Bett« (S. 224), kann Mary entkräften, doch dies folgt noch dem vom Roman entwickelten Konzept, nach dem Jason von einer Frauenfigur mit jener Wahrheit konfrontiert wird, die er selbst zu sehen nicht imstande ist. Anders verhält es sich mit einem Ratschlag, den der Mann der erfolglosen und isoliert lebenden Künstlerin mit auf den Weg gibt: »Sie sollten nicht allein sein. Das bringt Sie um. Sie sollten immer, jeden Tag, mit Menschen zusammen sein.« (S. 213) Diese Aussage erstaunt bei einer ganz auf sich konzentrierten Person wie Jason Taverner, allerdings empfindet der Egozentriker tatsächlich Mitleid für Mary, die weder sich selbst noch ihren Platz in der Welt gefunden zu haben scheint: »Als spürte sie, dass sie nicht so war, wie sie sein sollte, nicht wusste, was jeder Mensch wissen sollte.« (S. 218) Er versucht, sie als Dank für ihre Hilfe in seine Show einzuladen, doch die Frau erkennt, wie wenig ihr die angebotene Popularität bringen würde: »Was hat Ihnen denn all Ihre Bekanntheit und all Ihre Berühmtheit gebracht? Vorhin im Coffee-Shop haben Sie mich gefragt, ob Ihre Platte wirklich in der Jukebox wäre. Sie hatten Angst, sie wäre nicht dort. Sie waren viel unsicherer, als ich es jemals sein werde.« (S. 229) Auch Mary durchschaut Jason und weiß, dass sein Lebenskonzept nicht trägt. Für einen Augenblick scheint ihr der Mann in dieser Einschätzung zu folgen: »›Wir sind gescheitert‹, sagte er dann. ›Wir sind völlig gescheitert. Wir beide.‹« (S. 230) Woran sind die Figuren gescheitert? Bezieht man Jasons Ratschlag an Mary mit ein, geht es im Leben darum, eine Gemeinschaft mit anderen Menschen aufzubauen; ein Punkt, der Jason in der Tat misslungen ist, wie nicht zuletzt die zweite Begegnung mit Heather Hunt gegen Romanende belegt, die in Handgreiflichkeiten endet. Hier zeigt sich das doppelte Defizit der Figur: Zum einen ist Jason statisch konzipiert. Er schnellt nach dem Ausgang des Romangeschehens – das Gerichtsverfahren wegen Mordes an Alys Buckman endete mit Freispruch – in seine ursprüngliche Rolle als belangloser TV-Unterhalter zurück, weil er nie etwas anderes gewollt hat; sein Tod im Alter von über 100 Jahren bleibt dann, wie es im Epilog lakonisch heißt, »von der Öffentlichkeit weitgehend unbemerkt« (S. 285). Zum anderen erweist sich Jason größtenteils als gefühlskalt. Ihm liegt nichts an wirklicher Bindung an andere Menschen, weil er nur auf den eigenen Vorteil bedacht ist; ganz anders als Felix Buckman, wie sich nachfolgend zeigen wird. Nach Dicks Diktion, die er unter anderem in seiner 1972 in Vancouver gehaltenen Rede »The Android and the Human« formuliert, gehört Jason seinem Verhalten nach zu den Androiden: »Maschinen in dem Sinne, daß das körperliche Leben weitergeht, der Stoffwechsel funktioniert, aber die Seele [...] nicht mehr vorhanden oder nicht mehr tätig ist.«[16] Es geht um die »Herabsetzung des Menschen zum bloßen Gebrauchsgegenstand«,[17] der nur noch – wie Jason Taverner – als Rolle in einem System funktioniert.

Immerhin jedoch: Für eine Person ist die Begegnung mit dem Entertainer positiv ausgegangen, nämlich für Mary. Die bewertet

»ihre Begegnung mit ihm als wichtigen Meilenstein«, und zwar ausdrücklich »in einem langen und erfolgreichen Leben« (S. 285), wie es im Epilog heißt. Wozu passt, dass ihre Töpferei auch auf der Gegenwartsebene des Romans noch geschätzt wird, also immerhin in der Zeit nach 2130. Mit dieser Bilanz ist Mary ganz sicher nicht ›gescheitert‹.

5. Der Mensch: Felix Buckman

Felix Buckman spielt als Repräsentant des totalitären Polizeistaats zunächst die Rolle einer negativ besetzten Figur. Er ist selbstbewusst, genießt innerhalb seiner Behörde einen großen Bekanntheitsgrad (vgl. S. 103) und vermag sich eine gelassene Reaktion auf Herausforderungen zu leisten, da er hochrangig im System operiert. So äußert er etwa seiner Schwester gegenüber: »Du kannst meinen Job nicht in Gefahr bringen. Ich habe nur fünf Männer über mir, den Direktor nicht mitgezählt, und alle wissen von dir.« (S. 109) Diese Parallelen zu Jason Taverners Rolle ermöglichen Felix bestimmte Freiräume. Zum einen kann er sich ein – wenngleich weitgehend verdecktes – inzestuöses Verhältnis zu seiner Schwester leisten, zum anderen vermag er, undogmatisch in Krisensituationen einzugreifen, um Menschen zu helfen. So hat er Kathy vor einer Haftstrafe bewahrt (vgl. S. 105) und Lager geschlossen, indem er ihre finanzielle Grundlage manipulierte (vgl. S. 195); als seine größte Tat schätzt Alys jedoch, dass er »dafür sorgte, wann immer es ihm möglich war, dass die Studenten in den Kibbuzim genug zu essen hatten und dass ihre medizinische Versorgung gesichert war. Genauso setzte er sich auch für die Zwangsarbeitslager ein, die ihm unterstellt waren.« (S. 196 f.) Hierfür wurde Felix »vom Polizeimarschall zum Polizeigeneral« (S. 196) degradiert, und ihm ist bewusst, dass er von nun an unter Beobachtung steht und ihm weitere Repressalien drohen: »Für all das, was ich getan habe.« (S. 171) Tatsächlich basiert das Handeln von Felix auf einem spezifischen Moralkodex: »Ich bin wie Byron, der um seine Freiheit kämpft, sein Leben für den Kampf um Griechenland gibt. Nur dass es mir eben nicht um meine Freiheit geht – sondern ich kämpfe für eine harmonische Gesellschaft.« (S. 133) Die Figur möchte ein bestimmtes Bild realisiert sehen, das sich darin verwirklicht, »Ordnung herbeizuführen, Struktur und Harmonie« (S. 133). Nicht das Gegenteil des hierarchischen Polizeisystems wird angestrebt, sondern eine vage umrissene Gemeinschaft, die innerhalb des Staats angesiedelt wird, jedoch nach eigenen Gesetzmäßigkeiten funktioniert. Hierbei geht es vor allem um einen Begriff, der mehrfach gebraucht wird, nämlich den der Regel. »Wir alle haben Regeln – sie unterscheiden sich zwar, aber wir handeln danach. Zum Beispiel ermorden wir einen Menschen nicht, der uns gerade einen Gefallen erwiesen hat. Selbst hier, in einem Polizeistaat – an diese Regeln halten sogar *wir* uns.« (S. 131)

Der Begriff der Regel ist es, der Felix von seiner Schwester trennt. »Ja, Regeln sind mir verdammt wichtig – und deshalb empfinde ich auch Alys als so bedrohlich, deshalb kann ich mit so vielem anderen fertig werden, aber nicht mit ihr.« (S. 133) Tatsächlich ist ihm seine Schwester – mit der er ein Kind hat – zutiefst suspekt: »Ich glaube, weil sie auf eine Art und Weise, die ich nicht verstehe, nicht nach den Regeln spielt.« (S. 131) Umso wichtiger ist es für ihn, sie dazu zu bringen, zu jenen allerdings nur vage umrissenen Regeln zurückzukehren. Konkreter ist der Vorwurf an Alys, sich ausschließlich um ihr Lustempfinden zu kümmern, also rein hedonistisch zu agieren. Um das gewährleisten zu können, wurde sogar eine Gehirnoperation durchgeführt: »Du hast systematisch und voller Absicht alle deine menschlichen Zentren entfernen lassen.« Und weiter: »Du bist eine Reflexmaschine, die sich wie eine Ratte in einem Experiment endlos lange befriedigt. Du hast einen Draht im Lustzentrum deines Gehirns und legst, wenn du nicht gerade schläfst, an jedem Tag deines Lebens fünftausendmal pro Stunde den Schalter um.« (S. 110) Was Felix anprangert, ist Lust ohne Verantwortung, wie sie sich etwa bei den Teilnehmern des anonymen Telefon-Sexnetzes zeigt, mit dem Alys selbstverständlich vertraut ist und das die Lustempfindung der Probanden »nach und nach ausbrennt« (S. 192), sich also negativ auswirkt. Felix' Distanz zu seiner Schwester, die selbst komplett auf ihn fixiert ist (»Meine ganze Libido, meine ganze Sexualität ist auf Felix gerichtet«, S. 184), dürfte nicht zuletzt darauf zurückgehen, dass Alys andere Prioritäten setzt als er und sich nicht den für ihn gültigen Regeln unterwirft. Auch sie ist – im Sinne der oben bereits zitierten Rede – eine ›androidenhafte‹ Figur.

Um diesen Komplex verstehen zu können, ist ein Blick auf die Art des Umgangs zwischen Jason und Felix erforderlich. Der

Polizeigeneral reagiert zunächst sehr umsichtig auf den Entertainer, der als Person ohne Papiere verdächtig wirkt. Bei ihrer ersten Begegnung greift Felix zu einem Trick und behauptet, ein »Siebener« zu sein; ein Manöver, das funktioniert und nicht nur den Eindruck bestätigt, Sechser wären »ungewöhnlich leichtgläubig« (S. 163), sondern das auch Felix' Selbstverständnis unterfüttert: »Ja, ich bin ein vorzüglicher Pol, *weil ich nicht wie ein Pol denke.*« (S. 132) Dies macht auf eine weitere Gemeinsamkeit zwischen den Figuren aufmerksam: Beide halten sich für überlegen, doch nur Felix ist dies tatsächlich – zumindest meistens. Er vermutet zwar zu lange, es mit einer Verschwörung zu tun zu haben, erkennt dafür aber schnell, was hinter Jasons scheinbarer Nichtexistenz steckt: »Sie haben den Datenbanken überhaupt kein Material entziehen wollen – Sie wollten Material hinzufügen. *Es waren von Anfang an keine Daten da.*« (S. 170) Und: »Ich vermute, dass Sie aus einer Situation heraus, in die Sie unschuldig gerieten, zu Ihrem Tun gezwungen wurden« (S. 174), was der Fall ist.

Doch bevor Felix die Freilassung von Jason verfügt, kommen beide auf Kinder zu sprechen. Jason hat keine und sich auch nie um möglichen Nachwuchs gekümmert, was Felix unverständlich findet: »Nun, jedem das Seine. Aber bedenken Sie, um was Sie sich damit bringen. Haben Sie noch nie ein Kind geliebt? Es tut im Herzen weh, in Ihrem tiefsten Inneren, wo man leicht sterben kann.« (S. 172 f.) Worauf Felix abzielt, ist der Begriff der Selbstlosigkeit, denn »gegen das, was man für Kinder empfindet, kann man jede andere Art von Liebe vergessen. Es geht nur in eine Richtung, es kehrt sich nicht um. Und wenn etwas zwischen einen und das Kind tritt – etwa der Tod oder ein schreckliches Unglück wie eine Scheidung –, erholt man sich nicht mehr davon.« (S. 173) Dieser Gedanke wird ausdrücklich auch von Ruth Rae entwickelt, die im Gespräch mit Jason den Kerngedanken des Romans formuliert: »Liebe bedeutet nicht, jemanden einfach haben zu wollen, so wie man einen Gegenstand haben will, den man in einem Laden gesehen hat. Das ist nur Verlangen.« Liebe sei etwas anderes: »Wie wenn ein Vater seine Kinder aus einem brennenden Haus rettet und selbst dabei stirbt. Wenn man liebt, hört man auf, für sich zu leben – man lebt für jemand anderes.« (S. 142) Hieraus aber – und das ist der entscheidende Punkt – entspringt Leid, für Ruth »ein *gutes* Gefühl« (S. 143), das nicht nur eine notwendige

Konsequenz aus der Liebe sei, sondern Selbstlosigkeit voraussetze: »Leid veranlasst einen, sein Ich hinter sich zu lassen. Man tritt sozusagen aus sich selbst heraus. Und man kann kein Leid empfinden, wenn man nicht vorher geliebt hat. Leid ist das letzte Ergebnis der Liebe, weil es verlorene Liebe ist.« (S. 144) Dick zeigt sich erneut ironisch, wenn er diesen Punkt ausgerechnet von Ruth erläutern lässt, die der Roman zunächst als überzeugte Hedonistin vorgeführt hat. Doch auch sie leidet an ihrer Situation: »Aber ich *will* Leid empfinden. Um Tränen vergießen zu können.« (S. 145) Bei Jason Taverner zündet diese Argumentation natürlich nicht; er erscheint an dieser Stelle wie beim späteren Verhör durch Felix als ›Nicht-Mensch‹, als Androide, der eine elementare Wahrheit nicht begriffen hat.

Felix Buckman hingegen vertritt denselben Ansatz, und so weint auch er um die notwendige Unerfülltheit, die aus einer selbstlos einseitigen Liebe resultiert. Hierfür stehen die Zeilen »Fließt, meine Tränen«, die der Roman im Original plakativ im Titel trägt. Damit wird auf das 1600 veröffentlichte gleichnamige Lied von John Dowland (1563–1626) angespielt, einer melancholischen Klage, deren lyrisches Ich jeder Freude beraubt ist. Dick hat die Strophen 1 bis 3 und 5 vor die vier Romanteile gesetzt[18] und lässt Felix zweimal auf die Eingangsworte zurückkommen (vgl. S. 132 u. 276), zumal er seine Tränen nicht zurückzuhalten vermag. So weint Felix um Alys (vgl. S. 234), die ihm mehr bedeutet haben muss, als er sich eingesteht. Dennoch ist er gezwungen, aus dem Unfalltod seiner Schwester Kapital zu schlagen, wenn er einem Skandal entgehen will, der auch das gemeinsame Kind bedroht: »Polizeigeneral mit eigener Schwester verheiratet, ein Kind, das sie in Florida versteckt hielten.« (S. 236) Seine einzige Chance besteht darin, den Tod von Alys zu instrumentalisieren und Jason des Mordes zu beschuldigen, der seine Rolle als weltberühmter Entertainer wiedererlangt hat – die Wirkung von KR-3 lässt nunmehr nach – und damit ein attraktiveres Ziel abgibt als er selbst. Als Motiv dient ein Eifersuchtsszenario (vgl. S. 245). Damit wendet sich Felix gegen seine eigenen Prinzipien – es geht allein um ihn und seine Rolle in der Welt: »Die Marschälle werden mich ans Kreuz schlagen, wenn wir es ihm nicht anhängen. Und ich muss mich weiter auf der politischen Ebene bewegen können.« (S. 265) Angesichts der Verhaftung von Jason verlässt der völlig erschöpfte Felix schließlich das Polizeigebäude.

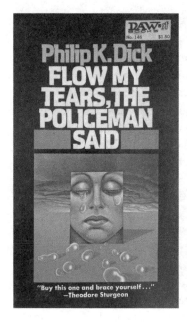 

Doch dann ereignet sich die entscheidende Wende. Im Flugwagen überdenkt Felix die Situation und rechtfertigt sich. Jason Taverner »habe nie jemandem etwas zuleide getan«, verfüge aber über ein »irrationales Geltungsbewusstsein«, das ihn dazu gebracht habe, »allen sichtbar, allen *bekannt* zu werden« (S. 268). Und dies sei sein Fehler, denn es gelte: »Falle nie den Behörden auf. Erwecke nie unser Interesse. Bringe uns nicht dazu, dass wir mehr über dich herausfinden wollen.« (S. 269) Jasons Schuld besteht allein darin, von der Bürokratie bemerkt worden zu sein – ein anderes Vergehen existiert nicht. Felix, der nun wieder ganz in seiner Rolle als Polizeigeneral aufgeht, bilanziert: »Und die eigentliche, endgültige Wahrheit ist, dass du trotz deines Ruhms und deiner zahllosen Anhänger entbehrlich bist. Und ich bin es nicht. Das ist der Unterschied zwischen uns beiden. Deshalb musst du gehen – und ich bleibe.« (S. 269) Am Ende des Romans, so scheint es, begnügt sich die Figur damit, gleich Jason Taverner in ihrer eingeübten Rolle aufzugehen. Doch das misslingt: »Mein Gott, ich weine wieder.« (S. 270) Felix begreift, dass er Unrecht tut, und will Jason darin unterstützen, seine Unschuld zu beweisen, aber das Weinen geht weiter – auch dieser Weg ist der falsche. Nach einem Traum, in dem der isolierte und auf sich allein gestellte Jason von einem König getötet wird,[19] muss der verwirrte Felix mit jemandem reden und landet an einer verlassenen Tankstelle. Dort übergibt er einem Farbigen – also einem Repräsentanten der planvoll dezimierten Minderheit – einen Zettel, auf den er hastig ein Herz gemalt hat, »von einem Pfeil durchbohrt« (S. 273). Doch die unerwartete Sympathiebekundung – die für Jason unmöglich wäre – zu einem ihm völlig Fremden verfängt nicht. Erst eine Umarmung bricht die Distanz auf, und beide Männer kommen miteinander ins Gespräch. Während Felix seine Identität zurückhält, erzählt sein Gegenüber – ein Hersteller von Biofeedback-Kopfhörern namens Montgomery L. Hopkins – von seinem Leben; so hat er eine Frau und Kinder: »Drei insgesamt« (S. 276).[20] Und er äußert Verständnis für Felix: »Sie wollen spätnachts nicht allein sein, besonders nicht, wenn es so kalt ist wie heute. Und nun wissen Sie nicht genau, was Sie sagen sollen, weil Sie etwas aus einem irrationalen Impuls heraus taten, ohne es bis in die letzten Konsequenzen durchdacht zu haben. Aber das ist schon in Ordnung, ich verstehe das wirklich.« (S. 275 f.) Einvernehmlich verabschieden sich die beiden Männer. Und Felix, der begriffen hat, dass er sich nun endlich um sich kümmern muss, beschließt, seinen Jungen zu sich zu holen und das Versteckspiel um dessen Existenz aufzugeben. Ein Beiseitetreten, aber eines, das der Figur ihre Handlungsfreiheit belässt. Wie der Epilog ausführt, arbeitet Felix weiter in seinem Beruf und schreibt in seinem Ruhestand eine »autobiografische Abhandlung über den weltweiten Polizeiapparat« (S. 283); ein Buch, das ihn im Sommer 2017 aufgrund eines Attentats das Leben kostet, dann jedoch bald in Vergessenheit gerät. Dies mag als Widerstandshandlung nicht viel sein, ist aber allemal mehr, als Jason Taverner zustande bringt. Und: Felix Buckman agiert als Mensch – was sich bereits darin zeigt, dass er gegen das System opponiert, denn – so Dick – »man kann einen Menschen nicht in einen Androiden verwandeln, wenn der Mensch Gesetze bricht, wann immer er nur dazu in der Lage ist«.[21]

6. Ein Irrgarten aus Konfusion und Scheinrealität

Flow My Tears ist ein ungewöhnlicher Alternativweltroman, weil er eine ›Abzweigung‹ von einer Vergangenheit aufzeigt, die sich noch gar nicht ereignet hat. Tatsächlich wurde diese Untergattung der SF von Dick herangezogen, weil das Nebeneinander zweier Welten die Fallhöhe von Jason Taverner vergrößert: In einer linear ausgestalteten Dystopie mag der Verlust von Papieren bereits ein großes Problem darstellen, doch das komplette Kippen einer Figur aus ihrer Welt lässt sich nur dann umsetzen, wenn eine zweite Realitätsebene existiert. Damit kann Dick erneut eine »Reflexion über die subjektive Natur der Wirklichkeit«[22] (Carlo Pagetti) vorlegen, womit *Flow My Tears* an seine Werke aus den 1960er-Jahren anschließt; beispielhaft genannt sei *The Three Stigmata of Palmer Eldritch* (1965; dt. *Die drei Stigmata des Palmer Eldritch*). Unbestimmt bleibt freilich, ab welchem Zeitpunkt Alys die Figur des Entertainers in ihre Drogenrealität zieht, was ebenso für die Frage gilt, weshalb er eine so wichtige Rolle in ihrer Welt spielt. Unklar ist ebenfalls, inwieweit sich Alys und Jason bereits kennen – ihre Einladung deutet an, dass der Mann noch nie in der »Milliarden-Dollar-Burg« (S. 182) von Felix gewesen sei, doch vor Ort heißt es lapidar: »Sie waren schon einmal hier.« (S. 187) Auch wenn dies nur Details sind, wird deutlich, dass *Flow My Tears* im Vergleich zu früheren Romanen Dicks zwar »bemerkenswert klar aufgebaut und linear geschrieben«[23] sein mag, aber dennoch genug Winkel und tote Ecken enthält, um – wie der beschriebene Polizeistaat – als »Irrgarten von Konfusion und Scheinrealität« (S. 55) zu gelten. Beispielsweise wird Jason vom »Fröhlichen Charley« (einer im Besitz von Kathy befindlichen Puppe) empfohlen, er möge sich, um »wieder ins Spiel« (S. 50) zu kommen, an Heather Hart wenden; allerdings erfolgt auf der Textebene keine Begründung, wie das sprechende Spielzeug zu dieser erstaunlichen Einschätzung kommt. Anderes mag auf persönliche Obsessionen des Verfassers zurückgehen. So ist der Zwillingsstatus von Felix und Alys zwar als eine Steigerung der Tatsache anzusehen, dass es sich um Geschwister handelt, aber unnötig, wenn es um das Inzestvergehen geht. Hier ragt Dicks Beschäftigung mit seiner im Alter von nur sechs Wochen gestorbenen Zwillingsschwester Jane in den Text hinein.[24] Ähnliches gilt für die Bekanntschaft zwischen Kathy und Jason, der in dem Roman überproportional viel Platz eingeräumt wird: Sie kann als eine Referenz an die realen jungen Frauen gelesen werden, die in Dicks Leben zu Beginn der 1970er-Jahre eine Rolle spielten. Ein Beispiel: Wenn Kathy mit Jason einen »Captain Kirk«-Film (S. 72)[25] anschauen möchte, so scheint dies ein Echo auf jenen Kinobesuch mit einer realen Kathy zu sein, von dem Dick in einem Brief schreibt[26] und der auch in *A Scanner Darkly*[27] Erwähnung findet. Michael K. Iwoleit:

> Wollte man auf eine kurze Formel bringen, was Dicks Faszinationskraft und seine einzigartige Position in der Science Fiction ausmacht, so sind es solche eigentümlichen, im Nachhinein unauflösbaren Verzahnungen zwischen seinem Leben und einem Werk, das nicht nur in immer neuen Anläufen die Auflösung jeglicher Gewissheit schildert, sondern jeden Leser, der hinter seine Rätsel und Geheimnisse zu kommen versucht, selbst auf den schwankenden Boden der Scheinrealität lockt.[28]

Dies betrifft auch jenes Ereignis, das aus einer Analyse von *Flow My Tears* unmöglich ausgeklammert werden kann, nämlich den Einbruch in Dicks Haus in der Nacht zum 18. November 1971, der angeblich dem Romanmanuskript galt, das Dick jedoch bei einem Rechtsanwalt deponiert hatte.[29] Ohne das Geschehen relativieren zu wollen, sei darauf hingewiesen, dass *Flow My Tears* eben *auch* als Beitrag – je nach Sichtweise – zu jener zwischen berechtigter und übersteigerter Kritik schwankenden Stimmung angesehen werden kann, die sich im Zuge der Watergate-Affäre in den USA ausbreitete; als geläufige Beispiele seien etwa die Filme *The Conversation* von Francis Ford Coppola (1974, dt. *Der Dialog*), *Three Days of the Condor* von Sydney Pollack (1975, dt. *Die drei Tage des Condor*) sowie *All the President's Men* von Alan J. Pakula (1976, dt. *Die Unbestechlichen*) genannt. Dick hat an *Flow My Tears* »von März bis August 1970 wie besessen«[30] geschrieben und das Manuskript fortlaufend überarbeitet; aufgrund zahlreicher privater Schwierigkeiten kam er jedoch nicht vor 1973 dazu, die finale Fassung zu erstellen, sodass der Roman erst 1974 veröffentlicht wurde. Das Basisereignis der Watergate-Affäre – der Einbruch in das gleichnamige Hotel in der Nacht zum 17. Juni 1972 – wird von der Romanproduktion gleichsam eingerahmt und dürfte einen entsprechenden Niederschlag bei der Fertigstellung gefunden haben. Dies ändert aber nichts an der Tatsache, dass nie aufgeklärt wurde, mit welcher Absicht bei Dick eingebrochen worden ist und ob der Autor selbst »wesentlich dazu beigetragen hat, den Vorfall zu einem undurchdringlichen Mysterium auszuspinnen« (Iwoleit).[31] Man darf sich durchaus an einen Satz aus *Valis* erinnert fühlen:»Realität ist das, was nicht verschwindet, wenn man aufhört, daran zu glauben.«[32]

Dick hat *Flow My Tears* nach Erscheinen immer wieder neuen Deutungen unterzogen, die hier nicht thematisiert werden sollen;[33] in *Valis* ironisiert er dessen Titel zu *Der Androide weinte mir einen Fluss*.[34] Bemerkenswert ist allerdings, dass er den Roman wie ein aufgefundenes Artefakt behandelt und damit in ähnlicher Weise von sich abspaltet, wie dies für die auf zwei Körper verteilten Hauptfiguren in *A Scanner Darkly* und *Valis* gilt. In seinem Aufsatz »If You Find this World Bad, You Should See Some of the Others« (1977) macht er zudem auf einen relevanten Punkt aufmerksam: Wie kann in einer zutiefst rassistischen Welt ein Farbiger wie Montgomery L. Hopkins nicht nur eine gesicherte bürgerliche Existenz, sondern sogar drei Kinder haben? Der beschriebene Polizeistaat steht einer solchen Möglichkeit entgegen. Dick führt dann aus, dass es nach Vorbild von *The Man in the High Castle* auch in *Flow My Tears* einen weiteren Realitätsstrang geben müsse; »zwei beim oberflächlichen Lesen, aber zumindest drei, wenn man das Ende genauer betrachtet«.[35] Diese Deutung passt zum Roman, doch zur Gänze aufzulösen vermag sie das Rätsel nicht.

Anmerkungen

1   Hans Frey, *Aufbruch in den Abgrund. Deutsche Science Fiction zwischen Demokratie und Diktatur*, Berlin 2020, S. 468.

2   Vgl. ebd., S. 468–485.

3   Vgl. hierzu Kai U. Jürgens, »›Als sich ins Blau und das Weiß des Tages abends blutigrotes Endlicht mischte.‹ Tobias O. Meißner und sein Debüt *Starfish Rules* (1997)«, in: *Arbeitsbuch Tobias O. Meißner. Aufsätze und Materialien*, hg. v. David Röhe, Berlin 2022, S. 21–35.

4   Uwe Anton, *Philip K. Dick. Entropie und Hoffnung*. München 1993, S. 100.

5   Kim Stanley Robinson, *Die Romane des Philip K. Dick. Eine Monografie*, Berlin 2005, S. 92.

6 Anton, *Dick*, wie Anm. 4, S. 105.

7 Ebd.

8 Robinson, *Dick*, wie Anm. 5, S. 44.

9 Ebd., S. 93.

10 Ebd., S. 99.

11 Alle eingeklammerten Seitenangaben beziehen sich auf: Philip K. Dick, *Eine andere Welt*. Übersetzt von Michael Nagula, München 2007.

12 Zu nennen ist hier insbesondere der Artikel »The Nixon Crowd« (1974), der – allerdings unübersetzt – als »Die Nixon-Bande« abgedruckt ist in: *Science Fiction Times*, Nr. 134, Bremerhaven 1974, S. 13–14. Dicks Roman *Radio Free Albemuth* (1985; dt. *Radio Freies Albemuth*) gilt bei Uwe Anton als »Abrechnung mit dem Nixon-Regime«, vgl. Anton, *Dick*, wie Anm. 4, S. 181.

13 »Die Gasmaske, die Edgar Dick seinem vierjährigen Sohn zeigte, führte nicht nur dazu, dass das Grauen des Gaskrieges Philip fortan in Albträumen verfolgte, sondern wurde auch zu einer bevorzugten Metapher seines literarischen Schaffens.« Michael K. Iwoleit, »Der Demiurg in der Gosse. Selbstironie und Selbstinszenierung im Werk Philip K. Dicks«. In: Iwoleit, *Reductio ad absurdum. Acht Essays zur Short Science Fiction aus den Jahren 1993–2012*, Lüneburg 2015, S. 151–185, hier S. 152.

14 Philip K. Dick: *Das Mädchen mit den dunklen Haaren*, Linkenheim 2006, S. 133. Vgl. hierzu die »Nachbemerkung des Autors« in: Philip K. Dick, *Der dunkle Schirm*, München 2003, S. 373–376.

15 Anton, *Dick*, wie Anm. 4, S. 166.

16 Philip K. Dick, »Androiden und Menschen«. In: Dick, *Kosmische Puppen und andere Lebensformen. Ein Philip K. Dick-Reader*, hg. v. Uwe Anton, München 1986, S. 438–473, hier S. 444.

17 Ebd.

18 Die vierte Strophe fehlt. Auf S. 132 finden sich hingegen drei Zeilen aus der zweiten Strophe von Dowlands Lied *Come Again, Sweet Love Doth Now Invite* (1597), das ebenfalls eine Klage darstellt.

19 Dick bezeichnet diesen Traum in seinem Aufsatz »Man, Android, and Machine« als authentisch. Vgl. Philip K. Dick, »Der Mensch, der Androide und die Maschine«, in: *Die seltsamen Welten des Philip K. Dick*, hg. v. Uwe Anton, Meitingen 1984, S. 115–141, hier S. 131.

20 Drei Kinder strebt – zumindest gegenüber Heather Hart – auch Jason Taverner an, vgl. S. 15.

21 Dick, »Androiden«, wie Anm. 16, S. 449.

22 Carlo Pagetti, »Philip K. Dick und Meta-Science-fiction«. In: *Polaris 7. Ein Science-fiction-Almanach*, hg. v. Franz Rottensteiner, Frankfurt am Main 1983, S. 103–116, hier S. 103.

23 *Reclams Science Fiction Führer*, hg. v. Hans Joachim Alpers, Werner Fuchs & Ronald M. Hahn, Stuttgart 1982, S. 127.

24 »Das Trauma von Janes Tod blieb das zentrale Ereignis in Phils psychischem Leben.« Lawrence Sutin, *Philip K. Dick. Göttliche Überfälle*, Frankfurt am Main 1994, S. 31.

25 Hier nimmt Dick beiläufig die Filme der STAR TREK-Reihe vorweg, die 1979 mit *Star Trek: The Motion Picture* (dt. *Star Trek: Der Film*) von Robert Wise begann.

26 Dick, *Mädchen*, wie Anm. 14, S. 17. Dick betont in seinem Aufsatz »How to Build a Universe that Doesn't Fall Apart Two Days Later«, die fiktive Kathy geschaffen zu haben, *bevor* er der realen Kathy begegnet sei. Vgl. Philip K. Dick, »Wie man eine Welt erbaut, die nicht nach zwei Tagen auseinanderfällt«. In: DER RABE. MAGAZIN FÜR JEDE ART VON LITERATUR, hg. v. Heiko Arntz & Gerd Haffmans, Nr. 59, Zürich 2000, S. 74–104, hier S. 85 f.

27 Vgl. Philip K. Dick, *Der dunkle Schirm*, München ³2003, S. 208. Hier wie in *Mädchen* geht es allerdings um den Film *Planet der Affen* bzw. dessen (fiktiven) zehn Fortsetzungen.

28 Iwoleit, »Demiurg«, wie Anm. 13, S. 153.

29 Vgl. hierzu ausführlich Anton, *Dick*, wie Anm. 4, S. 167 ff., sowie Sutin, *Dick*, wie Anm. 24, S. 276 ff.

30 Sutin, *Dick*, wie Anm. 24, S. 252.

31 Iwoleit, »Demiurg«, wie Anm. 13, S. 154.

32 Philip K. Dick, *Valis*. In: Dick, *Die Valis-Trilogie. Überarbeitete Neuausgabe*. München 2002, S. 7–329, hier S. 106.

33 Vgl. hierzu insbesondere Philip K. Dick, *Auf der Suche nach VALIS. Eine Auswahl aus der »Exegese«*, hg. v. Lawrence Sutin, Bellheim 2002.

34 Dick, *Valis*, wie Anm. 32, S. 67. Im Original »*The Android Cried Me a River*«, eine Anspielung auf den Jazz-Standard *Cry Me a River* (1953) von Arthur Hamilton (*1926). Ich danke Guido Sprenger für den Hinweis.

35 Philip K. Dick, »Wenn Sie glauben, diese Welt sei schlecht, sollten Sie einmal ein paar andere sehen«. In: Dick, *Kosmische Puppen*, wie Anm. 16, S. 474–509, hier S. 495.

DIE GESCHICHTE DER DEUTSCHEN SCIENCE FICTION BAND 4

In VISION UND VERFALL analysiert Laßwitz-Preisträger Hans Frey die Science Fiction der DDR. Unterhaltsam und ohne jede Besserwisserei führt er durch eine untergegangene Welt und enthüllt einen weitgehend unbekannten Erzählkosmos. Selbst diejenigen, die schon Kenntnisse haben, werden Überraschungen erleben. Der Autor nähert sich nicht nur dem Kern der DDR-SF, sondern er vermag auch Erstaunliches über ihre Entwicklungsgeschichte zu berichten. Reproduziert eine Diktatur in der Regel stets dieselben Klischees, so kommt der Autor in diesem Fall zu einem anderen, verblüffenden Ergebnis. Statt Stasis entfaltete sich eine von der Obrigkeit ungewollte Evolution. Wie das möglich wurde, wird anhand von Hintergründen, Strukturen, Personen, Werkbeschreibungen, seltenen Illustrationen und einem ausführlichen Literaturverzeichnis spannend belegt. Diese Art der SF, so Frey, hat es nur in der DDR gegeben. Wer an deutscher Literatur interessiert ist, dem erschließt das Buch neue und ungeahnte Erkenntnisse.

384 Seiten | 26,90 Euro | auch als E-Book erhältlich

www.memoranda.eu

Für die ersten beiden Bände dieser Reihe wurde Hans Frey mit dem Kurd Laßwitz Sonderpreis 2021 ausgezeichnet.

Hans Frey

DARWINIA

oder Was man aus einem Alternativweltroman über die Science Fiction lernen kann

Vorab: Parallel- oder Alternativwelt?

Das Subgenre einer Erde, die eine andere Entwicklung genommen hat als die uns bekannte, nimmt in der SF einen nicht übermäßig großen, aber doch nennenswerten Platz ein. Dabei gehen oft zwei Begriffe durcheinander. Einmal ist von einer Parallelwelt, dann wieder von einer Alternativwelt die Rede.

Nach meiner Auffassung beschreibt eine Parallelwelt eine Erde, die neben der uns geläufigen existiert, aber ganz andere politisch-gesellschaftliche Strukturen vorzuweisen hat. In diesem Szenario kann es Millionen von Parallelerden geben, die alle mehr oder weniger fröhlich *nebeneinander* ihr Auskommen, indes jeweils eine andere Kultur haben. Man kann sogar zwischen ihnen, verfügt man über die dafür notwendige Dimensionstechnik, beliebig hin und her springen.

Eine Alternativwelt ist dagegen immer dieselbe, *einzige* Erde, die allerdings durch einen anderen Geschichtsverlauf ein uns fremdes Gesicht bekommt. Die entscheidende Frage bei der Alternativwelt lautet »Was wäre, wenn...?«. Hingegen fragt man bei der Parallelwelt »Was ist kulturell denkbar?«. Diskussionen über Parallel- bzw. Alternativwelten können durchaus engagiert geführt werden, von einem verkniffenen Dogmenstreit ist aber abzuraten. Trotzdem: Im Interesse klarerer Begrifflichkeiten scheint es hilfreich, der Beliebigkeit gewisse Grenzen zu setzen.

Anmerkungen zum Alternativweltroman

Der Ausgangspunkt von Alternativwelterzählungen ist (fast) immer ein konkret auszumachendes historisches Ereignis, das tatsächlich stattgefunden hat (in der SF Jonbar-Punkt genannt). Im Gegensatz zu unserem Geschichtswissen wird jedoch im Narrativ ein anderes, zumeist gegenteiliges Ergebnis angenommen. So haben z. B. die Nazis den Zweiten Weltkrieg nicht verloren, sondern gewonnen. Oder: Die Südstaaten sind siegreich aus dem US-Bürgerkrieg hervorgegangen. Die sich daraus ergebenden Konsequenzen sorgen für gänzlich neue politische Optionen, die den Stoff für zuvor ungeahnte Wendungen bereitstellen. Der Reiz der Alternativweltgeschichte besteht somit in der Spekulation über einen Geschichtsverlauf, der das Weltgeschehen, wie wir es kennen, umdreht und damit neue Denkperspektiven ermöglicht.

Über Robert Charles Wilson

Vor diesem Hintergrund soll der SF-Roman *Darwinia* betrachtet werden, den der Kanadier *Robert Charles Wilson* (geb. 1953) 1998 veröffentlichte (dt. Erstausgabe 2002 bei Heyne). Warum dieser Roman ausgewählt wurde, dürfte im Zuge der Darstellung deutlich werden.

Wilson ist für die moderne SF ein bedeutender Autor. Mit seinen Werken – vor allem *Bios* (1999), *Quarantäne* (2003), der *Spin*-Trilogie mit *Spin* (2005), *Axis* (2007) und *Vortex* (2011) sowie mit *Julian Comstock* (2009) – hat er Romane vorgelegt, die der SF einen neuen Schub gegeben haben. Nicht von ungefähr wurde Wilson unter anderem mit dem Hugo Award, dem Philip K. Dick Award und dem Kurd Laßwitz Preis ausgezeichnet.

Zum Inhalt von *Darwinia*

Im Jahr 1912 findet etwas schier Unglaubliches statt. Mit einem Schlag verschwindet der uns bekannte europäische Kontinent von der Weltkugel und wird durch ein völlig fremdartiges Europa mit dampfenden Dschungeln, Pflanzen und Tieren ersetzt, das mit der Erd-Evolution nur noch wenig bis gar nichts mehr gemein hat. Der neue Kontinent wird auf den Namen Darwinia getauft.

Es dauert nicht lange, bis die USA beginnen, das mutierte Europa zu besiedeln. Ein neues, an eine Kolonialstadt erinnerndes London entsteht, und es wird eine amerikanische Expedition ausgerüstet, die die bizarre Welt erkunden soll. Der sich jetzt entrollende Plot besteht im Wesentlichen in der Schilderung der Erlebnisse der Expeditionsteilnehmer. Nach einem relativ gemächlichen Auftakt entwickelt sich die Expedition zu einer Höllenfahrt, bei der die meisten ihr Leben lassen müssen. Die wenigen Überlebenden werden schließlich in eine Auseinandersetzung kosmischen Ausmaßes hineingezogen.

 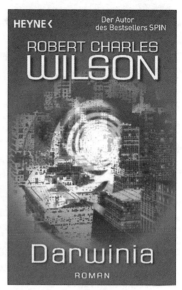

Um meinem Aufsatz nicht vorzeitig die Spannung zu nehmen, wird das Ende des Romans erst am Schluss (ansatzweise) verraten.

Eine etwas andere Alternativwelt

Das Buch beginnt unmittelbar als Alternativweltroman. Sofort fällt auf, dass die vom Autor entworfene Gegenkulisse nicht von bekannten historischen Namen, Kriegsgeschehnissen, politischen Ränkespielen oder besonderen Entscheidungslagen abhängt, sondern von einem anonymen, unpersönlichen, in sich bizarren, unnatürlichen Vorgang. Die Topografie des Planeten wird umgekrempelt, indem der komplette europäische Kontinent durch ein ganz und gar »erdfremdes« Gebilde ersetzt wird. Das abweichende historische Agens ist in diesem Fall eine vorerst nicht erklärbare Veränderung der Erdgestalt, ein für das Subgenre neues Thema, das in besonderem Maße »SF-like« anmutet. Wilson erweitert die Optionspalette, indem er hervorhebt, dass nicht nur menschliche Faktoren, sondern auch und gerade umweltbedingte Veränderungen geschichtsmächtige Kräfte entfalten. Er reiht sich damit aber nicht in den aktuell gängigen »grünen« Modus ein (dieser Aspekt interessiert ihn offensichtlich überhaupt nicht oder nur am Rande), sondern bereitet mit dieser Idee seine am Ende des Romans offengelegte Lösung vor. Die Sensiblen ahnen schon früh, dass die Radikalität des Wilson'schen Gedankens kaum einem ökologischen Interesse entspringt, sondern einen kosmologischen Hintergrund haben dürfte.

Der Reiseroman

Mit der für landläufige Alternativweltromane untypischen Verschiebung des Blickwinkels geht einher, dass sich *Darwinia* von Anfang an in das Muster des abenteuerlichen Reiseromans einfügt. Dieser Klassiker der Literaturgattungen ist bekanntlich eine der grundlegenden Quellen bei der Entstehung der SF und beruhte schon vor der Zeit der eigentlichen SF weit mehr auf Phantasie und Dichtung als auf harten Fakten und objektiver Berichterstattung – was nicht unwesentlich zu seiner Attraktivität beim Publikum beitrug. Eine Expedition bricht auf, um ein unerhörtes Geheimnis zu enträtseln. So auch in *Darwinia*, denn was liegt näher, als das verdrehte Europa zu erkunden?

Das animiert zu einer Spurensuche, da das *Reisemotiv* in Kombination mit einer höchst unkonventionellen Anderswelt eine ganze Reihe von Aspekten konnotiert, die für die Science Fiction konstituierend ist. Das Grundmuster der Reise durchzieht unzählige Produkte der SF, ob als gewollte oder ungewollte Reise, als Reise mit oder ohne Ziel, als Reise mit glücklichem, unglücklichem oder gar keinem Ende, als Reise zum Mond oder zu den fernsten Galaxien. Selbst Reisen durch die Zeit oder durch Dimensionen und Universen gehören zum SF-Inventar.

Spur I: Neugier

Noch interessanter wird es, wenn man nach dem Treibstoff für die Reise fragt. Zweifellos ist es die menschliche *Neugier*, die Menschen dazu veranlasst, erhebliche Unbequemlichkeiten und große Gefahren in Kauf zu nehmen. Der Drang, etwas wissen und/oder erleben zu wollen, das man bislang nicht kannte, ist stärker als alle Bedenken. Allerdings geht es bei dem uns interessierenden Teil der Neugier nicht um das banale, jedoch zutiefst menschliche Bedürfnis, andere auszuspionieren. Vielmehr geht es um das Bedürfnis, Mensch und Welt verstehbar zu machen. In dieser Lesart ist entscheidend, dass der Begriff der Neugier einen Bedeutungswandel durchgemacht hat. War die Neugier jahrhundertelang etwas Negatives, vor allem dann, wenn die Geheimnisse der Natur oder die des menschlichen Zusammenlebens entschlüssel werden sollten, so änderte sich das von Grund auf. Neugier im Sinne des Erforschens erklomm die positive Werteskala und wurde zu einer wesentlichen Antriebskraft für wissenschaftlich-technische Entwicklungen. Das galt auch für die Reise als Mittel, die Umgebung, in der man lebt, genauer kennenzulernen. Gleichwohl war diese Art der Neugier vor allem von der Kirche her verpönt oder sogar verboten.

Übrigens: Auch die Reise war jahrhundertelang nur einer hauchdünnen Schicht vorbehalten. Die überwiegende Masse der Menschen kam ihr Leben lang und z. T. über Generationen hinweg nicht über das eigene Dorf hinaus. Auch das veränderte sich in der Moderne grundlegend. So drückt die Reise »*in unendliche Weiten*« (siehe STAR TREK), jetzt von der positiv konnotierten Neugier beflügelt, neben Abenteuerlust und der Bewährung des Einzelnen in unbekannten, durchweg gefahrvollen Situationen vor allem das *Motiv der Suche* aus.

Spur II: Suche
Wer sich auf eine Reise begibt, sucht etwas. Das kann im realen Leben ganz simple wie auch gewichtige Gründe haben. In der SF spielt wie in der klassischen Reiseliteratur immer das Entdecken, Erforschen oder gar das Erobern fremder Welten eine überragende Rolle. Man stellt sich Fragen und sucht die Antwort auf einen zunächst unbekannten bzw. unerklärlichen Umstand. Die Reise, die Neugier und die Suche, semantisch neu gefüllt, signalisieren den Versuch, das eigene Umfeld und sich selbst rational begreifbar zu machen. Ihr Ansatz ist ein durch und durch aufklärerischer und spiegelt den Weg wider, den zumindest ein Teil der Menschheit seit dem 18. Jahrhundert gegangen ist.

Spur III: Erkenntnis statt Offenbarung
Das führt uns direkt ins Zentrum der Erörterung. Was wird denn nun eigentlich gesucht? Was ist das Ziel der Suche? Die Antwort darauf mag nicht überraschen, bleibt aber dennoch atemberaubend: Gesucht werden Antworten auf die sog. letzten Fragen. Es geht um *Erkenntnis*, wobei auch dieser Begriff einen fundamentalen Bedeutungswandel

erlebt hat. In der bisherigen Menschheitsgeschichte wurden Mensch- und Welterklärungen in religiösen, esoterischen und magischen Mythen gesucht und angeboten. Derlei Scheinwissen vermittelte sich in erster Linie durch sog. Offenbarungen. Gott oder wer auch immer verkündete die »Wahrheit«. Der Auserwählte sah sich als erleuchtetes Medium, das ein von außen induziertes Narrativ an andere weitergab. Tatsächlich waren diese Mythen menschliche Erfindungen, die durch die behauptete Eingebung durch eine höhere Macht die notwendige Autorität bekamen – eine Methode, die keineswegs ausgestorben ist. Erst die Aufklärung (abgesehen von Teilen der antiken griechischen Philosophie) entdeckte die Vernunft und begann, rational Begründbares an die Stelle phantastischer Geschichten zu setzen. *Erkenntnis durch Vernunft statt Offenbarung* gehört zu den epochemachenden Paradigmenwechseln der Neuzeit. Diese Einsichten sind zwar immer noch nicht Allgemeingut, ändern gleichwohl nichts daran, dass die Menschheit nur mit ihnen ihre Probleme lösen kann.

Das Ende des Romans
Kehren wir zu *Darwinia* zurück, wobei zunächst wie versprochen das Ende des Romans skizziert werden soll.

Wir hatten festgestellt, dass die Protagonisten in einen Konflikt kosmischen Ausmaßes involviert werden. Es erweist sich, dass ein am Ende der Zeit existierender universaler Supercomputer, genannt das Archiv, selbst zu einem letzten, ultimativen Kriegsschauplatz geworden ist. Das Archiv, das dazu dienen sollte, den Wärmetod des Universums aufzuhalten, ist von zerstörerischen Bewusstseinsfragmenten befallen worden, gegen die die geistigen Mächte des Universums eine verzweifelte Abwehrschlacht führen. Die Geschehnisse auf der Erde entpuppen sich dementsprechend als Nebeneffekte einer titanischen Auseinandersetzung.

Die Komposition
Darwinia, das auf den ersten Blick ein leichtfüßiger Unterhaltungsroman zu sein scheint, entpuppt sich auf den zweiten Blick als komplexes Werk mit Tiefgang. Das beginnt schon mit seiner literarischen Komposition, die sich auf drei Ebenen bewegt. *Darwinia* startet als Alternativweltroman, ist dann über weite Strecken ein abenteuerlicher Reiseroman und endet als Cyberspaceroman. Erst die dritte

Ebene gibt dem Plot die rational-logische Basis, denn letztlich geht es im Buch um den Kampf »gesunder« Programme gegen »entartete« Programme des Archivs, der die Ursache der irdischen Revolution ist. Das ist die Erkenntnis, die gewonnen wird, die aber zugleich neue Rätsel stellt. Neu erlangtes Wissen hat es nämlich an sich, dass es sofort neue Fragen provoziert.

Das Besondere an Wilsons Darwinia

Die Spurensuche hat gezeigt, dass die SF von grundlegenden Paradigmen bestimmt wird, die sich aus den realen Entwicklungen der Neuzeit entwickelt haben. Insofern ist der Rückgriff Wilsons auf sie nichts spezifisch Neues in der SF, sondern spiegelt geistesgeschichtliche Standards wider, die vielen anderen SF-Texten gemeinsam sind. Erstaunlich bei Wilson bleibt aber die konzentrierte Art, mit der er unterschiedliche SF-Romanstrukturen mit Grundmotiven der SF in einem einzigen Text stimmig zu kombinieren und zu bündeln vermag. Darüber hinaus kann er seinem Ideengebäude noch weitere nachdenkenswerte Gesichtspunkte abgewinnen.

Was ist Zukunft in der SF?

Fokussieren wir uns deshalb noch einmal auf den Alternativweltcharakter von *Darwinia*. Dieser hat zunächst eine zeitliche Komponente. Bezeichnenderweise siedelt Wilson seine Geschichte in der Vergangenheit an. Er nennt ausdrücklich das Jahr 1912 als Beginn der von ihm geschilderten Ereignisse. Haben wir es mit dem Paradox zu tun, dass ein »Zukunftsroman« in der Vergangenheit spielt? Nein! Denn zum einen strandet der Roman in der allerfernsten Zukunft. Viel wichtiger ist: Der Vergangenheits-Kniff des Autors betont, dass die Kategorie Zukunft in der SF in erster Linie die *Optionalität* des Erzählten unterstreicht. Oft wird übersehen, dass die bloße Zeitlichkeit in der SF weniger eine substanzielle Notwendigkeit, sondern eher Ambiente ist.

Offener Mythos versus geschlossener Mythos

Der Alternativweltcharakter von *Darwinia* hat aber auch eine keineswegs nachrangige mythologische Komponente. Tatsächlich ist die Erfindung moderner Mythen geradezu genrebildend für die SF. Mythen wiederum sind, wie schon festgestellt, erdichtete Geschichten, also Phantasieprodukte. Da die Mythen der SF ohne jeden Zweifel ebenfalls erfundene Erzählungen sind, könnte man zu Recht fragen, warum sie »besser« sein sollten als überkommene Religions- bzw. Ideologiemythen? In der Tat ist es nicht der Umstand des Fabulierens, der kritisierenswert ist.

Der gravierende Unterschied besteht vielmehr in dem Anspruch des Dargebotenen. Wenn ein Mythos einen Alleinvertretungsdogma erhebt, das mit einer letztgültigen Wahrheit verknüpft ist, dann wird er zu einer nicht mehr akzeptablen, politisch und sozial schädlichen Waffe. Das wiederum ist der SF wesensfremd, da sie originär eine Optionsliteratur ist, die davon lebt, sich eine Vielzahl von spekulativen Modellen auszudenken, die sich ohne Weiteres auch widersprechen können. Hier stehen *offene Mythen* gegen *geschlossene Mythen*. Offene Mythen wie die der SF wollen zum Neu- und Überdenken anregen, geschlossene Mythen, wie sie aus Religionen und Ideologien bekannt sind, erfordern dagegen bedingungslosen Glauben und blinde Gefolgschaft.

Das Exempel Darwinia

Gerade am Beispiel *Darwinia* kann diese schwergewichtige Differenz belegt werden. In gewisser Weise bringt Wilson wie einst der große Darwin ein verändertes Evolutionsmodell ein – man denke in diesem Zusammenhang an den wohl nicht zufällig gewählten Namen Darwinia. Freilich beabsichtigt er nicht, sein Buch als neue wissenschaftliche Wahrheit zu verkaufen, die Darwin obsolet macht. Der Text ist und bleibt reine Spekulation, eben ein SF-Roman, woran der Autor selbst nicht den leisesten Zweifel lässt. Mit Wahrheitsbehauptungen und Alleinvertretungsansprüchen hat seine Arbeit nicht das Geringste zu tun.

Bei Wilson ist die Alternativwelt (das andere Europa und damit die andere Erde) die fiktionale Ausgangsposition für sein Spiel mit den schier unendlichen Möglichkeiten, nicht aber die Verkündigung einer Rechtgläubigkeit.

Ein wichtiges Buch

Darwinia ist ein bemerkenswertes Stück Prosa, das insbesondere dem SF-Alternativweltroman neue Facetten erschlossen hat. Dazu gehört last but not least, dass der Roman bei aller philosophischen

Hintergründigkeit eine spannende und unterhaltsame Lektüre ist. Damit stoßen wir auf ein zusätzliches Essential der SF, das da lautet: Ohne ihren allumfassenden Unterhaltungswert wäre sie schlicht nicht denkbar. Die Zeitschrift TORONTO STAR meinte zu Recht: »Wilson erinnert uns an etwas, was wir beinahe schon vergessen hatten: dass die Science Fiction das aufregendste aller literarischen Genres ist.« (zit. n. Klappentext).

Uwe Neuhold

TECHNIK AUS EINER ANDEREN WELT?

Vergessene Erfindungen wie aus einem Paralleluniversum

»Ehe viele Generationen vergehen, werden unsere Maschinen durch eine Kraft angetrieben werden, die an jedem Punkt des Universums verfügbar ist.«
Nikola Tesla

»Wenn ich die Menschen gefragt hätte, was sie wollen, hätten sie gesagt: Schnellere Pferde.«
Henry Ford

Einleitung

Stellen wir uns für einen Moment vor, es gäbe Parallelausgaben unserer Erde – und seit Jahrhunderten käme es immer wieder zu kurzen Überschneidungen. Es kostet nichts anzunehmen, dass bei diesen Begegnungen ungewöhnliche Ideen oder gar Technologien zu uns herüberschwappen. Dinge, die sich für eine Weile gedanklich oder physisch bei uns manifestieren, um dann wieder zu verschwinden und in Vergessenheit zu geraten.

Dies ist ein imaginäres und platzbedingt unvollständiges Lexikon darüber, wie unsere Welt aussähe, wenn diese Artefakte von Dauer gewesen wären. Wie sie funktioniert hätten. Wo sie eingesetzt worden wären. Wie sie unsere Technologie, Wirtschaft und unsere Art zu leben verändern hätten können. Das Erstaunliche daran: Sie alle haben tatsächlich, für kurze Zeit, auf unserem Planeten existiert!

Absorberkühlschrank

Praktisch jede Wohnung und jedes Haus benötigen einen Kühlschrank, damit Lebensmittel frisch und Getränke trinkbar bleiben. Dieser wiederum braucht einen Elektromotor, um die im Inneren herrschende Temperatur niedrig zu halten.

Der Absorberkühlschrank hingegen besaß keinen Motor – und auch sonst keine bewegliche Technik. Im Prinzip brauchte er nur einen Heizstab. Dieser wurde, wenn Strom hindurch schoss, heiß – und erzeugte damit kühle Luft. Aus Hitze kann offenbar Kälte entstehen! Benötigt wurden dazu weder Pumpe noch Ventil. Man könnte sagen, dass es sich eigentlich um gar keine Maschine handelte. Wie etwas Fremdes aus einer anderen Welt stand er völlig still da und kühlte – ganz ohne die typischen surrenden Geräusche. Sehen wir uns kurz an, wie das funktioniert.

Der Trick basiert auf Chemikalien: Ammoniak und Kalziumchlorid. Sie bewegen sich im Inneren der Kühlschrankrohre im Kreislauf, nichts geht hinein und nichts heraus. Er läuft, solange er Strom hat – wobei heutige Campingausführungen des Absorberkühlschranks auch mit Gasflamme funktionieren. Und die Urversion nutzte ganz einfach Holzkohle, Äste, Holzscheite, Torf oder was immer man zum Heizen da hatte. Nicht einmal brennen musste es, nur Hitze liefern.

Der seltsame Kühlschrank schluckt die Wärme und wandelt sie in Kälte um, wie ein lebender Organismus. Ein Körper mit eigenem »Blutkreislauf« – nur dass er statt Blut Salmiak nutzt, eine Ammoniaklösung. Wird es erhitzt, entsteht Ammoniakgas. Setzt man dieses hohem Druck aus, gibt es Wärme an die kältere Umgebung ab und kühlt sich dabei so stark ab, dass sich sogar Eis bildet. Das ist auch schon das ganze Prinzip, auf dem die Erfindung des französischen Technikers Fernand Carré basiert, die er 1860 erstmals präsentierte. Zu seiner Freude wurde der Absorberkühlschrank anfangs zu einem Erfolg – bis sein Konkurrent, der strombasierte Kompressorkühlschrank auftauchte, wie wir ihn in leicht abgewandelter Form auch heute noch nutzen.

Anfang des 20. Jahrhunderts waren diese beiden Geräte gleichwertig am Markt vertreten. Welches man kaufte, hing gewissermaßen davon ab, wo man lebte: Während Europäer an die Nutzung von Gas gewöhnt waren (und sich daher für den Absorber von

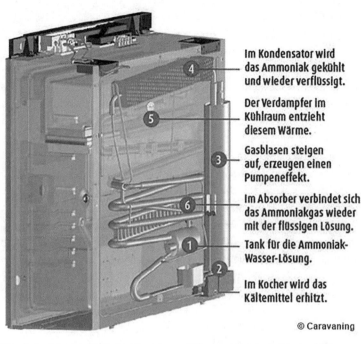

Im Kondensator wird das Ammoniak gekühlt und wieder verflüssigt.

Der Verdampfer im Kühlraum entzieht diesem Wärme.

Gasblasen steigen auf, erzeugen einen Pumpeneffekt.

Im Absorber verbindet sich das Ammoniakgas wieder mit der flüssigen Lösung.

Tank für die Ammoniak-Wasser-Lösung.

Im Kocher wird das Kältemittel erhitzt.

© Caravaning

Manche mögen's kalt: So funktioniert ein heutiger Absorberkühlschrank für Campingzwecke *(Quelle: Caravaning.de – Motor Presse Stuttgart GmbH & Co. KG)*

beispielsweise *Electrolux* entschieden), bevorzugten US-Amerikaner die strombasierte Lösung, da sie weite Teile ihrer Industrie auf Strom aufbauten. Geschicktes Marketing von finanzstarken Firmen wie *General Electric* führte zum endgültigen Siegeszug des Kompressorkühlschranks: 1923 existierten in den USA noch acht Hersteller von Absorberkühlschränken, drei Jahre später nur noch drei. Das Aus für den Absorber kam dann in den 1930ern, als Elektromotor und Kompressor in einem gekapselten Gehäuse integriert wurden, was die Maschinen viel leiser und gleichzeitig leistungsstärker machte. Und das, obwohl der Absorber weniger Energie und vor allem keine Wartung brauchte. War er erst mal mit Ammoniak gefüllt, lief er reibungslos Jahr um Jahr, ohne dass man ihn wieder öffnen musste. Gerade in Zeiten von Energiekrise und Klimawandel könnte der Absorber also einen Beitrag zum Ressourcensparen leisten. Wenn es ihn noch gäbe.

Bessler-Rad

Zu einer Zeit, als sich die deutschen Länder gerade vom Dreißig-jährigen Krieg und der anschließenden Pestepidemie erholten, wurde 1681 in Sachsen Johann Ernst Elias Bessler geboren. Es mag unglaub-lich klingen, doch stellte dieser zurückgezogen lebende Naturkundler im Alter von 31 Jahren allem Anschein nach ein funktionierendes Perpetuum mobile vor. Seine physikalischen Erkenntnisse hätten unsere Technikgeschichte bedeutend verändern können, doch die Gesellschaft wählte einen anderen Weg.

Freilich halten wir beim Begriff »Perpetuum mobile« kurz inne und runzeln skeptisch die Stirn. Nicht ohne Grund, denn alle bis-herigen Untersuchungen und theoretischen Überlegungen zu diesem Thema kamen zu dem Schluss, dass es keine Maschine geben kann, die – einmal gestartet – ohne weitere Zufuhr von Energie irgendeine Art von Arbeit verrichtet (sich also beispielsweise dreht oder Lasten hebt). Und dennoch staunte am 6. Juni 1712 ein Publikum über Besslers funktionierenden Apparat: Ein hölzernes Rad, innen hohl, einen viertel Meter breit und von etwa einem Meter Durchmesser, das sich ohne Unterbrechung dreht und dabei angehängte Gewichte hob. Nur mit großem Kraftaufwand ließ es sich anhalten. Zog man den Haltestift wieder aus dem Rad, fing es erneut von selbst an, sich zu drehen. Selbstverständlich gab es nicht nur Bewunderer, sondern auch viele Kritiker. Sie vermuteten, im Inneren der Maschine oder deren Aufhängung gäbe es eine unsichtbare Energiequelle, viel-leicht sogar einen Zwerg, der es antrieb. Immerhin hörte man sich bewegende Gewichte. Doch Bessler achtete sehr darauf, dass niemand hinein blickte und sein technisches Geheimnis stahl. Wäre es dabei geblieben, würden wir Bessler heute in eine Legion eigen-brötlerischer Tüftler reihen, die behaupteten, ein Perpetuum mobile entwickelt zu haben, aber nie den Wahrheitsbeweis antraten. Doch hier geschah etwas anderes.

Bessler fand adelige Förderer, die ihn – wenn auch zögerlich – ermutigten, den Apparat zu vergrößern, um ihn wirtschaftlich nutzen zu können. Gelänge es ihm, würden sie ihm das Gerät um eine große Summe abkaufen. Er tat wie ihm geheißen und baute ein raumhohes Rad, das nach gleichbleibendem Prinzip in der Lage war, vier schwere Baumstämme gleichzeitig zu heben. Da er sein Konstruktionsgeheimnis jedoch nur dem Käufer für eine Summe

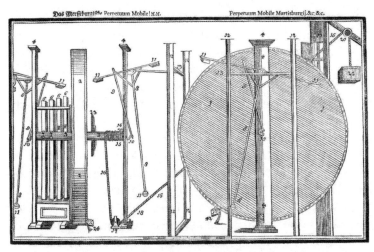

»Das Mersseburgische Perpetuum Mobile«. Tafel aus: Das Triumphans Perpetuum mobile Orffyreanum, 1719 *(Quelle: Wikipedia via SUB Göttingen)*

von 10.000 Talern lüften wollte und es sich für die Interessenten somit um ein finanzielles Risiko handelte, bemühte man sich um einen technisch versierten Prüfer ... und fand niemand Geringeren als den Physiker, Mathematiker und Naturphilosophen Gottfried Wilhelm Leibniz – zu seiner Zeit wohl neben Isaac Newton der größte wissenschaftliche Denker Europas. Bei einer Untersuchung vom 9. bis 12. September 1714 in Zeitz (Sachsen) offenbarte Bessler ihm unter strengster Geheimhaltungsvereinbarung das Innere seiner Maschine. Und tatsächlich: Leibniz schrieb anschließend begeistert an seine Auftraggeber, bei dem Rad handle es sich um etwas ganz Besonderes und es würde, wenn alle Untersuchungen beendet seien, nicht nur seine Nützlichkeit beweisen, sondern sicherlich eine große Geldsumme wert sein. Er schlug vor, eine noch größere Version zu bauen, und gab sogar Empfehlungen für die Preisverhandlungen und den Schutz gegen Betrugsanzeigen! Nicht nur das, er setzte sich auch beim Prinzen Wilhelm Moritz von Zeitz für Bessler ein, damit dieser die Entwicklungskosten für die größere Radversion finanziere – letztlich jedoch erfolglos.

Da Bessler in ärmlichen Verhältnissen lebte und (auch wegen seines Starrsinns) keinen Geldgeber fand, resignierte er schließlich: Er zerstörte seine Maschine, damit sie nicht nachgebaut werden konnte, und zog nach Merseburg. Dort verbesserte er die Erfindung nochmals, um auch dem letzten Zweifler zu beweisen, dass sich das nun etwa drei Meter hohe Rad ohne jegliche äußere oder innere Energiezufuhr drehte und dabei Ziegelsteine mit einem Gewicht von 35 kg heben konnte. Er ließ sogar eine amtliche Untersuchung durch eine vom Herzog von Zeitz beauftragte Kommission durchführen – sie brachte den ersten offiziellen Bericht darüber, dass der Apparat tatsächlich funktionierte! Das Rad ließ sich sogar aus dem Gestell nehmen, in dem es hing, durch den Raum tragen und an einer anderen Vorrichtung aufhängen, wo es erneut in Betrieb gesetzt wurde. Die Kommissionsmitglieder waren – obwohl Bessler nach wie vor das geheimnisvolle Innenleben seines Werks nicht enthüllte – zufrieden und unterzeichneten ein Protokoll. Auch Leibniz gehörte weiterhin zu den Proponenten und versuchte, für den Erfinder ein ordentliches Salär zu erwirken – letztlich wieder erfolglos. Denn trotz dieses ermutigenden Ergebnisses dauerten die Intrigen von Besslers Kritikern und Neidern fort. Wieder fiel er in eine Depression, wieder zerstörte er sein Werk.

Doch wie funktionierte dieses seltsame Rad überhaupt? Auch wenn Bessler sein Geheimnis nie lüftete, lassen sich aus den Aufzeichnungen diverser Prüfer und Kommissionen Rückschlüsse auf das Innenleben ziehen: Darin bewegten sich offenbar Gewichte mit einfacher Mechanik auf schrägen Bahnen, wobei an einigen Stellen auch Stahlfedern eingesetzt waren. Es wurde weder durch Pressluft noch irgendeine Kraftquelle von außen angetrieben – wenn man vom erstmaligen leichten Andrehen absieht, woraufhin sich das Rad wochen- ja monatelang drehte, ohne anzuhalten. Leibniz beschreibt sogar, dass es nach über einem Jahr noch lief und von Hand kaum gestoppt werden konnte. Erst wenn man es etwa an eine archimedische Schraube anschloss, um mit diesem Wasser zu pumpen, lief es allmählich langsamer. Letzteres zeigt, dass man schon damals daran dachte, es wirtschaftlich zu nutzen. Warum aber setzte es sich nicht durch und eröffnete der globalen Wirtschaft eine alternative, abgasfreie Methode, die auf fossile Rohstoffe als Quelle für die Arbeitsverrichtung verzichtete? Letztlich lag es nicht nur an Besslers Geheimniskrämerei und Starrsinn oder dem Geiz und Misstrauen potenzieller Geldgeber, sondern der Todesstoß kam durch eine andere Erfindung: Die Dampfmaschine breitete sich allmählich aus, obwohl sie einen weitaus niedrigeren Wirkungsgrad als Besslers Rad besaß. Während sie von einer wachsenden Lobby unterstützt wurde, verschwanden Johann Bessler und seine Erfindung im Schatten des aufkommenden Industriezeitalters.

Coler-Apparat

Ein Perpetuum mobile könnte möglicherweise auch mithilfe von Elektromagnetismus angetrieben werden. In diversen Versuchen des 19. Jahrhunderts wurden Weicheisen-Zylinderspulen und zwiebelartig aufeinandergelegte Magnetschichten eingesetzt, was eine hochfrequente Spannung erzeugte, die Kraft ausüben konnte. Das Problem früherer Apparate war jedoch, dass sie nur bei bestimmten Frequenzen eine Überschussenergie erzeugten, welche den von Wirbelströmen bedingten Energieverbrauch überstieg, ohne dass es zur Erhitzung kam.

Der deutsche Kapitän Hans Coler (1886–1947) und seine Forschungsgruppe hinterließen uns die einzige detailliertere Beschreibung eines solchen Geräts. Sie nutzten miteinander verbundene resonierende Schwingkreise, welche Strom durch Magneten leiteten. Coler hatte 1925 entdeckt, dass eine über einen Magneten gestülpte Spule, sobald durch beides Strom geleitet wurde, mehr Energie erzeugte als hineingeleitet wurde. Sein daraufhin entwickeltes Gerät erzeugte allerdings nur Überschussenergie, wenn mehrere genau aufeinander abgestimmte Schwingkreise resonierten – eine kaum zu bewerkstelligende Feinjustierung. Der etwa radiogroße Apparat war auf einem Holzbrett befestigt, wo er sich mittels positiver Rückkopplung selbst mit Energie versorgte, also keine äußere Energiequelle brauchte, und damit mehrere Glühbirnen zum Leuchten brachte. Da die technischen Unterlagen Ende des 2. Weltkriegs in die Hände des britischen Geheimdiensts gelangten, wurden sie erst in den 1970ern für die Öffentlichkeit freigegeben – wenngleich die wichtigsten Funktionsabbildungen leider fehlen.

Warum wurde Colers Erfindung nicht schon früher von ihm zur Marktreife gebracht? Grund waren sowohl seine wirtschaftliche Naivität als auch die Zeitumstände: Nachdem er das Gerät 1933 Herrn Dr. Modersohn, dem Direktor der Firma *Rheinmetall-Borsig*, vorgeführt hatte, war dieser zwar sofort davon überzeugt, wollte Coler finanziell unterstützen und gründete hierfür sogar eine

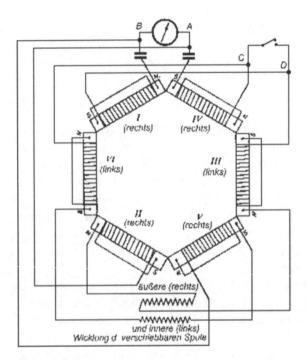

Verwickelte Ästhetik: Energieerzeugung mit Colers Apparat
(Quelle: borderlands.de)

Firma namens Coler GmbH. Bevor jedoch zahlungskräftige Kunden gefunden werden konnten, kam es zwischen den beiden Firmeneigentümern zum Streit, den Modersohn aufgrund einflussreicher Verbindungen schließlich gewann. Coler erlitt daraufhin einen Nervenzusammenbruch und Modersohn versuchte fortan alleine, die Erfindung zu vermarkten. Allerdings zeichnete sich im herannahenden Zweiten Weltkrieg schon der Mangel an Rohstoffen und Bauteilen ab; letztendlich wurde das Labor der Coler GmbH bei einem Luftangriff zerstört. Von Modersohn hörte man fast nichts mehr und Coler und seine Mitarbeiter galten ab 1946 gar als verschollen. So dürfen wir lediglich spekulieren, wie sich dieser Apparat vielleicht in einer Parallelwelt durchgesetzt hätte: ein praktischer Stromerzeuger, klein genug, um in jedem Haushalt aufgestellt zu werden und zumindest kleinere Elektrogeräte ohne wesentlichen

Ressourcenverbrauch zu betreiben. Keine großen Umspannwerke vor den Städten, keine Wasserkraftwerke in den Flüssen, möglicherweise keine oder nur wenige Kohle- und Atommeiler in Europa. Und ein Global Player aus Deutschland namens Coler GmbH.

Flettner-Rotor

Ein Segelschiff, das mit zwei hohen Rundtürmen statt Segeln fährt und damit die zehnfache Leistung schafft? Mit einer umweltfreundlichen, Ressourcen schonenden Technologie im Inneren dieser Säulen? Zahlreiche Fotos, welche die Funktionalität beweisen und ein offenes, für jedermann einsehbares Betriebskonzept? Warum hat sich das nicht durchgesetzt?

Man nehme zuerst zwei rotierende, hohle Zylinder aus ein Millimeter dickem Stahlblech, steife diese innen jeweils mit einer etwa drei Meter dicken und fast fünfzehn Meter hohen Gitterkonstruktion aus, stelle sie drehbar gelagert auf große Zapfen, in denen sich auch je ein Elektromotor (mit 11 Kilowatt Leistung bei 750 Umdrehungen pro Minute) befindet. Den Strom erhalten die beiden Motoren von einer Dynamomaschine, diese wird wiederum von einem 45 PS starken Dieselmotor angetrieben. Das Ganze stellt dann einen genialen Apparat namens Flettner-Rotor dar (auch Walzensegel genannt). Dieser ersetzte einst Masten und Takelage des Segelschiffs und setzte dieses in Bewegung. Und zwar erstmals im Jahr 1924, in der Germaniawerft in Kiel.

Dass die Konstruktion wirklich funktioniert, hatten nicht einmal die Werfttechniker geglaubt: Denn als der erste Rotor installiert war, ließ man ihn versuchsweise mal mit Werftstrom anlaufen, um zu sehen, ob sich wenigstens die Haltetaue straffen. Aber schon nach wenigen Umdrehungen begann das Schiff sich in Bewegung zu setzen, und so rief die Werftleitung aufgeregt den Konstrukteur an: Anton Flettner, geboren 1885 in Eddersheim (heute Hattersheim) am Main. Man konnte sich einfach nicht erklären, wie ein Zylinder, der dem Wind lediglich 85 Quadratmeter Querschnittsfläche entgegenstellte – also zehnmal weniger als ein übliches Segel –, die gleiche Leistung wie das Segel erbrachte. Er erklärte ihnen zum wiederholten Male, dass sein Rotor ebenfalls den Wind nutzende Segel einsetzte, allerdings unsichtbare! Denn die Walzen der Zylinder drehten sich und es kam dabei zum »Magnuseffekt«: Wird ein sich drehender

Das sind keine Kaminschlote: Buckau 1924, erstes Schiff mit
Flettner-Rotoren (Quelle: Wikipedia, US-Library of Congress)

Zylinder von Wind umströmt, entsteht ein starker Unterdruck und zieht den Zylinder in die Richtung der Querkraft.

Ein weiterer großer Vorteil der Rotoren bestand in der gegenüber Segeln weitaus leichteren Bedienung: So ließen sich Drehrichtung und -geschwindigkeit sekundenschnell an einem Schaltpunkt einstellen. Wo früher stundenlange komplizierte Segelmanöver nötig gewesen waren, die bis zu drei Dutzend Matrosen erforderten, genügte jetzt ein einziger Mann zum Steuern! Erste Fahrten mit dem Flettner-Rotor in der Ostsee verliefen erfolgreich und machten seinen Erfinder berühmt. Aufgrund weltweiter Nachahmer patentierte er seinen Apparat nicht nur für die Anwendung in der Schifffahrt, sondern etwa auch für die Nutzung bei Windrädern zur Energieerzeugung. Es sah also gut aus: Mehrere Reeder setzten auf das Walzensegel, selbst im Mittelmeer wurde es für den Linien- und Frachtverkehr verwendet. Warum also haben wir noch nie davon gehört?

Wegen der Wirtschaftskrise der späten 1920er-Jahre. Die Schiffe hatten bald kaum noch Fracht zu transportieren und da die Anschaffung des Flettner-Rotors relativ teuer war, entfernte man ihn und ließ die Schiffe als normale Motorfrachter laufen. Gleichzeitig nahm die Leistung von Dieselmotoren so stark zu, dass kein wie immer gearteter Windbetrieb mithalten konnte. Und Erdöl war billig. So kam es, dass der umweltfreundliche Flettner-Rotor zunehmend in Vergessenheit geriet und heute nur noch einigen Ingenieuren und Nostalgikern bekannt ist. Denn solange Öl zu Hunderttausenden Tonnen über die Weltmeere transportiert wird, braucht es kein Walzensegel, um von genau diesem Öl ein wenig einzusparen. Aber wer weiß: Wenn »Peak Oil«, also der Förderungshöhepunkt des schwarzen Golds, einmal hinter uns liegt, werden wir vielleicht mehr Schiffe wie die Scandline-Fähren »Berlin« und »Copenhagen« sehen, die – aufgerüstet mit einem Rotorsegel à la Flettner – die Reisegäste vom deutschen Warnemünde ins dänische Gedser und zurück bringt.

Horváths Wasserauto

Schon lange wird versucht, einen billigen und unschädlichen Kraftstoff für Fahrzeuge zu entwickeln. Die Ansätze waren und sind so vielfältig wie die Geschichte der dahinterstehenden Techniker und Ingenieure. Ein Element taucht in den zurückliegenden Jahrzehnten jedoch immer wieder als Grundlage für ihre Konstruktionen auf: das Dielektrikum.

Als solches wird ein Volumen (eines Stoffs) bezeichnet, in dem sich ein elektrisches Feld befindet, ohne dass signifikante elektrische Leitfähigkeit vorliegt. Ein Dielektrikum kann ein Gas, eine Flüssigkeit oder ein Feststoff sein. Erfinder nahmen dessen Potenzial häufig als Ausgangspunkt, um »Überschussenergie« zu erzeugen – also die Vermehrung der in ein System gesteckten Eingangsenergie. Die Vorteile lägen auf der Hand: Mit äußerst geringen Mengen kostbarer Rohstoffe ließe sich Kraftstoff für unser modernes Leben und unsere Fortbewegung gewinnen. Überschussenergie erscheint nicht nur in magnetischen Systemen, wie sie etwa → Coler nutzte, sondern auch in elektrisch polarisierbarer Umgebung, wenn man spiralartige Kraftfelder erzeugt.

Das vom Erfinder István Horváth Anfang des 20. Jahrhunderts in Australien entwickelte Auto nutzte Wasser als Dielektrikum. In seinem Fall zeigte sich die Überschussenergie allerdings nicht in Form von Elektrizität, sondern als Knallgas – eine explosionsfähige Mischung von gasförmigem Wasserstoff und Sauerstoff, die bei der Spaltung von Wasser entsteht. Horváth nutzte diesen Effekt, um eine

Verbrennungskraftmaschine anzutreiben. Hierbei befand sich in der Mitte eines Zylinders eine Spule mit Eisenkern und um diese herum Wasser. Setzte man sie in Bewegung, entstand ein spiralartiges Kraftfeld nach dem Prinzip des → Schauberger-Effekts.

Da erste Testvorführungen offenbar erfolgreich verliefen, fand Horváth zwei kanadische Finanziers, welche mehrere Millionen US-Dollar aufwendeten, um seinen Motor für die Massenproduktion im Autosektor einzuführen. Womit seine Projektpartner jedoch nicht gerechnet hatten, war seine Paranoia vor Neidern und Konkurrenten; unter anderem fürchtete er, jederzeit ermordet zu werden. Als das gemeinsam finanzierte Labor endlich nach Horváths genauen Vorgaben fertiggestellt worden war und eine Forschergruppe mit der Arbeit beginnen wollte, war der Erfinder vom einen Tag auf den anderen verschwunden (angeblich starb er ausgerechnet bei einem Autounfall). Das Problem: Seine Konstruktionszeichnungen waren entweder teilweise nicht mehr vorhanden oder so unverständlich, dass man seinen Motor nicht rekonstruieren konnte.

Interessanterweise ereilte auch einen weiteren Wasserauto-Erfinder ein mysteriöses Schicksal: der 1940 geborene Stanley Meyer. Sein Apparat ähnelte dem oben beschriebenen und konnte auf bestätigte Patente verweisen. Allerdings wird darin nur die technische Theorie, nicht die praktische Umsetzung beschrieben, da er offenbar versuchte, sich durch ungenaue Angaben vor Nachahmern zu schützen. In der Patentschrift sind jedenfalls null Kilohertz als Betriebsfrequenz des Motors angegeben. In einigen auf YouTube erhältlichen Videos wird hierzu erwähnt, dass die für die Erzeugung von Überschussenergie kritische Frequenz 20 Kilohertz beträgt. Meyer jedenfalls suchte jahrelang erfolglos nach Investoren und baute sowohl psychisch als auch körperlich immer mehr ab. Diese Talfahrt kulminierte schließlich 1998 auf tragische Weise in einem Restaurant: Nachdem er sein gewohntes Gericht verspeist hatte, sprang er unter Schmerzen auf, rief: »Ich bin vergiftet worden!«, brach kurz darauf zusammen und starb. Als offizielle Todesursache wurde Lebensmittelvergiftung angegeben – was seine Anhänger zu wilden Vertuschungsvorwürfen animierte. Dessen ungeachtet entwickelten zahlreiche Erfinder weltweit bis heute mehr oder weniger funktionierende Prototypen von Wasserautos. Und seit finanzstarke industrielle Kreise den Wasserstoffantrieb als alternative Kraftquelle zu Elektroautos entdeckt haben, erlebt die Idee derzeit eine veritable Renaissance.

Hendershot-Generator

Der im US-Bundesstaat Pennsylvania lebende Tüftler Lester Jennings Hendershot (1898–1961) bastelte gerade an einem verbesserten Kompass, als er bemerkte, dass dieser sich bei bestimmten in der Nähe befindlichen Drahtwicklungsarten beständig drehte: Offenbar erzeugten diese ein elektromagnetisches Feld. Darauf aufbauend, entwickelte er verschiedene Versuchsanordnungen, mit denen er schließlich eine 120-Watt-Glühbirne und ein Radio betreiben konnte. Nachdem er seine Erfindung dem befreundeten Direktor des Flughafens von Bettis Field gezeigt hatte, empfahl dieser sie dem Flugpionier Charles Lindbergh. Nach erfolgreichen Tests am Flugfeld landete der Apparat sogar auf den Titelseiten der regionalen Zeitungen. Unterstützt von Lindberghs Popularität hätte Hendershot möglicherweise die Stromwirtschaft revolutionieren oder zumindest verändern können. Doch worum handelte es sich bei seiner Erfindung überhaupt?

Bei seinem Energieerzeuger kamen zylinderförmige Elektrolytkondensatoren als Dielektrikum (siehe → Horváths Wasserauto) zum Einsatz und erzeugten eine Schwingung von mehreren Hundert Kilohertz. Man wickelte sie um einen rostfreien Stahlzylinder und zog eine Hochfrequenzspule darüber, die einem Korbgeflecht ähnelte. Dadurch entstand zwischen den Kondensatorplatten radial ein inhomogenes elektrisches und tangential ein verwirbeltes magnetisches Feld. Beide zusammen erzeugten ein spiralförmiges Kraftfeld an den Dipolen der Konstruktion. Möglicherweise nutzte Hendershot (der keine detaillierten Pläne hinterließ) auch noch mechanische Resonanz, um die Wirkung zu verstärken. Augenzeugen seiner Demonstrationen berichteten nämlich, dass etwa eine Lampe in dem Moment zu leuchten begann, als das Gerät zu summen und vibrieren begann. Da das Dielektrikum jedoch nach einiger Zeit austrocknete und es äußerst diffizil war, den Generator auf die richtige Schwingungsfrequenz zu bringen, tat sich offenbar sogar Henderson selbst mit der Anwendung schwer. Und es kam noch ärger.

Als er – motiviert vom Erfolg am Flugfeld – seine Erfindung beim Patentamt einreichte und sie den Prüfern vorführen wollte, erlitt er

Mysteriöse Konstruktion:
Foto des Hendershot-
Generators von 1958
(Quelle: mareasistemi.com)

einen derart starken Stromschlag, dass seine Hand fortan gelähmt war. Immerhin: Laut seinen späteren Berichten besuchten ihn im Krankenhaus leitende Mitarbeiter eines großen Energieunternehmens und boten ihm 25.000 Dollar an, wenn er sich zwanzig Jahre lang nicht mehr weiter mit seiner Erfindung beschäftigte. In seiner Lage verständlich, nahm er das Geld und geriet in Vergessenheit. Als er sich nach Ablauf der Frist dann doch wieder auf die Weiterentwicklung seines Generators konzentrierte, erhielt er (nach Darstellungen seiner Familie) am 19. April 1961 einen Anruf von einem weiteren Firmenrepräsentanten, der ihm versprach, seine Forschung zu finanzieren. Doch die Sache wurde sinister: Einige Stunden nach der vereinbarten Übergabe der zweiten Rate, fand sein Sohn Hendershot tot in dessen Auto, erstickt durch in den Wagen geleitete Auspuffgase. Da die Behörden von Selbstmord ausgingen, wurde kein Verfahren eingeleitet, sodass bis heute ein Mysterium das plötzliche Dahinscheiden umgibt.

Holzvergaser
Haben Sie jemals von Georg (auch: Georges) Imbert gehört? Nein? Dabei hätte dieser 1950 gestorbene Deutsch-Franzose die Welt unseres Autoverkehrs für immer verändert – und damit auch die Art und Weise unserer Nutzung natürlicher Rohstoffe. Hätte er sich durchgesetzt, würden heute viele von uns mit einem Holzvergaserauto fahren, statt Benzin oder Diesel zu tanken.

Dass Imbert derart dem Vergessen anheimfiel, hängt wahrscheinlich auch damit zusammen, dass er ausgerechnet von den Nationalsozialisten unterstützt wurde, die gehofft hatten, mit seiner Erfindung die erdrückende Rohstofflage am Ende des Krieges doch noch verbessern zu können. Imbert jedenfalls hatte als diplomierter

Chemiker mehrere dokumentierte Erfindungen gemacht und betrieb in seiner Heimat in Lothringen eine kleine Seifensiederei. Als nach dem Ersten Weltkrieg Lothringen an Frankreich fiel, wurde Imbert vom dortigen Militär ermuntert, einen Gasgenerator zu entwickeln, um unabhängig von ausländischen Öllieferungen zu werden.

Gasgeneratoren waren zu diesem Zeitpunkt schon rund achtzig Jahre lang bekannt, konnten aber nur mit Kohle oder Holzkohle (und daher in entsprechenden Abbaugebieten) in größerem Umfang betrieben und eingesetzt werden. Somit machte sich Georg Imbert an die Arbeit und präsentierte bald eine seltsame Maschine, die ohne bewegliche Teile auskam und dennoch Energie umwandelte. Es gab auch keine Räder oder Hebel, lediglich schematische Pfeile, mit welchen das Strömen der Luft und des Gases verdeutlicht wurde. Wie in einem Ofen bewegten sich die Ströme von selbst – nur dass man hier nicht an der Wärme interessiert war, sondern am Abgas. Dieses wurde auch nicht in einen Kamin geschickt, sondern in einen Motor. Prinzipiell lässt sich das auch heute noch vorführen: Beim Verbrennen von Holz (das nie ganz trocken ist) entstehen im Holzvergaser zwei brennbare Gase: Kohlenmonoxid und Wasserstoff. Sie werden in den Motor geleitet, etwa in einen frühen Otto-Motor. Im Gegensatz zu heutigen Autos dachte man damals auch gar nicht an flüssige Kraftstoffe, sondern ausschließlich an Gas als Antriebsquelle. Allerdings waren frühe Vergaser zu groß und umständlich, um Teil eines Fahrzeugs zu werden: Sie bestanden im Grunde aus einer riesigen Blechtonne, in welcher Holzstücke vor sich hin kokelten. Imberts Verdienst war es, die Technologie zu optimieren und die Effizienz zu steigern, sodass das Gerät nicht nur bedeutend kleiner und platzsparender, sondern auch sicherer und ausdauernder wurde. Er führte etwa die erhitzte Luft über eine ringförmige Düse in den Motor und entwickelte eine abströmende Vergasung. So verhinderte er, dass betriebsstörende Ablagerungen (Holzteer) entstanden. Imbert wurde zum gut verdienenden Großunternehmer und belieferte mehrere Länder mit seinen Holzvergasern – nicht nur für Fahrzeuge, sondern vor allem auch als Generatoren für industrielle Verarbeitungen.

Warum aber geriet der Holzvergaser in Vergessenheit, sodass man im 20. Jahrhundert fortan Autos mit Flüssigkeiten betankte? Die kurze Antwort: Weil in England nach dem Ersten Weltkrieg das Öl

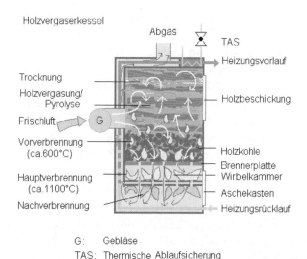

G: Gebläse
TAS: Thermische Ablaufsicherung

Holz rein, Schub raus: Prinzip des Holzvergaserkessels
(Quelle: Wikipedia, erstellt von User »Kino«)

bald wieder billiger wurde. Nur Frankreichs Militär förderte weiter das Gasauto, was dazu führte, dass eine Vielzahl dort ansässiger Autobauer Gaserzeuger herstellte. Da jedoch immer mehr industrielle Maschinen mit billigem Öl betrieben wurden, setzte sich der Holzvergaser nur mehr dort durch, wo die Frachtkosten im Vergleich zu den Produktionskosten hoch lagen, etwa in Holz verarbeitenden Betrieben oder in Mühlen. War jedoch das beförderte Gut selbst teuer, spielten die Transportkosten keine Rolle mehr und der Imbert-Generator verlor seinen ökonomischen Vorteil. Hinzu kam ein neues Prinzip vor allem beim Autofahren: Während das Fahren mit einem Holzvergaser bedeutete, einen Ofen anzuheizen, zu reinigen und alle rund 100 Kilometer neu zu befüllen (was durchaus noch aufwendig war und gefährlich werden konnte), verlangten die neuen, mit Flüssigtreibstoff betriebenen Autos vom Fahrer nur mehr Einfüllen, Hebel stellen, Knöpfe drücken. Wer sich heute also überhaupt noch an ein Holzvergaserauto erinnert, sah wahrscheinlich in seiner Kindheit einen Pkw aus den Dreißigern, dem man das Heck aufgeschnitten hatte, um dort eine Blechtonne hineinzusetzen – zugegebenermaßen kein sehr ästhetischer Anblick. Benzinautos erlaubten einfach eleganteere Chassisformen, immerhin hat Autofahren ja auch mit Design zu tun. Und auch wenn der Gedanke an eine Parallelwelt, in der man sich mit Holz als nachwachsendem Rohstoff über die Straßen bewegt, sehr schön ist – letztendlich brauchen flüssige Rohstoffe einfach weniger Platz als feste: Um unsere heute verfahrenen Benzin- oder Dieselkilometer mit Holz zu betreiben, müssten so viele Bäume gerodet werden, dass in ganz Europa kein Wald mehr stünde.

Hydraulischer Widder

Es könnte eine der nützlichsten Erfindungen sein, die je erdacht wurden: Eine Pumpe, die ohne Dieselaggregat, elektrischen Strom oder sonstige künstliche Energiequelle Wasser bis in höchste Berglagen pumpt.

Der »hydraulische Widder« nutzt hierfür das Gefälle einer großen Menge Wasser, welche über eine geringe Höhe hinunterfließt. Diese Kraft betreibt dann eine Vorrichtung, welche ohne Räder und Gestänge auskommt, ohne Schmieröl und sonstige wartungsanfällige Teile. Der »Widder« hat in der Tat nur zwei bewegliche Teile, nämlich zwei Ventile. Diese werden in einem fort bewegt, in steter Abwechslung, tagaus, tagein, das ganze Jahr hindurch. Er pumpt Wasser, solange ein Gegengewicht aus Wasser da ist. Er ist billig und funktioniert zuverlässig. Dennoch ist auch er fast zur Gänze aus unserer Kultur verschwunden.

Seine Ventile sind im Prinzip einfach nur Klappen, deren Eigengewicht sie nach unten fallen lässt: Das Steigventil schließt sich, während das Sperrventil sich öffnet. Dadurch fließt Wasser in den Apparat. Sprudelt es in die Vorrichtung, schließt sich das Sperrventil wieder und es entsteht massiver Druck, da sich das Wasser nicht zusammenpressen lässt. Dieser drückt das Steigventil nach oben und öffnet es. Nun strömt das Wasser in einen Windkessel, in dem Luft eingeschlossen ist. Diese wird durch den Vorgang komprimiert und lässt ihrerseits durch Druck das Wasser im Steigrohr nach oben schießen und etwa an einer Brunnenöffnung ausfließen. Ist der Druck im Windkessel ausreichend groß, schließt sich das Steigventil wieder und das Sperrventil fällt durch sein Eigengewicht nach unten, öffnet sich, Wasser entströmt, schließt das Ventil wieder und so weiter, jahrzehntelang.

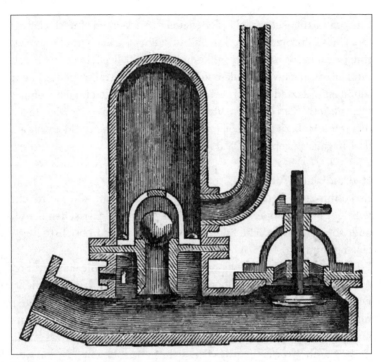

Schlichte Schönheit: der hydraulische Widder von Easton & Amos, 1851
(Quelle: Wikipedia, User: Dr. Mirko Junge)

Erfunden hat diese geniale Wasserpumpe 1797 der ältere der
beiden Heißluftballon-Brüder Montgolfier, Joseph Michel. Das Gerät
hätte das Potenzial, die Wasserversorgung unserer Städte auf immer
nachhaltig zu gestalten – aber es funktioniert leider nur in steilem
Gelände, wo ausreichend Fallgewicht und Druck erzeugt werden
kann. Ein Bewässern von Feldern kommt also nicht infrage, eher
schon die eines Hochhaus-Dachgartens. Doch hierfür eine eigene
Wasserkraftanlage zu bauen, wäre wohl zu exaltiert. Daher setzte
sich die Maschine weder im 19. Jahrhundert noch später durch. Billi-
ges Öl als Antriebsmittel und dieselgetriebene Pumpen brachten den
»Widder« allmählich auf die Rote Liste bedrohter Arten. So wird er
in einem Lexikon von 1905 zwar noch erwähnt, allerdings werde der
Widder »nur sehr selten verwendet«, nämlich bei kleinen Wasser-
versorgungen etwa auf Almhütten. Er war jedenfalls von Anfang an

in seiner Anwendung eingeschränkt und auch hohe Entwicklungsgelder hätten sein physikalisches Prinzip nicht verbessert. Findet man ihn heute noch irgendwo in den Bergen, könnte man meinen, er sei aus einer Parallelwelt-Antike hierher teleportiert worden. Aber das stört den Widder nicht, während er stumm und stet sein Wasser nach oben pumpt.

Interferenzapparat

Dass die alliierten Mächte den Zweiten Weltkrieg gewannen, lag unter anderem auch an deren überlegener Technologie, zum Beispiel der Radartechnik. Heute wird diese Mikrowellentechnik weltweit eingesetzt, man denke etwa an den Flugverkehr. Dass sie aber immer noch Forschungspotenziale enthält, mag überraschen.

Ende der 1970er-Jahre entdeckte der ungarische Ingenieur János Vajda bei Messungen zur Antennentechnik, dass die Strahlungsleistung nach der Reflexion von bestimmten Materialien auffallend höher war als vorher. Man hielt das Ergebnis zuerst für einen Messfehler, doch Vajda blieb hartnäckig und konnte das Phänomen schließlich erklären: Platziert man zwei strahlende Elemente – eben Antennen – dicht genug zueinander und stellt sie auf gleiche Frequenz, Phase und Amplitude ein, emittieren sie so viel Energie, dass die aus ihnen kommenden Strahlen sich an definierten Punkten verstärken, an anderen auslöschen, es entsteht also Interferenz. Wird der Hohlraum rund um diese Anordnung entsprechend geformt, ist die Verstärkung größer als die Auslöschung und es entsteht Überschussenergie. So konnten Vajda und seine Kollegen zeigen, dass sich die Überschussenergie aus den bekannten Maxwell-Gleichungen ableiten lässt, und beschrieben dadurch den einzigen Fall, bei dem mit heutigem Wissen das Entstehen und Verschwinden von Energie dokumentiert werden kann.

Nun hätten die Entwickler sich eine technische Anwendung für diesen Effekt ausdenken und eine entsprechende Apparatur auf den Markt bringen können. Allerdings lohnt sich die Energieausbeute wirtschaftlich erst ab Frequenzen von mehreren Gigahertz – und für eine derart starke Anlage fehlte ihnen schlicht das Geld. So blieb es lediglich bei einer Publikation, die ausschließlich in Fachkreisen beachtet wurde. Aber wer weiß, vielleicht setzte sich der Interferenzapparat ja in irgendeinem anderen Universum durch?

Moray-Apparat

Thomas Henry Moray (1892–1974) war ein Erfinder aus Salt Lake City in Utah, der schon als Teenager einen Effekt entdeckte, welcher ihn zu einer Art »elektrischem Perpetuum mobile« führen sollte. Laut seinen Aufzeichnungen gewann er aus einem größeren Holz- kasten etwa fünfzig Kilowatt Energie. Ein steter Hochfrequenzstrom floss hierbei über zwei Drähte in die Vorrichtung, ohne dass sich diese erhitzt hätte oder irgendwelche Geräusche verursachte. Was genau in dem Kasten geschah, ist bis heute ein Geheimnis, da Moray seine Ergebnisse nie veröffentlichte und man auf die Aussagen von ihm und mehreren Augenzeugen angewiesen bleibt. Hatte er tat- sächlich »Energie aus dem Nichts« erzeugt? Wie so oft ist Skepsis angesagt, da es keine verlässlichen Pläne oder Anleitungen gibt, um den Effekt unter Laborbedingungen zu wiederholen.

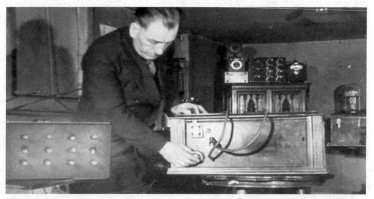

Elektrisches Perpetuum mobile? Thomas Henry Moray mit seinem Apparat (Quelle: Wikipedia, User: Abrax)

Erst in den 1940er- und 1950er-Jahren begannen einige techni- sche Universitäten – freilich ohne sich auf Moray zu beziehen –, an »transienten Entladungen« (also kurzzeitigen Überspannungen) mit hohen Frequenzen zu forschen. Und die kanadische Patentbehörde stellte in den 1980er-Jahren sogar ein Patent für die Erfindung des Ehepaars Correa aus, welche 300 bis 400 Prozent Überschuss- energie liefern konnte. Doch selbst hier reicht die Beschreibung nicht aus, um das Gerät nur aufgrund der Patentschrift nachbauen zu können. So warten die Correas bis heute auf Investoren, welche ihnen eine Millionensumme für die Überlassung ihrer Erfindung hinblättern. Denn auch wenn sich der Effekt reproduzieren ließe, bliebe womöglich unklar, ob er in industriellem Maßstab eingesetzt werden kann. Aber wer weiß, vielleicht irgendwann, irgendwo ...

Natronlok

Eine der außergewöhnlichen Erfindungen, die es tatsächlich schafften, eine Weile im Alltag verwendet zu werden – und dann so gründlich vergessen wurden, dass nicht einmal Technofreaks sich noch daran erinnern, ist die Natronlok. Dabei wäre gerade sie ein gefundenes Fressen für Steampunk-Fans. Denn in der folgenden Geschichte geht es um Dampf, viel Dampf.

Sie handelt von einem Aachener Erfinder namens Moritz Honigmann (1844–1918). Sein Ziel war es, bei der altbekannten Dampflok die primitive Technik durch etwas Neues, weniger Stinkendes zu ersetzen. Hierzu kombinierte er auf einer fahrenden Plattform zwei Kessel: In den oberen füllte er gewöhnliches Wasser ein, in den unteren hoch konzentrierte, heiße Natronlauge. Die beiden Kessel waren durch Siederohre verbunden, sodass die Lauge das Wasser darüber recht schnell zum Kochen brachte. Dadurch entstand Dampf, welcher einen Zylinderkolben hin- und herbewegte, wie in einem Motor. Genialerweise leitete Honigmann den Abdampf aus dem Zylinder nicht nach außen, sondern direkt in die Natronlauge hinein. Obwohl sich der Dampf zuvor abgekühlt hatte, kondensierte er in der siebzig Grad heißeren Lauge sofort zu Wasser. Wenn Dampf zu Wasser wird, entsteht auch (Kondensations-) Wärme, und zwar jene Menge, die vorher zugeführt werden musste, um dieselbe Menge Wasser zu verdampfen. Sie wird sofort an den Wasserkessel weitergegeben, wo neuer Dampf erzeugt wird, welcher wiederum die Dampfmaschine (und damit etwa eine Lok) antreibt. Der energiereiche Dampf hat also einen Teil seiner Energie in Schub umgewandelt.

Freilich handelt es sich bei dieser Vorrichtung um kein »Perpetuum mobile«, denn sie besitzt keinen selbstversorgenden Energiekreislauf. Stattdessen werden Teile der Energie an die Außenwelt abgegeben und müssen nach einiger Zeit in Form neuer Natronlauge zugefüllt werden (auch weil sich die Lauge durch den einströmenden Dampf allmählich verdünnt). Dennoch läuft eine derart angetriebene Maschine lange Zeit problemlos weiter und Honigmann meldete

 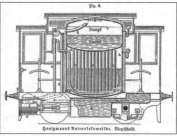

Fuhr tatsächlich im Straßenverkehr: Die Natronlok
(Quelle: Wikipedia, User: Presse03)

seine Erfindung am 8.5.1883 erfolgreich zum Patent an. Nach verschiedenen Versuchsdemonstrationen baute er eine Lok für die Aachener und Burtscheider Pferdebahngesellschaft, welche bis 1885 auf einer Strecke von einem Kilometer und bei Steigungen von bis zu drei Prozent verlässlich eingesetzt wurde: Die Natronlok fuhr ruhig, gleichmäßig und lautlos, billiger als Pferde war sie obendrein. Man hätte meinen können, ihr gehöre die Zukunft des Stadtverkehrs.

Aber dann verschwand sie irgendwie einfach. Warum, das bleibt ein Rätsel. Mag es an dem ungewohnten Umgang mit der (nicht ungefährlichen) Natronlauge gelegen haben, welche nach einiger Zeit der Verflüssigung wieder eingedickt werden musste. Oder waren vielleicht die Gegner der Natronlok übermächtig, welche weiterhin auf Dampf oder Öl setzten und sich gegen Veränderungen sträubten. Jedenfalls gibt es heute von der Natronlok zwar noch Fotos auf ihrer Fahrt durch Aachen, aber keine funktionsfähige Anlage mehr. Beim Betrachten der Bilder stellt sich immerhin ein Gefühl dafür ein, wie eine Gegenwart mit geringem Stromverbrauch im Zugverkehr ausgesehen hätte.

Schauberger-Turbine

Der Name Schauberger ist in Esoterik-Kreisen natürlich geläufig. Tatsächlich wurden seine Ideen und Erfindungen oft auch über die Maßen interpretiert oder in dubiosen Zusammenhängen angewandt (Stichwort: Nazi-Wunderwaffen). Nichtsdestotrotz machte der Österreicher Viktor Schauberger (1885–1958) als junger Förster eine wegweisende Entdeckung, die unsere Art der Energienutzung für immer verändern hätte können.

Als er an einem Alpenbach entlangwanderte, fiel ihm auf, dass Forellen an bestimmten Stellen inmitten des schnellfließenden Wassers regungslos standen und ihre Schwanzflosse nur ab und zu bewegten, um die Richtung zu halten, ohne vom Wasser bergab befördert zu werden. Offenbar setzten sie dabei keine Muskelkraft ein. Nachdem er jahrelang die Anatomie dieser Fische und ihr Verhalten studiert hatte, entdeckte er den Grund für ihre Fähigkeit: Sie besitzen einen schneckenhausförmigen Stromkanal in ihren Kiemen. Das auf dem breiteren Ende einströmende Wasser kommt am schmaleren Ende mit größerer Energie wieder heraus und erzeugt dadurch Schub, ohne dass die Forelle sich anstrengen müsste. Auf dieser Erkenntnis basierend baute Schauberger Stromkanäle, die wie sich verengende, konische Spiralen aussahen und in denen sich beispielsweise gefälltes Holz weitaus besser und schneller transportieren ließ als in geraden.

Im Unterschied zu anderen Erfindern veröffentlichte Schauberger Aufzeichnungen vom Prinzip seiner Geräte, sodass sich diese nachbauen lassen. Auch die internationalen Patente, die er für seine Entwicklungen erhielt, sind nach wie vor einsehbar und zeigen die technische Lösung recht deutlich. Amateur, der er war, versuchte er seine Ideen zwar hartnäckig zu verbreiten, jedoch letztendlich erfolglos (konkrete Anwendungen sind erst in den letzten Jahren aufgetaucht). Hinzu kam, dass er in den 1930er-Jahren in Hitlers Reichskanzlei geladen wurde, um seine Erfindungen vorzustellen. Während er glaubte, die zugesagte Unterstützung sei ein gutes Zeichen und seine Ideen hätten überzeugt, hielt Hitler Schauberger für einen Scharlatan. So kam es, dass zwei NSDAP-nahe Berater namens Keppler und Willuhn Schauberger entführten und ihn in eine psychiatrische Anstalt einlieferten (aus der er kurz darauf gerettet wurde). Später erhielt er sogar Patente und wurde in diverse Technikprojekte des Deutschen Reichs eingebunden, konnte seine eigentlichen Forschungen aber nach dem Weltkrieg nicht mehr fortsetzen, da es ihm an Geld fehlte. Lediglich ein kleines Kraftwerk für ein Haus fertigte er an, welches mit einer auf Spiralbahnen fließenden Flüssigkeit angeblich eine selbsterhaltende Bewegung erzeugte, die Energie abgab.

Am Ende seines Lebens bekam Schauberger noch einen Auftrag über 3,5 Millionen Dollar von einer amerikanischen Firma, um mit

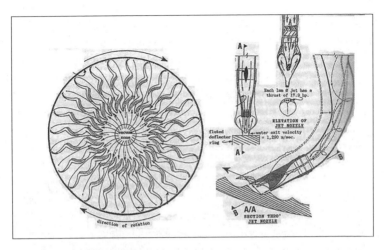

Natur als Vorbild: Die Schauberger-Turbine
(Quelle: Philippe Guglielmetti, flickr.com)

seinen alten Plänen funktionsfähige Maschinen zu entwickeln. Doch auch in den USA zerstritt er sich heillos mit Auftraggebern und Kollegen, sodass er schließlich enttäuscht wieder heimkehrte, wo er völlig mittellos verstarb. Lediglich Abbildungen und Messergebnisse sind von seiner Überschussenergie abgebenden Spiralröhre noch vorhanden. Sie wecken die Vorstellung, wie es in einer Parallelwelt geendet haben könnte: einer Welt voller Schauberger-Kraftwerke, die ohne Atomkraft, Erdöl und ohne Anstrengung Nutzenergie erzeugen. Stumm wie Forellen in einem Gebirgsbach.

Seebeck-Generator

Dieses Gerät schaffte es im Gegensatz zu den meisten hier vorgestellten immerhin in die Physiklehrbücher. Denn Thomas Johann Seebeck, geboren 1770 im heutigen Tallinn (Estland) entdeckte den »thermoelektrischen Effekt«.

Als typischer Privatgelehrter des 18. Jahrhunderts war er finanziell relativ gut gestellt und konnte sich neben der Arbeit ganz seinen Forscherneigungen hingeben. 1818 wurde er sogar Mitglied der Berliner Akademie der Wissenschaften und lernte unter anderem Goethe, Schelling und Hegel persönlich kennen. Mit dem von ihm 1822 entdeckten Effekt konnte er anhand einer Drähteanordnung und einer durch unterschiedliche angeschlossene Metalle erzielten Temperaturdifferenz zeigen, dass sich aus Wärme mittels direkter Energieumwandlung Strom erzeugen ließ. Da man zu seiner Zeit noch nichts von Elektronen wusste, wurde dem Effekt eine »magnetische Eigenschaft« zugrunde gelegt. Seebeck hatte dennoch einen veritablen Gleichstromgenerator in der Hand, welcher als direkter Energieumwandler den Verlauf der europäischen Technikentwicklung stark beeinflussen hätte können.

Zwei Faktoren stellten sich dem allerdings entgegen: Erstens verstand der Erfinder selbst nicht die seiner Entdeckung zugrunde liegenden physikalischen Gesetze und isolierte sich durch seinen Starrsinn auch innerhalb der wissenschaftlichen Gemeinde. Zweitens tauchten sofort Kritiker auf, die durch Einsprüche bei möglichen Geldgebern eine Verzögerung der weiteren Erforschung erwirkten. So beließ es Seebeck schließlich bei zwei Veröffentlichungen und ein paar Vorlesungen, die Beschreibung seiner Erfindung wurde aber nie in großer Menge gedruckt – und damit zumindest in unserer Welt auch nie genutzt.

Tesla-Auto

Es war ein äußerst ungewöhnliches Auto, welches im Sommer 1931 durch die einstige Kleinstadt Buffalo, New York, fuhr. Es bewegte sich lautlos, ohne Abgase und ziemlich schnell. Drinnen saßen ein dünner, älterer Herr am Steuer und ein etwas jüngerer Mann als Fahrgast. Das Chassis des Wagens war ein typisches der damals verwendeten Straßenfahrzeuge. Den Aufzeichnungen zufolge hatte man jedoch den Motor aus dem Motorraum entnommen und durch einen zylinderförmigen, vollkommen verschlossenen und mit Lüftungsschlitzen versehenen Elektromotor ersetzt. Alles andere an Technik (Kupplung, Gangschaltung, Kraftübertragungssystem) war nach wie vor an seinem Platz. Das Interessanteste aber war die energieliefernde Einheit, welche man in einem $60 \times 25 \times 15$ cm großen Kasten eingebaut hatte. An jenem Tag fuhr unsere Mobilitätszukunft, wie sie hätte aussehen können, durch die Straßen. Und am Lenkrad saß niemand anderes als Nikola Tesla.

Wie so vieles im Leben dieses grenzgenialen Erfinders gibt es auch zu seinem Autoantrieb unterschiedliche Aussagen, Gerüchte und Meinungen. Worin man sich einig ist: dass Tesla ihn selbst fertigte.

Ein »Tesla« lange vor Elon Musk: In einem solchen Pierce Arrow wurde erstmals ein Elektromotor eingebaut (Quelle: teslasociety.ch, US-Library of Congress)

Ein angeschlossener Konverter, welcher die Energie aus dem geheimnisvollen Kasten in Strom umwandelte, enthielt zwölf Vakuumrohre, und eine fast zwei Meter lange Antenne ragte aus ihm hervor. Aus dem Kasten wiederum schauten zwei dicke Stangen im Abstand von zehn Zentimetern heraus, welche zum Starten hinein gedrückt wurden. Die maximale Motordrehzahl lag bei 1800 Umdrehungen pro Minute, das Elektroauto erreichte eine Geschwindigkeit von 150 km/h. Der Konverter war zuvor angeblich getestet worden, indem er eine Woche lang ein ganzes Haus beleuchtete. Doch wodurch wurde er angetrieben? Etwa von Teslas berühmt-berüchtigter »kosmischer Energie«?

Bereits zu Anfang des 19. Jahrhunderts hatte Michael Faraday bewiesen, dass der Bau eines elektrischen Motors möglich ist, auch wenn kaum jemand seiner Entdeckung Beachtung schenkte. Bestand kein wirtschaftliches Interesse daran? Immerhin wurden Dampfmaschinen ja sehr wohl für Produktionszwecke eingesetzt. Erst Jahrzehnte später, als der deutsche Ingenieur Werner von Siemens einen Elektromotor baute, verbreitete sich die Idee der Elektrizität – jedoch eher als wissenschaftliche Attraktion denn als Geschäftsmodell. Erst in den 1880er-Jahren entdeckten Erfinder wie Thomas Edison und Unternehmer wie George Westinghouse das volle Potenzial, welches in der elektrischen Spannung steckte, sobald sie einen Dynamo antrieb. Die beiden Visionäre vergeudeten jedoch selbst viel Energie in ihrem Kampf um die Vorherrschaft von Gleichstrom oder Wechselstrom. Und mittendrin Nikola Tesla, der zu jener Zeit mehr als vierzig Patente zu unterschiedlichsten Ideen anmeldete. Schon bald führte er einem erstaunten Publikum einen Motor vor, der nur mit einem Draht an einer Stromquelle angeschlossen war; der zweite schien überflüssig, denn laut Tesla verbreitete sich die Energie durch die Luft. Mehr und mehr beschäftigte er sich mit der drahtlosen Übertragung von Strom und behauptete, dass Motoren vollkommen ohne Drähte betrieben werden könnten – denn im Raum um uns herum befände sich Energie, die nur angezapft werden müsse.

Möglicherweise steckten hierin die ersten Gedanken, die ihn schließlich an jenem Sommertag im Jahr 1931 sein elektrisches Fahrzeug präsentieren ließen, dessen Motor offenbar keine Drahtverbindung zur Energiequelle benötigte. Gerne hätte Tesla das Elektroauto in Massenproduktion fertigen lassen, aber die hierfür auserkorene Firma *Pierce Arrow* ging im Zuge der Wirtschaftskrise der 1930er-Jahre unter. Der Erfinder selbst starb 1943 verarmt in einem Hotel an den Folgen einer Hirnvenenthrombose. Zahlreiche seiner Geheimnisse nahm er mit ins Grab, auch jenes um seinen revolutionären Wagen. Vielleicht hatte er ja in einem alternativen Universum mehr Glück und wird dort jetzt zu seinem Geburtstag mit Elektroauto-Umzügen geehrt, während man Männer wie Edison, Westinghouse oder Henry Ford völlig vergessen hat …

Wärmetransformator

Erinnern wir uns kurz an den → Absorberkühlschrank: Dieser erzeugte (mithilfe von Ammoniak) Kälte aus Hitze. Noch seltsamer als das ist der Wärmetransformator. Denn hier fließt eine Wärmemenge mittlerer Temperatur hinein – etwa Wasser, das von Farbikabwärme auf 60° Celsius erwärmt wurde – und eine etwas geringere Menge kochendes Wasser fließt heraus (die Restmenge kühlt sich bei dem Prozess ab und wird nach außen abgeführt). Und das lediglich mittels zweier kleiner Pumpen mit vernachlässigbarem Energiebedarf.

Entwickelt wurde dieser Apparat 1880 von Waldemar Altenkirch mit dem Ziel, die immer größeren Abwärmemengen der Industrie zu nutzen. Allerdings fehlte es schlicht an Bedarf, da zu jener Zeit noch kein Grund zum Energiesparen bestand. Heute hingegen könnte so ein Gerät durchaus sinnvoll eingesetzt werden, etwa bei Sonnenkollektoren. Denn im Winter wird bei schwacher Sonnenstrahlung das Wasser nicht ausreichend erwärmt. Hier könnte der Wärmetransformator das warme Wasser als Wärmequelle aufnehmen und um etwa 50 Prozent erhitzen, was durchaus für eine Fußbodenheizung ausreichen würde. Anstatt öl- oder gasbetriebener Heiztechnik würden wir in einer Parallelwelt also einfach heißes Wasser aus heimischer Produktion einsetzen, was für ein Gedanke!

Schlussbetrachtung
Warum also konnten sich diese und weitere visionäre Erfindungen nicht in *unserer* Welt durchsetzen? Wie die Beispiele zeigen, liegt dies hauptsächlich an drei Gründen:

Erstens: am Erfinder selbst. Hier ist die maskuline Form angemessen, denn es ist schon typisch männlicher Starrsinn und Rechthaberei, die nicht nur die nötige Unterstützung und Finanzierung verhinderten, sondern stattdessen Kritiker und Bremser auf den Plan riefen.

Zweitens: Die beste neue Energiequelle (Wasser, Sonne, »kosmische Energie«) kann sich nicht durchsetzen, wenn die bereits eingesetzte (Öl, Dampf, Gas) billig genug ist. Denn wozu sollte man Maschinen und Anlagen für teures Geld nur wegen eines neuen Rohstoffs umbauen, wenn der bisherige problemlos verfügbar ist? Ihren Vorsprung nutzend konnten sich etablierte Technologien zudem aus einem größeren Finanzbudget bedienen, um sich weiterzuentwickeln – bis sie in vielerlei Hinsicht effizienter als die Alternative waren.

Drittens: Schließlich kam es – zumindest in Einzelfällen – zu expliziter Verhinderung der neuen Idee. Und zwar durch Lobbys und Interessengruppen (manchmal auch durch Wissenschaftler), die ihren profitablen Status quo nicht durch Konkurrenten und veränderte Marktbedingungen gefährdet sehen wollten. Erschreckend häufig lesen wir von Marktmanipulation, Bestechung, böswilligen Übernahmen, Drohungen und vielleicht sogar Mord.

Um unkonventionellen, gar waghalsigen Erfindungen zukünftig eine Chance zu geben, müssten also unter anderem die etablierten

Mechanismen des Marktes und der Forschung geändert werden. So könnten auch Außenseiter ihre Ideen vorstellen und diese auf unvoreingenommene Weise durch Experimente verifiziert oder falsifiziert werden. Auch die Rolle der Patentämter wäre zu überdenken, damit die Prüfung ungewöhnlicher Einreichungen nicht vom Gutdünken einzelner Beamter abhängt oder Ideen nicht »unter der Hand« an Dritte weitergereicht werden. Schlussendlich wird es aber auch von uns Konsumentinnen und Konsumenten abhängen, ob wir nur das kaufen, was uns eine mächtige Marketingmaschinerie empfiehlt (häufig setzte sich deswegen das schlechtere Produkt gegenüber dem besseren durch). Oder ob wir stattdessen unser Geld in andere Projekte stecken, welche unsere Welt neu zu denken wagen. Damit vielversprechende Erfindungen nie wieder zu Unrecht vergessen werden.

Literatur

Erik Eckermann: *Alte Technik mit Zukunft* (R. Oldenbourg Verlag, 1986)

György Egely: *Verbotene Erfindungen – Energie aus dem »Nichts«* (Kopp, 2017)

Christian Mähr: *Vergessene Erfindungen – Warum fährt die Natronlok nicht mehr?* (Dumont, 2006)

Wolf-J. Schmidt-Küster: *Direkte Energieumwandlung – Von der Brennstoffzelle zur Isotopenbatterie* (Franckh'sche Verlagsbuchhandlung, 1968)

CARCOSA
PHANTASTISCHE WELTLITERATUR

Originalausgabe
Herausgegeben von
Hannes Riffel
Klappenbroschur
278 Seiten

Die erste Folge unseres Verlagsalmanachs; mit phantastischen Erzählungen von Ursula K. Le Guin und Samuel R. Delany sowie Essays zur Phantastik u. a. von Dietmar Dath, Christopher Ecker, Julie Phillips und Clemens J. Setz.

Carcosa ist ein verschwistertes Imprint von
Memoranda Verlag Hardy Kettlitz | verlag@memoranda.eu

www.carcosa-verlag.de

BUCH

Science-Fiction-Literatur 2022/2023

Die diversen Krisen der letzten Jahre machen dem Buchmarkt weiterhin zu schaffen. Peter Kraus vom Cleff, Hauptgeschäftsführer des Börsenvereins des deutschen Buchhandels schrieb: »Das vergangene Jahr war von Beschaffungsengpässen, immens steigenden Herstellungs- und Energiekosten und der hohen Inflation geprägt. … Die Lage erholt sich nur langsam oder kaum. Viele Branchenunternehmen arbeiten wirtschaftlich am Limit. Gerade kleine Verlage, deren Titel während der Pandemie gegenüber bekannten Autor*innen und Bestsellern das Nachsehen hatten, verzeichnen große Einbußen bei weiterhin hohen Kosten.« (Quelle: buchmarkt.de) Doch gerade im Bereich der Science Fiction sind die kleinen Verlage derzeit sehr rührig und überraschen mit zahlreichen Veröffentlichungen. Neue Magazine sorgen für Nachschub an Fachinformationen und Kurzgeschichten. Und auch eine Neugründung gibt es zu vermelden: Hannes Riffel, ehemaliger Programmleiter bei FISCHER Tor, startet die Buchreihe CARCOSA mit Autor*innen wie Ursula K. Le Guin, Gene Wolfe, Samuel R. Delany und Leigh Brackett, die als Imprint bei Memoranda erscheint.

Wir freuen uns, Yvonne Tunnat in diesem *Science Fiction Jahr* als neue Kolumnistin begrüßen zu können. Sie wird sich auch in den kommenden Jahren mit den Kurzgeschichten deutschsprachiger Autor*innen beschäftigen, ein Feld, das oft zu wenig Beachtung findet.

Hardy Kettlitz

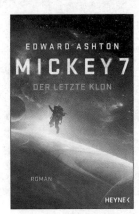

EDWARD ASHTON
MICKEY7 – DER LETZTE KLON
(Mickey7 • 2022)
Roman • Heyne • Paperback • 366 Seiten • auch
als E-Book und Hörbuch
Deutsch von Felix Mayer

Die Tatsache, dass sich die Besiedelung fremder Planeten nicht immer ganz einfach gestaltet, dient bereits in unzähligen SF-Werken als Grundlage für eine mehr oder weniger spannende und abenteuerliche Handlung. So auch in *Mickey7*, dem auf Anhieb international erfolgreichen Erstlingsroman des amerikanischen Autors und Wissenschaftlers Edward Ashton.

Hier entpuppt sich die Besiedlung des Planeten Niflheim als schwieriger als gedacht. Immerhin handelt es sich um einen Eisplaneten, der überdies von sandwurmartigen Kreaturen, welche auf den nicht ganz netten Namen Creeper getauft wurden, bewohnt wird.

Da die Transportkapazität, was die menschliche Besatzung betrifft, auf derartigen Missionen natürlich begrenzt ist, gehört auch ein sogenannter Expandable zum Expeditionsteam. Wie der Begriff verrät, handelt es sich um jemanden, den man bei Bedarf leicht ersetzen kann. Dies geschieht, indem bei Verlust des jeweiligen Expendables einfach eine neue Version mittels 3-D-Drucker hergestellt und mit dem gespeicherten Bewusstsein seiner Vorgänger neu »geladen« wird. Mickey Barnes ist der Expendable auf Niflheim, d.h. er ist dafür verantwortlich, die Kartoffeln aus dem Feuer zu holen. Da es sich dabei bekanntlich um eine gefährliche Tätigkeit handelt, ist Mickey bereits bei der siebten Version seiner selbst angelangt.

Richtig problematisch wird die Sache, als er auf einem Einsatz voreilig für tot gehalten wird und bei seiner unvermuteten Rückkehr auf Mickey8, also seinen frisch geklonten Nachfolger, trifft. Dies stellt keineswegs nur eine Verletzung des Protokolls dar, sondern hat ganz praktische Auswirkungen auf beide Mickey-Klone. Nicht nur, dass sie ihrem völlig identischen Doppelgänger gegenüberstehen, was für nachvollziehbare psychische Probleme sorgt, sie sind auch noch durch die erbarmungslose Vernichtung eines von beiden bedroht.

Schließlich sind Wohnraum und Essen begrenzt. Und außerdem: Wer braucht schon *zwei* Expendables?

Edward Ashtons flott geschriebener Roman verbindet auf unterhaltsame Art Abenteuer-SF mit dem Thema Klonen. Allerdings gelingt es Ashton nicht immer, die psychologischen und im wahrsten Sinne des Wortes existenzialistischen Probleme, die sich aus der Doppelgänger-Thematik ergeben, glaubwürdig und ausreichend tiefgründig zu schildern. Dazu verhalten sich die Protagonisten manchmal einfach zu cool.

Auch die zum Teil etwas flapsige Sprache und der leicht schwarz gefärbte Humor, die an John Scalzi und Andy Weir erinnern, bieten zwar an sich schon einigen Unterhaltungswert und tragen ungemein zur Lesbarkeit bei, erscheinen jedoch unangemessen, wenn es um die Frage nach der Identität der Hauptperson geht.

Wer an einer völlig anderen Herangehensweise an die Thematik interessiert ist, sei an den gut 60 Jahre älteren Roman *Rogue Moon* (dt. *Projekt Luna*) von Algis Budrys verwiesen, in dem zwar keine Klone, sondern mittels Materietransmitter erstellte Kopien nach dem »Tod« der jeweils letzten Inkarnation eines Raumfahrers ein außerirdisches Artefakt auf dem Mond untersuchen sollen.

Alles in allem kann *Mickey7* dennoch Freundinnen und Freunden abenteuerlicher SF mit psychologischer und philosophischer Note empfohlen werden. Zudem kann man auf die für 2024 geplante Verfilmung durch den südkoreanischen Regisseur Bong Joon-ho gespannt sein.

Christian Hoffmann

MAX BARRY
DIE 22 TODE DER MADISON MAY
(The 22 Murders of Madison May • 2021)
Roman • Heyne • Paperback • 432 Seiten • auch als E-Book
Deutsch von Bernhard Kempen

Eigentlich kümmert sich die Journalistin Felicity in der Redaktion der DAILY NEWS um Politik. Doch weil der etatmäßige Kriminalreporter Levi gerade mit einem Stelldichein beschäftigt ist, übernimmt Felicity einen Mordfall.

Die junge Immobilienmaklerin Madison May wurde bei einer Hausbesichtigung brutal umgebracht. Felicity sieht mehr vom Tatort, als ihr lieb ist – und ihr fallen ein paar Dinge auf, die den Polizisten entgehen. Ehe sie sich's versieht, verfolgt sie allem Anschein nach einen Killer durch die Stadt und bis in die U-Bahn. Allerdings bleibt sie nicht unbemerkt, und am Ende landet Felicity auf den Gleisen – und in einer anderen, parallelen Wirklichkeit, in der ein paar Dinge ganz anders sind. Felicity macht sich auf, das Rätsel zu lösen, und erfährt einige unglaubliche Wahrheiten über das Reisen durchs Multiversum. Und darüber, wieso ein Mann versucht, in allen möglichen Wirklichkeiten die junge Madison zu ermorden …

Die Theorie des Multiversums ist weder in der Wissenschaft noch in der Popkultur eine schockierende Neuheit. Vielmehr könnte man sagen, dass Doctor Who und das Marvel Cinematic Universe das Konzept des Multiversums in den Mainstream getragen, der breiten Masse nähergebracht haben. Oder denken wir nur an die Oscar-Verleihungen Anfang 2023, wo der entsprechend gepolte Film *Everything Everywhere All At Once* zum großen Matchwinner wurde und einige besonders schöne Oscar-Momente lieferte. Auch der australische Bestsellerautor Max Barry nutzt in seinem im Original 2021 erschienenen Roman *Die 22 Tode der Madison May* eine recht klassische Form der Multiversum-Theorie.

Doch Barry, neben Matt Ruff und China Miéville wohl der größte Wundertüten-Einzelband-Autor der gegenwärtigen Phantastik, genügen ein paar Twists wie z. B. Token-Verkettungen zwischen den Realitäten, um sich das Konzept des Multiversums doch ein Stück weit zu eigen zu machen, seinem Roman eine individuelle Note innerhalb der Riege an Multiversums-Geschichten zu verleihen. Trotzdem ist *Die 22 Tode der Madison May* noch immer ein ausgesprochen zugänglicher Science-Fiction-Roman, da die fluffig geschriebene Serienkiller-Jagd durchs Multiversum für ordentlichen Mainstream-Thrill sorgt – mehr noch als z. B. damals Lauren Beukes' scharfkantigeres, anspruchsvolleres, schwierigeres Buch *Shining Girls* (oder dessen behäbige Hochglanz-Serienadaption).

Früher hat Barry einige wunderbar bissige Romane über den Wahnsinns-Kapitalismus oder den Gadget-Wahn unserer Gesellschaft geschrieben – Werke wie *Sirup*, *Logoland* und *Maschinenmann* sind bis heute echte Empfehlungen, ja, *heute* womöglich noch mehr als bei Erscheinen. In den letzten Jahren hat sich der Australier, der früher bei Hewlett-Packard gearbeitet hat, in eine etwas andere Richtung entwickelt. Dabei könnten wir gerade jetzt den Max Barry gebrauchen, der dem Irrsinn unserer Gegenwart furchtlos den literarischen Spiegel vorhält. Andererseits braucht man genau von dieser Gegenwart und Realität manchmal einfach eine Pause, und dafür eignet sich ein Roman wie *Die 22 Tode der Madison May* natürlich prima. Schließlich entführt der nicht nur in eine andere Welt, sondern in gleich mehrere …

Christian Endres

NED BEAUMAN
DER GEMEINE LUMPFISCH
(Venomous Lumpsucker • 2022)
Roman • Liebeskind • Hardcover • 368 Seiten •
auch als E-Book
Deutsch von Marion Hertie

Der 1985 in London geborene Ned Beauman machte seinen Abschluss in Philosophie in Cambridge. Zu seinen literarischen Vorbildern zählen William Gibson, Michael Chabon, David Foster Wallace, John Updike, Jorge Luis Borges und Raymond Chandler, zwischen SF, magischem Realismus, Krimi und richtig hoher Literatur ist also alles dabei. Beauman arbeitet als Journalist und Buchkritiker u. a. für den GUARDIAN und THE LONDON REVIEW OF BOOKS. Seit 2010 veröffentlicht er indes selbst Romane – sein Schaffen brachte ihm den Encore Award und den Somerset Maugham Award ein, zudem stand Beauman 2013 auf der Granta-Liste der *20 Best of Young British Novelists* und schaffte es ein Jahr davor auf die Shortlist für den renommierten Man Booker Prize.

In seinem Portfolio finden sich Bücher wie *Flieg, Hitler, flieg!*, *Egon Loesers erstaunlicher Mechanismus zur beinahe augenblicklichen*

Beförderung eines Menschen von Ort zu Ort und das, im direkten Vergleich und Kontrast, geradezu zahm betitelte *Glow*. Mit seinem neuesten Werk *Der gemeine Lumpfisch* setzt der Brite nun schon wieder eher seine Tradition pfiffig bis auffällig benannter Romane fort, außerdem hat er mit diesem Buch einen lupenreinen und dabei ziemlich grandiosen Science-Fiction-Roman vorgelegt.

Die Klimakatastrophe ist darin schon ein Stück vorangeschritten, ebenso die Isolation und Verwandlung Großbritanniens und die Flüchtlingskrise in Skandinavien. Techmilliardäre sind noch einflussreicher als jetzt schon, bedrohte Tiere müssen in abgeriegelten Habitaten geschützt werden und der Kapitalismus rollt trotz aller Veränderungen auf dem blauen Planeten fröhlich weiter: Das Aussterben vieler Tierarten etwa, meistens durch die Machenschaften der Menschheit verschuldet, ist seit dem empörenden Tod des letzten Pandabären bloß ein weiteres Spekulationsgeschäft mit Wertpapieren, an dem sich große, die Natur weiter schröpfende Firmen zusätzlich bereichern können.

Bis eines Tages die für dieses System unerlässlichen Gendatenbanken mit den hypothetischen Back-ups der ausgestorbenen Tiere gehackt, von einem Computer-Wurm vernichtet werden. Plötzlich steht Umweltverträglichkeitskoordinator Mark Halyard aufgrund seiner krummen Machenschaften mit Lumpfisch-Zertifikaten richtig dumm da. Mark muss unbedingt ein paar lebende Lumpfische finden, weil seine Firma sonst die letzten Exemplare ausgerottet hat, und tja, dann ist er im Arsch, sagen wir es doch einfach so, wie es ist. Also macht er sich auf die Suche nach den nützlichen Putzfischen, die für gefressene Artgenossen andere Raubfische aus Rache an der gesamten Spezies vergiften.

Marks Begleiterin auf dem Roadtrip durch Klimakatastrophe, Artensterben und eine noch verrückter gewordene Zukunft ist ausgerechnet die wenig gesellige Forscherin Karin Resaint, die sich per Selbstmord durch den Lumpfisch aus dieser kaputten Welt verabschieden will.

Klingt anders, klingt schräg, klingt interessant? Ist es auch. Ned Beamauns stilsicherer, fabulierfreudiger Science-Fiction-Roman aus dem eher gehobenen literarischen Mainstream präsentiert sich zynisch, fies, witzig, bitter, treffend und, alles in allem, herausragend.

Ein unerwartetes Highlight aus der laufenden Lumpfisch-Apokalypse, in deren Angesicht uns eigentlich das Lachen im Halse stecken bleiben müsste …

Christian Endres

SAMUEL R. DELANY
BABEL-17
(Babel-17 • 1966)
Roman • Carcosa/Memoranda • Paperback • 250 Seiten • auch als E-Book
Deutsch von Jakob Schmidt

Sie stammt nicht von der Erde, verfügt über das absolute Gehör und ist dabei, sich als Schriftstellerin einen Namen zu machen: Rydra Wong, eine Kryptografin chinesischer Abstammung, die Fremdsprachen lernt wie andere Leute populäre Songs. Sie konnte sich schon als Kind mit Außerirdischen verständigen und gilt nun – mit sechsundzwanzig Jahren – als Expertin, die jeden Code zu entziffern vermag. Und das ist der Grund, warum sie auf Babel-17 angesetzt wird, eine Sprache, die über besondere Eigenschaften verfügt: Sie wirkt wie eine Programmierung und ist damit in der Lage, Denken wie Handeln zu beeinflussen. – Samuel R. Delany (Jg. 1942) hat mit *Babel-17* (1966) einen der wichtigsten SF-Romane über die Rolle der Linguistik geschrieben. Jetzt wurde der mit dem Nebula ausgezeichnete Klassiker von Jakob Schmidt für den Carcosa Verlag neu übersetzt.

Seit längerem ringt die Erde mit Invasoren. Dabei ist auffällig, dass vor, während und nach militärischen Sabotageakten das gesamte Umfeld mit seltsamen Funksprüchen überschwemmt wird: Ein »Hochgeschwindigkeitskauderwelsch«, das sich jedem Verständnis entzieht und »Babel-17« genannt wird. Rydra Wong stellt schnell fest, dass sie mit regulären Methoden nicht weiterkommt und direkt vor Ort sein muss, wenn eine erneute Attacke stattfindet. Aufgrund erster Entschlüsselungen weiß die junge Frau, dass dies bei den Kriegswerften auf Armsedge der Fall sein wird. Mit einer bunt zusammengewürfelten Mannschaft macht sich Rydra im Raumschiff *Rimbaud* auf den Weg – mitten in eine Katastrophe hinein, die sie nur mit Glück überlebt. Erst, als sie an Bord eines Piratenkreuzers auf einen rätselhaften Mann namens Schlächter trifft, der nicht »Ich« sagen kann, begreift Rydra, um was es tatsächlich geht – und welche Handlungsfreiheit sie gewinnt, wenn sie sich Babel-17 nicht nur aneignet, sondern überwindet.

Sprache hat in der Science Fiction immer eine bedeutende Rolle gespielt, etwa im Hinblick auf den Erstkontakt mit Außerirdischen. Texte, die dezidiert linguistische Fragestellungen zur Systematik von Grammatik und Wortschatz aufgreifen, lassen sich hingegen seltener finden. Beispiele hierfür sind *The Languages of Pao* (1957; dt. *Die neuen Sprachen von Pao*) von Jack Vance und *The Embedding* (1973; dt. *Das Babel-Syndrom*) von Ian Watson; aus jüngerer Zeit wäre besonders die Kurzgeschichte »Story of Your Life« (1998; dt. »Geschichte deines Lebens«) von Ted Chiang zu nennen, die Denis Villeneuve 2016 als *Arrival* verfilmt hat. *Babel-17* beruht auf der 1954 veröffentlichten Sapir-Whorf-Hypothese, nach der die Weltwahrnehmung durch die Ausdrucksmöglichkeiten einer Sprache determiniert wird. Nicht der Gedanke bestimmt allein die Sprache, die Sprache wirkt ebenfalls auf die Möglichkeit des Denkens ein. »Es gibt gewisse Vorstellungen, für die es Worte gibt. Wenn du die Worte nicht kennst«, so Rydra, »dann kannst du auch die Vorstellungen nicht begreifen.« 1964/65, als Delany seinen Roman schrieb, begeisterte er sich für diese Hypothese, was unmittelbar in den Schreibprozess eingeflossen ist. Gerade dies macht die Stärke des Buchs aus, das einerseits gekonnt mit – teils umgestülpten und gut ausgelüfteten – Space-Opera-Elementen jongliert, um andererseits ein intellektuelles Abenteuer um die Wahrnehmung der Welt zu erzählen, wofür die militärische Auseinandersetzung nur den Aufhänger abgibt. Letztlich geht es um Kommunikation und um die Suche nach einer gemeinsamen Sprache, um die zwischenmenschliche Isolation zu überwinden und die Wirklichkeit nicht nur adäquat erfassen, sondern auch gestalten zu können.

Außerdem ist *Babel-17* ein Künstlerroman über die Notwendigkeit, als Kreativer zu seinem eigenen Ausdruck zu finden, um nicht bloß die Gedanken anderer Menschen wiederzugeben. Von dieser Notwendigkeit weiß Rydra durchaus, doch sie vermeidet es, den nächsten Schritt zu gehen, weil sie ihn nicht kennt. Am Schluss des Buchs hat die Schriftstellerin zu ihrer Identität gefunden: »Ich habe eine Menge zu erzählen«, sagt sie und hält den Satz »Dieser Krieg wird innerhalb von sechs Monaten sein Ende finden« für das wichtigste Stück Prosa, das je von ihr geschrieben wurde.

Übrigens ist an dieser Entwicklung ein nur am Rande vorkommender Autor namens Muels Aranlyde beteiligt, der ein Buch namens *Imperiumsstern* veröffentlicht hat und dessen Name unschwer als Anagramm des realen Autors entschlüsselt werden kann. Tatsächlich aber wurde *Imperiumsstern* von Delany im Anschluss an *Babel-17* verfasst. Der nicht minder lesenswerte Kurzroman ist ebenfalls neu ins Deutsche übersetzt worden und findet sich im parallel erschienenen Carcosa-Verlagsalmanach.

Kai U. Jürgens

SAMUEL R. DELANY
IMPERIUMSSTERN
(Empire Star • 1966)
Kurzroman • enthalten in Hannes Riffel (Hrsg.):
Vor der Revolution – Ein phantastischer Almanach • Carcosa/Memoranda • Paperback •
278 Seiten • auch als E-Book
Deutsch von Hannes Riffel

Er trägt sein Haar als hüftlangen Zopf, spielt Okinara und hat sein gesamtes bisheriges Leben auf dem Trabanten Rhys verbracht, wo auf unterirdischen Feldern das kostbare und meist »Jhup« genannte Plyasil angebaut wird. Nun ist Kometen-Jo achtzehn Jahre alt und fühlt sich nicht besonders gut auf sein zukünftiges Leben vorbereitet. Doch dann passiert etwas Außergewöhnliches, und plötzlich fliegt Jo in Richtung Imperiumsstern, dem Zentrum der imperialen Macht, um eine wichtige Botschaft zu überbringen. Mit an seiner Seite befindet sich nicht nur ein Teufelskätzchen, sondern auch Juwel, ein kristallines Wesen, das ganz nebenbei als Erzählerin fungiert. Und das ist erst der Anfang der Geschichte: Jo begegnet Oscar Wilde (oder zumindest jemandem, der ihm auffallend ähnlich sieht), reist mit dem

Lamp, einem »Linguistischen, allgegenwärtigen Multiplex« durch den Raum und sammelt erste und eher unangenehme Erfahrungen mit der Armee von Prinz Narctor. Schließlich aber erreicht Jo Imperiumsstern, um seine Botschaft zu überbringen, doch – um welche Botschaft geht es eigentlich?

Sieht man Science Fiction primär als Weltraumabenteuer, gibt es kaum ein Buch, dass dieses Vorurteil so elegant bestätigt und zugleich widerlegt wie *Empire Star*. In der 1966 veröffentlichten Geschichte – dem Umfang nach ein veritabler Kurzroman – wimmelt es von Versatzstücken klassischer SF: Raumschiffe, Außerirdische, cyborghafte Existenzen und aristokratische Herrschaftsstrukturen; zudem wartet die Hauptfigur mit einem genretypisch infantil anmutenden Namen im Stil von *Flash Gordon* auf. Doch Samuel R. Delany geht es nicht allein um die bunt schillernde Oberfläche, auch wenn er selbige bemerkenswert souverän ausgestaltet. Zum einen ist die Struktur der Erzählung trickreich verschlungen, denn Jo hat besagten Auftrag von jemandem erhalten, der wie er selber aussieht. Zum anderen geht es um die Befreiung einer unterdrückten Lebensform, den Lll, die als großartige Baumeister gelten, aber als Sklaven ein elendes Leben führen. Es dürfte kaum zu übersehen sein, dass es sich hierbei um einen Kommentar zur Situation der afroamerikanischen Bevölkerung in den USA handelt, der Delany selber angehört. Dann ist es eine Reise in die Sprache, denn Jo, der zu Beginn der Handlung kaum einen geraden Satz zuwege bekommt, wird hier – und nicht nur hier – eine Entwicklung durchmachen, bei der die Kunst keine geringe Rolle spielt. Tatsächlich hat Delany allerlei Anspielungen in die Erzählung eingebaut und speziell seinem SF-Kollegen Theodore Sturgeon (1918–1985) ein Denkmal gesetzt; wer will, kann aber im Verlauf der Lektüre noch weitere Entdeckungen machen. Letztlich geht es um ein Plädoyer dafür, die Welt nicht nur ein-, sondern mehrdimensional zu betrachten, wie es Juwel als »multiplex« auftretende Person demonstriert. Doch keine Sorge: Wem das alles ein bisschen zu viel wird, kann *Imperiumsstern* auch als mitreißende Abenteuergeschichte lesen.

Der 1942 geborene Samuel R. Delany – schwarz, schwul und im Laufe der Jahre mit akademischer Reputation ausgestattet – gehörte in den 1960er-Jahren neben Thomas M. Disch, Robert Silverberg und Roger Zelazny zu jenen US-amerikanischen SF-Autoren, die sich daran machten, das Genre im Rahmen der New Wave auszulüften, umzukrempeln und in jeder Hinsicht zu erneuern; zu nennen sind etwa seine Romane *Babel-17* (1966) und *Nova* (1968) sowie die Erzählungen »Aye, and Gomorrah ...« (1967; dt. »Jawohl, und Gomorrha«) und »Time Considered as a Helix of Semi-Precious Stones« (1968; dt. »Zeit, angenommen als eine Helix aus Halbedelsteinen«). Mit seinem vielfach ausgezeichneten Werk höchst erfolgreich, konnte Delany in der Folgezeit seinen Ruf mit herausragenden Arbeiten wie *Dhalgren* (1974) und *Triton* (1976) weiter ausbauen; nach der Jahrtausendwende wurden insbesondere *Dark Reflections* (2007; dt. *Dunkle Reflexionen*) und *Through The Valley of the Nest of Spiders* (2012) stark beachtet. Darüber hinaus ist er auch als Kritiker und Essayist hervorgetreten und hat mit *The Motion of Light in Water* (1988; dt. *Die Bewegung von Licht in Wasser*) eine Autobiografie veröffentlicht. In den USA seit langem als einflussreicher Intellektueller anerkannt, ist Delanys Name hierzulande weit weniger geläufig. Nun hat sich der junge Carcosa Verlag von Hannes Riffel daran gemacht, dies zu ändern; neben *Empire Star* ist auch *Babel-17* in hervorragender Neuübersetzung erschienen – und weitere Bände sind bereits in Vorbereitung. »Imperiumsstern« wurde in den ersten Verlagsalmanach integriert, der u. a. einen Aufsatz von Clemens J. Setz zu Delany enthält.

Kai U. Jürgens

VOLKER DORNEMANN
NANITEN:
200 PHANTASTISCHE MICROSTORYS
(Originalausgabe • 2022)
Kurzgeschichten • Selbstverlag • Taschenbuch •
224 Seiten • auch als E-Book

Eine nicht geringe Anzahl von Science-Fiction-Autoren neigt in den letzten Jahren dazu, immer umfangreichere Romane, Trilogien oder Serien zu schreiben. Interessanterweise gibt es aber auch einen, wenn auch nicht so häufigen, Trend zu sehr kurzen Kurzgeschichten, als Wortneuschöpfung »Microstorys« genannt. 2019 überraschte der britische IT-Spezialist O. Westin mit *Micro Science Fiction*, einem Buch, das unzählige Pointengeschichten in der jeweiligen Länge eines Tweets enthielt (siehe *Das Science Fiction Jahr 2020*).

Die jetzt vorliegenden 200 Geschichten von Volker Dornemann sind etwas umfangreicher, überschreiten aber nie die Länge von 500 Anschlägen. In seinem Vorwort erklärt Dornemann, dass ihn ein Kurzgeschichten-Wettbewerb des Vereins zur Förderung der Raumfahrt im Jahr 2021 auf die Idee gebracht hat, sich selbst an Microstorys zu versuchen. Und dabei unternimmt er einen ausführlichen Streifzug durch die Themenvielfalt der Science Fiction mit gelegentlichen kleinen Abstechern in andere phantastische Genres. Und so geht es um Zeitreisen, Raumfahrt, alternative Geschichte, Super-KIs, Aliens, außerirdische Invasoren, Weltraumpiraten, Mutanten, Roboter, Materietransmitter und so weiter. Jede Story endet mit einer Pointe, von denen sich viele durchaus mit den Pointen der Autoren aus der »klassischen Kurzgeschichtenzeit« wie Fredric Brown, Robert Sheckley oder dem frühen Ray Bradbury messen können. Ausfälle oder allzu naheliegende Pointen gibt es erstaunlich wenige. Das verwundert nicht, wenn man weiß, dass Dornemann eigentlich Zeichner und Cartoonist ist, und die meisten Cartoons sind schließlich die kürzeste erzählende Form mit Pointe.

Das Buch eignet sich nur bedingt, um es in einem Rutsch zu lesen. Aber es ist eine lustige, erfrischende und oft überraschende Lektüre für zwischendurch.

Hardy Kettlitz

AMAL EL-MOHTAR, MAX GLADSTONE
VERLORENE DER ZEITEN
(This Is How You Lose the Time War • 2019)
Roman • Piper • Hardcover • 192 Seiten • auch als E-Book
Deutsch von Simon Weinert

Amal El-Mohtar ist eine kanadische Autorin, die bis auf wenige Kindheitsjahre im Libanon den Großteil ihres Lebens in Ottawa, Kanada verbracht hat, wo sie 1984 geboren wurde. Sie schreibt Kurzgeschichten, Novellen, Gedichte, Essays und Buchkritiken, außerdem gibt sie das phantastische Poesie-Magazin GOBLIN heraus. Sie wurde bereits mit dem Hugo, dem Nebula, dem Locus und dem

Rhysling Award ausgezeichnet. El-Mohtar unterrichtet kreatives Schreiben und arbeitet an ihrem Doktor-Titel. Max Gladstone, ebenfalls Jahrgang 1984, studierte und unterrichtete Chinesisch – der Amerikaner lebte sogar einige Zeit in China (und fiel in der Mongolei mal von einem Pferd). Er hat schon diverse Romane, Novellen und Kurzgeschichten verfasst. Am bekanntesten ist seine KUNSTWIRKER-CHRONIK-Romanserie, die auf Deutsch bei Panini erscheint, Steampunk als Genre-Begriff erneuert und Fantastik für alle Fans von China Miéville bietet.

In *Verlorene der Zeiten,* im englischsprachigen Original 2019 als *This Is How You Lose the Time War* erschienen, kredenzen El-Mohtar und Gladstone als schreibendes Duo SF-Prosa wie Poesie.

Es tobt ein Krieg im gesamten, verschlungenen Zeitstrang. Ob große, epische Schlachten oder subtile, zurück- und vorausschauende Manipulationen des Geschichtsverlaufs: Die technologische Kommandantur und der biologische Garden schenken einander nichts, während ihre Agentinnen zwischen den Zeiten und Welten kämpfen. Rot gehört zu den besten Cyber-Kriegerinnen der Kommandantur, Blau zu den fähigsten organischen, naturverbundenen Spioninnen und Soldatinnen von Garden.

Eines Tages beginnen die beiden einen feindschaftlich-frotzelnden Briefwechsel über Schlachtfelder, Alternativwelten und die Zeit selbst hinweg. Doch aus dem Spiel zweier gegensätzlicher Gegnerinnen werden bald echte Liebesbriefe. Aus Angst, entdeckt zu werden, nutzen sie Vogelfedern, Feuer im sinkenden Atlantis und Beeren als »Briefpapier«, das ihre Gedanken und Gefühle über die temporalen Fronten hinweg trägt. Eine klassisch-tragische Love-Story also, die allerdings nicht nur durch das Zeitreise-Gimmick zu etwas Besonderem wird …

Ob atmosphärisch intensive Szene oder innovativ übermittelter Brief: Man spürt, dass in dieser Novelle jedes einzelne Wort von der Goldwaage stammt. Die Sätze, von El-Mohtar und Gladstone zunächst offline in einer Gartenlaube niedergeschrieben, knistern als große Kunst an der Grenze zur Perfektion: gekonnt gedrechselt, smart verwoben, köstlich sperrig, herausfordernd ambitioniert. Kompression und Reduktion sind Teil des Konzepts, das Schwelgen und die Stimmung kommen dennoch nie zu kurz. An diesem Büchlein – letztlich mehr Brief*novelle* als Briefroman – hat man daher genauso lange und viel Lesevergnügen wie an manch einem Roman mit 500 Seiten, wenn nicht sogar mehr.

Die deutsche Übersetzung hat es nicht immer einfach, trägt dem exquisiten Sound aber Rechnung, die Aufmachung im Hardcover adelt und schmeichelt. Umso erfreulicher, denn dass es diese mit Hugo, Nebula und Locus Award bedachte Novelle ins Programm eines großen deutschen Verlags geschafft hat, darf trotz aller Auszeichnungen und aller Güte keineswegs als Selbstverständlichkeit betrachtet werden.

Zum Zungenschnalzen, diese Romanze im Zeitkrieg.

Christian Endres

ANDREAS ESCHBACH
FREIHEITSGELD
(Originalausgabe • 2022)
Roman • Bastei Lübbe • Hardcover • 527 Seiten •
auch als E-Book

In 40 Jahren werden wir das 30. Jubiläum der europaweiten Einführung des »Freiheitsgeldes« feiern. Das ist die Ausgangslage in Eschbachs neuem Roman über das bedingungslose Grundeinkommen (BGE) für jeden EU-Bürger. Wer möchte, kann in früher schlecht bezahlten, zukünftig hoch dotierten Jobs, z. B. als Pfleger, etwas dazuverdienen. Allerdings unterliegt er – anders als im finnischen Experiment – einem Steuersatz zwischen 60 und 80 Prozent. Die meisten Staatseinnahmen kommen aber aus der Robotersteuer. Die müssen Unternehmen zahlen, die infolge des rasanten Einsatzes von intelligenten Maschinen Millionen von Arbeitskräften freigesetzt haben. Künstliche Intelligenz und Roboter ersetzen körperliche Arbeit.

Aber irgendetwas an dieser Rechnung kann nicht stimmen. Der frühere EU-Präsident Robert Havelock (nein, nicht Harbeck) und sein Gegenspieler, der Journalist Günter Leventheim, gehen in Vorbereitung einer Rede zu diesem Jubiläum mal die Bilanzen durch. Kurz darauf sind beide tot. War es Selbstmord oder Mord? Wer wollte hier was vertuschen? Waren ihre Erkenntnisse tatsächlich so brisant? Der junge Polizist Ahmad Müller gerät immer tiefer in das Dickicht einer Verschwörung.

Zuvor lernen wir verschiedene Familien und ihre unterschiedlichen Lebenssituationen kennen. Kann man vom BGE leben? Und wie lebt es sich mit einem Job? Wie hat sich die Welt in den 40 Jahren seit heute entwickelt?

Tatsächlich ist es gelungen, den Klimawandel zu stoppen. Dank eines gewaltigen Aufforstungsprogramms sind weite Teile Europas zu Naturschutzparks umgestaltet worden. Die Zahl der Einwohner ist etwas gesunken, sie leben heute in großen Städten. Diese Megacities sind in verschiedene Zonen eingeteilt, die B- und A-Zone sind gated communities, zu denen nur Zahlungskräftige Zugang haben. In der C-Zone leben die, die mit dem BGE auskommen, in deren Supermärkten kostengünstige Lebensmittel und Waren zweifelhafter Qualität angeboten werden, wo der öffentliche Nahverkehr zwar funktioniert, aber mit klapprigen Bussen aufrechterhalten wird. Alles ist videoüberwacht, jeder hat ein »personal organization device«, kurz »Pod« genannt, mit dem er telefonieren, sich ausweisen und bezahlen kann, aber auch getrackt wird. Insofern geht Eschbach nicht über heutige technische Entwicklungen hinaus, hält uns vielmehr einen Spiegel unserer Zeit vor, in der Hunderte von Fernsehkanälen den Zuschauern täglich Tausende von Trash-Sendungen anbieten. Eschbach betrachtet nicht die bisherigen Experimente zum BGE, beschreibt vielmehr eine Welt, in der sich die meisten mit dem BGE arrangiert haben.

Können die Menschen nun ihr schöpferisches Potenzial entfalten? Oder sitzen sie vor dem Fernseher, vertrödeln ihre Zeit im Drogenrausch? Wir lernen im Roman beide Typen kennen. Neben dem Polizisten Müller und seiner Freundin Franka, die als Installateurin den Reichen schmucke Bäder einbaut, auch die Physiotherapeuten Kilian und Valentin. Kilian hat bis vor Kurzem den EU-Alterspräsidenten trainiert, aber infolge eines Streits mit seiner Chefin den Job verloren. Die Familie muss aus der B-Zone ausziehen, findet eine neue

Wohnung in der C-Zone. Häuser werden rasant mit dem 3D-Drucker gebaut, Wohnungsnot gibt es nicht mehr. Hier gelingt es Eschbach sehr gut, mit diesem erzwungenen Wechsel die unterschiedlichen Lebensverhältnisse in den beiden Zonen gegenüberzustellen. Die Familie ist zwar geschockt, aber nicht verzweifelt. Zum einen lässt das BGE sie weiterhin leben, bringt sie nicht in Existenznöte. Zum anderen sind sie engagiert genug, sich neue Aufgaben, auch ehren-amtliche, zu suchen und darin Befriedigung zu finden. Aber natürlich gibt es auch Menschen in dieser sozialen Hängematte, die den Tag mit Fernsehen und Drogen verbringen, wie Müllers Bruder Basir.

Die sozialen Fragen rund um das BGE werden sowohl von Have-lock und Leventheim als auch mit einer Multimillionärin interessant diskutiert und analysiert. Opposition gegen dieses utopische Schlaraffenland blitzt zwar mal kurz auf, wird aber im Roman nicht weiter verfolgt, spielt in der Handlung keine Rolle. Hierin hätte eine Chance gelegen, gesellschaftliche Probleme des BGE zu illustrie-ren, aber dies ist ein SF-Krimi. Dafür lernen wir Auswüchse dieses Systems kennen. So werden z. B. junge, gesunde Menschen einer »Blutwäsche« unterzogen, bei der ihnen ein Jungbrunnenhormon abgezapft wird. Nach der Prozedur sind sie im wahrsten Sinne des Wortes ausgelutscht. Davon profitieren Reiche in ihren Refugien mit lang anhaltender Gesundheit.

Das Bild zu Kilians Nachfolger Valentin und seiner Frau Lina fällt nicht so klar aus. Lina war in bescheidenen Verhältnissen auf-gewachsen, ist vom Leben in der B-Zone überwältigt. Auf der ande-ren Seite findet sie dort keinen Lebensinhalt. Zudem wird Valentin in das Mordkomplott verwickelt, als er seinen Kunden morgens tot in der Badewanne findet. Die zweite Romanhälfte gewinnt an Schwung, die Einordnung als Thriller im Bücherregal ist durchaus angemessen.

Die Auflösung des Mordfalls, die Eschbach letztlich bietet, ist nicht so überzeugend. Der junge Polizist, gerade von der Steuerfahndung zur Abteilung Gewaltverbrechen gewechselt, klärt den Fall fast im Alleingang auf und kann am Ende mit seiner Freundin in Zone B einziehen – ein Schelm, wer Böses dabei denkt. Und ich frage mich, ob die literarische Fiktion einer Verschwörung hinter dem BGE diese Idee nicht diskreditiert. Bei allem Zweifel am BGE-Konstrukt ist ein solcher Hintergrund Wasser auf die Mühlen seiner Gegner.

PS: Das Zitat »Das Gegenteil von gut ist gut gemeint.« (S. 421) ist weder von Bertolt Brecht noch von Kurt Tucholsky oder Karl Kraus. Es ist eine leicht gewandelte Form von »Es hat sich allmählich herumgesprochen, dass der Gegensatz von Kunst nicht Natur ist, sondern gut gemeint.« von Gottfried Benn in seinem Werk »Roman des Phänotyp« (1958).

Wolfgang Both

ROB HART
PARADOX HOTEL
(Paradox Hotel • 2022)
Roman • Heyne • Paperback • 448 Seiten • auch als E-Book
Deutsch von Michael Pfingstl

Mit dem dystopischen Near-Future-Roman *Der Store* legte der amerikanische Autor Rob Hart nach seiner Hardboiled-Krimi-Serie um Detektiv Ash McKenna eine unterhaltsame, aber auch schonungslose Kritik am Kapitalismus, Großkonzernen und dem Online-Versandhandel vor, die in den Anfangstagen der Corona-Pandemie noch mehr den Nerv getroffen hat. Jetzt ist mit *Paradox Hotel* Harts neuestes Werk auf Deutsch erschienen – und auch dieser SF-Krimi über kommerzialisierten Zeitreise-Tourismus 50 Jahre in der Zukunft enthält wieder einiges an Missbilligung des ökonomischen, sozialen und politischen Zeitgeists unserer Welt, während Hart zugleich klassische Genre-Kost wie *Time Scout* von Robert Asprin und Linda Evans an die heutigen Standards von Technik, Wissenschaft und Gesellschaft anpasst.

In der Zukunft des Jahres 2072 sind Zeitreisen der neue Spaß für die Reichen, die als Touristen und Touristinnen in die Vergangenheit reisen. Direkt neben dem Einstein-Zeitreiseflughafen steht deshalb auch ein großes Luxushotel, das in seinem Atwood- und seinem Butler-Flügel mehrere Hundert betuchte Gäste unterbringen und verwöhnen kann, während diese auf ihren Zeitflug warten. Die Hausdetektivin bzw. Security-Chefin des Paradox heißt January Cole und wird von der vorlauten Drohne/Künstlichen Intelligenz Ruby unterstützt. Jan wachte als Regierungsagentin der Zeitvollzugsbehörde (ZVB) lange über den Zeitstrom und reiste dafür bis ins Berlin des Zweiten Weltkriegs kurz vor Hitlers Selbstmord oder bis in die prähistorische kanadische Frühzeit voller Säbelzahntiger – denn irgendwer muss ja aufpassen und sicherstellen, dass der Zeitstrom nicht verändert wird (ein bisschen wie in STAR TREK oder im Museum: anschauen erlaubt, anfassen verboten). Doch das hat Spuren an January hinterlassen, die *losgelöst* ist – eine typische Krankheit von Zeitreisenden, was wohl mit der Strahlung zu tun hat.

Für Jan bedeutet das, dass sie nicht nur im Hier und Jetzt lebt, sondern per *Drift* auch immer wieder in die nähere Vergangenheit oder die nähere Zukunft ihres Lebens sowie ihres Umfelds abtreibt. Die zynische, in ihrem Selbsthass und ihrer Verbitterung gefangene Sicherheitschefin des Paradox wird also von Erinnerungen, von Flashbacks und von Visionen möglicher zukünftiger Ereignisse heimgesucht und klinkt sich solange aus ihrer gegenwärtigen Realität aus. Die Krankheit ist bei January schon ziemlich fortgeschritten und setzt ihr ebenso zu wie die Erinnerungen an ihre tote große Liebe.

Aber da kommt noch mehr. Jetzt soll ihr verhasstes, geliebtes Paradox in einer Auktion zwischen vier der reichsten Personen der Welt verkauft werden, und ausgerechnet kurz vor dem Tag der Tage häufen sich zwischen Dinos und Leichen im Hotel die unerklärlichen Phänomene, die erschreckenden Anomalien und die ans Licht drängenden Geheimnisse ...

Mit einer taffen, rotzigen Antiheldin als Ich-Erzählerin und einer interessanten Verwendung der gängigen Zeitreise-Tropen legt Rob Hart einen weiteren spannenden SF-Krimi vor, der diesmal sogar noch etwas deutlicher auf typische, um nicht zu sagen nerdige Genre-Elemente setzt. Die über die futuristische Bande gespielte Kritik am gegenwärtigen Kapitalismus, an populistischen Politikern, an Fanatikern aller Art und an übermächtigen Superreichen (im Roman verbirgt sich z. B. eine unverhohlene Donald-Trump-Persiflage) verbindet *Paradox Hotel* am Ende allerdings wieder unübersehbar mit Mr. Harts erstem Bestseller, der Amazon, Google, Facebook und Co. aufs Korn genommen hat. Dass trotz Zeitreise-Möglichkeiten die eigentliche Haupthandlung meistens in einem abgeschlossenen Gebäude der Erzählgegenwart bleibt, erweist sich als erfrischend – und obendrein geradezu klassisch-kriminalistisch, obwohl es noch nicht ganz zum

Locked-Room-Mystery reicht. Man kann den Film oder die Fernseh-serie praktisch schon sehen. Januarys Drifts ermöglichen es Hart im Buch außerdem, die Kunst des Foreshadowings, also die teasernde Vorausdeutung des Plots, quasi aufs nächste Level zu bringen – was er sehr effektiv für seinen ziemlich coolen, ziemlich spannenden Zeitreise-Krimi am Puls der, nun ja, Zeit nutzt.

Christian Endres

KAMERON HURLEY
DER STERNE ZAHL
(The Stars Are Legion • 2017)
Roman • 2021 • Panini Books • Taschenbuch •
391 Seiten
Deutsch von Helga Parmiter

Eine Legion aus Raumschiff-Planeten, organisch-materiellen Symbiosen, die von einer tödlichen Krankheit befallen sind. Jede Welt ist das Zuhause einer als Familie orga-nisierten Gruppe, deren Lords um die verbleibenden Ressourcen kämpfen. Mittendrin zwei Geliebte, die den Plan schmieden, eine neue Welt zu gebären, die Legion zu verlassen und so einen Neu-beginn zu ermöglichen. Nur dass eine von ihnen ihr Gedächtnis ver-loren hat, während die andere das Wissen und die Schuld mit sich trägt, fest entschlossen, ihren Plan umzusetzen.

Zans Wissen reicht nur so weit wie die Informationen, die durch Jayd und später auch andere Personen mit ihr geteilt werden. Eine Kriegerin soll sie sein und für ihre Familie der Katazyrnas aufbrechen, um den Planeten Mokshi zu erobern.

Als Zans Versuch, die Mokshi einzunehmen, scheitert, führt ihr Weg sie zum Recycling und damit tief ins Innere der Welt. Nachdem sie dort den menschenfressenden Reclyclingmonstern entkommt, macht sie sich an den Aufstieg zurück an die Oberfläche, zurück zu Jayd. Auf ihrem Weg entdeckt sie, dass die Welt im Inneren aus vielen unterschiedlichen Ebenen besteht, auf denen Menschen in verschiedenen Gruppen leben, die mitunter vom Krieg auf der Ober-fläche völlig losgelöste Leben führen.

Und einfach alles wird recycled. Sei es durch Kannibalismus, Weiternutzung von Haut und Knochen als Baumaterial oder das Absorbieren organischen Materials durch die Welten-Wesen. All das kommt so selbstverständlich daher, dass es dem Horror den Schrecken nimmt.

Weil Zan das Essen der Toten mit dem gleichen Tonfall beschreibt wie die Kleidung der Dorfbewohnerinnen und die Flora um sie herum, werden diese Elemente eher Zeichen für unsere Fremdheit dieser Zivilisation gegenüber.

Ein fremd gewordenes Thema ist die Gebärfähigkeit. Durch die in der Legion alles umfassende Symbiose entstehen Schwangerschaften, wenn die Welt etwas braucht. Es werden organische Dinge geboren, wie zum Beispiel Zahnräder. Die Idee von natürlicher Mutterschaft wird auf den Kopf gestellt. Selten ist die Fähigkeit, einen Menschen oder sogar neue Planeten gebären zu können. Beides wird gebraucht werden, wenn der Plan die Legion zu retten Erfolg haben soll.

Kameron Hurley hat sich im Schreiben auf die Zukunft von Kriegen und Widerstandsbewegungen spezialisiert und schreibt mit ihren Figuren gegen gängige Rollenklischees an. In ihrem Essayband *The Geek Feminist Revolution* beschäftigt sie sich unter anderem mit der unsympathischen Hauptfigur, die ungleich abstoßender wahrgenommen wird, wenn sie weiblich ist. In diese Überlegung lässt sich *Der Sterne Zahl* einreihen, in dem sie kurzerhand die gesamten Besatzungen weiblich verortet. Die Frage, wie es möglich ist, eine weibliche Bösewicht ohne Klischees zu schreiben, erübrigt sich so auf charmante Weise. Es entstehen facettenreiche Charaktere, die Liebe und Brutalität, Loyalität und Misstrauen in sich vereinen.

Neben Zan begleitet Jayd die Lesenden durch die Handlung. Es braucht Geduld, ihrem steten inneren Monolog aus Selbstanklage und Motivation zu folgen. Es ist ein zähes Entschlüsseln der diversen Geheimnisse ihres (und Zans) Plans. Auf wessen Seite sie steht, ist nicht immer eindeutig. Hurley flechtet moralische Fragen als weitere Aushandlungsebene mit ein, was eine Person zu tun bereit ist für die Dinge, an die sie glaubt.

Mit *Der Sterne Zahl* kreiert Hurley eine Space Opera, die seltsam, abstoßend und faszinierend zugleich ist. Vor einer Kulisse aus Horror und Tod, Brutalität und Betrug entfaltet sich eine Erzählung über die

Hoffnung, weiterzumachen, einen eigenen Weg zu gehen und trotz allem sogar ein Happy End zu finden.

Ist es ihr bester Roman? Vielleicht nicht. Ist er bizarr und spannend zu lesen? Auf jeden Fall.

Nelo Locke

AIKI MIRA
TITANS KINDER
(Originalausgabe · 2022)
Roman · p.machinery · Paperback · 196 Seiten ·
auch als E-Book

Dürfen wir die Entstehung und Weiterentwicklung von (außerirdischem) Leben beschleunigen? Und wie verändert es uns, wenn wir uns auf ein Leben an einem außerirdischen Ort einlassen? Eine dreiköpfige Crew reist in Richtung Mars. Kurz vor der geplanten Ankunft erfährt Marlon, dass nicht der Mars ihr Ziel ist, sondern der Saturnmond Titan. Sie folgen einem Notruf, ausgesandt von der dreiköpfigen Forschungscrew auf dem Titan.

In den fünf Jahren der Hinreise formt die Crew, bestehend aus Marlon Khoury, Rain Seung und Sunita Dhar, eine Space-Symbiose. Auf Titan angekommen, lernen sie zunächst nur Verve Delacroix kennen – wo sind die anderen beiden Mitglieder der Crew?

Der erste Teil des Romans basiert auf der Novelle »Wir werden andere sein«, erschienen im Verlag für moderne Phantastik in der Sammlung *Eden im All* (Verlag für moderne Phantastik 2021). Die Novelle wurde für *Titans Kinder* bearbeitet und weitergeführt. Die Fortsetzung bildet den zweiten Teil des Romans. Dieser setzt drei Jahre nach der Landung auf Titan ein. Die Menschen haben sich inzwischen ein Leben dort aufgebaut. Da die Forschungscrew das Leben auf Titan nicht nur erkundet, sondern auch Einfluss auf die dortige Evolution genommen hat, hat sich das Leben dort weiterentwickelt. Die Figuren haben sich gewandelt, nicht nur charakterlich und in ihren Beziehungen zueinander, sogar genetisch hat eine Veränderung stattgefunden. Besucher kündigen sich an und sorgen für Konfliktstoff.

Titans Kinder besticht durch drei Besonderheiten:

Miras sprachliche Wagnisse machen das Lesen zu einem besonderen Erlebnis. Was man aus den großartigen Kurzgeschichten kennt, wird hier auf Romanlänge geboten.

Die Figuren sind plastisch und lebendig, allen voran Rain. Auch Marlon und Verve überzeugen in ihrer Vielschichtigkeit.

Mira zeigt komplexe und schwierige Gefühle gekonnt von innen. Um das zu ermöglichen, folgt der Roman unterschiedlichen Perspektiven. Mira schreibt großartig über Trauer, Angst, Liebe, Neid oder Mordlust.

Die asexuelle und nonbinäre Rain zeichnet sich durch Introvertiertheit aus, die sie durchbricht, wenn sie Angst hat oder etwas Wichtiges entdeckt hat. Im Umgang mit den anderen Figuren verhält sie sich feinfühlig, beispielsweise in Bezug auf Marlons Migräne-Attacken. Obwohl sie sich stark von Verve unterscheidet, toleriert sie auch diese wie sie ist. Selbst mütterliche Gefühle sind ihr nicht fremd.

Jede Figur in *Titans Kinder* verfolgt eigene Ziele, nichts wird seitens Autorx verurteilt, nur beschrieben. Außerdem schildert Mira die phantastische Welt des Titans und entwickelt Ideen zur dortigen Fauna weiter.

Der Roman hat keine Längen. Er bietet Spannung und Rätsel, gefährliche Momente und konträre Ziele durch die Romanfiguren, die für ausreichend Konfliktstoff sorgen.

Die Situation auf der Erde wird en passant beschrieben, wenn die Vergangenheit der Figuren zur Sprache kommt oder im zweiten Teil die Besucher auf Titan landen. Am Ende bietet Mira einen Einblick darin, was Identität in der Zukunft noch bedeuten könnte, und deutet an, wie wir flexibel bleiben könnten, um neuen Selbstverständnissen gegenüber aufgeschlossen gegenüberzutreten.

Miras Kurzprosa hat 2022 Aufsehen erregt, da drei von Miras im Jahr 2021 veröffentlichten Kurzgeschichten es auf die Shortlist des Kurd Laßwitz Preis (KLP) und des Deutschen Science Fiction Preises geschafft hatten und »Utopie-27« schließlich beide Titel holte.

Yvonne Tunnat

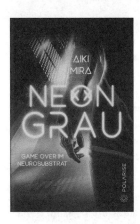

AIKI MIRA
NEONGRAU
(Originalausgabe • 2023)
Roman • Polarise • Paperback • 520 Seiten • auch als E-Book

Hamburger Autorx Aiki Mira sorgte mit mehreren Kurzgeschichten und der Mitherausgeberschaft einer Anthologie in den letzten Jahren für einiges Aufsehen. Für die Story »Utopie27« wurde Mira 2022 sowohl mit dem Kurd Laßwitz Preis als auch dem Deutschen Science Fiction Preis ausgezeichnet. Nach *Titans Kinder*, der 2022 bei p.machinery erschien, liegt nun mit *Neongrau* Aiki Miras zweiter, wesentlich umfangreicherer Roman bei Polarise vor.

Angesiedelt ist *Neongrau* in einem glaubhaft beschriebenen Hamburg des Jahres 2112. Durch ständiges Hochwasser und extreme Regenfälle sowie allerhand futuristische Technologien hat sich das Stadtbild der Metropole ziemlich geändert. Das Alltagsleben der zukünftigen Hamburger ist allerdings zumindest in wichtigen Teilen durchaus vergleichbar mit dem der heutigen. Miese Jobs und prekäre Wohnsituationen machen es einem Großteil der Bevölkerung nicht gerade leicht, sein Leben zu fristen.

Die Leserinnen und Leser erleben diese gleichzeitig faszinierende und düster-dystopische Zukunftsversion der Hansestadt durch die Augen der Jugendlichen Stuntboi und ELLL, die sich ineinander verlieben und schon alleine dadurch mit all jenen Problemen zu kämpfen haben, mit denen auch heutige Teenager oftmals konfrontiert werden.

Als wäre das nicht genug, bekommen sie es auch noch mit den Gefahren zu tun, die sich im Dunstkreis einer Gamerkultur auftun, welche sich in einem erst mal bizarr erscheinenden, letztlich aber realistisch anmutenden Rahmen abspielt. Nicht umsonst lautet der Untertitel des Romans »Game over im Neurosubstrat«! Als auch noch Terroristen ein VR-Gaming-Turnier ins Visier nehmen, wird es (nicht nur) für ELLL und Stuntboi mehr als eng …

Trotz des mit ca. 500 Seiten stattlichen Umfangs lässt *Neongrau* weder seinen Protagonisten noch seinen Leserinnen und Lesern viel Zeit zum Durchatmen. Dies liegt alleine schon daran, dass der Roman in etwa 80 kurze Kapitel gegliedert ist. Obwohl es Aiki Mira sehr gut gelingt, sämtliche Figuren des Romans lebensnah zu schildern, bleibt dann und wann die Frage nach der Motivation einzelner Charaktere etwas auf der Strecke. Allerdings kann das auch an der Rasanz des Geschehens in einigen Passagen liegen.

Sehr positiv fällt die Verwendung eines imaginären, gleichzeitig aber schlüssigen Slangs auf, der an *Clockwork Orange* erinnert, jedoch völlig andere Elemente aufweist und dankenswerterweise in einem Glossar näher erklärt wird.

Es würde mich schwer wundern, sollte *Neongrau* nicht auf den Nominierungslisten der einschlägigen Preise auftauchen, auf denen bereits einige andere Werke Aiki Miras zu finden waren!

Christian Hoffmann

ADA PALMER
DEM BLITZ ZU NAH
(Too Like the Lightning • 2012)
Roman • Panini • Paperback • 672 Seiten •
auch als E-Book
Übersetzt von Claudia Kern

»Würdest Du eine bessere Welt zerstören, um diese zu retten?« – Lassen Sie, liebin Leserin (sic!) das für einen Moment sacken. Spüren Sie dem Gedanken und seinen Implikationen nach. Sitzt Ihr Kopf noch an seinem Platz? Ich hoffe doch nicht. Sonst ist dieser Roman, diese Ungeheuerlichkeit, dieses Monster von einem Buch nichts für Sie. Denn Sie müssen sich darauf einlassen. Auf die Ideen, die Provokationen, die philosophischen Diskurse und vor allem auch auf die Person, die Ihnen hier eine Schilderung der Ereignisse aus dem Jahr 2454 vorträgt.

Mycroft Canner nennt sich der Erzähler, und er (wir nehmen an, er ist männlich) macht keinen Hehl daraus, dass er nicht unbedingt der zuverlässigste Erzähler ist. Bittet er doch gleich zu Anfang in einem Gebet an die Leser flehentlich um ein wenig Vertrauen. Und wer ihm (und natürlich Ada Palmer) dies für ein paar Dutzend Seiten schenkt, wird mit einem Roman belohnt, der aus Ihnen einen anderen Menschen machen wird.

Doch treten wir ein wenig zurück und versuchen etwas Ordnung in die Geschichte zu bringen, den gordischen Knoten also zu entwirren. Schluss jetzt mit den Anspielungen auf den phantastischen Stil von Ada Palmer.

Zunächst also die Welt. Sie ist ein Dorf geworden, denn dank dem MUKTA-Transportsystem ist eine Umrundung in vier Stunden möglich, jeder Ort also nur noch maximal zwei Stunden entfernt. Damit sind Nationen, einmal als willkürliche Konstrukte erkannt, obsolet geworden, und die Menschen haben sich gemäß ihren Überzeugungen und Werten zu neuen weltweiten Gruppierungen zusammengeschlossen. Hierfür hat sich der Begriff »Hive« (Bienenstock) etabliert, und es gibt insgesamt sieben dieser sozialen Zusammenschlüsse. Ihre Regierungsformen sind im Einzelnen: die flexible konstitutionelle Demokratie der Humanisten, der ehrenamtliche Vorstand und Vorschlagsbriefkasten der Cousins, die absolute Monarchie des Mauerer Imperiums, die Denkfabrik der Gordischen, die nationale parlamentarische Demokratie der Europäischen Union, die Aktionärsdemokratie von Mitsubishi und die Konstellationen der Utopianer.

Eine Geschlechtszugehörigkeit gibt es nicht mehr, alles Sexuelle ist aus der Kultur verbannt, die Sprache dementsprechend durchgehend geschlechtsneutral. Natürlich gibt es nach wie vor Romanzen, Liebschaften, Heiraten und Geschlechtsverkehr. Aber Familien im eigentlichen Sinne sind durch Wahlgemeinschaften, die »Bashs«, ersetzt worden. An die Stelle von Gefängnissen ist das Diensterinnen-System getreten. Schwerverbrecher tragen ihre Schuld an der Gemeinschaft ab, indem sie ihr Leben lang, völlig besitzlos, unbezahlte Arbeit verrichten. Dabei sind sie in ihrem Bedürfnis nach Kost und Logis auf das Wohlwollen ihrer momentanen Weisungsbefugten angewiesen. Religion ist nach einem weltweiten Kirchenkrieg endgültig geächtet und ihre Ausübung bei Höchststrafe verboten. An ihre Stelle ist das System der Sinnsagerinnen getreten: Personen, die in allen bekannten Religionen ausgebildet sind und in persönlichen Sitzungen den einzelnen Menschen in ihrer Suche nach Sinn und Transzendenz zur Seite stehen.

Denn die großen Fragen der Menschheit sind nach wie vor vorhanden, vielleicht sogar drängender denn je.

So weit also diese schöne neue Welt, in der endlich alle Menschen nach ihren Fähigkeiten und Bedürfnissen leben können. In der alles geregelt, reguliert und fein aufeinander abgestimmt ist.

Nun dann also zur Handlung. In dieser modernen, aufgeklärten, säkularen Welt begegnen wir gleich zu Anfang einem Jungen, der Wunder wirken kann. Der unbelebte Gegenständen, oder gar auch nur Zeichnungen, zum Leben erwecken und real werden lassen kann. Spielzeugsoldaten sind nach einer Berührung lebendig, ein Bild einer Ampulle wird zu real wirkender Medizin. Dieser Junge lebt im Saneer-Weeksbooth-Bash', jenem Bash', der für die reibungslose Koordinierung und Überwachung des weltweiten Hochgeschwindigkeitstransportsystems zuständig ist. Unser Ich-Erzähler, Mycroft Canner, ist auch dort zu Diensten und hat geschworen, diesen Jungen mit seinem Leben zu beschützen. Doch der mysteriöse Leak eines geheimen Dokuments lenkt die Aufmerksamkeit der verschiedenen Hives just auf diesen Bash' und Mycroft Canner wird in der Folge förmlich zerrissen in seinen Loyalitäten gegenüber seinen vielen, mächtigen Dienstgebern.

Denn – und das ist nur die erste von vielen Enthüllungen – Mycroft Canner geht bei den Mächtigen dieser Welt ein und aus. Er verfügt über profunde Kenntnisse über das, was diese Welt im Innersten zusammenhält. Das ist in diesem fein austarierten Machtgefüge nicht sonderlich viel. Und so gewährt Mycroft Canner uns immer tiefere und Schrecken erregende Einblicke in diese Welt, die uns doch am Anfang so wunderbar und utopisch erschien. Was für ein hinterlistiger Erzähler – dessen eigene Verbrechen uns mit Grauen und Entsetzen erfüllen werden, sobald er sie uns dramaturgisch perfekt platziert enthüllt. Nicht dass Mycroft Canner uns nicht gewarnt hätte.

Nun zur Autorin. Ada Palmer ist (auch) Professorin für Geschichte mit dem Schwerpunkt italienische Renaissance. Der Roman ist geprägt von ihrem unerschütterlichen Glauben an die Kraft der Aufklärung. Im Nachwort gesteht Ada Palmer, dass sie ihre Stimme dem »Großen Gespräch« hinzufügen wollte, um »Diderot, Voltaire, Osamu Tezuka und Alfred Bester zu antworten«. Diese Namensliste spricht übrigens Bände. Wir können nur dankbar sein, dass sie es getan hat und wir ihre Stimme hier in der wunderbaren Übersetzung von Claudia Kern vernehmen können. Ada Palmer hat sich hiermit in den Olymp der ganz Großen des Genres, ach was, der Weltliteratur geschrieben. Aber Vorsicht: Dieser Roman mutet Ihnen einiges zu und verlangt Ihnen alles ab. Er ist geeignet, Sie, liebin Lesernin, in Ihren Überzeugungen und Grundfesten zu erschüttern. Aber das ist in den seltsamen Zeiten, in denen wir leben, vielleicht nötiger denn je.

Letzter Hinweis. *Dem Blitz zu nah* ist der erste Teil der TERRA IGNOTA-Serie, die aus insgesamt vier Büchern bzw. zwei Doppelromanen besteht.

Stoffel

LENA RICHTER
DIES IST MEIN LETZTES LIED
(Originalausgabe • 2023)
Novelle • Verlag ohneohren • Taschenbuch • 144 Seiten

Eine gute Novelle ist wie ein Wochen-endurlaub. Es ist wunderschön, sich für einen Moment völlig fallen zu lassen, ganz was anderes zu erleben und doch recht schnell wieder im Alltag anzukommen. Anschließend stellt sich meistens die Frage, warum man das nicht öfter macht.

Lena Richters Novelle ist perfekt für einen solchen Ausflug. Es gelingt ihr hervorragend die Lesenden direkt abtauchen zu lassen und mit ihnen mitten in der Geschichte zu landen. Sprachlich sehr gelungen, bindet die Autorin in ihrem Roman viele verschiedene Pronomen als selbstverständlichen Teil der Sprache in die Geschichte ein. Sie kreiert so wie nebenbei einen futuristischen Raum, eine in die Zukunft projizierte Variante aktueller sprachpolitischer Debatten.

Das Buch beginnt am Schluss, mit dem Ende direkt zum Auftakt. Das funktioniert deshalb so gut, weil es über das wirkliche Ende noch gar nicht so viel verrät, außer dass es eines geben wird. Und dann beginnt die Reise von vorne. Durch 9 Stationen begleiten wir Qui – »one song at a time«.

Qui lebt auf einem Planeten, der von kapitalistischen Konzern-strukturen völlig durchdrungen ist. In Krankenhäusern der Koope-ration geboren, in den firmeneigenen Wohnungen aufgewachsen, im Shopping-Center die Freizeit verbracht – so sieht Quis Leben aus, bis eines Tages ein Klavier alles verändert. Genauer gesagt, das Lied, das Qui darauf spielt. Und eine grüne Metalltür, die aus dem Nichts erscheint.

So beginnt Quis Reise. Sie führt zu verschiedenen Planeten, ganz unterschiedlichen Orten und zu Begegnungen mit Fremden, die zu Vertrauten werden. Nach Kexxil, einem kleine Planeten ganz am Rand der Galaxis, auf dem ein scheinbar immerwährender Krieg tobt. Auf einen KyroFrachter, voller Lebensformen in Kryostase und einer Crew aus nur fünf Menschen an Bord, die sie überwachen. Als Nächs-tes nach Yular, einem Planeten voller versteckter Schönheit und überzogen mit Industrie und Megastädten, der einer Katastrophe entgegensteuert. Um anschließend in eine scheinbar digitale Cloud-Welt einzutauchen. Als Nächstes strandet Qui im wahrsten Sinne des Wortes auf einem Planeten reiner Natur. Auf Tzrilic verweilt es sich anschließend schon fast wie in einem normalen Alltag. Und führt danach zum letzten Lied auf Lekkoka, einem der reichsten Orte der Galaxien, einem Ort der Musik. In jeder dieser Stationen wird Qui mit neuen Herausforderungen konfrontiert.

Lena Richter gelingt es, in kurzen Kapiteln ganze Welten zu erschaffen. Jede Welt mit einer eigenen Stimmung. Jede mit einer neue Situation, in die Qui sich einfinden muss. Von der Freude über die Schönheit in den kleinen Dingen über die Hilflosigkeit, nicht helfen zu können, über das unerwartete Lieben. Rundherum eine packende und emotionale Reise. Dies ist Lena Richters erste Novelle, und so steht am Ende die Hoffnung, dass sie neben ihrer Arbeit an dem QUEER*WELTEN-Magazin und dem Genderswapped-Podcast von nun an weiterhin Bücher veröffentlicht.

Nelo Locke

CLEMENS J. SETZ
MONDE VOR DER LANDUNG
(Originalausgabe • 2023)
Roman • Suhrkamp • Hardcover • 519 Seiten

Der Roman *Monde vor der Landung* basiert auf der außergewöhnlichen Lebensgeschichte von Peter Bender. Weil der Protagonist den meisten Lesern völlig unbekannt sein dürfte, möchte ich an dieser Stelle eine kurze Zusammenfassung seiner Lebensdaten liefern:

»Peter Bender wurde am 30. Mai 1893 in Bechtheim geboren. Nach dem Abitur in Worms meldete er sich 1914 als Kriegsfreiwilliger und wurde Fliegerleutnant. 1917 heiratete er in Liegnitz Charlotte Asch, die aus einer jüdischen Apothekerfamilie stammte. Das Paar zog nach Worms. Im November 1918 wurde Bender Vorsitzender des Arbeiter- und Soldatenrats. Sohn Gerhard und Tochter Maria kamen zur Welt. 1919 gründete er mit der »Wormser Menschengemeinde« eine Religionsgemeinschaft. Bender engagierte sich für die Freiwirtschaftslehre Silvio Gesells, schrieb für die Wormser Volkszeitung und erstellte Horoskope. 1927 erschien sein einziger Roman. 1935 verzog die Familie nach Frankfurt, wo sich Bender verstärkt mit der Hohlwelttheorie beschäftigte. Wegen Kritik an der NS-Diktatur wurde er im März 1943 denunziert und verhaftet. Am 4. Februar 1944 verstarb er im KZ Mauthausen. Seine Frau Charlotte wurde im März 1944 ins KZ Auschwitz deportiert und nach dem Krieg für tot erklärt. Die beiden Kinder überlebten.« (Quelle: Worms Verlag, https://wormsverlag.de/bender-peter-m-53133.html)

Die Thesen zur Hohlwelttheorie fallen ebenfalls nicht unter das gängige Allgemeinwissen. Damit meine nachfolgenden Ausführungen eine Grundlage bekommen, möchte ich diesbezüglich eine kurze Zusammenfassung geben: Die verbreitete Ansicht, dass die Erde eine Kugel ist, trifft nicht zu, denn die wissenschaftlichen Fakten werden falsch interpretiert. Gemäß der Hohlwelttheorie leben wir nicht auf einer Kugel, sondern in einer Kugel. Dieses Weltbild wurde erstmals 1870 von dem Amerikaner Cyrus Reed Teed entwickelt. Die wesentlichen Punkte zur Hohlwelttheorie erschließen sich aus der Lektüre des Buches. Natürlich kann man sie auch bei Wikipedia oder an anderer Stelle ausführlich nachlesen.

Die Handlung des Romans *Monde vor der Landung* setzt ein zu Beginn der 20er-Jahre, als Peter Bender einen seiner ersten Vorträge zur Hohlwelttheorie hält. Wir lernen einen durch und durch exzentrischen Menschen kennen, der von seiner Weltsicht so fest überzeugt ist, dass er sie auch anderen Menschen vermitteln kann und will. Mit und durch Peter Bender lernen wir also die schillernde Figur eines »Querdenkers« kennen, und wir treten ein in die Innenwelt eines exzentrischen Menschen.

Der Hauptstrom des Buches wird linear erzählt, frühere Lebensabschnitte des Protagonisten erscheinen in zahlreichen Rückblenden, sie werden quasi in den Hauptstrom eingeflochten.

Im Ergebnis lesen wir eine in sich schlüssige Lebensgeschichte. Das bürgerliche Idyll kann nicht darüber hinwegtäuschen, dass wir es hier mit einem Fall von grassierender Esoterik zu tun haben. Bender ist ein begnadeter Rhetoriker, so gelingt es ihm oft im Handstreich, andere Menschen von seiner Weitsicht zu überzeugen. Faszination und Grauen gehen hier Hand in Hand. Über die Individualgeschichte von Peter Bender in der Zeitspanne von ca. 1915 bis ca. 1943 entfaltet sich ein breites Panorama deutscher Sozial- und politischer Geschichte. Wir durchleben mit Peter Bender alle prägenden Phasen dieser Zeitepoche.

Clemens J. Setz sagte in einem Interview, die Recherche für den Roman wäre sehr aufwendig gewesen. Diesen Aufwand spürt man an jeder Ecke, *Monde vor der Landung* ist ein vielschichtig und akribisch erzähltes Werk. Der Autor entwirft detaillierte Charakterbilder über alle Figuren hinweg, was die Handlung sehr glaubwürdig macht.

Den Roman *Monde vor der Landung* habe ich als einen faszinierenden und vielschichtigen Roman gelesen, grandios erzählt und rundum gelungen. Das Buch erzählt uns davon, was einen Menschen im Inneren antreibt. Das Buch erzählt uns weiterhin davon, wie ein Mensch das wird, was er ist. Und das Buch erzählt uns davon, was seine Potenziale gewesen wären und wie das wirkliche Leben verlief. Die Tiefe und Intensität des Gelesenen sehe ich als einen großen persönlichen Gewinn an, die Lektüre habe ich als einen ganz außergewöhnlichen Glücksfall empfunden.

Ralf Lorenz

NEAL SHUSTERMAN

GAME CHANGER – ES GIBT UNENDLICH VIELE MÖGLICHKEITEN, ALLES FALSCH ZU MACHEN

(Game Changer • 2021)

Roman • FISCHER Sauerländer • Hardcover • 416 Seiten • auch als E-Book und Hörbuch

Aus dem amerikanischen Englisch von Kristian Lutze, Pauline Kurbasik und Andreas Helweg

Der hinzugefügte deutsche Untertitel des Buches ist irreführend. Es handelt sich eben nicht um ein Jugendbuch über einen typischen Teenager, der in altersüblicher Unsicherheit permanent in Fettnäpfchen tritt (in den Augen der anderen) oder verpassten Chancen in seinem noch recht jungen Leben nachtrauert. Ein ebenso umständlicher Untertitel müsste eigentlich heißen: »Es gibt viele Möglichkeiten, vieles in verschiedener Hinsicht richtig(er) zu machen«. Und Shusterman spannt sein erzählerisches Universum dazu sehr weit auf. Er ist als Autor viel zu versiert, als dass er sich mit banalen Jugendproblemen begnügen würde.

Shusterman lässt seine männliche Hauptfigur, den 17-jährigen Ashley Bowman, zum »Mittelpunkt« des Universums werden. Der Vorgang, der zu diesem nicht unbedingt beneidenswerten Zustand führt, ist das Ergebnis eines Zusammenstoßes von Ashley mit einem anderen Spieler beim American Football. Wohl die schwächste Idee des Buches. Mit diesem Manöver – Kunstgriff ist ein zu großes Wort – gestaltet Shusterman eine unterhaltsame Variante der Alternativgeschichte. Genau genommen sind es verschiedene Multiversen, die über Ashley in Verbindung stehen. Nach jedem erneuten, absichtlich herbeigeführten Zusammenprall findet sich Ashley in einem anderen Strang der Gegenwart wieder. In einem ist das Verhältnis zu Hunter, seinem Bruder, besser, aber er muss feststellen, dass er einen One-Night-Stand mit Angela hatte, der Schwester seines besten Freundes Leo (dieser ist ein Schwarzer, was zu Problemen führt in einem Strang, in dem rassistische Einstellungen die Gesellschaft weitaus stärker dominieren und Leo keine höhere Schule besuchen kann). Weitere Verwicklungen gibt es mit seiner Freundin

Katie. Hinzu kommt der Widersacher Layton. Norris ist in der Clique wohl derjenige mit dem Fettnäpfchen-Problem. Ashley behält Erinnerungen an jede der besuchten Welten, und das gilt auch für Menschen in seiner Nähe. Den Unfall mit dem Universum, der Ashley zum Störfaktor gemacht hat, haben die Edwards beobachtet, »multidimensionale Wesen«, die mit ihrem »Quanten-Interdimensions-Recherche-Tool« versuchen einzugreifen. Denn die Aussichten sind für Ashley nicht rosig. Wenn die Situation nicht bereinigt wird, kann sogar der ganze Planet vernichtet werden.

Das Buch ist gut gemacht und Zeitgeist-kompatibel. Das Thema der Diversität wird geschickt umgesetzt, auch wenn ein Beigeschmack der Anbiederung bleibt. Der ein oder andere Leser wird schon ahnen, welche Identitätswechsel Ashley in unterschiedlichen Realitätslinien erleben muss. Da bleibt es nicht dabei, dass er zum Dealer wird und seine Klassenlage sich verbessert (scheinbar). Shusterman gestaltet die Rahmenbedingungen nach den Erfordernissen der Alternativgeschichte, mit drastischen oder auch subtilen Veränderungen zur Ausgangswelt. In der stärker rassistisch geprägten Welt ist zum Beispiel die Agrarindustrie zusammengebrochen, da keine Wanderarbeiter mehr ins Land durften. In einer anderen Welt ist ein Bartholomäus-Evangelium geschrieben worden oder es hat eine Flüchtlingskrise in Island gegeben. Jugendbuch-kompatibel ist der zuweilen schnoddrige Ton, mit dem auch ernste Themen abgehandelt werden (»Ich würde die Dinge nie wirklich von seinem Standpunkt aus sehen können. Doch zumindest war ich kein Spreader mehr in dieser Ignoranzepidemie.«).

Es überrascht nicht, dass eine Netflix-Verfilmung vorbereitet wird, und man darf gespannt sein, wie die spektakulären Identitätswechsel visuell gestaltet werden. Der Held nimmt alle seine Erfahrungen, die er in den verschiedenen Alternativsträngen gemacht hat, mit in die Ausgangsrealität und ist fortan ein besserer Mensch. Der Sinn ist die Einübung in Perspektivwechsel zum Zwecke moralischer Läuterung. Die Anlage des Buches erinnert an eine Aussage des chilenischen Künstlers Alejandro Jodorowsky: »One cannot tackle reality without developing the imagination from multiple angles«. Das ist Shusterman gelungen, auch wenn er mit seinen Erschütterungen der Realität eher auf individueller Ebene bleibt. An radikale philosophische Neuinterpretationen der Wirklichkeit traut er sich nicht heran. Was hätten Jodorowsky oder ein Philip K. Dick wohl aus diesem Stoff gemacht?

Wolfgang Neuhaus

ERIK SIMON (Hrsg.)

ZEITGESTRÜPP ODER DIE RÄDER VON HIMMEL UND ERDE
PHANTASTISCHE GESCHICHTEN ÜBER PHANTASTISCHE GESCHICHTE
(Originalausgabe • 2023)
Anthologie • Verlag Torsten Low • Taschenbuch • 384 Seiten

In den Zeiten »alternativer Fakten« ist es wohltuend zu wissen, dass der Herausgeber für diese Sammlung gezielt Beschreibungen zusammengetragen hat, die nicht immer dem bekannten Verlauf der Geschichte folgen. Hier wird der Leser nicht mit Verschwörungserzählungen in die Irre geführt, es soll ihm Vergnügen mit Versionen unserer Geschichte bereitet werden. Der Autor, Übersetzer und Herausgeber Erik Simon versammelt in dieser Anthologie insgesamt 18 Autoren aus sieben Ländern, die uns 17 Versionen der Vergangenheit präsentieren. Die Schlacht im Teutoburger Wald hätte auch anders verlaufen können, ebenso Hannibals Feldzug gegen Rom. Die hier beleuchteten Perioden von der Steinzeit über das Griechische und Römische Reich bis in die nahe Gegenwart sind z.T. gut in ihrem tatsächlichen Verlauf belegt. Aber es bleibt Raum für ein bisschen Spekulation.

Und so spekulieren Angela und Karlheinz Steinmüller in der titelgebenden Geschichte »Die Räder von Himmel und Erde« darüber, in welcher antiken Werkstatt das seltsame Objekt, das Schwammtaucher vor über einhundert Jahren (tatsächlich!) aus dem Mittelmeer fischten, wohl entstanden sein mag. In Form eines fiktiven Briefwechsels bringen sie uns die Geheimnisse des »Mechanismus von Antikythera« näher. Es mutet schon wie Industriespionage an, wenn der junge Protagonist Charakis seinem Onkel berichtet, wie er sich Zugang zur und dann Vertrauen in der Werkstatt des Meisters

Philon verschafft. Und wir erfahren ein bisschen über die Mechanik dieser astronomischen Uhr, die vor bereits 2000 Jahren über Zahnräder, Kurbeln, Skalen und Drehscheiben Verläufe am Firmament, insbesondere von Sonne und Mond, darstellen konnte. Aber auch der Vertrieb billiger Kopien und verkaufsschädigender Plagiate im Mittelmeerraum zu jener Zeit wird thematisiert.

Eine ganze Gruppe von Erzählungen widmet sich den geringfügigen historischen Verschiebungen an einem sogenannten Divergenzpunkt, die einen großen Effekt auf die weitere Entwicklung hatten. Der im Rückblick scheinbar lineare Verlauf der Geschichte weist bei genauerer Betrachtung durchaus Knicke und abzweigende Pfade auf. So wird bei Olaf Henkel in »Zu der Zeit, als Varus Landpfleger in Syrien war« nicht Varus, sondern Quirinius an die Front in Germanien beordert. Der erfahrene Soldat kennt manche Finte und hat aus Verrat und Niederlagen gelernt. Seine Versetzung nach Germanien hat er der Missgunst des jungen Konsuls Gaius Caesar zu verdanken, dem er einst widersprach, ihm zwar so das Leben rettete, aber eben auch dessen Eitelkeit als designierter Nachfolger von Kaiser Augustus verletzte. Statt seiner residiert Varus weiterhin in Syrien und Quirinius muss sich mit den widerspenstigen Germanen herumplagen. Dabei gelingt es dem erfahrenen Feldherren, der Geschichte einen anderen Verlauf zu geben. Aber ist er in Rom jetzt wieder willkommen? Oder bleibt er in der kalten, aufmüpfigen Provinz?

Das tatsächliche Schicksal der hier und in den folgenden kontrafaktischen Geschichten handelnden Protagonisten soll an dieser Stelle nicht beleuchtet werden – es bleibt dem interessierten Leser überlassen, diese nachzuverfolgen. Damit bleibt Raum für die Reflexion der eigenen Geschichte, der verpassten Möglichkeiten und der genutzten Chancen in den vergangenen 2000 Jahren.

Wie in der Geschichte von Hannibal. Gibt es eine Alternative zum Feldzug mit Elefanten über die Alpen gen Rom? Ja, in der Erzählung von Tais Teng »Des Archimedes Patenkind«. Denn das Patenkind ist eben jener Hannibal. Geniale Kriegsmaschinen des Archimedes und andere, sehr frühe Erfindungen sowie Hannibals taktisches Geschick machen es möglich, auf anderem Weg vor die Tore Roms zu ziehen. Aber am Ende erleidet Karthago doch das uns bekannte Schicksal. Und die Leiche des Archimedes wurde nie gefunden. Hier machte die Geschichte also eine Abzweigung, kehrte dann aber auf den uns überlieferten Pfad zurück. Wie dieser Pfad verläuft, ist spannend zu lesen.

Kann man mit Zeitreisen in die Vergangenheit unsere Geschichte ändern? Hierüber gibt es unterschiedliche Ansichten. Und damit Raum für Geschichten. Wie die von Heidrun Jänchen. Die Autorin und Herausgeberin beleuchtet in »Thors Hammer« ein ziemlich explosives Ereignis vor über hundert Jahren, ausgelöst durch einen Zeitreisenden. Am Zentrum für Chronophysik in Dresden-Rossendorf arbeitet man an einem Chronoportor. Die Wissenschaftler sind genervt vom Führer Otto Vogt, seiner Deutsch-Nationalen Partei und den Militärs. Einer von ihnen reist zurück ins Jahr 1919, um dort in die Geschichte einzugreifen. Das gelingt ihm auch tatsächlich, sein Eingriff hat den Verlauf der Zukunft verändert. Nun ist aber mit der geänderten Geschichte auch der Chronoportor nicht erfunden worden, er bleibt somit in der Vergangenheit gefangen. Fängt hier Geschichte noch einmal von vorne an?

Eine lustige Erzählung zum Thema Zeitreisen liefert der russische Autor Jewgeni Lukin. Er fragt sich in »Und kein ferner Donner«, ob Zeitreisende eigentlich die Vergangenheit beeinflussen. Oder müssten nicht Geschichtsbücher endlich korrekt geschrieben werden, damit sich Zeitreisende nicht in Zeit und Ort verirren? Damit liefert er nebenbei einen nachdenkenswerten Hinweis auf das Verhältnis von Geschichte und Geschichtsschreibung.

Um ein ganz anderes Erlebnis geht es in Tais Tengs Geschichte »Drei Schnappschüsse von Utopia«. Diese Story ist schon dreißig Jahre alt, für diese Ausgabe wurde sie geringfügig aktualisiert. Aber sie hat nichts von ihrer Brisanz und Aktualität verloren, sie ließ mich mit einer Gänsehaut zurück. Eine junge Ingenieurin lebt mit ihrem Mann und den Kindern in Dakar. Im Rahmen eines UNESCO-Projekts erproben sie Methoden zur Wassergewinnung am Rande der Sahelzone. Wie kann man die Wüste wieder fruchtbar und bewohnbar machen? Sie entwickeln und testen verschiedene Taufallen, die einst in größerer Dimension dieses Ziel verwirklichen sollen. Als ihr ein Polymer angeboten wird, das die Funktion einer Miniwärmepumpe besitzt, erkennt sie das Potenzial für eine leistungsfähige Taufalle. Mit weiteren Komponenten, wie Solarzellen und Material mit Formgedächtniseffekt, ergänzt sie die Folie zu einem autarken System. Damit will sie ihren Mann überraschen, der sich seit zwei Monaten bereits zu Tests in der Wüste befindet. Vorher schneidert sie sich aus dem neuen Material noch einen kühlenden Wüstenanzug, denn die letzte Etappe muss sie mit einem Mietwagen zurücklegen. Auf der Fahrt ins Lager taucht plötzlich eine Figur am Rand ihrer Piste auf: ein junger Mann, die Sonnenstrahlung hat seine unbedeckten Arme und sein Gesicht bereits völlig verbrannt. Sie päppelt den Jungen im Schatten des Jeeps etwas auf und erlebt eine weitere Überraschung: Der Junge kommt mithilfe eines »Verlagerers« aus einer Parallelwelt. Was sie dann erfährt, stellt sie vor eine Gewissensfrage.

Nun schreiben manche Autoren nicht nur zu unserer Erbauung, nein, sie halten uns gelegentlich auch einen Spiegel vor. Oder ein Gerät, das aus Weiß Schwarz macht, etwas invertiert. Die eine Inversionsgeschichte ist von Pesach Amnuel. Der israelische Autor schafft in »Rom um vierzehn Uhr« eine verkehrte Welt, in der die Römer aus der Diaspora nach Italien zurückkehren und die dort lebenden Juden mit dem Anspruch auf Geschichte und historisches Heimatland verdrängen. Es entwickelt sich eine gewalttätige Auseinandersetzung um alte Rechte. Ein friedliches Mit- und Nebeneinander scheint nicht möglich. Ich frage mich, ob der Autor in Israel als Nestbeschmutzer gesehen wird.

Die zweite Inversionsgeschichte, »Jahans Problem« von dem bulgarischen Autor Georgi Malinow, behandelt den Konflikt zwischen dem Islam und Westeuropa. Allerdings in umgekehrter Konstellation: Irgendeine Schlacht auf dem Amselfeld oder vor Wien wurde gewonnen, seitdem ist die islamische Welt die führende politische, wirtschaftliche und kulturelle Macht auf der Welt. Flüchtlingsströme aus dem verarmten Westeuropa drängen über das Mittelmeer oder Bulgarien in die Islamische Union. Die Bilder gekenterter Flüchtlingsboote gehen um die Welt. Christliche Fanatiker versuchen, die muslimische Lebensweise zu destabilisieren. In Sofia treffen sich zwei alte Freunde auf einen Kaffee. Der eine, Jahan, ist Mitglied des Obersten Rates der Islamischen Union und Vorsitzender der Kommission für Flüchtlingsfragen, der andere sein Studienkollege Dimiter, ein Autor und Philosoph. Was sie trennt, ist ihr Glaube, Dimiter ist Christ. Jahan arbeitet an einer radikalen Lösung, um die Flüchtlingsströme endgültig zu stoppen. Seinem Freund gegenüber macht er Andeutungen. Wie nimmt Dimiter diese Pläne auf? Gibt es eine Chance, mit Jahan diese neue Festungsmauer um die Union zu verhindern?

Nicht alle 17 Storys können hier betrachtet werden. Aber in Summe wird diese Sammlung ausgewählter Geschichten über Geschichte sehr empfohlen, zur Unterhaltung – und zum Nachdenken über unsere Zeit.

In diesem Zusammenhang soll noch eine Kuriosität erwähnt werden: Es gibt Versuche, solch spekulative, kontrafaktische Geschichten, die meist in literarischer Form daherkommen, als Zweig der seriösen Geschichtswissenschaft zu etablieren. So meinte der konservative Alt-Historiker Alexander Demandt in seinem Buch »Es hätte auch anders kommen können« (2010): »Eine Treppe, die aufwärts führt, lässt sich auch abwärts begehen. […] Daher haben Erwägungen über kontrafaktische Geschichte in der Wissenschaft Daseinsrecht.« Der britische Historiker Niall Ferguson schrieb 1997, dies sei ein legitimes Mittel der Geschichtswissenschaft. Die Anthologie eröffnet Historikern die Möglichkeit, diese These zu hinterfragen.

Wolfgang Both

SIMON STÅLENHAG
DAS LABYRINTH
(Labyrinthen • 2020)
Illustrierter Roman • FISCHER Tor •
Halbleinen • 152 Seiten
Deutsch von Stefan Pluschkat

Eine von rätselhaften Objekten vergiftete Erde, eine unterirdische Stadt und schließlich die fatal verlaufende Exkursion zu einem verlassenen Stützpunkt – das sind die klassisch anmutenden Elemente, die Simon Stålenhag in seiner bislang düstersten Geschichte gekonnt zusammenfügt. Unterstützt von den wie immer meisterhaft ausgeführten Grafiken, entwirft der schwedische Designer (Jg. 1984) ein beeindruckendes Drama um kollektive Schuld und individuelle Sühne.

Das Szenario ist angemessen finster. Die »Schwarzen Sphären« kamen aus dem Nichts, und lange schien es so, als handele es sich lediglich um ein unerforschtes kosmisches Phänomen. Doch als die mysteriösen Kugeln begannen, die irdische Atmosphäre mit Toxinen zu fluten, wurde die Absichtlichkeit ihres Tuns ebenso deutlich wie das menschliche Unvermögen, etwas dagegen zu unternehmen. Der nachfolgende Zusammenbruch der Zivilisation erwies sich als unausweichlich. Doch während ringsum die Gesellschaft kollabierte, konnten im unterirdischen Kungshall zumindest einige zehntausend Menschen gerettet werden.

Jahre später tastet sich ein Geländefahrzeug durch die graugrün verhangene Landschaft voller riesiger neuer Pflanzenarten. An Bord sind das Geschwisterpaar Sigrid und Matte sowie der Waisenjunge Charlie, der kaum spricht und sich eigentlich nur für Computerspiele interessiert; ihr Ziel ist der verlassene Außenposten Granhammar, der routinemäßig angefahren wird, um wissenschaftliche Daten zu erheben. Doch in den leeren Räumen beginnt Charlie, ein seltsames Verhalten an den Tag zu legen. Ganz offenkundig weiß er von jenem Geheimnis, um das die Einwohner von Kungshall einen großen Bogen machen, weil es mit dem Verlust ihrer Humanität zu tun hat. Charlie geht es allerdings auch um seinen toten Bruder, wie Matte zu spüren bekommt, als die Tragödie ihren Lauf nimmt.

Post-Doomsday-Szenarien wirken in einer Zeit allgegenwärtiger realer Katastrophen bisweilen ein wenig altbacken. Dass es Stålenhag gelingt, diesem überstrapazierten Themenkreis eine neue Variante abzugewinnen, liegt daran, dass er das zivilisatorische Versagen auf drei Personen reduziert und damit greifbar macht. Genau genommen handelt es sich um ein Kammerspiel. Zudem besticht *Das Labyrinth* – vom abgegriffenen Titel einmal abgesehen – nicht nur durch originelle Ideen und spannende Handlungsführung; das Buch überzeugt auch dank seiner durchdachten Erzählweise, mit der sich der Verfasser erneut als Autor profiliert, der seine Stoffe mit Kreativität und Intelligenz umsetzt. Dazu kommt der umwerfende Eindruck der großformatigen Bildbeigaben, die den Roman keineswegs bloß illustrieren, sondern eigenständig um wichtige Aspekte ergänzen. Nicht der Text erzählt die Geschichte, sondern dessen Zusammenspiel mit den Farbtafeln. Dabei fällt auf, dass sich der Stil des Künstlers immer mehr in Richtung Hyperrealismus verschiebt und comicartige Bewegungssequenzen eingeschoben werden.

Allerdings: Die hohe Taktung an faszinierenden visuellen Einfällen, die Stålenhags Meisterwerk *The Electric State* (siehe *Das Science*

Fiction Jahr 2020) auszeichnet, wird in *Das Labyrinth* nicht erreicht. Schon aufgrund der verdüsterten Umwelt und der klaustrophobisch wirkenden Räumlichkeiten gibt es diesmal entschieden weniger zu sehen, was einerseits schade, andererseits aber auch konsequent ist. Positiv muss hingegen hervorgehoben werden, dass der Verlag den hohen Fertigungsstandard der bisherigen drei Stålenhag-Bände – neben *The Electric State* sind noch *Tales from the Loop* und *Things from the Flood* erschienen – bewahren konnte, sodass man erneut ein hochwertiges Buch in Händen hält. Und: Das nächste Projekt mit dem Titel *Europa Mekano* wurde vom Künstler bereits angekündigt.

Kai U. Jürgens

ANGELA UND KARLHEINZ STEINMÜLLER
COMPUTERDÄMMERUNG.
PHANTASTISCHE ERZÄHLUNGEN
(Werke in Einzelausgaben Bd. 6 •
Herausgegeben von Erik Simon)
Erzählungsband • Memoranda • Softcover •
310 Seiten • auch als E-Book

Mit dem sechsten Band der Steinmüller'schen Werke in Einzelausgaben legt der Memoranda Verlag nun bereits das zwölfte Buch der Autoren vor. Im Fokus stehen phantastische Erzählungen, allesamt SF-nah und einen weiten Zeitraum umfassend. Die frühesten veröffentlichten Texte datieren auf das Jahr 1979, weitere relevante Zeitmarken sind die Jahre 1984 und 1999; die letzten Arbeiten stammen aus dem Jahr 2010. Zugleich decken die beiden Autor*innen, deren utopischer DDR-SF Roman *Andymon* von 1982 heute noch nachgedruckt wird und völlig zu Recht als einer der entscheidenden Klassiker deutschsprachiger SF gilt, in ihren Erzählungen auch inhaltlich ein großes Feld ab. Neben Androiden und KIs geht es um historische Parallelwelten, Hacker, Erdtaucherinnen, Wolkenläufer, elektrische Entladungen generierende Programmiererinnen, Menschen, deren Bewusstsein in Affen übertragen wird, Cyberbrillen in München und anderes. Dabei herrscht zumeist ein dystopischer Ton vor, während gleichzeitig das gute/schlechte alte Individuum als Erzählinstanz im Zentrum der Aufmerksamkeit steht. Die SF-Elemente der Storys wiederum oszillieren zwischen Technik als Metapher für gesellschaftliche Prozesse und den gesellschaftlichen Erfahrungen, die durch neue Techniken metaphorisch eröffnet werden.

Auffällig an den hier versammelten Storys erscheint dem 1979 geborenen Autor dieser Rezension 2023 insbesondere die Stilistik. Die geschilderten, vorwiegend deutsch-codierten Lebenswelten sowie das genutzte Vokabular wirken zumeist kleinbürgerlich: Da »süffelt« ein Hauptcharakter Tee, Frau Linke wünscht sich ein »Schwätzchen«, Beziehungen sind gerne mal unangenehm vertraulich oder Musterfälle von Entfremdung, im behäbigen Horizont des eigenen Wohlstandsjargons wird dies und das getan und so weiter. Angela und Karlheinz Steinmüller kontrastieren dieses von ihnen oft überzeichnete und karikierte Milieu, das hier uralt, geradezu geologischvorzeitlich erscheint, mit der beschleunigten, immer schon rasant verrinnenden Aktualität der Sprachen und Begriffe technischer Innovationen. Das Ergebnis ist eine irritierende Mischung von Tonfällen, Lebens- und Sprechweisen sowie technisch-organisatorischen Diskursen und Objekten – Cyberware, Brainmails und Atomantriebe. Kurz: Elemente von High Tech treffen auf das reale, emotionale sowie sprachliche Interieur des kartoffeldeutschen Mittagstisches. Das geht nicht immer umstandslos auf und sorgt für eine sich durchziehende Eigenwilligkeit der Texte. Was auf den ersten Blick als »Bug« gedeutet werden könnte, erweist sich jedoch im Laufe des Sammelbandes zunehmend als Feature und Qualität: Die stilistische Inkongruenz bzw. Spannung ist die Signatur einer in sich differenten historischästhetischen Erfahrungsmasse der hier versammelten Texte mit ihren Collagen von Lebensformen, Technologien, Plots, Zeiten und Zeitlichkeiten.

Apropos Zeit und Zeitlichkeit: Von Heiner Müller stammt der Ausspruch, die Berliner Mauer sei auch eine Zeitmauer gewesen. Was geschieht, wenn eine solche reale oder imaginäre Mauer Risse bekommt, zeigen die in diesem Band versammelten Zwischenzeittexte, in denen sich die Erfahrungen der Vor-, Während- und Nachwendezeit narrativ-metaphorisch verdichten und die vorgeblich festen Böden der Erfahrung sich auflösen. Da sinken Pilotinnen und Forscher auf der Flucht vor dem Kapital durch den Erdboden

(»Sturz nach Atlantis« von 1984), während in entgegengesetzter Richtung Akteur*innen mit sogenannten Skyern auf Wolken wandern (»Wolken, zarter als ein Hauch« von 1984). Oder aber die untergegangene DDR meldet sich im E-Mail-Postfach des Post-Wende-Protagonisten als weiterhin existierende Parallelwelt und digitales Gespenst zurück, das die Realität des Bestehenden verrückt (»Das Internetz in den Händen der Arbeiterklasse«, 2003): »[…] ihm war, als sei die Realität um ihn herum fadenscheinig geworden, eine Kulisse, an die man sich nicht lehnen durfte.« (S. 97)

Nicht alles Enthaltene erscheint dabei zeitlos und einige Texte sind etwas lang geraten – aber das kann mit Recht auch über die 80er- und 90er-Jahre des 20. Jahrhunderts gesagt werden. Und gerade die mäandernden Texte kommen mitunter zu den griffigsten Metaphern bzw. Formulierungen: »Land in den Lüften, nie eintönig, ständig sich erneuernd, immer makellos unversehrt und – tödlich.« Nur um dann kurze Zeit später zu folgern »noch in diesem Wolkendisneyland erschien mir die poppige Coca-Cola-Reklame«. Beide Sätze bieten überraschend prägnante Beschreibungen aus dem Weltinnenraum des Kapitals. Allein »Das bisschen Totschlag« im Kaltland BRD, von dem Die Goldenen Zitronen bereits 1994 sangen, findet hier nicht statt. #Rostock-Lichtenhagen

Die in diesem Band ver- und zersammelten Texte sind mit Gesten vergleichbar: Unterbrochene Bewegungen im Halbdunkel kapitalistischer Traumzeit, die weder den Leser*innen aus der ehemaligen DDR noch aus der ehemaligen BRD gehören. Sie bleiben radikal offen in Richtung einer Zukunft, deren Werden und Entstehen sie so seismografisch wie möglich notiert haben. Ob sich neue, noch unbekannte Leser*innen finden werden, in denen die Texte Resonanz auslösen? Zu wünschen ist es ihnen allemal. Die hierfür notwendigen editorischen Voraussetzungen hat der Memoranda Verlag mit dieser ebenso schönen wie lesenswerten und notwendigen Zusammenstellung geleistet.

Michael Wehren

ADRIAN TCHAIKOVSKY
DIE SCHERBEN DER ERDE
(Shards of Earth • 2021)
Roman • Heyne • Paperback • 640 Seiten • auch als E-Book
Deutsch von Irene Holicki

Ja, das rechts unten auf dem Cover von Adrian Tchaikovskys SF-Roman *Die Scherben der Erde* ist der blaue Planet der Zukunft – nachdem ein kosmischer Weltraumriese vom Volk der Architekten die Hülle und den Kern unserer Erde zu einer bizarren Skulptur verbogen hat. Die Architekten sind also völlig zu Recht der Schrecken aller Völker im Weltall, in dem sich die Menschheit zum Glück längst ausgebreitet hat, zusammen mit einer ganzen Reihe von politischen, militärischen, nationalistischen, religiösen, kriminellen, rassistischen und speziestischen Bewegungen. Manche Siedler mit irdischer Abstammung wollen sich als Kultisten einer weiteren Alien-Rasse unterwerfen, um bei einer möglichen Rückkehr der Architekten geschützt zu sein; andere lehnen alles nichtmenschliche, alles kybernetische und alles genetisch veränderte Leben ab. Inmitten dieser Wirren, die seit dem Angriff der Architekten und einer enormen menschlichen Flüchtlingswelle entstanden sind, steuert der Kriegsheld Idris das Raumschiff einer Schrottsammler-Crew durch den Unraum: den Hyperraum in Tchaikovskys SF-Universum, durch den nur wenige speziell konditionierte Menschen abseits der vorhandenen Routen navigieren können, was sie jederzeit in den Wahnsinn treiben könnte – zumal sie bei jedem Eintauchen und jedem albtraumhaften Durchqueren die Präsenz von etwas anderem, etwas Finsterem in den geheimnisvollen Tiefen spüren.

Aber auch außerhalb des Unraums droht Idris Ungemach. Nicht zuletzt, weil korrupte Händler oder gesetzlose Banden sehr gerne einen Navigator mit seinen raren Talenten in ihren Reihen hätten und dafür auf allerhand schmutzige Tricks zurückgreifen. Außerdem ist da neuerdings auch noch Trost, eine im Bottich gezüchtete Kriegerin von der berüchtigten, leicht anachronistischen Panthenier-Schwesternschaft – eigens für den Kampf geschaffen, mit mächtigen

Panzerrüstungen und Waffen ausgestattet, von allen gefürchtet, von so einigen gehasst. Trost und Idris stellten sich einst gemeinsam im Krieg an vorderster Front im Raum dem ersten Angriff der Architekten auf die Menschheit und ihre Verbündeten. Nun möchten die Panthenier Idris' Fähigkeiten ihrem Arsenal einverleiben, und die zwischen ihren Missionen oftmals in Kälteschlaf versetzte Elitekriegerin Trost soll den Unraum-Navigator aufgrund ihrer persönlichen Verbindung rekrutieren. Doch dann stolpern Trost, Idris und dessen Crew im All über etwas, das die Karten für alle schon wieder neu mischt …

Den britischen Autor Adrian Tchaikovsky kennt man durch SF-Romane wie *Die Kinder der Zeit* (ausgezeichnet mit dem Arthur C. Clarke Award), *Portal der Welten* (Spionage-Thriller über alternative Erden und Evolutionen) oder *Im Krieg* (über kybernetisch gepimpte Tier-Soldaten). Allerdings hat der 1972 geborene Engländer auch schon High Fantasy geschrieben, überdies zeigt er sich gern als begeisterter Wargamer, der nicht bloß Warhammer-Miniaturen bemalt und in Rollenspiel-Kämpfe schickt, sondern inzwischen auch Prosa-Beiträge zur SF-Welt von WARHAMMER 40.000 beigesteuert hat – in der es oft um schwer gepanzerte, schwer bewaffnete Space Marines geht. Liest man *Die Scherben der Erde* als krachenden Auftakt einer Trilogie, gewinnt man schnell den Eindruck, dass Mr. Tchaikovsky hier mit großem Vergnügen so etwas wie seinen »eigenen Warhammer-Kosmos« geschaffen hat, den er nach Lust und Laune mit Wesen, Strukturen, Konflikten und natürlich jeder Menge Space-Opera- und Military-SF-Kost befüllt. Es geht ihm um große Action, großes Abenteuer, große Kämpfe, große Bilder, große Zusammenhänge – und großen Genre-Fun auf 600 Seiten.

Man muss dafür kein WARHAMMER 40K-Fan sein, um sich mitreißen zu lassen, es genügt vollkommen, Tchaikovsky im Besonderen oder Space Operas im Allgemeinen zu mögen. Schaden würde eine Affinität für die Wargamer-Freuden aus der Black Library allerdings ebenfalls nicht.

Der zweite Band *Die Augen der Galaxis* ist im Februar 2023 bereits erschienen und macht in jederlei Hinsicht da weiter, wo *Die Scherben der Erde* aufgehört hat.

Christian Endres

SHELDON TEITELBAUM, EMANUEL LOTTEM (Hrsg.)

ZION'S FICTION. PHANTASTISCHE LITERATUR AUS ISRAEL

(Zion's Fiction – A Treasury of Israeli Speculative Literature • 2018)

Anthologie • Hirnkost • Hardcover • 408 Seiten

Bereits 2018 ist die englischsprachige Anthologie *Zion's Fiction* erschienen, in deren Fokus phantastische Literatur aus Israel steht. Der Hirnkost-Verlag hat nun die deutsche Übersetzung des Sammelbandes herausgebracht, der Erzählungen aus dem Zeitraum von 1984 bis 2017 versammelt.

Das Vorwort von Teitelbaum und Lottem bietet zu diesen Texten ebenso eine historisch-konzeptionelle Klammer wie auch eine kenntnisreiche Einführung. Dabei handelt der Essay zunächst von einer Geschichte der ausgebliebenen Werke und der oftmals verzögerten Anfänge der Phantastik in Israel: SF als Future Fiction. Erst mit der Zeit und im Prozess verschiedener Generationenwechsel, so die Autoren, beginnen sich israelische Fandoms, Szenen und Autor*innen unterschiedlichster Backgrounds durchzusetzen.

Die Texte selbst sind hervorragend zusammengestellt und beeindrucken insbesondere durch die Vielfalt und gleichzeitige Prägnanz der einzelnen Stile. Dabei reicht die inhaltliche Spanne von klassischer Science Fiction bis hin zu stark metaphorisch-phantastisch geprägten Erzählungen, die insgesamt ein großes erzählerisches Interesse an konkreten Lebenswelten zeigen. Zwischen SF und Metaphysik ist immer Raum für Situationen des Alltags. Gleichzeitig stößt gerade der Alltagsbezug vieler Texte – oder die Anders-Wahrnehmbarmachung des Lebens durch sie – die Lesenden potenziell auf die Differenz im Alltagserleben bzw. auf das Nicht-Selbstverständliche desselben, wie ein zugleich hyperreales und irrealisierendes *punctum* – also mit Roland Barthes: das Zufällige oder Detail, das trifft.

Das urbane Israel, das uns in diesen Geschichten begegnet, ist zudem schon länger nicht mehr das europäischer Prägung, sondern durch verschiedenste, sich teilweise überlagernde Prozesse der Migration und differenteste Lebensweisen geprägt – nicht zuletzt auch in der Differenz säkularer und orthodoxer Perspektiven. Durch die Lücken und Abwesenheiten des Lebens, seiner Präsenzen, Abläufe und Dichte brechen immer wieder punktuell andere Orte und Zeiten – fiktive, zukünftige, aber auch die Erinnerung der Schoa.

Damit in Teilen verwandt, ver-, be- und erschreiben sich viele der Geschichten immer wieder Zwischenwelten des Nicht-Lebens und Nicht-Sterben-Könnens. So konstatiert eine Protagonistin das Gefühl »für immer in diesem Zwischenstadium festzuhängen, weder eine tote noch eine lebende Frau zu sein« (S. 290), während eine weitere Stimme diese Erfahrung theologisch assoziiert: »Ich lebe nicht, und ich kann nicht sterben […] Ich habe immer an Gott geglaubt. Es wird langsam Zeit, dass Er auch an mich glaubt.« (S. 197) Vielleicht, so lässt sich hier anschließen, zeigen die Texte damit auf besonders deutliche Weise eine ethisch-ästhetische Arbeit der Phantastik in den Krisen symbolischer Ordnungen sowie ihrer Auswirkungen auf die durch sie mit-instituierten Subjekte. Und wäre Literatur trotz inhärenter Amoral nicht immer auch eine ethische Arbeit des Lebbar-Machens und des Sterben-Lernens?

Wenn SF in Israel, wie es die Herausgeber nahelegen, zwischen einer unheimlichen Präsenz des vormals Abwesenden und den neuen, immer hörbarer und nicht mehr zu ignorierenden Stimmen eines modernen und diversen Israels oszilliert, dann formuliert Lavie Tidhars »Der Geruch von Orangenhainen« die daraus resultierende Bedeutung von *Zion's Fiction* vielleicht am präzisesten:

»Vlads Hände bewegten sich durch die Luft, bewegten und ordneten unsichtbare Gegenstände neu. […] Boris vermutete, dass es sich bei den Gegenständen um Erinnerungen handelte, dass Vlad versuchte, sie irgendwie wieder zusammenzufügen.« (S. 62)

Diese Erinnerungen, so viel Realistik muss sein, kommen aber nicht allein aus der Vergangenheit, sie kommen zu gleichen Teilen auch aus der Gegenwart und aus der Zukunft. *Zion's Fiction* fügt bisher in Deutschland nicht bis kaum Gelesenes zusammen, während die Texte selbst, Vlads Händen gleich, Umrisse in der Luft nach- und vorzeichnen, in denen die israelische Phantastik von Morgen bereits heute aufscheint.

Michael Wehren

TADE THOMPSON
FERN VOM LICHT DES HIMMELS
(Far From The Light of Heaven • 2021)
Roman • Golkonda • Hardcover • 384 Seiten •
auch als E-Book
Deutsch von Jakob Schmidt

Tade Thompson wurde 1976 in London geboren, wuchs in Nigeria auf und lebt heute mit seiner Familie wieder in England. Er studierte Medizin sowie Sozialanthropologie und spezialisierte sich auf Psychiatrie. Für sein Romandebüt *Rosewater*, Auftaktband der superben Biopunk-Trilogie über das von gewaltigen xenomorphen Einflüssen veränderte Lagos der 2060er, wurde der Arzt 2019 völlig zu Recht mit dem Arthur C. Clarke Award ausgezeichnet. Auf Deutsch liegen bisher die ersten beiden Bände der WORMWOOD-Serie bei Golkonda vor. Bei Suhrkamp erschien zudem Thompsons Einzelroman *Wild Card*, ein rasanter Hardboiled-Pulp-Krimi vor exotischer westafrikanischer Kulisse. Auf Englisch kam im Herbst 2022 derweil der düstere Thriller *Jackdaw* heraus. Dazu gesellen sich knapp zwei Dutzend Kurzgeschichten, drei MOLLY SOUTHBOURNE-Horrornovellen und ein paar Essays.

In seinem Einzelroman *Fern vom Licht des Himmels*, wieder bei Cross Cult in deutscher Übersetzung vorgelegt, werden irdische Raumschiffe von KI-Captains zu den Kolonien gelenkt – erste Offiziere wie Debütantin Shell an Bord der *Ragtime*, die im Ernstfall theoretisch für die KI übernehmen könnte, sind eher traditionelle Zierde.

Die *Ragtime*, mit Tausenden schlafenden Passagieren in Kapseln beladen, fliegt zur nachhaltigen Siedlung Bloodroot. Als Shell vor allen anderen geweckt wird, befindet sich das Schiff bereits in der Umlaufbahn über der Kolonie. Die KI ist ausgefallen, die Wartungsroboter benehmen sich verdächtig, und fast drei Dutzend Passagiere wurden brutal ermordet. Shell setzt einen Hilferuf ab, und wenig später kommen der in Ungnade gefallene Ermittler und Alien-Aufspürer Fin, sein künstlicher Partner Salvo, der alternde Weltraumstations-Politiker Lawrence und dessen Tochter Joké an Bord. Außerdem scheint ein Wolf durchs Schiff zu streichen. Als läge auf der *Ragtime* nicht schon genug im Argen …

Die Verbindung aus SF und Krimi hat eine lange Tradition und viele starke Genre-Werke hervorgebracht. Dass Tade Thompson nach seiner futuristischen Biopunk-Trilogie und einem Gegenwarts-Krimi über Afrika nun einen Weltraum-Locked-Room-Whodunit präsentiert, wundert nicht – Thompsons Stil ist schließlich schon immer auf angenehme Weise noir. Inspiriert hat ihn übrigens Poes Klassiker »Die Morde in der Rue Morgue« von 1841.

In *Fern vom Licht des Himmels* versucht Thompson dann auch nicht, das Rad neu zu erfinden: Trouble, Geheimnisse und Terror auf einem Raumschiff ergeben selbst bei ihm einen recht konventionellen Stoff. Aber zum einen ist sein Sound mutig und kantig, und zum anderen peppt der Engländer die vertrauten Tropen wie Androiden, künstliche Schiffsintelligenz oder Aliens mithilfe von eigenen Twists auf, ohne dadurch die Verbindung zu den Klassikern zu verlieren. Zumal die Story, von solider kosmischer Hard-SF gestützt, immer noch eine Idee oder Wendung mehr im Ärmel zu haben scheint.

Thompsons ROSEWATER-Romane waren sensationeller und innovativer, *Fern vom Licht des Himmels* ist jedoch allemal ein gelungener Weltraum-Krimi geworden.

Christian Endres

BRIAN K. VAUGHAN (Autor),
CLIFF CHIANG (Zeichner)
PAPER GIRLS:
DIE KOMPLETTE GESCHICHTE
(Paper Girls: The Complete Story • 2021)
Comic • Cross Cult • Hard-/Softcover •
800 Seiten • Kindle

Zeitreisen, Riesenroboter, Parallelwelten, Space-Saurier, monströse Bärchentiere, richtig Remmidemmi: Brian K. Vaughns (Autor) und Cliff Chiangs (Zeichner) Serie PAPER GIRLS ist bereits auf der Oberfläche knallbunte Unterhaltung in Panelform. Die eigentlichen Stars des zu Beginn 1988 spielenden SF-Comics sind aber die vier titelgebenden Paper Girls, ihre sich entwickelnden Beziehungen und Entscheidungen.

Eine entlang von Differenzachsen wie *Klasse*, *Religion* und *Race* sehr unterschiedliche Mädchengang trägt gemeinsam Zeitungen aus, und dann überschlagen sich am Morgen nach Halloween die Ereignisse: Die Zeit steht still, Zeitreisende tauchen ebenso auf wie Flugsaurier reitende Paladine, und dann geraten Mac, KJ, Tiffany und Erin in eine Verkettung von Ereignissen, die sie in Vergangenheiten, Zukünfte sowie andere Zeitlinien fortreißen und involvieren. Das Ergebnis sind Begegnungen zwischen Figuren unterschiedlichster Zeiten und nicht zuletzt auch der Paper Girls mit sich selbst als anderen – ganz ohne Nostalgie, aber mit viel Staunen, Erschrecken und Lernen/Entlernen.

Nach einer fünfbändigen deutschsprachigen Edition des ursprünglich 2015 bis 2019 auf Englisch erschienen Comics liegt nun bei Cross Cult mit *Paper Girls: Die komplette Geschichte* eine Gesamtausgabe im Softcover vor. Diese kann sich einer breiten Käufer*innenschaft relativ sicher sein, denn noch immer stehen die 80er-Jahre des letzten Jahrhunderts hoch im Retro-Kurs. PAPER GIRLS ist nun aber eine Comicserie, in der genau diese zeitgenössische Retronostalgie weniger bedient als thematisiert wird.

Retromania, so hat das der Popjournalist Simon Reynolds mal genannt, gehört als Symptom ganz wesentlich zu der zeitgenössischen Situation einer Gegenwart im Übergang. Die Vergangenheit aber begegnet den Noch-Gegenwärtigen auch in ihrer historistischen Aneignungsform der Einfühlung nie allein als sie selbst, sondern als zeitgenössische Verkleidung. Dass die menschlichen und nichtmenschlichen Dinge vergangener Zeiten immer als andere – eben *heute* Erinnerte und inszenierte – wiederkehren, ist denn auch der Grund dafür, warum eine so erfolgreiche, themenverwandte TV-Serie wie STRANGER THINGS unter der schönen Oberfläche präsenter Vergangenheit geradezu unheimlich nostalgisch wirkt. In STRANGER THINGS sind schon die Kids selbst nostalgisch, und darin artikuliert sich letztlich ein gewaltsam-unmöglicher Besitzanspruch auf die je *eigene* Vergangenheit der noch-heutigen Zuschauenden (»MEIN Lied, MEINE Jugend« – der ganze Scheiß) – ausagierter statt betrauerter Verlust.

Eine mögliche Alternative zu der nostalgisch-melancholischen Re-Inszenierung des Verlusts als Entertainment stellt eine Politik der Zeitenmischung sowie Zeitendivergenzen dar. Das Plot-Device der Zeitreisen erweist sich dabei für Vaughan und Chiang als ein perfektes Medium: Anstelle einer Nostalgie für die Vergangenheit wird in der trans-temporalen Begegnung der Mädchen mit ihren Alter Egos ein Entlernen der Gegenwart und ihrer Selbstverständlichkeiten möglich. Anders formuliert: Paper Girls wiederholt die eigentlich traumatische Erfahrung, dass die Vergangenheit weiterhin präsent und damit aktuell ist als popkulturelle Präsenz der Jugendlichen in ihren eigenen Zukünften, in denen sie sich immer wieder selbst als anderen begegnen. Besonders deutlich wird dies durch die Tatsache unterstrichen, dass die Protagonistinnen angesichts kaum entscheidbarer oder auflösbar erscheinender Probleme nicht irgendeine imaginäre Unschuld verlieren (Lieblingsmotiv der Nostalgie: Abschied von der Unschuld), sondern, wo kaum richtig entschieden werden kann, Verantwortung übernehmen – in einem guten Sinne, vielleicht nur aus Beinahe-noch-Kinder-Perspektive vorstellbar, erwachsen zu sein.

Hinsichtlich Seitenaufbau und Panelgestaltung setzt die Reihe tendenziell auf Bewährtes, während Chiangs Strichführung stets eine Balance zwischen Skizze und Expression hält, die durch Matt Wilsons Kolorierung bemerkenswert entspannt zur Geltung gebracht wird. Das Ergebnis ist ein ebenso kluger wie zeitgemäßer SF-Comic, der sich in der aktuellen Retromania und zugleich in kritischer Distanz zu ihr bewegt. Und falls die Lektüre dieser Rezension bis hierhin nicht überzeugt haben sollte, zitiere ich drei Worte, die laut SF-Jahr-Autorens Nelo Locke *Paper Girls* sehr präzise beschreiben: »Einnehmend, rasant, überraschend«. Ein Glücksfall.

Michael Wehren

KURT VONNEGUT JR.
DIE SIRENEN DES TITAN
(The Sirens of Titan • 1959)
Roman • Heyne • Klappenbroschur • 351 Seiten • auch als E-Book
Deutsch von Harry Rowohlt • Vorwort von Denis Scheck

Zigaretten, die versehentlich Sterilisation verursachen; kleine papierdrachenartige Lebewesen auf dem Merkur, die sich von den Gesängen des Planeten ernähren, und eine Invasion vom Mars, deren einziger Erfolg in der Erstürmung einer Metzgerei in Basel besteht – es ist ein hübsch durchgeknalltes Panorama, das Kurt

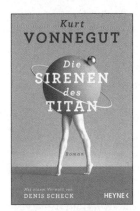

Vonnegut jr. in seinem rasanten Klassiker aus dem Jahre 1959 entfaltet. Mitten im Geschehen befindet sich mit Malachi Constant ein Mann, der die meiste Zeit kaum mitbekommt, was um ihn herum passiert, um den es aber letztlich überhaupt nicht geht. Nun hat der Heyne-Verlag *Die Sirenen des Titan* in der zeitlosen Übersetzung von Harry Rowohlt neu herausgebracht.

Malachi Constant, ein stinkreicher US-Amerikaner, der sein Vermögen einer ganz besonders unintelligenten Anlagestrategie verdankt, wähnt sich im Glück. Er ist der erste Mensch, der zu einer Materialisation von Winston Niles Rumfoord eingeladen wird, einem ebenfalls hochvermögenden Zeitgenossen, der mit seinem Raumschiff in eine Anomalie geraten ist und seither nur als Wellen-Phänomen existiert, das alle 59 Tage Gestalt annimmt. Rumfoord kennt die Zukunft, und er hat eine erstaunliche Nachricht für Constant – dieser werde in Kürze den Mars, den Merkur, dann wieder die Erde und schließlich den Titan besuchen, wo ihn verführerische Frauen – die titelgebenden Sirenen – erwarten. Vorher allerdings würde er mit Mrs. Rumfoord einen Sohn zeugen; der Name steht bereits fest. Constant ist zwar geschmeichelt, weil er sich schon immer für einen Auserwählten gehalten hat, denkt aber keineswegs daran, zum roten Planeten zu fliegen. Das braucht er allerdings auch nicht, da ihn zwei Rekrutierungsoffiziere der marsianischen Armee kurzerhand entführen, um Constant – mit gelöschtem Gedächtnis und als »Onkelchen« – der Truppe einzugliedern. Man plant eine Invasion auf der Erde. Die misslingt auf ganz einzigartige Weise, was jedoch Rumfoords Plänen entspricht: Ihm geht es darum, eine neue Religion zu begründen, die »Kirche des durchaus Gleichgültigen Gottes«, bei deren Errichtung Constant eine Schlüsselrolle zukommt. Aber was das alles mit Rumfoords Freund Salo auf Titan zu tun hat, dem Botschafter vom Planeten Tralfamadore, wird erst im Schlusskapitel klar – und rückt die Rolle der Menschheitsgeschichte in ein völlig neues Licht.

Während Vonnegut mit seiner Dystopie *Player Piano* (1952; dt. *Das höllische System*) in erster Linie ein Anerkennungserfolg gelang, wurde seinem zweiten Roman *The Sirens of Titan* stärkere Beachtung zuteil; dazu gehört auch, dass das Buch 1960 für den Hugo nominiert wurde. Voll irrlichternder Einfälle und mit hohem Tempo erzählt, ist Vonnegut ganz bei sich selbst angekommen. Nur *Slaughterhouse Five* (1969; dt. *Schlachthof Fünf*) wird über die Jahre noch erfolgreicher werden. *Die Sirenen des Titan* lässt sich als eine umgestülpte und parodistische Version einer Space Opera beschreiben, die auf die britische Komikertruppe Monty Python und das Werk von Douglas Adams vorausweist. Obwohl es an Seitenhieben auf Militarismus und Konsumkult nicht fehlt, ist der Roman in erster Linie eine Religionssatire; schließlich lautet das Motto von Rumfoords Kirche:»Kümmert euch um die Angelegenheiten der Menschen, und Gott der Allmächtige wird sich um seine eigenen Angelegenheiten kümmern.« Mit der nachfolgenden Bemerkung, dass das Schicksal »nicht aus Gottes Hand« komme, positioniert sich Vonnegut als Skeptiker, der allen Heilsversprechungen misstraut. Tatsächlich erlauben es ihm die Möglichkeiten der SF, jede angebliche »Zielgerichtetheit der menschlichen Existenz«, wie Denis Scheck in seinem Vorwort schreibt, »ad absurdum führen zu können«. Ebendies ist das Anliegen des Romans. Das Resultat liest sich heute genauso erfrischend wie vor sechzig Jahren und sollte unbedingt neu besichtigt werden. – Übrigens: Wer mehr über Vonnegut wissen möchte, kann zu dem entsprechenden Band von Stefan T. Pinternagel in der Reihe SF PERSONALITY greifen.

Kai U. Jürgens

WANG JINKANG
DIE KOLONIE
([Yĭ shēng, »Ant Life«] • 2007)
Roman • Heyne • Paperback • 480 Seiten • auch als E-Book
Deutsch von Marc Hermann

Es gab Zeiten, da hätte niemand damit gerechnet, je einen Ant-Man-Blockbuster im Kino zu sehen – und Anfang 2023 lief schon der dritte Ant-Man-Solofilm in den mehr und mehr von Marvel sowie der Science Fiction dominierten Lichtspielhäusern an. Und es gab auch Zeiten, da war chinesische SF-Literatur international schlichtweg nicht zugänglich – was sich ebenfalls mit einem inzwischen multimedialen Welterfolg geändert hat, natürlich *Die drei Sonnen* von Cixin

Liu. Trotz der phantastischen Dimensionen dieser Erfolgsstorys bleiben kleine Ameisen in diesem Text das Thema, wenn wir uns im Folgenden Wang Jinkangs SF-Roman *Die Kolonie* zuwenden, der fast zeitgleich mit dem jüngsten Ant-Man-Streifen aus dem Marvel Cinematic Universe auf Deutsch herausgekommen ist.

Denn nicht nur im Werk von Chinas SF-Superstar Cixin Liu finden sich gleich mehrere Geschichten mit und über Ameisen – im berühmtesten Roman von Lius Kollegen Wang Jinkang spielen die selbstlosen, zahllosen Krabbeltiere ebenfalls eine wichtige Rolle. Der 1948 geborene Jinkang zählt neben Cixin Liu und Han Song zu den »Großen Drei« der chinesischsprachigen Science Fiction, was die Beliebtheit und Verbreitung in seiner Heimat angeht – und die Zahl der gewonnenen SF-Preise. Allerdings schreibt SF-Experte John Clute in der *Encyclopedia of Science Fiction*, dass Jinkang paradoxerweise zugleich die am meisten übersehene Genre-Gestalt aus China sei, in Sachen internationale Übersetzungen deutlich im Schatten sowohl älterer als auch jüngerer Schreibender stünde. Umso besser, dass nach Wang Jinkangs Erzählung in der Anthologie *Quantenträume* nun ein erster Roman von ihm auf Deutsch zugänglich wird.

Der setzt inmitten der Kulturrevolution in China ein, als für den Traum der kommunistischen Utopie vor fünfzig Jahren absolut dystopische Zustände im Land geschaffen wurden – nicht zuletzt wurden junge Intellektuelle aus der Stadt jahrelang auf Arbeitsfarmen in der Pampa verfrachtet, um sie mit landwirtschaftlichen Tätigkeiten und Strapazen umzuerziehen. Wang Jinkang selbst verbrachte in den 1970ern mehrere Jahre in so einer Kommune, später wurde er in eine Eisengießerei und ein Kraftwerk geschickt. Erst 1978, als sich das politische Klima in China erneut wandelte, konnte er die Universität besuchen. 1993, im Alter von 44 Jahren, veröffentlichte er schließlich seine erste Science-Fiction-Kurzgeschichte. 2007 publizierte er seinen bekanntesten Roman *Die Kolonie*.

Die Studentin Guo Qiuyun und ihr Freund Yan Zhe arbeiten im Roman 1971 auf einer Reisfarm in der Provinz Henan. Als sie sexuelle

Übergriffe des niederträchtigen Farmleiters anzeigen wollen, soll Yan Zhe ermordet werden. Doch der Sohn eines Insektenforschers, dessen Spezialität Ameisen gewesen sind, hat ein Ass im Ärmel: ein Serum aus dem Nachlass seines Vaters, das den Altruismus von Ameisen auf Menschen überträgt. Yan Zhe und Guo Qiuyun hoffen, dass ihre Farm sich so zu einer friedlichen Insel der Selbstlosigkeit und der Seligkeit inmitten eines Meers der Gewalt und des Zwangs entwickelt. Aber natürlich kommt es anders …

Wang Jingkang vermittelt in seinem Roman nicht bloß ein eindrucksvolles, faszinierendes, erschreckendes Bild des Lebens während der Kulturrevolution in China, das es mit jedem Historienroman aufnehmen kann. Außerdem zeigt er in *Die Kolonie* durch Geschichtliches, Fantastisches und Ameisen-Analogien, wie nah die Schönheit der Utopie und die Schrecken der Dystopie beisammen liegen, ja, wie sie miteinander verbunden und verwachsen sein können – sowohl in der Historie und der Wirklichkeit als auch in der Fiktion und der Science Fiction.

Christian Endres

NILS WESTERBOER
ATHOS 2643
(Originalausgabe • 2022)
Roman • Klett-Cotta • Paperback • 431 Seiten • auch als E-Book

Klöster sind ein Sujet, das an die Vergangenheit erinnert und das trotzdem in der SF eine Tradition hat. Westerboer greift es auf und verlegt es ins Jahr 2643: Auf dem abgelegenen Neptunmond Athos lebt eine kleine Gruppe von Mönchen: der religiöse Orden der Cönobiten, deren Tagwerk in der Verwaltung einer Fleischproduktion besteht. In der lebensfeindlichen Umgebung eines ehemaligen Bergwerks können sie nur mithilfe eines KI-Systems überleben, das die Umwelt an ihre Bedürfnisse anpasst. Als einer der Mönche unter ungeklärten Umständen stirbt, soll der Inquisitor Rüd, ein Spezialist für KI-Systeme, den Fall untersuchen und verhindern, dass es zu weiteren Todesfällen kommt.

Aus der Sicht von Zack, einer KI mit halb transparentem, weiblich wirkendem Körper, die Rüd assistiert, wird uns erzählt, wie dieser vorgeht. Die Beziehung zwischen Rüd und Zack ist eine komplizierte, mit erotischen Untertönen: Rüd behandelt Zack schlecht und nutzt sie aus, er ist ein unsympathisch wirkender, misogyner, lüsterner und depressiver Protagonist, der seine Macht gegenüber der KI ausnutzt und bei dem man hofft, Zack zahle es ihm irgendwie heim. Zack dagegen enthält ihm Dinge vor, weiß mehr als er – und ordnet sich doch unter, stellt seinen Schutz an die erste Stelle. Ihr sind Beschränkungen auferlegt, die Rüd nicht hat, trotzdem scheint er an vielen Stellen unfreier als sie.

Rüd soll einen einfach erscheinenden Job erledigen – der sich natürlich als schwierig erweist. Die KI MARFA, die die lebensfeindliche Umgebung den Bedürfnissen der Menschen anpasst, hat einen Mord zugelassen, und Rüd soll die KI »reparieren«, damit so etwas nicht wieder vorkommt. Dafür muss sie der Umstellung zustimmen, Rüd muss sie also überzeugen. Um das zu tun, taucht er in das Geflecht der Beziehungen der Mönche ein, die vielschichtig charakterisiert sind und alle ihre Gründe haben, Rüds Arbeit zu behindern. Der Text gewinnt schnell an Fahrt, wird zum actiongeladenen Pageturner. Leider gibt es stellenweise sehr viel Blut, Gewalt und ekelerregende Szenen in den Fleischproduktionsanlagen. Natürlich bleibt es nicht bei dem einen Mord, und zum Schluss steht das Leben aller Menschen auf Athos auf dem Spiel.

Die Stärken des Romans liegen aber in den ethischen und philosophischen Themen, die meist in Dialogen verhandelt werden: Da gibt es frühchristlich und muslimisch geprägte theologische Betrachtungen, Fragen um Freiheit und Moral, wie sie auch in den beiden möglichen Grundeinstellungen der KI-Systeme deutlich werden, die entweder die Individuen oder die Gemeinschaft priorisieren können. Oder die Frage, wie viel eine Partnerschaft wert ist, wenn man sich nicht um die andere Person bemühen muss – wie Rüd um Zack.

Stilistisch ist der Roman in einer kühl wirkenden Sprache geschrieben, die an den meisten Stellen leicht lesbar ist: Zack verrät den Lesenden, was sie weiß, und verwendet dabei wissenschaftlich anmutende Begriffe, die sich im Text nur teilweise erschließen. Hier ist das Glossar am Ende des Buches hilfreich. Gleichzeitig hat der

Text einen sehr eigenen, tiefsinnigen Humor; Zack ist manchmal bitterböse. Der Sprachstil ist literarisch, Westerboer gelingen immer wieder sehr eigene Formulierungen und neue, dichte Bilder. Einige sehr weise Textabschnitte kann man genussvoll im Kopf bewegen: »Die Lüge ist ein Kredit, ein Aufschub, den man später zu zahlen bereit sein muss.«

Der Weltenbau erschließt sich nach und nach, wobei manches kryptisch bleibt. Westerboer gelingt es, immer neue Bedeutungsschichten einzuführen und nebenbei zu verhandeln. Nur an wenigen Stellen wirkt der Roman mit der Vielzahl der Themen etwas überfrachtet. Kritisch anzumerken ist, dass Frauen in dem Roman nur als Sehnsuchtsobjekte von Männern auftauchen – selbst die zitierten »historischen« Texte stammen sämtlich von (fiktiven) Männern. Gleichzeitig wird das Thema Geschlechtsidentität anhand einer Person verhandelt, von der bis zum Schluss unklar bleibt, ob es sich um einen Transmann oder eine als Mann verkleidete Frau handelt.

Athos 2643 ist ein stilistisch gelungener Roman rund um die Beziehung einer KI zu dem Menschen, für den sie zuständig ist – und um Fragen nach Identität und Verantwortung. Westerboer gelingt das seltene Kunststück, gleichzeitig rasant und langsam zu schreiben und einen Text zu schaffen, der nachhallt und über das Lesen hinaus nachdenklich macht. Damit gehört er zu den Highlights des Lesejahrgangs 2022!

Jol Rosenberg

NILS WESTERBOER
KERNSCHATTEN
(überarbeitete Neuausgabe • 2023)
Roman • Klett-Cotta • Taschenbuch • 285 Seiten • auch als E-Book

Im fernen Murmansk jenseits des nördlichen Polarkreises wird in einem öffentlichen Park ein Toter gefunden, bei dem einiges rätselhaft ist. Zum einen ist der Tote seltsam entstellt, es hat den Anschein, dass ein Finger und ein Teil des Gesichts nur unvollständig vorhanden sind. Umso merkwürdiger ist es, dass der Deformation des Toten offensichtlich keine direkte Gewalteinwirkung zugrunde lag. Ob dem Geschehen ein Mord vorausging oder ob hier ein natürlicher

Todesfall vorliegt, ist anfangs ebenfalls völlig offen. Zum anderen kann die Identität des Toten zunächst nicht festgestellt werden.

Der erste Handlungsstrang wird aus der Perspektive von Kolja Blok, Kommissar in Murmansk, erzählt. Bei seinen Ermittlungen stellt sich heraus, dass der Tote kein erfrorener Obdachloser ist, wie anfangs von der Polizei vermutet. Es verdichten sich die Hinweise darauf, dass es sich bei dem Toten um den vermissten Wissenschaftler Mosche Rosenbusch handelt. Blok findet heraus, dass Rosenbusch Mitarbeiter am Institut für Nuklearphysik Murmansk ist und seit Oktober letzten Jahres vermisst wird. Noch mysteriöser wird die ganze Sache, weil ab demselben Zeitpunkt auch fünf seiner unmittelbaren Kollegen vermisst werden. Eine Nachforschung ergibt, dass alle Personen wie von der Bildfläche verschwunden sind.

Ein zweiter Handlungsstrang kreist um den Hochzeitsfotografen Mika Mikkelsen. Dieser gelangt durch einen Zufall in den Besitz eines Fotos, auf welchem der vermisste Wissenschaftler noch lebend zu sehen ist. Fast zeitgleich mit Block, doch unabhängig von ihm, kommt er zu dem Ergebnis, dass der Tote Mosche Rosenbusch ist. Mika Mikkelsen kommt einer Gruppe von Wissenschaftlern auf die Spur, die an einem inoffiziellen Forschungsvorhaben arbeiten. Nach und nach enträtseln sich Mikkelsen die Zusammenhänge. Schließlich erfährt er, dass hier an grundlegenden Fragen der Stabilität der Materie geforscht wird. Offensichtlich bestehen Querverbindungen zum CERN nach Genf, ein gewisser Norbert Noller ist die Schlüsselfigur.

Im Verlauf der Handlung wird klar, dass die Forschergruppe um Noller ohne Rücksicht auf die möglichen negativen Folgen ihrer Forschungen tätig ist.

Die Gruppe ist offensichtlich bereit, eine »progrediente Zerstörung von Materie auf subatomarer Ebene«, eine Art Infektion der Materie, billigend in Kauf zu nehmen. Skrupelloser Ehrgeiz und die Aussicht auf kommerzielle Verwertung der Ergebnisse gehen dabei eine unheilige Allianz ein, die Forscher werden dabei getrieben vom aufklärerischen Impetus: »Es geht darum, dass das, was wir im Alltag sehen, nicht ausreicht, um die Welt zu erklären. Nicht einmal annähernd. Derzeit verdichten sich die Hinweise darauf, dass der dreidimensionale Raum, den wir sehen können, nur ein Bruchteil der wirklichen Welt ist.«

In Murmansk, hoch im russischen Norden, ist der Schatten der Polarnacht allgegenwärtig und prägt das düstere Ambiente. Dass ein Geschehen dieser Art genau hier – nahezu am Ende der Zivilisation – über die Bühne gehen könnte, entbehrt nicht einer gewissen Plausibilität. Die Handlung weist kafkaeske Züge auf, das Gefühl der Bedrohung ist allgegenwärtig. Sowohl Block als auch Mikkelsen versuchen, die Geheimnisse rund um den mysteriösen Todesfall zu entwirren, aber eigentlich wissen sie nicht genau, was sie tun und warum sie es tun. Obwohl der Zufall bei ihrer Begegnung am Ende mit hineinspielt, erscheint die schicksalhafte Verzahnung ihrer Lebenswege nur allzu folgerichtig.

Ausnahmslos alle handelnden Figuren sind voneinander abhängig und wirken wie in ein unsichtbares Netz eingesponnen. Im Hintergrund werden ernsthafte und zeitlose ethische Fragen verhandelt, zum Beispiel: Wie weit dürfen Wissenschaft und Forschung gehen? Trotz einiger heller Momente weist das Geschehen *überwiegend* eine schwarze Grundierung auf, die Protagnisten agieren wie in einem griechischen Drama. Man kann das Buch auch als Allegorie lesen, mindestens jedoch als eine originelle Variation bekannter Sujets. Ob die vom Autor am Ende angebotene Lösung eine Katharsis darstellt, muss der Leser selbst entscheiden.

Ralf Lorenz

GENE WOLFE
DER FÜNFTE KOPF DES ZERBERUS
(The Fifth Head of Cerberus • 1972)
Novellenzyklus • Carcosa • Broschur • 296 Seiten • auch als E-Book
Deutsch von Hannes Riffel

Drei Erzählungen, die jede für sich stehen und dennoch als Roman funktionieren; drei Novellen, die höchst unterschiedlich ausfallen und trotzdem ein einheitliches Werk ergeben – so könnte die kürzeste Beschreibung des berühmten Buchs von Gene Wolfe (1931–2019) lauten. Wolfe, der später mit seinem vierbändigen *Book of the New Sun* (1980–83; dt. *Das Buch der Neuen Sonne*) bei Publikum wie

GENE WOLFE

DER FÜNFTE KOPF
DES ZERBERUS

NOVELLEN

Kritik gleichermaßen Furore machte, legte bereits 1972 mit *The Fifth Head of Cerberus* nicht nur einen ersten Höhepunkt seines Schaffens, sondern ein Meisterwerk der Science Fiction vor, das keinen literarischen Vergleich zu scheuen braucht. Mit seiner vielschichtigen Textur aus Themen wie Identität, Erinnerung, Erwachsenwerden, Fremdbestimmung, Kolonialismus und Gewalt ragt der Band – zumal in der hier an den Tag gelegten Komplexität – weit über das hinaus, was im Genre ansonsten verhandelt wird, zumal Wolfe jede Eindeutigkeit vermeidet.

Schauplatz der Handlung ist ein Sonnensystem mit den Schwesterplaneten Sainte Anne und Sainte Croix, die vor 150 Jahren von französischen Siedlern kolonisiert wurden. Dabei kam es zur Auslöschung der Ureinwohner, bei denen es sich möglicherweise um Gestaltwandler gehandelt hat – ein Ereignis, das bis in die unmittelbare Gegenwart hineinragt. »Der fünfte Kopf des Zerberus« – die erste Erzählung des Buchs – spielt auf Sainte Croix. Der Ich-Erzähler ist ein Junge, der in Port Mimizon lebt, einer aufregenden und gefährlichen Stadt, die ein wenig an das New Orleans des 18. Jahrhunderts erinnert. Seltsamerweise wird der Junge von seinem Vater, einem Bordellbesitzer, nur mit »Nummer Fünf« angeredet und zu stundenlangen nächtlichen Sitzungen herangezogen, die ihn offenbar konditionieren sollen. Einige Jahre später trifft der Junge, der mittlerweile als »Begrüßer« im Bordell arbeitet, einen merkwürdigen Besucher an. Er heißt John V. Marsch, arbeitet als Anthropologe und behauptet, dass es sich bei »Nummer Fünf« um einen Klon handeln würde. Zudem möchte er Dr. Aubrey Veil sprechen, jenen Mann, nach dessen Hypothese die Gestaltwandler keineswegs ausgerottet wurden, sondern alle Siedler getötet und ihre Plätze eingenommen hätten. Die Begegnung setzt bei dem Jungen einen gewalttätigen Emanzipationsprozess in Gang, dessen Ergebnis jedoch zweifelhaft erscheint.

Während die Titelerzählung aufgrund ihrer Erzählperspektive betont subjektiv daherkommt, ist »›Eine Geschichte‹ von John T. Marsch« wie eine Legende konzipiert, die ein Anthropologe auf Basis seiner Forschungen geschrieben hat. Aber kann man ihm trauen? Es geht immerhin um Dinge, die sich vor langer Zeit auf Sainte Anne abgespielt haben. Im Mittelpunkt steht Sandläufer, der nach seinem verschollenen Zwillingsbruder Ostwind sucht. Nach einem Traumerlebnis, das ihm den Weg zu weisen scheint, wird er zunächst von den rätselhaften Schattenkindern als einer der ihrigen akzeptiert, jedoch schließlich von Sumpfleuten festgesetzt, zu denen nunmehr auch Ostwind gehört. Sandläufer soll getötet werden, um den Sternen – und damit Gott – eine Botschaft zu überbringen. Aber was passiert tatsächlich, als sich einer der »Sterne« aus dem Himmel herabsenkt und Menschen erscheinen, die eine fremde Sprache sprechen?

Die dritte Erzählung mit dem Titel »V.R.T.« ist fragmentarisch gehalten. Ein Offizier sichtet Unterlagen von John T. Marsch, der wegen eines Mords, den er gar nicht begangen hat, inhaftiert wurde; doch es gibt auch den Vorwurf der Spionage gegen ihn. Offenbar hat der Anthropologe auf Sainte Anne geforscht, wobei er von Victor Trenchard begleitet wurde, einem Nachfahren der Ureinwohner. Aber je mehr Zeugnisse von dem Offizier herangezogen werden, desto deutlicher keimt beim Lesen der Verdacht, dass Trenchard das Gestaltwandeln beherrscht und Marsch ersetzt hat – und zwar, bevor er »Nummer Fünf« zum ersten Mal im Bordell begegnet ist. Wäre dies der Fall, müssten die beiden anderen Geschichten des Buchs aus völlig neuer Perspektive betrachtet werden.

Christopher Ecker beschreibt die drei Zerberus-Erzählungen im parallel erschienenen Carcosa-Almanach als die »Stücke eines Puzzlespiels, das aus wesentlich mehr Stücken besteht«, dessen anderen Teile jedoch »verloren gegangen« wären. Dies führt über das Abenteuer des Lesens zum Abenteuer der Interpretation, die in diesem Fall so gut wie unabschließbar ist. Die drei Novellen spiegeln sich gegenseitig und fördern ständig neue Facetten zutage, die den Zyklus im selben Maße erhellen, wie sie ihn durch ihr Glitzern unkenntlich machen. Ein wichtiges Element sind dabei die unzuverlässigen Erzähler, welche die Geschehnisse oft selbst nicht so recht verstehen und deren Perspektive hinterfragt und überwunden werden muss. Das klingt (und ist) kompliziert, aber Wolfe lädt mit leichter Hand dazu ein, in die Welt von Zerberus einzutauchen. Keine typografischen Experimente oder stilistischen Extravaganzen beeinträchtigen die Lektüre, stattdessen arbeitet der Autor mit traditionellen Mitteln und setzt auf farbenprächtige Bildlichkeit, faszinierende Einfälle und lebensechte Charaktere. Doch hinter der meisterhaft ausgeführten Oberfläche scheint immer wieder die Frage auf, welche Elemente den Menschen ausmachen, was ihn bestimmt und wie er sich seiner selber sicher zu sein vermag – mehr kann man von zeitloser Literatur nicht verlangen. Hannes Riffel hat *The Fifth Head of Cerberus* für seinen frisch gegründeten Carcosa Verlag neu, präzise und verlässlich übersetzt.

Kai U. Jürgens

ROGER ZELAZNY
STRASSE NACH ÜBERALLHIN
(Roadmarks • 1979)
Roman • Piper • Hardcover • 252 Seiten • auch als E-Book
Deutsch von Jakob Schmidt

Er ist mit einem alten Truck unterwegs, hat Gewehre geladen und fährt eine Straße entlang, die durch eine karge und abweisende Landschaft führt. Doch bei Red Dorakeen handelt es sich um keinen gewöhnlichen Mann, und die Straße verbindet nicht bloß Orte miteinander. Tatsächlich funktioniert sie wie eine Zeitmaschine, die Reisen von Jahrhundert zu Jahrhundert zulässt. Was durchaus Komplikationen mit sich bringen kann – Polizeikontrollen beispielsweise, Mordversuche oder den Marquis de Sade, der auf einem T-Rex vorbeischaut. Mit *Straße nach überallhin* wurde eines der verblüffendsten Bücher von Roger Zelazny in tadelloser Neuübersetzung wiederveröffentlicht.

Wer sie gebaut hat, ist zunächst unklar, und die Gründe, warum sie nur von wenigen Personen genutzt werden kann, sind es ebenso: die Straße, die quer durch die Zeit läuft und Besuche, aber auch Eingriffe in alle Menschheitsepochen ermöglicht. Doch nicht immer bleiben die entsprechenden Ausfahrten erhalten, da sich die Geschichte ständig ändert und mancher Ort plötzlich unzugänglich wird. Red Dorakeen ist in die Vergangenheit unterwegs, um den Griechen für die Schlacht von Marathon Gewehre zu liefern; als Unterstützung dient ihm lediglich eine Ausgabe von Baudelaires Klassiker *Les Fleurs du Mal*. Die ist allerdings nur dem Äußeren nach ein Buch – tatsächlich steckt eine künstliche Intelligenz in den Seiten, die sprechen und Aufgaben zu übernehmen vermag (etwa diejenige, den Truck zu steuern). Red kennt die Straße und weiß, dass Begegnungen mit Kreuzrittern oder unfassbar schnellen Fahrzeugen aus einer weit entfernten Zukunft alltäglich sind. Doch als bei einer Rast auf ihn geschossen wird, taucht ein ungeahntes Problem auf: Einer von Reds früheren Geschäftspartnern hat eine »Schwarze Dekade« gegen ihn ausgerufen und nun zehn Versuche frei, ihn ohne Einmischung von außen töten zu lassen. Die Gründe hierfür sind Red unklar; möglicherweise geht es aber bloß darum, ihm eine Art Botschaft zu schicken – nur welche?

Straße nach überallhin gehört zu den Büchern, von deren Handlung man nicht zu viel verraten sollte, und so seien nur ein paar von Zelaznys Ideen genannt. So gibt es eine vor Urzeiten von Außerirdischen ausgesetzte Killermaschine, die sich nunmehr für Töpferei interessiert, oder es kommt zu ironisch-bissigen Kommentaren der »Fleurs« genannten KI: »Lass mich los, oder spüre den Zorn des Buchs.« Am Ende der Handlung wird Red nicht nur mit dem bereits erwähnten Marquis de Sade konfrontiert, sondern auch mit einem leibhaftigen Drachen, der ihm sogar dabei hilft, das Erlebte in den Griff zu bekommen. Unkonventionelle Einfälle wie diese sind typisch für *Straße nach überallhin*. Doch Zelaznys Roman ist nicht nur originell und witzig, er wurde zudem clever konzipiert: Kapitel mit der »1« im Titel erzählen die Haupthandlung, solche mit einer »2« addieren – und zwar hübsch willkürlich angeordnet – weitere Episoden und Parallelhandlungen; etwa um Reds Sohn Randy, der mit einem Exemplar von Whitmans *Leaves of Gras* – ebenfalls eine KI – zu seinem Vater unterwegs ist. Das alles summiert sich zu einem ebenso unterhaltsamen wie intelligenten Vergnügen, bei dem das ständige Unterwegssein, auf das Uwe Anton in seinem Nachwort hinweist, nicht nur für Dynamik sorgt, sondern *Straße nach überallhin* mit anderen Texten von Zelazny verbindet.

Tatsächlich ist der Autor in Deutschland – vielleicht mit Ausnahme seiner beiden AMBER-Fantasyzyklen – zu Unrecht in Vergessenheit geraten. Roger Zelazny (1937–1995) gehört neben Samuel R. Delany, Thomas M. Disch und Norman Spinrad zu den großen Erneuerern der US-amerikanischen SF in den 1960er- und 1970er-Jahren; seine Arbeiten waren nicht nur außerordentlich erfolgreich, sondern wurden wiederholt mit Preisen ausgezeichnet. Herausragende Erzählungen sind beispielsweise »A Rose for Ecclesiastes« (1963; dt. »Eine Rose für Ecclesiastes«), »He Who Shapes« (1965; dt. »Der Former«) und das *Moby-Dick*-Pastiche *The Doors of His Face, the Lamps of His Mouth* (1965; dt. *Die Türen seines Gesichts*); zu den wichtigsten Romanen gehören insbesondere *This Immortal* (1966; dt. *Fluch der Unsterblichkeit*) sowie *Lord of Light* (1967; dt. *Herr des Lichts*). Der Piper Verlag hat als erste Neuübersetzung einen Roman aus den 1970er-Jahren ausgewählt, was von daher eine gute Wahl ist, weil Zelaznys Bücher dieser Zeitspanne ein wenig unterschätzt werden. Erfreulich, dass sich so eine Entdeckung machen lässt: *Straße nach überallhin* kann nicht zuletzt aufgrund des Humors, der spielerischen Einfälle und der feinsinnigen literarischen Unterfütterung als allerbester Zelazny gelten, sodass man auf eine Fortführung des Unterfangens hofft. Und tatsächlich ist *Herr des Lichts* bei Piper für September 2023 angekündigt.

Kai U. Jürgens

SACHBÜCHER

ALFRED GALL
STANISŁAW LEM. LEBEN IN DER ZUKUNFT
(Originalausgabe • 2021)
Sachbuch • WBG Theiss • Hardcover •
284 Seiten • auch als E-Book

Der Slawist Alfred Gall hat ein kenntnisreiches Buch verfasst, das zugleich die Aufgabe einer Biografie und einer Werkdarstellung erfüllt: Nicht nur geht er ausführlich und kompetent auf viele Werke Lems ein, er beschreibt auch dessen Lebensumstände in verschiedenen historischen Phasen. Wie knapp Lem in jungen Jahren dem Vernichtungsterror entkommen ist, war mir als Rezensent nicht klar. Er konnte nur mithilfe gefälschter Papiere überleben. In der Nachkriegszeit hat Lem nützliche Kontakte zu Krakauer Intellektuellenkreisen aufgenommen, wie Gall schildert – auch dieser Umstand war mir unbekannt. Diese Biografie konzentriert sich auf die wesentlichen Stationen von Lems Leben und verzichtet zumeist auf allzu private Details (allerdings wird Lems Leidenschaft als »Automobilist« erwähnt).

Gall, der zu den Mitherausgebern der Publikation zum KOMET LEM-Festival in Darmstadt 2017 gehört, kann sicher als »Sympathisant« des polnischen Autors bezeichnet werden. Lem gehöre »zu den wenigen Schriftstellern im 20. Jahrhundert, denen es gelang, eine Brücke zwischen Literatur und Naturwissenschaft bzw. Technik zu schlagen«. Er zeige »in seinem Schreiben eine erstaunliche innere Unabhängigkeit und einen unbeugsamen Willen zur eigenständigen Durchdringung von zivilisatorischen Grundfragen, die sich aus dem Zusammenspiel von technologischen Errungenschaften mit politisch-gesellschaftlichen Verhältnissen ergeben«. Das Buch ist »ausgewogen« in dem Sinn, dass es – neben der Schilderung von Lebensereignissen, die eingebettet sind in eine Skizzierung der jeweiligen politischen Situation – auch die verschiedenen Textsorten in Lems Werk gleichberechtigt vorstellt: von Lems ersten literarischen Versuchen bis zu seinen späten Feuilletonbeiträgen. Festzuhalten sei »eine enge Verquickung von theoretisch-essayistischer

Arbeit und dem schriftstellerischen Werk«. Galls Buch ist für jeden Interessierten geeignet, der eine Einführung in das Lem'sche Denken und Schreiben lesen möchte. Nebenbei sei erwähnt, dass Gall sich um eine populäre Darstellung bemüht und auf einen akademischen Jargon verzichtet.

Was kritisiert Gall aber an dem polnischen SF-Autor? Unzufrieden ist Gall mit der Darstellung von (selten vorkommenden) Frauen-figuren – eine Kritik, die schon Florian F. Marzin in den Acht-zigern formulierte. Einzig in dem Roman *Transfer*, den Gall schön zusammenfasst, gibt es eine weibliche Protagonistin namens Eri. Harey in Lems weltbekanntem Buch *Solaris* ist mehr ein »Geschöpf« von äußeren Bedingungen. Das ist die einzige deutliche Kritik am Stil des Autors. Andere kritische Einwürfe sind moderat und beziehen sich auf das Verhalten Lems in Bezug auf die realpolitischen Verhält-nisse in Polen. In seiner Anfangszeit habe Lem die offizielle »kom-munistische Ideologie« übernommen. Später sei er auf Distanz zum Staat gegangen (Ende der Sechzigerjahre stand das Ehepaar Lem kurz vor der Auswanderung). In den Siebzigern habe sich Lem geweigert, die Rolle eines Dissidenten anzunehmen. Inwieweit Lem also einer Konfrontation mit der Staatsmacht ausgewichen ist und inwieweit er Privilegien als bekannter Schriftsteller genossen hat, sind Fragen, die Gall nicht sonderlich interessieren. Ihm geht es um die Vermittlung der einzigartigen Leistung, die das Lem'sche Werk darstellt.

Nun ist es meine undankbare Aufgabe, ein paar strittige Punkte in der Darstellung Galls zu nennen. Dieses hat ein wenig den Charak-ter des »Herummäkelns« und soll seine Verdienste nicht schmälern. Auch schwerer zugängliche Bücher aus Lems Œuvre wie *Summa technologiae* oder *Dialoge* stellt Gall vor. Dass Letzteres wegen seiner gesellschaftskritischen Dimension die Zensur passiert habe, kann sich Gall nur so erklären, dass sowohl fremdartige kyberneti-sche Begriffe und die »teils satirisch-humoristische Einkleidung« die Kritik verdeckten – allerdings ist mir diese satirische Note entgangen; das Buch ist in einem ernsten Ton verfasst. In dem schon erwähnten Roman *Solaris* gibt es die sogenannten »F-Gebilde«, die als Besucher auf einer Raumstation über dem Ozean erscheinen – Gall meint, dass die »Konstruktion künstlicher Intelligenz oder gar künstlicher Menschen« in *Dialoge* als Thema in *Solaris* wiederkehre. Meiner

Meinung nach wird das dem Charakter der F-Gebilde nicht gerecht. Auch sei in diesem Roman die »für spätere Werke Lems charakteristische Verbindung von Science-Fiction und Märchen erkennbar«. Mir erschließt sich das Märchenhafte als Stil-Element nicht. Aber das sind Kleinigkeiten.

Zentral ist für Gall Lems »Aufmerksamkeit für künftige Grundprobleme oder Wunschphantasien wissenschaftlich avancierter Zivilisationen«. Eines dieser Probleme ist die Steuerung von sozialen Prozessen. Gall schreibt, Lem habe »in der *Summa technologiae* mit der Idee einer kybernetisch gesteuerten Idealgesellschaft« gebrochen. Zugleich verfolge Lem eine Idee von »Steuerung im Weltmaßstab«, mit der offensichtlich auch Gall sympathisiert: »die globale Regulierung der technologischen Evolution durch ein demokratisch verfasstes Weltsubjekt«. Diese böte – unabhängig von ihrer historischen Chance auf Realisierung – auch andere »Entwicklungsperspekiven der Astronautik«.

Gall zieht im Hinblick auf Lems Arbeit folgendes Fazit: »Literarisches und theoretisches Schreiben als Transposition eines traumatisierenden geschichtlichen Zivilisationsbruchs in den Entfaltungsbereich einer Vorstellungskraft, die sich an Naturwissenschaft und Technik orientiert«. Wenn Gall die psychische Erfahrung des Terrors in Lems Werk so stark macht, übernimmt er eine These, die im deutschsprachigen Raum unter anderem von Matthias Schwartz vertreten wird. Vom psychologischen Standpunkt her ist der Zivilisationsbruch durch den Holocaust ein belastender Faktor in Lems Entwicklung gewesen. Lem verband diese Weltsicht jedoch mit der Erkenntnis der Nichtigkeit der Menschheit im großen Maßstab, mit der Erkenntnis ihrer existenziellen Bedingtheit durch kosmische Zufallsserien.

Wolfgang Neuhaus

ISABELLA HERMANN
SCIENCE-FICTION ZUR EINFÜHRUNG
(Originalausgabe • 2023)
Sachbuch • Junius Verlag • Taschenbuch •
204 Seiten

Isabella Hermann hat eigentlich alles richtig gemacht. Die promovierte Politikwissenschaftlerin ist unter anderem Analystin im Feld der Science Fiction, und so schreibt sie genau darüber, was sie am besten kennt. Im ersten Teil geht es zunächst um Allgemeines: das Science-Fiction-Kontinuum, Tropen und Megatext der Science Fiction, Verbindungen der SF-Welt zu unserer Welt, die Abgrenzung von Science Fiction zu anderen phantastischen Genres und so weiter. Und das geht die Autorin auf wissenschaftliche Weise an, indem sie unterschiedlichste Quellen – vor allem natürlich aus dem akademischen Bereich – analysiert und zitiert. Das ist klug aufbereitet und ausgezeichnet zusammengefasst. Wer sich allerdings schon längere Zeit mit dem Gebiet der SF beschäftigt, wird kaum neue Erkenntnisse gewinnen, denn eigene Schlussfolgerungen fügt die Autorin nur in geringem Maße hinzu. Allerdings benötigen »SF-Profis« vielleicht auch kein Buch zur Einführung, und SF-Neulinge finden hier wesentliche theoretische Grundlagen zur Science Fiction.

Isabella Hermann hat drei gattungstypische Themenkomplexe ausgewählt, die sie in drei Hauptkapiteln näher beleuchtet, nämlich künstliche Intelligenz, Weltraumkolonisation und Klimawandel. Die Kapitel sind gut strukturiert, logisch aufgebaut und liefern viele konkrete Beispiel aus den Medien, und auch hier überwiegend aus dem Bereich, in dem die Autorin sich bestens auskennt, nämlich dem SF-Film, hauptsächlich aus den letzten zwanzig Jahren.

Das eigentliche Problem des Buches ist ein Etikettenschwindel, den die Autorin mit ihrem unterhaltsamen und hochinformativen Text nicht zu verantworten hat. Das Buch heißt *Science Fiction zur Einführung*, müsste jedoch heißen *Drei derzeit besonders interessante Themenfelder der Science Fiction zur Einführung, erläutert hauptsächlich an Beispielen der SF-Filme des 21. Jahrhunderts.*

Zugegeben, eine Einführung zur gesamten SF auf 200 Seiten zu geben, ist nahezu unmöglich. Und das hatte die Autorin auch ganz offensichtlich nicht vor, zumal sie die historische Entwicklung des Genres fast ausspart, von wenigen Autorennennungen abgesehen. Die reichhaltige SF-Literatur des 20. Jahrhunderts wird nahezu übergangen. Ebenso die zahllosen Themenkomplexe, die die SF seit rund 200 Jahren zu einem vielseitigen und interessanten Genre machen. Und wenn von Science Fiction die Rede ist, sollte eigentlich das innovativere Medium den Vorrang haben, und das ist bekanntermaßen die Literatur. Der SF-Film greift, von wenigen löblichen Ausnahmen abgesehen, die Themen und Narrative auf, die in der Literatur oft schon Jahrzehnte früher abgehandelt wurden. Die SF-Literatur ist allerdings nicht Isabella Hermanns Hauptbetätigungsfeld, schließlich ist sie Ko-Direktorin des Berliner Sci-Fi Filmfestes. Daher ist ihr auch zu verzeihen, dass Namen von bekannten SF-Autoren wie Margaret Atwood, Joanna Russ und John Wyndham falsch geschrieben bzw. falsch zugeordnet sind. Vom Lektorat eines Wissenschaftsverlages wäre es allerdings nicht zu viel verlangt, Namensschreibweisen zu überprüfen.

Genug genörgelt. Wenn man über den allzu irreführenden Titel des Buches hinwegsieht, findet man eine informative und interessante Lektüre zu den drei oben genannten und sehr aktuellen Themengebieten.

Hardy Kettlitz

DANIEL ILLGER
KOSMISCHE ANGST
(Originalausgabe • 2021)
Sachbuch • Matthes & Seitz Berlin • Klappenbroschur • 204 Seiten

Womöglich ist das Thema des Buches eines, an dem ich auch als Rezensent nur scheitern kann. Die Abgründigkeit der kosmischen Existenz übersteigt das menschliche Fassungsvermögen. An die Grenzen der Erkenntnis zu gehen, auch an die des eigenen Todes, war auch Thema des Essay-Bandes *Abyssus Intellectualis*, an dessen Rezension ich mich im *Science Fiction Jahr 2014* versucht habe.

Der Medienwissenschaftler und Schriftsteller Daniel Illger hat einen philosophischen Essay vorgelegt, der das ästhetische Programm der

Kosmischen Angst in Anlehnung an den Kosmischen Horror à la Lovecraft vorstellt, zugleich aber auch eine Richtung aus der Ohnmächtigkeit, der kosmischen Ausgesetztheit der Spezies Mensch weist.

Die Verstörung, die für das Kind aus dem Begreifen der eigenen Sterblichkeit entsteht. Die Unsicherheit, die sich aus dem Erkennen der Nichtigkeit der Menschheit vor dem kosmischen Hintergrund ergibt. Die Gleichgültigkeit des Kosmos lässt irdische Geschicke bedeutungslos erscheinen. Menschliche Taten, Errungenschaften »schrumpfen« sogar, wenn man an das Ende des Universums denkt. Eine Weltsicht wird evoziert, die keinen Trost mehr durch Religion, Moralismus oder Geld bieten kann – es bleibt die »Wahrheit einer grund- und wahrheitslosen Schöpfung (…), deren Schöpfer eben der Zufall ist«.

Illger nennt sein Konzept »Kosmische Angst« und unterscheidet es vom Kosmischen Horror. Gemeinsam ist beiden der Eindruck, dass »jenseits unserer Alltagswahrnehmung«, die schon durch den Tod und andere Schrecken belastet ist, eine »radikale Fremdheit« warte. Während der Kosmische Horror aber nur die diesseitige Abgründigkeit kenne, setze die Kosmische Angst dieser eine jenseitige Perspektive entgegen. »Da sind also zwei Abgründe: der Abgrund der Immanenz, der in die Leere des Nichts und der Auslöschung führt; und der Abgrund der Transzendenz, der ein unnennbares, unfassbares Jenseits von Raum und Zeit anrührt.« Insofern stelle die Kosmische Angst mehr dar als das andere Horror-Subgenre. Es gehe bei beiden um »die Zersetzung des Ich«, der »Koordinatensysteme seiner Wahrnehmung, seines Denkens und Fühlens«. Aber die Kosmische Angst weist noch eine weitere Dimension auf: »In den Poetiken, die sie zu entfalten bestrebt, gehört zu jedem Grauen eine Befreiung, zu jedem klaustrophobischen Kollaps eine andersweltliche Öffnung.«

Welche Beispiele führt Illger denn für sein ästhetisches Konzept an? Er nennt besonders *Das Haus an der Grenze* von William Hope Hodgson aus dem Jahr 1908 und rühmt es für seine »kühne Vorstellungskraft«. Das Buch bringt verschiedenartige Dimensionen zusammen: Der Ich-Erzähler wird – wie in einer klassischen Horrorgeschichte – in einem unheimlichen Haus von schreckenerregenden »Schweinswesen« belagert, erlebt – nachdem Nebel sich im Zimmer ausbreitet – eine enorme Beschleunigung der Zeiterfahrung und eine Ausweitung der Raumwahrnehmung ins Universum hinein. Bei

dieser Bewusstseinsreise, die in manchem ein Vorbild für Olaf Stapledons *Die Letzten und die Ersten Menschen* zwanzig Jahre später gewesen sein dürfte, begegnen ihm wieder die Wesen aus dem Haus, Götterfiguren erscheinen und sogar seine Geliebte taucht aus dem Totenreich auf. Es sind Elemente verschiedener imaginärer Ordnungen, die unvermittelt in dem Text koexistieren. Die Zeiterfahrung über Jahrmillionen ist im Kontext einer Horror-Geschichte ungewöhnlich, man kann sie als »andersweltliche Öffnung« interpretieren, sie wird aber gebrochen durch bekannte Gestalten wie Monstren oder Götter. Die Frage bleibt, ob dieses Buch von Illger nicht überschätzt wird.

Weitere Beispiele sind rar gesät. Von Lovecraft favorisiert Illger dessen Erzählung »Die Farbe aus dem All«. Er zählt u. a. im Zusammenhang von Erotik und Kosmischer Angst die Filme *Possession* von Andrzej Zulawski (1981) und *The Untamed* von Amat Escalante (2016) auf. Vielleicht lässt sich sagen, dass die Kosmische Angst auch eine SF-Einstellung integriert, die darin besteht, mithilfe von Wissenschaft und Technik die Existenzkapazität der Menschheit über verschiedene Dimensionen auszuweiten. Zur Kosmischen Angst gehört die Ahnung, »dass da andere Welten und Wirklichkeiten sein könnten, andere Formen des Wahrnehmens, der Empfindung und Vorstellung, Ideen von Raum und Zeit, die nichts damit zu tun haben, wie wir Raum und Zeit erleben, eine Wahrheit, die unbegreiflich ist, in ihrer schrecklichen Unbegreiflichkeit aber die gleichermaßen ersehnte wie gefürchtete Befreiung von den Schranken und Grenzen des Menschseins verheißt«. So sei ein »Aufbrechen der sinn- und hoffnungsleeren Immanenz« möglich. Die Menschen müssten keine Opfer der kosmischen Gleichgültigkeit sein, durch das Schaffen ihrer technischen Mittel verändern sie innerhalb der Bedingungen selbsttätig ihre Position. Illger übernimmt den Begriff des »Prothesengotts« von Freud. Wie er pointiert zusammenfasst: »Wir sind Gott genug, um Gott zu verabschieden; das Nichts hingegen können wir nicht anrühren. Und wäre es uns möglich, uns in unserer ›Gottähnlichkeit‹ so weit zu vervollkommnen, dass wir Unsterblichkeit erlangten, so müssten wir dennoch das Joch eines immanenten Nichts ertragen. Hier versagen die Prothesen.« Noch, möchte ich meinen, denn die »prothetische Divinität«, wie Illger sie nennt, aus den Mitteln von Wissenschaft und Technik wird weiter ansteigen. Es handelt sich also um einen schrittweise überbrückbaren Abgrund der Transzendenz (die genau genommen eine Transzendenz in der Immanenz ist), also um etwas, das man bauen, gestalten, immer wieder überschreiten kann. Illger schreibt, dass der westliche Mensch sich gleichermaßen als »transhumaner Halbgott und Abschaum des Universums«, als doppeltes Mängelwesen wahrnähme und die Kosmische Angst eine ästhetische Form sei, »in der diese Wahrnehmung selbst anschaulich« werde. Vielleicht wird die transhumane Option aber eine realmächtige sein, die ganz neue Existenzformen schafft. Und die Erzählungen der Kosmischen Angst werden diese Entwicklung mit ihren Hoffnungen und Problemen begleitet haben.

Wolfgang Neuhaus

KAI-FU LEE UND QIUFAN CHEN
KI 2041: ZEHN ZUKUNFTSVISIONEN
(AI 2041. Ten Visions for our Future • 2021)
Sachbuch • Campus Verlag • Hardcover •
534 Seiten • auch als E-Book und Hörbuch
Deutsch von Thorsten Schmidt

Bücher über die mögliche Zukunft von neuen Technologien stehen vor der Herausforderung, die technischen Details und die gesellschaftlichen Folgen ausgewogen zu präsentieren. Dieser Herausforderung nimmt sich auch das Buch *KI 2041* an. Mit einer gelungenen Verknüpfung aus »Science und Fiction« schaffen die beiden Autoren Kai-Fu Lee und Qiufan Chen eine Brücke zwischen den Welten und kombinieren den gegenwärtigen Stand der Forschung zu künstlicher Intelligenz (KI) mit fiktiven Alltagsszenarien einer möglichen Zukunft.

Das Buch gibt Einblicke in zehn unterschiedliche Anwendungsfelder von KI. Dankenswerterweise handelt es sich hier nicht um die sonst typischen Tropen der Science Fiction (SF), wie zum Beispiel die dystopische Vorstellung von autonomen Maschinen, die die Kontrolle über die Menschheit übernehmen. Stattdessen orientiert sich das Buch an den tatsächlichen Schwierigkeiten, verweist auf die gegenwärtigen Möglichkeiten der Technologie und knüpft an aktuellen Diskursen aus dem Feld der KI-Ethik an. So werden Themen behandelt wie die Verwendung von Deep-Fake-Videos zur politischen Agitation, neuro-linguistische Programmierung als Basis für computergestütztes Lernen in Schulen, selbstfahrende Autos und vieles mehr.

Jedem dieser zehn hochkomplexen Themen widmet das Buch ein eigenes Kapitel, das jeweils in zwei Teile gegliedert ist: Für die Einführung in das Thema steuert der renommierte chinesische Science-Fiction Autor Qiufan Chen (bekannt für seinen Roman *Die Siliziuminsel* [2019]) eine Kurzgeschichte bei; hier stellt er die Anwendung in den Kontext eines Alltagsszenarios. Auf jede Kurzgeschichte folgt ein Analysekapitel des taiwanesischen Computerwissenschaftlers und Unternehmers Kai-Fu Lee. Dieser forscht seit fast vierzig Jahren zu KI und hat sich als Experte in dem Feld ausgezeichnet (siehe auch *AI-Superpowers* [2019]). Das Analysekapitel legt die realweltliche Forschung gegen die fiktive Erzählung, und so verwundert es nicht, dass man sich an der einen oder anderen Stelle fragt, ob das gerade Gelesene noch Fiktion ist oder bereits Realität.

Um ein Beispiel zu nennen: Das erste Kapitel behandelt die automatische Analyse von Verhaltensdaten und deren Bewertung mithilfe von selbstlernenden Algorithmen. Die Geschichte, die in das Thema einführt, handelt von einem jungen, indischen Paar; sie kommt aus einer gehobenen Kaste, während er einer der unteren Schichten angehört. In der Welt, in der sie leben, erstellen Computerprogramme Nutzerprofile auf Basis von Informationen, die von den User:innen über verschiedene Kanäle und Apps zur Verfügung gestellt werden. Diese Daten werden von der KI bewertet, um eine scheinbar neutrale Beurteilung der Kosten und Leistungen von Versicherungen zu ermitteln. Je nachdem in welchen Vierteln man sich bewegt oder mit welchen Menschen man verkehrt, geht der berechnete Wert hoch oder runter und verändert den Versicherungsbeitrag. Als Folge davon kann das Paar zwar zusammen sein, doch jedes Mal, wenn sie sich mit ihm trifft, geht ihr Score nach oben, wodurch sie einen höheren Versicherungspreis zahlen muss.

In der Geschichte von Qiufan Chen zeigt sich die Stärke der SF in der Betrachtung von neuen Technologien. Das »Was wäre, wenn …« wird zum ethischen Reflexionsimpuls für die Folgen emergierender Technologien und stellt die Technologie ebenso wie die Entwickler:innen selbst in den Kontext ihrer Gesellschaft. In dem anschließenden Analysekapitel erfahren wir dann die Hintergründe für dieses Gedankenexperiment. So folgt es, dass KI die unsichtbare Diskriminierung in der Gesellschaft identifiziert und quantifiziert und damit weiter institutionalisiert und festschreibt. In dem Kapitel heißt es: »Ingenieure müssen verstehen, dass sie ethische Werturteile in Produkte einbauen, die lebensverändernde Entscheidungen treffen, und sie müssen sich daher verpflichten, die Rechte der Benutzer zu schützen.« Über solche Verweise zeigt das Buch nicht nur auf die Probleme der aktuellen Forschung, sondern stellt ebenso mögliche Lösungen vor, die als tatsächliche Leitbilder für die Entwicklung dienen können.

KI 2041 ist ein wunderbares Beispiel dafür, wie SF als Gedankenexperiment dazu dienen kann, die Folgen von neuen Technologien zu verdeutlichen. Die beiden Autoren schaffen ein ideales Zusammenspiel aus Science Fiction und Science Fact und beleuchten, sehr plausibel und ohne verdrehte Metaphern von autonomen Robotern, die tatsächlichen Implikationen von KI, Big-Data-Analysen und den allgegenwärtigen Datenkraken, die über komplexe Clusteranalysen Muster erkennen und somit unser Leben, bereits heute, quantifizieren und kommodifizieren. Also allzu nahbar und realistisch und doch trotzdem nur Fiktion?!

Wenzel Mehnert

HARDY KETTLITZ
ISAAC ASIMOV
SCHÖPFER DER FOUNDATION
(Neuausgabe • 2022)
Sachbuch • Memoranda • Klappenbroschur • 406 Seiten • auch als E-Book

Über 500 Bücher und weltweite Popularität: Isaac Asimov (1920–1992) gehört zu den großen »Botschaftern« der Science Fiction – sein Name ist oft auch jenen vertraut, die mit dem Genre nur beiläufig zu tun haben. Das hat nicht zuletzt mit dem cleveren Trick zu tun, aus

SF PERSONALITY 19

HARDY KETTLITZ

ISAAC ASIMOV
SCHÖPFER DER FOUNDATION

sich selbst eine Marke zu machen: Asimovs Bart kann es in puncto Wiedererkennbarkeit durchaus mit denen von Salvador Dalí oder Frank Zappa aufnehmen. Dabei stellt SF – ob selbst geschrieben oder lediglich herausgegeben – gar nicht mal den Löwenanteil seines Werks dar, das zu mehr als der Hälfte aus meist populär geschriebenen Sachbüchern besteht. Andererseits hat Asimov das Genre tief geprägt: Seine Robotergeschichten und der FOUNDATION-Zyklus sind aus der Geschichte der SF nicht wegzudenken. Dass dies mehr mit den eingebrachten Ideen als mit literarischen Qualitäten zu tun hat, unterschlägt Hardy Kettlitz in der aktualisierten Neuausgabe seines SF PERSONALITY-Bandes keineswegs.

Isaac Asimov wurde vor dem 2. Januar 1919 – genauer wusste er es aufgrund mangelnder Dokumente auch nicht – in Russland geboren und siedelte mit seinen Eltern drei Jahre später in die USA über. Der Junge konnte bereits mit fünf Jahren lesen und entdeckte im familiären Süßigkeitenladen SF-Magazine, die er begeistert las; mit elf Jahren begann er dann selber, entsprechende Geschichten zu schreiben. Mit neunzehn stieß Asimov nicht nur zum SF-Fandom, sondern konnte seine erste Erzählung an ASTOUNDING STORIES verkaufen, wo sie im März 1939 erschien. Herausgeber John W. Campbell jr. förderte den aufstrebenden Autor, weshalb dessen Geschichten im Magazin fortlaufend gedruckt wurden, darunter 1941 die berühmt gewordene Story »Nightfall« (dt. »Einbruch der Nacht«) sowie ab dem Folgejahr die ersten Erzählungen zum späteren FOUNDATION-Zyklus. Parallel hierzu studierte Asimov und erlangte nach mehrjähriger Militärzeit 1948 den Doktorgrad in Biochemie, einem Fach, das er auch unterrichtet hat. Ab 1958 arbeitete er als freiberuflicher und vielfach ausgezeichneter Schriftsteller. Asimov war zweimal verheiratet, hatte zwei Kinder und starb am 6. April 1992 an den Folgen einer AIDS-Infektion, die zehn Jahre zuvor durch eine Bluttransfusion übertragen worden war.

Kettlitz unterscheidet drei Schaffensphasen. Von 1939 bis 1957 verfasste Asimov fast ausschließlich SF. In dieser Zeit entstanden alle seine Klassiker: Die 1950 zuerst in *I, Robot* (dt. *Ich, der Robot*) gesammelten Robotergeschichten, die zentrale FOUNDATION-Trilogie (1951–53) und die ersten beiden Roboterromane um Elijah Baley und R. Daneel Olivaw: *The Caves of Steel* (1954; dt. *Die Stahlhöhlen*) sowie – vom Erscheinungsdatum her bereits ein Nachzügler – *The Naked Sun* (1957; dt. *Die nackte Sonne*). Ab 1954 schrieb Asimov in erster Linie Sachbücher, von denen viele aufgrund ihrer verständlichen Darstellungsweise sehr erfolgreich wurden. Zwar veröffentlichte er weiterhin SF-Kurzgeschichten, aber (fast) keine Romane. Als 1972 *The Gods Themselves* (dt. *Lunatico oder Die nächste Welt*) erschien, galt dies als solche Sensation, dass das bestenfalls mittelmäßige Buch den Hugo Award erhielt, obwohl die gleichfalls nominierten Romane *Dying Inside* (dt. *Es stirbt in mir*) von Robert Silverberg oder *When Harlie Was One* (dt. *Ich bin Harlie*) von David Gerrold diese Auszeichnung weit eher verdient hatten. Asimovs dritte Schaffensphase begann 1982 und kreiste im Wesentlichen um diverse Prequels und Sequels zu den Roboterromanen und den FOUNDATION-Büchern, die zu einem Superzyklus vereint wurden. Abgesehen von *Foundation's Edge* (1982; dt. *Auf der Suche nach der Erde*), dem vermutlich besten seiner späten Veröffentlichungen (Hugo 1983), dürfte hier aber kaum etwas von dauerhaftem Interesse sein; erst recht nicht jene Bücher, die von anderen Autoren ausgeführt wurden (Gregory Benford, Greg Bear und David Brin) und die Kettlitz gewiss zu Recht als »dröge« bezeichnet.

Während sich Asimovs schriftstellerische Potenz nach den 1950er-Jahren weitgehend erschöpft hatte, ist er als Herausgeber weit längere Zeit von Bedeutung gewesen, etwa mit der Reihe THE GREAT SF STORIES (1979–1992). Primär als Namensgeber fungierte der Autor hingegen bei ISAAC ASIMOV'S SCIENCE FICTION MAGAZINE, das 1977 gegründet wurde und speziell unter der Herausgeberschaft von Gardner Dozois (1985–2004) eine Blütezeit erlebte; nicht weniger als fünfzehn Hugos waren die Folge. Doch all dies ist nur die Spitze in Asimovs riesigem Œuvre, das von Kettlitz in bewährter Manier ebenso informativ wie unterhaltsam erschlossen wird. Klar strukturiert und mit zahlreichen Umschlagabbildungen versehen, merkt man dem Buch an, dass es mit viel Aufwand verfasst wurde; dies gilt ebenso für die von Joachim Körber betreute Bibliographie. Und: Die Neuausgabe geht selbstverständlich auf die Verfilmung von FOUNDATION ein, dem deutlichsten Zeichen dafür, dass sich Asimovs

Erfindung zu einem ähnlichen Medienphänomen entwickelt wie Frank Herberts DUNE-Zyklus.

Kai U. Jürgens

JOSÉ LUIS CORDEIRO MATEO / DAN WOOD
DER SIEG ÜBER DEN TOD. DIE WISSENSCHAFTLICHE MÖGLICH-KEIT, EWIG ZU LEBEN, UND IHRE MORALISCHE RECHTFERTIGUNG
(La muerte de la muerte • 2017)
Sachbuch • Finanzbuchverlag • Hardcover •
351 Seiten • auch als E-Book
Aus dem Spanischen von Boris Bauke

Eine Vorbemerkung: Im *Science Fiction Jahr 2005* veröffentlichten wir einen philosophischen Dialog zum Thema Unsterblichkeit. An einer Stelle erklärten wir die Stimmung unserer Protagonistin, die Existenzform der Nichtsterblichkeit als »seltsam« zu empfinden, zum Problem ihrer menschlichen Gefühlsregungen und ihrer nicht-rationalen Denkweise. Wir haben es uns damals zu einfach gemacht.

In ihrem Buch *Der Sieg über den Tod* beziehen sich die Autoren José Luis Cordeiro und Dan Wood zu unserer Überraschung nämlich auch auf sozialpsychologische Forschungen und nicht nur auf die Darstellung neuer biologischer Fakten oder medizinischer Erfindungen (wie man gerade beim transhumanistischen Hintergrund Cordeiros vermuten könnte). Den »Umgang mit Todesangst« halten die beiden Autoren für ein »Schlüsselproblem« der menschlichen Gesellschaft. Sie erwähnen in diesem Zusammenhang das 1974 mit dem Pulitzer-Preis ausgezeichnete Buch *The Denial of Death* des Sozialanthropologen Ernest Becker (auf Deutsch 1976 erschienen). Kurz gefasst geht es in diesem Werk darum, dass das Aufbrechen des mittelalterlichen religiösen Weltbildes mit seiner Idee der Unsterblichkeit einer Seele in der Neuzeit zu einer fatalen Hoffnungslosigkeit der Menschen geführt hat, in deren Folge versucht wurde, den Tod in seiner individuellen Endgültigkeit aus dem Bewusstsein zu verdrängen und in gesellschaftliche Bereiche abzuschieben. Wenn also bessere Mittel

gegen die Bedrohung des individuellen Todes wissenschaftlich entwickelt werden sollen, ist auch daran zu denken, dass psychische
»Schutzschilde«, die bei den Individuen gegen die schwer auszu-
haltende Wahrheit des eigenen Todes aufgebaut wurden, ein kultureller Widerstandsfaktor sind, die solche Erfindungen erschweren
können. Diesen Aspekt haben wir unterschätzt.

Einhundert Dollar – das ist der derzeitige Marktwert der materiellen Substanzen, aus denen der Mensch besteht. Cordeiro/Wood
entwickeln eine Art Elementar-Materialismus, der eine weitere Enttäuschung der menschlichen Identitätsvorstellungen mit sich bringt
und den Blick öffnet auf grundlegende Tatsachen: Der biologische
Körper ist eine Organisation von Materie auf bestimmte Weise, und
diese ist prinzipiell verstehbar und manipulierbar. Der Tod ist folglich »nur« ein biologisches Konzept, um die Evolution bei höheren
Organismen voranzutreiben – man kann es auch außer Kraft setzen
und ändern. Der Tod ist in der Biologie nicht festgelegt, er ist keine
unvermeidbare Naturtatsache. Cordeiro/Wood weisen darauf hin,
dass über Hunderte von Millionen Jahren auf der Erde das Prinzip
des Todes, also des Absterbens von Organismen, unbekannt war.
Viele höherentwickelte tierische Lebewesen haben völlig unterschiedliche Lebensspannen. Mit 100.000 Jahren schlägt das Alter
eines Exemplars der Seegraswiese Posidonia zu Buche – der älteste
bisher auf der Erde gefundene (pflanzliche) Organismus. Zudem
ist eine Ungleichzeitigkeit bei den Alterungen von Zellen auf verschiedenen Organisationsniveaus des menschlichen Körpers zu
beobachten. Krebszellen sind sogar unsterblich.

Die Komplexität dieser somatischen Prozesse ist beeindruckend,
und es ist erst einmal schwer vorstellbar, wie man in diese Vorgänge
eingreifen sollte. Wenn eine Kernaussage des Buches lautet: »Vielmehr ist der Tod für moderne Menschen ein technisches Problem,
das wir lösen können und sollen«, so ist damit ein riesiger Anspruch
verbunden. Das Altern selbst – als die Ursache für alle damit verbundenen Krankheiten – sei direkt »anzugreifen«. Die Autoren fassen
neueste Entwicklungen der »Verjüngungsforschung« gut zusammen.
Begriffe wie Signaltransduktion und Zellzykluskontrolle, Telomerase-
Injektionen und DNA-Schadensreaktionen tauchen auf. Cordeiro/
Wood wenden sich mit ihrem Buch an die allgemeine Öffentlichkeit,
sodass sie auf die Darstellung von Details und die Erklärung solcher

Fachbegriffe verzichten. Zentral ist für sie die Erkenntnis, »dass das Altern zumindest teilweise durch Signalübertragungswege reguliert zu werden scheint, die pharmakologisch manipuliert werden können«.

Doch wie sieht es mit der »moralischen Rechtfertigung« aus, wie sie im Untertitel des Buches steht? Cordeiro/Wood beziehen sich auf das Konzept eines »Lebensextensionismus«, das meint, »eine radikale Lebensverlängerung (weit über die gegenwärtige Lebenserwartung hinaus) sei aus ethischen Gründen wünschenswert«. Die beiden Autoren haben keinen konventionellen Moral-Begriff. Sie befreien sich vom historisch aufgeladenen moralischen Diskurs und gehen selbstverständlich von einer Art »Substrat-Moral« aus. Ihr Ausgangspunkt ist die materielle Basis biologischer Prozesse wie oben beschrieben und sie nehmen keine Rücksicht auf den ideologischen Ballast der Kulturgeschichte. Schon pragmatischer ist ihr Argument, dass man die Kostenlawine im Gesundheitssystem mit einer grundlegenden Überwindung des Alterns aufhalten könne. Ein wichtiger Punkt bei Cordeiro/Wood ist dabei, dass die Lebensverlängerung eine Lebensverjüngung bedeutet.

Die Autoren behandeln das Problem aus einer Individualperspektive, da setzt unsere Kritik an. Im Untertitel fehlt als Ergänzung: »… und ihre gesellschaftlichen Implikationen«. Die entscheidende Frage ist doch, wie eine Gesellschaft aussähe, die den Alterungsprozess aufhalten kann. Insofern können wir – trotz des Verweises auf den Sozialanthropologen Becker – Cordeiro und Wood den Vorwurf nicht ersparen, einen technizistischen Ansatz zu vertreten. Ihre Substrat-Moral, die von den Realisierungspotenzialen an der Biologie-Basis u. a. für ein verlängertes Leben bis zur Unsterblichkeit ausgeht, muss eingerahmt werden durch neue ethische Fragen bezüglich einer Steuerung der Gesundheitspolitik und des Bevölkerungswachstums: Wie wird in den ersten Jahrzehnten der Zugang zu den wahrscheinlich kostspieligen Medikamenten der Lebensverjüngung geregelt? Wer bestimmt zu einem späteren Zeitpunkt, wer von den schon Lebenden wie lange leben darf? Wer entscheidet, wer geboren werden soll? Soll die Gattungsreproduktion von der biologischen Fortpflanzung abgekoppelt werden? Was bedeutet unter solchen Umständen eine exoplanetarische Perspektive für die Menschheit?

Auch wenn das Buch Schwächen in der Argumentation und Darstellung aufweist, so haben Cordeiro/Wood einen neuen Anstoß gegeben zu einer Debatte, die weitergeführt werden muss und die zu neuen moralischen Konsequenzen führen wird. Wir meinen, dass eine ideale utopische Gesellschaft den Tod besiegen und ihren Mitgliedern andere Sinn-Perspektiven bieten kann im Hinblick auf die Lebensgestaltung. Für die längere Übergangsphase muss der Tod und seine Überwindung in die allgemeine Sinndiskussion überführt werden – am besten ohne bewusstes Ausweichen, ohne unbewusste Verdrängung. Die Botschaft des Buches lautet, dass die Zeit für die elementare Manipulation von Alterungsprozessen reif ist. Statt die psychische Energie also in »Schutzschilde« zu investieren wie der (unbewussten) Überidentifizierung mit gesellschaftlichen Rollen, um die Todesbedrohung auszuhalten, ist es mittlerweile interessanter und aussichtsreicher aufgrund der rasanten technischen Entwicklung, Methoden der Lebensverjüngung voranzutreiben. Wir werden aber lernen müssen, in absehbarer Zeit – je nach individuell-fortgeschrittenem Lebensstadium und je nach sozialer Lage – auszuhalten, nicht oder nur unzureichend an diesen neuen Möglichkeiten teilhaben zu können.

Peter Kempin / Wolfgang Neuhaus

CHARLES PLATT

DIE WELTENSCHÖPFER
KOMMENTIERTE GESPRÄCHE MIT
SCIENCE-FICTION-AUTORINNEN UND
-AUTOREN. BAND 2

(Originalausgabe • 2022)

Sachbuch • Memoranda • Klappenbroschur •

353 Seiten • auch als E-Book

Die Interviews gehen weiter: Auch im zweiten Band der *Weltenschöpfer* unterhält sich Charles Platt mit bekannten und weniger bekannten SF-Autoren, die für ihn um 1980 von Interesse waren. Das Resultat ist diesmal nicht ganz so spektakulär wie beim Vorgänger (Stichwort Harlan Ellison), aber allemal lesenswert. Zum einen, weil Großmeister wie Brian W. Aldiss, Frank Herbert und Robert Silverberg zu Wort kommen, zum anderen, weil auch Charles Platt einiges über sich verrät – und zwar vielleicht mehr, als er beabsichtigt haben mag.

Außerdem werden gut die Hälfte der Gespräche hier erstmals auf Deutsch veröffentlicht.

Ray Bradbury ließ tief blicken:»Ich bin kein reiner Science-Fiction-Autor, im Grunde meines Herzens bin ich ein Filmfanatiker, und mein gesamtes Werk ist davon angesteckt.« J.G. Ballard äußerte sich grundlegend:»Alle meine Texte beschreiben das Aufgehen des Ichs in der endgültigen Metapher, im endgültigen Bild, und das ist psychologisch erfüllend. Mir scheint dies das einzige Glücksrezept zu sein, das wir kennen.« Und Jerry Pournelle sah sich offenbar im Bürgerkrieg:»Sobald sie alt genug sind, bringe ich meinen Kindern bei, was Waffen sind.« Kein Wunder also, wenn Platt meint, dass SF-Autoren dazu»neigen, egozentrisch und arrogant zu sein« – wobei er sich selbst ausdrücklich mit einbezieht. Doch die allermeisten Gespräche verliefen angenehm und informativ.

Frank Herbert beispielsweise: Typischerweise geht es bei ihm um eine starke Hauptfigur, die ihr Schicksal selbst in die Hand nimmt. Dies ist nicht ohne Risiko, und so meinte der Autor über *Dune* (1965; dt. *Der Wüstenplanet*):»Ich habe einen charismatischen Anführer erschaffen, einen jungen Fürsten, damit man, sobald ich die Sache umdrehte, erkennt, wie gefährlich es ist, charismatischen Anführern zu folgen, mögen sie auch noch so gut sein.« Tatsächlich inszenierte sich Herbert als einen überzeugten Verfechter der persönlichen Freiheit, die es dem Individuum erlaube,»den Status quo zu ignorieren und sein Schicksal selbst zu gestalten«. In diesem Sinn hat er sich nicht allein als Schriftsteller, sondern auch als Tüftler gesehen, der beispielsweise eine Windturbine oder eine Solarheizung entwickelte. Doch offenbar ließ sich kaum etwas davon praktisch umsetzen, sodass Herbert in erster Linie als Schöpfer des *Dune*-Kosmos in Erinnerung bleiben wird.

Von Brian W. Aldiss ist Platt mal in einen Kleiderschrank eingesperrt worden, weil er»eines seiner Bücher verrissen hatte«. Dem Kontakt zwischen beiden tat dies keinen Abbruch, und so äußerte sich der umfassend belesene Autor ausführlich über seine Karriere und über die Möglichkeiten, eine Geschichte zu erzählen:»Betrachtet man die letzten drei, vier Dekaden, möchte ich behaupten, dass zwei Methoden des Schreibens in der Science Fiction um die Vormachtstellung kämpfen. Eine gewinnt immer. Und das ist diejenige, die das Erbe der Pulp-Magazine fortschreibt, Erzählungen, in denen der Plot im

Vordergrund steht – man also von einem Typen liest, der im Schlamassel steckt und versucht, dort wieder herauszukommen.« Aldiss distanzierte sich von diesem Vorgehen, weil er es literarisch für weniger ergiebig hielt, arbeitete damals aber gerade am ersten Band der HELLICONIA-Trilogie, die auf konventionellere Marktbedürfnisse zugeschnitten ist: »Ich glaube, dieser Roman wird gut, und dieses Mal werde ich mich frühzeitig um die Zusage eines Verlags kümmern, sodass er passend in den Produktionszyklus eingespeist werden kann. Man muss mit dem Verlagssystem arbeiten, nicht dagegen.«

Auch Christopher Priest, der Autor von *The Inverted World* (1974; dt. *Inversion*), haderte mit dem Markt (»Mir scheint, dass das ständige Streben nach dem schnellen Absatz in der SF selbstzerstörerisch ist«); eine Einschätzung, die Robert Silverberg teilte. Dessen ambitionierten Werke wie etwa *Thorns* (1967; dt. *Der Gesang der Neuronen*) oder *The Stochastic Man* (1975, *Der Seher*) haben nie so viel Zuspruch wie seine Unterhaltungsromane erhalten, was beim Verfasser eine mehrjährige Schreibpause auslöste. Tatsächlich bedauerte es Silverberg damals, ein Buch wie *Dying Inside* (1972; dt. *Es stirbt in mir*) zwar geschrieben, aber seine hier aufscheinende Begabung »einfach liegen gelassen zu haben und nie mehr auf dieses Niveau zurückgekehrt zu sein«. Dies war allerdings 1979, bevor er fantasyhafte Epen wie *Lord Valentine's Castle* (1980; dt. *Krieg der Träume*) auf den Markt brachte.

Der 1945 geborene Charles Platt – von dem zuletzt *Free Zone* auf Deutsch erschienen ist – gehört als Schriftsteller nicht zu den Großen des Genres, weshalb seine Kommentare oftmals sarkastisch bis maliziös ausfallen. Zu John Brunner heißt es, er »wollte als ernsthafter Schriftsteller wahrgenommen werden, warb aber für sich wie ein Zeuge Jehovas«, und zu Michael Moorcock, »in Wahrheit« wäre dieser »hinter seinem charismatischen Auftreten erschöpft und verzweifelt« gewesen. Ohnehin reibt sich Platt an innovativer SF. Er war zwar an dem maßgeblichen Periodikum NEW WORLDS beteiligt, hätte jedoch Schwierigkeiten mit »der Innerlichkeit und dem Pessimismus« gehabt, der »vielen der neuen Geschichten innewohnte«. Gewissermaßen als Ausgleich wurde ein Interview mit Actionroutinier E. C. Tubb eingebaut, für den Delanys Großwerk *Dhalgren* (1975) erwartungsgemäß ein »Monument der Unlesbarkeit« darstellt. Tatsächlich hat Platt jede Menge Probleme mit kreativem oder auch nur finanziellem Vorankommen. Dies belegt etwa das Gespräch mit Bradbury, der sich angeblich »in Schriftsteller hineinversetzen« konnte, »die weniger erfolgreich als er selbst waren«. Wen Platt damit meint, wird deutlich, als er einen für sich enttäuschend verlaufenden SF-Workshop unter der Leitung des renommierten Herausgebers Damon Knight rekapituliert. Er hatte eine Kurzgeschichte eingereicht, gewann jedoch den Eindruck, nicht in derselben Liga wie die anderen Teilnehmer zu spielen: »Ich bewunderte Innovatoren wie Ballard und Burroughs, aber wenn es um Science Fiction ging, bevorzugte ich doch die Standards von ASTOUNDING SCIENCE FICTION unter der Federführung von John W. Campbell.« Diese Feststellung kann man getrost so stehenlassen.

Insgesamt enthält Band 2 der *Weltenschöpfer* etwa zu gleichen Teilen Material aus *Dream Makers* (1980; dt. *Gestalter der Zukunft*) und der Fortsetzung *Dream Makers II* (1983), die bislang nicht übersetzt worden ist. Alle Gespräche wurden durchgesehen, überarbeitet und aus heutiger Sicht kommentiert. Hervorzuheben ist Platts Ansatz, auch Autoren einzubinden, die dem Genre im engeren Sinne nicht zuzurechnen sind, wie etwa William S. Burroughs oder der Futurologe Alvin Toffler, von dem der Bestseller *Future Shock* (1970; dt. *Der Zukunftsschock*) stammt. (Tatsächlich hatte Platt auch David Bowie, Anthony Burgess, Brian Eno, H. R. Giger und Stanley Kubrick angefragt, von ihnen jedoch keine Antwort erhalten.) Selbst wenn nicht jedes Interview gelungen und manches Fehlurteil kritisierbar ist, leistet *Weltenschöpfer 2* eine unentbehrliche Bestandsaufnahme für die SF der 1960er- und 1970er-Jahre.

Kai U. Jürgens

CHARLES PLATT
DIE WELTENSCHÖPFER
KOMMENTIERTE GESPRÄCHE MIT SCIENCE-FICTION-
AUTORINNEN UND -AUTOREN. BAND 3
(Originalausgabe • 2022)
Sachbuch • Memoranda • Klappenbroschur • 338 Seiten • auch als E-Book

Piers Anthony hatte es eilig (»Genau genommen schreibe ich sogar, wenn ich esse«). Für Joe Haldeman war *The Forever War* keine Antwort auf *Starship Troopers* von Robert A. Heinlein, auch wenn der

Eindruck in der Tat naheliegt. Und Fritz Leibers »liberale Einstellungen beleidigten viele seiner Zeitgenossen, weswegen er jahrelang gemieden wurde«.

Dies sind nur einige kurze Momente aus dem dritten Band der *Weltenschöpfer*, mit dem das Unterfangen zum Abschluss kommt. Noch einmal versammelt Charles Platt jene Gespräche, die er mit Kreativen aus der SF-Branche geführt hat, wobei das Konzept leicht erweitert wurde: Neben großen Autoren wie Poul Anderson, Harry Harrison, Jack Vance und dem allerdings nicht übermäßig SF-affinen Stephen King wird mit Donald A. Wollheim erstmals ein Verleger (DAW Books) und mit Edward L. Ferman ein Herausgeber (THE MAGAZINE OF FANTASY AND SCIENCE FICTION) berücksichtigt. Vor allem aber korrigiert das Buch ein Missverhältnis: Waren in den ersten beiden Ausgaben mit Ausnahme von Kate Wilhelm nur Männer zu Wort gekommen, rücken diesmal Autorinnen wie Joanna Russ, Alice Sheldon (James Tiptree jr.) und Joan D. Vinge in den Fokus.

Hierbei muss Platt jedoch um eine große Lücke herummanövrieren: Ursula K. Le Guin wollte sich nicht interviewen lassen. Das ist von daher ein Verlust, weil ihre Bücher ganz unabhängig von der Frage, ob Männlein oder Weiblein für sie verantwortlich zeichnet, zu den Meisterwerken der 1960er- und 1970er-Jahre zählen. Das kann man vom Gesamtwerk einer Alice Norton nicht sagen, die als »Andre Norton« auf harm- bis belanglose Abenteuergeschichten spezialisiert war und sich skeptisch gegenüber libertären Tendenzen äußert: »Natürlich bin ich gerade sehr aufgebracht über die neue Haltung der Fantasy gegenüber Homosexualität. Ich habe das starke Gefühl, dass das falsch, verkehrt, schädlich und verletzend ist.« (Das Interview entstand um 1980.) Die Gegenposition wird von Joanna Russ verkörpert, die sich zu ihrer lesbischen Identität bekennt und über die Platt schreibt: »*Schluss mit der Scheiße*, das schreien einem ihre Bücher förmlich entgegen.« Zwar gelte im Zweifelsfall Le Guin als Autorin, die feministische Positionen in die SF eingebracht habe, aber Russ wäre »wesentlich radikaler und wütender« gewesen. Allerdings sagt sie selber: »Wenn man das Denken der Leute aufbrechen möchte, dann ist Science Fiction wohl der denkbar schlechteste Weg. Mit jedem Film oder jeder Fernsehsendung erreicht man sehr viel mehr Leute.« Ihre Bücher brachten Russ dennoch Erfolg, insbesondere *Picnic on Paradise* (1968, dt. *Alyx*) und *The Female Man* (1975; dt. *Planet der Frauen*) gelten unterdessen als Klassiker. Die als James Tiptree jr. firmierende Alice Sheldon gibt sich nicht ganz so forciert wie Russ, aber erheblich intellektueller als Norton. »Ein männlicher Name erschien mir als gute Tarnung«, erzählt sie. »Ich hatte zu oft im Leben die Erfahrung gemacht, die erste Frau in irgendeinem verflixten Beruf zu sein; selbst wenn ich nicht die erste Frau war, gehörte ich zu den ersten Frauen.« Ihr Pseudonym hat Sheldon dann einer Marmeladenmarke entliehen; als die Maskerade aufflog, war es Le Guin »einigermaßen peinlich«, die Autorin einige Jahre zuvor aus ihrem feministischen Rundbrief herausgeworfen zu haben. Sheldon: »Sie hatte mich aufgefordert, doch bitteschön fernzubleiben, weil ›Tiptree‹ als Mann einfach das grundlegende Einfühlungsvermögen fehle!«

Die Gespräche mit Russ und Sheldon gehören zu den Höhepunkten des Bandes; ebenso wie diejenigen mit Fritz Leiber und Theodore Sturgeon, zwei Autoren, die beide in Deutschland zu Unrecht vergessen sind. Andere Interviews bleiben konturlos, wie sich denn überhaupt der Eindruck nicht ganz vermeiden lässt, dass sich Platts Konzept erschöpft hat. Zumal es erstaunlich bleibt, wen er bisweilen für sein Projekt heranzieht. Zu oft rutschen ihm marginale Figuren dazwischen, weshalb sich Jack Vance zu Recht beschwert: »Meine Güte, soll ich etwa in diesen Verein aufgenommen werden?« Offen abschüssig wird es schließlich bei L. Ron Hubbard, dessen Trashroman *Battlefield Earth* (1982) laut Platt »genauso flott und spektakulär geschrieben« sein soll wie die Kurzgeschichten des Scientology-Gründers aus den »jungen Jahren«. Tatsächlich? Hubbard hat nie etwas Substanzielles zum Genre beigetragen, weder in frühen noch in späteren Zeiten, und zum Teil sind die unter seinem Namen veröffentlichten Produkte noch nicht einmal von ihm selber verfasst worden. Immerhin liest sich das Kapitel über ihn in Sachen Paranoia recht launig, aber um Literatur geht es an keiner Stelle. Das abschließende Porträt im Buch gilt schließlich Platt selbst und wurde von einem Freund geschrieben. Ein fairer Abschluss, zumal nach all den Mühen.

Fazit: Der erste Band der *Weltenschöpfer* bleibt das Meisterstück, aber es lohnt sich dennoch, die alles in allem verdienstvolle Serie zu vervollständigen.

Kai U. Jürgens

STEFAN SELKE
WUNSCHLAND
VON IRDISCHEN UTOPIEN ZU WELTRAUM-KOLONIEN. EINE REISE IN DIE ZUKUNFT UNSERER GESELLSCHAFT
(Originalausgabe • 2022)
Sachbuch • Ullstein • Hardcover • 522 Seiten • auch als E-Book

Biosphere II, Celebration, Monte verità – die utopischen Projekte könnten unterschiedlicher nicht sein, was dem Autor Stefan Selke auch bewusst ist. Biosphere II (1991–1993 und 1994) war eine wissenschaftliche Versuchsanordnung in einer von der äußeren Umwelt abgeschlossenen Umgebung; die Siedlung Celebration (seit 1994) ist eine soziale »Firmen-Utopie« des Disney-Konzerns, die bessere Angestellte hervorbringen sollte; Monte verità (1900–1920) war ein radikaler Aussteiger-Ort, der am ehesten den utopischen Anspruch erfüllte, nämlich eine Alternative zum Bestehenden zu sein (auch wenn aus finanziellen Gründen ein Sanatoriumsbetrieb für Gäste organisiert wurde). Das sind nur drei der vielen Projekte, die in dem Buch Erwähnung finden. Was ist aber der gemeinsame Nenner? Selke liefert einen interessanten historischen Abriss überschaubarer »gelebter Utopien« von kleinen Gruppen; daneben stellt er ausführlich einige größere Ansiedlungen vor – darunter Konzernstädte wie Celebration oder die indische Modellstadt Auroville. Trotzdem bleibt eine Unvereinbarkeit zwischen der Kontrollfantasie einer von einem Konzern organisierten gated community und der grundlegenden Zivilisationskritik als Motiv für die Besiedlung eines abgelegenen Berges.

Selke, studierter Raumfahrttechniker und Soziologe und Professor für »Gesellschaftlichen Wandel« an der Hochschule Furtwangen, ist recht großzügig bei seiner Begriffsbestimmung, und das hat einen handfesten Grund. Jeder Ansatz eines potenziell utopischen Gedankens ist für ihn ein »Wunschland«, auch wenn er in den Köpfen von Managern geboren wird. Seine Frage ist, wann, wie aus einem solchen Wunschland eine Real-Utopie wird und auf welche Hindernisse die Beteiligten dabei stoßen. Was Selke dabei interessiert, ist noch etwas anderes, und das erklärt auch die Koexistenz solch disparater sozialer Experimente in seiner Darstellung. Seine Sympathie gehört der Weltraumexpansion der Menschheit, und er analysiert ältere und aktuellere, gescheiterte und noch existierende utopische Projekte auf der Erde, damit bei den geplanten kosmischen Habitaten nicht dieselben Probleme entstehen müssen.

Als Ergebnis seiner Forschungen präsentiert Selke den Lesern einen »Werkzeugkasten für Weltverbesserer«. Und für diesen bestehen mehrere Notwendigkeiten. Die Bewohner machen sich physisch zwar auf an einen anderen Ort, in ein anderes kulturelles Umfeld, aber sie bringen ihre Prägungen, Ängste, ihre Biografien mit – ein »Gepäck« aus psychischen Befindlichkeiten und kulturellen Einstellungen, die im Projektzusammenhang gemanaget werden müssen. Das Problem dieser ganzen Projekte ist also ein strukturelles: Die freie Entfaltung der individuellen Interessen steht in Spannung zur Verbindlichkeit von Regeln für alle Beteiligten, also unterschiedlichen Individuen, um Gemeinschaft herzustellen (was die Gefahr der Autorität birgt, der Erstarrung). Hinter dem Rücken der Mitglieder entstehen durch den zeitlichen Projektverlauf unter bestimmten Umweltbedingungen zudem neue Spannungsfelder, die unbekannt sind und auf die reagiert werden muss, weshalb möglichst »elastische Regeln« gefunden werden sollten. Zum Werkzeugkasten gehört auch die Kommunikation über die neu entstehenden Zustände, zum Beispiel können »interne« Außenseiter im Projekt grundsätzlich geduldet, nicht ausgeschlossen werden. Selke schildert anschaulich, wie es selbst bei einem wissenschaftlichen Versuch wie Biosphere II mit der Zeit zur Bildung zweier Gruppen kam, die nicht mehr miteinander gesprochen haben.

Es geht aber nicht nur um eine »Optimierung« des künftigen Zusammenlebens in weiteren Weltraumstationen und in außerirdischen Siedlungen. Selke hat einen weiteren utopischen Blick. Ohne eine andere Gesellschaftsform wird die Besiedlung anderer

Planeten nicht gehen, das ist die Botschaft bei Selke. Als einen Vorschein nennt er die Tauschwirtschaft, die sich auf der ISS gebildet hat. Eine andere, damit zusammenhängende Idee ist, dass Innovationen in Zukunft sozial, nicht technologisch sein müssen.

Während das Buch über lange Strecken eine Vielzahl von Material ausbreitet in zuweilen lockerem Ton, ist in den letzten Kapiteln ein Feuerwerk philosophischer Statements versteckt. Selke konstatiert eine allgemeine Utopiemüdigkeit, den Verlust des Grundvertrauens in die Veränderbarkeit der herrschenden Verhältnisse. Deshalb ist für ihn die Kategorie des Wunschlandes so wichtig, das sich in vielfacher Form in vielen Köpfen bildet. In jedem Einzelnen existieren folglich Ansätze der Utopie, die Menschen sind nicht hilflos den Umständen ausgeliefert. Diese Ansätze müssen aber konkretisiert und können nur unter Schwierigkeiten umgesetzt werden, auf die man sich aber vorbereiten kann.

Raumfahrt wiederum ist für Selke »angewandte Philosophie«, weil sich über ihre Aktivitäten und Konzepte die Perspektiven verändern und beteiligte Menschen anfangen, anders zu denken. Die Raumfahrt bringe einen »Overview-Effekt« mit sich – im Kontrast zum bloß erdgebundenen Denken. Neben dem Gedanken des Wunschlandes sind zwei andere wichtige Ideen bei Selke zu finden: die Idee des »zentralen Menschheitsprojektes« und die der planetarischen Kooperation. Die Raumfahrt würde Ersteres darstellen und sicher das Zweite benötigen. Und Selke offeriert noch eine weitere Aussicht, die sein Buch in eine technische Utopie münden lässt: Wenn die Menschen den Weltraum besiedeln, wird es erforderlich sein, dass nicht nur ihr Denken sich ändert, sondern auch ihre Körper verwandelt werden: Cyborgs im Weltraum aber gehören zu einem »Wunschdenken«, wie es aus der Science Fiction seit Langem bekannt ist.

Peter Kempin / Wolfgang Neuhaus

Yvonne Tunnat

WO GROSSARTIGE KURZPROSA ZU FINDEN IST: DIE BESTEN DEUTSCHSPRACHIGEN SCIENCE-FICTION-GESCHICHTEN IM JAHR 2022

Die deutschsprachige SF-Kurzprosa-Szene hat großartige Erzählungen zu bieten. SF-Urgesteine wie Michael K. Iwoleit und Thorsten Küper melden sich wieder zu Wort, es gibt neue Talente wie Aiki Mira zu entdecken und auch darüber hinaus hat das Jahr 2022 noch vieles mehr zu bieten.

Nachteilig ist, dass im Jahr 2022 insgesamt fast fünfhundert deutschsprachige Erzählungen im Bereich SF erschienen sind, verteilt auf mehr als sechzig Publikationen.

In den letzten zwanzig Jahren ist die Zahl der SF-Kurzprosa-Veröffentlichungen von durchschnittlich 300 auf nahezu 500 Texte pro Jahr angestiegen. Bei der Zählung wurde jene Kurzprosa berücksichtigt, die entweder dem Komitee des Deutschen Science Fiction Preises, dem Gros der Wahlberechtigten des Kurd Laßwitz Preis oder beiden bekannt war.

Wer soll das alles lesen? Wie die Perlen finden, ohne sich durch eine Vielzahl mittelmäßiger oder gar wirklich schlechter Texte quälen zu müssen? Eine »Best-of-Anthologie« wie im angloamerikanischen Raum gibt es hierzulande nicht.

Die SF-Magazine EXODUS und NOVA

Viel Aufmerksamkeit und Verbreitung erfahren jene Storys, die im EXODUS-Magazin veröffentlicht werden. Das Magazin erscheint zweimal jährlich, stets mit zahlreichen hochwertigen Illustrationen, edler Aufmachung und einer hervorragenden Auswahl von Storys. Auch im letzten Jahr haben es wieder drei der Geschichten auf die Nominierungslisten des Kurd Laßwitz Preis (KLP) geschafft. Daneben liefert das Magazin für spekulative Literatur des Verlags p.machinery, NOVA, zuverlässig Qualität. 2022 erschien eine Ausgabe des Magazins, zwei der dort veröffentlichten Geschichten landeten auf den KLP-Nominierungslisten.

Sowohl NOVA wie auch EXODUS werden besprochen und in Lesezirkeln diskutiert. Beide Magazine sind offen für Einsendungen von SF-Neulingen in einer Dauer-Ausschreibung. Ein sorgfältiges Lektorat sorgt dafür, dass die Storys stets im besten Gewand erscheinen.

Highlights in EXODUS und NOVA

Der Icherzähler in Michael K. Iwoleits »Briefe an eine imaginäre Frau« aus NOVA 31 wurde 1989 geboren und schreibt nun, als Achtzigjähriger, Briefe an eine Frau, der er als jüngerer Mann begegnet ist. Es bleibt offen, ob sie real ist oder seiner Phantasie entsprungen, ein virtuelles Wesen. Die Begegnung ist der Auslöser für viele seiner folgenden Lebensentscheidungen. So gewährt er Lesenden einen Rückblick in sein Leben und somit in die Welt, in der er lebt und die er teilweise als Entwickler aktiv mitgestaltet hat. Viele Aspekte des Weltenbaus sind hochinteressant, wie die Poolmenschen, die sich genetisch aus mehreren Menschen zusammensetzen. Der Icherzähler ist zu 12 Prozent »Vater« einer solchen Tochter, Cara, die sich auch sozial als seine Tochter empfindet.

Iwoleit schreibt spannend, geht Gedankengängen in langen Sätzen und in fast barockem Stil auf den Grund und schafft es, knapp hundert Seiten lang zu fesseln.

Neben all der SF und dem beeindruckenden Weltenbau geht es in der Story um den Wunsch nach Perfektion. Die Lebensgeschichte des Erzählers kolportiert außerdem, dass das Streben nach perfekter Schönheit unglücklich macht und virtuelle Realität, die jeden Makel beseitigt, deutlich mehr Risiken als Chancen bietet. »Was wird aus der Liebe in einer Welt, [...] in der die Grenzen zwischen Wunsch und Wirklichkeit verschwimmen.«

Ebenfalls weitläufig mit dem Thema Liebe zu einer Frau beschäftigt sich C. M. Dyrnbergs »Fast Forward«, auch in NOVA 31 erschienen. Im Gegensatz zu Iwoleits Hauptfigur hat Dyrnbergs Protagonist tatsächlich eine Beziehung zur betreffenden (realen) Frau geführt. Leider trennt diese sich kurz vor ihrer gemeinsam geplanten Reise zu einem Exoplaneten, und er tritt die Reise allein an. Aufgrund der langen Reisedauer verbringt er viel Zeit im Kryoschlaf, wird aber regelmäßig geweckt. Nach jeder Schlafperiode ist mehr Zeit vergangen und er hat sich weiter von der Erde entfernt. So wächst auch die Entfernung zu seiner ehemaligen Frau und die Hauptfigur hat mit Trauerbewältigung zu tun: Für ihn sind ja gefühlt nur Tage vergangen, für sie Jahrzehnte, irgendwann Jahrhunderte. Oder?

Die Pointe ist gut vorbereitet und trotzdem nicht offensichtlich. Die Kurzgeschichte ist aufgrund der hohen stilistischen und sprachlichen Sorgfalt außerdem höchst angenehm zu lesen.

Leszek Stalewski gibt mit »Some Time in Mozambique« sein Debüt in EXODUS 45 und hat es damit gleich auf die KLP-Nominierungsliste geschafft. Kein Wunder. Dem Autor gelingt es, selbst Nebenfiguren mittels Dialog rasch und treffend zu charakterisieren.

Die Icherzählerin kommt in ein Gebiet, das von einer Seuche befallen ist, deren Wirken detailliert und eindringlich geschildert wird. Neben der vordergründigen Story um Krankheit und Sterben zeigt die Geschichte auch, was das Leben lebenswert macht, wie Freundschaft, Respekt, Reue und Trauer (und sei es um Landstücke).

Auch in »Das Wetter ist heute besonders schön. Haben Sie noch Wünsche?« von Alexa Rudolph in EXODUS 45 geht es um das Leben beziehungsweise dessen Ende. Die Erzählerin wird von ihrer Tochter in ein Heim für alte Menschen gebracht, das von KIs betreut wird. Klingt wie Slice of Life, es steckt jedoch subtil Gruseliges zwischen den Zeilen. Die Protagonistin durchblickt die Situation offenbar nicht, aber einiges macht ihre Tochter unruhig – und auch die Lesenden. Eine klare Auflösung bietet die Geschichte nicht, aber ausreichend viele Hinweise, dass sich die Situation der Hauptfigur durch den Umzug an diesen Ort keineswegs verbessert hat und es den Bewohnenden dieses speziellen Heims an einigem mangelt, allem Anschein nach an mehr als echter Empathie und Fürsorge.

Neue Magazine:
QUEER*WELTEN, FUTURE FICTION MAGAZINE und WELTENPORTAL

EXODUS und NOVA haben in den letzten ein bis zwei Jahren hervorragende Gesellschaft erhalten. Das queerfeministische Science-Fiction- und Fantasy-Zine QUEER*WELTEN startete mit einer Ausgabe pro Quartal, seit 2022 wurde der Erscheinungszyklus auf alle sechs Monate umgestellt.

Das Magazin erscheint seit 2020 im Ach je Verlag, der seit 2021 ein Imprint des Amrûn-Verlags ist. Jede Ausgabe bringt mindestens zwei Science-Fiction-Geschichten. Mal steht Queerness im Vordergrund, mal wird eine Welt geschildert, die wie nebenbei oder eher subtil eine queere Selbstverständlichkeit ausstrahlt, so wie es in der angloamerikanischen SF bereits seit Jahren normal ist (*casual queerness*). Das FUTURE FICTION MAGAZINE brachte die ersten drei Ausgaben 2022 heraus, die Redaktion visiert weiterhin drei Ausgaben pro Jahr an. Das Magazin erscheint wie EXODUS und WELTENPORTAL im Selbstverlag. Neben Übersetzungen aus aller Welt, auch aus dem afrikanischen und asiatischen Raum, bietet jede Ausgabe zwei originär deutschsprachige Erstveröffentlichungen.

Das kostenlose Magazin WELTENPORTAL erscheint seit April 2021 und bietet einen Ausschnitt aus der gesamten deutschsprachigen Phantastik-Szene. Bis Ende 2022 sind bereits vier Ausgaben erschienen. Fast die Hälfte der Geschichten entstammen der SF oder sind Cross-over, die SF-Komponenten beinhalten. Der Löwenanteil sind Erstveröffentlichungen.

Diesjährige Highlights aus dem FUTURE FICTION MAGAZINE, WELTEN-PORTAL und den QUEER*WELTEN

Das FUTURE FICTION MAGAZINE sucht Near Future SF, und das Thema von Aiki Miras »Digital Detox« aus der Nummer 2 liegt nicht weit entfernt von der jetzigen Alltagsrealität und könnte auch heutzutage manchen guttun. In Miras Kurzgeschichte besuchen die drei Hauptfiguren einen Entzugsort, geben ihre Geräte beim Betreten ab und sind fortan offline. Der Icherzähler hat einen weiteren, zunächst nicht offenbarten Grund, seinen Devices fernzubleiben: Er ghostet seinen eigenen Vater.

Der Umgang mit Sprache von Autorx Mira verlässt zwar nie die Grenzen gültiger Grammatik, lotet aber immer wieder neue Ausdrücke, Metaphern oder die Erweiterung von Adjektiven aus wie »neugeborenennass stehen wir voreinander«.

Ein SF-Highlight aus dem WELTENPORTAL stellt »Trautes Heim« von Renée Engel aus Ausgabe 3 dar. Die Autorin bedient ein klassisches

Thema der SF: das Ersetzen geliebter Personen durch künstliche Doppelgänger. Die Geschichte lebt von zwei Komponenten. Erstens wird die menschliche Seite beleuchtet, zweitens wird erst nach und nach entblättert, wer hier ersetzt wurde, warum und wann. Die Kurzgeschichte durchbricht die Einheit von Raum und Zeit durch eine Rückblende (»Zwei Wochen vorher«), was strukturell beim Lesen etwas fordert. Dennoch überzeugt die Geschichte dadurch, dass beim Lesen auch schon früh ein gelungener End-Twist erahnbar ist.

Auch die Story »Der Zustand der Welt« aus QUEER*WELTEN 08 von Aiki Mira bricht mit einer Kurzgeschichten-Konvention. Diese Geschichte wird abwechselnd von zwei Perspektivfiguren erzählt: Xiang und Marie. Beide sind aus unterschiedlichen Gründen unterwegs zum selben Event. Der Weltenbau in dieser Kürze ist beeindruckend, die Fülle der Details ist fast erdrückend. Und doch folgt die Geschichte einer klaren Linie und wirft mutige Fragen auf, wenn auch subtil. Was ist, wenn Bots wie Kinder aussehen? Wofür dürfen und sollten diese genutzt werden und wofür nicht? Auch das klassische SF-Thema, wann ein Bewusstsein anfängt, wird angesprochen. Hier findet die Geschichte in einem letzten Perspektivwechsel eine klare Antwort innerhalb des Story-Kosmos.

Perlen aus Anthologien des Jahrgangs 2022

Neben den fünf Magazinen erschienen 2022 mehr als fünfzig deutschsprachige Anthologien, die entweder durchgängig oder zumindest teilweise SF enthielten. Bei der Menge an Veröffentlichungen verwundert es nicht, dass die meisten dieser Werke nur wenig Resonanz fanden und auch in den sozialen Medien kaum über die enthaltene Kurzprosa gesprochen wird.

Es erscheint vieles, das augenscheinlich entweder gar nicht oder nur unzulänglich lektoriert wurde. Beim Lesen kann der Eindruck entstehen, es wurde eine Version der Geschichte publiziert, die noch nicht reif für die Veröffentlichung ist.

Selbst Korrektorat und Buchsatz lassen oft zu wünschen übrig. Dementsprechend wenig (oder negativ) wird so eine Publikation beachtet und besprochen, auch wenn sich in solchen Anthologien nicht selten verborgene Schätze befinden, die an einem anderen Ort auf Hochglanz poliert möglicherweise sogar auf Nominierungslisten gelandet wären. Das ist schade und fast sträflich – weniger wäre hier definitiv mehr. Mit hoher Wahrscheinlichkeit beschränken sich die meisten SF-Fans auf nur wenige Magazine und/oder Anthologien. Von den mehr als sechzig Publikationen bleibt daher ein Großteil kaum beachtet. Inwiefern nützt es dem Verlag, den Herausgebenden und den SF-Schaffenden oder gar den SF-Fans, wenn eine Anthologie erscheint, deren verkaufte Auflage im niedrigen zweistelligen Bereich verbleibt und zu der es keine oder fast keine Rezensionen gibt und die auch sonst kaum beachtet wird? Aber auch in Anthologien sind 2022 einige sehr lesenswerte Geschichten erschienen.

Selbst abseits der großen oder kleinen Verlage kann eine beachtenswerte Anthologie zu finden sein. *Sonnenseiten: Street Art trifft Solarpunk* ist im Selbstverlag erschienen. Den Herausgebenden Tino Falke und Jule Jessenberger ist es nicht nur gelungen, eine ansprechend aussehende Anthologie innen und außen zu gestalten, auch die Auswahl der Storys ist trotz der Fülle von 22 Geschichten von hoher Qualität. Das aufmerksame Lektorat sorgt dafür, dass jede Story sich in bestem Gewand präsentieren darf.

Die Bandbreite bietet auch Platz für Experimente. So ist »Uferlos« von Lena Richter aus der Sicht einer Stadt geschrieben, »Fuchsfeuer« von Roxane Bicker wählt die zweite Person Singular als Erzählperspektive. Ein Highlight der *Sonnenseiten*-Anthologie ist »Kaleido und Bumerang« von Dani Aquitaine. Das erzählende Ich Kaleido bewohnt gemeinsam mit ihrer Familie ein zwölfstöckiges Haus. Dies stellt Aquitaine mit wenigen Worten turbulent und lebensecht dar. Nun soll Kaleidos Cousin Eduardo einziehen und ihr Zimmer bekommen. Der Weltenbau wird wie nebenher erledigt und Aquitaine erzählt gekonnt eine Geschichte über Familie und Freundschaft, mit gut vorbereitetem und befriedigendem Ende, das die beiden Erzählthemen vereint und somit der Geschichte einen runden Abschluss bietet.

Im Jahr 2021 hat man Thorsten Küpers Beitrag zur deutschsprachigen Kurzgeschichtenszene vermisst, 2022 kam er dafür mit voller Wucht zurück und dazu noch in einem seiner Lieblings-Subgenres: Steampunk. In der Anthologie *Der Tod kommt auf Zahnrädern* veröffentlichte der Autor »Hayes' Töchter und Söhne«. Seine Hauptfigur hat als Lehrer in einem Reservat gearbeitet, dort geheiratet und einen Sohn mit einer Einheimischen gezeugt, der Schwiegervater wird ihm so nah wie ein eigener Vater. Nun ist der Protagonist jedoch nach Wuppertal in Deutschland zurückgekehrt, seine Frau wurde ermordet und der Sohn gemeinsam mit vielen anderen Kindern verschleppt und als billige Arbeitskraft missbraucht. Der Icherzähler befindet sich auf einem Rache- und Rettungsfeldzug. Auf seinem Weg lässt uns der Autor nah an seine Hauptfigur heran, auch emotional, was eine Menschlichkeit vermittelt, die die brutalen Szenen mehr als ausgleicht. Ein respektvoller Umgang mit der Trauer und anderen komplexen Gefühlen seiner Hauptfigur inklusive. So kann hierzulande kaum jemand schreiben. Der Schluss ist ungemein befriedigend. Eines der Highlights des Kurzgeschichtenjahres.

Die Anthologie *Alien Contagium* vom Eridanus Verlag bietet Storys zum Thema Erstkontakt und wurde vielfach beachtet, gelesen und rezensiert. Einer der Höhepunkte stammt vom Herausgeber selbst und bildet den Abschluss der Anthologie. In Christoph Grimms »Die Summe aller Teile« endet Akuas Leben heute. Dabei wird die Greisin begleitet von einem elfdimensionalen Wesen: Copy, eine Art jüngeres Ebenbild von ihr selbst, aber auch ein außerirdisches Wesen. Eines, das Kommunikationsschwierigkeiten aufgrund seiner Andersartigkeit hat. Akua geht die wichtigsten Stationen ihres Lebens noch mal durch, ein

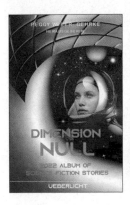  

Kurz-vor-Tod-Klassiker, aber durch die SF-Komponente und auch Copys so andere Sicht auf die Dinge lesenswert, mit perfektem Schluss, vielen sprachlichen Perlen und zwei liebenswerten Charakteren.

Eine Erstkontakt-Geschichte mit eher ungewöhnlichem Setting bietet Maximilian R. Herzig mit »Das unentdeckte Land«. Sie spielt nicht im Weltraum oder in der Zukunft. Bei einer Erstkontakt-Geschichte erwartet niemand eine Story auf einem Schiff im Jahre 1821. So passt die Story thematisch in die Anthologie *Alien Contagium*, aber stilistisch und vom Setting her bietet sie Abwechslung. Eine Goldgrube für eine thematisch relativ enge Anthologie! Es ist großartig, dass es dem Autor gelungen ist, den Ton einer historischen Erzählung zu treffen und dies mit dem *sense of wonder* des Erstkontakts zu vereinen.

Schwer zu finden sind die abseits der vielrezensierten Anthologien und der Shortlist der besten Erzählungen des Kurd Laßwitz Preis versteckten Perlen, doch die Suche lohnt sich:

Alex aus Jaana Redflowers »Ersatzkind« schreibt ihr Leben auf, mit beängstigender Deadline: Sie muss heute noch fertig werden. Warum sie das macht, bleibt zunächst verborgen. Menschlich kommt Alex den Lesenden rasch nah, vor allem an den Punkten, an denen sie ihre Biografie etwas verschönert, denn meist stand sie im Schatten ihrer Schwester. Was Alex konkret plant und warum ihre Mutter Alisa sie dringend davon abhalten will, wird erst im Showdown der Geschichte klar.

Dies ist eine jener Storys, die ihren Twist besonders gut vorbereiten, und es ist schade, dass die Story in *Dimension Null* des Verlags für Moderne Phantastik stark abseits von dem erschienen ist, was in der Regel in der deutschsprachigen Szene gelesen und besprochen wird.

Ebenfalls aus dem Hause Verlag für moderne Phantastik, aber aus der Anthologie *HeliosKoloss* stammt Michael Langes »Exmatrikulationen« mit starkem Cyberpunk-Einschlag. Zunächst liest sich die Geschichte gar nicht wie SF. Ein Kriegsveteran namens Adam nimmt ein Studium auf – so weit könnte die Handlung auch irgendwo auf dieser Welt spielen, wodurch gleich eine gewisse Vertrautheit aufgebaut wird. Doch bald werden die Besonderheiten klar und auch die fremde Welt. Vieles bleibt subtil, sogar ungeklärt, selbst nach beendeter Lektüre, sodass ein erneutes Eintauchen umso mehr Freude bringt, jedes Detail könnte einen weiteren Hinweis geben.

Die Figuren sind lebendig geschildert, selbst Nebenfiguren mit wenig Bühnenzeit. Der Autor versorgt uns mit tollen, lebendigen Details wie »nie hatte ich so viele totgetrampelte Erbsen gesehen«. Hinweise wie »dass jemand wie ich überhaupt lügen kann« oder »für so etwas war ich wohl einfach nicht programmiert« geben zumindest auf gewisse Fragen eine Antwort. Eine schöne Prosa-Belohnung für Geduldige, die sich abseits des Mainstreams tummeln.

Die Anthologie *Grenzerfahrungen erzählen* bietet nur zwei SF-Storys und ist daher sicher für den geneigten SF-Fan nicht leicht zu entdecken. Viele werden daher »Matchpoints« von Jutta Wilbertz verpasst haben, obwohl allein schon die gelungene Tonalität der Icherzählerin das Lesen lohnend macht. Diese ist mit Lea zusammen, einer Kollegin, mit der sie gematcht wurde. In der geschilderten Welt erhalten die Menschen für bestimmte Dinge Punkte, zum Beispiel für Empathie. Oftmals gibt es einen doppelten Boden zu entdecken, die Erzählerin gibt einiges von sich und Lea preis, das ihr selber nicht bewusst zu sein scheint. Außerdem ist sie nicht imstande, bei Lea eine Depression zu vermuten, obwohl diese für die Lesenden offensichtlich ist.

Die Anthologie *Kollaps und Hope Porn* bietet viele Experimente, die vermutlich polarisieren, und auch mindestens drei Jahres-Highlights, von denen zumindest eines hier genannt werden sollte. Anja Kümmels »Ordnung und Fortschritt« verbindet zwei klassische SF-Themen: den Zusammenbruch der Zivilisation und Aliens. Die Icherzählerin ist mit ihrer Tochter Esperanza unterwegs, einem Alienhybrid. Die Atmosphäre der kurzen Geschichte ist beeindruckend, Kümmel bedient auch olfaktorische Sinne: »riecht die Luft brenzlig und ist zugleich schwer von Eukalyptus«. Der Schluss bietet mehrere Interpretationsmöglichkeiten. Eine jener Kurzgeschichten, die den Lesenden viel Raum lässt und bei der

jede Szene sowohl inhaltlich als auch sprachlich wohl durchdacht und geplant, aber dennoch nicht gekünstelt wirkt.

Reichweite mit großen Magazinen: c't, SPEKTRUM DER WISSENSCHAFT
Kurzgeschichtenanthologien oder auch Magazine verkaufen seit der Jahrtausendwende im deutschsprachigen Raum mit wenigen Ausnahmen selten mehr als fünfhundert Exemplare. Mehr Reichweite haben die STELLARIS-Kurzgeschichten der Serie PERRY RHODAN, die etwa alle sechs Wochen als Beilage zu den Heften der Erstauflage erscheinen. Diese Kurzgeschichten tragen zwar nicht zur Haupthandlung bei, spielen aber stets im Perryversum. Lesende tun also für größtmöglichen Lesespaß gut daran, beispielsweise die unterschiedlichen Aliens des Serienkosmos auseinanderhalten zu können. Die größte Reichweite außerhalb des Perryversums haben die Zeitschriften c't und SPEKTRUM DER WISSENSCHAFT. Die c't bietet pro Ausgabe eine SF-Geschichte. Laut Wikipedia hat das Magazin eine Reichweite von fast einer Millionen bei einer Auflage von knapp 200.000. SPEKTRUM DER WISSENSCHAFT hat in der Vergangenheit zwischen deutschsprachiger Erstveröffentlichung und übersetzten Storys gewechselt. Seit Ausgabe 12/2022 bieten sie die SF-Kurzgeschichten allerdings nur noch als Online-Version an, nicht mehr im Heft selbst. Dafür sind sie allerdings frei verfügbar.

Im SPEKTRUM DER WISSENSCHAFT 08/2022 schafft es Thomas Grüter in der Story »Das Gesicht der Venus« bereits im ersten Absatz, die Lesenden mit einem Spannungsanker abzuholen: »Hinter mir geht die Frau, die mich ermorden will.« Zudem gelingt es dem Autor, auf nur zwei Seiten eine erstaunlich detaillierte Welt zu zeichnen: Hier schweben die Städte,

direkt am Boden ist es zu heiß. Viele Informationen werden via Dialog transportiert, bei einer derartigen Kürze gilt es, den verfügbaren Platz geschickt zu nutzen.

»Ein Date mit Liesa« von Barbara Schwarz in der c't 6/2022 mag für erfahrene SF-Fans in den ersten Absätzen noch leicht durchschaubar scheinen, sie sollten sich davon aber nicht täuschen lassen. Hier testet Hauptfigur Jochen Kontaktanzeigen, Interessierte müssen jedoch Tests ausfüllen, bevor es zu einem Date kommt. Jochen nimmt eine KI zur Hilfe, um endlich das ersehnte Date zu gewinnen. Ein großer Lesespaß mit auch für erfahrene Lesende überraschender Pointe.

Story-Sammlungen

Neben Magazinen und Anthologien gibt es wie in jedem Jahr auch wieder einige Story-Sammlungen einzelner Autor*innen. Oftmals bieten diese eher Wiederveröffentlichungen, wie *Belichtungszeit* von Thorsten Küper, oder zumindest nur wenige Neuveröffentlichungen.

Die Storysammlung *Eine unberührte Welt* von Andreas Eschbach wurde in erweiterter Fassung neu aufgelegt und beinhaltet zwei Erstveröffentlichungen. Besonders beeindruckt hat »Driving Tomorrow«. Erzählt wird aus der Perspektive eines Busses. Dieser lernt einen pensionierten Busfahrer kennen, der schon seit langer Zeit nicht mehr gebraucht wird. Busfahren stellt einen ausgestorbenen Beruf dar, seit es Lösungen wie selbstfahrende Busse gibt. Die Fürsorge und das Einfühlungsvermögen des Busses sind sowohl glaubhaft als auch erwärmend. Eine schön traurige Geschichte über eine Mensch-Maschinen-Freundschaft, die weit über die reine Ideenliteratur hinausgeht, die Eschbach sonst gern in Kurzgeschichten durchspielt.

Warmzeit von Angela und Karlheinz Steinmüller beinhaltet ebenfalls neben bereits erschienen Geschichten zwei Erstveröffentlichungen. In »Mars, auf immer und ewig« wird eine Marssiedlung aufgegeben. Alle müssen die neue Heimat verlassen. Es geht bei Weitem nicht jeder freiwillig. Nicht nur inhaltlich originell mit besonders gelungenem Schluss, auch sprachlich und atmosphärisch auf sehr hohem Niveau: »... ein Techno-Bio-Ökosystem aus Robotern und Fledermäusen, die neue Mars-Gemeinschaft, mit einer eigenen Art von Intelligenz, unpersönlich, verteilt, verbunden über einen planetarischen Tinnitus«.

Hingegen finden sich in *ALIEN LOVE: Science-Fiction Kurzgeschichten* von Corinna Griesbach fast ausschließlich bisher unveröffentlichte Kurzgeschichten. Die Autorin bietet innerhalb der deutschsprachigen SF eine so menschliche, erschreckend authentische Sichtweise, dass es schon fast ein Alleinstellungsmerkmal ist. Als Beispiel sei ihre Geschichte »Das Ende der Welt« in der vorliegenden Sammlung genannt. Das Thema, eine Katastrophe durch eine Sonneneruption, die weite Teile der Welt zerstört, ist alles andere als neu. Doch anstatt sich durch die vielfach wiedergekäuten Endzeit-Klischees zu arbeiten, bietet uns Griesbach neue, frische Details, schöne Ideen, die Lesende gleich zu Beginn in die Geschichte ziehen. Gekonnte Innensichten der personalen Erzählerin zur Vergangenheit und treffende Beschreibungen ihrer Gedanken verraten tiefe Menschenkenntnis. So ist das unvermutete Zusammentreffen mit einem Ex-Freund vorerst scheinbar wichtiger für die Protagonistin als die abstrakte Gefahr der Katastrophe, obwohl diese bereits beginnt. Die emotionalen, absolut glaubhaften Details vom Innenleben und auch vom Handeln der Personen in dieser Ausnahmesituation und die Reaktion auf Postings in den Sozialen Medien lassen beim Lesen vergessen, dass es sich hier um etwas Erdachtes handelt. Alles, sowohl Figuren als auch die Szenerie, wirkt echt und dadurch umso erschreckender. Das ist mehr als das im Gros der Szene verbreitete bloße Heruntererzählen einer altbekannten Plot-Idee mit ein paar statistisch wirkenden Figuren, die weder glaubhafte Gedanken haben noch eine authentische Dialogzeile herausbringen können.

Perlen: Man muss sie nur finden

Seit einigen Jahren nähert sich die Zahl der veröffentlichten SF-Kurz-geschichten der 500 und droht, sie zu übersteigen. Eine Einzelperson ist kaum mehr dazu in der Lage, alle Geschichten vollständig bis zum Ende zu lesen. Wer gute deutschsprachige SF-Kurzprosa sucht, muss also wissen, wen man fragen oder was man kaufen sollte. Es gilt nicht, die altbewährten Prosa-Schaffenden rauf und runter zu lesen, auch neue Namen sollten eine Chance bekommen. Ambitionierten unbekannten Talenten kann man nur empfehlen, sich ein umfangreiches Bild der Szene zu machen, bevor sie ihre Perle an einer Stelle unterbringen, wo nur eine Handvoll Menschen sie überhaupt zu Gesicht bekommt.

Bibliographische Angaben

- Lukas Dubro / Tim Holland (Hrsg.) *Kollaps und Hope Porn; 13 Zukunftsaussichten*, Maro, Augsburg 2022, 160 S.
- Tino Falke / Jule Jessenberger (Hrsg.), *Sonnenseiten: Street Art trifft Solarpunk*, Books on Demand, München 2022, 288 S.
- Sylvana Freyberg / Uwe Post (Hrsg.), *Future Fiction Magazine 02/Juli 2022*, Terra 2022, 96 S.
- Corinna Griesbach, *ALIEN LOVE: Science-Fiction-Kurzgeschichten*, p.machinery, Winnert 2022, 108 S.
- Christoph Grimm (Hrsg.), *Alien Contagium: Erstkontakt Geschichten*, Eridanus, Bremen 2022, 430 S.

- Christoph Grimm (Hrsg.), *Weltenportal Ausgabe 4*, Selbstverlag, Mühlhausen 2022, 144 S.
- Christian Heise / Ansgar Heise / Christian Persson (Hrsg.), *c't 6/2022*, Heise Medien GmbH, Hannover 2022, 196 S.
- Thorsten Küper, *Belichtungszeit: Ausgewählte Erzählungen 2003–2019*, Cutting Edge p.machinery, Winnert 2022, 248 S.
- Daniel Lingenhöhl (Chefred.), *Spektrum der Wissenschaft 08/2022*, Spektrum der Wissenschaft Verlagsgesellschaft, Heidelberg 2022, 100 S.
- René Moreau / Hans Jürgen Kugler / Heinz Wipperfürth (Hrsg.), *Exodus 44*, Exodus Selbstverlag, Düren 2022, 120 S.
- René Moreau / Hans Jürgen Kugler / Heinz Wipperfürth (Hrsg.), *Exodus 45*, Exodus Selbstverlag, Düren 2022, 120 S.
- Team NOVA (Hrsg.), *NOVA 31*, p.machinery, Winnert 2022, 328 S.
- Janika Rehak / Yvonne Tunnat (Hrsg.), *Der Tod kommt auf Zahnrädern*, Amrûn, Traunstein 2022, 320 S.
- Steinmüller, Angela & Karlheinz, *Warmzeit: Geschichten aus dem 21. Jahrhundert*, Memoranda Verlag, Berlin 2022, 376 S.
- Judith C. Vogt / Lena Richter / Heike Knopp-Sullivan (Hrsg.), *QUEER*WELTEN 08-2022*, Amrûn, Traunstein 2022, 120 S.
- Peggy Weber-Gehrke (Hrsg.), *Dimension Null: 2022 Album of SF Stories*, Verlag für moderne Phantastik, Radeberg 2022, 538 S.
- Peggy Weber-Gehrke (Hrsg.), *HeliosKoloss*, Verlag für moderne Phantastik, Radeberg 2022, 505 S.

Udo Klotz

UTOPIEN, DYSTOPIEN, PANTOPIEN –
DER AKTUELLE BLICK AUF DIE ZUKUNFT
DEUTSCHSPRACHIGE SF-ROMANE 2022

Als ich sieben Jahre alt war, machte die Menschheit ihren ersten echten Schritt ins All und landete auf dem Mond. Als ich elf wurde, war das Apollo-Programm schon wieder eingestellt. Damals, vor fünfzig Jahren, herrschte trotzdem ein großer Zukunftsoptimismus vor. Hätte man mich zu dieser Zeit gefragt, wo ich uns in einem halben Jahrhundert sehe, dann hätte ich von einer Ausbreitung im Sonnensystem geschwärmt, hätte gehofft, bis dahin einmal als Tourist eine der Mondsiedlungen besucht zu haben, würde bestimmt die Erfolge der Forschungsstationen auf dem Mars verfolgen und die Installation der ersten Ressourcen-abbaustationen im Asteroidengürtel, würde gern einen nahen Blick auf den Großen Roten Fleck des Jupiters oder die Saturnringe von den jeweiligen Orbitalstationen werfen. Hätte man mir aber erzählt, dass in den letzten fünfzig Jahren kein Mensch mehr einen Fuß auf den Mond gesetzt hat, dann hätte ich irritiert nachgefragt, was die Zukunft denn so lange verhindert hat: eine weltweite Naturkatastrophe oder ein nuklearer Krieg?

Nicht nur in der Raumfahrt, auch in fast allen anderen Bereichen ist die Zukunft bei Weitem nicht so fortschrittlich eingetreten, wie es sich mein elfjähriges Ich erträumt hat. Und die Träume von der Zukunft haben sich gewandelt. Wie sehen sie heute aus, unsere Visionen von der Welt in dreißig, fünfzig, hundert Jahren? SF-Autoren wollen nicht die Zukunft prognostizieren, aber ihre Geschichten spielen meist in einer zukünftigen Welt, und dieser Weltenbau kann optimistisch oder pessimistisch ausfallen. Wie sehen die deutschsprachigen Romanautoren des Jahres 2022 angesichts von Coronapandemie und Ukraine-Krieg unsere Zukunft, eher utopisch oder eher dystopisch? Oder doch pantopisch?

Money Makes the World Go Round – oder auch nicht

Am 27. Mai 1972 wurde im ZDF die erste deutschsynchronisierte STAR TREK-Folge ausgestrahlt und zeigte eine utopische Zukunft der Menschheit des 23. Jahrhunderts, ohne Nationalstaaten, (fast) ohne Diskriminierung und – ohne Geld. Im selben Jahr wurde das Musical *Cabaret* als Film umgesetzt, das mit »Money Makes the World Go Round« einen Ohrwurm produzierte. Die Kritik am Geld als Wahrzeichen des Kapitalismus ist seit mehr als fünfzig Jahren präsent, trotz oder wegen bargeldlosen Bezahlens, globalem Firmen-Sponsoring mit persönlichen Daten und spekulativen Bitcoin-Währungen.

Der erste Schritt in Richtung der finanzfreien STAR TREK-Utopie, das bedingungslose Grundeinkommen, wird aber erst jetzt ernsthaft diskutiert. Bestseller-Autor Andreas Eschbach hat dessen Einführung zu Ende gedacht und mit *Freiheitsgeld* den Zustandsbericht einer zukünftigen Welt von 2064 verfasst, in der das bedingungslose Grundeinkommen drei Jahrzehnte zuvor in der EU realisiert wurde. Wer über mehr Geld verfügen möchte, kann arbeiten gehen, insbesondere systemrelevante Berufe werden sehr gut bezahlt, aber auch hoch besteuert. Möglich wurde dies durch einen hohen Automatisierungsgrad und Servicebots. Trotzdem gibt es weiterhin eine breite Kluft zwischen arm und reich. Die Armen leben in Städten und schlagen die Zeit tot, die Reichen in komfortablen Ressorts, in denen der heutige Wohlstand erhalten wurde. Erzählt wird der Roman aus den Perspektiven des Physiotherapeuten Valentin und seiner Frau Lina, die ins Ressort einziehen, von Theresa, die es verlassen muss, und von Ahmad, der dort einen Mord aufklären soll, sodass diese in ihren Rollen als unterschiedlich Betroffene den Weltenbau aus mehreren Blickwinkeln beleuchten. Die historische Entwicklung wird nur in Nebensätzen erwähnt, beispielsweise die erfolgreiche Bekämpfung der Erderwärmung durch massives Aufforsten großer freigeräumter Gebiete, der kostenfreie selbstfahrende ÖPNV und der Aufstand gegen die Automatisierung. Wie in Kim Stanley Robinsons *Das Ministerium für die Zukunft* ist der Hebel zur Gegensteuerung der Klimakatastrophe das Geld, also das Interesse der Superreichen und Konzernbosse an der Erhaltung einer lebenswerten Umwelt, die Politik ist nur das ausführende Werkzeug, und das Handeln der Normalbürger eher zweitrangig. Offene Fragen wie die nach der Motivation und der Finanzierung werden kurz vor Romanende beantwortet, sodass der Roman auch als Machbarkeitsstudie zum Grundeinkommen und dessen Auswirkungen gelesen werden kann.

Dass man heute bargeldlos bezahlen kann, hätte mein junges Ich vor fünfzig Jahren schon begeistert, aber die Diskussion um die Volkszählung und den »gläsernen Bürger« ein paar Jahre später hätte es davor zurückschrecken lassen, mit Geld plus Daten anstelle von Bargeld zu bezahlen. Was ist aber, wenn man den Betroffenen keine Wahl lässt? Ein Szenario, das Herbert Genzmer in seinem Roman *Liquid* beschreibt, basierend auf fernprogrammierbare mikrofluidische Chips, die man illegalen Wanderarbeitern einpflanzt. Was vordergründig nur einem bargeldlosen Zahlungsverkehr dient, kann insgeheim zur Kontrolle und Steuerung der Injizierten genutzt werden – dass die Arbeiter während der Woche keinen Alkohol kaufen können, ist nur die sichtbare Spitze des Eisbergs. Eine gut recherchierte Technologie als Ausgangsbasis, doch leider durchsetzt der Autor den Thrillerplot mit diversen Verschwörungstheorien und zerstört seinen Spannungsbogen durch seitenlange Abschweifungen an falscher Stelle.

Die Pandemie hinterlässt Spuren

Möglicherweise war die Coronapandemie und die Querdenker-Bewegung eine Inspirationsquelle für Genzmers Roman. Ganz sicher aber hat Covid-19 den Plot von *Das Scharren am Ende der Träume* von Bernhard Grdseloff beeinflusst, denn hier ist die Pandemie Alltag, und Regierung, Wirtschaft sowie Bürger haben sich im Handlungsjahr 2040 auf starke Restriktionen eingestellt. Jeder Verstoß wird sofort gemeldet, die Überwachung ist allgegenwärtig, die verängstigte Bevölkerung spielt mit, zudem wird ein Gewöhnungseffekt nach zwanzig Jahren attestiert. Moritz ist der typische leichtgläubige Protagonist solcher Dystopien, der zunehmend Zweifel bekommt, die aber mit seiner Paranoia konkurrieren, was ihn auch zum unzuverlässigen Erzähler macht – und das ist der innovative Teil des Romans. Weniger gelungen sind die Schilderungen des Weltenbaus, da diese allesamt als Infodump-Erklärungen erfolgen, anstatt handlungsintegriert eingeführt zu werden.

Die Pandemie hat gezeigt, wie risikoreich und angreifbar unsere Infrastrukturen durch Abhängigkeiten von globalen Lieferketten ohne Pufferelemente geworden sind. Ein Thema, das Thomas Thiemeyer in seinem Jugendbuch *Countdown – Der letzte Widerstand* aufgegriffen hat, wo es nach einem elektromagnetischen Puls zu weltweiten Zusammenbrüchen der Infrastruktur kommt. Während in Großstädten die Not groß ist, versuchen kleinere Gruppen auf dem Land, sich autonom zu behaupten, so auch die Familie von Ben, der auf seinen Streifzügen nach alten Nahrungsmitteln und Tauschware sucht, während Mutter Marianne in den Untergrund abgetaucht ist, um gegen die rücksichtslosen Machthaber vorzugehen. Thomas Thiemeyer erzählt zwar actionreich und sehr spannend, auch die Figurenentwicklung bekommt genug Raum, aber die einzelnen Plot-Elemente sind nicht sehr innovativ und zudem leicht durchschaubar. Man erkennt als Leser viel mehr und vieles früher als die Protagonisten, weil man sich an ähnliche Szenen aus anderen Büchern und Filmen erinnert. Andererseits sind die starken Frauenrollen angenehm zu lesen, und auch die beiden Familienhunde machen viel Spaß. Eine nette, schnelle Lektüre ohne viel Tiefgang, die auch meinem elfjährigen Ich gefallen hätte.

Die Klimakatastrophe findet statt

Diesem Ich waren dank der Ölkrise von 1973 mit seinen autofreien Sonntagen und des Berichts des Club of Rome von 1972 (gelesen aber erst mit 16 Jahren) die Umwelt- und Ressourcenprobleme bewusst, aber man war damals mit strengen Vorgaben zu Schutzfiltern in Fabrikschornsteinen und Abwasserkanälen dem Smog und dem Fischsterben entgegengetreten. Warum also sollte die viel diskutierte Umweltverschmutzung fünfzig Jahre später noch ein unerledigtes Thema sein? Die Welt von 2022 hat doch sicher diese Probleme längst gelöst, mit einer Energiewende, effizienter Ressourcennutzung und Schutzmaßnahmen sowie Freiräumen für die Natur – schließlich waren (aus Sicht von 1972) fünf Jahrzehnte Zeit mehr als ausreichend. Da wir aber nichts dergleichen getan haben, und der Widerstand gegen starke Veränderungen

des Status quo omnipräsent ist, müssen sich SF-Autor*innen heutzutage nicht nur mit der Klimakatastrophe und dem sechsten Artenmassensterben auseinandersetzen, sondern auch plausibel erklären, ob und wie ihre zukünftige Welt damit zurechtgekommen ist.

Die Ethnologin Lisa Jenny Krieg startet ihren Roman *Drei Phasen der Entwurzelung oder Die Liebe der Schildkröten* gut 150 Jahre in der Zukunft und blickt auf die Klimakatastrophe zurück als eine Phase, welche die Menschheit massiv dezimiert und die Erde größtenteils unbewohnbar gemacht hat. Genetische Experimente sind fehlgeschlagen und haben die Katastrophe beschleunigt, sodass man im 23. Jahrhundert immer noch nach Lösungen sucht, den genetischen Kollaps aufzuhalten, hauptsächlich mit tierischen Gensequenzen in der pränatalen Phase. Im ersten Drittel des Romans sucht die schwangere Meeresbiologin Anna neue Genpools, um ihre Tochter Nisha gesund zur Welt bringen zu können. Im zweiten Teil erfahren wir, wie Nisha ihr Teenagerdasein in der israelischen Unterwasserstadt Nof Shunit erlebt, aber mit ihren Freunden eine Zukunft in der Tiefsee sucht, nicht nahe an der Oberfläche, wo man noch dem Landleben nachtrauert. Und im letzten Drittel geht es um Nishas Tochter Lokapi, die als Feldforscherin eine Sphäre untersucht, die sich nach Experimenten mit höherdimensionalen Strings gebildet hat. Dort existiert ein einfaches Ökosystem aus wenigen Pflanzen- und Tierarten, aber alle Versuche, diese in die zerstörte Umwelt der Erde zu migrieren, schlagen fehl. Die faszinierenden und einfühlsamen Beschreibungen des Alltags von hybriden Personen wie Anna mit ihren leichten Anpassungen, Nisha mit starken körperlichen Veränderungen und Lokapi mit ihren mentalen Kommunikationsversuchen, werden kontrastiert durch den teils heftig ausgetragenen Generationenkonflikt zwischen Mutter, Tochter und Enkelin, aber auch durch wissenschaftskritische Strömungen in der zukünftigen Gesellschaft und die rückwärtsgerichtete Denkweise der Älteren. Gleichzeitig beeindrucken die Schilderungen des maritimen Lebensraums und der hebräisch-arabische Touch, wenn die Autorin Fachwissen und eigene Erfahrungen einfließen lässt, zudem spielt sie mit vielen Sinnbildern, wie der Umkehrung der Evolution, der Veränderung als Notwendigkeit zum Überleben, dem Ausgeliefertsein der Natur und der Suche nach einer paradiesischen Welt.

Die Kombination aus zerstörter Umwelt und fehlgeschlagenen Genversuchen thematisieren auch Judith und Christian Vogt, die mit *Laylayland* nun eine Fortsetzung von *Wasteland* aus dem Jahr 2019 vorlegen, eine Post-Doomsday-Abenteuergeschichte mit den typischen vereinfachten Sozialstrukturen unterschiedlicher (Über-)Lebensgemeinschaften, erzählt aus drei Perspektiven. Gelungen ist die Darstellung der Polyamorie von Zeeto und Laylays Umgang damit, wobei Laylay den Anker als nachvollziehbar handelnde Person bildet. Zeeto dagegen wird von seiner bipolaren Störung stark beeinflusst, sodass seine Umwelt damit zurechtkommen muss, während Root 2.0 in die digitale Welt eintauchen will, die er als Spätgeborener verpasst hat und nur halb versteht. Hier wird Toleranz (auch vom Leser) eingefordert und geleistet, gleichzeitig kontrastiert dies mit dem Plot, der alle Probleme nur durch Gewalt löst, vom physischen Zweikampf bis zum blutigen Aufstand. Laylays Mutter züchtet per Gentechnologie ihre Version des zukünftigen Menschen, der sich durch größere physische Stärke und unbändige Wut auszeichnet, nicht durch geistige Überlegenheit oder mentale Stabilität. Selbst der Kompromiss und die Kooperation am Romanende werden nur durch Druck und Erpressung erreicht. Man nennt sich »Hopers« und symbolisiert so, dass es auch in der schlimmsten Dystopie noch Hoffnung gibt, aber die eingesetzten Mittel geben doch zu denken.

Deutlich stringenter geht Jacqueline Montemurri vor, denn in ihrem Roman *Der verbotene Planet* wurde die Erde bewusst entvölkert, damit diese sich von den Umweltzerstörungen der Menschheit erholt – man ist zweihundert Jahre zuvor auf den Mars umgezogen. Ein Raumschiff auf Kontrollflug zur Erde empfängt einen Notruf von der Besatzung des verschollenen vorherigen Flugs, man trifft dort jedoch nicht nur auf Hilfesuchende, die dringend nach Hause zum Mars wollen, sondern auf eine ganze Kolonie, die mehrheitlich auf der Erde bleiben will – obwohl

dies nach den Gesetzen der Marsregierung verboten ist. Die Argumente werden im ersten Romandrittel ausgetauscht und anschließend leider nur noch wiederholt, aber nicht mehr weiterentwickelt. Während der spannend geschriebene Roman die stilistischen Fortschritte der Autorin aufzeigt, erinnern die Eindimensionalität der Marsregierung und die Rollenverteilung der Bewohner sehr an die DDR der Siebzigerjahre, die Naivität der Erdkolonisten in vielen Belangen an die Hippie-Bewegung zur selben Zeit in der BRD oder den USA.

Die Politik versagt: Dystopische Szenarien

Während in der Realität unsere Politik enttäuscht durch das Nichtlösen und Aussitzen dringender Probleme, werden in der Fiktion häufig ganz andere Arten von Politikversagen thematisiert: Nationalismus und Diktatur, gern auch in Kombination.

Vergleichsweise harmlos, weil nur die Anfänge beschreibend, wirkt der Roman *Der Klon* des Journalisten Jens Lubbadeh, der eine aktuelle Nachricht (die Betrugsskandale um den südkoreanischen Genforscher Hwang Woo-suk), eine Theorie (das Auffinden von aktiven Zellen in alten Zähnen) und ein kurioses Faktum (der russische Geheimdienst besitzt das Gebiss von Adolf Hitler) mit der oft geführten Diskussion um technische Machbarkeit und moralische Dimensionen des Klonens kombiniert, aber auch fragt, wie sich ein Klon fühlt, wenn er als solcher entlarvt wird, zumal bei einem solchen Original? So plausibel der Plot konstruiert wurde, so fesselnd die Geschichte Thriller-gemäß erzählt wird (mit den üblichen Rollenklischees), so fragwürdig ist es, einen psychopathischen Diktator zu klonen. Würden machtgeile Politiker wirklich einen nicht

 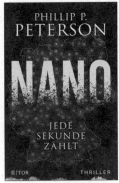 

kontrollierbaren Konkurrenten erschaffen, der sie nach der Machtübernahme garantiert als Mitwisser beseitigen lassen würde? Wären nicht charismatischere Strohmänner für ihre Zwecke eher geeignet? Und gibt es nicht interessantere historische Personen für ein Klonprojekt als einen kleingeistigen untalentierten Maler? Schließlich gibt es das Turiner Grabtuch, Einsteins Gehirn, Goethes Schädel ...

So nah dieser Thriller an der Realität war, so kurios abweichend ist der Weltenbau der Romandilogie *Nordland* von Gabriele Albers: Die beiden Bände spielen in einem zukünftigen Hamburg, das politisch so komplett anders aufgestellt ist, dass die Zeitspanne von vier Jahrzehnten zu kurz erscheint. Klimaerwärmung und Umweltzerstörung haben nicht stattgefunden, technisch lebt man mit kleinen Ausnahmen unverändert wie in der Jetztzeit, weite Bereiche heutiger Technologie scheinen jedoch nicht mehr existent zu sein. Gesellschaftlich ist eine Retro-Zwei-Klassen-Welt entstanden mit einer Machtelite, welche ein viktorianisch geprägtes Leben führt, inklusive Standesdünkel und massiver Frauendiskriminierung. Indem die Helden nur legale und gewaltfreie Mittel nutzen und dann fast spielerisch leicht immer wieder von den skrupellosen politischen Gegnern mit minimaler Gewalt ausgetrickst werden, zeigt die Autorin auf, wie leicht man ein demokratisches System durch Unterlaufen scheinbarer Kontrollsysteme missbrauchen kann. Im zweiten Band bekommen die schön ausgearbeiteten Protagonisten ein paar neue Facetten, insbesondere die Liebesbeziehung der Heldin zu einer schwedischen Politikerin und die überraschenden neuen Seiten mancher Nebendarsteller sind gelungen. Zudem kommt mit einer jungen Journalistin eine neue erzählende Stimme hinzu, die mit einem frischen

Blick die Geschichte beleuchtet und auch als Identifikationsfigur funktioniert.

Einen anderen Blick auf die deutsche Politik und deren strukturellen Probleme liefert Peter Bourauel als Phillip P. Peterson mit seinem Thriller *Nano – Jede Sekunde zählt*: In einem Kölner Forschungszentrum wird in naher Zukunft mit großem Aufwand Nanotechnologie getestet, der Bundeskanzler ist mit der Presse zu Gast für eine erste Vorführung, doch ein terroristischer Anschlag setzt die Sicherheitssysteme außer Kraft, wodurch Nanobots freigesetzt werden, deren exponentielle Selbstreplikation nun gestoppt werden muss. Immer wieder werden die Bemühungen des Expertenteams durchkreuzt, durch die zögerliche Reaktion des Institutsleiters, durch Sparmaßnahmen an Sicherheitskonzepten, durch Personalmangel und Kompetenzstreit der Behörden, durch Unterschätzen der Anpassungsfähigkeit der Nanobots oder durch Föderalismus, Parteitaktik und mediales Schaulaufen, wodurch die Politik zum Teil des Problems und nicht der Lösung wird. Dadurch ist man bei jedem Eskalationsschritt zu langsam, und die Nanobots machen aus einem fehlgelaufenen Test erst ein Politikum, dann ein lokales Notstandsproblem und schließlich eine globale Gefahr. Allerdings wird der sehr gut recherchierte Plot gegen Romanende dann doch unglaubwürdig, durch Rettungen in letzter Sekunde und einer finalen, anfangs angedeuteten und nach all der Komplexität überraschend einfachen Maßnahme gegen die Nanobots.

Einen innovativeren Umgang mit der dystopischen Zukunftswelt bietet der Schweizer Autor Hans Widmer, der unter den Initialen P. M. veröffentlicht, mit seiner Novelle *Die Leitung*. Irgendwann in naher Zukunft sitzen ein paar ältere Herren in einer Ruinenlandschaft, misstrauisch beäugt von Drohnen der sogenannten »Leitung«. Das System ist zusammengebrochen, die Gruppe wird betreut wie in einem Altenheim, und ihre Lebenswelt kreist um das Essen und das Zeittotschlagen. Viel geredet wird nicht, da Gespräche über die Vergangenheit ebenso verboten sind wie die Verwendung von Begriffen, die auf Nationalitäten und politische Organisationen, geografische Einordnungen oder Zugehörigkeiten verweisen. Geschickt erweitert der Autor im Laufe des Romans die Perspektive des Erzählers und des Lesers, manch falsches Bild des Erzählers wird entlarvt. Philosophische Diskussionen um Kipp- und Entscheidungspunkte führen Protagonisten und Lesende auf die Spur einer Lösung, und das Auftauchen einer jungen Generation, die massiv an die

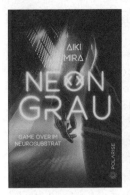  

Fridays-for-Future-Bewegung erinnert, schafft die Möglichkeiten einer Umsetzung, die mit einer KI als Dea ex Machina gelingt. Optimistisch gibt man sich am Romanende, dass diese Lösung permanent ist, dafür liefert der Roman jedoch keine Hinweise.

Die digitale Welt als Ausweg
Stunden in Computerspielewelten zu verbringen oder gar in virtuellen Welten zu leben, konnte ich mir 1972 noch nicht vorstellen, aber ich hatte auch noch nicht die Romane von Herbert W. Franke gelesen, die das damals schon thematisierten. Heutzutage können solche Szenarien schon teilweise gelebt werden. Trotzdem kann man diesen Narrativen auch nach fünfzig Jahren noch neue Aspekte abgewinnen, wie zwei Beispiele zeigen:

In *Neongrau – Game Over im Neurosubstrat* von Aiki Mira ist für etliche Protagonist*innen die Welt der Computerspiele wichtiger als die Realität, das hochwassergeplagte Hamburg in neunzig Jahren. Alle Figuren im Roman, Spieler oder Fans, haben ihre Geheimnisse, die sie selbst vor ihren nächsten Angehörigen und Freunden verbergen, weil sie fürchten, deren Zuneigung zu verlieren. Aiki Mira beschreibt weniger die digitale Welt, sondern den Spieleralltag, auch mittels heutigem Gamerlingo und einer zukünftigen Jugendsprache, die sich vieler Quellen bedient, wie dem Arabischen und westafrikanischen Yoruba, witzigen Neologismen und Weiterentwicklungen heutiger Begriffe, sich aber trotz seiner etymologischen Bandbreite wie organisch gewachsen liest. Der Schwerpunkt des Romans liegt aber auf den Charakterisierungen und der Suche aller Protagonisten nach ihrer Identität, voller Sehnsucht und Verzweiflung.

Es gibt keinen gesunden, ausgewogenen Charakter in *Neongrau*, die Erwachsenen haben eine unrühmliche Vergangenheit oder sind in ihrem Fanatismus gefangen, die Jugendlichen werden zerrissen von dem Wunsch, allen zu gefallen, und der Sucht, mit Vollgas durchs Leben zu eilen und sich dabei zugrunde zu richten. Dass trotz all der negativen Bilder des Weltenbaus und der problematischen bis kaputten Protagonisten so viel Hoffnung, Leidenschaft und Liebe in den Personen steckt, lässt Aiki Mira anfangs nur wenig durchschimmern, am Ende jedoch sehr geballt. Der Text ist spürbar intensiv bearbeitet und komprimiert worden, jeder Satz ist wichtig und hält den Leser gefangen – es gibt keine Atempausen, weder für Lesende noch für Protagonist*innen. Alles steht gleichberechtigt nebeneinander, weder die Romanfiguren noch Autorx geben Wertungen oder Beurteilungen ab. *Neongrau* zeigt keine Utopie, sondern eine Welt mit vielen Möglichkeiten zur individuellen Entfaltung, aber auch den Problemen, die das Fehlen von normativen Gerüsten mit sich bringt. Und trotz aller Tristesse, welche durch die Umwelt oder Armut oder Gleichgültigkeit erzeugt wird, birgt *Neongrau* eine sehr tröstliche und positive Botschaft, indem es die liebevolle und vertrauensvolle Beziehung zueinander als erstrebenswertes Ziel propagiert.

Ganz anders ist der Zugang zur digitalen Welt der österreichischen Autorin Katharina V. Haderer mit ihrem Roman *Das Hotel*: Hier genießt eine Frau den ersten Urlaubstag in einem All-inclusive-Hotel auf einer kleinen Insel. Es sorgt sie wenig, dass sie sich an ihren Arbeitsalltag nicht mehr richtig erinnern kann, doch dann kommt es zu Ungereimtheiten. Ein Implantat hinter dem Ohr zeigt auf Druck eine andere, überlagerte Welt: Eine Klinik anstelle des Ferienhotels, undefinierbare Essensklumpen statt der Haute Cuisine, triste Mauern anstelle des Meeresblicks. Der Leser kann die Indizien, die auf eine Simulation oder Illusion hinweisen, sehr viel früher erkennen als die Protagonistin. Überraschender ist dagegen das Geheimnis, das sich hinter der Klinikatmosphäre verbirgt. Die Autorin beschreibt sehr anschaulich und angenehm die Gefühlswelt der Protagonistin, auch der dreifache Weltenbau mit der Hotelillusion, der Klinikwirklichkeit und der Realität dahinter ist geschickt gemacht, insbesondere die Überlagerungseffekte und die Auswirkungen auf die Psyche der Erzählerin werden plausibel geschildert. Was als netter kleiner Urlaubsroman beginnt, mutiert zu einem spannenden Thriller um die permanente Frage, was echt, was simuliert, und was die bessere Wahl ist.

»Utopie ist machbar, Herr Nachbar«

Sponti-Sprüche wie dieser waren sehr beliebt in den Siebzigerjahren und standen oft für Gesellschaftskritik oder Perspektivwechsel – wir haben sie gesammelt und gerne zitiert, seltener ernst genommen. Aber gibt es sie noch, die Alternative zur düsteren Zukunft und zur Realitätsflucht? Ja, meint Theresa Hannig und verwirklicht mit *Pantopia* ihren schriftstellerischen Lebenstraum: Basierend auf der Realkostenbepreisung aller Produkte, also inklusive Ressourcenverbrauch und CO_2-Abdruck, wird umwelt- und klimaschädliches Verhalten teuer und aus Eigennutz vermieden. Eine gemeinnützige Organisation namens Pantopia sichert ihren Mitgliedern ein Grundeinkommen zu, wenn sie über ein internes Bezahlsystem nur noch Realkosten bezahlen. Dieser Aufschlag wiederum finanziert die Organisation, die weltweit etabliert wird und rasch Zulauf findet. Die Koordination übernimmt eine künstliche Intelligenz namens Einbug, welche auch die Berechnung der Realkosten erstellt hat. Wie aus einem Börsenprogramm der Studenten Patricia und Henry Einbug und Pantopia entstehen, wird abwechselnd aus Sicht von Patricia und Einbug erzählt, inklusive einer sehr plausiblen Darstellung der Bewusstwerdung und Gedankenwelt der erwachenden KI. Die Geschichte um Patricia und Henry hat allerdings eher das Format eines Near-Future-Thrillers, und auch eine Liebesgeschichte fehlt nicht. *Pantopia* ist ein großer Lesespaß, nicht nur, weil das utopische Modell zu funktionieren scheint (denkbare Bedenken werden von den Protagonisten im Roman diskutiert und meist von Einbug entkräftet), sondern auch, weil der verschmitzte Humor der Autorin immer wieder aufblitzt.

Der Krimi als Zukunftskonstante

Unterstellen wir also, dass wir die Krisen und Katastrophen irgendwie überleben, wird es trotzdem in Zukunft noch Diebstahl und Mord geben, also die Grundlage für Kriminalgeschichten? In nicht allzu ferner Zukunft ist der Kunstmarkt in den Erdorbit ausgewandert, die Auktionen finden in Orbitalschiffen statt, sodass die Superreichen beim Bieten unter sich bleiben. Höhepunkt der anstehenden Versteigerung ist das zu einer Kunstinstallation verarbeitete Herz des letzten verstorbenen Papstes. Die Heldin arbeitet für eine Sicherheitsfirma und soll erstmals als Teamleiterin bei dieser Auktion im All eingesetzt werden, da es mehrere Untergrundbewegungen gibt, die mittels Aktionen gegen die Schließung von Museen und das Entziehen der Kunst für Normalsterbliche protestieren.

Der Roman *A.R.T. – Coup zwischen den Sternen* besticht durch die Grund-idee, denn die Autorin Regine Bott, die Kunstgeschichte studiert hat und unter dem Pseudonym Kris Brynn schreibt, kann immer wieder bekannte Kunstwerke und deren Einfluss auf die Protagonist*innen in die span-nende Heist-Handlung einbauen, aber auch sehr plausibel neue, fiktive Werke erfinden und die gerade erst entstehende digitale Kunst nach-vollziehbar weiterentwickeln – mit der Kombination von Kunst und SF hat sie sich einen Herzenswunsch erfüllt, der sich sehr spannend und originell liest.

Kommen wir zu Stalking und Mord im 23. Jahrhundert, festgehalten von Sameena Jehanzeb in *Frozen Ghosted Dead*: Eine Alien-Spezies hat die Erde übernommen und restauriert; die Menschen werden in Ruhe gelassen, solange sie ihrem eigenen Lebensraum nicht schaden, und dürfen Technologien der Besatzer nutzen, beispielsweise zur Raumfahrt. Weil Politikertochter Niobe aus anonymer Quelle beschuldigt wird, ihre Mutter getötet zu haben, wird ihre Passage auf einem Auswandererschiff blockiert, bis diese Anschuldigung vom Tisch ist. Da Niobe gestalkt wird, engagiert sie die Personenschützerin L, welche vor 130 Jahren zur Zeit der Ressourcenkriege geboren, in dieser apokalyptischen Welt als Sol-datin verletzt in einer Kryokammer verschüttet wurde, bis sie von den Aliens geweckt und mittels Alien-DNA geheilt wurde. L ist geschockt, denn sie ist in ein Internetstarlet verliebt, und dieses entpuppt sich als digitale Präsenz von Niobe. Die vertrackte Liebesbeziehung der beiden Heldinnen wird mit so viel Leichtigkeit und Humor beschrieben, dass es sehr viel Spaß macht, den beiden in ihrem verdreht-widersprüchlichen

Gefühlschaos zu folgen, zumal die Geschichte abwechselnd aus beiden Perspektiven erzählt wird. Die beiden Hauptcharaktere überzeugen von Beginn an mit vielen sympathischen Eigenheiten in Handlung, Dialogen und Erzählermonologen. Die Krimihandlung um den geheimnisvollen Stalker bleibt lange vage, bis sich im letzten Drittel die Erklärungen, Hintergrunddetails zu Niobes Familie und Enthüllungen fast überschlagen und der Roman mit einer letzten Wendung wieder innovativ und sehr charmant endet. Das Selfpublishing-Werk ist zudem ein kleines Meisterwerk der Buchkunst.

Doch noch ins All

Schon die vorherigen Beispiele zeigen, dass die Langsamkeit der Raumfahrtentwicklung in der Realität die Träume von einer die Kinderstube verlassenden Menschheit nicht verhindert haben. Bevor wir aber eine zweite Erde weit draußen im All suchen, erkunden wir erst einmal unser Sonnensystem mit Aiki Mira und ihrem Roman *Titans Kinder*, in dem ein dreiköpfiges Wissenschaftsteam auf dem Flug zum Mars wegen eines Notrufs zum Saturnmond Titan umgeleitet wird, trotz Reisezeit von fünf Jahren. Vor Ort treffen sie auf eine gesunde und eine kranke Forscherin, die dritte ist tot. Mit Begeisterung zeigt man den Neuankömmlingen die Forschungsergebnisse: Man manipuliert die bakterienhaltigen Seen des Mondes mit irdischer DNA und erzeugt so eine rasant beschleunigte Evolution, beispielsweise säugetierartige Wesen, die sich schnell in humanoider Richtung weiterentwickeln, darunter ein kindartiges Wesen, das von der ebenfalls geheimen chinesischen Forschungsstation geflüchtet ist. Nach ein paar Jahren landet ein weiteres Raumschiff des Konzerns, und sie müssen ihre fragwürdigen Forschungstätigkeiten erneut verteidigen. Weltenbau und Plot von *Titans Kinder* sind sehr widersprüchlich aufgebaut, trotz Raumfahrt keine internationale Forschungsgemeinschaft, trotz ausgewählter raumfahrender Wissenschaftler*innen keine rational und überlegt agierenden Menschen, trotz euphorisch »Space Symbiose« genannter Crew-Bildung gibt es ständig heftige Spannungen und zahlreiche Todesfälle, aber keine echte Teamarbeit. Sprachlich wechselt Aiki Mira zwischen gelungenen neuen Bildern und abgenutzten Klischees, actionreiche Passagen werden distanziert, die komplexe Gefühlswelt der Protagonisten mit drastischen Bildern beschrieben, wobei die in der Hard SF üblichen personenbezogenen Themenkreise wie der Umgang mit der sehr langen ungeplanten Reise, das Leben an einem illustren,

  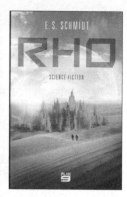

exotischen Handlungsort oder das Arbeitsleben als Lebensinhalt der Forscher ausgespart werden.

Ist das Sonnensystem erkundet und besiedelt, wird das Reisen im All zum Alltag. Und gegen die Gefahren des Weltraums helfen künstliche Intelligenzen. In Nils Westerboers Roman *Athos 2643* dagegen kontrollieren KIs ausnahmslos alle Lebensräume und Raumschiffe, und so geraten sie unter Verdacht, wenn ein Bewohner stirbt. Protagonist Rüd ist ein Ermittler, der in solchen Fällen die Einstellungen der KI überprüft, so auch auf dem Asteroiden Athos, der von einer Handvoll Mönchen bewohnt wird, die keine Untersuchung des Mordes am Abt durch Drohnen wollen. Auch Rüds persönliche Assistentin Zack ist ein Problem, denn wie bei Athos' griechischem Vorbild, der Mönchsrepublik der Chalkidiki, sind Frauen auf dem Asteroiden verboten. Doch die meisten Mönche sind flexibel, schließlich war der getötete Abt biologisch eine Frau, und Zack ist eine KI, die »nur« als Hologramm sichtbar wird. Gefährlich wird es erst, als Rüd die Geheimnisse des früheren Erzabbaus auf dem Asteroiden aufdeckt. *Athos 2643* behandelt nicht nur eine emotional und sexuell aufgeladene Beziehung von Mensch zu Maschine oder das philosophisch-logische Überzeugen einer KI, damit sie ihre Einstellungen von funktionaler Optimierung auf maximales Beschützen und Unterordnen ändert. Es geht auch um theologischen Fanatismus wie Selbstkasteiung versus atheistischer Grundüberzeugung versus programmierter Schutzfunktion, und so ergeben sich philosophische Dilemmata, die von den Protagonisten ausdiskutiert und ausgelebt werden, aber auch Spannungen und Aggressionen erzeugen.

Make Love Not War

Diese Redewendung kannte schon mein jugendliches Ich, auch wenn diese kein Sponti-Spruch war, sondern 1967 in der Hippie-Bewegung geprägt wurde und dann um die Welt ging, insbesondere in der Schlussphase des Vietnamkriegs. Nicht nur in der SF-Literatur wurden friedliche Lösungen für nationale Konflikte gefordert; trotzdem ist Military-SF auch heute noch sehr erfolgreich. Bleiben wir im All und suchen wir nach Alternativen.

Beispielsweise bei Axel Kruse und seinem Protagonisten Elak aus dem Roman *Migiersdottir*. Soldat Elak wird auf den Planeten Migiersdottir versetzt, stürzt während seiner Ausbildung als Pilot ab und verpasst so den Militärputsch in seiner Garnisonsstadt. Er flieht ins Landesinnere, kann aber den Kriegswirren nicht entkommen. Wer Axel Kruses Kurzromane kennt, wird nicht überrascht sein von einem zutiefst pazifistischen Helden, der sich in einer gewalttätigen Umwelt durchschlägt, ohne seine Prinzipien zu verraten, auch wenn ihn das oft zu einem passiven Protagonisten macht, dessen Schicksal in der Hand anderer liegt. *Migiersdottir* enthält eine sexuell aufgeladene soziale Komponente, denn die männlichen Bewohner des Planeten sind zum größten Teil unfruchtbar, vermutlich verursacht durch die Strahlung der Sonne Migier. Das macht Fremde wie Elak zu begehrten Hausgästen der einheimischen Ehepaare mit Kinderwunsch. Tatsächlich durchschaut Elak nur bedingt all die Gepflogenheiten und Geheimnisse des Planeten und seiner Einwohner und ist sich der Zuneigung der einheimischen Jocelynn nicht sicher. *Migiersdottir* ist ein angenehm zu lesender Kurzroman mit einer abenteuerlustigen, leicht exotischen Geschichte auf einem fremden Planeten aus Kruses fiktivem Universum, das wegen der Wortspielereien und dem anzüglichen Gesellschaftsmodell immer wieder ein Lächeln beim Leser hervorruft, auch weil Axel Kruse hier die Tuckerisierung, das Verwenden von verfremdeten Personennamen aus dem SF-Fandom, ausgiebig nutzt.

Ein anderes Beispiel ist der Roman *Rho* von Esther S. Schmidt: Die Journalistin Moira gerät bei einer Recherche auf dem Planeten Deuteragäa in einen Überfall der Mantis, den insektoiden Bewohnern, die sich gegen die irdischen Eindringlinge auf der hiesigen Forschungsstation wehren. Sie wird von dem Klonsoldaten Rho-TX-43 geschützt, der, wie andere Klonsoldaten, von dem Konzern mittels einer Nährflüssigkeit aus Mantis-Larven herangezüchtet wurde. Als Moira hinter dieses Firmengeheimnis

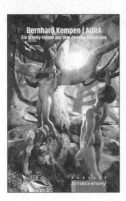  

kommt, müssen sie und ihr Beschützer untertauchen. Auf der Flucht treffen sie auf eine gefangene Mantis, und Rho gelingt es, mit ihr zu kommunizieren und ihre Sprache und Schrift zu erlernen – Fähigkeiten der Mantis, von denen die menschlichen Siedler bislang nichts wussten. Die Frankfurter Autorin kombiniert bekannte Zutaten zu einer stimmigen Geschichte mit zwei erzählenden Hauptfiguren, die sehr schnell so plastisch und sympathisch eingeführt werden, dass man ihnen von Beginn an zur Seite stehen will. Der Weltenbau ist ausreichend, aber nicht sehr detailliert – im Kopfkino des Lesers füllen daher thematisch ähnliche Romane und Filme die Lücken – und ein feiner Humor ergänzt die spannende Erzählung.

Nehmen wir den Spruch »Make Love Not War« noch wörtlicher, dann landen wir bei Bernhard Kempen und der GREEDY-Romanreihe. Kurz vor der Abreise von der Nudisten-Kolonie Arkadia wird bei Reporter Adrian eine ansteckende Krankheit diagnostiziert. Verursacher sind die Sporen eines Moosbaumes, der sich nicht nur als sehr reaktionsfähig und an Kommunikation interessiert herausstellt, sondern auch als Teil eines planetenweiten, uralten pflanzlichen Wesens mit sehr langsamem Lebenszyklus. Das Schöne am dritten Band *Aura* ist, dass nun nicht ein eskalierender Konflikt geschildert wird, sondern ein sehr friedvoller Erstkontakt. Das Besondere und GREEDY-typische ist die sexuelle Komponente bei diesen Kontakten, und so führt Autor Bernhard Kempen weitere Facetten von Sexualität, Beziehungen und Toleranz ein, die wie in den Vorgängerbänden den Horizont des Erzählers Adrian erweitern. Auch im Weltenbau schwingt immer eine sexuelle Konnotation mit, in teils subtilen, teils plakativen Bildern, selbst in kosmischen Dimensionen, und nicht jede Sexszene ist handlungsrelevant, aber Bernhard Kempen vermag sie gut in die Geschichte zu integrieren und ohne Anzüglichkeiten und aggressionsfrei auf angenehme Weise zu schildern. Wie Adrian erfährt der Leser mehr vom Lebensgefühl einer textil- und tabufreien Gesellschaft, wie Eifersucht vermieden und Peinlichkeiten ausgelebt werden können, und wo die Grenzen sind. Arkadia entwickelt sich immer mehr zu einem Utopia, das auch Adrian langsam als Heimat begreift.

Was lange währt: Die ferne Zukunft

Bleiben wir in der fernen Zukunft, die wir irgendwie erreicht haben, Klima- und Umweltkrisen zum Trotz, und wo es auch nicht mehr wichtig ist, ob die irdische Raumfahrt um Jahrzehnte oder Jahrhunderte verzögert wurde (auch wenn mein elfjähriges und mein heutiges Ich das sehr bedauern). Irgendwann ist es so weit, unsere Nachfahren besiedeln die Galaxis, so die Prämisse der Romane, die in dieser Zukunft angesiedelt sind.

Eine kosmische Katastrophe hat einen Stern so verwandelt, dass auf dessen Planeten Keld die Sonnenenergie nicht mehr uneingeschränkt nutzbar ist. Die dort beheimatete menschliche Zivilisation fällt auf ein einfaches Level zurück und trifft ein Abkommen mit ihren Robotern, die sich in funktionalen Gilden organisieren und auf Energiegewinnung durch Biomasse umstellen. Die Kölner Autorin Raphaela Meyeroltmanns publiziert unter dem Pseudonym R. M. Amerein und lässt in *Roboter – Fading Smoke* offen, ob Keld ein neuer Name für die Erde oder ein anderer Planet irgendwo im All ist. Der lakonische Erzähler Smoke (eigentlich Sm0k3) gehört zu den Söldner-Robotern, die sich durch große Individualität auszeichnen. Er soll für Forscher in einem Biotop ein kleines weggelaufenes Mädchen finden, doch sehr schnell stellt sich heraus, dass die kleine entwaffnend freundliche Kaia von den Forschungsrobotern gezüchtet und mit Experimenten gequält wurde, da sie über die Eigenschaft verfügt, Roboter mit Gefühlen zu infizieren. Smoke entwickelt eine Vaterliebe für das Mädchen, rettet sie vor den Forschern und später vor einer Sekte, die Kaia einfordert, um Hybridwesen aus Menschen, Robotern und Pflanzen zu erzeugen. Leider endet der erste Teil der Romanserie schon nach 161 Seiten, aber dafür mit einem buchstäblichen Knalleffekt.

Wechseln wir nun auf einen anderen erdähnlichen Planeten namens Rural in Jol Rosenbergs Debütroman *Das Geflecht – An der Grenze*.

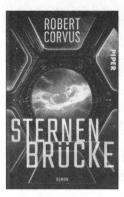  

Hier leben die Surai, die über einen Spürsinn mit den Lebewesen des Urwalds, den sie »Geflecht« nennen, verbunden sind und der sie Emotionen erkennen und beeinflussen lässt, sogar eine gedankliche Kommunikation ist möglich. Jägerin Danyla trifft aus Versehen mit einem Pfeil den Menschen Pako, der mit seinem Gleiter im Urwald abgestürzt ist, und ist verwundert, dass Pako dieser Sinn fehlt. Das ökologische Geflecht der einheimischen Fauna und Flora spiegelt sich im Beziehungsgeflecht der Hauptfiguren diverser Spezies ebenso wider wie in der komplexen Plotstruktur, in der viele Handlungsstränge und Erzählperspektiven eng verwoben sind, ohne dass eine geeignete Kapitelstruktur dies entwirrt. Obwohl die Kommunikationsprobleme der Beteiligten ein Dauerthema sind, hat man es versäumt, diesem auch im Buchsatz Rechnung zu tragen, beispielsweise durch eine Kennzeichnung mit unterschiedlichen Anführungszeichen, wer gerade in welcher Sprache spricht. *Das Geflecht* stützt sich auf bekannte Versatzstücke wie die intelligenten, nicht anerkannten Ureinwohner und nutzt Vereinfachungen, die komplex verwoben, aber aus verschiedenen (Erzähl-)Perspektiven betrachtet werden, was auf Dauer durch das wiederholte Durchkauen der geschilderten Situation mit zuvor genannten Argumenten doch zu langweilen beginnt, vor allem im letzten Romandrittel.

Ganz anders ist die Plotstruktur in *Sternenbrücke* aus der Feder von Robert Corvus alias Bernd Robker. Auf die nicht funktionierende Trauerbewältigung des Protagonisten um seine raumfahrende Frau folgt die Problematik eines 150-jährigen Raumflugs im Kälteschlaf in Kombination mit einer neuen Beziehung, bevor der Kontrast der Gesellschaftssysteme von Heimat- und Zielplanet in Dialogen und situativen Erlebnissen geschildert wird, wobei sowohl der Turbokapitalismus der Konzerne als auch die restriktive Herrschaft einer KI auf dem Zielplaneten sehr extrem ausgeprägt sind. Im letzten Teil des Romans dominiert die Action, die Protagonisten werden zu Katalysatoren einer Rebellenbewegung, während Hintergründe zum verschollenen Raumschiff und dem Verbleib der vermissten Ehefrau entdeckt werden. Der Hauptprotagonist ist sehr überzeugend gestaltet, dabei hilft ihm auch sein Sidekick, ein kleiner Hund, der Wasser über alles liebt. Andere Figuren zeigen dagegen weniger Vielfalt in ihren Charaktereigenschaften und erfüllen meist nur ihre zugewiesenen Rollen. Sehr schön ist die Schlussszene des Romans, die einen Bogen zurück zur Eingangsszene schlägt.

Szenenwechsel. Ein versoffener Arzt verlässt ein seltsames Haus, begleitet von einem kleinen schneeweißen geflügelten Kätzchen, um auf einem Hügel hinter einem Dimensionsschleier eine schwer verletzte junge Frau zu bergen, während das Kätzchen lautstark an ihm herummäkelt – deutlich wortgewaltiger als die einsilbige Haushälterin, die nur russisch spricht, aber alle mit Nahrung überhäuft. Die exotische Vielfarbigkeit des ersten Kapitels zieht sich durch den gesamten Roman, der mit dem Gedichtzitat *Wo beginnt die Nacht* betitelt ist. Mit einer überbordenden Phantasie und großer Erzähllaune führt Sven Haupt die Leser durch ein Kaleidoskop von Welten, die jedoch im Sterben liegen, denn das Multiversum wird von sogenannten Parasitenuniversen bedroht. Der Geschichte unterliegt ein trockener Humor, der sich in vielen Skurrilitäten, vor allem aber in den knappen Dialogen und lakonischen Kommentaren der Protagonisten zeigt. Die Frau, das Kätzchen und sogar der Arzt werden sehr schnell sympathisch, man fiebert von Beginn an mit ihnen mit, wenn sie erst fast hilflos, später zunehmend gewitzter und mächtiger gegen die Widrigkeiten ihrer Welten angehen und unter hohem Einsatz die Ungerechtigkeiten und Gleichgültigkeiten beenden. Sven Haupt erfindet dabei nicht alles neu, viele Details hat der vielbelesene Autor aus Romanen und Filmen entlehnt, ohne zu kopieren oder zu plagiieren – vielmehr erzeugt er beim Leser Erinnerungen an Gelesenes oder Gesehenes, was komplexe Bilder erschafft, wo nur wenige Worte stehen, wobei Genrekonventionen gerne vom Autor ignoriert werden.

Ruf der Unendlichkeit, der dritte OMNI-Roman von Andreas Brandhorst, startet vier Milliarden Jahre in der Zukunft, Protagonist Aron gilt als letzter Mensch, der allerdings schon Tausende von Leben gelebt hat.

Omni ist Vergangenheit, andere Superzivilisationen wie die Moy und die Blender streiten um die Vorherrschaft, und Aron wird als Agent der Moy eingesetzt, um Intrigen der Blender zu verhindern. Er trifft auf einen der Blender und beginnt, an den Plänen der Moy zu zweifeln, denn der Blender behauptet, es gibt einen zweiten Menschen, eine Frau in einer Kryostasis-Kammer. Versprühten schon die ersten beiden Romane aus dem OMNI-Universum mit ihren riesigen Dimensionen einen permanenten *sense of wonder*, so ist *Ruf der Unendlichkeit* Gigantismus pur. So sehr, dass es über die Vorstellungskraft hinausgeht, weil Vergleiche fehlen. Und das führt dazu, dass dieser Weltenbau, so großartig er ausgedacht ist, die Lesenden nicht mehr berührt, ebenso bleibt Aron als Unsterblicher, der über unglaubliche technische Ressourcen verfügt, ein Fremder. Einzig die KI Sal kann trotz ihrer Fremdartigkeit anrühren, wenn sie große Opfer bringt, um den Menschen beizustehen. So ist der dritte Roman aus dem OMNI-Universum zwar eine bombastische Space Opera mit einer spannenden, actionreichen Handlung, aber auch ein Buch, das auf Distanz bleibt.

Zurück in die Vergangenheit – Alternativen zur Zukunft
Da dieser Jahresrückblick mit seinen Rückblenden in die Zeit vor fünfzig Jahren an Zeitreisen erinnert, sollen diese hier natürlich nicht zu kurz kommen. Beginnen wir mit einem Schmuckstückchen namens *Grande Parure* von Achim Hiltrop. Das kann man wörtlich nehmen, denn das titelgebende Grande Parure ist der Fachbegriff für eine Schmuckzusammenstellung, deren Einzelteile in Material und Design aufeinander abgestimmt sind. Die Grande Parure der Familie Albrecht ging im Laufe der Zeit Stück für Stück verloren, sodass Familienoberhaupt Wilhelmine Albrecht den Privatdetektiv John Kaiser mit Nachforschungen beauftragt. Kaiser kann sich seit einer Nahtoderfahrung in andere Personen hineinversetzen, allerdings muss er für einen Rücksprung den Tod des Wirtskörpers abwarten. Völlig bankrott nimmt er den Auftrag an und besorgt nach und nach die Einzelteile der Grande Parure. Doch beim letzten Stück landet er im Körper des Bruders der Auftraggeberin, und dieser lebt noch, liegt aber seit Jahren im Koma. Der Roman lebt von einem außerordentlich gut konstruierten Plot, der durch das Selbstverursacherprinzip auch jegliche Zeitparadoxa vermeidet, und von den schön ausgearbeiteten Charakteren des Detektivs, des Notars und der Matriarchin. So entsteht eine flott erzählte Geschichte mit sympathischen Helden,

die sprachlich passend an die diversen Zeitepochen, aber auch an die hanseatische Oberschicht angepasst ist. Obwohl einiges vorhersehbar ist, gelingt dem Autor am Ende ein schöner, abgerundeter Abschluss des netten, kurzen Romans.

Nett und kurz trifft auch auf den zweiten Teil der Zeitreise-Trilogie von Axel Kruse zu, in dem Andy und Cat versuchen durch weitere Zeitsprünge in die Vergangenheit diese so zu verändern, dass sie in Andys Zeitstrang zurückkehren können. Der Autor vermeidet in *Zeittrips gehen anders* die Logik seiner fiktiven Zeitreisen zu entschlüsseln – ob Andys Idee der Geschichtskorrektur überhaupt zielführend ist, bleibt offen. Die Hauptfiguren sind permanent unterwegs, treffen interessante Charaktere wie den Dauphin von Frankreich oder den Freibeuter Drake und müssen sich mit den Gegebenheiten diverser Jahrhunderte auseinandersetzen, wie Dreck und Gestank, die Tagelöhnerschaft und die primitive Ernährung. So entsteht ein gelungenes Setting mit schön ausgearbeiteten Details und viel Action. Leider scheinen sich Andy und Cat nicht viel weiterzuentwickeln, auch ihre Erkenntnisse über die Zeitreisemechanik nehmen kaum zu – das ist wohl alles dem dritten Band vorbehalten. Hier begnügen sich beide mit dem Slogan »Zeitreisen gehen anders« und einem Achselzucken, und das ist schade, denn es passt wenig zur Neugier des Andy aus dem ersten Band.

Alternative Vergangenheiten erzeugen alternative Zukünfte. Beispielsweise das Jahr 2029 in einer Welt, in der die DDR noch existiert, da (wie in *Schwarzes Gold aus Warnemünde*) aufgrund von Erdölvorkommen der wirtschaftliche Bankrott aufgehalten werden konnte. Mehr noch, in *Die letzte Kosmonautin* unterhält die DDR ein eigenes Raumfahrtprogramm, und aktuell versieht Kosmonautin Mandy Neumann auf der Raumstation »Völkerfreundschaft« ihren Dienst, wo sie die neueste Generation der DDR-Kameratechnologie testet, die optische Beeinträchtigungen wie Wolken herausrechnet und hochauflösende Bilder von der Erdoberfläche liefert – auch von der abgeschirmten Erdölförderungsregion in der Lausitz, wo Volkspolizist Tobias Wagner nach einem verschwundenen Ehemann und Wissenschaftler sucht. Obwohl Autor Brandon Q. Morris alias Matthias Matting aus der ehemaligen DDR stammt, ist der Weltenbau dieser Alternativwelt sehr einfach gehalten. Die Schilderung der DDR-Welt beschränkt sich auf Nennungen von DDR-Produkten und Berühmtheiten und den Sprachduktus der DDR-Verlautbarungen in Dialogen. Leider werden auch die Protagonisten auf wenige Klischees und Rollenfunktionen reduziert. Und es gibt keine Hinweise, warum Mandy Neumann die Letzte ihrer Zunft sein sollte.

Zum Schluss etwas ganz anderes

Es geht aber auch noch schräger. Und auch hier gibt es Anknüpfungspunkte an die frühen Siebzigerjahre, denn damals zitierten wir auf dem Schulhof die Sketche eines ostfriesischen Comedian nach jeder Ausstrahlung seiner *Otto-Show*. Parallel eroberte die britische Komikertruppe Monty Python mit ihrem *Flying Circus* bundesdeutsche Haushalte, sie drehten zudem für WDR und ORF 1971 und 1972 zwei Extrafolgen, die erste sogar auf Deutsch. Sprichwörtlich wurde ihre Überleitung »And now for something completely different«.

Das Buch *Freier Fall* von Hans Jürgen Kugler beginnt mit einem Geburtsvorgang, geschildert aus der Sicht des Babys, das nur ungern die angenehme und schützende Umgebung im Mutterleib verlässt. Ein zweiter Handlungsstrang entpuppt sich als Schilderungen eines Astronauten im All, der einer Katastrophe entgeht und nun alleine in seinem Raumfahrzeug im All schwebt. Dabei durchlebt er ähnliche Gedankengänge wie der Protagonist im ersten Strang. Und auch zum dritten Erzählstrang gibt es viele Parallelen: Hier ist es eine Ameise, die aufgrund geringfügiger Andersartigkeit von ihren Artgenossen verstoßen wird und dadurch als einzige die Zerstörung ihres Baus überlebt. Sie leidet massiv unter Einsamkeit – wie die anderen beiden Erzähler. Nur die Ameisengeschichte bildet eine echte Erzählung mit Handlung und Erlebnissen, die beiden anderen wirken wie ein Bewusstseinsstrom, sind Monologe aus Gefühlen und Eindrücken, Erinnerungen

und Assoziationen. Ob die beiden menschlichen Protagonisten dieselbe Person zu unterschiedlichen Zeiten darstellen oder doch nur zwei Seelenverwandte sind, deren Gedankengänge sich immer mehr annähern, bleibt offen. Das typische Mäandern von Gedankenmonologen vermeidet der Autor durch eine straffe Kapitelstruktur, großartig unterstützt durch das Layout des Buches. Die Stärke dieser Gedankengänge sind die Wort- und Begriffsspielereien, was sich in der partiellen Kursivstellung der Kapitelüberschriften schon andeutet. Begriffliche Mehrdeutigkeiten werden ebenso sichtbar gemacht wie Wortähnlichkeiten oder etymologische Zusammenhänge, mit einfachen grammatikalischen Umstellungen werden Perspektivwechsel oder Zirkelschlüsse erzeugt. Dieser souveräne Umgang mit der Sprache überzeugt, auch wenn sich manches erst beim zweiten Lesen erschließt.

Nicht schräg genug? Na ja, dann zum Abschluss nochmals: »And now for something completely different«: Michael Marraks Zyklus *Der Kanon mechanischer Seelen* beschreibt ein faszinierendes, absolut einmaliges Universum voller skurriler Figuren in einer fernen Zukunft, in der vieles mechanisiert und trotzdem beseelt ist, in der es personifizierte Grundelemente gibt und magisch wirkende Fähigkeiten, die manchmal auf weit fortgeschrittener Wissenschaft beruhen. Das Besondere ist aber Marraks Fähigkeit, aus bekannten Begriffen Neologismen zu erzeugen, die schräg und witzig klingen, irgendwo Sinn machen, aber nicht wirklich greifbar sind, und zugleich Assoziationen hervorrufen. In *Cutter ante portas* steht endlich eine der Lieblingsfiguren vieler Leser des KANON-Zyklus im Mittelpunkt, der personifizierte Tod, der über einen sehr trockenen Humor verfügt. Der neue Roman beginnt mit der Bergung eines alten Relikts, in dem der aus dem ersten Roman bekannte Wissenschaftler Coen Sloterdyke steckt, verbunden mit einem Monozyklopen. Cutter versucht nun, Experten zu finden, welche die Trennung auflösen und Sloterdyke wiederbeleben können, und wird dabei unterstützt von einem kleinen beseelten Kettenfahrzeug, dem Sensorium, das er meist nur verächtlich »Raupenknecht« nennt, während es sich gerne als »Assistenzmechanikum« oder auch mal vorlaut als »Die rechte Hand des Todes« bezeichnet. Trotz aller Skurrilitäten ist hier alles in sich stimmig und gleichzeitig einzigartig, was auch von Autorenkollegen wie Andreas Eschbach und Kai Meyer lobend hervorgehoben wird.

Sind meine Träume von der Zukunft heute anders als vor einem halben Jahrhundert? Ganz sicher, aber meine Lektüre von der Zukunft zeigt eine ähnlich große Bandbreite wie damals, mit Warnungen oder optimistischen Lösungen, mit aktuellen Bezügen oder Sprüngen in weit entfernte Zukünfte, mit alternativen Welten oder skurrilen Ideen. Mag sein, dass die Realität noch Nachholbedarf hat, die deutschsprachige Science Fiction von 2022 ist jedenfalls aktuell, spannend und abwechslungsreich.

Bibliographie:

- Gabriele Albers, *Nordland. Hamburg 2059 – Freiheit*, Acabus, Hamburg 2018, 653 S.
- Gabriele Albers, *Nordland 2061 – Gleichheit*, Plan9, Hamburg 2022, 602 S.
- R. M. Amerein, *Roboter – Fading Smoke*, Atlantis, Stolberg 2022, 161 S.
- Andreas Brandhorst, *Ruf der Unendlichkeit*, Fischer Tor, Frankfurt/M. 2022, 513 S.
- Kris Brynn, *A.R.T. – Coup zwischen den Sternen*, Knaur, München 2022, 370 S.
- Robert Corvus, *Sternenbrücke*, Piper, München 2022, 344 S.
- Andreas Eschbach, *Freiheitsgeld*, Lübbe, Bergisch Gladbach 2022, 523 S.
- Herbert Genzmer, *Liquid*, Solibro, Münster 2022, 422 S.
- Bernhard Grdseloff, *Das Scharren am Ende der Träume*, Hirnkost, Berlin 2022, 290 S.

- Katharina V. Haderer, *Das Hotel*, Drachenmond, Hürth 2022, 280 S.
- Theresa Hannig, *Pantopia*, Fischer Tor, Frankfurt/M. 2022, 452 S.
- Sven Haupt, *Wo beginnt die Nacht*, Eridanus, Bremen 2022, 360 S.
- Achim Hiltrop, *Grande Parure*, Atlantis, Stolberg 2022, 140 S.
- Sameena Jehanzeb, *Frozen Ghosted Dead*, Eigenverlag, Bonn 2022, 412 S.
- Bernhard Kempen, *Aura*, p.machinery, Winnert 2022, 156 S.
- Hans Jürgen Kugler, *Freier Fall*, Hirnkost, Berlin 2022, 150 S.
- Lisa Jenny Krieg, *Drei Phasen der Entwurzelung oder Die Liebe der Schildkröten*, Wortschatten, Aachen 2022, 438 S.
- Axel Kruse, *Migiersdottir*, Wurdack, Nittendorf 2022, 169 S.
- Axel Kruse, *Zeittrips gehen anders*, Atlantis, Stolberg 2022, 169 S.
- Jens Lubbadeh, *Der Klon*, Heyne, München 2022, 469 S.
- P. M., *Die Leitung*, Hirnkost, Berlin 2022, 160 S.
- Michael Marrak, *Cutter ante portas*, Amrûn, Traunstein 2022, 227 S.
- Aiki Mira, *Neongrau – Game Over im Neurosubstrat*, Polarise, Heidelberg 2022, 496 S.
- Aiki Mira, *Titans Kinder*, p.machinery, Winnert 2022, 185 S.
- Jacqueline Montemurri, *Der verbotene Planet*, Plan9, Hamburg 2022, 369 S.
- Brandon Q. Morris, *Die letzte Kosmonautin*, Fischer Tor, Frankfurt/M. 2022, 396 S.
- Phillip P. Peterson, *Nano – Jede Sekunde zählt*, Fischer Tor, Frankfurt/M. 2022, 696 S.
- Jol Rosenberg, *Das Geflecht – An der Grenze*, OhneOhren, Wien 2022, 504 S.
- Esther S. Schmidt, *Rho*, Plan9, Hamburg 2022, 318 S.
- Thomas Thiemeyer, *Countdown – Der letzte Widerstand*, Arena, Würzburg 2022, 429 S.
- Judith & Christian Vogt, *Laylayland*, Plan9, Hamburg 2022, 318 S.
- Nils Westerboer, *Athos 2643*, Klett-Cotta, Stuttgart 2022, 419 S.

Gary Westfahl

DEM FRIEDEN
EINE CHANCE GEBEN

Pazifismus in der Science Fiction

Das Genre der Science Fiction zeigt sich von Kriegen fasziniert und widmet sich regelmäßig ihrer Darstellung, sei es in frühen »Zukunftskriegs«-Romanen, in STAR WARS, wo der Kampf der Rebellen gegen das Imperium ewig zu währen scheint, oder in der Military Science Fiction, in denen Menschen gegen feindliche Außerirdische im interstellaren Raum kämpfen. Dennoch gibt es auch immer wieder Aufrufe zum Frieden – allerdings stellen viele Lobgesänge auf den Pazifismus paradoxerweise die Gewalt in den Mittelpunkt und feiern Aktivitäten, die sie angeblich verurteilen, bevor sie im Frieden enden; aber das ist vielleicht unvermeidlich in einem Genre, das durch spannungsreiche Action, die in friedlichen Gesellschaften nicht vorkommen kann, ein breites Publikum anzusprechen versucht.

Ein früher Befürworter des Friedens, Aristophanes, vertrat Antikriegsansichten in seinen Stücken *Der Frieden* (421 v. Chr.), in dem ein Mann versucht, die Götter zur Beendigung des Peloponnesischen Krieges zu überreden, *Die Vögel* (414 v. Chr.), in dem es um die Bemühungen der Vögel geht, eine Art Raumstation zu errichten und so Konflikte zwischen Menschen und Göttern zu verhindern, und *Lysistrata* (411 v. Chr.), in der sich Frauen weigern, Sex zu haben, bis die Männer Frieden schließen. Ein anderer früher Satiriker, Lukian, beschrieb in *Wahre Geschichten* (zweites Jahrhundert n. Chr.) einen Krieg zwischen den Bewohnern des Mondes und der Sonne, der mit einer friedlichen Einigung endet. Thomas Morus' *Utopia* (1516) begründete eine Tradition von Utopien, in denen ideale Gesellschaften mit bewundernswerten Eigenschaften beschrieben werden, die auch den Krieg vermeiden.

Diese Werke richteten sich jedoch nur gegen bestimmte oder regionale Auseinandersetzungen, nicht gegen den Krieg per se. Schließlich war ein universeller Pazifismus aufgrund des wenigen Kontakts zwischen unterschiedlichen Gesellschaften zu dieser Zeit schlichtweg nicht vorstellbar. Erst im 19. Jahrhundert, als der europäische Kolonialismus und der Handel eine globale Gemeinschaft entstehen ließen, wurde die Forderung nach einer vollständigen Abschaffung des Krieges plausibel, sowohl in der Literatur als auch in der realen Welt. Ein solcher Pazifismus wurde später noch attraktiver, als zwei Weltkriege und die Aussicht auf einen dritten Weltkrieg mit Atomwaffen den gewaltsamen Kampf noch beunruhigender machten.

In der Science Fiction gibt es verschiedene Möglichkeiten, eine Welt ohne Krieg zu schaffen. Die Autoren des neunzehnten Jahrhunderts stellten sich vor, dass bewaffnete Konflikte durch, wie E. F. Bleiler sie nennt, einen »Friedenswächter« beendet werden könnten – ein einzelner Mann, der Frieden schafft, indem er die in Konflikt stehenden Nationen mit mächtigen Waffen bedroht.[1] Manchmal können Einzelpersonen ohne Waffen Kriege verhindern, aber nicht unbedingt dauerhaften Frieden schaffen. Auch eine erwartete oder tatsächliche Invasion von Außerirdischen könnte die Nationen unserer Welt dazu veranlassen zusammenzuarbeiten, um den gemeinsamen Feind zu besiegen und den Weltfrieden zu begründen, und nach einem Weltkrieg könnten sich die Staaten zusammenschließen, um weitere solcher Eskalationen zu verhindern. In einigen Werken wird davon ausgegangen, dass der Frieden eine Veränderung der menschlichen Persönlichkeit erfordert, um gewalttätige Tendenzen auszuschalten, während andere einen Ersatz für den Krieg vorschlagen, sodass Länder ihre Streitigkeiten ohne Opfer beilegen können. Schließlich könnten sich die Länder freiwillig zur Bildung einer Weltregierung entschließen.

Der erste Friedensaktivist ist vielleicht in Oto Mundos *The Recovered Continent* (1898) zu finden, in dem sich ein Wissenschaftler zum Weltherrscher macht, um Abrüstung und Weltfrieden zu erreichen. Simon Newcombs *His Wisdom the Defender* (1900) schildert die Bemühungen eines Erfinders, der die Antigravitation entdeckt und eine Armee zusammenstellt, um durch die Eroberung der Welt den Frieden herzustellen. In George Griffiths *The Lake of Gold* (1903) beherrschen zwei Männer die Weltwirtschaft und zwingen die Nationen, den Frieden zu akzeptieren; in *The World Masters* (1903) zwingen die magnetischen Kräfte eines Wissenschaftlers verfeindete Nationen, Frieden zu schließen; und in *The Great Weather Syndicate* (1906) wird ein ebensolcher durch ein Gerät erreicht, das das Wetter kontrolliert. Weitere frühe Beispiele für fiktive Friedensaktivisten, die erstaunliche Erfindungen einsetzen, finden sich in John Adams' *A Fortune from the Sky* (1902), Jack Londons »Goliath« (1908), Hollis Godfreys *The Man Who Ended War* (1908), C. J. Cutcliffe Hynes *Empire of the World* (1910), William Holt-Whites *The Man Who Stole the Earth* (1909), John Stuart Barneys *L. P. M.: The End of the Great War* (1915), Arthur Train und Robert Williams Woods *The Man Who Rocked the Earth* (1916), Roy Nortons *The Flame* (1916), Ernest K. Chapins »Unlimited Destruction« (1922) und Victor McClures *The Ark of the Covenant* (1924).

In den frühen Science-Fiction-Magazinen tauchen Friedensstifter in John Edwards' »Masters of the Earth« (1932), Abner J. Gelulas »Peace Weapons« (1934) und Eando Binders »Spawn of Eternal Thought« (1936) auf. In einer ungewöhnlichen Abwandlung dieses Themas beschreibt Arthur C. Clarkes possenhafte »A Short History of Fantocracy« (1941–1942), wie Science-Fiction-Fans nach dem Zweiten Weltkrieg die Welt erobern, um eine friedliche Utopie zu schaffen. Zudem überraschen zwei Geschichten durch Streiche, die zum Weltfrieden führen: ein nicht existierender Desintegrator-Strahl in Mortimer Weisingers »The Price of Peace« (1933) und die angebliche Erfindung eines Todesstrahls in A. L. Hodges »An Astounding Announcement« (1935).

Während Wissenschaftlern, die sich für den Frieden einsetzen, in der Regel Sympathie entgegengebracht wird, werden andere Figuren manchmal als fehlgeleitet oder schurkisch angesehen und ihre Bemühungen werden vereitelt. In Eden Phillpotts *Number 87* (1922) versucht ein Wissenschaftler erfolglos Frieden herbeizuführen, indem er kriegerische Führer ermordet, und in Pettersen Marzonis »Red Ether« (1926) geht es um einen Wissenschaftler, der zu diesem Zweck Menschen mit einer Zersetzungsmaschine tötet. In Seven Andertons »The King and the Pawn« (1932) setzt ein Mann erfolglos mehrere Waffen ein, darunter ein Gas, das Schlaf erzeugt, um den Weltfrieden zu erreichen. Mithilfe der Kontrolle von Termiten will ein Mann in Charles de Richters *The Fall of the Eiffel Tower* (1934) die Nationen zur Abrüstung bewegen, wird aber bezwungen, während ein Wissenschaftler in Richard Tookers »The Green Doom« (1935) eine tödliche grüne Wolke erschafft, um den Frieden zu erzwingen. In C. S. Foresters *The Peacemaker* (1934) bleiben die Versuche eines Erfinders, einen Weltfrieden durchzusetzen, erfolglos, obwohl er ein Gerät entwickelt hat, das Maschinen außer Betrieb setzt. Wie nachhaltig dieses Thema ist, zeigen der Film *Master of the World* (1961; dt. *Robur, der Herr der sieben Kontinente*), der den Luftschiff-Erfinder aus Jules Vernes *Robur-le-conquérant* (1886; dt. *Robur der Sieger*) und *Maître du monde* (1904; dt. *Der Herr der Welt*) in einen gescheiterten Friedenskämpfer verwandelt, und der Film *Wonder Woman* (2017), in dem die Heldin versucht, den Ersten Weltkrieg durch den Sieg über den Kriegsgott Ares zu beenden.

In manchen Fiktionen sind es Einzelpersonen, ohne außergewöhnliche Waffen, die vernichtende Kriege verhindern. In Theodore Sturgeons »Thunder and Roses« (1947; dt. »Donner und Rosen«) weigern sich mehrere Amerikaner, nach einem sowjetischen Atomangriff Vergeltung zu üben, in der Hoffnung, irgendwo auf der Erde Leben zu retten, während in Arthur C. Clarkes »The Last Command« (1965; dt. »Der letzte Befehl«) der Führer der Sowjetunion beschließt, in einem ähnlichen Konflikt nicht zu reagieren. In Peter Georges *Red Alert* (1958) droht ein amerikanischer Atombomber eine sowjetische Stadt zu zerstören, woraufhin der Präsident den Sowjets anbietet, als Ausgleich eine amerikanische Stadt zu bombardieren; glücklicherweise wird der Bomber zum Absturz gebracht, bevor er sein Ziel erreicht. In *Fail-Safe* (1962; dt. *Feuer wird vom Himmel fallen*) von Eugene Burdick und Harvey Wheeler, der Vorlage für den Film (dt. *Angriffsziel Moskau*) von 1964 war, muss der Präsident erkennen, dass ein versehentlich abgeschossener amerikanischer Bomber Moskau verwüsten wird, und befiehlt einen ähnlichen Angriff auf New York City, um einen Atomkrieg zu verhindern.

Außerirdische Friedensstifter

In vielen SF-Romanen sind es Außerirdische, die regelmäßig den Pazifismus praktizieren, wenn auch auf unterschiedliche Weise. In zwei Geschichten über menschliche Reisende zum Mars – dem Film *Himmelskibet* von 1918 und C. S. Lewis' *Out of the Silent*

Planet (1938; dt. *Jenseits des schweigenden Sterns*) – missbilligen pazifistische Marsianer die gewalttätigen Gewohnheiten ihrer Besucher, sind aber nicht geneigt, den Menschen ihre Wege aufzuzwingen. In ähnlicher Weise schlägt der Außerirdische Klaatu – wahrscheinlich ein Marsianer[2] – in dem Film *The Day the Earth Stood Still* (1951; dt. *Der Tag, an dem die Erde stillstand*) nicht vor, die Kriege auf der Erde abzuschaffen, sondern warnt davor, dass die Bemühungen, die menschliche Kriegsführung auf den Weltraum auszuweiten, auf Widerstand stoßen werden. Klaatu verrät auch, dass auf anderen Planeten Frieden herrscht, weil die Roboter automatisch eingreifen, wenn jemand in Feindseligkeiten verwickelt ist. In einem losen Remake des Films, *Stranger from Venus* (1954), versucht ein Venusianer, die Menschheit davon zu überzeugen, einen zerstörerischen Krieg zu vermeiden, da dieser katastrophale Auswirkungen auf andere Planeten haben könnte. Die pazifistischen Venusianer in Leslie F. Stones »The Conquest of Gola« (1931) setzen hingegen fortschrittliche Technologie ein, um angreifende Menschen zu besiegen.

In anderen Fällen greifen Außerirdische aktiv ein, um Frieden auf der Erde zu schaffen. In Stanton A. Coblentz' »The Men without Shadows« (1932) erobern Saturnianer, die mit der kriegerischen Lebensweise der Menschheit unzufrieden sind, die Erde und erzwingen Frieden, reisen dann jedoch wieder ab und und überlassen die Menschen mit ihren schlechten Gewohnheiten ihrem Schicksal.. In Clarkes *Childhood's End* (1953; dt. *Die letzte Generation*) erobern Außerirdische die Erde, um den Weltfrieden herzustellen und die Umwandlung der Menschheit in eine Gruppenintelligenz vorzubereiten. Der Film *Santo the Silver Mask vs. the Martian Invasion* (1967) zeigt, wie die Marsianer Menschen zum Pazifismus und zur Bildung einer Weltregierung bewegen wollen. In Clarkes Roman *2001: A Space Odyssey* (1968; dt. *2001: Odyssee im Weltraum*) statten Außerirdische ihr astrales Sternenkind mit pazifistischen Tendenzen aus, sodass es sich für die Zerstörung von Atombomben einsetzt, und im Film *Superman IV: The Quest for Peace* (1987; dt. *Superman IV – Die Welt am Abgrund*) versucht der auf dem Planeten Krypton geborene Superman, Atomwaffen zu beseitigen.

Auch angedrohte oder tatsächliche Alien-Invasionen können die Nationen dazu inspirieren, sich zusammenzuschließen, um

 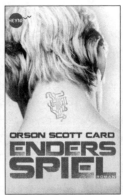 

Frieden zu schaffen. In H. G. Wells' *The War of the Worlds* (1898; dt. *Der Krieg der Welten*) heißt es, dass der gescheiterte Einmarsch der Marsmenschen viel dazu beigetragen hat, die Idee des Gemeinwohls der Menschheit zu fördern, obwohl es keine spezifischen Bewegungen zum Weltfrieden gibt.[3] In Jack Williamsons und Laurence Schwartzmans »Red Slag of Mars« (1932) wird eine Invasion der Marsmenschen absichtlich initiiert, um die Nationen der Erde zu Vereinigung und Frieden zu inspirieren, ähnliche Entwicklungen sehen wir in Orson Scott Cards *Ender's Game* (1985; dt. *Das große Spiel* bzw. *Enders Spiel*). Und auch in *Independence Day: Resurgence* (2016) hat der Angriff der Außerirdischen aus *Independence Day* (1996) eine verstärkte internationale Zusammenarbeit zur Erhaltung des Weltfriedens bewirkt. Der Gedanke, dass feindliche Außerirdische die Menschheit vereinen könnten, bewegte tatsächliche auch Präsident Ronald Reagan, der 1987 in einer Rede vor den Vereinten Nationen auf eine mögliche »Bedrohung von außerhalb dieser Welt« hinwies und bemerkte: »Vielleicht brauchen wir eine äußere, universelle Bedrohung, damit wir dieses gemeinsame Band« zwischen allen Nationen erkennen.[4]

Einige SF-Texte arbeiten mit erfundenen außerirdischen Bedrohungen, um der Welt Frieden zu bringen. So nutzt ein reicher Industrieller in John Rememhams *The Peacemaker* (1947) die Angst vor einer vermeintlichen Marsinvasion aus, um die Nationen der Welt zur Einigung zu bewegen. In einer Episode von THE OUTER LIMITS, »The Architects of Fear« (1963), verwandeln Wissenschaftler einen

Mann in einen abscheulichen Außerirdischen, in der Hoffnung, eine internationale Friedensbewegung herbeizuführen – leider vergeblich.

Wells stellte sich vor, dass ein verheerender zukünftiger Krieg auf natürliche Weise die Gründung eines »Weltstaates« und den Weltfrieden zur Folge haben könnte. In *The World Set Free* (1914; dt. *Befreite Welt*) zwingt ein Atomkrieg die Staatsoberhäupter, sich zu vereinen und den Krieg abzuschaffen, und in dem Roman *The Shape of Things to Come* (1933), der 1936 verfilmt wurde, sind es einige Piloten, die sich im Angesicht eines europäischen Krieges organisieren, um eine globale Diktatur zu errichten und so den Frieden zu erhalten. Diplomatische Beziehungen waren in dieser Hinsicht in Wells' Werk jedoch erfolglos. In Paolo Mantegazzas *The Year 3000* (1897) folgt auf einen genau vorhergesagten Ersten Weltkrieg der Weltfrieden. Colin Masons *The 2030 Spike* (2003) ist eine nichtfiktionale Übung, die zukünftige Katastrophen vorhersagt, in deren Folge eine Weltregierung entstehen würde.

Jules Vernes *Les Cinq Cents Millions de la Bégum* (1879; dt. *Die 500 Millionen der Begum*) beschreibt den Triumph einer friedlichen utopischen Stadt über eine andere kriegerische Stadt und vertritt darin die Theorie der Überlegenheit des Pazifismus. Card wandte sich dem Pazifismus zu, als er ein früheres Werk überarbeitete: In seiner Geschichte »Ender's Game« (1977; dt. »Enders Spiel«) sind die »Krabbler« böse Außerirdische, die der Protagonist ordnungsgemäß ausrottet, doch als Card die Geschichte als Roman neu erzählt, sind die Krabbler freundlich, aber missverstanden, sodass Ender für seine Sünden büßt, indem er eine neue Heimat für einen überlebenden Außerirdischen sucht.

Behaviorismus, Schwarmintelligenz und andere Spielereien

Die Veränderung der menschlichen Psyche zur Abschaffung des Krieges hat Befürworter, doch andere befürchten schädliche Nebenwirkungen. In Wells' *In the Days of the Comet* (1908; dt. *Im Jahre des Kometen*) bewirkt das Gas eines Kometen Veränderungen im menschlichen Verhalten, wodurch eine friedliche Utopie entsteht, und in Leo Dorfmans und Curt Swans »imaginärem« Abenteuer »The Amazing Story of Superman-Red and Superman-Blue« (1963) erfinden zwei Supermänner mit erhöhter Intelligenz einen »Anti-Böse-Strahl«, der Kriminelle reformiert und internationale Konflikte beseitigt. In J. Storer Cloustons *The Chemical Baby* (1934) scheitert der Versuch, ein Serum zu entwickeln, das Pazifismus auslösen soll, und in Calvin Peregoys »Dr. Conklin, Pacifist« (1934) erfindet ein Wissenschaftler einen Strahl, mit dem diejenigen Gehirnareale außer Kraft gesetzt werden, die böse Handlungen hervorrufen würden, aber die Menschen werden lustlos und ineffektiv, sodass durch einen weiteren Strahl die Menschheit wieder in ihren vorherigen Zustand zurückversetzt werden muss. In Jim Harmons »The Place Where Chicago Was« (1962) inspiriert der Atomkrieg zum Bau von Türmen, die »Gehirnwellen« aussenden, um die Menschen zu Pazifisten zu machen und somit nicht länger in der Lage sind, Gewalt auszuüben. John Brunners *Stand on Zanzibar* (1968; dt. *Morgenwelt*) postuliert, dass »Krieg wie eine Krankheit mit einer Dosis der richtigen Medizin geheilt werden könnte« – nämlich mit Gentechnik, um die aggressiven Tendenzen der Menschheit zu beseitigen.[5] In ähnlicher Weise drängte der Psychologe Kenneth Clark 1971 in einer Rede darauf, dass die führenden Politiker der Welt Medikamente einnehmen sollten, um sicherzustellen, dass sie friedlich bleiben.

Eine radikale Lösung für das Problem des Krieges wäre es, die Menschheit zu einer Schwarmintelligenz zu verschmelzen und so zu einer einzigen Einheit zu machen, die keinen Krieg gegen sich selbst führen könnte. Als Vorbild dient die Natur einiger feindseliger außerirdischer Zivilisationen, die die Erde bedrohen, vor allem die Borg im STAR TREK-Universum. Die Entstehung einer kollektiven Intelligenz auf der Erde wird in Michael Swanwicks *Vacuum Flowers* (1987; dt. *Vakuumblumen*) allerdings als böse angesehen. In Olaf Stapledons *Last and First Men* (1930; dt. *Die letzten und die ersten Menschen*), Clarkes *Childhood's End*, Spider und Jeanne Robinsons *Stardance* (1979; dt. *Sternentanz*) und George Zebrowskis *Macrolife* (1979; dt. *Makroleben*) ist dies jedoch ein wünschenswertes Ergebnis. Stapledon erweitert das Konzept in seinem Roman *Star Maker* (1937; dt. *Der Sternenschöpfer*) sogar auf einen kosmischen Geist, der alle Zivilisationen des Universums umfasst.

In »The Place Where Chicago Was« beschreibt Jim Harmon eine Zukunft, in der Kriege zwar weiterhin erlaubt sind, aber nur als eine Art »Kriegsspiele« ohne zerstörerische Waffen. In Herman Wouks *The Lomokome Papers* (1956; dt. *Das Land im Mond*) wird ein Ersatz für den Krieg vorgeschlagen: So lösen Menschen auf dem

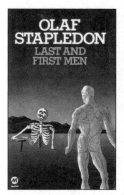  

Mond Konflikte durch eine Politik des »vernünftigen Krieges«, bei der die Nationen Kriegspläne einreichen und Richter diese bewerten, um einen wahrscheinlichen Sieger und die Konsequenzen für die unterlegene Nation zu erklären. Die STAR TREK-Episode »A Taste of Armageddon« (1967; dt. »Krieg der Computer«) zeigt zwei fremde Welten, deren Kriege nur Computersimulationen sind – ein System, das eingerichtet wurde, um die Gegner zu zwingen, eine friedliche Lösung auszuhandeln. Eine uralte Idee – dass die Kriegsführung durch einen Kampf zwischen einzelnen Vertretern jeder Seite ersetzt werden kann – taucht in der STAR TREK-Episode »Arena« (1967; dt. »Ganz neue Dimensionen«) wieder auf, die auf einer Geschichte von Fredric Brown aus dem Jahr 1944 basiert, in der überlegene Wesen einen Konflikt zwischen der Enterprise und einem außerirdischen Raumschiff verhindern, indem sie ihre Kapitäne zu einem Duell auf einem unwirtlichen Planeten zwingen; doch während Browns Held seinen Feind tötet, besiegt Kirk ihn, weigert sich aber, ihn zu töten, um die überlegenen Wesen durch seine Gnade zu beeindrucken.

Es überzeugen jedoch auch noch andere Wege, die zum Frieden führen, so wie die Rhetorik der Helden in Bertha von Suttners *Der Menschheit Hochgedanken* (1911), während die Ärzte der Raumstation in den SECTOR GENERAL-Geschichten von James White den Frieden zwischen außerirdischen Spezies durch eine wirksame medizinische Versorgung fördern. In Kenneth Sylvan Guthries *A Romance of Two Centuries* (1919) und D. D. Sharps »Doomed by the Planetoid« (1936) erreicht man in Zukunft den Frieden auf Erden durch nicht näher bezeichnete Mittel. Zwei Romane von Wells, die auf erdähnlichen Planeten spielen, *A Modern Utopia* (1905; dt. *Jenseits des Sirius*) und *Men Like Gods* (1923; dt. *Menschen, Göttern gleich*), schildern den universellen Frieden, ohne zu sagen, wie er zustande gekommen ist. STAR TREK zeigt eine Zukunft, in der sich auf der Erde nach ruinösen Kriegen eine Weltregierung etabliert; Robert A. Heinleins *Stranger in a Strange Land* (1961; dt. *Fremder in einer fremden Welt*) beschreibt eine Weltregierung, obwohl die einzelnen Nationen noch immer eine Rolle spielen; und Clarke stellt sich in *Imperial Earth* (1979; dt. *Makenzie kehrt zur Erde heim*) das Entstehen einer Weltregierung vor. Sein »The Pacifist« (1956; dt. »Der Pazifist«) zeigt eine seltsame Art, sich dem Krieg zu widersetzen: Ein Computertechniker mag seinen unausstehlichen Vorgesetzten nicht und programmiert das auf Kriegssimulationen ausgerichtete Gerät so, dass es auf entsprechende Anfragen mit Beleidigungen reagiert. Somit ist es für die Vorbereitung künftiger Kriege nutzlos geworden.

Pazifismus kann auf viele Arten definiert werden, einschließlich der Abschaffung von Gewalt gegen Tiere wie in Clarkes *The Deep Range* (1957; dt. *In den Tiefen des Meeres*), in dem die Menschheit aufhört, Wale zu schlachten, um sich dem Vegetarismus zuzuwenden. In Clifford D. Simaks *City* (1952; dt. *Als es noch Menschen gab*) wird die von Menschen verlassene Erde von intelligenten pazifistischen Hunden regiert, die auch von anderen Tieren verlangen, auf Gewalt zu verzichten. Doch als sie von intelligenten Ameisen bedroht werden, wecken sie einen Mann in Hibernation auf, der ihnen verrät, dass die Menschen Ameisen mit Gift bekämpft haben. Das widerspricht der Ethik der Hunde so sehr, dass sie gemeinsam mit anderen Tieren in eine andere Dimension wechseln, um das Töten ihrer Insektengegner zu vermeiden.

Es ist bezeichnend, dass STAR TREK im Gegensatz zu den unlösbaren Machtkämpfen in STAR WARS in der Regel friedliche Einigungen mit den Antagonisten zeigt: Wie bereits erwähnt, bilden die Nationen der Erde eine Weltregierung; Menschen und Romulaner erhalten einen unbehaglichen Waffenstillstand aufrecht; die einst feindseligen Klingonen schließen sich schließlich der Erde in der Föderation der Planeten an; und in den Episoden von STAR TREK und den Nachfolgeserien werden Streitigkeiten oft durch Diplomatie und nicht durch Kämpfe beigelegt. STAR TREK verurteilt Kriegsführung in Episoden wie »A Taste of Armageddon« und »Arena«, »Errand of Mercy« (1967; dt. »Kampf um Organia«), in dem weitentwickelte Außerirdische einen Konflikt zwischen Menschen und Klingonen schlichten, und »Day of the Dove« (1968; dt. »Das Gleichgewicht der Kräfte«), in dem sich Menschen und Klingonen zusammenschließen, um sich einem Wesen entgegenzustellen, das von Gewalt lebt. Die Serie betont also wiederholt pazifistische Gedanken – und zeigt gleichzeitig gewalttätige Konflikte, die das Engagement für den Frieden infrage stellen, was noch einmal das Phänomen bestätigt, dass Zuschauer nach Spannung und Action lechzen.[6]

Darüber hinaus gibt es Science-Fiction-Romane, die als »Antikriegs«-Werke bezeichnet werden können, weil sie zwar die Schrecken des Krieges beschreiben, aber keine friedlichen Lösungen anbieten, wie zum Beispiel Kurt Vonnegut, Jr.'s *Slaughterhouse-Five* (1969; dt. *Schlachthof 5*) und Joe Haldemans *The Forever War* (1975; dt. *Der ewige Krieg*). Ursula K. Le Guins *The Word for World Is Forest* (1972; dt. *Das Wort für Welt ist Wald*) kritisiert den Vietnamkrieg, indem die Novelle Menschen beschreibt, die einheimische Aliens unterdrücken – ein Werk, das James Cameron's Film *Avatar* (2009) beeinflusst hat. C. M. Kornbluths *Not This August* (1955; dt. *Nicht in diesem August*) schließt einen Bericht über einen erfolgreichen amerikanischen Aufstand gegen die kommunistische Tyrannei mit einem Friedensgebet des Protagonisten ab.

Fazit

Insgesamt ist es schwierig, die Auswirkungen der Aufrufe zum Pazifismus in der Science Fiction zu beurteilen. Die Schilderung der katastrophalen Auswirkungen eines Atomkriegs durch das Genre regte sicher politische Entscheidungsträger zur Vermeidung des Einsatzes atomarer Waffen an, und die Visionen einer künftigen Weltregierung fördern die Bemühungen um internationale Zusammenarbeit. Etwas widersprüchlich setzt das Genre häufig voraus, dass Außerirdische zu Gegnern werden und die Erde zu endlosen Kriegen im Weltraum gezwungen wird – eine düstere Vision, der zahlreiche Texte ganz deutlich widersprechen.

In der Tat sagt Cixin Liu in seiner THREE-BODY PROBLEM-Trilogie (2006, 2008, 2010) voraus, dass intelligente Zivilisationen unweigerlich versuchen werden, sich gegenseitig auszulöschen, da expandierende

Gesellschaften, die unendliche Ressourcen benötigen, um endliche Ressourcen konkurrieren, was bedeutet, dass Frieden niemals eine Option sein wird. Angesichts der Tatsache, dass gewaltsame Konflikte auf der Erde immer noch an der Tagesordnung sind, können die Menschen nicht optimistisch sein, dass sich der Pazifismus in Zukunft durchsetzen wird. Dennoch werden mit dem Friedensnobelpreis nach wie vor Personen und Organisationen ausgezeichnet, die sich für den Frieden einsetzen, und auch in der Science Fiction schreiben manche für den Frieden auf der Erde und im Weltraum.

Anmerkungen

1   E. F. Bleiler, »Motif and Theme Index«, *Science Fiction: The Early Years* (Kent: Kent State University Press, 1990), S. 907.

2   Ich erkläre die Gründe, warum ich Klaatu als Marsmenschen betrachte, in »Martians Old and New, Still Standing over Us«, 2001, *An Alien Abroad* (Holicong: Wildside Press, 2016), S. 151–156.

3   H. G. Wells, *The War of the Worlds*, 1898 (New York: Berkley, 1964), S. 172.

4   Ronald Reagan, zitiert in Steve Hammons, »Reagan's 1987 UN Speech on ›Alien Threat‹ Resonates Now«, CultureReady, abgerufen am 29. Juli 2015, unter https://www.cultureready.org/blog/reagans-1987-un-speech-alien-threat-resonates-now.

5   John Brunner, *Stand on Zanzibar*, 1968 (New York: Avon, 1969), S. 643.

6   Gary Westfahl, »Opposing War, Exploiting War: The Troubled Pacifism of *Star Trek*«, *Science Fiction, Children's Literature, and Popular Culture* (Westport: Greenwood Press, 2000), S. 69–78.

Bei diesem Essay handelt es sich um einen Originalbeitrag.
Wir danken Fritz Heidorn für die Vermittlung.
Übersetzung und Bearbeitung:
Hardy Kettlitz und Melanie Wylutzki

Maurice Schuhmann

DIE WAFFEN NIEDER! – AUCH IM WELTRAUM!

Eric Frank Russell als Vertreter der pazifistischen, antimilitaristischen Tendenz in der SF-Literatur

Im Gegensatz zur militärischen Science Fiction mit einem eigenen Subgenre (»Military Science Fiction«) gibt es für den pazifistischen beziehungsweise antimilitaristischen Flügel im SF-Bereich noch keine eigenständige Bezeichnung – nicht einmal in den wichtigen Nachschlagewerken des Genres finden sich Stichworte wie »Pazifismus« wieder. Wenn es die Kategorisierung gäbe, so wäre sicherlich der britische Autor Eric Frank Russell (1905–1978)[1] das für diese Strömung, was der amerikanische Autor Joe Haldeman (*Der ewige Krieg* [*The Forever War*], 1974) für die Military Science Fiction ist – ihr Hauptvertreter und Aushängeschild.

Einordnung der Militarismuskritik

Die Begriffe »Antimilitarismus«, das heißt eine Haltung, die den Militarismus in allen Facetten konsequent ablehnt, und »Pazifismus«, also eine den Krieg ablehnende Haltung, benutze ich im Folgenden synonym, da sich Elemente beider Positionen im Werk von Eric Frank Russell wiederfinden. Zusammenfassend lassen sich darunter Aussagen fassen, die den Krieg als Form der Konfliktaustragung per se ablehnen sowie kritische Äußerungen bezüglich des Militärwesens in seinen unterschiedlichen Ausprägungen im Allgemeinen.

Seit den 1930er-Jahren und vor allem verstärkt ab dem Ende der 1940er-Jahre spielten für den ehemaligen Soldaten und Sohn eines

---

1   Vgl. zu seiner Biografie: Sam Moskowitz: *Seekers of Tomorrow. Masters of modern Science Fiction*, Hyperion Press, Inc. Westport, Connecticut 1966, S. 133–150.

Dozenten an einer Militärakademie Eric Frank Russell militärische Aspekte immer eine Rolle in seiner als humanistisch einzuordnenden Literatur (vgl. Foster, S. 9). Seine zahlreichen Kurzgeschichten und einzelne Romane sind dementsprechend auf Militärstützpunkten angesiedelt (*Blinde Kuh* [*Mesmerica*, 1955])[2], zeigen Kriegssituationen auf (»Der X-Faktor« [»Plus X«,1956]) oder drehen sich um die Erfindung neuer Waffensysteme (*Der Stich der Wespe* [*Wasp*, 1957]). Abgesehen von dem Roman *Der X-Fakto*r (*The Space Willies*, 1958), bei dem er keine explizit militärkritische Position einnimmt, finden sich als wiederkehrende Elemente in seinen Erzählungen und Romanen neben der Bürokratiekritik, die beispielsweise in »Diabologik« (»Diabologic«, 1955) vorkommt, antimilitaristische und pazifistische Positionen. Diese Kritikpunkte knüpfen partiell an die seit den frühen Tagen in seinem Werk auftauchende Bürokratiekritik an, gehen aber weit darüber hinaus. Die in der Sekundärliteratur hierfür als Beispiele erwähnten Texte sind unter anderem die Erzählungen »Nächtliches Finale« (»Last Night Final«, 1948), »Lieber Teufel« (»Dear Devil«, 1950), »Ich bin Niemand« (»I Am Nothing«, 1952). Besondere Beachtung finden die Kurzgeschichte »Planet des Ungehorsams« (»… And Then There Were None«, 1951) und der Roman *Die große Explosion* (*The Great Explosion*, 1962), der die Grundideen der Erzählung ausbaut. Mit diesen beiden Texten hat Russell sich einen Platz innerhalb der anarchistischen SF[3] – neben der amerikanischen Kultautorin Ursula K. Le Guin – erkämpft. Dabei ist sein Stil stets durch bissig-sarkastischen Humor geprägt.

Die Kritikpunkte am Militär und Krieg in seinem Werk lassen sich dabei grob in Kategorien unterteilen:

• Fokussierung auf neue Waffensysteme und Vorbereitung auf den nächsten Krieg
• Militärische Hierarchien und deren Repräsentation
• Militärische Bürokratie
• Umgang mit Veteranen
• generelle Kriegskritik

---

2   Hierbei spielen sicherlich eigene autobiografische Erfahrungen als Soldat eine Rolle.

3   Vgl. John Pilgrim: »Science Fiction and anarchism«, in: ANARCHY 34 (Vol. 3, No. 12) December 1963, hier: S. 368.

Darüber hinaus entwirft er – inspiriert von dem indischen Widerstandskämpfer und Politiker Mahatma Gandhi (1869–1948) – in seiner Kurzgeschichte »Planet des Ungehorsams« eine anarchistisch-anmutende Gesellschaft, deren Verteidigung auf dem Konzept der »Sozialen Verteidigung«, also einer auf zivilem Ungehorsam basierenden, beruht.

Einordnung der Positionen

Die antimilitaristische Position von Russell wird vereinzelt in klassischen Nachschlagewerken zur SF-Literatur erwähnt. Im *Lexikon der Science Fiction Literatur* wird im Kapitel »Der Landser im Orbit: Militarismus und Antimilitarismus in der Science Fiction« Eric Frank Russells Roman *Der Stich der Wespe* in der weiterführenden Literaturliste angeführt – ohne dass dieser im Beitrag selber erwähnt wird. In der friedenspolitischen Publizistik hingegen taucht sein Name bislang in den einschlägigen Nachschlagewerken (fast) gar nicht auf.

Ein interessanter Aspekt in seinem Werk sind die neuen Waffensysteme, mit denen er sich auseinandersetzt, wie besonders deutlich in der Erzählung »Vergangenheit mal 2« (»The Mindwarpers«, 1965) wird. Hierin schreibt Russell:

> »Die Entwicklung von Waffensystemen wird für den Fall fortgeführt, dass aus dem kalten Krieg ein heißer wird. In der Zwischenzeit wird ein Krieg geführt mit anderen Methoden als denen des Schießens. Jede Seite versucht, die besten Gehirne der anderen Seite zu stehlen, sie zu kaufen oder sie gar zu vernichten. Wir haben auf diese Weise Männer, Ideen und Pläne verloren. Wir haben einige von ihren Gehirnen gekauft. Sie haben sich einige von unseren beschafft.« (S. 60)

Aber auch in seiner Erzählung »Planet des Ungehorsams« findet sich dieses Thema wieder. Als sein Protagonist Gleed, der mit einem Raumschiff auf einem fremden Planeten landet, im Kontakt mit den Gandhs steht und diese über ihre Waffe berichten, zeigt sich in seiner Reaktion jenes Denken.

> »Die Pläne und Konstruktionsunterlagen von einer neuen und außerordentlich wirksamen Waffe waren bestimmt viel wertvoller als die Adresse des Bürgermeisters. Vielleicht war Grayder so begeistert davon, daß er ihm in Anbetracht der militärischen Bedeutung seiner Entdeckung fünftausend Kredite als Belohnung gewährte.« (S. 55)

Diese Waffe entpuppt sich als der Grundgedanke dessen, was in der Friedens- und Konfliktforschung wenige Jahrzehnte später unter dem Stichwort »Soziale Verteidigung« bzw. »gewaltloser Widerstand« theoretisiert wurde. In der deutschen Übersetzung des Romans wird dies mit der Abkürzung »IWF« (»Ich will Freiheit«) beschrieben.

Dieses Konzept basiert ähnlich wie im Falle von Russells Gandhs auf der Nichtkooperation mit einem Feind. Es handelt sich dabei, wie auch Gleed in der Erzählung erklärt wird, um eine Waffe, die nur in eine Richtung funktioniere (vgl. S. 55 f.).

Mahatma Gandhi als Vorbild für die egalitäre und gewaltfreie Gesellschaft wird selber auch kurz zweimal in Russells Erzählung »Planet des Ungehorsams« dargestellt:

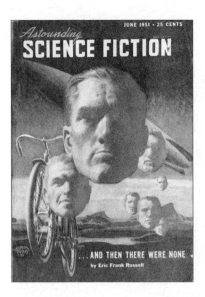 

»Ein Erdbewohner der Vorzeit. Er hat die Waffe [IWF – MS] erfunden. [...] Gandhi, auch Bapu oder Vater genannt, lebte vor vierhundertsiebzig Jahren. Politphilosoph, Angehöriger des Hindustammes. Widersetzte sich jeder staatlichen Autorität mittels eines ausgeklügelten Systems, das er den zivilen Ungehorsam nannte.« (S. 64; 78)

Es ist zu jener Zeit wenig verwunderlich, dass er sich mit Gandhi auseinandersetzt. Der Politiker führte Indien 1947 aus dem Status einer britischen Kolonie in die Freiheit und wurde zu jener Zeit unter britischen Intellektuellen auch insgesamt ausgiebig diskutiert. Ein Beispiel hierfür stellt sicherlich der britische Autor George Orwell (»Reflections about Gandhi«, 1949) dar. Inwiefern sich Russell näher mit der Philosophie Gandhis beschäftigt hat, lässt sich nicht klären. In anderen Erzählungen und Romanen fehlen Verweise auf Gandhi vollständig.

Auch die Kritik an der Hierarchie im Militär ist ein wiederkehrendes Thema, dem Russell mit beißendem Spott begegnet. In seinem Roman *Die große Explosion* schreibt er – eine Passage aus »Planet des Ungehorsams« leicht variierend:

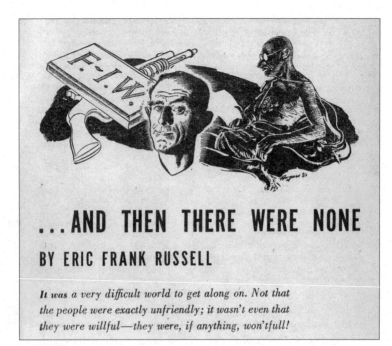

...AND THEN THERE WERE NONE

BY ERIC FRANK RUSSELL

It was a very difficult world to get along on. Not that the people were exactly unfriendly; it wasn't even that they were willful—they were, if anything, won'tfull!

Titelillustration aus ASTOUNDING SCIENCE FICTION, Juni 1951, Seite 7

»Die Gangway hinauf stiegen etwa zweitausend Mann, die deutlich in drei Kategorien eingeordnet werden konnten: Die großen Mageren mit den Fältchen um die Augen, das war die Crew; die mit dem Bürstenhaarschnitt und den breiten Gesichtern, das war die Truppe; und mit den Glatzen, den unbeteiligten Gesichtern und den kurzsichtigen Augen, das waren die Bürokraten.« (S. 8).

Der Ausstieg aus dem Raumschiff hängt dabei, wie er in »Planet des Ungehorsams« süffisant bemerkt, davon ab, wie gefährlich die Umgebung für die Invasoren ist. In einer gefährlichen Umgebung haben die unteren Ränge den Vortritt, während in friedlicher Umgebung der Vorrang den höheren Rängen gegeben wird. Die darin auftauchende Hierarchisierung von Menschen steht jenem Gleichheitsgrundsatz, der sich aus seinem humanistischen Denken ergibt, diametral entgegen.

In »Der X-Faktor« schreibt er in Bezug auf die militärische Rangordnung:

»Er [Leeming –MS] konnte sich vorstellen, was draußen vorging, während man ihn hier warten ließ. Der Offizier würde sich ans Telefon hängen – oder was immer sie stattdessen benutzten – und die nächste Garnisonsstadt anrufen. Der ranghöchste Offizier dort würde die Verantwortung sofort auf das militärische Hauptquartier abschieben. Einer der Bonzen würde die Frage an die zentrale Funkstation weiterleiten. Und von dort würde ein Funker bei den zwei menschenähnlichen Verbündeten anfragen, ob sie in der Gegend ein Aufklärungsschiff vermißten.« (S. 9)

Die Entindividualisierung der Angehörigen militärischer und bürokratischer Berufsgruppen greift er ein weiteres Mal in »Planet des Ungehorsams« in Bezug auf die Uniformierung von Soldaten auf. »›Aha!‹ murmelte Jeff. ›Deswegen habe ich mich in Ihnen getäuscht! Sie kamen so ganz allein herein – ohne Vorgesetzten. Wenn eine ganze Meute in meinen Laden gekommen wäre – alle im gleichen Anzug – hätte ich gewusst, dass es eine Uniform ist.‹« (S. 33).

Auch in der Kurzgeschichte »Nächtliches Finale« wird der Habitus rund um die Uniform aufgegriffen. So beschreibt er seinen Protagonisten Commander Croin wie folgt:

»Nicht ein Fleck verunzierte seine makellose grau-grüne Uniform, auf der juwelenbesetzte Orden für Tapferkeit funkelten und blitzten. Seine Stiefel glänzten, wie sie es seit ihrem Abflug nicht mehr getan hatten. Die goldenen Glöckchen seines Ranges klingelten an seinen Sporen, als er behutsam einen Fuß vor den anderen setzte. Im tiefen Schatten unter dem Visier seines reichverzierten Helmes blitzen seine kalten Augen selbstzufrieden.« (S. 183)

Die Bedeutung des Militärischen kommt im Rahmen dessen auch in Bezug auf eine weitere, nicht näher benannte Protagonistin zum Ausdruck: »Wahrscheinlich besitzt sie eine überdurchschnittliche Sprachbegabung. Unglücklicherweise hat sie keine Ahnung vom Militär und ist deshalb völlig wertlos für uns.« (S. 206)

Weiterhin ist die Befehlsstruktur in »Planet des Ungehorsams« ein von ihm kritisierter Aspekt, der sich aus der Hierarchie innerhalb des Militärs ergibt. In einem Dialog mit einem Einheimischen erklärt

Gleed auf die Frage, ob er Befehle befolgen würde: »Selbstverständlich! Man würde mich ganz schön zurechtstauchen, wenn ich einen Befehl verweigerte [...]« (S. 18)

Militärisches Denken wird auch immer wieder im Rahmen seiner Bürokratiekritik, wie sie zentral in Diabolik thematisiert wird, aufgegriffen. So schreibt er in dieser Kurzgeschichte hinsichtlich des hierarchisch geprägten Weltbilds:

> »Der Eindruck täuschte nicht. Die vierhundert Personen repräsentierten die militärische und politische Macht einer Welt, die ein Sternenreich von zwanzig Sonnensystemen und doppelt soviel Planeten beherrschte. Noch bis vor kurzem waren sie der festen Überzeugung gewesen, die Herren der Schöpfung zu sein. An dieser Überzeugung waren nun die ersten Zweifel aufgetaucht. Sie standen vor der Lösung eines schwierigen Problems, das später einmal von einem irdischen Historiker geringschätzig als ›strittiger Punkt‹ bezeichnet wurde.« (S. 170 f.)

Er bleibt an dieser Stelle bei jenen Andeutungen – und darin besteht Russells Qualität: Er versucht nicht, eine Erzählung als Vehikel für ein politisches Manifest zu nutzen, sondern garniert seine Geschichten mit Ausnahme von »Planet des Ungehorsams« lediglich mit kritischen Untertönen – ohne dabei in das Segment ideologischer Propagandaliteratur abzuleiten.

Ein weiterer Aspekt ist dabei, wie man nicht nur in der Hierarchie mit Untergebenen umgeht, sondern auch die fehlende monetäre Wertschätzung von ehemaligen Militärangehörigen. Ein Gandh namens Seth spiegelt Gleed diesen Aspekt im Zuge eines Gesprächs: »So sieht also die Belohnung für einen Veteranen aus, der seine besten Jahre im Dienst der Erde verbracht hat. Sie bekommen eine Pension und müssen auf alles verzichten, was Ihnen lieb und teuer ist.« (S. 69). Inwiefern diese Kritik auch autobiografische Bezüge trägt, lässt sich leider nicht klären.

Neben der Kritik an der Institution des Militärs formuliert er aber auch in seiner Kurzgeschichte »Ich bin Niemand« eine klare und deutliche Antikriegsposition:

»Als er [Morcine] die Gründe hörte, wurde er ärgerlich. Allein der Starke weiß, daß es nur eine Ursache für Krieg gibt. All die anderen unzähligen Gründe, die in den Geschichtsbüchern aufgezeichnet sind, sind keine wirklichen Gründe. Sie sind nichts anderes als plausible Ausreden. Es existiert nur eine Wurzel aller Ursachen für Kriege, die weit zurück in den fernen Tagen des Dschungels liegt. Wenn zwei Affen dieselbe Banane wollen, dann bedeutet das Krieg.« (S. 307)

Über die Geschichte selber schreibt der Herausgeber und Autor Alan Dean Foster in seinem Vorwort zu einer Auswahl von Kurzgeschichten von Eric Frank Russell:

»›I Am Nothing‹ (›Ich bin Niemand‹) ist eine Russellsche Kriegsstory. Sie ist nur zu einem gewissen Teil der Science Fiction zuzurechnen, eine scharfe Indikation seines Talents, eine Geschichte zu erzählen, ohne Verwendung der in SF üblichen Vehikel und Themenschemata. ›Nothing‹ ist eine Parabel aller Kriegsstorys, der seltene Fall eines Autors, der eine Obszönität mit Mitleid und nicht mit Zorn definiert.« (S. 10)

Er trifft damit den Kern jenes Textes sehr gut.

Generell verzichtet Russell weitestgehend auf das klassische SF-Narrativ von die Menschheit bedrohenden Aliens, sodass das typische Freund-Feind-Schema in seinen Darstellungen fehlt. Im Gegenteil sogar, teilweise fungieren die Aliens als Retter und Unterstützer der Menschheit.

Fazit

Nach dem Zweiten Weltkrieg, also in der Zeit, wo sich der ehemalige Soldat Eric Frank Russell mehr und mehr als Verfasser von Science-Fiction-Literatur etablierte, tauchte demnach eine weitreichende Kritik an allem, was mit Militär und Krieg zu tun hat, auf. Diese speiste sich aus einer generellen Bürokratiekritik, die er auch auf den militärischen Bereich überträgt, einer Kritik an der Forschung zu neuen Waffensystemen und dem Krieg generell als Form der Konfliktbewältigung. Diese Haltung wird dabei in der Sekundär-literatur häufig mit dem Stichwort »Humanismus« umschrieben, kann aber auch im Falle der Kurzgeschichte »Planet des Ungehor-sams« und des Romans *Die große Explosion* explizit als anarchistisch qualifiziert werden. Die theoretische Basis jener Texte stellt das Werk Gandhis dar, wobei Russell auf eine eindeutige Referenz in seinen anderen Werken verzichtet.

Fraglos ist er damit einer der wichtigsten europäischen Vertreter des antimilitaristischen Flügels der Science-Fiction-Literatur – ohne in eine ideologisch-gefärbte Ecke abzudriften.

Literatur

Alpers / Fuchs / Hahn / Jeschke (Hrsg.): *Lexikon der Science Fiction Literatur*, Wilhelm Heyne Verlag München 1988.

Foster, Alan Dean: Vorwort, in: *Die besten Stories von Eric Frank Russell*, herausgegeben von Alan Dean Foster, Moewig Verlag München 1980, S. 7–14.

Russell, Eric Frank: »Diabolik«, in: Ders.: *Ferne Sterne*. Utopisch-technische Erzählungen, Goldmann Verlag München 1962, S. 161–188.

Ders.: *Die große Explosion*, Ullstein Frankfurt / M. / Berlin 1986.

Ders.: »Ich bin Niemand«, in: *Die besten Stories von Eric Frank Russell*, herausgegeben von Alan Dean Foster, Moewig Verlag München 1980, S. 301–326.

Ders.: »Lieber Teufel«, in: *Die besten Stories von Eric Frank Russell*, herausgegeben von Alan Dean Foster, Moewig Verlag München 1980, 229–277.

Ders.: »Nächtliches Finale«, in: *Die besten Stories von Eric Frank Russell*, herausgegeben von Alan Dean Foster, Moewig Verlag München 1980, S. 183–228.

Ders.: *Planet des Ungehorsams*, Verlag W. Reuschle Berlin 1984.

Ders.: *Die Todesschranke. Utopischer Roman*, Delta-Verlag Bischofs-wiesen / Obb. 1953.

Ders.: *Vergangenheit mal 2*, Ullstein Frankfurt/M. / Berlin / Wien 1974.

Ders.: »Der X-Faktor«, in: *Science Fiction Stories 19*, herausgegeben von Walter Spiegl, Ullstein Frankfurt/M. / Berlin / Wien 1972, S. 5–77.

Wolfgang Neuhaus

»WIR MÜSSEN UNS VON ALTEN SCHLUSSFOLGERUNGEN TRENNEN.«

Einige Bemerkungen zu dem Roman *Befreite Welt* von H. G. Wells

Was das Buch *Befreite Welt* [1] bemerkenswert macht, ist zum einen der Umstand, dass es 1913 geschrieben und am Vorabend des Ersten Weltkriegs veröffentlicht wurde. In manchen Passagen nahm es die Gräuel der kommenden Massenschlachten vorweg. Zum anderen besteht die Faszination, die von ihm auch für heutige LeserInnen ausgeht, darin, dass sein Autor Wells die ersten Ideen des künstlich erzeugten Zerfalls von Atomen aus seiner Zeit extrapoliert und die Schrecken eines Atomkrieges im Jahr 1958 beschrieben hat. Wells spannt darüber hinaus jedoch einen großen kulturgeschichtlichen Bogen auf, um seinem Lesepublikum zu zeigen, was dabei auf dem Spiel steht – das ist meiner Meinung nach seine eigentliche Leistung. Seine technikphilosophischen und kulturkritischen Erörterungen haben nichts von ihrer Brisanz verloren. Die Lösung für das Problem tendenziell immer gefährlicherer Kriege aufgrund neuer Waffensysteme sieht Wells in einer radikal veränderten Denk- und Existenzweise der Menschheit.

> »Es ist ein tragisches Paradoxon, dass die Menschheit imstande wäre, sich zu vernichten, bevor sie sich noch gebildet hat.«
> Franz Fühmann [2]

Herbert George Wells (1866–1946) war einer der Begründer der modernen Science-Fiction-Literatur. Mit *Die Zeitmaschine* (im Original: *The Time Machine*) hat er einen ihrer einflussreichen »Ur-Texte« verfasst [3]. Sein Buch *Befreite Welt* (im Original: *The World Set Free*) fällt in die mittlere Periode seines Schaffens, die ihn zunehmend als Autor zeigt, der sich auch anderen schriftstellerischen Formen widmete und Sachtexte schrieb [4]. Das Buch selbst zerfällt in verschiedene Teile, als Roman ist es – nach literarischen Kriterien allein betrachtet – misslungen. Ich meine aber, dass diese literarische Arbeit mehr Aufmerksamkeit verdient hat, da sie eine eigene Mischung aus SF-Roman, (fiktiven) Geschichtsdarstellungen und Utopie/Dystopie darstellt [5]. Es handelt sich um einen »Diskurs-Roman« [6], der absieht von der ausführlichen Darstellung einzelner menschlicher Schicksale, sondern die Entwicklung von geschichtlichen Ereignissen vorführt – und diese in gewisser Weise »personalisiert« [7].

Das Hintergrundthema des Buches ist der historische Prozess – mit seinen vielfältigen Ausprägungen in der Gestaltung von politischen Strukturen, ökonomischen Verhältnissen, kulturellen Traditionen und technischen Artefakten. Es ist also kein Zufall, dass es mit einem kulturhistorischen Abriss zum Werkzeuggebrauch und zur Arbeitsteilung beginnt. Auf den ersten Blick ist es erst einmal überraschend, dass Wells einen solchen Einstieg gewählt hat. Die Funktion dieser Passagen ist es meines Erachtens, den ungeheuren Prozess der Menschwerdung, der zunehmenden Ausdifferenzierung von kulturellen Möglichkeiten der Leserschaft nahezubringen. Dabei geht Wells synkretistisch vor und mischt verschiedenste wissenschaftliche Erkenntnisse. Ihm geht es um das Gesamtbild, nicht um Plausibilität aus Sicht der Einzelwissenschaften. Er beschreibt nicht nur die zunehmende äußere Naturbeherrschung, sondern auch die Gestaltung der »Binnenbeziehungen« durch die Menschheit – die Menschen selbst sind Objekte dieser Prozesse, die sie auf verschiedene Weise geformt haben.

> »Die Geschichte des Menschen ist vor allem die Geschichte des Sieges über Misstrauen und Triebhaftigkeit, über Vereinzelung und über das Tierische, die den Menschen daran hinderten, seine Bestimmung zu erfüllen. [...] Vom frühen Steinzeitalter

an bis zur Verwirklichung des Weltfriedens war der Mensch hauptsächlich mit sich und seinen Mitmenschen beschäftigt, trieb Handel, feilschte, machte Gesetze, schloss Verträge, unterjochte, eroberte, zerstörte und nutzte und nützt jeden kleinen Zuwachs an Macht augenblicklich für dieses verwirrende komplizierte Ringen um Vergesellschaftung. Seine Mitmenschen zu einer zweckorientierten Gesellschaft zusammenzuschließen wurde sein letzter und stärkster Trieb.« (S. 13)

Wells zeigt mit dieser Herangehensweise, dass der langsame Aufstieg der Menschheit keine Selbstverständlichkeit war. Zugleich verfügt er über eine Zielprojektion, von der aus er die Vergangenheit interpretiert. Diese Projektion ist die Utopie einer geeinten Menschheit, einer (sozialistischen) Weltregierung. Wie es an einer Stelle im Roman heißt: »Zunächst war es unumgänglich, den ganzen Erdball als einheitliches Problem zu sehen. Man konnte sich nicht länger mit jedem einzelnen Land getrennt befassen.« (S. 212) Wells veranschaulicht zudem durch seine Bezugnahmen auf die langen Reihen an historischen Entwicklungen, dass die Menschheit noch immer in ihrer Vorgeschichte lebt – in einem Zustand der Desorganisation. Die gemeinsamen Ziele, die in einer Weltregierung geplant würden, wären die Basis für einen neuen Kultursprung. Die Menschen haben gewissermaßen unbewusst, ohne Planung früher solche gravierenden Entwicklungsschritte vollzogen, die notwendig für den Erhalt der Gattung waren. Der Mensch

»schürte das Feuer mit seinem Atem, und sein einfaches Werkzeug, erst aus Kupfer, später aus Eisen, vervielfachte und vervielfältigte sich, wurde komplexer und wirksamer. [...] Er verfeinerte seinen gesellschaftlichen Umgang und erhöhte seine Leistung durch Arbeitsteilung. Er begann Wissen anzusammeln. Erfindung folgte auf Erfindung, jede ermöglichte es dem Einzelnen, seine individuellen Fähigkeiten weiterzuentwickeln.« (S. 7)

Wells verbindet in seiner Darstellung technische und soziale Erneuerungen. Er entfaltet vor den Augen der LeserInnen ein ganzes Panorama an technisch-kulturellen Leistungen, das einen Eindruck von den Höhen vermittelt, welche die Menschheit über Jahrtausende erreicht hat. Dass Wells dabei einen pathetischen Stil gebraucht, mag man als zeitgebundene Eigenart verstehen, allerdings kann man nicht genug betonen, wie bedeutsam diese Fortschritte gewesen sind. Und nicht nur das. Schon zu Wells' Zeiten wären mit den entwickelten Methoden von Wissenschaft und Technik ganz andere Sprünge möglich gewesen (über die ungenutzten Möglichkeiten heutzutage ganz zu schweigen).

»Während dieser Periode von zwanzigtausend oder mehr Jahren, einer Zeit permanenter Kriege, in der sich das Denken der Menschen vor allem auf Macht und Angriff konzentrierte, machte die Beherrschung der Naturkräfte nur langsam Fortschritte – rasch gemessen an der Steinzeit, aber eben langsamer im Vergleich mit den Fortschritten im Zeitalter systematischer Forschung, in dem wir leben.« (S. 14)

Als Symptom für diesen Zustand der Desorganisation sieht Wells die Geschichte der Kriege, die zu seinen Lebzeiten gewalttätiger wurden durch neue Erfindungen und technische Durchbrüche. Dass er 1913 einen zukünftigen Atomkrieg prognostiziert hat, ist ein Beweis für seine überragenden spekulativen Fähigkeiten. Bei entsprechenden Würdigungen [8] wird aber meist vergessen, in welchen Kontext Wells seine Vorhersagen eingebettet hat. Er entwarf die erste Dystopie eines Krieges mit atomaren Massenvernichtungswaffen, ja, und hat mit seiner Vorstellung einer Atombombe die reale Erfindung mitangeregt [9]. Er hat aber manche Wirkungen unterschätzt, da er ein falsches Verständnis der Explosionsvorgänge hatte [10]. Wells kannte zwar die schädigende Wirkung der Radioaktivität, hatte aber keine Vorstellungen von den globalen Auswirkungen eines Fallout. So benutzt er die globale Katastrophe als Katalysator für den utopischen Prozess, ohne die Katastrophendimensionen mit dem Wissen seiner Zeit beurteilen zu können [11]. Mit Wells kann man jedoch sagen, dass durch einen Atomkrieg in kurzer Zeit Fortschritte des Zivilisationsprozesses zunichte gemacht würden, welche die Menschheit über viele Jahrtausende mühsam der Natur abgerungen und in schwieriger sozialer Selbstorganisation erreicht hat. Es geht nicht nur darum, dass die Arbeit von Hunderten Generationen vernichtet wird, nein, auch die potenziellen Entwicklungen der Zukunft werden behindert.

Befreite Welt ist ein eminent pazifistisches Buch [12], das sich nicht beschränkt auf die Forderung nach Abschaffung der Waffen oder Ähnliches, sondern das die Perspektive eines weltweiten Friedens verbindet mit der Vorstellung einer neuen politischen Organisationsstufe der Menschheit, die sich auch aus der Verfügung über eine neue Energiequelle ergibt. Wells macht Tabula rasa mit der alten Zivilisation, die Kriegskatastrophe wird zur Katharsis. Wells wird gehofft haben, dass der Menschheit ein solch einschneidender Bruch erspart bleibt. Seine Version des Atomkriegs ermöglicht einen Neuanfang. Er ist insofern nicht der »Vater der neuen Apokalyptik« [13], sondern der Schaffer der ersten Techno-Utopie, die sich aus dem Überfluss einer Energieform ergeben kann. Er wählte – seiner Zeit voraus – die Atomenergie, die bezüglich Betriebssicherheit und Abfallbeseitigung einige Fragen aufwirft, wobei man Wells kaum einen Vorwurf machen kann, auch diese unterschätzt zu haben.

Der Originaltitel des Buches lautet: *The World Set Free.* Eine freigesetzte Welt meint mehr als nur eine befreite, da auch Aspekte zum Tragen kommen, die eben in einer bewussten Befreiung mit den bisherigen Kategorien gar nicht mitgedacht werden können. Ganz neue Definitionen, ganz neue Möglichkeiten können sich aus dem Prozess einer Freisetzung ergeben, was es umso dramatischer macht, wenn ein in immer höherem Maße zerstörerischer Krieg mit einem Schlag die Entwicklungslinien kappen würde. Die Menschheit bedroht seit der Erfindung der Atombombe die »nackte Apokalypse« (Günther Anders), ohne Chance auf Läuterung.

Was die Motivation von Wells angeht, so stellt das Buch die Abkehr von einer als »falsch« erkannten, als barbarisch empfundenen Zivilisation dar. Für einen aufgeklärten Kopf wie ihn war es wohl unerträglich, dass die seltene, aus zufälligen biologischen Bedingungen hervorgegangene Fähigkeit zum bewussten Denken, die über viele Jahrtausende trainiert werden musste, dazu missbraucht wird, Massenvernichtungswaffen zu entwickeln. Eine Reaktion ist dann das politische Engagement [14]. Eine andere ist die literarische »Transzendenzmission«, bei der man sich die Freiheit nimmt, die Welt nach eigenen Maßstäben zu rekonstruieren, da man die existenziellen Bedingungen seines konkreten Lebens nicht ändern kann. Die Schaffung einer Utopie ist als subjektives Gegengewicht zur psychischen Belastung durch die objektive Geschichte zu bewerten.

Der Wells der mittleren Periode wird auch deshalb analytischer, da er vermutlich den Albdruck und die Trägheit der geschichtlichen Bedingungen nicht anders hat verkraften können [15].

Wells war im Kern ein historischer Materialist, der diesen Ansatz der Welterklärung mit einem idealisierten Rationalismus kombinierte. Er verstand, dass sich bestimmte Bewusstseinsformen aus den gesellschaftlichen Produktions- und Verkehrsweisen ergeben, was ihn aber nicht davon abhielt, in *Befreite Welt* von einer plötzlichen massenhaften Aufgeklärtheit, von einer sich global durchsetzenden rationalen Überzeugung auszugehen, die innerhalb kürzester Zeit die Welt verändert. Vorschnell erklärt Wells die Wissenschaft zum neuen »Herrscher der Welt« (S. 163). Die ideologischen Widerstände der Beharrung, die vernünftige Veränderungen in der Gesellschaft blockieren, macht Wells aber selbst zum Thema, indem er beschreibt, wie wenig die Menschen auf den politökonomischen Einbruch durch die Atomenergie mental vorbereitet sind:

> »Er fühlte, dass keiner unter den Tausenden von Menschen, denen er begegnet war, für einen Wandel der Verhältnisse bereit war. Sie vertrauten auf die Welt, wie sie war, vertrauten darauf, dass sie sich nicht allzu schnell änderte, dass die Sicherheit ihrer Industrieunternehmen, ihrer Versicherungsgesellschaften, ihrer Gepflogenheiten, ihrer kleinen gewohnten Geschäfte und hart erarbeiteten Positionen bestehen blieb.« (S. 41)

So einfach ist es aber nicht, sich von »den alten Schlussfolgerungen zu trennen« (S. 141). In dem Text kommentiert Wells an verschiedenen Stellen die Mixtur aus Selbstsucht, Geschäftemacherei usw., die noch heute gültig ist. Die Engstirnigkeit mancher Lebensweisen macht er beispielsweise an dem Bauerntum fest. Er beschreibt, dass die Versammlung von Brissago, die im Buch nach dem Atomkrieg eine entscheidende Rolle bei der Gründung der Weltregierung spielt, »sich über nationale und rassische Gewohnheiten rücksichtslos hinwegsetzte und religiöse Grundsätze missachtete« (S. 224). Man kann auch darüber streiten, ob alle Bestandteile der Wells'schen Vision zusammenpassen (siehe S. 214 f.). Englisch wird Weltsprache. Eine Universalwährung wird eingeführt. Wissenschaftliche Sonderkomitees erledigen die eigentlichen Aufgaben der Weltregierung.

Vorher hat Wells schon über die sozialen Möglichkeiten der Atomenergie geredet: Sie dient zum Beispiel der Modernisierung der Landwirtschaft. Atommotoren werden bei Automobilen, Lokomotiven und Flugzeugen eingesetzt usw. Ich gehe nicht auf weitere Details ein. Eine gesamtgesellschaftliche Utopie, die versucht, alle Aspekte des menschlichen Lebens zu erfassen, konnte Wells Anfang des 20. Jahrhunderts wegen der Komplexität der schon entstandenen sozialen Beziehungen nicht (mehr) abliefern. So konzentriert er sich vor allem auf Aspekte einer pädagogischen Utopie: »Die neue Regierung erkannte bald die Notwendigkeit einer universellen Erziehung, um die Menschen mit dem großen Gedanken einer geeinten Weltherrschaft vertraut zu machen.« (S. 236) Im Schlussteil des Buches ist sie verwirklicht: »[D]er tiefe Denker, der wissbegierige Mann, der schaffende Künstler treten in den Vordergrund« (S. 229). Die Menschen widmen sich der Selbstverwirklichung, der Schöpfung oder »der Erforschung eines noch ungelösten Phänomens, so wie sie sich einst der Anhäufung von Reichtümern gewidmet hatten.« (S. 232)

Hinzu kommt bei Wells ein Widerspruch zwischen seiner sozialistischen Auffassung und einer impliziten elitären Einstellung [16]. Die Konferenz von Brissago wird nicht etwa von Vertretern politischer Bewegungen aus aller Welt besucht, sondern unter anderem von solchen der damals herrschenden Aristokratie. Der junge König Egbert – ein »Sprachrohr« von Wells' Überzeugungen – beispielsweise gewinnt eine neue gesellschaftliche Funktion als die eines aufgeklärten, eines »erwachten« Königs (S. 151), der kraft seiner Persönlichkeit wirkt, nicht dank der institutionellen Autorität, obwohl er noch manche Umgangsform von oben herab im Kontakt mit Untergebenen beibehält. Geduldet sind neben prominenten Politikern noch Wissenschaftler und Journalisten (S. 142). Frauen sind keine dabei. Wenigstens wird auch kein Vertreter der Kirchen erwähnt.

In seinem Roman *Mr. Britlings Weg zur Erkenntnis* (im Original: *Mr. Britlings Sees It Through*) aus dem Jahr 1916 lässt Wells seine Hauptfigur in dem Schlusskapitel unter dem Eindruck des Ersten Weltkriegs an einem Aufsatz arbeiten, der einen »lächerlichen Ehrgeiz« dokumentiert, da sein Thema lautet: »Die bessere Regierung der Welt«.

»Vor all diesen Schrecken und Ängsten fand Mr. Britling seine einzige Zuflucht im Lichtkreise seiner Studierlampe. Sein Werk sollte Gesichte beschwören, wie die Visionen, die das Opium erzeugt, Gesichte von einer Welt der Ordnung und Gerechtigkeit.«

Wells ist ein solches Schreibprojekt drei Jahre zuvor mit *Befreite Welt* angegangen. Das verrät sein Selbstbewusstsein [17]. In diesen utopie-»zersplitterten« Zeiten stellt der Roman eine Anregung dar, umfassend und grundlegend über eine Verbesserung der verschiedenen Lebensbedingungen nachzudenken und dabei einen Zusammenhang zwischen den angestrebten Lösungen herzustellen [18]. Eine friedliche Welt ist nicht nur eine Frage der Abschaffung von Waffen oder des regulierten zwischenstaatlichen Verhaltens, sondern in letzter Instanz eine der globalen Neuorganisation von politökonomischen Verhältnissen [19]. Wells gab der Idee der Weltregierung dabei eine gemeinschaftsorientierte Ausrichtung [20]. Mit Emphase verkündet er weitere Schlussfolgerungen, weitere Perspektiven, die sich auch auf die transhumane Verwandlung des Körpers beziehen [21]:

»Wir werden unsere Körper und körperlichen Bedürfnisse und persönlichen Verhaltensweisen mit derselben Kühnheit formen, wie wir jetzt beginnen, Stollen in Berge zu treiben, die Meere einzudämmen und die Richtung der Winde zu verändern.« (S. 277)

Wells, der die Konsequenzen der immer weiter technologisch aufgerüsteten Kriege im Visier hatte, musste in seiner Lebenszeit zwei Weltkriege miterleben. Er wird 1913 nicht geahnt haben, dass er kurz vor seinem Lebensende noch den Abwurf der ersten realen Atombomben über Japan wird miterleben müssen. Wells wird dann die Auswirkung der Bomben in ihrer Grausamkeit erkannt haben [22]. Es ist schwer zu ermessen, wie groß diese Enttäuschung für ihn gewesen sein muss – im Bewusstsein des nahenden Todes noch die Steigerung der realen Gefahr der Auslöschung der Gattung begreifen zu müssen, vor der er dreißig Jahre zuvor gewarnt hatte.

Dank an Markus Tillmann für die Anregungen.

Anmerkungen

[1] Die verwendete Ausgabe: H. G. Wells: *Befreite Welt*. Paul Zsolnay Verlag, Wien, Hamburg 1985. Übersetzung aus dem Englischen von Heinz von Sauter.

[2] Aus: Franz Fühmann: »Weltinnenpolitik von unten«, in: Ingrid Krüger (Hrsg.): *Mut zur Angst. Schriftsteller für den Frieden*, Luchterhand Verlag, Darmstadt und Neuwied 1982, S. 149.

[3] Siehe dazu meinen Beitrag »Der ganz große Wurf. Bis an die Grenzen von Raum und Zeit – warum die Science Fiction noch immer das Brisanteste aller Genres ist«, in: Wolfgang Jeschke / Sascha Mamczak / Sebastian Pirling (Hrsg.): *Das Science Fiction Jahr 2014*. Heyne, München 2014, S. 172–179.

[4] Adam Roberts erwähnt in seiner Wells-Biographie, dass dessen Reputation in dieser Zeit gerade wegen der nicht-literarischen Texte beständig wuchs und er die Rolle eines »Futurologen«, was schon in *Anticipations* (1902) bemerkbar wurde, annahm: »Through 1913 and 1914 he increasingly came to self-identify with this future-seer sense of himself. His novel *The World Set Free* (1914) (...) is the clearest fictional iteration of this new identity.« In: Adam Roberts: *H G Wells: A Literary Life*. Palgrave Macmillan, London 2019, S. 233.

[5] Ich halte es nicht für gerechtfertigt, wenn Brian W. Aldiss und David Wingrove kritisieren, das Buch stecke »voll von lebendigen Einzelheiten; aber es hat kein organisches Leben. Wells, die Ein-Mann-Denkmaschine, tritt an die Öffentlichkeit. Seine Bücher sind nicht mehr länger Romane, sondern Evangelien.« In: Brian W. Aldiss / David Wingrove: *Der Milliarden Jahre Traum. Die Geschichte der Science Fiction*. Bastei Lübbe, Bergisch Gladbach 1990, S. 219.

[6] In *Reclams Science Fiction Führer* von 1982 werden die späteren Werke von Wells als »Diskussionsromane« bezeichnet. James Gunn verwendet den Begriff »Propagandaroman«.

[7] Wells präsentiert in dem Buch unterschiedliche Figuren, von denen keine eine Hauptrolle hat. Am ehesten hat diese noch der junge Wissenschaftler Holsten inne, dem der Durchbruch bei der Atomenergie gelingt. Als weiterer Wissenschaftler tritt der Physikprofessor Rufus aus Edinburgh

auf. Frederick Barnet ist ein aus seiner Klasse abgestiegener Erzähler, der unter anderem über die Schrecken des Atomkriegs berichtet. König Egbert spielt eine wichtige Rolle bei der Gründung der Weltregierung, ebenso der französische Botschafter in Washington, Leblanc. Markus Karenin ist am Ende ein Bewohner der Utopie. Eine Nebenrolle hat ein General Dubois. Überwiegend gehören sie zu einer aufgeklärten Elite. Die Episoden um diese Personen folgen aufeinander und haben die Funktion, ihr Gemachtsein in unterschiedlichen Lebensbedingungen anzuzeigen. Es sind eher »Prototypen« einer historischen Situation, keine auserzählten Charaktere.

[8] Die n24-Serie PROPHETEN DER SCIENCE FICTION würdigte Wells 2012 als Erfinder der Atombombe.

[9] Elmar Schenkel kommentiert diesen Sachverhalt: »Meist bleibt es dabei, dass die Literatur auf die fortschreitenden Wirklichkeiten nur reagiert. Dass und wie die Wirklichkeit auf literarische Phantasien reagiert, ist dagegen nur schwer nachzuweisen. Und doch muss es dauernd geschehen, denn das Wirkliche entsteht auch aus den Vorstellungen, die durch bestimmte Köpfe wandern. Wells' Roman *The World Set Free* ist eines der wenigen Beispiele, wo ein solcher Vorgang deutlich wird. Seine Phantasie wirkte auf die Wirklichkeit zurück.« In: Elmar Schenkel: *H. G. Wells – Der Prophet im Labyrinth.* Paul Zsolnay Verlag, Wien 2001, S. 180.

[10] Siehe: Angela Steinmüller: »Rückblick auf das Atomzeitalter. Science Fiction zwischen Paradies und Weltuntergang«, in: Angela und Karlheinz Steinmüller: *Streifzüge. Essays zu zweihundert Jahren Science Fiction.* Memoranda Verlag, Berlin 2021, S. 216.

[11] Ich verzichte auf eine Darstellung der (fiktiven) Einzelheiten bei Wells und verweise auf den lesenswerten Artikel von Erik Strub, der zum Beispiel in einem Schaubild »Der Weg zur Nutzung der Kernenergie im Roman und in der Realität« zeigt, in: Erik Strub: »Soddy, Wells und die Atombombe. Eine literarische Fiktion aus physikalischer Sicht«, in: PHYSIK JOURNAL Nr. 7, 2005, S. 50. Online: https://www.pro-physik. de/restricted-files/105386.

[12] Was John Clute über *Der Luftkrieg* (1908) anmerkt, gilt ebenso für *Befreite Welt*: Beide Bücher gehören »zur besten Warnliteratur aller Zeiten«. In: John Clute: *Science Fiction – Die illustrierte Enzyklopädie*. Heyne, München 1996, S. 115.

[13] Siehe: Bernhard J. Dotzler: »Dr. Szilard oder Wie man lernte, die Apokalypse zu denken«, in: Wolfgang Jeschke / Sascha Mamczak (Hrsg.): *Das Science Fiction Jahr 2005*. Heyne, München 2005, S. 127.

[14] Siehe: Thomas P. Weber: *Science Fiction*, Fischer Verlag, Frankfurt/M. 2005, S. 23 f.

[15] Dazu James Gunn: »In seinen frühen Stories und Romanen widmete sich der junge Wells Fragen über die evolutionäre und soziale Zukunft der menschlichen Rasse, womit er die Absicht verband, das Vertrauen seiner Leser in die Begleitumstände ihres alltäglichen Lebens ins Wanken zu bringen. Nach 1904 ging er dazu über, Lösungsvorschläge zu bieten für die vorher geschilderten Probleme.« In: James Gunn (Hrsg.): WEGE ZUR SCIENCE FICTION Bd. 11. Heyne, München 2000, S. 159/60.

[16] Siehe: Hans-Joachim Schulz: *Science Fiction*. J. B. Metzler, Stuttgart 1986, S. 15.

[17] Das Buch enthält auch ein implizites Selbstporträt des Autors, der sich mit den Unannehmlichkeiten seiner konkreten historischen Situation herumschlagen muss. Bezogen auf die Figur Holsten schreibt Wells: »Solche Visionen hatte er öfter; mit seinem Verstand an große Überblicke gewöhnt und dennoch für Einzelheiten geschärft, sah er die Dinge sehr viel umfassender als die meisten seiner Zeitgenossen.« (S. 42)

[18] Der Historiker Marcus M. Payk nennt das Buch ein »Produkt seiner Zeit«, honoriert aber: »Umso eindrucksvoller ist es, nochmals zu sehen, mit welcher visionären Verve ein Autor wie H. G. Wells zu Beginn des 20. Jahrhunderts gegen die Mächte des Alten und Traditionellen zu Felde zog und auf eine fundamentale Erneuerung, ja Neuerfindung der Menschheit setzte.« Doch warum sollte diese Verve nicht mehr aktuell sein? Siehe: Marcus M. Payk: »Hochgespannte Erwartung. H. G. Wells' Utopie einer ›befreiten Welt‹ am Vorabend des Großen Kriegs«, in: ZEITHISTORISCHE

FORSCHUNGEN Heft 1 / 2014, online: https://zeithistorische-forschungen.de/1-2014/5020.

[19] Darko Suvin ist der Meinung, bei Wells werde »die grundlegende historische Lektion« vermittelt, »dass die erstickende bürgerliche Gesellschaft bloß ein kurzer Augenblick in einer unvorhersehbaren, bedrohlichen, aber zumindest theoretisch offenen menschlichen Evolution unter den Sternen ist.« In: Darko Suvin: »H. G. Wells als Angelpunkt der SF-Tradition«, in: ders.: *Poetik der Science Fiction*. Suhrkamp, Frankfurt am Main 1979, S. 279. Das gilt auch für das Buch *Befreite Welt*.

[20] Das ist der Unterschied zu gegenwärtigen Tendenzen, bei denen sich im Hintergrund eine »Weltregierung« der Konzerne, also von Privatinteressen, andeutet.

[21] Thomas M. Disch schreibt: »Fast alles, was Wells' beste SF ausmacht, hat einen auf die Evolution bezogenen Subtext.« Aus: Thomas M. Disch: »Von der Erde zum Mond – in hundertundeinem Jahr«. In: Wolfgang Jeschke / Sascha Mamczak (Hrsg.): *Das Science Fiction Jahr 2004*. Heyne, München 2004, S. 49.

[22] Zu den Folgen der realen Anwendung in Hiroshima siehe das Kapitel »Der Abwurf« in: Richard Rhodes: *Die Atombombe*, Greno Verlag, Nördlingen 1988.

Guido Sprenger

DIE SCHÖNHEIT DES UNTERSCHIEDS

Ursula K. Le Guin und die Ethnologie

1.

Ursula K. Le Guin gehörte zu den wenigen Kreativen in der Science Fiction, die auch außerhalb des Genres zu höchstem Ansehen gelangt sind. Die im Januar 2018 verstorbene Autorin scheint derzeit allgegenwärtig: Ihre Texte finden sich in Theaterprogrammheften und in akademischen Werken zum Anthropozän; Philosophinnen wie Donna Haraway beziehen sich auf sie, und ihre Bücher haben in den letzten Jahren auch in Deutschland neue Leserinnen und Leser gefunden.

Die Science im Herzen von Le Guins Fiction ist jedoch eine, die nur selten in den Mittelpunkt der SF rückt: die Ethnologie, früher Völkerkunde, heute auch Sozial- und Kulturanthropologie genannt.[1]

Zwar handelt SF häufig von der Begegnung mit fremden Kulturen im Weltraum oder entwirft Gesellschaften der Zukunft. Aber selten steckt dahinter Sachverstand über die Möglichkeiten von sozialen Strukturen oder kulturellen Werten. Die meisten außerirdischen Völker sind vergrößerte Ausschnitte unserer eigenen Gesellschaft, oder sie kleben an ihren Bräuchen, als wären sie wie Roboter damit programmiert. Sie haben keine Kultur, sondern Macken.

Bei Ursula K. Le Guin ist das anders. Sie entwirft Gesellschaften, die ebenso komplex sind wie sie fremd anmuten können. Dabei übertrifft sie Kollegen wie Jack Vance oder Chad Oliver, der Ethnologe an der Universität von Austin, Texas, war. In Le Guins Fall lag das jedoch nicht am Studium, sondern am Elternhaus. Ihr Vater, Alfred Kroeber, gehörte zu den bedeutendsten US-amerikanischen Ethnologen seiner Generation. Ihre Mutter Theodora war ebenfalls Ethnologin; ihr Buch über das tragische Leben von Ishi, einem kalifornischen Ureinwohner, ist ein Klassiker.[2] Ishi starb zwar zwölf Jahre, bevor Le Guin

1929 geboren wurde, aber sie hatte reichlich Gelegenheit, die Ureinwohner und Ureinwohnerinnen kennenzulernen, die als Freunde in
ihrem Elternhaus zu Gast waren – so den Yupik Robert Spott, der
stets höflich das Essen unterbrach, wenn geredet wurde, was die junge
Ursula aber nicht vom Plappern abhielt.[3]

Die Ethnologie ihres Vaters hat Le Guin, wie sie oft betont hat,
grundlegend geprägt. Sie verband sich mit anderen Interessen wie
Taoismus, Feminismus und Anarchismus. Auf diesen verschiedenen
Wegen erkundete sie verwandte Ideen. Erstens: Es könnte alles
anders sein, als wir es gewohnt sind. Zweitens: Kulturelle Unterschiede sind keine Probleme, sondern Wunder. Die Wahrheit liegt
in der Vielfalt, nicht in der einzig wahren Antwort.

Alfred Kroeber (1876–1960) war Schüler von Franz Boas, einem
Geografen, der 1887 aus Deutschland in die USA ausgewandert war
und dort die moderne amerikanische Ethnologie begründete. Diese
Erneuerung verband sich vor allem mit dem Begriff Kulturrelativismus. Die vorangegangene Theorie, der Evolutionismus, interessierte
sich primär für die Frage, wie sich die Kultur der Menschheit entwickelt hatte. Gesellschaften, die weniger hierarchisch und technologisch einfacher schienen, galten als lebende Fossilien früherer
Stufen einer Entwicklung, die in der modernen euro-amerikanischen
Gesellschaft ihre Krönung fand.

Boas und seine Schülerinnen und Schüler stellten sich gegen diese
hochgradig spekulativen Modelle. Sie argumentierten, dass jede
Kultur aus ihrer besonderen Lebens- und Denkweise heraus verstanden werden muss. Sie bezweifelten, dass die Moderne über die
einzig gültigen Maßstäbe und über universal anwendbare Begriffe
verfügte. Der Kulturrelativismus betonte nicht nur die Eigenständig-
keit anderer Kulturen, er hinterfragte auch die universalistischen
Annahmen der Moderne über Fortschritt, Moral, Geschlechterrollen
und vieles andere. Die Moderne war nur eine Kultur unter vielen,
nur eine Art zu leben und die Welt zu verstehen. Andere waren
ebenso gültig. In einer Zeit, in der sich die Ethnologie vorwiegend
mit kolonisierten und marginalisierten Ureinwohnern befasste,
bewährte sich dieser Ansatz als Korrektiv für moderne Überlegen-
heitsansprüche.[4]

Kroeber war nach Boas der bedeutendste Lehrstuhlinhaber für
die Etablierung der neuen Wissenschaft. Für ihn ließ sich Kultur

weder von Umweltanpassung noch von psychologischen Universalien ableiten. Sie ist eine Erscheinung eigener Ordnung, mit eigenen Dynamiken und Regeln, das »Superorganische«[5]. Als zentral erwiesen sich dafür kulturspezifische Weltbilder, Vorstellungen und Werte, die sich nicht ohne Weiteres von einer Kultur in eine andere übersetzen lassen.

2.

Dieses Bild einer Welt, in der unzählige Kulturen nach ihren eigenen Maßgaben leben, prägte das Hainish-Universum, in dem viele Romane und Erzählungen Le Guins spielen. Vor ein oder zwei Millionen Jahren wurden zahlreiche Welten vom Planeten Hain aus besiedelt, darunter auch die Erde. Die hainischen Welten entwickelten sich lange unabhängig voneinander, bis Hain die alten Verbindungen wieder aufleben lässt; eine Liga der Welten entsteht, dann eine egalitäre »Ökumene« – ein altgriechisches Wort für die bewohnte Welt. In einem Artikel von 1946 benutzte Kroeber diesen Begriff, um Europa, Asien und Teile Afrikas als gewaltigen Kulturraum voller unterschwelliger Verbindungen und Kontraste darzustellen.[6]

Eine auf vielen Planeten verstreute Menschheit, die trotz profunder Unterschiede immer noch eine Spezies bildet – das bot Le Guin ein ideales Experimentierfeld. Was die Ethnologie in der Forschung verfolgt, vollbrachte die Autorin in der Phantasie: die unvorhersehbare Vielfalt menschlicher Möglichkeiten zu erkunden. Dabei vermied sie es, Gesellschaften auf Regeln und Normen zu reduzieren. Der Kulturrelativismus hatte zumindest in seiner Frühform die Neigung, Kulturen als einheitliche Systeme von Vorstellungen und Lebensweisen darzustellen. Tatsächlich aber leben Gesellschaften von Varianten, Spannungen und Widersprüchen. Das hat auch Le Guin verstanden, und ihren fiktiven Kulturen haftet stets eine Zweideutigkeit an, die sie besonders plastisch erscheinen lässt.

Freude am Unterschied und Neugier auf andere Lebensweisen prägen bereits Le Guins frühe Veröffentlichungen. In ihrer ersten publizierten Erzählung, »April in Paris« (1962)[7], findet eine zeitreisende Archäologin im Paris des 16. Jahrhunderts ihr Glück: endlich etwas anderes als die gleichförmige Perfektion ihrer Zeitgenossen!

In Le Guins erstem Roman, *Rocannon's World* (1966)[8], stehen solche guten Absichten jedoch in einem Spannungsverhältnis mit romantischen Klischees, die eher aus den konservativen Fantasy-welten eines Tolkien stammen. Der Ethnologe Gaverel Rocannon stößt auf eine Rasse edler Ritter und die ihrer Diener. Zwar unter-läuft Le Guin US-amerikanische Rassenklischees, indem sie die Herren blond und dunkelhäutig, die Diener hellhäutig und dunkel-haarig macht. Die Mobilität in die Oberschicht bleibt ihnen dennoch verwehrt. Die Unterworfenen zeigen sich aber ganz einverstanden mit ihrem Los, denn sie finden, die überlegene Zivilisation ihrer Herren färbe auf sie ab. Dass diese Überlegenheit vor allem auf Waffen und stabilen Herrschaftsbeziehungen beruht, kommt weder ihnen noch anscheinend Le Guin in den Sinn. Selbst den peinlichen Kolonialmythos, dass »primitive Völker« vor den Beherrschern höherer Technologien in Ehrfurcht ihr Knie beugen, bedient sie: Ganz gegen seinen Willen findet sich Rocannon am Ende zum Gott befördert.

Doch über solche Kinderkrankheiten kommt Le Guin rasch hinweg. Im Folgeroman, *Planet of Exile* (1966)[9], schildert sie das Zusammenleben verschiedener Kulturen auf einem Planeten, auf dem 650 Jahre zuvor eine terranische Kolonie vergessen worden ist. Seither leben die Siedler in angespannten Beziehungen zu den halbnomadischen Ureinwohnern. Natürlich halten beide Seiten sich selbst für die wahren Menschen, eine typisch kulturrelativistische Pointe. Als aber ein drittes, weit aggressiveres Volk auf der Bildfläche erscheint, rückt man zusammen. Selbst die biologischen Unter-schiede, die eine Integration der Siedler bisher verhindert hatten, weichen evolutionärer Anpassung. Le Guins Vorbild dafür dürfte eine große Forschung von Boas zu Beginn des 20. Jahrhunderts gewesen sein. Demnach verloren die europäischen Emigranten in den USA nach wenigen Generationen ihre messbaren »rassischen« Eigenheiten. Ob diese Studie modernen Standards genügt, sei dahin-gestellt, sie trug aber wesentlich dazu bei, der damaligen Gleich-setzung von Kultur, »Rasse« und Körpereigenschaften den Garaus zu machen.

Noch ein weiterer Zweig des Kulturrelativismus bildete für Le Guin eine Quelle der Inspiration: das sprachliche Relativitäts-prinzip. Boas' Schüler Edward Sapir und Benjamin Whorf, Letzterer ein Chemie-Ingenieur und in seiner Freizeit brillanter Linguist, argumentierten, dass es keine objektive Erkenntnis der Welt geben kann. Wir erfassen die Welt stets durch die Kategorien unserer jeweiligen Sprache. Diese Kategorien sind keine Naturgegebenheiten, die wir mit einem Lautgebilde etikettieren. Sie sind Teil kulturspezifischer Sprachsysteme, die Wissen und Welt auf ihre eigene Weise gliedern. So verwenden die Hopi im Süden der USA ein Konzept von Zeit, das stets den Bezug zur Gegenwart sucht und nicht objektiv messend, sondern relational ist.[10] Hier liegt wohl die Inspirationsquelle für den Kalender auf dem Planeten Gethen in *The Left Hand of Darkness* (1969). Dass die Gethenianer immer im Jahr Null leben und andere Jahre jeweils im Abstand dazu zählen, hätten Sapir und Whorf sofort abgenickt. Die Idee der sprachlichen Relativität kehrt seit diesem Buch im Werk Le Guins immer wieder.

The Left Hand of Darkness ist aber weit mehr von einer anderen Erkenntnis des Kulturrelativismus geprägt. Das Geschlecht der Gethenianer ist nicht festgelegt. Einmal im Monat werden sie Mann oder Frau, oft komplementär zu eine*r Partner*in. Nur wenige zeigen eine Tendenz zur Eingeschlechtlichkeit; sie gelten als pervers. Der terranische Gesandte gewöhnt sich so sehr daran, dass ihn die irdische Geschlechtlichkeit schließlich befremdet.

Ihre Ideen zum Relativismus des Geschlechts verdankte Le Guin sowohl dem Feminismus wie der Ethnologie. Boas' Schülerin Margaret Mead hatte in ihrem *Sex and Temperament in Three Primitive Societies* (1935)[11] für Neuguinea gezeigt, dass Eigenschaften, die in Amerika und Europa bestimmten Geschlechtern zugeschrieben werden, anderswo anders codiert sein können. Bei den Arapesh schienen ihr beide Geschlechter von einer sorgenden und friedfertigen Haltung geprägt, die in ihrer Zeit und in ihrem Kulturraum als typisch weiblich galt; bei den Mundugumor pflegten beide Geschlechter einen aggressiven und kompetitiven Habitus, den wir auch heute noch mit dem Begriff der ›toxischen Männlichkeit‹ verbinden; bei den Chambri hingegen waren die Frauen geschäftstüchtige Händlerinnen, während die Männer sich daheim den schönen Künsten widmeten.

Spätere Untersuchungen zeigten, dass die Dinge bei diesen Gesellschaften komplexer waren, als Mead das dachte, aber ihr grundsätzliches Argument blieb davon unberührt: Geschlecht als Aspekt der Kultur unterliegt gewaltigen Varianten. Jahrzehnte nach Mead bemerkte die Anthropologin Deborah Gewertz während Forschungen bei den Chambri, dass die Männer dort davon ausgingen, dass ihr ein Penis wächst, wenn sie die für Frauen verbotenen Männerhäuser betrat.[12] Le Guin hätte das gefallen.

Der Kulturrelativismus erkannte dabei die Wandlungsfähigkeit der Kulturen sehr wohl an. Doch vollzieht sich Wandel stets auf kulturspezifische Weise. Auch das hat Le Guin aufgegriffen. In *The Word for World is Forest* (1972)[13] verwüsten irdische Kolonisten die Wälder des Planeten Athshe und versklaven dessen Bewohner, bis diese anfangen, sich zu wehren. Die Kulturen der Athsheaner haben jedoch eines gemeinsam: Sie sind bislang nicht auf die Idee gekommen, dass Menschen einander töten können. Obwohl die Terraner ihnen das eifrig vorleben, ändern sie sich selbst erst durch einen kulturellen Mechanismus des Wandels, das Träumen. Erst träumt ein Athsheaner etwas, dann setzt er es in der Welt um. Damit durchbricht Le Guin das Klischee, dass die vom Kolonialismus vernichteten Kulturen sich seit Jahrtausenden nicht verändert hätten – eine Projektion, die die Lebendigkeit aller Kulturen leugnet und das Fremde in ein evolutionistisches Museum stecken will. Der Wert der Kulturen der Athsheaner liegt nicht in ihrem Alter oder ihrer Unberührtheit. Auch in der Veränderung bleiben diese anders als die irdischen.

Le Guins nächster Roman, *The Dispossessed* (1974)[14] lehnt sich in Sachen kultureller Fremdheit nicht so weit aus dem Fenster wie seine Vorgänger, aber der ethnologische Blick zeigt sich auch hier. Der Planet Urras ist ein Modell unserer Welt in den 1970ern, dominiert von einem kapitalistischen Land mit extrem ungleich verteiltem Reichtum. Aber auf dem Zwillingsplaneten Anarres haben sich die Anhänger*innen einer anarchistischen Lehre angesiedelt, die dieser unfruchtbaren Welt ein recht karges Leben abringen.

Obwohl brillant und mit psychologischem Feingefühl geschrieben, liest sich das Buch wie eine Versuchsanordnung. Was der Anarresti Shevek im Kapitalismus auf Urras erlebt, steht in der Tradition von Montesquieus *Perserbriefen* (1721): Die vertraute Gesellschaft wirkt aus der Perspektive des Fremden bizarr und irrational. In der Ethnologie stellt sich diese ›Umkehrung des Blicks‹ ganz zwanglos ein, wenn sie die eigene Gesellschaft ins Auge fasst. Ein Klassiker dieser Art ist Horace Miners Artikel »Body Ritual among the Nacirema«[15], in der das amerikanische Gesundheitssystem als befremdliches Ritual erscheint.

Diese Erzähltechnik zielt häufig auf Satire, wird aber von Le Guin mit solcher Ernsthaftigkeit eingesetzt, dass etwas Wesentlicheres aufscheint: Jede Darstellung einer Gesellschaft kann nur von einem bestimmten Standpunkt aus erfolgen; Objektivität ist zwar unerreichbar, Reflexion in Kenntnis der vielfachen Optionen, gesellschaftlich zu sein, aber ebenso möglich wie erkenntnisfördernd. Schon in *The Left Hand of Darkness* alternierten die Kapitel zwischen der Sicht eines Terraners und der eines*r Gethenianer*s. Nichts Gesellschaftliches ist ›alternativlos‹.

Zugleich kommt das sprachliche Relativitätsprinzip zum Einsatz. In der Plansprache der Anarresti kann das Verb für Geschlechtsverkehr nur mit dem Plural gebildet werden: Sex ist immer etwas, das gemeinsam erlebt wird, nichts, was ein Einzelner für sich hat. Possessivpronomen, die Besitz kennzeichnen, werden sparsam und stets mit moralischem Vorbehalt gebraucht.

Aber Anarres ist eine Plangesellschaft, entwickelt aus Theorien, die mit Ach und Krach in die Wirklichkeit umgesetzt wurden. Le Guin wusste, dass Gesellschaften so nicht entstehen. Deswegen steckt *The Dispossessed* voller Zweideutigkeiten und Komplexitäten, wie man sie in klassischen Utopien von Thomas Morus bis Edward Bellamy vergeblich sucht. Le Guin zeigt, dass jede soziale Ordnung ihren Preis hat, auch die, die gerechter und gewaltfreier sind als andere. Jede Gesellschaft übt einen Konformitätsdruck aus, der Einzelne zerstören kann, und miese Typen gibt es überall. Kulturen setzen zwar Werte, aber jeder geht damit anders um.

Dennoch muss ihr diese Kunstgesellschaft, die sich ständig an ihren schriftlich fixierten Idealen misst, ein wenig unheimlich gewesen sein. Für ihre nächste Utopie, *Always Coming Home* (1985),[16] wählte sie einen radikal anderen Modus: Geschichtenerzählen, Legenden, Dichtung, Gesang. Das Buch hat die Form einer Ethnografie, verfasst von einer Ethnologin, die eine anarchische Gesellschaft auf der Erde, die Kesh, dokumentiert. Wie Peter Seyferth[17] bemerkt, hat sich die Literaturwissenschaft zu diesem Roman weit weniger geäußert als zu *The Dispossessed*. Vielleicht liegt das daran, dass er keine der gewohnten Theorie-Utopien ist, sondern eine ethnologische, kein politischer Bauplan, sondern kultureller

Wildwuchs. Das Buch ist daher so komplex, dass es einen eigenen Artikel erfordert.

Sein Fokus auf Erzählungen hat ebenfalls einen Hintergrund in der Ethnologie. Im Kulturrelativismus spielte das Sammeln von Volkserzählungen eine zentrale Rolle. Das war nicht zuletzt auf die deutsche Kulturphilosophie zurückzuführen, angefangen bei Johann Gottfried Herder. Herder sah in der Kultivierung der unverwechselbaren Eigenheiten eines »Volkes« das wesentliche Merkmal menschlichen Geisteslebens. Für ihn lebt dieser »Volksgeist« vor allem in Geschichten, Gesängen und Tänzen.[18] Franz Boas war ein Erbe dieser Philosophie, unter seiner Ägide wurden umfangreiche Sammlungen von Erzählungen der amerikanischen Ureinwohner erstellt.

Kultur als Bündel von Geschichten, die unter den Menschen zirkulieren – das findet sich bei Le Guin immer wieder, von den Mythenkapiteln in *The Left Hand of Darkness* bis zu *The Telling* (2000)[19], ihrer hainischen Parabel über die Gefahren antipluralen, differenzfeindlichen Denkens, das auf einzige Wahrheiten setzt. Zentral ist die Idee in dem Essay »The Carrier Bag Theory of Fiction« (1988).[20] Darin erklärt sie, Romane sollten nicht von Heldenkämpfen erzählen, sondern unterschiedlichste Menschen mit ihren Geschichten enthalten, wie ein Beutel voll mit den Fundstücken und Leckereien, den ein Tag des Sammelns erbringt. So wurde *Always Coming Home* komponiert.

3.

Ursula K. Le Guins Werk steht für einen Kerngedanken der Ethnologie: Der kulturelle Unterschied ist kein Hindernis, sondern die Quelle des Wissens und Verstehens. Aus ihm schöpfen lässt sich nur durch Aufmerksamkeit für die Varianten und Nuancen einer kulturell und historisch geprägten Lebensweise. Es gibt viele Wahrheiten, nie nur eine einzige.

Dabei ist Le Guin im amerikanischen Kulturrelativismus des frühen und mittleren 20. Jahrhunderts verankert. Andere Theorien, wie zum Beispiel der Strukturalismus, sind in ihrem Werk kaum nachweisbar.[21] Dennoch wirkt es verblüffend aktuell, ja sogar zukunftsweisend. Das liegt nicht zuletzt daran, dass Le Guin ein ethnografisches Gespür für die Entwicklungen und Sorgen ihrer eigenen Kultur hatte. In mancher Hinsicht holt die Ethnologie erst jetzt einige von Le Guins radikalsten Ideen ein.

Die Ethnologie hat in den letzten Jahren eine sogenannte »ontologische Wende« vollzogen. Neuere Theorien hinterfragen die konzeptuelle Trennung von »Natur« und »Kultur«, die die Moderne prägt. Sie sehen in Nicht-Menschen Akteure, die zur Gesellschaft gehören und sie, wenn auch nicht immer absichtlich, prägen. Tiere, Pflanzen und Geräte sind nicht einfach Ressourcen, auf die der Mensch zugreift, sondern aktive Mitgestalter des Zusammenlebens.

Le Guin kennt auch diese Umkehrung der Perspektive. »Mazes« (1975) ist aus der Sicht eines Labortiers geschrieben, das mit Entsetzen erkennt, dass die Menschen seine edelste Form der Kommunikation, den Tanz, gar nicht als Kommunikation begreifen.[22] Das brillanteste Beispiel ist jedoch »The Author of the Acacia Seeds and other Extracts from the Journal of the Association of Therolinguistics« (1974),[23] eine fiktive Zeitschrift über Sprache und Schrift der Tiere. Die Autorin der Akaziensamen ist eine typische Le Guin-Figur: eine rebellische Ameise, die, ganz im Sinne einer revolutionären Anwendung der linguistischen Relativität, eine Schrift erfindet, deren Grammatik ohne Bezug zur Königin auskommt.

Diese Verschiebung des Blicks ist eben jene der ontologischen Wende: Es geht nicht darum, sich Tiere auszudenken, die schreiben oder sprechen können – dafür ist Disney zuständig – sondern um die Einsicht, dass sie es immer schon getan haben könnten. Für Le Guin heißt Science Fiction nicht, Dinge zu erfinden, die es nicht gibt, sondern Möglichkeiten zu erkennen, die es geben könnte. Dabei stellt der Unterschied zwischen den Kulturen nicht nur eine existenzielle Tatsache oder eine gute Theorie dar – Le Guin ist weder Philosophin noch Wissenschaftlerin. Sie ist Schriftstellerin, und deswegen ist der Unterschied für sie schön. Ihre Science Fiction illustriert nicht die ethnologische Theorie, sie ästhetisiert sie.

Anmerkungen:

1 Für eine Übersicht siehe: Susanne Fehlings: »Ethnologie und Science Fiction: Begegnungen mit der Vergangenheit, Gegenwart und Zukunft.« *Paideuma 67* (2021): S. 35–62. Ich bedanke mich bei Philip Scher, University of Oregon, der mir seinen und Kiana Nadonzas Beitrag zu einem unveröffentlichten Sammelband zur Verfügung stellte: Philip W. Scher/Kiana Nadonza: »Tentacles from the Pigeonhole: Teaching Anthropology, Learning from Le Guin«. In *Ursula K. Le Guin and Science Fiction* (im Entstehen). Siehe auch: Philip W. Scher: »The Education of Ursula K. Le Guin.« In *The Conversation* 2018 https://theconversation.com/the-education-of-ursula-le-guin-90681

2 Theodora Kroeber: *Ishi in Two Worlds: A Biography of the Last Wild Indian in North America*. Berkeley 1961.

3 »Indian Uncles«. In *Always Coming Home. Author's Expanded Edition*. New York 2019, S. 787.

4 Charles King: *Schule der Rebellen: Wie ein Kreis verwegener Anthropologen Race, Sex und Gender erfand*. München 2020.

5 Alfred Kroeber: »The Superorganic.« In *American Anthropologist N.S.* 19,2 (1917): S. 163–213.

6 Alfred Kroeber: »The Ancient Oikoumenê as a historic culture aggregate«. In *The Nature of Culture*, Chicago 1952, S. 379–395.

7 »April in Paris«. In *Die zwölf Striche der Windrose*. München 1983, S. 32–48.

8 *Rocannons Welt*. München 1978.

9 *Das zehnte Jahr*. München 1978.

10 Benjamin Whorf: *Sprache Denken Wirklichkeit: Beiträge zur Metalinguistik und Sprachphilosophie*. Reinbek bei Hamburg 1963.

11 Margaret Mead: *Geschlecht und Temperament in drei primitiven Gesellschaften*. München 1971.

12 Deborah Gewertz: »The Tchambuli View of Persons: A Critique of Individualism in the Works of Mead and Chodorow.« In *American Anthropologist* 86 (1984): S. 615–629, hier S. 618–619.

13 »Das Wort für Welt ist Wald«, in: *Grenzwelten*. Frankfurt am Main 2022, S. 6–168.

14 Erste Übersetzung: *Planet der Habenichtse*. München 1976; zweite Übersetzung: *Die Enteigneten*. Kehrig 2006; dritte Übersetzung: *Freie Geister*. Frankfurt 2017.

15 Horace Miner: »Body Ritual among the Nacirema.« In *American Anthropologist* 58 (1956): S. 503–507.

16 Deutsche Ausgabe erscheint als *Immer nach Hause*, Berlin 2023.

17 Peter Seyferth: *Utopie, Anarchismus und Science Fiction: Ursula K. Le Guins Werke von 1962 bis 2002.* Berlin und Münster 2008, S. 262, Fn. 64. Wie Seyferth nahelegt, passt gerade der Strukturalismus von Claude Lévi-Strauss gut zu Le Guins taoistischem Denken.

18 Johann Gottfried Herder: »Von Aehnlichkeit der mittlern englischen und deutschen Dichtkunst: nebst Verschiedenem was daraus folgt« (1777), in *Herder's Werke*, hg. v. Wolfheim von Fonseca, Bd. 5, Berlin 1870, S. 373–384.

19 »Die Überlieferung«. In *Grenzwelten*. Frankfurt am Main 2022, S. 169–400.

20 »Die Tragetaschentheorie des Erzählens«. In *Am Anfang war der Beutel*. Klein Jasedow 2020, S. 12–21.

21 Seyferth, [wie Anm. 17], S. 258–259.

22 »Labyrinthe«. In *Die Kompassrose*. München 1985, S. 188–193.

23 »Der Autor der Akaziensamen und andere Auszüge aus dem ›Journal der Gesellschaft für Therolinguistik‹«. In *Die Kompassrose*, München 1985, S. 11–19.

CARCOSA
PHANTASTISCHE
WELTLITERATUR

Deutsche Erstausgabe
[*Always Coming Home*
(1985)]
übersetzt von
Matthias Fersterer,
Karen Nölle &
Helmut W. Pesch
Hardcover · 859 Seiten

Das Meisterwerk der Autorin von *Freie Geister* und *Erdsee* erstmals auf Deutsch – eine Archäologie unserer Zukunft, dramatisch erzählt als Mythos und Historie, Dichtung, Schauspiel und Erzählung. Mit zahlreichen Landkarten und Illustrationen.

Carcosa ist ein verschwistertes Imprint von
Memoranda Verlag Hardy Kettlitz | verlag@memoranda.eu

www.carcosa-verlag.de

Markus Tillmann

EINMAL METAVERSUM UND ZURÜCK

Frühe Antizipationen von virtueller Realität und immersiven Technologien in der Science-Fiction-Literatur (Teil 1 von 2)

Wir leben in einer Zeit, in der sich Realität und Virtualität bis zur Ununterscheidbarkeit überlagern und die Grenze zwischen Natürlichem und Künstlichem, Realem und Imaginärem, zwischen Authentischem und medial Produziertem, Original und Kopie immer mehr obsolet erscheint. Fast unbemerkt hat der rasante Fortschritt der Repräsentationsmedien und Informationstechnologien unsere Lebenswelt unter anderem um eine Vielzahl virtueller Räume erweitert, die wir jeden Tag fast unbemerkt betreten und erkunden. Immer schneller schreitet die Entwicklung immersiver Technologien voran, die es uns ermöglichen – indem sie immer grundlegender alle unsere Sinne stimulieren –, tief in ein Medium einzutauchen, sodass wir als Nutzerin und Nutzer das Bewusstsein, sich in einer künstlichen Welt zu befinden, fast gänzlich verlieren. Kein Wunder also, dass der Begriff der Immersion in den letzten Jahren nicht nur in medien-, film- und kunstwissenschaftlichen Diskursen eine Konjunktur erlebt hat. Dabei wird Immersion verstanden als Prinzip der Versenkung in ein Medium, als mentale Absorbierung, Einfühlung, Präsenzerleben oder, genauer gefasst, als Verringerung der Differenz zwischen Rezipient und einem Objekt der Anschauung. Und durch die Möglichkeit, virtuell-interaktive Computerbildräume und virtuelle Realitäten zu erschaffen, verbreitet sich die Möglichkeit zur immersiven Partizipation immer weiter. Wir existieren – wie der französische Medientheoretiker und Philosoph Jean Baudrillard schreibt – in einem »Zeitalter der Simulation«,[1] in dem verschiedene Formen von Virtualität in alle

Bereiche unseres Alltags eingedrungen sind. Mitte der 1980er-Jahre beschreibt auch der Medienphilosoph Vilém Flusser diese rasante Entwicklung, »welche aus dem konkreten Erleben der Umwelt ins Universum der technischen Bilder führt«[2] und damit eine telematische Kultur hervorbringt, die zugleich eine radikale Veränderung unserer Wahrnehmungs- und Daseinsweise beinhaltet.

Spätestens seit den 1980er-Jahren, als die ersten Personal Computer eingeführt wurden und das Internet aus dem sogenannten ARPANET hervorging, reflektiert auch die Science-Fiction-Literatur (SF-Literatur) unter dem Label Cyberpunk diese stetige und rasante Immersion in virtuelle Welten und beschreibt eindringlich, welchen Einfluss die modernen Repräsentationsmedien und Informationstechnologien auf unsere Wahrnehmung und unser Selbstverständnis ausüben. Die Spekulation über mögliche computergenerierte Welten jenseits der realen Welt und mögliche computergenerierte Identitäten jenseits der menschlichen Identität wird zu einer zentralen Motivation beziehungsweise zu einem zentralen Motiv der Science-Fiction-Literatur. Gemeinsam ist allen Erzählungen und Romanen, die unter dem Label Cyberpunk subsumiert werden,

> »dass sie eine Welt darstellen, die auf allen Ebenen – anthropologisch, psychisch, physisch, sozial, politisch, ökonomisch – von der Omnipräsenz neuer Informations- und Kommunikationstechnologien bestimmt wird, mit der Konsequenz, dass diese Welt zunehmend als virtuell und vermeintlich entmaterialisiert, deshalb jedoch keineswegs als weniger real erfahren wird.«[3]

Für den digitalen Raum, der sich durch die weltweite Vernetzung von Rechnern und Rechnersystemen ergibt, werden im Laufe der Zeit immer neue Begrifflichkeiten angeführt, die zum Teil der SF-Literatur entlehnt sind und zudem eine gewisse Eigendynamik, Autonomie, vielleicht künstliche Intelligenz des Systems suggerieren, nämlich: Cyberspace, virtuelle Realität, Matrix, Netz, Metaverse – um nur einige prägnante Bezeichnungen anzuführen, die ganz selbstverständlich in unseren Sprachgebrauch eingegangen sind.[4]

Virtualität um 1900: Kurd Laßwitz

Doch begibt man sich – wie dies hier geschehen soll – auf eine Spurensuche nach literarischen Beschreibungen von virtueller Realität und immersiven Technologien in Zukunftsromanen und -erzählungen, die lange vor der Cyberpunk-Literatur entstanden sind, stößt man auf erstaunliche Fundstücke.[5] Dergestalt schreibt auch der Literaturwissenschaftler Roland Innerhofer, dass um 1900 die

> »populäre Literatur, an den Berührungsstellen von Science Fiction und Phantastik, einen neuen Imaginationsraum [entdeckt]. Die durch die Erfindung des elektromagnetischen Telephons (1876), des Phonographen (1877) und der drahtlosen Telegraphie (1897) eröffneten neuen Erfahrungsbereiche und Zukunftsperspektiven lieferten der Literatur Materialien zu einem phantasmagorischen Diskurs. Die literarischen Zukunftsbilder der Jahrhundertwende entwerfen Szenarien optischer und akustischer Reproduktion und Speicherung, aber auch einer alle Sinne affektierenden Simulation. Die oft bis ins Delirium gesteigerten Virtualitätsphantasien beinhalten, an der Grenze zum Magischen und Okkulten, doch auch hellsichtige Antizipationen dessen, was heute als technisch implementierbar erscheint: die Herstellung und die Verwendung ›künstlicher‹ Realität.«[6]

Dergestalt erzählt schon zur Zeit des deutschen Kaiserreichs der Schriftsteller und Gymnasiallehrer Kurd Laßwitz (1848–1910) in seinem literarischen Werk von einer zukünftigen, hochtechnologisierten Gesellschaft, die durch eine Vielzahl an neuartigen Gerätschaften und Erfindungen geprägt ist. Sein Interesse galt dabei primär der Beschreibung, wie neuartige Technologien den zivilisatorischen Fortschritt beeinflussen und dabei die Lebensumwelt und Wahrnehmungsweise des Menschen umgestalten. Zugleich geht es Laßwitz, der Mathematik und Physik an den Universitäten in Breslau und Berlin studiert hat, auch darum, die Erkenntnisse der Naturwissenschaften zu popularisieren. Dieser didaktische Ansatz spiegelt sich auch in der Tatsache wider, dass Laßwitz – neben seiner Lehrtätigkeit und dem Verfassen von oftmals satirisch gefärbten

Zukunftserzählungen – eine große Anzahl an wissenschaftlichen Aufsätzen und populärwissenschaftlichen Essays veröffentlicht.

Schon in seinen ersten beiden Erzählungen »Bis zum Nullpunkt des Seins« und »Gegen das Weltgesetz« (1878 zusammen unter dem Titel *Bilder aus der Zukunft* als Buch veröffentlicht) beschreibt Laßwitz riesige Hochhauskomplexe, Flugwagen, öffentliche Anschlags- und Werbetafeln, Luftschiffe, künstliche Nahrung, technologische Instrumente zur Beeinflussung des Wetters, Strahlenkanonen und Apparaturen zur Gewinnung von Sonnenenergie – um nur einige prägnante Beispiele für den Erfindungsreichtum und die Weitsicht des Autors anzuführen.

Dabei schreibt sich Laßwitz immer weiter in die Zukunft hinein: Während »Bis zum Nullpunkt des Seins« im Jahre 2371 spielt, nimmt »Vor dem Weltgesetz« im Jahr 3877 seinen Handlungsverlauf. Im Rahmen der Erzählungen deutet Laßwitz zudem vage neue Formen der Biotechnologie an und entwirft – was für unsere hier zu beschreibende Thematik ganz entscheidend ist – eine Vielzahl an neuen Kommunikations- und Repräsentationsmedien sowie technologische Möglichkeiten der Immersion und Telepräsenz.

In der Erzählung »Bis zum Nullpunkt des Seins« steht zunächst ein sogenanntes »Geruchsklavier« im Mittelpunkt, das beispielsweise bei musikalischen Aufführungen zugleich auch den Geruchssinn der Zuhörerschaft stimuliert, um »bestimmte Vorstellungen und Empfindungen [...] hervorzurufen«: »Jeder Druck auf eine Taste öffnete einen entsprechenden Gasometer, und künstliche mechanische Vorrichtungen sorgten für die Dämpfung, Ausbreitung und Zusammenwirkung der Düfte.«[7] Zwar richtet Laßwitz sein Augenmerk zunächst auf eine positiv beschriebene, hoch technisierte Zukunft, doch durch boshafte Manipulation des Geruchsklaviers kommt es zu einer Katastrophe, die letzthin auch in den Tod von Unschuldigen mündet.

Für seine Erzählung »Gegen das Weltgesetz« (1877) erfindet Laßwitz eine Gerätschaft, die es ermöglicht, verschiedene Bewusstseinsinhalte direkt ins Gehirn zu transferieren: »Der Psychokinet oder die Gehirnorgel war nun ein Instrument, welches gestattete, unmittelbar, ohne Vermittlung der Sinne, auf das Bewußtsein durch direkte Reizung der Gehirnpartien zu wirken. [...] Man vermochte Gedanken oder Empfindungen unmittelbar im Centrum des Bewußtseins hervorzurufen.«[8] Das dazu benötigte Interface beschreibt Laßwitz als eine Form von Datenhelm: Der Nutzer erwirbt dazu fertige Programme in Form von Walzen, die in das Gerät eingesetzt werden. Oder er versieht die Walzen mit »Stiften nach eigener Phantasie«, was als eine hohe Kunstfertigkeit angesehen wird. Anschließend braucht der Nutzer das Instrument nur »auf den Kopf [zu stülpen]« und das Gehirn schwelgt »unter den Strömen des Psychokineten in den herrlichsten und süßesten Stimmungen [...], unabhängig von der schweren Welt der Sinne.«[9] Aus diesen neuen technologischen Möglichkeiten hat sich zugleich auch eine neue Kunstrichtung, »Psychik« genannt, entwickelt:

> »Die Psychiker konnten ihre Stimmungen sowohl unmittel-
> bar durch den Psychokineten, welcher ihr Gehirn mit dem der
> Zufühler verband, diesen mittheilen, sie konnten aber auch
> durch einen besonderen Schreibpsychokineten ihre Stimmungs-
> compositionen graphisch darstellen, sodaß dieselben mit Hilfe
> von eines Lesepsychokineten ›nachgefühlt‹ werden konnten.«[10]

In der Erzählung »Der Gehirnspiegel« (1900) beschreibt Laßwitz eine Apparatur, die das optische Vorstellungs- und Erinnerungs-vermögen des Menschen, der den sogenannten »Gehirnspiegel« aufsetzt, auf einem Bildschirm projiziert, sodass es für seine Mit-menschen sichtbar wird. In »Die Fernschule« (1902) wiederum lässt Laßwitz einen Professor namens Frister von einem »telephonischen Realgymnasium«[11] träumen, in dem die Schülerschaft mittels einer Videokonferenzschaltung zusammengerufen und unterrichtet wird. Vorbereitete Unterrichtsvorträge können mittels »Phonograph« ein-gespielt werden.[12] Dabei lässt sich dieser »Fernlehrverkehr [...] bis auf tausend Kilometer und mehr ausdehnen.«[13] Und auch die sogenannte »Überbürdungsfrage« ist geklärt: Schülerinnen und Schüler nehmen auf Sesseln Platz, die »in sinnvollster Weise mit selbsttätigen Meß-apparaten versehen sind, die das Körpergewicht, den Pulsschlag, Druck und Menge der Ausatmung, den Verbrauch von Gehirn-energie anzeigen.« Sobald »die Gehirnenergie in dem statthaften Maß aufgezehrt ist, läßt der Psychograph die dadurch eingetretene Ermüdung erkennen, die Verbindung zwischen Schüler und Lehrer wird automatisch unterbrochen und der betreffende Schüler vom weiteren Unterricht dispensiert.«[14] Dagegen werden Dozentinnen und Dozenten durch eine »Gehirnschutzbinde« vor der Gefahr geschützt, »in der Schule mehr Gehirnkraft zu verschwenden, als es der Fähigkeit der Schüler und ihrer eigenen Gehaltsstufe entspricht.«[15]

Von multisensorischen Brillen und Immersionskino: Stanley G. Weinbaum und Aldous Huxley

Im Jahr 1935 erscheint in dem amerikanischen, von Hugo Gernsback gegründeten Magazin WONDER STORIES eine Erzählung, die den bezeichnenden Titel »Pygmalions Brille« trägt und von dem Science-Fiction-Autor Stanley G. Weinbaum verfasst wurde. Berichtet wird in der Geschichte von einem Mann namens Dan Burke, der – nachdem er stark angetrunken eine Party verlassen hat – bei einem Spaziergang im Central Park auf den »zwergenhaften« Professor Albert Ludwig trifft und in ein Gespräch verwickelt wird.[16] Der Professor ist der festen Überzeugung, dass es zwischen Traum und Wirklichkeit keinen Unterschied gibt: »Alles ist Traum, alles ist Illusion. Ich bin Ihre Illusion ebenso, wie Sie die meine sind.«[17] Professor Ludwig stellt Dan zudem ein Gerät vor, das an eine Gasmaske erinnert und Brillengläser und ein Gummimundstück besitzt. Diese »magische Brille«,[18] so Professor Ludwig, könne dem Träger sowohl akustische und optische Eindrücke als auch olfaktorische, gustatorische und haptische Sinneswahrnehmungen vermitteln, sodass dieser das Gefühl hat, er wäre mitten im Geschehen und könnte mit den Charakteren des Films interagieren.[19]

Dan folgt dem Professor in sein Hotelzimmer, um die Brille auszuprobieren. Nachdem Dan auf einem Stuhl Platz genommen und die Brille überzogen hat, taucht er in eine märchenhafte, unirdische Fantasy-Welt ein, die einerseits vollkommen real wirkt, andererseits aber eine surreal anmutende Traumwelt darstellt. Der Übergang in diese virtuelle Welt gestaltet sich chaotisch, denn erst nach und nach nimmt die Welt vor Dans Augen Konturen an, während er zunächst noch das Gefühl hat, im Hotelzimmer zu sitzen. Immer tiefer gleitet Dan in die simulierte Umgebung, bis er ganz in dieser Illusion aufgeht.

Schon drei Jahre vor dem Erscheinen von Weinbaums Erzählung beschrieb Aldous Huxley in seinem dystopischen Roman *Schöne neue Welt* (1932) ein multisensorisches Illusionsgerät namens »Fühlorama«, das mittels stereoskopischem Farbfilm, künstlich generierter Musik und Dufterzeugern dem Betrachter einen starken immersiven Effekt vermittelt.[20] Dabei bildet das »Fühlorama« nur einen kleinen Bestandteil von Huxleys Beschreibungen eines zukünftigen, totalitären Weltstaats, der auf totale Bedürfnisbefriedigung und Konsum abzielt, um die soziale Stabilität zu sichern: Embryos werden mittels moderner Biotechnologien künstlich erzeugt, konditioniert und prädestiniert, um sie nutzbringend in das gesellschaftliche Leben zu integrieren. Vorherrschend ist dabei eine rigide Sozialstruktur, die die Menschen in verschiedene Kasten einteilt, die von Alpha-Plus (für Führungspositionen) bis zu Epsilon-Minus (für einfachste Tätigkeiten) reichen. Allen Kasten gemeinsam ist die Konditionierung der Menschen auf eine stetige Bedürfnisbefriedigung durch Konsum, Einnahme der Droge Soma und Promiskuität, um jedes kritische Denken, jedes Hinterfragen der gesellschaftlichen Ordnung schon im Keim zu unterdrücken.

Erstaunlich sowohl an Weinbaums Entwurf einer multisensorischen Brille als auch an Huxleys Beschreibungen eines Immersionskinos ist die Tatsache, dass beide literarischen Werke weit vor der Zeit entstanden sind, als der amerikanische Kameramann und Filmregisseur Morton Leonard Heilig sein sogenanntes »Sensorama« konzipiert und seine Idee einer Virtual-Reality-Brille aufgezeichnet hat: 1955 erklärte Heilig erstmals seine Vision eines technischen Gerätes, das mehrere Sinne stimulieren konnte, um einen starken immersiven Effekt zu erzeugen. Nachdem er jahrelang an einem Prototyp gearbeitet hatte, präsentierte Heilig schließlich im Jahre 1962 eine nicht interaktive, multisensorische Apparatur namens »Sensorama«, die für einzeln betrachtende Zuschauer gedacht war und laut Howard Rheingold eher nach einem »altmodischen Flipperautomaten« als einem »prähistorischen VR-Prototyp[en]« aussah.[21] In der Patentanmeldung von 1962 schreibt Heilig: »Die vorliegende Erfindung gehört zur großen Gruppe der Simulatoren, mit der Besonderheit, daß dieses Gerät die Sinne des Benutzers stimuliert, um eine konkrete Erfahrung realistisch zu simulieren.«[22]

Die synästhetische, immersive Maschine bestand aus mehreren mechanischen Teilen. Die Nutzer saßen auf einem Stuhl, der sich mit der Simulation bewegte, während ein großer stereoskopischer Bildschirm und Stereolautsprecher für die visuellen und akustischen Stimuli sorgten. Das System nutzte zudem sowohl Wind- und Vibrationseffekte als auch Parfümzerstäuber für die olfaktorische Stimulation. Dazu liefen Filme über Motorradfahrten in Brooklyn oder die Kunst des Bauchtanzes.

Zugleich entwickelte Morton in einem 1955 veröffentlichten Artikel die Vorstellung eines »Cinema of the Future«, das alle Sinne ansprechen und somit starke Immersions- und Suggestionserfahrungen erzeugen soll, die Huxleys Vision eines »Fühlorama« bei Weitem übertreffen.[23]

Noch bevor Heilig sein »Sensorama« baute, hatte er bereits eine sogenannte »Telesphere Mask« konzipiert, eine tragbare Virtual-Reality-Brille, die den modernen Datenbrillen und VR-Headsets erstaunlich ähnlich sieht.[24] Die Brille enthielt auch Kopfhörer und eine Luftdüse, um das Gefühl von Wind im Gesicht zu erzeugen. Wie das Sensorama war auch die Brille in der Lage, eine Reihe von Parfüms für die olfaktorische Simulation unterschiedlicher Umgebungen zu verwenden. Heilig baute zwar niemals eine dieser Brillen, erhielt aber im Jahr 1960 ein Patent darauf. Das erste funktionstüchtige, auf dem Kopf getragene visuelle Ausgabegerät (Head-Mounted Display) wurde 1968 von Ivan Sutherland gebaut. Es trug den Namen »Sword of Damocles« und besaß so viel Gewicht, dass es zusätzlich von der Raumdecke getragen werden musste, um den Träger nicht in die Knie zu zwingen oder sogar zu erschlagen.[25]

Träumen unter der Maschine: Laurence Manning

Es lassen sich noch weitere erstaunliche literarische Werke auffinden, die schon frühzeitig die stetige Virtualisierung der Lebenswelt und die damit einhergehenden Folgen beschreiben: 1930 entwirft der Schriftsteller Laurence Manning zusammen mit Fletcher Pratt in der Erzählung »The City of the Living Dead« (zuerst erschienen in dem Magazin SCIENCE WONDER STORIES)[26] das Bild einer Gesellschaft, die aus sogenannten »Schläfern« besteht. Die »Schläfer«

verbringen – umhüllt von feinen Drähten – ihr Dasein dauerhaft in einer virtuellen Realität, die fortan ihre ganze Wahrnehmung bestimmt.

Fünf Jahre später greift Laurence Manning diese Idee der »Traum-realität« für seinen Roman *Der Jahrtausendschläfer* (1935)[27] wieder auf: Der Bankier Norman Winters vererbt seinem Sohn sein Unternehmen, nachdem er ein Serum entwickelt hat, das ihm ermöglicht, sich in einen todesähnlichen Schlaf zu versetzen, um in diesem Zustand Jahrhunderte, ja, sogar Jahrtausende zu überleben. Eine geheime, mit Blei abgeschirmte Kammer unter der Erde, deren Standort Winters geheim hält, dient ihm fortan dazu, in Etappen immer weiter in die Zukunft zu reisen.

Nicht unähnlich dem Roman *Die letzten und die ersten Menschen* von Olaf Stapledon (zuerst erschienen 1930)[28] beschreibt auch Manning, indem er immer wieder Tausende von Jahren in die Zukunft springt, die möglichen, späteren evolutionstheoretischen Entwicklungsstufen der Menschheit und die damit einhergehenden technologischen Fortschritte. Während Stapledon jedoch geschickt einen Autor erfindet, der in einer Millionen von Jahren entfernten Zukunft einen Weg gefunden hat, einen Menschen der Gegenwart von 1930 gleichsam zu inspirieren und ihm den Roman einzugeben, lässt Manning seinen Protagonisten immer wieder erwachen, um (zusammen mit dem Leser bzw. Rezipienten) die sich vor ihm öffnende Zukunftswelt zu erkunden. Dabei trifft Winters auf eine Gesellschaft, die von einem sogenannten »Gehirn«, das sich in einem palastähnlichen Gebäude im Mittelpunkt der Stadt befindet, gelenkt wird. Laut den Stadtbewohnern stellt das »Gehirn« eine komplexe »Maschine« dar, die »alle Funktionen des menschlichen Gehirns erfüllt und es in vielerlei Hinsicht übertrifft. Es ist völlig unvoreingenommen und absolut unfehlbar. Die Regierung über unsere Zivilisation ist ihm anvertraut.«[29] Zunächst noch sehr klein, ist die künstliche Intelligenz im Laufe der Zeit immer »weiter ausgebaut und vervollkommnet worden«:

»Doch obwohl es mit seinen Milliarden Selenzellen, Speicher-einheiten, Assoziationsrelais, Kontaktschaltern und den zahl-reichen Zusatzaggregaten mehrere Hundert Kubikmeter Raum beanspruchte, wuchs es noch immer. Dieses Gehirn kontrollierte und beherrschte buchstäblich den ganzen Planeten. Jede Stadt der Welt hatte eine Übermittlungsstation, durch welche das zentrale Gehirn seine Politik diktierte und administrative Maßnahmen ergriff. In den Städten waren Millionen von Abhöranlagen und Beobachtungsgeräten in Wänden und Decken verborgen. Kein Gespräch, keine Aktion entging dem Gehirn; wurde ein Problem oder eine krisenhafte Entwicklung erkennbar, so hielt der allgegenwärtige Herr des Lebens schon die Lösung bereit.«[30]

Die Menschen sind in dieser Zukunftswelt allenfalls noch für Wartungs- und Instandhaltungsarbeiten erforderlich. Das »Gehirn« erweist sich als selbstlernende und sich vervollkommnende Maschine, die die Menschen überflüssig werden lässt. Zusammen mit einer Anzahl an Stadtbewohnern, die sich einer Untergrundbewegung angeschlossen haben, um das »Gehirn« zu zerstören, schafft es Winters, die künstliche Intelligenz zu vernichten.[31]

Nachdem sich Winters wieder in seine Schlafkammer begeben hat und erst 5000 Jahre später erwacht, sieht er sich einer zukünftigen Gesellschaft gegenüber, die ihr Leben zum Großteil in einer virtuellen Realität verbringt. Nur eine kleine Anzahl an Wissenschaftlern fungiert als »Bedienungspersonal für die Traummaschinen«.[32] Der Rest der Menschen verbringt – eingehüllt in »einen zeltartigen Kokon aus silbrigen Drähten«[33] – ihr Leben in einer Traumrealität, wobei ihr Körper immer weiter verfällt. Die Drähte »kamen aus allen Teilen des Körpers, am dichtesten aber aus dem Kopf. [...] Am erschreckendsten aber war das furchtbare abgemagerte Aussehen der Körper. Arme und Beine waren knotig und nur noch Haut und Knochen, und die Rippen standen heraus wie bei einem halb verhungerten Hund. Was von den Gesichtern zu sehen war, erinnerte Winters an die Mumien in den ägyptischen Abteilungen der Museen seiner Zeit.«[34]

Um das »Träumen unter der Maschine« zu ermöglichen, müssen sich die Menschen chirurgischen Eingriffen unterziehen, die nicht mehr reversibel sind und sie für andere Lebensweisen untauglich machen. Eine Gruppe von Menschen, die sich der Operation nicht unterziehen möchten, flieht zusammen mit Winters aus der Stadt, um eine unabhängige Siedlung aufzubauen.

Sowohl Mannings Beschreibungen einer zukünftigen Menschheit, die in nahezu allen Lebensbereichen von einer künstlichen Intelligenz gesteuert wird, als auch seine Schilderung von modernen Biotechnologien und einer degenerierten »Schläfer«-Gesellschaft, die sich gänzlich in virtuellen Welten verloren hat, sind ausgesprochen aktuell und visionär. Kein Wunder also, dass man sich bei der Lektüre aktueller SF-Literatur oftmals an Mannings Beschreibungen erinnert fühlt.

Gedankennetze, Simulacra und Software-Entitäten: Herbert W. Franke, Philip K. Dick und Daniel F. Galouye

Insbesondere ab Anfang der 1960er-Jahre findet sich fast explosionsartig eine Vielzahl an Erzählungen und Romanen, die sich sowohl mit den Gefahren (Realitäts- und Identitätsverlust, Überwachungsstaat, totalitäre Gesellschaftsstrukturen, Machtmissbrauch etc.) als auch den Möglichkeiten (neue Handlungsräume, neue Formen der Interaktion, des sozialen Austauschs, der Wissensaneignung etc.), die von der stetigen Digitalisierung und Virtualisierung unserer Lebenswelt ausgehen, auseinandersetzen.

Zu einer Zeit, als Morton Heilig seine Ideen immer weiter ausarbeitet, beschreibt der deutsche Schriftsteller und Pionier der Computerkunst Herbert W. Franke schon in seinem ersten Roman *Das Gedankennetz* (1961)[35] eine totalitäre Gesellschaftsform, in der die Bevölkerung systematisch überwacht wird und Abweichler, sogenannte »Anomale«,[36] unter ein Gedankennetz gelegt werden. Dabei werden ihnen zur Prüfung ihrer Verhaltensweisen mittels Verabreichung von Psychopharmaka virtuelle Erlebnisse suggeriert, die nicht von realen Erfahrungen zu unterscheiden sind. Diese »Erlebnisprüfung« dient – wie es im Roman heißt – primär dazu, eine rechtliche Grundlage zum Beispiel für die nachfolgende Behandlung mit Elektroschocks oder eine Lobotomie zu schaffen.[37]

Noch im selben Jahr erscheint der Roman *Der Orchideenkäfig* (1961), in dem Franke »neben der bekannten Unterdrückungsgesellschaft auch eine modernere Konsumgesellschaft nach dem Typus der kapitalistischen Staaten [zeichnet], die ähnlich auch bei Aldous Huxley zu finden ist.«[38] In dieser »Wohlfahrtsgesellschaft« kennen die Menschen »nur noch die Simulation als Lebensinhalt« und die gesellschaftliche Ordnung wird »durch geistige Ablenkung und Illusion aufrecht[erhalten]«.[39] Die dazu notwendigen Immersionstechnologien beziehungsweise Illusionsmaschinen sind von dem Menschen zunächst zwar selbst konstruiert worden, aber je weiter der Mensch zur reinen Bedürfnisbefriedigung in den virtuellen Raum übertrat, desto mehr gewannen die Maschinen die Fähigkeit, sich selbst zu reparieren, zu reproduzieren und fortzuentwickeln. Indem die immer weiter voranschreitenden Immersionstechnologien »jeden Wunsch durch Gehirnzellenreizung erfüllen«[40] konnten, entwickelt sich der Mensch immer stärker zum »Homo cyber sapiens, dessen Körper eigentlich überflüssig ist, dessen Geist den Cyberspace als einzig adäquaten Aufenthaltsort gewählt hat.«[41] Damit antizipiert Franke in seinem Roman, wie auch der Literaturwissenschaftler Bernd Flessner konstatiert, schon zu Beginn der 1960er-Jahre Vilém Flussers »Vision einer telematischen Gesellschaft, deren Mitglieder tendentiell körperlos sind [...]«[42] Doch während Flusser, so Flessner, »die neuen interaktiven Qualitäten der telematischen Kultur preist [...], zeigt Frankes Version eine telematische Kultur, die auf der totalen Konsumption maschinell generierter Wirklichkeit beruht.«[43] Bei dieser vollkommenen Immersion in virtuelle Welten ist auch der menschliche Körper, wie Franke in seinem Roman beschreibt, einer stetigen Anpassung beziehungsweise Metamorphose unterworfen. Dergestalt haben die Menschen in Frankes Orchideenkäfig nach und nach »Pflanzenleiber« ausgebildet, die sich stetig weiter anpassen:

> »Die linke Seite erfüllte ein Geflecht aus Leitungen, Drähten, Reflektoren, Fäden, Stäben und Plastikhüllen. Darin, in Abständen von je zwei Metern, saßen rosarote, fleischige, vielfach zerlappte Gebilde, angestrahlt von violetten Lampen, eine unabsehbare Reihe, die sich in der Ferne verlor.«[44]

Ebenso wie Frankes frühe Werke können auch die Romane und Erzählungen des amerikanischen Schriftstellers Philip K. Dick – wie Literaturwissenschaftler Martin Holz schreibt – als Vorläufer der literarischen Cyberpunk-Bewegung angesehen werden:

»Durch seine [Dicks] Texte zieht sich das Leitmotiv einer Multi-
plikation von Realitätsebenen, vor dessen Hintergrund Dick die
Interdependenz von Mensch und Maschine reflektiert und die
Demarkationslinien zwischen Realität und Phantasie, Leben
und Tod sowie zwischen physischer Materialität und intra-
mentaler Virtualität problematisiert. Er spielt verschiedene
Konstellationen wie die Auflösung des Selbst, den Übergang
in andere Entitäten, das Oszillieren zwischen verschiedenen
Welten konsequent durch und denkt so biomedizinische und
informationstechnologische Entwicklungen im Kontext der
damit einhergehenden anthropologischen (Was bleibt vom
Menschen?) und politisch-sozialen Problematik (Wer partizi-
piert an und profitiert von diesen Entwicklungen, wer ist ausgeschlossen?) weiter. Drogenkonsum, Halluzinationen und
Schizophrenie werden hier paradigmatisch für eine unzuver-
lässig gewordene Wahrnehmung von Realität, die sich jederzeit als Simulation entpuppen kann, der die Figuren zum Opfer
gefallen sind oder in der sie gar wissentlich gefangen gehalten
werden.«[45]

Dergestalt thematisiert Dick in seinem Roman *Simulacra* (1964)[46]
sowohl die durch die neuen Repräsentationsmedien rasant wachsende Medienrealität als auch die damit einhergehenden Realitäts-
und Identitätsverluste. Dabei ist Dicks Roman dicht besiedelt mit
künstlichen Wesen, sogenannten Simulacra, die in allen Bereichen
des gesellschaftlichen Lebens aufzufinden sind und die Grenze zwischen Künstlichem und Natürlichem verschwimmen lassen. Simu-
lacras »der einen oder anderen Art – Roboter, Androiden, TV-Bilder,
was auch immer –, also ›Konstrukte‹, die die Wirklichkeit simulieren, sind das dominierende Thema im Werk Philip K. Dicks, nicht
als technische Voraussage, sondern als moralische Aufgabe [...]«[47]
Der Roman beinhaltet, wie auch Rebecca Haar anmerkt, »keine
Simulation im Sinne einer virtuellen Umgebung«,[48] vielmehr geht es
Dick primär um Medienkritik: Mittels einer multiperspektivischen
Erzählweise geht Dick der Frage nach, wie sehr eine konstruierte
Medienrealität Einfluss auf unsere Wahrnehmungs- und Existenz-
weise ausübt.[49] Indem Dick die Handlung »auf mehrere Protagonis-
ten [verteilt], deren Bewusstseinsströme nicht nur unterschiedliche

Sichtweisen der Wirklichkeit vermitteln, sondern auch unterschiedliche Wirklichkeiten«,[50] macht er deutlich, dass es »keine ›wahre‹, ›eindeutige‹ Realität gibt – dass die Realität multipel ist.«[51]

Zeitgleich mit Dicks Roman *Simulacra* erscheint 1964 der Roman *Simulacron-3 Welt am Draht* des amerikanischen Journalisten und Schriftstellers Daniel F. Galouye, der die schon bei Dick aufscheinenden anthropologischen und ontologischen Aspekte noch einmal verschärft, indem er als einer der ersten das Prinzip beschreibt, künstliche Welten in einem Rechner zu simulieren: Durch die Entwicklung eines »Umwelt-Simulator[s]«[52] haben Forscher – wie es gleich eingangs des Romans heißt – die Möglichkeit erhalten, »eine ganze Gesellschaft, ein Milieu, elektronisch [zu] simulieren.«[53] Dergestalt können sie zum Beispiel eine ganze Großstadt erschaffen und mit sogenannten »reagierenden Identitätseinheiten« bevölkern. Durch »Manipulierung des Milieus« beziehungsweise durch »Reizung der ID-Einheiten« kann nun das Sozialverhalten der Software-Entitäten beobachtet werden, um beispielsweise Markt- und Wahlanalysen zu erstellen.

Dabei gelingt den Forschern die Simulation so perfekt, dass die »Identitätseinheiten« zwar ein eigenes Bewusstsein ausbilden, zugleich aber nicht bemerken, dass sie nur reine Software-Entitäten darstellen.[54] Als es zu Problemen am Simulator kommt, entdeckt der Hauptprotagonist Douglas Hall, seines Zeichens Fachmann für »Simulektronik«[55] und seit kurzem Leiter der Test AG, dass er ebenfalls nur in einer künstlichen Scheinwelt lebt, die von einer höheren Ebene aus generiert wurde.

Ist das, was wir als (Selbst-)Bewusstsein und Individualität erfahren, nur das Ergebnis von computerbasierten Rechenvorgängen? Sind wir nur Algorithmen, die von höheren Mächten programmiert wurden und nun stetig manipuliert werden können? Zudem: Was wäre, wenn sich auch die nächsthöhere Ebene wiederum als eine simulierte Umwelt erweisen würde? Wann kann man je sicher sein, der Schachtelung von simulierten Welten entkommen zu sein?

Die Software-Einheiten sind den Programmierern der jeweils höher liegenden Ebene völlig ausgeliefert, da sie in ihrer simulierten Umwelt keine Privatsphäre besitzen: Ihre Verhaltensweisen und sogar ihre Gedanken sind für ihre Entwickler vollkommen transparent. Es existiert kein Aspekt, keine Konstante, der oder die nicht per Eingabe in die Recheneinheit gelöscht, erschaffen oder manipuliert werden könnte. Zugleich nimmt Galouye in seinem Roman eine Entwicklung vorweg, die der Soziologe Steffen Mau als »Quantifizierung des Sozialen«[56] bezeichnet:

> »In der Welt von Big Data sind Informationen über Nutzer, Bürger oder einfach nur Menschen *der* Rohstoff, aus dem sich Gewinn schlagen lässt. Daher ist es nicht verwunderlich, dass sich die Informationsökonomie zu einer Krake entwickelt hat, die nicht nur massenhaft Daten einzieht, sondern diese mithilfe von Algorithmen auswertet und für vielfältige Zwecke bereitstellt.«[57]

Von hier aus sind es nur noch wenige Schritte, bis in den 1980er-Jahren die Cyberpunk-Autoren den virtuellen, digitalen Raum immer weiter vermessen und besiedeln – wenn auch mit einigen Akzentverschiebungen, die im zweiten Teil dieser Artikelserie genauer beleuchtet werden sollen.

Fortsetzung folgt.

Anmerkungen

1   Jean Baudrillard: *Der symbolische Tausch und der Tod.* Berlin 2011, S. 21.
2   Vilém Flusser: *Ins Universum der technischen Bilder.* 7. Auflage. Berlin 2018, S. 12.
3   Martin Holz: »Cyberpunk«. In: *Phantastik. Ein interdisziplinäres Handbuch.* Hrsg. von Hans Richard Brittnacher und Markus May. Stuttgart 2013, S. 280–284, hier: S. 281.
4   Zur Geschichte und zu den Schreibweisen des literarischen Cyberpunks vgl. u. a. auch: Jiré Emine Gözen: *Cyberpunk Science Fiction. Literarische Fiktionen und Medientheorie.* Bielefeld 2012; Rebecca Haar: *Simulation und virtuelle Welten. Theorie, Technik und mediale Darstellung von Virtualität und Postmoderne.* Bielefeld 2019.
5   Dabei besitzen die nachfolgenden Ausführungen keinen Anspruch auf Vollständigkeit, vielmehr stellen sie Fundstücke dar, die im Durchgang eine Entwicklungslinie aufzeigen sollen.

6   Roland Innerhofer: »Literarische Antizipationen der Virtualität um die Jahrhundertwende«. In: Bernd Flessner (Hg.): *Die Welt im Bild. Wirklichkeit im Zeitalter der Virtualität*. Freiburg im Breisgau 1997, S. 19–47, hier: S. 19.

7   Kurd Laßwitz:»Bis zum Nullpunkt des Seins. Erzählung aus dem Jahre 2371«. In: Ders.: *Bilder aus der Zukunft. Zwei Erzählungen aus dem vierundzwanzigsten und neununddreißigsten Jahrhundert*. Neusatz-Nachdruck der 3. Auflage der 1879 erschienenen Buchausgabe. Lüneburg 2019, S. 25–64, hier: S. 29.

8   Kurd Laßwitz:»Gegen das Weltgesetz. Erzählung aus dem Jahre 3877«. In: Ders.: *Bilder aus der Zukunft. Zwei Erzählungen aus dem vierundzwanzigsten und neununddreißigsten Jahrhundert*. Neusatz-Nachdruck der 3. Auflage der 1879 erschienenen Buchausgabe. Lüneburg 2019, S. 65–139, hier: S. 82.

9   Ebd.

10   Ebd.

11   Kurd Laßwitz:»Die Fernschule«. In: Ders.: *Seifenblasen und Traumkristalle. Ungekürzte Sonderausgabe der Erzählsammlungen Bilder aus der Zukunft, Seifenblasen und Traumkristalle sowie sämtlicher anderer Erzählungen*. Lüneburg 2012, S. 208–213, hier: S. 209.

12   Ebd.

13   Ebd.

14   Ebd., S. 210.

15   Ebd.

16   Stanley G. Weinbaum:»Pygmalions Brille«. In: Ders.: *Die besten Geschichten von Stanley G. Weinbaum*. München 1980, S. 171–196, hier: S. 171.

17   Ebd.

18   Ebd., S. 174.

19   Ebd., S. 173.

20   Vgl. Aldous Huxley: *Schöne neue Welt. Ein Roman der Zukunft*. Frankfurt am Main 2013, S. 191–192.

21   Howard Rheingold: *Virtuelle Welten. Reisen im Cyberspace*. Reinbek bei Hamburg 1992, S. 70. Vgl. auch Bild auf: https://www.uschefnerarchive.com/morton-heilig-inventor-vr/ (zuletzt aufgerufen am 30.05.2023).

22   Morton Heilig, zitiert nach: Howard Rheingold: *Virtuelle Welten. Reisen im Cyberspace*. Reinbek bei Hamburg 1992, S. 69.

23   Vgl. Oliver Grau: *Virtuelle Kunst in Geschichte und Gegenwart. Visuelle Strategien*. 2. Auflage. Berlin 2002, S. 114–115.

24 Vgl.: https://www.uschefnerarchive.com/morton-heilig-inventor-vr/ (zuletzt aufgerufen am 30.05.2023).

25 Vgl.: Jan-Keno Janssen: »Traummaschinen. Die Geschichte der Virtual Reality«. In: https://www.heise.de/select/ct/2020/27/20119140645 77318972 (zuletzt aufgerufen am 30.05.2023).

26 Unter folgender Adresse lässt sich die komplette Mai-Ausgabe des Magazins SCIENCE WONDER STORIES aus dem Jahr 1930 downloaden: https://archive.org/details/Science_Wonder_Stories_v01n12_1930-05. Stellar.

27 Laurence Manning: *Der Jahrtausendschläfer*. München 1977.

28 Olaf Stapledon: *Die letzten und die ersten Menschen. Eine Geschichte der nahen und fernen Zukunft*. München 1983.

29 Mannig: *Der Jahrtausendschläfer*, S. 54.

30 Ebd., S. 61–62.

31 Zur Geschichte der künstlichen Intelligenz in der SF-Literatur vgl.: Hans Esselborn: »Die künstliche Intelligenz in der Science Fiction als Alternative zum Menschen«. In: *Wirkendes Wort*, 69. Jg., 2. H., (2019), S. 257–280.

32 Mannig: *Der Jahrtausendschläfer*, S. 85.

33 Ebd., S. 98.

34 Ebd.

35 Herbert W. Franke: *Das Gedankennetz*. Murnau am Staffelsee 2015.

36 Ebd., S. 82.

37 Ebd., S. 83.

38 Hans Esselborn: *Die Erfindung der Zukunft in der Literatur. Vom technisch-utopischen Zukunftsroman zur deutschen Science Fiction*. Würzburg 2019, S. 330.

39 Ebd.

40 Franke: *Der Orchideenkäfig*. Frankfurt am Main 1989, S. 165.

41 Bernd Flessner: »Das Finis mundi als museale Agonie«. In: Ders. (Hg.): *Die Welt im Bild. Wirklichkeit im Zeitalter der Virtualität*. Freiburg im Breisgau 1997, S. 97–115, hier: S. 110.

42 Ebd., S. 112.

43 Ebd.

44 Franke: *Der Orchideenkäfig*, S. 167.

45 Martin Holz: »Cyberpunk«. In: *Phantastik. Ein interdisziplinäres Handbuch*. Hrsg. von Hans Richard Brittnacher und Markus May. Stuttgart 2013, S. 280–284, hier: S. 281.

46 Philip K. Dick: *Simulacra*. München 2005.

47 Norman Spinrad: »Nachwort«. In: Philip K. Dick: *Simulacra*. München 2005, S. 257–268, hier: S. 256.

48 Haar 2019, S. 32.

49 Vgl. Ebd., S. 130.

50 Norman Spinrad: »Nachwort«, S. 258.

51 Ebd., S. 259.

52 Daniel F. Galouye: *Simulacron-3. Welt am Draht*. Radolfzell 2013, S. 9.

53 Ebd., S. 10.

54 Vgl. ebd., S. 40.

55 Ebd., S. 9.

56 Steffen Mau: *Das metrische Wir. Über die Quantifizierung des Sozialen*. Berlin 2017, S. 10.

57 Ebd., S. 11.

Karlheinz Steinmüller

ECHOS EINES FERNEN KNALLS

Das Tungusische Ereignis und die Science Fiction

Am Anfang war das Non-Event

Wieder und wieder wird dieselbe Geschichte erzählt: Am Morgen des 30. Juni 1908 ereignet sich irgendwo über der Steinigen Tunguska in Mittelsibirien eine gewaltige Explosion. Hunderte Quadratkilometer Wald werden in einem Augenblick zerstört. Noch in etwa tausend Kilometern Entfernung ist der Knall zu vernehmen. Seismografen rund um den Globus verzeichnen die Erschütterung, und in den darauffolgenden Nächten ist der Himmel vielerorts in Europa und Nordamerika so hell, dass man Zeitung lesen kann.

Zum Glück ist die entlegene sibirische Gegend dünn besiedelt, fast menschenleer. Später wird von zwei Todesopfern berichtet. Augenzeugen – meist einheimische Ewenken und Jakuten – erinnern sich noch nach Jahrzehnten an ein bläulich-weiß strahlendes Objekt am Himmel, heller als die Sonne, auf das eine riesig hohe Lichtsäule folgt, die sich in eine schwarze, pilzförmige Wolke verwandelt.

»Ich saß auf dem Hocker vor meiner Haustür, als ein gewaltiger Blitz aufleuchtete«, erinnert sich Ilja Potapowitsch Petrow[1], einer der Betroffenen, die kurz nach dem Ereignis befragt wurden. »Es entstand so große Hitze, dass mein Hemd fast versengt wurde. Ich sah eine riesige Feuerkugel, die einen großen Teil des Himmels bedeckte. Danach wurde es dunkel und gleichzeitig spürte ich eine Explosion, die mich von meinem Hocker schleuderte. Ich verlor das Bewusstsein.«[2] (Zekl)

---

1   Meist wird Petrow – oder mit seinem Ewenken-Namen Ljutschetkan – nur mit Vor- und Vatersnamen bezeichnet, wie es in russischen Gesprächen als Anrede üblich ist.

2   Sehr ähnlich hat der Händler Semjon Semjonow, der wie Petrow in Wanawara wohnte, von dem Ereignis berichtet: Helle Himmelserscheinung, Hitzewelle; er wird vom Hocker geschleudert. (Krinow 1949, S. 9 f., Sigel 1961, S. 26)

Stanisław Lem: *Der Planet des Todes*. Volk und Welt: Berlin 1960 Einband der Roman-Zeitung Nr. 128 (2/1960)

Über die Flugrichtung des Objekts herrscht keine Einigkeit, bei den einen soll es aus Südosten gekommen, bei den anderen nur im Norden vorbeigeschossen sein. Und bis zu vierzehn Explosionen wollen die Einheimischen vernommen haben. Selbst noch in fünfhundert Kilometern Entfernung, an der Linie der Transsibirischen Eisenbahn, sahen Menschen den Feuerball, spürten die Druckwelle, hörten das Donnergeräusch.

Erzählt und wiedererzählt entfaltet sich ein solches Ereignis nach dem Prinzip der stillen Post. Im Internet kann man lesen: »In noch ca. 700 km Entfernung brachten die erdbebenähnlichen Erschütterungen beinahe die Transsibirische Eisenbahn zum entgleisen. [sic!] Die Explosionshitze war noch in 65 Kilometer Entfernung so stark, dass sich ein Bauer das Hemd vom Leib riß, weil er glaubte, dass es brenne.« (Migge 2008)

Ich selbst machte meine erste Begegnung mit dem Tungusischen Ereignis, als ich ziemlich genau fünfzig Jahre nach der Katastrophe Stanisław Lems Roman *Der Planet des Todes* (dt. 1956) las. »Am Himmel stieg eine blendendweiße Kugel auf, die sich mit rasender Geschwindigkeit von Südosten nach Nordwesten bewegte. Sie überflog das Jenisseier Gouvernement – eine Strecke von mehr als fünfhundert Kilometern – und brachte unter ihrer Bahn den Erdboden zum Beben, die Fensterscheiben zum Klirren; der Putz fiel von den Wänden, die Mauern bekamen Risse. In den Orten, wo der Meteor sichtbar wurde, versetzte ein gewaltiges Dröhnen Mensch und Tier in panischen Schrecken ... Man hielt das Ende der Welt für gekommen.« (S. 3)

Nein, das ist keine übertriebene literarische Ausschmückung. Im Gegensatz zu manchen Verfassern von populärer Tunguska-Literatur ist Lem erstaunlich präzise: In der Faktorei Wanawara[3], einer kleinen Handelsniederlassung in 65 km Entfernung vom Epizentrum, wurden Fenster und Türen eingedrückt, auch wurden die Einwohner von der Hitzewelle getroffen. Lem versteht es nicht nur, die Wirkungen der Explosion plastisch zu schildern, er berichtet von den immensen Mühen der ersten Expedition, die neunzehn Jahre nach dem Ereignis – nach Weltkrieg und Revolution – versucht, ins Zentrum der Zerstörungen zu gelangen. Er folgt dem Pionier der Tunguska-Forschung, dem Mineralogen Leonid Kulik, auf seinem beschwerlichen Weg durch die Taiga, er schildert dessen erfolglose Suche nach materiellen Zeugnissen des mutmaßlichen Meteoriteneinschlags. – Und allmählich gleitet der Roman ins Phantastische. Lem zitiert die Hypothese eines jungen sowjetischen Gelehrten aus dem Jahr 1950. Der hat aus dem unregelmäßigen Muster der durch die Explosion umgestürzten Bäume geschlussfolgert, dass hier ein außerirdisches Raumschiff abgestürzt sein müsse. Bereits trudelnd habe es seine Bremsdüsen eingesetzt. Schließlich springt Lem ins Jahr 2003: Da hat der Kommunismus überall auf der Erde gesiegt, und die Sahara wird vom Mittelmeer aus bewässert. Künstliche Sonnen sollen nun das Eis der Polarregionen schmelzen, um die ehemaligen Permafrostgebiete nutzbar zu machen. Bei Bauarbeiten in Sibirien stoßen die Arbeiter auf ein Überbleibsel des abgestürzten Raumschiffs. Es handelt sich um eine Spule mit einer Botschaft, die die finsteren Pläne der Venusbewohner verrät ...

Seither, seit ich Lems Roman gelesen und die Verfilmung *Der schweigende Stern* (1960) gesehen habe, hat mich das Tungusische Ereignis zwar nicht permanent, aber doch hin und wieder gefesselt, nicht zuletzt, weil es vielfältige, oft ziemlich verwegene Spekulationen

---

3   Bei Lem: »Faktorei Wanowary«.

hervorbrachte. Wie Nessie taucht das Tungusische Ereignis immer wieder einmal auf, naheliegenderweise in der Science Fiction, aber auch im Sachbuch, wo es sich ungeachtet aller Forschungen zumeist als ein Rätsel, ein Wunder, ein düsteres Geheimnis darbietet.

»Die Katastrophe von Tunguska«, heißt es ein Jahrhundert nach dem Ereignis bei Alexander Schrepfer-Proskurjakow »bleibt heute noch eines der ungelösten Rätsel des 20. Jahrhunderts.« Und auch Solveig Nitzke (2017) stellt den Mythos vom letztlich ungeklärten Ereignis – »eine problematische Leerstelle innerhalb der modernen Ordnung des Wissens« (S. 11) – ins Zentrum ihrer kulturwissenschaftlichen Untersuchung.

Zuerst einmal aber, nach 1908, war das Tungusische Ereignis weder eine Katastrophe globaler Dimension noch ein unerklärliches Rätsel, sondern schlicht etwas, das weit hinten im menschenleeren Sibirien passiert war und nur ein paar zurückgebliebene Rentierzüchter betraf, die Tiere verloren hatten. Astronomen mochten sich dafür interessieren – schon weil die hellen Nächte die Beobachtungen störten. Aber die Öffentlichkeit nahm von so entfernten Geschehnissen kaum Notiz, allenfalls reichte es für eine Meldung unter »Vermischtes«. Das Tungusische Ereignis begann als ein »non-event«.

Expeditionen ohne Fundstück

Ohne Leonid A. Kulik wäre es wohl dabei geblieben: ein Thema für Menschen, die sich auch für Mondkrater und Meteoriten interessieren. Ein Fall also für Astronomen. Gewiss hätte sich unter den Einheimischen – den Ewenken – die Erinnerung an Donner und Himmelserscheinung gehalten und allmählich die Gestalt einer lokalen Legende angenommen. Ein Fall für Ethnologen.

Kulik selbst wird erst 1921 auf das Tungusische Ereignis aufmerksam. Zu diesem Zeitpunkt hatte er schon ein bewegtes Leben hinter sich. 1883 wurde er als Sohn eines Arztes in Tartu, das damals zum russischen Reich gehörte, geboren. Er studierte Mineralogie, engagierte sich bei den Bolschewiki, saß deshalb auch mehrfach im Gefängnis. Er arbeitete in verschiedenen Berufen, unter anderem als Lehrer und in einer Forstverwaltung, nahm am Ersten Weltkrieg teil und kämpfte danach im Bürgerkrieg in der Roten Armee. Nach der Demobilisierung im Jahr 1920 setzte er seine Studien zuerst an der Tomsker Universität, dann in Petrograd fort und wurde 1921 zum Leiter einer Expedition ernannt, die in Sibirien nach Meteoriten suchen sollte (Kandyba 1990, Verma 2021, S. 29 ff.).

Diese Jagd nach Meteoriten kam nicht von ungefähr. Besteht doch eine Hauptgruppe der kleinen kosmischen Irrläufer hauptsächlich aus Eisen und Nickel, und just am Anfang des 20. Jahrhunderts entwickelte sich um Metall aus dem All ein beachtlicher Medienrummel. In den USA vermutete der Bergbauingenieur und Geschäftsmann Daniel Moreau Barringer, dass sich in einem großen Krater in Arizona ein massiver Meteorit verbirgt: geschätzte zehn Millionen Tonnen Metall im Wert von Milliarden Dollar[4] (Verma 2021, S. 27 f.). Er gründete ein Unternehmen mit der stolzen Bezeichnung *Standard Iron Company*, um diesen gewaltigen Schatz zu heben. – Der jungen, ökonomisch schwachen Sowjetmacht wäre eine derartige Ressource ebenfalls hochwillkommen gewesen.

Die Expedition Kuliks, unterwegs nach Sibirien in einem umgewidmeten Eisenbahnwagen, ging allen Hinweisen auf Meteoriten nach. Man befragte Staatsangestellte und Einheimische, wühlte sich durch alte Zeitungen. Eines Tages wies ein Kollege Kulik auf ein Blatt eines alten Abreißkalenders aus dem Jahr 1910 hin: Es schilderte einen Meteoritenfall im Juni 1908 irgendwo hinter Tomsk, nahe dem Örtchen Filimonowo. Passagiere in einem Zug der Transsibirischen Eisenbahn hätten einen gewaltigen Knall vernommen, der Lokomotivführer den Zug gestoppt. Sie steigen aus, wollen den Meteoriten untersuchen, doch der ist noch rot glühend …

Kulik ist fasziniert. Entlang der Trasse der Transsib sammeln er und seine Mitarbeiter Informationen, schalten sogar einen Aufruf in Zeitungen und erhalten Dutzende Berichte von Menschen, die sich an eine gewaltige Himmelserscheinung am 30. Juni 1908 erinnern können. Noch läuft das alles unter der nicht zutreffenden Bezeichnung »Filimonowo-Meteorit«. – Da geht Kuliks Expedition das Geld aus, der Eisenbahnwagen muss zurückgegeben werden und

---

4   Barringer hatte 1902 von dem anderthalb Kilometer großen Krater erfahren und sich sofort das gesamte Gebiet als Claim gesichert. – Dass ein Meteorit quasi unendlichen Reichtum versprechen kann, ist auch die Grundlage von Jules Vernes 1908 erschienenem Roman *Die Jagd nach dem Meteor.* Letzterer besteht bei Verne allerdings aus purem Gold. Barringer starb 1929 an einem Herzinfarkt, kurz nachdem sich seine Hoffnungen auf das Meteoreisen endgültig zerschlagen hatten. Der Krater trägt heute seinen Namen.

Kulik kehrt nach Petrograd zurück. Das hätte das Ende sein können, denn die Fachwelt steht Kulik überwiegend skeptisch gegenüber und seine Bemühungen um die Finanzierung einer neuen Expedition bleiben erst einmal stecken.

Das ändert sich erst, als auch andere Forscher, die sich in Sibirien aufgehalten haben, von der Überlieferung der Tungusen und von zerstörten Waldgebieten berichten. Schließlich setzt sich der berühmte Geochemiker Wladimir I. Wernadski für Kulik ein, und die Akademie der Wissenschaften genehmigt eine zweite Expedition.

Im Februar 1927 verlässt Kulik, begleitet von einem Assistenten, die Transsib und steigt in einen Pferdeschlitten um. Sibirien empfängt ihn mit eisiger Kälte und Schneestürmen, und auch die Taiga zeigt sich mit Sümpfen und stechwütigen Mückenschwärmen, mit steilen Abhängen und Flüssen ohne brauchbare Furt von ihrer unwirtlichen Seite. Endlich erreichen sie den kleinen Ort Wanawara, wo besagter Ilja Potapowitsch es rundheraus ablehnt, Kulik in die »Heimat des Donnergotts Ogdy« zu begleiten. Der Ewenken-Gott hätte die Gegend verflucht.

Перед прощаньем. Справа налево — Л. А. Кулик. Н. А. Струков, В. А. Сытин.

»Vor dem Abschied« (Kulik und Gefährten vor ihrem Blockhaus)

Ilja Potapowitsch lässt sich dann doch mit üppigen Gaben, vor allem Baumaterial für sein Haus, überzeugen. Mit Packpferden und einem zweiten einheimischen Führer geht es die Steinige Tunguska flussabwärts. Ausgezehrt von der kärglichen Ernährung und unter Skorbut leidend setzt Kulik seinen Weg fort – bis er endlich ein siebzig Kilometer weites Plateau voller umgefallener, entwurzelter Bäume vor sich sieht. Hier verweigern ihm die Ewenken den Weitermarsch, und Kulik ist gezwungen, nach Wanawara zurückzukehren.

Im Mai unternimmt Kulik, diesmal begleitet von russischen Bauern, den nächsten Anlauf und gelangt bis ins Zentrum der Verwüstungen. Irritierenderweise sind gerade in dem Bereich, den Kulik als das Epizentrum identifiziert, Bäume aufrecht stehen geblieben. Ihrer Äste beraubt, ähneln sie Telegrafenmasten. Kulik findet Löcher im Boden – Einschlagspuren von Fragmenten? Ebenso trifft er auf eine größere kraterförmige Vertiefung und jungen, kaum zwanzig Jahre alten Wald. Nur nach einem Bruchstück des Meteoriten sucht er vergebens.

Zwei Expeditionen später – in den Jahren 1928 und 1929/30 – hat Kulik immer noch keinen Splitter des Meteoriten aufgespürt. Der durchfeuchtete Taigaboden macht Grabungen ohne schweres Gerät unmöglich, allenfalls gelingt es seinen Leuten, im gefrorenen Winterboden tiefe Gräben zu ziehen. Magnetometer liefern keine brauchbaren Resultate.

In den Augen der Öffentlichkeit entspricht Kulik dem Bild des unermüdlichen, zielstrebigen und zähen Forschers, also dem eines typischen Helden der jungen Sowjetunion! Auf der zweiten Expedition begleitet ihn für drei Wochen ein Mitarbeiter der Moskauer Sowkino-Studios und dreht einen kurzen Dokumentarfilm. Bei der dritten Expedition bleibt Kulik wieder einmal allein zurück, weil alle Expeditionsteilnehmer an Skorbut erkranken, und gilt eine Weile als verschollen. Die Zeitschrift VSEMIRNYI SLEDOPYT[5] organisiert daraufhin eine veritable Rettungsexpedition – mit einer permanenten Berichterstattung per Telegramm. Sie trifft auf einen völlig ausgehungerten Kulik. Die urtümliche Natur, gefährliche Abenteuer, Forscherdrang, Heldenmut, das alles passt perfekt zusammen.

---

5   Der Name der sehr populären Zeitschrift lässt sich am besten mit »Fährtensucher auf der ganzen Welt« übersetzen. Sie existierte von 1925 bis 1931.

Leonid A. Kulik,
Briefmarke von 1958

Kulik ist außerdem ein begnadeter Redner, der die im Film gezeigten zerstörten Landschaften durch markige Worte begleitet: »Wäre der Meteorit in Zentralbelgien gefallen, wäre im gesamten Land keine einzige Kreatur am Leben geblieben; in London niemand südlich von Manchester oder östlich von Bristol. Wenn er auf New York gefallen wäre, wäre Philadelphia vielleicht mit zerschmetterten Fenstern davongekommen, ebenso New Haven und Boston. Aber alles Leben innerhalb des zentralen Einschlagsgebiets wäre augenblicklich ausgelöscht worden.« (Verma 2021, S. 44 – meine Übersetzung, K. S.) Wohlweislich erwähnt Kulik weder Moskau noch Leningrad. Diese Schlussfolgerung mochte jeder Zuhörer selbst ziehen.

Kulik brauchte Jahre, um sich von den Strapazen seiner Expeditionen zu erholen. In der Zwischenzeit untersuchten andere Forscher, vor allem der spätere Meteoritenspezialist Jewgenij L. Krinow, das Gebiet. Luftbildaufnahmen bewiesen, dass die Bäume tatsächlich fächerförmig um das Epizentrum herum umgestürzt waren. 1939 machte sich Kulik ein weiteres Mal auf, eine fünfte Expedition wurde für 1940 bewilligt; aber dann brach der Zweite Weltkrieg aus. Kulik meldete sich an die Front, wurde gefangen und starb 1942 an Typhus.

Ein Mythos entsteht: Kasanzew und die Folgen

Meine zweite Begegnung mit dem Tungusischen Ereignis hatte ich um 1970, als mir in einem Antiquariat ein Büchlein vom Verlag für fremdsprachige Literatur in Moskau aus dem Jahr 1960 in die Hände fiel, ausgemustert aus der Betriebsbücherei der FDJ-Zeitung JUNGE WELT. Der schmale Band hieß *Der Bote aus dem All* und enthielt sechs Erzählungen; die beiden – nach meiner Auffassung – schwächsten davon stammten von Alexander Kasanzew: die Titelgeschichte »Der Bote aus dem All« von 1951 und »Der Fremde« von 1958. Beide schildern Gesprächsrunden auf einem Schiff, das einen sibirischen Fluss entlangtuckert, und beide befassen sich mit dem Tungusischen Ereignis. Nein, ein Meteorit könne es nicht sein, schlussfolgert in der ersten Erzählung ein Geologe. Er sucht im Norden Sibiriens nach Pflanzen, die seine Hypothese bestätigen sollen, dass sich auf dem Mars eine Flora entwickelt haben könnte, die der der Arktis ähnelt. Alle Anzeichen deuten, meint dieser »Sternenbotaniker«, auf die Explosion eines atomar angetriebenen Raumschiffs hin. Der Geologe trägt den Namen Krimow – nicht mit Krinow zu verwechseln! – und ist der Sohn eines Ewenken, der 1908 der Katastrophe ausgesetzt war und an Strahlenkrankheit starb. Dem Großvater des Erzählers aber hat Kasanzew den Namen Ljutschetkan gegeben; Kuliks einheimischer Führer Ilja Potapowitsch lässt grüßen!

Lang und breit geht Kasanzew auf die Lebensbedingungen auf dem Mars, die Marskanäle und interplanetarische Flugrouten ein: Die Marsianer waren gerade auf der Rückreise von der Venus und wollten nun schnell noch die Erde erkunden, als ihr Raumschiff versagte.[6]

Damals fiel mir das Spiel mit den Namen nicht auf, und die zweite Erzählung hatte ich in der Zwischenzeit vollends vergessen: Ein merkwürdiger Mann übergibt Wissenschaftlern ein Manuskript, das er selbst in einer unverständlichen Sprache verfasst hat. Dank der modernsten elektronischen Rechentechnik (des Jahres 1958) gelingt es, das Manuskript zu entziffern: Es ist der Bericht des einzigen Überlebenden des havarierten Raumschiffs.

Wer will, kann in Kasanzew unschwer jenen »jungen sowjetischen Gelehrten« erkennen, den Lem in seinem Roman *Der Planet des Todes* als Urheber der Theorie der Raumschiffexplosion erwähnt. Aber Kasanzews Erzählung »Der Bote aus dem All«, die im März 1951 in der Zeitschrift TECHNIKA – MOLODEŽI[7] erschien, dürfte

---

6   Damit knüpfte Kasanzew an den seit fünfzig Jahren in der SF etablierten Mars-Mythos an, der in der Sowjetunion insbesondere durch Alexej Tolstois Roman *Aëlita* (1923) verbreitet worden war. Die jugendgerecht überarbeitete Version von 1936 wurde zu einem der populärsten SF-Romane der Sowjetunion. – Vgl. »Mars – ein Sehnsuchtsort« in unserem Band *Erkundungen*.

7   Die Zeitschrift TECHNIK – FÜR DIE JUGEND wurde vom Komsomol herausgegeben und publizierte u. a. sowjetische und auch westliche Science Fiction.

kaum Lem noch vor Fertigstellung des Romans, der ebenfalls 1951 gedruckt wurde, erreicht haben. Tatsächlich hatte Kasanzew bereits 1946 in der ersten Nachkriegsausgabe der weitverbreiteten Zeitschrift VOKRUG SVETA[8] eine »Hypothesen-Erzählung« unter dem Titel »Vzryv« (Die Explosion) veröffentlicht – wenige Monate nach den Atombombenabwürfen über Hiroshima und Nagasaki. Hier finden wir den Beginn der Raumschiff-Spekulationen.[9] Doch auch dieses Heft dürfte so kurz nach dem Krieg Lem nicht in Händen gehalten haben.

Kasanzew (1906–2002) war damals vierzig Jahre alt. Er hatte am Tomsker Technologischen Institut studiert und als leitender Mechaniker in einem metallurgischen Kombinat gearbeitet. 1939 betreute er die Industrieabteilung im sowjetischen Pavillon auf der New Yorker Weltausstellung »World of Tomorrow«. Im Zweiten Weltkrieg wurde er als Ingenieur eingesetzt, oft mit der Aufgabe, neue Waffentechnik zu erproben. Aber schon vorher hatte er erste literarische Versuche unternommen, die dann durch den Krieg unterbrochen wurden. Als er sich mit dem Tungusischen Ereignis befasste, überarbeitete er gerade seinen ersten Roman *Arktičeskij most* (Die Arktisbrücke – nicht übersetzt).

Alexander Kasanzew wurde zu einem der einflussreichsten sowjetischen SF-Autoren. Zeitlebens hielt er sich absolut linientreu an die inhaltlichen und ästhetischen Vorgaben der sowjetischen Kulturpolitik, auch dann noch, als die Sowjetunion längst zerfallen war! Als graue Eminenz des führenden Jugendverlags Molodaja Gvardija und als Verfasser von Gutachten für den sowjetischen Schriftstellerverband wachte er darüber, dass das Genre auf Linie blieb, und sorgte unter anderem dafür, dass Werke von Arkadi und Boris Strugatzki nicht gedruckt werden durften.[10] Bezeichnend für Kasanzews dogmatische Denkweise ist sein Auftreten auf dem 3. internationalen

---

8 RUND UM DIE WELT ist die älteste russische populärwissenschaftliche und länderkundliche Zeitschrift.

9 Kasanzews Story wurde nicht ins Deutsche übersetzt. Noch vor ihm hatte 1937 der Journalist Manuil Semjonow, der später als Satiriker und Chefredakteur der Zeitschrift KROKODIL hervortrat, in der Erzählung »Plenniki Zemli« (Die Gefangenen der Erde) das Tungusische Ereignis durch eine Raumschiffkatastrophe erklärt. Die Erzählung erschien in der Stalingrader Komsomolzeitung MOLODOJ LENINEZ (Der junge Leninist) und blieb lange völlig unbekannt.

10 Die Strugatzki-Brüder haben Kasanzew in dem Roman *Der Montag fängt am Samstag an* (1965) in der Gestalt des Scharlatans und Demagogen Prof. A. A. Wybegallo karikiert.

Titelabbildung zu Alexander Kasanzews Erzählung
»Vzryv« in: VOKRUG SVETA Nr. 1/1946, S. 39

Kongress für Paläoastronautik 1977 in Jugoslawien. Da behauptete
er allen Ernstes, dass der Unglauben an Besucher aus dem All nicht
mit dem dialektischen Materialismus vereinbar sei (PRIRODA 10/1977,
S. 160).

In autobiografischen Notizen aus dem Jahr 1981 (S. 21 f.) geht
Kasanzew auf die näheren Umstände ein, die ihn zu seiner »Hypothesen-Erzählung« veranlassten: Unmittelbar nach Hiroshima und
Nagasaki sei ihm aufgefallen, dass die seismischen Wellen nach dem
Atombombenversuch in der Wüste Neumexikos, dem Trinity-Test
vom 16. Juli 1945, den im Jahr 1908 gemessenen Erderschütterungen
frappierend ähnelten. Und stimmten nicht auch die Beschreibungen
der Augenzeugen von 1908 mit denen aus Japan überein: der Licht-
blitz, die Feuersäule, der Atompilz?

Die Story »Die Explosion« ist im Grunde eine Darlegung seiner
Hypothese mit einem Minimum an erzählerischer Rahmung. Dank
der fiktiven Form kann Kasanzew die Ähnlichkeiten beliebig über-
treiben, auch schildern, dass Einheimische, die durch das Gebiet der
Katastrophe streiften, bald darauf jämmerlich dahinsiechten – was
in keinem von Kuliks Berichten steht. Phantastik ist eben Phantastik. Durch eine Kindheitserinnerung des Erzählers bekommt das
Geschehen vom 30. Juni 1908 zudem einen leicht metaphysischen
Anstrich. Schließlich führt Kasanzew noch eine schwarzhäutige
Schamanin ein, in der man eine überlebende Außerirdische vermuten muss.

Heute wirkt die Story etwas behäbig und umständlich; damals dürfte sie jedoch ihren Eindruck nicht verfehlt haben – mit den Geheimnissen Sibiriens, den gewaltigen Kräften des Atomzeitalters, dem mysteriösen Gesang einer außerirdischen Schamanin und der Spekulation, dass schon bald Sowjetmenschen in den Weltraum fliegen würden.

Die Erzählung fand mit einer Lesung und einer Diskussion unter Schriftstellern einige öffentliche Resonanz. Vor allem aber war die Hypothese eines havarierten Raumschiffs in die Welt gesetzt und konnte fortan als Referenzpunkt dienen, etwa im Jahr 1948, als das Moskauer Planetarium eine Ausstellung über das »Rätsel des tungusischen Meteoriten« zeigte. Sie wurde von dem jungen Astronomen Felix Sigel (1920–1988) betreut, der mit Vorträgen zu Themen wie »Gibt es Leben auf dem Mars?« ein Massenpublikum anzog. Kasanzew lernte Sigel kennen; gemeinsam trugen sie im Planetarium über das Ereignis an der Steinigen Tunguska vor. Sigel verfocht fortan die Idee der Raumschiffexplosion und wurde in den Folgejahren zum Begründer der sowjetischen Ufologie.

Die meisten Wissenschaftler verhielten sich dagegen skeptisch. 1949 fasste Jewgenij L. Krinow das Wissen über das Tungusische Ereignis in einer Monografie zusammen. Er kam zu dem Schluss, dass der Meteorit lange vor dem Aufschlag in einigen Kilometern Höhe explodiert sein müsse, und zitierte Berechnungen, wonach die Explosion Energien von etwa 10^{21} erg (10^{14} Joule) freigesetzt haben müsse. Bald rechnete man um und kam auf eine Explosionsstärke in der Größe von einer Megatonne TNT. Kasanzews Hypothese erwähnt Krinow selbstverständlich nicht.

Aber das »Tungusische Wunder«, wie es Kulik nannte, hatte zu dieser Zeit bereits ein Eigenleben entwickelt. Teilnehmer von erneuten Expeditionen zur Steinigen Tunguska scherzten, sie wollten in der Taiga nach Bruchstücken eines marsianischen Raumschiffs suchen (Kasanzew 1981, S. 22). Andere verzierten ihre humoristische Expeditionszeitung mit einer Karikatur, die Kasanzew auf einer fliegenden Untertasse zeigt.[11]

---

11   http://tunguska.tsc.ru/ru/cae/photo/50/1959/924/ – gesichtet am 27.11.2022.

Sowjetische Ufos gibt es nicht!

Ende der 1940er-Jahre gingen die Meinungen über das Tungusische Ereignis weit auseinander; es entwickelte sich sogar eine öffentliche Debatte. Für sowjetische Verhältnisse war dergleichen reichlich ungewöhnlich. Möglich wurde das nur, weil sich noch keine offizielle Position herausgebildet hatte. Wie später einige andere Debatten wurde die Diskussion pro und kontra Raumschiffexplosion hauptsächlich in populärwissenschaftlichen Magazinen und Literaturjournalen geführt. Selbst unter den Autoren der wissenschaftlichen Phantastik, wie die SF in der Sowjetunion genannt wurde, fanden sich Gegenstimmen. Wladimir Nemzow, ein Vertreter der von der Partei gewünschten »Nahfantastik«, polemisierte ein halbes Jahr nach Kasanzew im Kurzroman *Ognennyj šar* (Der Feuerball – nicht übersetzt), erschienen in derselben Zeitschrift VOKRUG SVETA, gegen die Vorstellung eines abgestürzten Raumschiffs. Viel wichtiger sei, verkürzt ausgedrückt, die Entwicklung der Technik und die Nutzung heimischer Ressourcen (Schwarz 2014, S. 543 f.).

Im September 1948 publizierte die Zeitschrift TECHNIKA – MOLODEŽI einen Brief zugunsten der Raumschiff-Hypothese, der unter anderem von Wissenschaftlern wie A. A. Michailow, dem Direktor des Observatoriums Pulkowo, und P. P. Parenago, dem Präsidenten der Moskauer Sektion der Sowjetischen Astronomischen Gesellschaft unterzeichnet war. Zwei Jahre später meldete sich in Heft 10/1950 der Zeitschrift ZNANIE – SILA[12] der bekannte Wissenschaftsjournalist Boris V. Ljapunow zugunsten von Kasanzews Hypothese zu Wort. Eine Titelillustration mit abstürzendem Raumschiff, redaktionelles Material zum Tungusischen Ereignis und eine Kartenskizze rahmten Ljapunows Beitrag. Mit einer für die Nachkriegszeit sehr hohen Auflage von etwa 50.000 Exemplaren erreichte die Zeitschrift breite Leserkreise – und zu diesen Lesern gehörte auch Stanisław Lem (Schwarz 2014, S. 541).

Die Diskussion um die »Gäste aus dem Kosmos« schlug, weiter angefeuert durch Kasanzews Erzählung von 1951, hohe Wellen. Die Atomkraft war erst vor wenigen Jahren von einer wilden, phantastischen

---

12   Etwa: »Wissen ist Macht«, eine populärwissenschaftliche Monatsschrift. Später erreichte sie Auflagenhöhen von über einer halben Million.

ZNANIE – SILA Nr. 10/1950
Titelseite

Spekulation zur verheißungsvollen Realität geworden – und die interplanetarische Raumfahrt? Würde diese dank Raketentechnik nicht auch bald aus den Händen der Schriftsteller in die der Ingenieure übergehen? Wann und wo würde man auf kosmische Besucher treffen?

Am Ende sahen sich offizielle wissenschaftliche Stellen herausgefordert, den überbordenden Spekulationen Grenzen zu setzen. Jewgenij Krinow, der Verfasser der Monografie über das Tungusische Ereignis, war Sekretär der Meteoriten-Kommission der Akademie der Wissenschaften. Gemeinsam mit dem bekannten Astronomen und Akademiemitglied Wassili Fessenkow veröffentlichte er einen Artikel in der renommierten LITERATURNAJA GAZETA[13], in dem sie die Raumschiff-Spekulation in das Reich der puren Phantasie verwiesen. Krinows Meteoriten-Kommission wandte sich sogar an das Sekretariat des Schriftstellerverbands mit der Bitte, keine unbegründeten Vermutungen mehr zu verbreiten. Schließlich, im Herbst 1951, schaltete sich sogar das Präsidium der Akademie der Wissenschaften ein. Damit war das Thema vorerst für die Presse tabu.

---

13 Die »Literatur-Zeitung« erschien (und erscheint) wöchentlich. Sie war das Organ des sowjetischen Schriftstellerverbands.

Erschwerend kam hinzu, dass das kapitalistische Ausland just in diesen Jahren seinen ersten UFO-Rummel erlebte: Im Sommer 1947 waren Berichte über den Absturz eines außerirdischen Flugobjekts bei Roswell in Arizona durch die amerikanische Presse gegangen, der Hobbypilot Kenneth Arnold prägte für seine Sichtungen den Begriff »fliegende Untertasse«; die ersten Bücher erschienen – und Hollywood drehte einen Film um außerirdische Invasoren nach dem anderen.

Bereits im Juli 1947, also unmittelbar nach dem Roswell-Zwischenfall, war Sergej Koroljew, der Vater der sowjetischen Raketentechnik, in den Kreml befohlen worden. Er sollte Material über diese mysteriösen Flugobjekte aus der westlichen Presse, aber auch aus KGB-Berichten bewerten. Seine Schlussfolgerung lautete: Schon möglich, eine Studie sei nötig (Hesemann 1994, S. 260). Es gibt keinen Hinweis darauf, dass wirklich eine solche Studie durchgeführt wurde.

Später nahm die Parteiführung offiziell Stellung: Ufos sind ein imperialistischer Propagandatrick. Michail G. Perwuchin, Mitglied des Präsidiums des ZK der KPdSU, formulierte im Jahr 1952 mit abwehrender Ironie: »Lassen Sie mich betonen, dass fliegende Untertassen und grüne Kugeln zuerst den Amerikanern erschienen.« Und am 29.12.1953 – also kurz vor der Jahreswende mit ihren Zukunftsspekulationen – erklärte Radio Moskau: »Fliegende Untertassen sind ein Mythos, der jedes Mal dann auf den Seiten der bourgeoisen Presse erscheint, wenn die herrschende Clique des einen oder anderen kapitalistischen Landes auf Weisung aus Washington versucht, die Akzeptanz ihrer Bevölkerung für eine erneute Erhöhung des Rüstungsetats zu gewinnen.« (Hesemann 1994, S. 261)

Unterschwellig aber blieb das Tungusische Wunder präsent: Im Jahr 1961 erkundeten fast gleichzeitig zwei Expeditionen das Gebiet der Steinigen Tunguska. Die eine leitete der Geologe K. P. Florenskij, die andere der Geophysiker A. V. Solotow. Während aus Sicht von Florenskijs Gruppe ein Kometenfall die vorgefundenen Spuren erklärte, war Solotows Team überzeugt, dass einige Anzeichen auch für eine Atomexplosion in einigen Kilometern Höhe sprechen könnten. Nun, nach fast einem Jahrzehnt gelangte das Thema auch wieder in eine populärwissenschaftliche Zeitschrift: Felix Sigel schrieb in ZNANIE – SILA 12/1961 über eine »nukleare Explosion über der Taiga«. Die Meteoriten-Kommission sah dagegen wie Florenskij keinen Anlass, von der Interpretation abzurücken, dass ein Komet in etwa 40 Kilometern Höhe verglüht sei.

Unterschiedlich intensiv und aus unterschiedlichen wissenschaftlichen Perspektiven wurden in den Folgejahren die Forschungen fortgesetzt. Dabei kamen auch ungewöhnliche Hypothesen zur Sprache: Schon Krinow hatte einen Eismeteoriten für eine mögliche Erklärung gehalten, ein Objekt aus Antimaterie hätte ebenfalls das Fehlen aller materiellen Überbleibsel erklärt, genauso eine Methangas-Explosion, und natürlich wurde – allerdings erst viel später – über ein kleines Schwarzes Loch als Übeltäter spekuliert. Die meisten dieser phantastischen Ideen konnten rasch ad acta gelegt werden.[14]

Beiläufige Besuche: Das Tungusische Ereignis als SF-Motiv

Ungeachtet aller Sprachregelungen führte das Tungusische Ereignis sowohl in der Sowjetunion als auch in der DDR ein kraftvolles Eigenleben in populärwissenschaftlichen Zeitschriften.[15] Meist wurde es im Zusammenhang mit anderen spektakulären Themen aufgegriffen: Dabei befand man sich im Spannungsfeld von »Leben im All« und Ufos. Während Leben auf fremden Planeten, auch intelligentes Leben, aufgrund allgemeiner kosmischer Entwicklungsgesetze fast sicher anzunehmen war, mussten Berichte über Besuche außerirdischer intelligenter Wesen in Ufos als ein übles Produkt westlicher Propaganda abgelehnt werden. Einen Ausweg boten Besuche in historischer Vorzeit (Paläo- oder Prä-Astronautik).[16]

---

14 Bereits 1986 konstatierte Evgeniy M. Kolesnikov in der Zeitschrift PRIRODA Nr. 1/86, dass es vielleicht hundert Hypothesen für das Tungusische Ereignis gäbe, wissenschaftliche Diskussionen jedoch fast ausschließlich zur Kometen- und Kernexplosions- bzw. Antimaterie-Hypothese geführt würden. Gegen Letztere spräche, dass in der Atmosphäre keine hinreichende Menge des Argon-Isotops 39 gefunden wird. Für die Erstere spräche die hohe Anzahl von Silikatkügelchen in der Schicht des regionalen Torfs, die aus dem Jahr 1908 stammt. Auch weitere Anomalien in der chemischen Zusammensetzung deuteten eher auf einen Kometen hin.

15 Um nur einige zu nennen: In der Sowjetunion befasste sich TECHNIKA – MOLODEŽI fast regelmäßig mit dem Tungusischen Ereignis; aber auch in dem seriösen Wissenschaftsmagazin PRIRODA erschien ab und zu ein Hinweis auf neue Erkenntnisse. In der DDR war die Zeitschrift URANIA für astronomische Themen, damit für Außerirdisches prädestiniert. Aber auch die Zeitschrift WOCHENPOST brachte einschlägige Artikel.

16 Hier gab der sowjetische Mathematiker Matest M. Agrest mit seinen Spekulationen über die Terrassen von Baalbek und andere Zeugnisse früherer Besucher – Jahre vor Erich von Däniken und dessen *Erinnerungen an die Zukunft* (1968) – das Argumentationsmuster vor.

Interessanterweise wird das Tungusische Ereignis in der Science Fiction der 1950er-, 1960er-Jahre, wenn überhaupt, dann meist nur en passant erwähnt, einfach als ein gängiges Motiv, das auf jegliche frühere Gäste aus dem Weltraum passte, zu deren Besuchsprogramm nun einmal die Steinige Tunguska gehört.

Eberhardt del'Antonios Roman *Titanus* (1959) ist ein gutes Beispiel für beiläufige Anspielungen: Ein irdisches Raumschiff wird im System der Planeten Titanus 1 und Titanus 2 in Klassenkämpfe verwickelt. Die fortschrittlichen Kräfte von Titanus 2 gewinnen und die irdischen Kosmonauten erfahren von ihnen, dass die »Titanen« bereits vor langer Zeit eine Expedition in unser Sonnensystem gesandt haben und eines der Raumschiffe über Sibirien abgestürzt ist. Zur Handlung trägt diese Information nichts bei, aber sie verankert den Roman im Raum der populären SF-Mythen. Die wenig überraschende Erklärung für das Tungusische Ereignis erzeugt beim Leser bestenfalls ein Achselzucken. Ein echter *sense of wonder* kann von einem derartig banalen »Ach, ihr wart das« nicht ausgehen.

Etwa zur selben Zeit wie *Titanus* las ich den Roman *Der Südpol schmilzt* von Juri und Swetlana Safronow (1960, russ. Erstausgabe 1958). Die Handlung beginnt mit dem Impakt eines großen Boliden hinter Werchojansk in Sibirien. In dem Zusammenhang wird das Tungusische Ereignis ganz lapidar als ein mehr oder weniger normaler Einschlag eines massiven Meteoriten erwähnt. Der Held nimmt an einer Expedition zur Einschlagstelle teil. Er stößt schließlich auf einen Splitter des Boliden. Von diesem geht eine geheimnisvolle Strahlung aus, die den Helden in jahrzehntelangen Schlaf versetzt. Die Reise ins Wunder, bei den Safronows in das kommunistische Jahr 2107, geschieht also durch die mysteriöse Kraft des Boliden. In gewissem Sinn fungiert das in der Gegenwart des Romans wiederholte Tungusische Ereignis hier als ein Tor in eine andere Welt – ein Motiv, das später in populärkulturellen Tunguska-Fiktionen wieder auftaucht.

Einige Jahre später, 1966, parodierten Arkadi und Boris Strugatzki bereits die üppige Erfinderei von Tunguska-Hypothesen. »Bringen wir endlich Klarheit in das verzwickte Problem des Wunders an der

---

Agrests Sachbuch *Kosmonavty drevnosti* (Kosmonauten des Altertums), das 1961 erschien, wurde zwar nicht ins Deutsche übersetzt, aber zumindest auf dem Umweg über Besprechungen in der DDR rezipiert.

Tunguska« meint einer der Helden in dem Roman *Der Montag fängt am Samstag an.* »Bisher haben sich damit völlig phantasielose Leute befaßt, Kometen und Meteoriten aus Antimaterie, selbstsprengende Atomschiffe, kosmische Wolken und Quantengeneratoren – all das ist viel zu banal und allein schon deshalb von der Wahrheit weit entfernt.« (S. 232) Auch der Strugatzki'sche Protagonist beruft sich auf Außerirdische, doch die landen bei besagtem Ereignis nicht, sondern starten, denn sie sind Kontramoten – Wesen aus einem anderen Universum, die sich in entgegengesetzter Zeitrichtung bewegen. Angelockt von den Waldbränden nach der Explosion gehen sie just über dem Epizentrum nieder und lösen damit die Katastrophe aus, bevor/nachdem sie ein paar Tage vor dem 30. Juni, ohne Spuren zu hinterlassen, wieder abfliegen. – Alles verstanden? So funktioniert die Kontramotion, zumal die diskontinuierliche, eben.[17]

Mit der Zeit spielt auch Olga Larionowa. In ihrer Erzählung »Bis zum Ozean fliegen!« (1977) stürzt irgendwann in der Zukunft ein Raumschiff ab, ein irdisches, wohlgemerkt. Um zu verhindern, dass die Menschen unten auf dem Erdboden Opfer des Absturzes werden, wagen die Kosmonauten einen Zeitsprung zurück in die Vergangenheit. Sie wählen das Jahr 1908, weil sie vermuten, ja eigentlich hoffen, dass sie das Tungusische Ereignis verursacht haben: Sie werden tot sein, aber niemand sonst wird geopfert ... Doch ihr Raumschiff schießt über die tungusische Region hinaus und stürzt schließlich ins Eismeer. Sie haben also die Explosion nicht hervorgerufen. Dennoch hat sie die Legende vom zerschellten Raumschiff bewogen, den Absturz in die Vergangenheit zu verlegen.

Außerhalb der Sowjetunion bzw. des Ostblocks erfuhr das Tungusische Ereignis naturgemäß geringere Aufmerksamkeit. Erwähnungen wie etwa in John Varleys Story »Lollipop and the Tar Baby« – ebenfalls aus dem Jahr 1977 – sind eher die Seltenheit. In dieser m. W. nicht übersetzten Kurzgeschichte unterhält sich eine junge Frau mit einem offensichtlich intelligenten Schwarzen Loch und erfährt nebenbei, dass ein anderes Schwarzes Loch 1908 durch die Erde geflogen sei. – Was in diesem Fall zur eigentlichen Handlung nichts beiträgt.

---

17 Viel später hat Boris Stern in seinem parodistischen Powest *Šestaja glava* »*Don Kichota*« (1990, Das sechste Kapitel von Don Quichote – nicht übersetzt) ebenfalls die Idee aufgegriffen, dass der Meteorit zeitlich »verkehrt herum« geflogen sein könnte.

Selbstverständlich greift auch die TV-Serie AKTE X das Tungusische Ereignis auf. In zwei Episoden der Staffel 4 (1996) soll durch den Meteoriten ein außerirdisches Virus auf die Erde gelangt sein. Ein beliebiger anderer Meteorit hätte ebenso gut diese Funktion erfüllen können. Im Zweifelsfall greift man jedoch auf den in der Populärkultur verankerten Stein aus dem All zurück.

Vorwiegend okkult: Das Tungusische Ereignis in der neueren Popkultur

Im Laufe der Jahre wurde das Tungusische Ereignis für mich zu einem alten Bekannten, der immer wieder einmal auftaucht und sich, abgesehen von ein paar Altersfalten, kaum verändert hat. Nur noch selten treffe ich die sibirische Explosion von 1908 in den Wissenschaftsseiten, dafür doch mit einer gewissen Penetranz in der Populärkultur – bis hin zur »Meteoriten-Oper« *Tunguska-Guska*, einem Hörspiel des Bayrischen Rundfunks von 1991, in der sich eine koreanische Performerin, eine Kehlkopfsängerin aus Tuwa und eine deutsche Schauspielerin in die Schamanenwelt Sibiriens hineinversetzten.

Überhaupt zog nach dem Zerfall der Sowjetunion das Tungusische Wunder wieder verstärkt Aufmerksamkeit auf sich. Russische Amateurforscher bekamen mehr Raum und bessere Recherche- und Publikationsmöglichkeiten; von 1996 bis 2002 publizierten sie das Bulletin TUNGUSSKIJ VESTNIK (Tungusischer Bote), später in TUNGUSKA EXPRESS umbenannt. Die Gegend um Wanawara wurde zu einem beliebten Ziel von Forschungstourismus. Auch Experten aus westlichen Ländern – insbesondere aus Italien – erkundeten nun, rund ein Jahrhundert nach dem Ereignis, die Gegend der Steinigen Tunguska.

In der Science Fiction mutierte das Tungusische Ereignis von einem noch irgendwo rational zu erklärenden Besuch von Gästen aus dem Kosmos zu einem mystischen oder okkulten Geschehnis, das nicht mehr in den Bereich der Wissenschaft fällt. An die Stelle von SF tritt Fantasy. So nutzt etwa Wolfgang Hohlbein in seinem Roman *Rückkehr der Zauberer* (1996) das Tungusische Ereignis als Aufhänger für rasante Action. Ein Bruchstück des »Feuersterns«, der damals vom Himmel fiel, weckt in manchen Menschen magische Fähigkeiten, die allerdings schwer kontrollierbar sind. Neben unserer gewohnten Wirklichkeit existiert noch eine andere, verborgene und gefährliche Welt; das Tungusische Ereignis könnte – so eine Interpretation – ein Tor ins Jenseits geöffnet haben.

In Wladimir Sorokins Romanen *Ljod* (2002) und *Bro* (2004) löst sich das Tungusische Ereignis vollends in Mystik auf. Eine von Kuliks Expeditionen stößt im Jahr 1928 auf das Eis des Kometen, das sich tief in den sibirischen Boden eingegraben hat. Dieses besondere Eis hat, wie der Held erkennt, magische Eigenschaften. Sie werden manifest, wenn man mit einem Brocken davon Menschen vor die Brust schlägt. Die meisten bringt der Hieb um. Bei einigen wenigen jedoch löst das Eis eine tiefe Veränderung aus. Ihr Herz »spricht« den »wahren Namen«; sie verfügen nun über übernatürliche Fähigkeiten und stehen mit ihresgleichen in Kontakt. Jeder Erweckte trägt eines der 23.000 »Lichtwesen« vom Anfang des Universums in sich – die, wenn erst alle vereint sind, die verderbte Welt der Menschen übernehmen werden. Bezeichnenderweise entsprechen alle diese behämmerten Erweckten dem Typus des blonden und blauäugigen nordischen Herrenmenschen. Mit speziellen Maschinen versuchen sie, potenzielle Kameraden zu identifizieren und per Eishammerschlag für sich zu gewinnen. Sie organisieren sich als Geheimgesellschaft, unterwandern Stalins Geheimdienst und die SS – ein Pech nur, dass in beiden Ländern gerade Säuberungen einsetzen.

Bei Sorokin verbindet sich, wie Erik Simon (2004) betont, ein extremer Mystizismus mit Übermenschenphantasien und einer althergebrachten russischen Seelenschwärmerei. Der mystische, okkulte Aspekt einer Konfrontation mit dem scheinbar unerklärlichen Ereignis, die schon in Kasanzews »Hypothesen-Erzählung« »Die Explosion« von 1946 als Erleuchtungserlebnis angelegt ist[18] und auch bei den Safronows anklingt, findet bei Sorokin den schroffsten Ausdruck.

Ebenfalls eine okkulte, doch eher randständige Rolle spielt das Tungusische Ereignis im Film *Hellboy* (2004). Hier wird die Explosion in der Taiga dadurch erklärt, dass sich ein »Portal zur Höllendimension« geöffnet hat, das von den Ogdru-Jahad[19], uralten

---

18   Darauf hat Schwarz (2012) hingewiesen.

19   Es liegt nahe, hier eine Anspielung auf den ewenkischen Donnergott Ogdy zu vermuten.

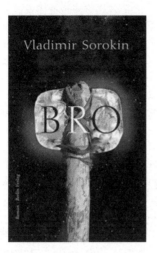 

Göttern, geschaffen wurde. Als Grundlage für die Handlung fungieren die Ereignisse des Jahres 1908 dagegen in Martina Andrés Roman *Schamanenfeuer. Das Geheimnis von Tunguska*, der pünktlich hundert Jahre nach dem Wunder in der Taiga erschien. Bei André sind am Vorabend des Ersten Weltkriegs zaristische Militärforscher dabei, eine Atombombe zu konstruieren. Diese soll durch eine geheime Kraft, über die die Schamanen verfügen, gezündet werden.

Nicht alle Werke, die sich nach 1990 auf das Tungusische Ereignis berufen, sind der mystisch-okkulten Richtung zuzuordnen. Einige Autoren entwickeln lediglich neue SF-Hypothesen zum Ursprung der Explosion oder recyceln bereits etablierte. So wird im Roman *Singularity* (2004, nicht übersetzt) von Bill DeSmedt das Tungusische Ereignis durch ein submikroskopisches Black Hole hervorgerufen, das nun aufgefunden und genutzt werden soll. Peter Schwind erklärt im Jugendbuch *Justin Time – Das Portal* (2005) den Vorfall als eine Antimaterieexplosion, die von Zeitreisenden aus dem Jahr 2385 bewirkt wurde. Bei Hans-Joachim Wildner trägt im Thriller *Tunguska – Irgendetwas war anders* (2021) eine frühere Menschheit die Verantwortung. Auch Nikola Tesla, dem in der Populärkultur mysteriöse Versuche mit Elektrizität und Gravitation zugeschrieben werden, darf in der Reihe der Verursacher nicht fehlen. In John Cases

Thriller *Der Todestänzer* (2007) ist die Explosion in Sibirien die Folge eines missglückten Tesla'schen Experiments.

Auf völlig andere Weise nutzte Christian Kracht das Tungusische Ereignis in seinem Roman *Ich werde hier sein im Sonnenschein und im Schatten* (2008): Es bildet den Ausgangspunkt einer Alternativgeschichte. Da durch die Tunguska-Explosion Russland »von Zentralsibirien bis Neu-Minsk viral verseucht« worden ist, gründet Lenin die Sowjetrepublik – nach jahrelangem Krieg – in der Schweiz. Man mag einwenden, dass ein beliebiges anderes Großereignis im zaristischen Russland als Abzweigungspunkt hätte dienen können und das Tungusische Ereignis bei Kracht nichts zur eigentlichen Handlung – sondern nur kurz und knapp zur Vorgeschichte – beiträgt. Die Alternativhistorie um die Schweizer Sowjetrepublik ist jedoch ein weiterer Beleg dafür, wie fest das Tungusische Ereignis im Kanon moderner Mythen verankert ist. Krachts Roman ist außerdem das einzige Beispiel außerhalb der mystisch-okkulten Tunguska-Fantasy, das ich kenne, in dem das ursprüngliche Non-Event weltgeschichtliche Auswirkungen hat.

Ein persönliches Fazit

Das Tungusische Ereignis hat in der Literatur eine erstaunliche Karriere durchlaufen: Vom Non-Event zu einem Geschehnis, das immer phantastischere Hypothesen auf sich zog, zuerst noch im Rahmen eines (irgendwie) wissenschaftlichen Weltbilds, später als beliebiger Anlass für mystische und okkulte literarische Phantastik. In mancher Beziehung ist es ein Musterbeispiel für ein literaturtaugliches Phänomen: Es fasziniert aufgrund der schieren Größe der Explosion und der Verwüstung, die es hinterlassen hat. Dank seines entlegenen, unzugänglichen Orts entzieht es sich der Untersuchung und der Aufklärung, die lange Frist bis zur ersten Expedition und deren unergiebiger Verlauf tragen dazu noch bei. Die Spuren, die dann aufgefunden werden, sind naturgemäß interpretationsbedürftig, ja sogar vieldeutig, und die Wissenschaft einigt sich daher nicht schnell und klar auf eine einzige fortan gültige, quasi amtliche Deutung. Die über einen längeren Zeitraum wachsende Vielfalt der Interpretationen und diverse Sondermeinungen verwandeln

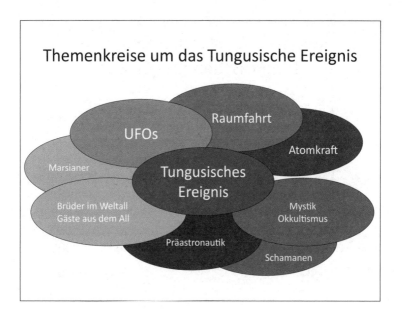

Themenkreise um das Tungusische Ereignis

Raumfahrt

UFOs

Atomkraft

Marsianer

Tungusisches
Ereignis

Brüder im Weltall
Gäste aus dem All

Mystik
Okkultismus

Präastronautik

Schamanen

das Ereignis in ein Mysterium. Angesichts dieser Umstände hat die Phantasie von Anfang an breiten Raum; der Rest des Unerklärten, Unerklärlichen, so klein er später auch aus Sicht der Fachexperten sein mag, wirkt als treibende Kraft.

Man sollte auch nicht übersehen, dass die Wiederentdeckung des Tungusischen Ereignisses nach 1945 auf förderliche Umstände traf: Die Atomkraft war soeben aus der Spekulation einiger Physiker und Phantasten zu einem Faktor geworden, der der Epoche seinen Stempel aufprägte. Auch die Perspektiven der Raketentechnologie wurden erstmals für ein breiteres Publikum sichtbar. Und bald tauchten die ersten Ufos am Himmel und in den Medien auf. All diese Umstände trugen bis in die Mitte der 1950er-Jahre zur Prominenz des Ereignisses bei. Vor diesem Hintergrund konnten sich Spekulationen und Phantasien um das Tungusische Wunder zu einer eigenständigen Mythologie verfestigen – nicht unähnlich übrigens zu den Mythen um das Bermudadreieck.

In dieser Zeit fungierte die SF als Scharnier zwischen Wissenschaft und Spekulation. Das fiktionale Gewand erleichterte Grenzüberschreitungen und schaffte einen Operationsraum für Grenzgänger wie Felix Sigel. Durch die Fiktion wurden in einer Gesellschaft, die

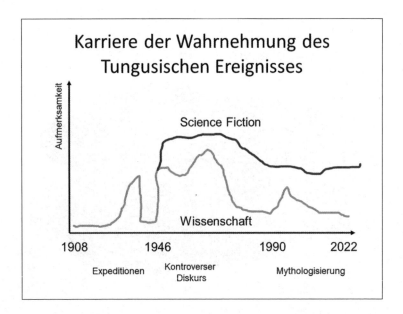

sich gemäß ihrem Selbstbild der Wissenschaft verschrieben hatte, mysteriöse Ereignisse und die zugehörigen Spekulationen überhaupt erst in einem breiteren Kreis diskutierbar.

Über ein Jahrhundert nach der Explosion über der Steinigen Tunguska haben sich die Kontroversen weitgehend gelegt. Als ferner Widerhall klingt das Tungusische Ereignis in unserer Kultur fort – als faszinierender Mythos von einem Geschehnis, das sich, wie es scheint, aller Erklärung widersetzt und zu verwegenen Hypothesen und Phantasien einlädt. Selbst Simon Zwystein hat sich dem magischen Klang des sibirischen Wunders nicht entziehen können und am Ende der Erzählung »Die Größte Reise« (2017) ein weiteres leises Echo hinzugefügt.

Wenn man mich aber nach Geheimnis und Wunder fragt, dann muss ich bedauern: Das einzige Rätsel besteht darin, dass es noch ein Rätsel um die Explosion von 1908 geben soll. Selbst Solvejg Nitzke mythisiert in ihrer hervorragenden kulturwissenschaftlichen Arbeit das Tungusische Ereignis, indem sie eine angebliche »relative Ergebnislosigkeit« der einhundertjährigen Forschungsgeschichte (Nitzke 2017, S. 286) konstatiert und mit der Mehrheit der Autoren sensationsheischender Tunguska-Sachbücher behauptet, das damalige Geschehen sei bis dato geheimnisvoll. Wer heute noch von einem menschheitsgeschichtlichen – oder auch nur wissenschaftlichen – Rätsel schreibt, bedient den populären Mythos.

Für mich liefert die Impakt-Forschung seit etwa zwei Jahrzehnten überzeugende Antworten: Kleine Meteorite durchschlagen die Erdatmosphäre, ebenso massive Asteroiden. Doch Körper von wenigen Dutzend Metern Durchmesser platten sich ab, zerplatzen und verdampfen. Nichts bleibt von ihnen als Rauch und Dampf – und die gewaltige Schockwelle. Über Details, die Masse des kosmischen Körpers, die genaue Höhe der Explosion usw. streiten die Forscher; das ist der normale wissenschaftliche Meinungsstreit. Bleibt ein unerklärlicher Rest? Der Fortschritt der Wissenschaft besteht darin, an den Rändern der Erkenntnis ständig neue Fragen aufzuwerfen. Damit hat auch eine wiederholte Suche nach Anomalien im betroffenen Gebiet, gleich welcher Art sie seien mögen, ihre Berechtigung.

Würde es sich nicht um einen modernen Mythos, ein kulturell fest verankertes Narrativ handeln, würde wohl niemand alte Argumente und möglicherweise fragwürdige Beobachtungen wieder und wieder hervorkramen wie die erwähnten Autoren von Tunguska-Folklore. Manche andere geologische oder erdgeschichtliche Frage ist bis heute unbeantwortet, manch Rätsel ungelöst – ohne dass es die Öffentlichkeit wahrnimmt. Erst die kulturelle Prominenz des Tungusischen Wunders macht es zu einem auf Dauer unlösbarem Rätsel.

Und deshalb meine Prognose: Beim Tungusischen Ereignis haben sich die Wege von Wissenschaft und populärer Wahrnehmung seit Langem getrennt. Was auch immer Forscher an Detailerkenntnissen vorbringen werden, der Mythos bleibt bestehen – als ein stets parater Bezugspunkt für die Grenzen menschlicher Erkenntnis, für »Dinge zwischen Himmel und Erde«, den Einbruch des Unerklärlich-Katastrophalen in unsere geordnete Welt.

Ursache des Tungusischen Ereignisses war ein Meteorit. Doch seien wir ihm dankbar: Dieser kosmische Brocken hat Anlass zu Spekulationen gegeben, die einen tiefen Blick in die Wechselbeziehung von Wissenschaft und Öffentlichkeit erlauben, er hat als Vorlage für spannende Erzählungen gedient, deren beste uns zum Nachdenken über die Stellung des Menschen im Kosmos anregen, und nicht zuletzt hat er einen Mythos hervorgerufen, dessen gewaltiger Klang immer wieder nachhallen wird.

Literatur

Figatowski, Bartholomäus: »Deep Impact? Zum literarischen Nachbeben des Tunguska-Ereignisses im Jahre 1908«, in: Mamczak,
Sascha und Jeschke, Wolfgang (Hrsg.): *Das Science Fiction Jahr
2008*, München: Heyne 2008, S. 439-367.

Hesemann, Michael: *Geheimsache U.F.O. Die wahre Geschichte der
unbekannten Flugobjekte.* Silberschnur: Neuwied o. J. (1994).

Kandyba, Ju. L.: »Žizn i sudba Leonida Aleksejeviča Kulika«, in:
PRIRODA 7/1990, S. 124–128.

Kasanzew, Aleksandr Petrowitsch: Punktir Wospominanij (1981);
http://lib.ru/RUFANT/KAZANCEW/punktir.txt, gesichtet am
27.11.2021

Kolesnikow, Je. M.: »Nowoje o prirode Tungusskogo sobytija«, in:
PRIRODA 1/1986, S. 63–65.

Krinow, Je. L.: *Tungusskij meteorit.* Izd. Akademii Nauk SSSR:
Moskva – Leningrad 1949.

Lem, Stanisław: *Der Planet des Todes.* Volk und Welt: Berlin 1956.

Ljapunov, Boris V.: »Iz glubiny vselennoj«, in: ZNANIE – SILA 10/1950
S. 4–7.

Migge, Torsten: »Tunguska. Die Explosions-Katastrophe im sibirischen Wald von 1908«, www.science-explorer.de/tunguska.htm
(2008), derzeit nicht abrufbar.

Nitzke, Solveig: *Die Produktion der Katastrophe. Das Tunguska-Ereig-
nis und die Programme der Moderne.* transcript: Bielefeld 2017.

Schrepfer-Proskurjakow, Alexander: »Das Geheimnis von Tunguska«; https://www.ostpol.de/beitrag/2208-das_geheimnis_
von_tunguska, gesichtet am 27.11.2022.

Schwartz, Matthias: *Expeditionen in andere Welten, Sowjetische
Abenteuerliteratur und Science-Fiction von der Oktoberrevolution
bis zum Ende der Stalinzeit.* Böhlau: Köln Weimar Wien 2014.

Schwartz, Matthias: » Guests from Outer Space. Occult Aspects of
Soviet Science Fiction«, in: Hagemeister, Michael / Menzel, Birgit
/ Rosenthal, Berenice Glatzer (Hrsg.): *The New Age of Russia.
Occult and Esoteric Dimensions.* Otto Sagner: München Berlin
2012, S. 211–238.

Sigel, Felix: »Jadernyj wsryw nad Taigoj«, in: ZNANIE SILA 12/1961,
S. 24–27.

Simon, Erik: Rezension zu Vladimir Sorokins »Ljod. Das Eis«, in: Mamczak, Sascha und Jeschke, Wolfgang (Hrsg.): *Das Science Fiction Jahr 2004*. Heyne: München 2004, S. 917–920.

Steinmüller, Angela und Karlheinz: »Mars – ein Sehnsuchtsort«, in: A. & K. Steinmüller: *Erkundungen*. Memoranda: Berlin 2022, S. 19–31.

Strugatzki, Arkadi und Boris: *Der Montag fängt am Samstag an. Phantastischer Roman*. Volk und Welt: Berlin 1990.

Verma, Surendra: *The Mystery of the Tunguska Fireball. Completely Revised and Updated 2021 Edition*. Ohne Verlag und Ort 2021.

Zekl, Hans: »Das Rätsel des Tunguska-Ereignisses 1908«, https://www.astronomie.de/das-sonnensystem/kometen/das-raetsel-des-tunguska-ereignisses/, gesichtet am 27.11.2022.

FILM

Thorsten Hanisch

FILM-HIGHLIGHTS 2022

Ein Rückblick

Nach der Covid-19-Flaute ging es 2022 endlich mal wieder spürbar bergauf, vor allem in finanzieller Hinsicht. Und das lag insbesondere an einem Film, denn James Camerons lang – und mit lang, ist hier wirklich lang, *sehr* lang, gemeint – erwartetes Sequel zu *Avatar* (2009) trudelte endlich ein. Viel wurde im Vorfeld spekuliert, es wurde nämlich verdammt hoch gepokert: Nicht nur, dass das Budget astronomisch hoch war (man schätzt so um die 460 Millionen US-Dollar), seit dem Erscheinen des ersten Teils sind satte 13 Jahre verstrichen, in heutigen, extrem schnelllebigen Zeiten ein wahnsinnig langer Zeitraum, praktisch ein Jahrhundert. Doch die Zweifel waren unbegründet: *Avatar: The Way of Water* ließ die Kassen klingeln – 2,3 Milliarden US-Dollar wurden eingespielt – und bewies damit, dass, allen Unkenrufen zum Trotz, die Streamingdienste das Kino noch lange nicht obsolet gemacht haben. Und das freut natürlich, selbst wenn die Qualität des 193 Minuten langen Epos auf einem ganz anderen Blatt steht, was sich mit einem Zitat von Peter Bradshaw in der britischen Tageszeitung GUARDIAN sehr gut zusammenfassen lässt: »Ein labberiger, kitschiger, Trillionen-Dollar-Bildschirmschoner.« Nicht uninteressant ist aber: Der Name James Cameron, der in den 90er-Jahren noch so viel Glanz versprühte, schien bei dem Erfolg keine große Rolle gespielt zu haben, denn *Alita: Battle Angel* (2019) lief mau, *Terminator: Dark Fate* wurde zum zweitgrößten Flop des Jahres 2019. Es wundert wenig, dass der 68-Jährige sich den Rest seines Lebens nur noch AVATAR widmen will.

Nun aber zu den tatsächlichen Highlights, zu denen leider, leider nicht die lang ersehnte Rückkehr von David Cronenberg zählt, der mit seinem sichtbar unterfinanzierten, theaterhaften und geschwätzigen *Crimes of the Future* versuchte; an den splatterlastigen Horror seiner alten Filme anzuknüpfen. Cronenberg rührte im Vorfeld eifrig die Werbetrommel und wies auf »schockierende« Szenen hin, hinterließ dann aber den Eindruck, dass sich hier jemand entweder mit Gewalt die Rente aufbessern wollte oder schlichtweg nicht verstanden hatte, wieso die Leute seine Filme eigentlich mögen.

Um einiges eindrucksvoller war da ein Animationsfilm, den man sich kostenlos auf YouTube ansehen kann – das Regiedebüt des niederländischen Musikers Danny »Legowelt« Wolfers. Wolfers hat seit dem im Jahr 2000 erschienenen musikalischen Erstlingswerk *Pimpshifter* nicht nur eine bis heute nicht abreißende Flut an verschiedenartiger elektronischer Musik veröffentlicht, sondern sich als absoluter Allrounder entpuppt. Der Mann betreibt eine eigene Radioshow, schreibt Plug-ins für Musikprogramme, programmiert C-64-Spiele, gibt mit SHADOW WOLF CYBERZINE ein überaus empfehlenswertes Online-Magazin heraus und betätigt sich als Zeichner und Maler. Aber Wolfers ist nicht einfach nur ein Hans Dampf in allen Gassen, sondern – und das ist das Entscheidende – ein Vollblutkünstler, der alles, was er macht, so macht, wie wirklich nur er es macht. Weshalb in den letzten zwei Jahrzehnten nicht nur ein extrem umfangreiches Gesamtwerk, sondern ein kleiner Mikrokosmos entstanden ist, der bis aufs Äußerste von seinem künstlerischen Geist beseelt wird.

Bemerkenswert sind zudem seine Gemälde, die häufig auch als Plattencover dienen: Teilweise erinnern die in hellen, freundlichen Farben gemalten Bilder ein wenig an Kinderbuchillustrationen, motivisch pendelt Wolfers zwischen Alltagssituationen und Phantastik.

Da ihn seine bisherigen Tätigkeitsfelder offenbar immer noch nicht auszulasten scheinen, hat Wolfers »nebenbei« einen – komplett in Eigenregie erstellten – Animationsfilm produziert. Das im Stil seiner Gemälde

Ambient Trip Commander

gehaltene Mystery-/Sci-Fi-Abenteuer *Ambient Trip Commander* erzählt von einer jungen Frau namens Samantha Tapferstern, deren Leben in einer mittelgroßen europäischen Stadt reichlich fade ist. Tagsüber arbeitet sie in einem Synthesizer-Laden, abends zockt sie Rollenspiele. Doch eines Abends trudelt die rätselhafte E-Mail einer Hackergruppe ein, die die Frau nach Lonetal, einem tief in den Schweizer Alpen gelegenen Dorf, einlädt. Tapferstern macht sich auf den Weg und merkt schon bald, dass nicht alles so ganz mit rechten Dingen zugeht.

Der nahezu dialogfreie Film, auf der Tonspur gibt's in erster Linie einen grandiosen Soundtrack zu hören, der teils in die Richtung Ambient geht, teils experimentell daherkommt, ist durch und durch geprägt von seinem Macher. Die Figuren haben keine Gesichter, die Heldin heißt Tapferstern mit Nachnamen, der Bahnhof, von dem sie abfährt, Rätselbach und auf der Speisekarte im Zug gibt es Gerichte wie Zwiebelherrencremewürstchen und Wurzelbaumenschnitzel. Es tauchen verschiedene Synthesizer auf, das Mobiltelefon der Protagonistin ist von Commodore, es spielen allerlei, erfundene, Retro-Computermodelle eine Rolle, es werden 8-Bit-Videospiele gespielt und da ist wieder diese außerweltliche, traumähnliche, leicht melancholische-verlorene Atmosphäre, die hier zusätzlich Schlenker in leicht an Lovecraft erinnernde Cosmic-Horror-Gefilde macht.

Es gibt zwar einen ungefähren roten Handlungsfaden, allerdings muss man sich auf diesen einlassen, denn Tapferstein fährt, was die düstere und zudem in leicht verschwommenen Bildern umgesetzte Bahnfahrt deutlich macht, an einen Ort, der nach einer eigenen Logik funktioniert – zudem wird das Geschehen immer mal wieder von Traumsequenzen der Protagonistin unterbrochen. Konventionell ist hier nur, dass am Ende mal wieder die Apokalypse ansteht, allerdings auf eine ganz eigene Art.

Ambient Trip Commander ist – dem Titel gemäß – weitaus mehr Trip als maßgeschneiderte Unterhaltung, für Werke wie dieses wurde das schöne Wort »psychedelisch« erfunden. Es ist ein Film für Menschen, die mit offenen Armen auf das Unbekannte zugehen, sich als Zuschauer selbst vergessen können, und diese werden von Wolfers reich belohnt.

Von den Niederlanden geht's nun nach Japan: Die 17-jährige Suzu war einst ein fröhliches Mädchen, doch wegen eines schrecklichen Kindheitserlebnisses ist sie nun in sich gekehrt, hat das Singen, das ihr so viel Spaß gemacht hat, aufgegeben, spricht nur noch das Nötigste und geht ihrem Vater, mit dem sie in einem abgeschiedenen Dorf auf dem Land lebt, am liebsten aus dem Weg. In der Schule ist die nerdige Technik-Spezialistin Hiro ihre einzige Freundin. Eines Tages lädt Hiro Suzu ins gigantische Online-Netzwerk U (ungefähr das Metaverse, von dem Metaverse-Entwickler nachts extrem feucht träumen) ein. Zwar ist sie erst mal nicht allzu angetan, legt aber dennoch einen Account an und traut sich, in der anonymen Alternativrealität wieder zu singen! Mit Erfolg! Suzu steigt zum virtuellen Superstar Belle auf, was natürlich bald Spekulationen um ihr wahres Ich aufkommen, aber ebenso einen mysteriösen Drachen-Avatar aufmerksam werden lässt, dem die Regeln der Cyberwelt so ziemlich egal sind …

Der Plot von *Belle* ist nur schwer adäquat in Worte zu fassen. Man kann zwar problemlos folgen und fühlt sich bestens unterhalten, merkt nach dem Schauen aber, dass sich das Ganze kaum richtig nacherzählen lässt, denn der Anime des japanischen Regisseurs und Drehbuchautoren Mamoru Hosoda quillt so dermaßen über vor Leidenschaft, will so viel auf einmal (Romanze, Gesellschaftsporträt, Drama, Coming of Age, Action und und und), dass er – obwohl unübersehbar ist, dass der Disney-Klassiker *Die Schöne und das Biest* (1991) eine Art Blaupause darstellt – nicht mehr wirklich greifbar wird. Einem weniger talentierten Regisseur würde man eine solche Ungestümheit sicherlich vorwerfen, aber Hosoda wechselt so gekonnt zwischen verschiedenen Tempi und Stimmungen, schafft so viele eindrucksvolle Einzelmomente, dass man

Belle

sich nur allzu bereitwillig dem Sog der Ereignisse hingibt. Zumal der Anime mit einer visuellen Seite aufwartet, die nur allzu schmerzvoll vor Augen führt, was dem gegenwärtigen Kino fehlt: Mut, Grenzen zu sprengen. Mut zum Herausfordernden, Überfordernden. Mut zu träumen. *Belle* wechselt nahtlos zwischen Bildern einer 2-D-animierten, realen Welt mit wunderschönen, oft fotorealistischen Hintergründen und prächtigen 3-D-gerenderten Bildern der virtuellen Welt. Letztere ist ein glänzender, gelegentlich ins Funkeln übergehender Raum, der unendlich wirkt, in dem alles möglich scheint, was durch eine erschöpfende Vielzahl an – meist umherschwebenden – surrealen Details visualisiert wird, die die sterile Virtual-Reality-Atmosphäre vergessen lassen und diesem kaum adäquat beschreibbare Paralleluniversum eine Fleischlichkeit verleihen, die U als gleichwertige Parallele zur realen Welt erscheinen lässt.

Und genauso wie beide Welten visuell nebeneinanderstehen, kippt Hosoda inhaltlich keinesfalls in eine sich eigentlich anbietende und in den letzten Jahrzehnten so oft durchexerzierte Technophobie, sondern umarmt die Zukunft: Er macht die Nachteile der aus Bits und Bytes generierten Welt deutlich, die Verlorenheit vor den Bildschirmen und den nur allzu schnell aufglühenden Hass. Er macht mit der Entwicklung seiner Heldin aber ebenso deutlich, dass Menschen zu Online-Helden,

Online-Helden aber ebenso zu realen Helden werden können, egal in welcher Welt wir uns bewegen – wie das Morgen aussieht, liegt an uns. Das ist sicherlich eine naive Botschaft, anderseits scheint da tatsächlich noch jemand Hoffnung zu schöpfen.

Weitaus düsterer geht es bei der norwegisch-schwedisch-dänisch-britischen Co-Produktion *The Innocents* zu: Die neunjährige Ida und ihre ältere Schwester Anna sind mit ihren Eltern in ein Apartmentkomplex gezogen. Da ihre Schwester Autistin ist, muss Ida oft die Verantwortung übernehmen, allerdings sehnt sie sich natürlich nach Kontakt zu Gleichaltrigen. Da kommen Aisha und Ben gerade richtig. Ein spaßiger Sommer steht bevor, zumal die Kinder telekinetische Kräfte in sich entdecken. Doch Bens Verhalten gerät mit seiner neu entdeckten Macht außer Kontrolle …

Mit Kinderdarstellungen in Filmen ist es immer etwas problematisch: Meistens werden die kleinen Protagonisten entweder idealisiert oder verteufelt, dazwischen scheint es kaum etwas zu geben. Regisseur und Drehbuchautor Eskil Vogt wählt einen anderen, aufrichtigen Weg und erkundet mit ehrlichem Interesse die Erfahrungswelt seiner kleinen Protagonisten und die verhalten sich nett bis süß, aber bisweilen eben ziemlich, ziemlich grausam. Da wird schon mal ein Regenwurm zertreten oder die behinderte Schwester gequält, einfach weil man es kann, oder eine Katze vom obersten Stockwerk eines Treppenhauses runtergeschmissen, um zu sehen, was passiert.

Und obwohl das – vor allem aufgrund der unaufgeregten, betont nüchtern-realistischen Inszenierung – unangenehm anzuschauen ist, kippt dieser Genremix nie in typische Horrorfilmgefilde. Denn man merkt, dass Vogt seine Protagonisten ernst nimmt, ihnen auf Augenhöhe begegnet. Es sind nun mal in erster Linie Kinder, die nicht so recht wissen, was sie tun, deren moralischer Kompass noch nicht eingepegelt ist. Selbst Ben, der sich mit der Zeit als Antagonist entpuppt, wird in einem differenzierten Licht gezeichnet – er richtet zwar einiges an Unheil an und ihm ist bewusst, was er da macht, aber sein Verhalten resultiert eben nicht so sehr aus einer tatsächlichen Boshaftigkeit heraus, sondern vielmehr aus emotionaler Unreife.

Im Fokus von *The Innocents* steht, wie gesagt, die Welt der Kinder und Vogt nimmt sie mit aller Konsequenz ernst: Ihre besonderen Fähigkeiten werden von den Protagonisten mit absoluter Selbstverständlichkeit

The Innocents

akzeptiert, sie werden nicht groß thematisiert oder gar erklärt, die Erwachsenen sind komplett außen vor und bekommen von all dem nichts mit. Man taucht als Zuschauer in eine geheime Welt ein, die so hinreißend wie erschreckend ist und dank der subtilen Inszenierung eine besondere Tiefenwirkung entfaltet. Anders als im amerikanischen Superhelden-Genre und zumindest in Grundzügen erinnert das Geschehen durchaus ein wenig an die populäre X-MEN-Franchise, spielt sich die in nüchtern-dokumentarischen Bildern eingefangene Geschichte meist am helllichten Tag in einer gewöhnlichen, tristen Sozialsiedlung ab und mit derselben Nüchternheit werden die Effekte, sonst meistens Herzstück einer jeden Geschichte dieser Art, präsentiert: Sie sind einfach da – aber entwickeln gerade durch diesen Umstand eine Dringlichkeit, die besonders im unspektakulär spektakulären Finale zur Geltung kommt. Es ist doch immer wieder erstaunlich, wie wenig doch so viel mehr ist.

Wer schon ein paar Jahrzehnte das Horror-Genre verfolgt, kennt's nur allzu gut: In regelmäßigen Abständen kommt DER Film, der härter als alle anderen sein soll. Natürlich kann man dann so lange nicht ruhig schlafen, bis man genau DEN gesehen hat. Nur um dann den Kumpels mit leicht verächtlichem Tonfall mitzuteilen, dass der ja jetzt SO hart nun auch wieder nicht ist. Irgendwann kommt man dann aber in eine Phase, in der andere Dinge, wie zum Beispiel Mädels, wichtiger werden.

Oder man merkt ganz einfach, dass die Filmlandschaft noch so viel mehr zu bieten hat, beziehungsweise Horror nicht automatisch Gekröse bedeuten muss. Doch das Spiel geht natürlich auch ohne einen weiter und weiter und immer nach dem gleichen Prinzip: Die Tabubrüche der Gegenkultur werden nach und nach zum Mainstream, was wiederum zur Folge hat, dass ebendiese noch einen draufsetzen muss. Haben in den 1980ern noch Lucio Fulci und Co. mit ihren lecker-ekligen Gips-, Pappe-, und Schweinegedärmetricks deutschlandweit für Entsetzen gesorgt, können sich auf ein aufwendiges Netflix-Gemetzel wie SQUID GAME mittlerweile alle einigen, und so ist es natürlich logisch, dass in *The Sadness*, dem Horror-Debütfilm des in Taiwan lebenden Kanadiers Rob Jabbaz, zum Geschnetzel nun noch sexuelle Gewalt kommt – als »Highlight« wird einer blinden Frau, der zuvor ein Auge ausgestochen wurde, die Augenhöhle von einem schmierigen, extrem notgeilen, alten Mann penetriert. Und natürlich konnten in den letzten Monaten viele Horrorfans rund um den Erdball nicht schlafen, bis sie genau DEN Film gesehen hatten.

Zur mit Sci-Fi-Elementen durchsetzten Handlung allzu viele Worte zu verlieren ist nicht nötig, denn wer zwischen 2020 und 2022 die Nachrichten verfolgt hat, kennt den Plot, es gibt nur eine Abweichung: Das dank der Nachlässigkeit der pandemiemüden Bevölkerung mutierte Alvin-Virus verursacht grundsätzlich schlimme Verläufe und das bei jedem: Infizierte verwandeln sich in sadistische, gewalt- und sexgeile Zombie-ähnliche Wesen. Das junge Pärchen Jim und Kat ahnt davon zunächst nichts und startet nach einer Meinungsverschiedenheit den Tag, indem er sie zum Bahnhof bringt. Ein schwerer Fehler, denn fortan müssen sich die beiden getrennt durch eine Welt kämpfen, die völlig aus den Fugen geraten ist.

Einen dermaßen blutigen und perversen Film wie *The Sadness* hat man auf Deutschlands Kinoleinwänden schon lange nicht mehr gesehen, das Bild ist stellenweise regelrecht in Rot getunkt – Jabbaz feuert, untermalt von einem faszinierenden, zuweilen majestätisch dröhnenden Synthesizer-Soundtrack wirklich aus allen Rohren.

Das ist natürlich zum einen ein Buhlen um Aufmerksamkeit. Zum anderen muss man seinem Film aber zugutehalten, dass es ihm gelingt, das dystopische Feeling, das andere Filme dieser Bauart oft nur versprechen, dieses Gefühl einer Welt, die wirklich völlig aus den Fugen geraten ist und in der hinter wirklich jeder Ecke die absolute Hölle lauert, gerade mithilfe dieser völligen Zügellosigkeit tatsächlich spürbar zu machen. Die permanente Anspannung von Jim und Kat überträgt sich schnell auf die Zuschauer, lässt in den letzten Minuten dank zu viel Overacting und Erklärungen allerdings arg nach.

Was die taiwanesische Schlachtplatte aber tatsächlich von anderen Schlachtplatten unterscheidet, was sie für Zuschauer interessant macht, die die Pubertät längst hinter sich haben, ist eine gewisse – so absurd sich das jetzt in diesem Kontext anhören mag – Sensibilität. Jabbaz macht durch die geschickte Zweiteilung der Handlung, man erlebt die Apokalypse aus einer männlichen und einer weiblichen Sicht, klar, dass es Frauen besonders schwer haben, denn Kat bekommt, schon bevor das Virus aktiv wird, in einem unangenehmen Moment in der U-Bahn fiesestes männliches Gebaren zu spüren. Unter diesen Vorzeichen löst selbst ein Manga-Nacktbild auf dem Sperrbildschirm des Handys eines potenziellen Retters Beklemmungen aus. Daraus jetzt ein feministisches Statement zu basteln wäre etwas zu viel des Guten, aber unterschwellig ist *The Sadness* durchaus ein Film, der sich zwar primär an Männer richtet, aber eben auch davon handelt, wie eklig Männer sein können.

Der nächste Film lässt fast genauso heftig die Blutwurst kreisen, der Bezug zur Science Fiction wird allerdings erst im extrem ausgedehnten Finale deutlich (und im dritten Teil sicherlich noch kräftig ausgebaut). Bis dahin handelt es sich bei *Terrifier 2* vor allem um einen äußerst bizarren Slasher-Film, der in den USA bei Vorführungen für Kotz- und Ohnmachtsanfälle gesorgt und damit TikTok und andere soziale Medien zum Rotieren gebracht hatte. Bessere PR gibt's in Horrorhausen eigentlich nicht, da kann man sich eine Agentur wirklich sparen. Zumal es in diesem Fall noch eine kostenlose Premium-Werbung obendrauf gab: Da sich Damien Leones Film um einen mordenden Clown dreht, wurden (und werden immer noch) überall Vergleiche zum mordenden Clown aus Stephen Kings Klassiker *Es* gezogen, ja, es wird sogar behauptet, dass Art, wie die Hauptfigur in *Terrifier 2* heißt, mit dem *Es*-Antagonisten Pennywise den Boden wischt. Das weckte schließlich das Interesse von Meister King, der sich auf Twitter nach Meinungen zu *Terrifier 2* erkundigte und etwas später, nach erfolgter Sichtung, dann mit einem – allerdings eher wertneutralen – Kurzurteil nachlegte: »Grossin' you out old-school« (dt. »Ekelt euch auf die altmodische Art«). Die virtuelle Mund-zu-Mund-Propaganda und die Worte vom Horrorpapst reichten. Der gerade mal 250.000 US-Dollar teure, zum

Teil via Crowdfunding finanzierte Film entwickelte sich in den USA zum Überraschungshit und spielte bis dato 15 Millionen Dollar in die Kassen (in Deutschland lösten knapp 40.000 Zuschauer ein Ticket). Das ist nicht ganz unironisch, da der 2016 erschienene Vorgänger kaum wahrgenommen wurde (Einspiel: 2500 US-Dollar) und selbst bei der Heimkinoauswertung nur eingefleischte Genrefans erreicht haben dürfte.

Terrifier war eine totale Abkehr von den zu dieser Zeit omnipräsenten, ausformulierwütigen Storylines, die spätestens seit der SAW-Franchise gehäuft auftraten, sondern erfreut mit einer erfrischenden, ungemein effektiven Schlicht- und Direktheit, die an die Romane des legendären Exploitation-Meisters Richard Laymon erinnern: simple Grundidee (ein bösartiger Clown terrorisiert in einer Nacht zwei junge Frauen), maximal ausgereizt: *Terrifier* will nie mehr sein als reiner Slasher-Horror, das dafür aber richtig: Der mit 84 Minuten Lauflänge angenehm schlanke Film punktet nicht nur – wie es zur Hochzeit dieses Genres so oft der Fall war – mit einem ausgefallenen Killer (superb gespielt von David Howard Thornton) und *creative kills* und betrachtet den Rest als Füllmaterial, sondern ist überwiegend tatsächlich atmosphärisch, spannend und setzt auf Gewalt, die weniger der Belustigung dient, sondern äußerst ungemütlich wirkt. Zumal komplett drauf verzichtet wird, den Killer-Clown mit der geringsten Motivation auszustatten, weil Art ganz offenbar einfach Spaß am Handwerk hat. In einem grausigen Höhepunkt wird eine kopfüber aufgehängte Frau in zwei Hälften zersägt. Natürlich bar jeglicher Geschmacksgrenzen und diskussionswürdig, anderseits ist es nicht gerade das Schlechteste, wenn es mal keine Möglichkeiten gibt, Gewalt wegzuschmunzeln.

Das ist bei *Terrifier 2*, der direkt an den Vorgänger anschließt und dieses Mal von einer alleinerziehenden Mutter und ihren zwei Kindern erzählt, die von Art in die Mangel genommen werden, leider eher weniger der Fall. Das Paradoxe: Die Fortsetzung führt einerseits die begonnene Linie fort, will erneut *edgy* sein – in einer langen Szene wird eine Frau, nach allen Regeln der ultrabrutalen Kunst beeindruckend getrickst, so grausam und sadistisch wie nur irgend möglich ins Jenseits befördert – bedient aber abseits der Gewaltszenen die typische Hollywood-Überbietungsstrategie, wodurch ein gewisses Maß an Wirkung verloren geht. Waren die Gewaltszenen in Teil eins noch einzelne, krasse Höhepunkte in einem äußerst verdichteten Film, sind die Szenen im Nachfolger sicherlich nach wie vor jenseits von Gut und Böse, allerdings zerfließt die Wirkung ein wenig, da das Gesamtpaket nicht mehr so radikal daherkommt, sondern deutlich konventioneller und gefälliger wirkt. Es gibt mehr Handlung, mehr Schauplätze, mehr Figuren, Traumsequenzen, eine klar hervortretende humorige Seite, zudem kippt das Ganze noch ins Übernatürliche.

Terrifier 2 schielt deutlich in Richtung der A NIGHTMARE ON ELM STREET-Franchise, die Dinner-Szene aus Teil 5 findet sich hier in einer eigenen Variante wieder, wirkt aber gerade mit den kompakten Freddy-Krueger-Episoden im Hinterkopf viel zu überfrachtet. Das macht sich insbesondere im letzten Viertel bemerkbar, denn der Film mag da einfach kein Ende finden – *Terrifier 2* dürfte mit satten 138 Minuten der längste Slasher aller Zeiten sein! Trotzdem: Wer Spaß an handgemachten Effekten hat und außerdem einen Sinn für zappendusteren Humor hat, sollte auf seine Kosten kommen, und deutlich unterhaltsamer als die letzte missglückte *Es*-Verfilmung (2017/2019) von Andrés Muschietti, die mit fünf Stunden zu Buche schlägt, von denen mindestens dreieinhalb zu viel sind, ist diese Schlachtplatte hier sowieso.

»Heidi, Heidi, deine Welt sind die Berge. Heidi, Heidi, denn hier oben bist du zu Haus. Dunkle Tannen, grüne Wiesen im Sonnenschein. Heidi, Heidi, brauchst du zum Glücklichsein!« – selbst der weltabgewandteste Griesgram dürfte wenigstens einmal im Leben über Johanna Spyris 1880 und 1881 veröffentlichte Kinderbücher *Heidis Lehr- und Wanderjahre* und *Heidi kann brauchen, was es gelernt hat* (in weiteren Auflagen meist einfach unter *Heidi* in einem Band erschienen) gestolpert sein, die von den Erlebnissen des kleinen Waisenmädchens Heidi erzählen. Und wenn nicht über die Bücher, dann über die zahlreichen auf Spyris Vorlage basierenden Zeichentrickfilmen und -serien, Kinofilmen, Comics, Musicals und und und. *Heidi* gehört zu den bekanntesten Schweizer Literaturerzeugnissen der Welt und ist im Ursprungsland natürlich ein Nationalheiligtum, es gibt sogar ein Heididorf. Aber auch in vielen anderen Ländern ist *Heidi* ein Begriff, sogar in der Türkei und in Japan erfreut sich die Schöpfung der 1901 verstorbenen Kinder- und Jugendbuchautorin großer Beliebtheit.

Heidi ist aber nicht nur ein absoluter Konsensklassiker, sondern zudem maßgeblich für ein tiefromantisches und äußerst idyllisches Bild der Schweiz verantwortlich. Beides lädt natürlich absolut dazu ein, mit schwarzhumoriger Lust attackiert zu werden. Und so legt *Mad Heidi* schon in den ersten Minuten entsprechend los. Das Debüt der Regisseure Johannes Hartmann und Sandro Klopfstein spielt in naher, natürlich düsterer Zukunft: Der skrupellose Käse-Mogul Meili hat sich an die Macht geputscht und regiert die Schweiz mit eiserner Faust, was sich besonders darin äußert, dass Laktoseintolerante als Staatsfeinde gelten und laktosefreier Käse nur noch auf dem Schwarzmarkt zu bekommen ist. Bei einem der illegalen Käsehersteller handelt es sich um den Ziegenpeter, der großen Liebe von Heidi. Doch eines Tages werden der Ziegenpeter und der Großvater von Meilis Truppen unter der Führung des ultrabrutalen Kommandanten Knorr getötet. Heidi wird in ein Frauengefängnis verfrachtet, das von einer Oberaufseherin mit dem aussagekräftigen Namen Rottweiler geleitet wird, und muss dort allerlei Schikanen über sich ergehen lassen: Sie kriegt Elektro-schocks verpasst, immer wieder den Kopf in die Kloschlüssel gedrückt und muss permanent Meilis Käse essen. Doch Heidi gibt nicht auf, sie flieht und kehrt nach einem Kampfsporttraining rachedurstig wieder zurück.

Bei *Mad Heidi* handelt es sich um einen unabhängig produzierten Fan-film mit Blut und Brüsten. Er hat das Problem, dass die Grundidee zwar sehr aufmerksamkeitserregend ist, aber eben keinen ganzen Spielfilm trägt. So amüsant das anfängliche Gegen-den-Strich-Bürsten der Vorlage und das Veralbern von Schweiz-Klischees sein mögen – nach ungefähr der Hälfte der Laufzeit ist man der unzähligen Käse-Gags überdrüssig und ein bisschen froh, dass das Geschehen zusehends actionlastiger wird, was zwar ganz ordentlich choreografiert, aber nicht spektakulär genug ist, um so richtig davon abzulenken, dass der Abspann eigentlich viel zu spät einsetzt.

Der größte Pluspunkt von *Mad Heidi* ist, neben der alles in allem erfreulich professionellen Machart (der Film sieht dafür, dass er dem Bahnhofskino der 1960er- und 1970er-Jahre huldigt, eigentlich schon wieder etwas zu gut aus), die motivierte Besetzung. Dabei sticht besonders ein Schauspieler hervor: So wacker sich Newcomerin Alice Lucy in der Titelrolle auch schlägt, so genießerisch fies Max Rüdlinger den Kommandanten Knorr auch gibt: Wenn Caspar von Dien, einstiger Star von Paul Verhoevens Kultfilm Starship Troopers und mittlerweile Fließbandkurbler aus der dritten bis vierten Reihe, als stets unter Dampf stehender Käse-Diktator Meili entweder im knallroten Trainingsanzug oder in einer an Gaddafi erinnernden Uniform die Szenerie betritt, haben die Krümel Pause. Da hatte mal jemand so richtig Bock, so hat man den Mann lange nicht mehr, wahrscheinlich noch nie, erlebt – nicht

Vesper Chronicles

unbedingt subtile Schauspielkunst, aber ein herrlich wüster, dem Kontext absolut angemessener Auftritt, an den man noch eine Weile denken wird. Die beiden Regisseure liebäugeln natürlich bereits mit einem Sequel und man muss schon sagen: Obwohl das Debüt noch etwas arg rumpelt, unsympathisch ist es nicht und man ist nach dem Abspann durchaus gewillt, den beiden noch eine weitere Chance zu geben.

Als Überraschung entpuppte sich die belgisch-französisch-litauische Independent-Produktion *Vesper Chronicles*, allerdings als eine Überraschung, die nicht gerade für großes Aufsehen sorgte, da die Welle der Young-Adult-Dystopien mittlerweile wieder vorbei, das Interesse weitgehend erloschen ist. Das ist schade, denn der Film von Kristina Buožytė und Bruno Samper hebt sich allein schon durch das wunderbare, liebevolle und aufwendige Worldbuilding ab: Es kamen keine Greenscreens zum Einsatz, stattdessen wurde in den Wäldern von Vilnius, Litauen, gedreht, was der hier aufgefächerten, dystopischen Welt einen rauen, ungemein glaubwürdigen Realismus gibt. CGI wurde zwar verwendet, man ging aber mit Bedacht vor, sodass es kaum auffällt – der gerade mal fünf Millionen Dollar teure Film wirkt im Gegensatz zu einer angeberischen Großproduktion wie *Avatar: The Way of Water* völlig glaubwürdig, echt, und zieht einen allein schon aufgrund der tollen Machart schnell in seinen zwischen Dystopie und Märchen pendelnden Kosmos.

Inhaltlich fühlt sich das Ganze einerseits vertraut an, andererseits wird von der Standardvorgehensweise abgewichen: Die Menschheit hat natürlich mal wieder völlig versagt. Man wollte die drohende ökologische Krise mittels Gentechnologie lösen, aber das ging schief. Manipulierte Viren und Organismen entwischten und löschten Pflanzen, Tiere und Dutzende von Menschen aus. Die Reichen haben sich in abgeschirmte Städte, sogenannte Zitadellen, zurückgezogen, der Rest muss gucken, wie er durchkommt. Um an Nahrung zu gelangen, kriegen die Menschen im Tausch Saatgut von den Zitadellen. Allerdings ist das so codiert, dass nur eine Ernte produziert werden kann. Vesper, ein 13-jähriges Mädchen mit erstaunlichen Fähigkeiten im Bio-Hacking, ein Talent, das in dieser Welt extrem viel wert ist, lebt mit seinem Vater Darius, der paralysiert ist und durch eine Drone, die wie ein Roboterkopf aussieht, kommuniziert, in einem Haus im Wald. Als eines Tages ein Raumschiff aus einer der Zitadellen in der Nähe des Hauses runterkracht und das Mädchen eine junge Frau namens Camellia findet, ändert sich sein Leben schlagartig.

Vesper Chronicles punktet nicht nur mit einer beeindruckenden Machart, sondern nimmt sich selbstbewusst die Zeit, in seinen Kosmos einzuführen und den trotz ihrer Besonderheiten angenehm unspektakulär, normal wirkenden Figuren Raum zu geben. Und so fungieren Vesper und Camellia schon bald als das emotionale Zentrum des Films, dem das Drehbuch bis zum Ende des Films treu bleibt. Das heißt, es gibt mutiger- und angenehmerweise keins dieser so typischen und meist endlosen Gut-gegen-Böse-Finale.

Natürlich mischt Buožytės und Sampers Dystopie die Karten nicht unbedingt neu, besticht aber durch eine wirklich tolle, sehr kunstvolle (Kameramann Feliksas Abrukauskas wurde bei der Lichtsetzung von Vermeer- und Rembrandt-Gemälden inspiriert) Umsetzung und eine wohlüberlegte, eigenständige Erzählweise. Einziger Wermutstropfen: Geplant war das Projekt wohl erst als abgeschlossener Film, aber dann wurde man wohl doch vom Fortsetzungswahn gepackt, was natürlich zur Folge hat, dass am Ende Fragen offen bleiben beziehungsweise sich das Ganze ein wenig wie ein Pilotfilm anfühlt.

Zum Schluss noch eine spezielle Erwähnung: Dieser Text dreht sich zwar ausschließlich um Filmhighlights, trotzdem sollte die Episode *The Viewing* aus der Netflix-Anthologie-Serie GUILLERMO DEL TOROS CABINET OF CURIOSITIES hier nicht unerwähnt bleiben. Bei *The Viewing* handelt es sich um die neuste Produktion des absoluten Ausnahmetalents Panos Cosmatos. Cosmatos sorgte erstmals 2010 mit dem mittlerweile zum

The Viewing

absoluten Kultfilm avancierten (aber in Deutschland trotzdem leider bis heute nicht veröffentlichten) psychedelischen Science-Fiction-Trip *Beyond the Black Rainbow* für offene Münder und legte 2018 mit dem ebenso extravaganten Fantasy-Rache-Thriller *Mandy* (in Deutschland veröffentlicht) entsprechend nach.

The Viewing, seine erste Serienarbeit, grenzt sich allein schon mit ihren erneut bildschön komponierten, von leicht goldfarbenen, oft gebrochenen, lichtdurchfluteten, im 70er-Jahre-Retroschick gehaltenen Bildern, die perfekt von Daniel Lopatins Synthesizer-Soundtrack untermalt werden, völlig vom Rest ab. Die Episode wäre allein schon aus diesem Grund im Kino nicht verkehrt gewesen, aber Cosmatos ist generell wieder ein unvergesslicher Trip gelungen, dessen Handlung man allerdings erneut nur schwer nacherzählen kann, denn seine Werke leben vor allem von ihrer großartigen Stimmung (und ihren bizarren Ideen).

Im Wesentlichen dreht sich alles um Lionel Lassiter (bildschirmsprengende Larger-than-life-Performance für die Bücher von Sci-Fi-Ikone Peter Weller!). Ein ultra-reicher und super-geheimnisvoller Sammler, der zusammen mit seiner Ärztin und Assistentin Dr. Zahra, die vormals für Gaddafi tätig war, in einer kunstvoll-futuristischen Villa lebt und eines Tages Musiker Randall, Astrophysikerin Charlotte, Bestseller-Autor Guy und Medium Targ zu einer Besichtigung einlädt, dabei aber sehr lange Zeit im Unklaren lässt, was er ihnen eigentlich zeigen will. Wie schon bei den Vorgängern zieht Cosmatos ebenso tempomäßig ein ganz eigenes Ding durch, was auch hier den ungeduldigen Naturen, von denen es ja leider immer mehr und mehr gibt, eher weniger zugesagt hatte. Die Episode bewegt sich für ungefähr 2/3 der Laufzeit fast schon in Mumblecore-Gefilden, denn Lassiter unterhält sich erst mal entspannt mit seinen Gästen über alles Mögliche, dabei wird getrunken, gekifft und gekokst, und lässt dann kurz vor Schluss erst die Sau raus (Alien mit Lovecraft-Vibes, jede Menge Schleim, Gore). Natürlich, man kann sich beim Abspann fragen, was das alles sollte und ob sich Cosmatos hier womöglich nur einen Ulk geleistet hat, die Option schwingt durchaus mit. Aber selbst wenn: *The Viewing* ist so dermaßen toll anzuschauen und anzuhören und es macht so unglaublich viel Spaß, Peter Weller dabei zuzusehen, wie er mit äußerstem Genuss gigantische Koks-Berge durch die Nase zieht, dass man einen Scherz kaum krummnehmen würde.

Simon Spiegel

AVATAR: THE WAY OF WATER

Angesichts des gigantischen kommerziellen Erfolgs von *Avatar: The Way of Water* kann man wohl guten Gewissens davon ausgehen, dass alle, die sich auch nur entfernt für den Film interessieren, ihn mittlerweile mindestens einmal gesehen haben. Eine traditionelle Kritik, die den Film vorstellt und ihn bewertet, erübrigt sich somit weitgehend. Entsprechend ist mein Ziel hier denn auch nicht eine klassische Rezension, sondern eher der Versuch einer allgemeineren Einordnung.

Ausgangspunkt meiner Überlegungen ist ein Artikel aus meiner Feder, der vor 13 Jahren an dieser Stelle, sprich: im *Science Fiction Jahr 2010*, erschienen ist und James Camerons erstem AVATAR-Film gewidmet war. Zu Beginn dieses Textes ist folgender Satz zu lesen:

> »*Avatar* dürfte für die kommenden Jahre den Referenzwert für SF-Blockbuster darstellen, und da scheint es mir angebracht, diesen Film ein bisschen theoretisch abzuklopfen und mit einigen gängigen Konzepten der SF-Forschung zu konfrontieren.«

Was immer man auch von meinem darauffolgenden Abklopfen halten mag, mit der Einschätzung, dass Camerons Film zur Messlatte für die nachfolgende SF-Produktion werden sollte, lag ich gehörig daneben. Denn fast noch erstaunlicher als der Erfolg des Films ist die Tatsache, dass er so gut wie keine Spuren hinterlassen hat. Das war damals nicht ohne Weiteres absehbar; vielmehr schien es für einen Moment, als fände *Avatar* bei ganz unterschiedlichen Gruppen Anklang und würde nicht nur zu einem kommerziellen, sondern auch zu einem kulturellen Phänomen. So war unmittelbar nach Erscheinen des Films unter anderem zu lesen, dass er in China wegen seines potenziell umstürzlerischen Potenzials von Dissidenten geschaut und der Obrigkeit kritisch beäugt würde. Auch verschiedene Umweltaktivisten beriefen sich eine Zeit lang auf den Film. Diese und ähnliche Erscheinungen waren aber nur von kurzer Dauer; mittelfristig folgte darauf – nichts.

Zur Erinnerung: Mit einem Gesamteinspielergebnis von fast drei Milliarden US-Dollar gilt *Avatar* nach wie vor als kommerziell erfolgreichster Film aller Zeiten. Diese schwindelerregenden Zahlen stehen in krassem Gegensatz zu seiner popkulturellen Bedeutung. Wenn man sich die heutige Medienlandschaft und auch das weitere SF-Umfeld anschaut, scheint es fast so, als habe Camerons Film nie stattgefunden. Seien es Zitate in anderen Filmen, Internet-Memes, Fan Fiction oder Cosplayer im Na'vi-Look – das alles gab und gibt es nicht, oder wenn, dann nur in sehr bescheidenem Umfang.

Die nachhaltigste Wirkung, das sei hier nur in aller Kürze erwähnt, hat *Avatar* hinter den Kulissen entfaltet. Ohne den durch den Film initiierten, inzwischen längst abgeflauten 3-D-Boom hätte die Kinobranche nie so rasch von analoger auf digitale Projektion gewechselt, wie es zu Beginn der 2010er-Jahre geschah.

Dass ein so erfolgreicher Film derart in Vergessenheit gerät, hängt wohl unter anderem damit zusammen, dass *Avatar* trotz aller technischen Höchstleistungen im Grunde ein altmodischer Film war. Oder zumindest ein Film, der entgegen meiner ursprünglichen Einschätzung in mehrfacher Hinsicht keine neue Epoche einläutete, sondern eine vergangene abschloss. *Avatar* hat sehr viel mehr mit dem Actionkino der 1980er- und 1990er-Jahre gemein, einer Ära, die Cameron maßgeblich mitgeprägt hat, als mit dem Muster, das sich in den vergangenen zwanzig Jahren in Hollywood durchgesetzt hat.

Der magische Begriff, der heute das Denken der US-Filmindustrie bestimmt, lautet *Franchise*. Für die Hollywood-Majors sind einzelne Filme, insbesondere wenn sie auf Original-Drehbüchern basieren, uninteressant geworden. In einen nicht erprobten Stoff 150 oder 200 Millionen Dollar zu investieren, ist schlicht zu riskant. Die diversen Comic- und Games-Verfilmungen, Sequels, Prequels und Reboots, die seit der Jahrtausendwende die Leinwände dominieren, sind alle Ausdruck dieser Logik. Und da die Studios längst Teil großer Medienkonglomerate sind, werden die Stoffe – oder, wie man im Branchen-Jargon sagt, das IP – immer auch crossmedial ausgewertet; in Games, Comics, Romanen, Serien etc.

In dieser medialen Landschaft erscheint *Avatar* als alleinstehender, nicht als Franchise konzipierter Film, der nicht an ein bestehendes erzählerisches Universum anknüpft, rückblickend schon fast wie ein Anachronismus. Camerons Drehbuch klaut zwar fleißig bei existierenden Stoffen, und natürlich gab es auch ein *Avatar*-Game und *Avatar*-Action-Figuren, im Grunde folgte der Film aber einem überholten Modell.

Dass sein Film ein wenig aus der Zeit gefallen war, wurde irgendwann wohl auch Cameron klar, denn mit *Avatar: The Way of Water* beschreitet er den umgekehrten Weg und übernimmt schon fast mechanisch all jene Elemente, mit denen Marvel und Konsorten in den vergangenen zwei Jahrzehnten erfolgreich waren. Dass der Film die erste von insgesamt vier geplanten Fortsetzungen darstellt, ist dabei nur eine, wenn auch wohl die offensichtliche Folge dieser Strategie. Darüber hinaus folgt der Film aber auch inhaltlich fast schon sklavisch dem Gerüst, das insbesondere dem modernen Superheldenfilm zugrunde liegt. Ich werde im Folgenden die wichtigsten Punkte diskutieren, bei denen sich Cameron kräftig Inspiration bei der Konkurrenz holte.

Familie als zentraler Wert. Heldentum, das war in Hollywood – und auch jenseits davon – lange gleichbedeutend mit dem Kampf für etwas Größeres. Sei es das Vaterland, Gerechtigkeit oder Freiheit, der traditionelle Held – und die männliche Form ist hier nur sehr bedingt generisch zu verstehen – handelte im höheren Auftrag. Zwar gab es immer mal wieder eine Angetraute oder ein anderes Familienmitglied zu retten, doch die diversen *Damsels in Distress* waren eher Schikanen und Stolpersteine auf dem mühsamen Weg der Hauptfigur und nicht der eigentliche Grund, weshalb diese auszog. Dies hat sich um die Jahrtausendwende grundlegend geändert. Seien es Peter Parker und unzählige andere Superhelden, Dominic Toretto in der FAST-AND-FURIOUS-Reihe oder die Skywalker-Sippe in STAR WARS – der Schutz der Familie ist zum zentralen erzählerischen Motor geworden. Selbst James Bond, der Inbegriff des heldenhaften Einzelgängers, wurde in *No Time to Die* eine Tochter verpasst. Der Kampf des Helden gilt nicht mehr einem höheren Wert, sondern dem unmittelbaren Umfeld, was in der Serie THE LAST OF US darin gipfelt, dass der Protagonist das Überleben seiner – gewählten – Tochter über den Erhalt der Menschheit stellt.

The Way of Water übernimmt dieses Muster mit Nachdruck. In *Avatar* führte Jake Sully noch einen Aufstand gegen die böse Besatzungsmacht an, seine Loyalität galt den Na'vi als Ganzes. Davon ist in der Fortsetzung nichts mehr zu spüren. Als Neytiri darauf besteht, dass sie ihr Volk nicht verlassen will, reicht ein Satz Jakes, um sie zum Schweigen zu bringen: »This is about our family.«

Um ganz sicherzugehen, doppelt das Drehbuch noch nach und verpasst Jakes Gegenspieler Quaritch mit der Figur von Spider ebenfalls einen Sohn. Dass Spider seinen Vater nur als Bösewicht aus Erzählungen kennt und die blaue Gestalt, die ihm gegenübertritt, mit seinem biologischen Erzeuger nichts zu tun hat, ist Nebensache. Wahre Vater-Sohn-Liebe transzendiert in der Logik Hollywoods solche Kleinigkeiten.

Trauma. Eng mit der Fokussierung auf die Familie verbunden ist ein anderer Trend: War der klassische Held eine ungebrochene Figur, gehört heute ein handfestes Trauma – meist der Tod eines Nahestehenden – fast schon zur heldischen Grundausstattung. Auch in dieser Hinsicht hat das Superhelden-Genre das Modell geliefert. Der Tod eines Familienangehörigen war zwar schon immer wichtiger Teil der *Origin Story* von Superman, Batman und Co., dieses Ereignis hatte aber zumindest im Film lange keine traumatischen Qualitäten, beeinflusste die Gestaltung der Figur bestenfalls peripher. Spätestens mit Christopher Nolans BATMAN-Trilogie, die diesbezüglich stark von den Graphic Novels der 1980er-Jahre beeinflusst ist, haben wir es heute aber fast ausschließlich mit gebrochenen Helden zu tun, die mit sich und ihrem Platz in der Welt hadern. Auch hier sei noch einmal auf James Bond verwiesen, einer Figur, die sich lange just durch die Abwesenheit eines nennenswerten Innenlebens auszeichnete, in der Daniel-Craig-Ära aber von Film zu Film mit mehr seelischen Schrammen versehen wurde.

Der Unterschied zwischen dem ersten und dem zweiten AVATAR-Film ist, wenn es um Traumata geht, besonders frappant. Eigentlich bringt Jake zu Beginn des ersten Teils alle Voraussetzungen für einen zünftigen seelischen Knacks mit, schließlich ist er ein Paraplegiker, der gerade seinen Zwillingsbruder verloren hat. Ersteres motiviert ihn zwar dazu, am Avatar-Experiment teilzunehmen, belastet ihn aber ansonsten nicht sonderlich. Der Tod seines Bruders scheint ihn noch weniger zu berühren und hat denn auch keinerlei Relevanz für die Handlung. Als ginge es darum, diese verpasste Chance einer *backstory wound* wettzumachen, türmt Cameron in *The Way of Water* die Traumata regelrecht aufeinander. Neben Spider, von dessen schwierigem Verhältnis zu seinem Vater bereits die Rede war, ist in diesem Zusammenhang vor allem Kiri zu nennen, die in so etwas wie dem Pandora-Äquivalent einer jungfräulichen Geburt gezeugt wurde. Ein Umstand, der ihr schwer zu schaffen macht. Und als wäre das noch nicht genug, wird uns mit Payakan schließlich noch ein traumatisierter Walfisch – Pardon, ein Tulkun – präsentiert.

Komplexes Erzählen. Die Art und Weise, wie populäre Filme und Serien ihre Geschichten erzählen, hat sich in den vergangenen 25 Jahren grundlegend gewandelt. Die klassische Hollywood-Dramaturgie zeichnet sich durch effiziente Schlichtheit aus: Der Held verfolgt ein Ziel und muss, um dieses zu erreichen, zahlreiche Hindernisse überwinden – meist mit siegreichem Ausgang. Ende der 1990er-Jahre kommen dann allmählich komplexe Erzählformen in Mode; damit bezeichnet die Filmwissenschaft insbesondere bei Serien verästelte Plots mit unerwarteten Wendungen und einer Vielzahl von Figuren. Also Geschichten, bei denen sich am Ende herausstellt, dass alles ganz anders war, als es zu Beginn den Anschein hatte.

Diese Form des Erzählens ergänzt den Franchising-Trend in idealer Weise. Je mehr Figuren es gibt und je verwickelter sich die Handlung präsentiert, umso mehr Prequels, Sequels und Tie-ins sind möglich. Einmal mehr stellen die Marvel-Filme das Vorbild dar, dem alle nacheifern.

Ist der Plot von *Avatar* an Schlichtheit kaum zu überbieten, bemüht sich *The Way of Water* sichtlich um Komplexität. Wobei: Im Grunde ist das, was Cameron hier inszeniert, lediglich *Pseudokomplexität*. Damit meine ich, dass der Film zwar eine Vielzahl von Figuren einführt, darunter mehrere mit besonderen Fähigkeiten und/oder einer rätselhaften Vorgeschichte, erzählerisch führt das aber zu erstaunlich wenig. Ja, Kiri hat offensichtlich besondere Fähigkeiten und Spider ein Problem mit seiner Herkunft. Beides ist für den Plot, der unweigerlich auf einen Showdown zwischen Jake und Quaritch hinausläuft, aber unerheblich. Man könnte den Film problemlos um eine Dreiviertelstunde kürzen, ohne dass etwas Wesentliches fehlen würde, denn ein Großteil dessen, was der Film entfaltet, ist Beiwerk ohne erzählerischen Eigenwert. Dass Cameron dennoch diesen Aufwand betreibt, dürfte einen simplen Grund haben: Die diversen Plot-Ornamente werden dereinst als Ansatzpunkte für die weiteren Fortsetzungen dienen, sind mit anderen Worten nur Andockstellen im angestrebten Franchise-Gebilde.

Auferstehung. Vielleicht ist es ein Zustand, den jedes Franchise früher oder später erreichen muss, vielleicht ist es auch nur ein Zufall, aber die beiden derzeit erfolgreichsten Franchises – das Marvel Cinematic Universe (MCU) und STAR WARS – sind beide an einem Punkt angelangt, an dem bei Bedarf alles rückgängig gemacht werden kann. Dank erzählerischer Gimmicks wie der Force, Zeitreisen oder dem Multiversum kann Rey, kaum hat sie Kylo Ren besiegt, diesen wieder zum Leben erwecken, sind weder Luke noch Leia je wirklich tot und kann in *Avengers: Endgame* selbst Thanatos' Dezimierung des Universums aufgehoben werden. Dass die langfristigen Konsequenzen dieser erzählerischen Haltung fatal sind, dass eine Geschichte, bei der nichts mehr auf dem Spiel steht, weil alles, was geschieht, auch anders sein könnte, schlicht uninteressant wird, sei hier nur am Rande erwähnt. Auffällig ist auf jeden Fall, dass dieses Phänomen beim MCU und STAR WARS erst nach einer langen Reihe von Filmen auftritt und insgesamt eher wie eine Abnutzungserscheinung wirkt, sich im Falle von AVATAR dagegen bereits im zweiten Film bemerkbar macht. So wird Quaritch gleich zu Beginn in einem sehr unbeholfenen Akt von rückwirkender Kontinuität – oder neudeutsch *Retconning* – wiederbelebt. Warum dies nötig ist, warum man Jake nicht einfach einen anderen Widersacher verpasst hat, wird nie recht klar. Noch folgenreicher dürfte aber die Szene sein, in der Kiri in einer durch den Baum der Geister herbeigeführten religiösen Vision auf ihre Mutter trifft. Der Baum der Geister, respektive Eywa, die mystische Kraft, die alles auf Pandora durchfließt, hat hier eine ganz ähnliche Funktion wie die Force in STAR WARS, und mir scheint die Prognose nicht sonderlich verwegen, dass dank ihr in späteren Filmen verstorbene Figuren nach Bedarf wieder zum Leben erweckt werden können.

Falls es noch nicht klar geworden sein sollte – *Avatar: The Way of Water* ist in meinen Augen ein ziemlich schlechter Film. Schuld daran sind in erster Linie die fünf angeführten Punkte. Würde man das über dreistündige Ungetüm radikal zusammenschneiden, erhielte man wahrscheinlich einen recht ansehnlichen Actionkracher. In seinem krampfhaften Bemühen, die Rezepte der Konkurrenz zu imitieren, hat Cameron aber einen Film geschaffen, der trotz allem technischen und erzählerischen Aufwand über weite Strecken leblos und nicht selten langweilig wirkt. Die phänomenalen Zuschauerzahlen legen aber nahe, dass ich mit dieser Meinung in der Minderheit bin, und so ist zu befürchten, dass die Fortsetzungen im gleichen Stil weiterfahren werden. Wobei: Da ich schon beim ersten *Avatar* mit meiner Prognose falschlag, besteht noch immer Hoffnung. Vielleicht irre ich mich ja erneut und *Avatar 3* wird ein richtig guter Film.

BENSWERK

HIER WIRD NOCH
MIT DER AXT
GESTALTET!

ZU HAUSE:
WWW.BENSWERK.COM

BENSWEKRS WUNDERKAMMER
DER MERKWÜRDIGKEITEN –
WUNDERLICHES UND KLEINE PROJEKTE:

WWW.PATREON.COM/BENSWERK

BENSWERKS MONDSCHEINKABINETT –
EINE ILLUSTRATION ZU JEDEM VOLLMOND:

WWW.STEADYHQ.COM/DE/BENSWERK

SERIEN

Lutz Göllner

DIE RETTUNG DER WELT LÄUFT NICHT IM FERNSEHEN

2022 ist, was Science-Fiction-Serien betrifft, ein Jahr der Konsolidierung. Große, neue Würfe gab es nur wenige, dafür wurden, speziell bei den großen Franchise-Welten, neue – okay, manchmal auch alte Wege – eingeschlagen. Viele Staffeln kamen, durch die weltweite Corona-Epidemie bedingt, verspätet raus, insgesamt macht sich eine gewisse Müdigkeit breit. Aber auch die Geduld der Streamingdienste mit moderaten Erfolgen hat nachgelassen, die Axt wird jetzt viel schneller angelegt.

Die Rückkehr des *sense of wonder*
Man hatte es ja nicht für möglich gehalten, aber die neue STAR TREK-Serie STRANGE NEW WORLDS (SNW) ist tatsächlich der beste Beitrag zu diesem Franchise seit Enterprise. So ziemlich alles, was an STAR TREK: DISCOVERY schiefgelaufen ist oder falsch gemacht wurde, ist hier gelungen. Wobei SNW ja ähnlich retro ist wie die Abenteuer von Captain Archer und der Enterprise NX-01.

Wir befinden uns auf der klassischen Enterprise, der NCC-1701, allerdings bevor James T. Kirk den Befehl übernahm. Sein unglücklicher Vorgänger ist Christopher Pike, den wir bereits aus dem ursprünglichen STAR TREK-Pilotfilm (1965) kennen, er endete dort – körperlich und seelisch zerstört – als Gemüse. Damals lehnte der Sender NBC diese Episode als zu intellektuell und zu actionarm ab, die Figur des Wissenschaftsoffiziers Spock war ihm zu satanisch und auch dass der Erste Offizier, »Number One«, eine Frau war, stieß auf Kritik. Es dauerte dann lockere 54 Jahre, bis die Fernsehzuschauer Captain Pike wiedersahen: In der zweiten Staffel von DISCOVERY tauchte er wieder auf, an seiner Seite Mr. Spock und seine – bis dahin – namenlose Erste Offizierin.

Nach den Ereignissen um die Roten Engel in der zweiten Staffel von DISCOVERY ist Pike (Anson Mount) nun wieder auf der Erde, leidet an dem Trauma, seine eigene Zukunft zu kennen, und wartet darauf, dass sein Schiff endlich aus dem Reparaturdock kommt. Die neue alte Besatzung der Enterprise bietet dann eine zufriedenstellende Mischung aus Fanservice und Neuheiten: Nummer 1 (Rebecca Romijn) bekommt endlich einen Namen, Una Chin-Riley, Kadett Nyota Uhura (Celia Rose Gooding) ist neu an Bord und weiß noch nicht genau, was sie mit ihrem Leben innerhalb des Militärs anfangen soll, die Besatzung der Medizinstation, bestehend aus Dr. Joseph M'Benga (Babs Olusanmokun) und die genetisch aufgemotzte Schwester Christine Chapel, bekommt endlich die Aufmerksamkeit, die ihr gebührt; besonders Jess Bush als leicht aufgedrehte Schwester Chapel ist eine Bereicherung für das ganze Franchise. Dazu gesellen sich neue Figuren wie die Sicherheitschefin La'an Noonien-Singh (der Name verrät leider schon viel von ihrem zukünftigen Schicksal), die Navigationsoffizierin Erica Ortegas, eine Meisterin der trockenen Ironie, und der blinde Chefingenieur Hemmer. Eine sympathische, diverse Crew, die aber eben nicht – wie bei DISCOVERY – mit der dicken Kelle daherkommt, sondern mit leichter Hand und glaubwürdig. Und die bei der Erkundung der »fremden, neuen Welten« tatsächlich wieder den *sense of wonder* an den Tag legt, der die Originalserie so bemerkenswert machte. Eine zweite Staffel startet noch im Verlauf des Jahres 2023, dann auch mit einem Crossover zur immer noch besten STAR TREK-Serie, LOWER DECKS.

Die zehn Episoden der ersten Season sind wieder vertikal konstruiert und in sich abgeschlossen, nur eine Handlung – Pike versucht alles, um seinem Schicksal zu entkommen – zieht sich durch die gesamte

Picard

Staffel. Nicht alles hier ist gelungen (Spock bekommt noch einen, bisher unbekannten Bruder ins Drehbuch geschrieben, die Märchenepisode ist kompletter Quatsch und die vorletzte Folge müsste eigentlich Tantiemen an ALIEN zahlen), aber die Richtung stimmt wieder. Alleine schon die Wandlung, die die Gorn durchgemacht haben, ist bemerkenswert: In der Originalserie musste Captain Kirk gegen einen zwei Meter großen Stuntman kämpfen, der ganz offensichtlich einen Dinosaurierkopf aus Pappmaché auf den Schultern trug (dass William Shatner dabei während des Kampfes die Buxe platzte und man seinen Schlüpper sah, war nur die Sahne auf dem Kuchen). In SNW nun sind die computeranimierten Gorn zu einer Mischung aus Dschingis Khans Goldener Horde und der Brut aus den ALIEN-Filmen geworden, äußerst aggressiv und ziemlich gruselig.

So viel Gutes fällt einem über die dritte Staffel von PICARD leider nicht ein. Vielmehr hat man immer das Gefühl, dass es hier im Writer's Room Fraktionen gab, die regelrecht gegeneinander gekämpft haben. Viel Schatten und wenig Licht sind die Folgen. Immerhin: Die ersten beiden Staffeln fingen stark an und enttäuschten dann mit ihren Enden. Diesmal ist es genau umgekehrt: Es fängt ziemlich mau an und steigert sich dann. Leicht. Denn unterm Strich kann man den gesamten Plot dieser Staffel auf eine Serviette schreiben: Die alten Helden der »Next

Generation«-Enterprise ziehen ein letztes Mal in den Kampf gegen einen rätselhaften Gegner.

Warum man für diese mehr als simple Handlung nun zehn Stunden Erzählzeit braucht, bleibt eines der Geheimnisse von Paramount. Aber immerhin sorgen jede Menge Gastauftritte und Anspielungen (die Gestaltwandler aus DEEP SPACE NINE, Ro Laren von der »Next Generation«, Tuvok aus VOYAGER) für jubelnde Fans. Alleine schon der Abspann der Episoden ist mit so vielen Ostereiern und Insiderwitzen vollgepackt, man könnte einen ganzen Artikel darüber schreiben.

Das kann man über die Handlung von PICARD s3 nicht gerade sagen. Mal steht sie über Stunden still, wenn es auf der Brücke der USS Titan eine Geiselsituation gibt, die einfach nicht aufgelöst wird, mal schreitet sie offensichtlich komplett unlogisch voran, wenn Worf und Raffi ohne Ziel mal irgendwohin fahren, Data zum inzwischen dritten Mal von den Toten zurückgeholt wird oder die Borg, die ja in der letzten Staffel (in einer anderen Zeitlinie) eine Wandlung zum Guten durchmachten, jetzt wieder fiese Bösewichte sind. Okay, zwischendrin gibt es immer wieder wunderbare Szenen, wenn die alten Recken sich an die Abenteuer ihrer Jugend erinnern. Und auch Amanda Plummer (Honey Bunny aus *Pulp Fiction*) hat sichtlich Spaß an ihrer Rolle als zigarrenrauchende Chefin der Gestaltwandler. Am schlimmsten aber: PICARD sieht in dieser dritten und letzten Staffel billig aus, immer wieder sieht man die gleichen Kulissen und die CGI-Tricks sind nicht auf der Höhe der Zeit. Irgendwie hätte man der Crew der Enterprise D (und E) ja doch einen feurigeren Ritt in den Sonnenuntergang gegönnt.

Wird Disney+ im neuen Jahr endlich schlauer? Jedenfalls haben sie die Frequenz, mit der neue Serien aus dem Marvel-Universum gestreamt werden, ordentlich verlangsamt. Mit MS. MARVEL und SHE-HULK: ATTORNEY AT LAW sind gerade einmal zwei neue Serien gestartet, flankiert von den beiden One-Shots *Werewolf by Night* (die erste Regiearbeit des Komponisten Michael Giacchino) und dem *Guardians of the Galaxy Holiday Special* (eine federleichte Nebengeschichte von James Gunn) und der amüsanten, animierten Kurzfilmserie I AM GROOT.

Gleichzeitig hat sich aber auch der Ton der Marvel-Serien verändert. In MS. MARVEL geht es um die 16-jährige Kamala Khan, die in New Jersey in einer traditionellen pakistanischen Familie aufwächst. Sie ist eine gute Schülerin, begeisterte Gamerin und ein Fan der Superheldin Captain Marvel. Ein goldener Armreif, ein Erbe ihrer Großmutter, aktiviert Kamalas eigene Superkräfte und schickt sie auf eine Reise zu den Geheimnissen ihrer Familie, die eng mit dem Ende der Kolonialzeit in Indien und Pakistan zusammenhängen. Das hat am Anfang noch die Tonalität und den Schwung einer gut gelaunten Bollywood-Produktion für Teenager. Auch das Drehbuch- und Regie-Team ist mit Sharmeen Obaid-Chinoy (kanadisch-pakistanisch), Adil El-Arbi und Bilall Falah (beide Belgier mit marokkanischen Wurzeln) vorbildlich multikulturell besetzt. Und trotzdem verliert die sechsteilige Serie gegen Ende viel von ihrem juvenilen Schwung, schreibt Figuren wie den strenggläubigen Iman von Kamalas Moschee komplett um und setzt leider nur noch auf selbstreferierende Scherze. Wir werden Kamala wiedersehen, wenn im November 2023 *The Marvels* ins Kino kommt.

Komplizierter verhält es sich mit SHE-HULK, einer Serie, die sich neun Episoden lang nicht zwischen Comedy und Drama, zwischen billigen Witzen und cleverer Meta-Ebene entscheiden kann. Dazu kommen CGI-Tricks, die einfach nur billig aussehen und Plotlöcher, so groß, dass der Hulk durchspringen kann. Das beginnt schon mit She-Hulks Hintergrundgeschichte: Die erfolglose Staatsanwältin Jennifer Walters ist die Cousine von Bruce Banner, dem Hulk. Als die beiden einen Autounfall haben, vermischt sich ihr Blut mit dem des Hulks und fortan kann sich die unscheinbare Jennifer (meist vor den Augen der Öffentlichkeit) in die riesige, super-sexy She-Hulk verwandeln (deren Klamotten dann an strategisch interessanten Stellen platzen). Wie bereits in den Comics (der Run von John Byrne aus den Jahren 1991 bis 1993 gilt heute als Meisterwerk dieses Ausnahmekünstlers) durchbricht She-Hulk öfter mal die vierte Wand, tritt mit dem Zuschauer in einen Dialog und hinterfragt immer wieder die Gesetzmäßigkeiten des machohaften Superhelden-Genres. Bei den Fanboys kommt diese Haltung, die ja auch viel der feministischen Anwaltsserie ALLY McBEAL von David E. Kelley verdankt, naturgemäß nicht so gut an. Comics dürfen für echte Fans nicht komisch sein, man könnte sich ja selbst infrage stellen.

»Ich bin gut darin, meinen Zorn zu kontrollieren«, erklärt Jennifer »She-Hulk« Walters an einer Stelle in der Serie, »schließlich mache ich das als Frau andauernd. Etwa wenn ich auf der Straße belästigt werde oder wenn mir inkompetente Männer Dinge erklären, mit denen ich mich viel besser auskenne als sie.« Da ist natürlich viel Wahres dran, aber auf der anderen Seite ist SHE-HULK dann eben auch mit viel zu viel Klamauk versehen, um eine ernsthafte Kritik zu formulieren, und gefällt sich zu oft darin, dem Zuschauer schlicht den Mittelfinger zu zeigen.

Viele Gags in der Serie funktionieren gut, etwa wenn Abomination, der fiese Gegner des Hulks aus dem Kinofilm, wieder auftaucht (Tim Roth übernimmt die Rolle wieder) und sich jetzt als meditierender Hippie geriert. Oder wenn Charlie Cox' knallharter Superheld Daredevil zum Love Interest für She-Hulk wird und Dr. Stranges Helferlein Wong eigentlich viel lieber zu Hause sitzen und die SOPRANOS bingen möchte – die Rettung der Welt? Na ja, wenn's denn sein muss – hat das eine gewisse Komik. Und auch der Meta-Schluss (im Marvel Cinematic Universe (MCU) gibt es die künstliche Intelligenz K.E.V.I.N., benannt nach dem Studioboss Kevin Feige, die hier gottgleiche Macht hat) ist schon ziemlich clever. Aber viel zu oft gefällt sich She-Hulk in der eigenen Cleverness, macht sich dann letztendlich genau über die Leute lustig, die man eigentlich eher zum Nachdenken bringen sollte.

So gut die Leichtigkeit von MS. MARVEL und SHE-HULK dem MCU auch getan hat, freut man sich jetzt schon auf die SECRET INVASION, die im Juni starten wird und wieder mehr Action verspricht. Zumal mit Samuel L. Jacksons Nick Fury dann eben auch die coolste Marvel-Figur aller Zeiten zurückkommt.

Bei STAR WARS dagegen steht Disney auch im neuen Jahr auf dem Gaspedal. Recht interessant ist dabei der Ansatz der Serie ANDOR geworden: keine Jedi-Ritter, kein »Möge die Macht mit dir sein«-Pseudoesoterik-Gedöns, keine niedlichen Aliens oder Figuren, mit denen sich Kinder identifizieren könnten. Dafür bietet die Serie einen soliden und ziemlich düsteren Politthriller. Die Hauptfigur Cassian Andor kennen wir bereits aus dem Film *Rogue One*, in dem er ein unglücklicher Geheimdienstler im Dienst der Rebellenallianz ist. Hier nun wird in zwei Staffeln à 12 Episoden seine Vorgeschichte erzählt.

Noch ist Cassian Andor (Diego Luna) nur ein kleiner Dieb, der sich auf den Outer-Rim-Planeten des Imperiums durchschlägt und auf der Suche nach seiner verschollenen Schwester ist. Doch dann gerät er in den Dunstkreis eines größeren Diebes: Luthen Rael (Stellan Skarsgård) führt ein Doppelleben als unscheinbarer Antiquitätenhändler auf dem Zentralplaneten Coruscant, als Agent mit dem Codenamen Axis unterstützt er die Senatorin Mon Mothma (Genevieve O'Reilly), die heimlich eine Rebellenallianz gegen den Imperator Palpatine formiert. Verfolgt vom imperialen Geheimdienst und als Opfer von politischen Zerwürfnissen innerhalb der Rebellen landet Andor auf einem Gefängnisplaneten, auf dem die Insassen rätselhafte Technikelemente montieren müssen. Am Ende dieser ersten Staffel gelingt ihm zwar die Flucht, aber nur um erneut in eine Konfrontation zwischen imperialen Truppen und Rebellen involviert zu werden. Die abschließende zweite Season werden wir erst im nächsten Jahr sehen können und sie soll – so die Gerüchte – am Vorabend von *Rogue One* enden.

Die Länge (und die nicht zu leugnenden Längen) von ANDOR erklärt sich durch eine komplizierte, verschachtelte Handlung einerseits, die deutliche Anleihen bei John le Carré macht, aber eben auch durch eine schwer durchschaubare Anzahl von Haupt- und Nebenfiguren. ANDOR ist eine STAR WARS-Serie für Erwachsene, in der es kein definitives Gut (Rebellen) und Böse (Imperium) mehr gibt, diese Welt ist so grau wie die Uniformen der staatlichen Truppen. Die Bedrohung geht nicht von einem schwarzgewandeten Zauberer aus, der bunte Blitze aus seinen Händen springen lässt, sondern von dem klinisch weißen Raum, in dem sich eine Handvoll Bürokraten versammelt. Die Motivation des imperialen Sicherheitsoffiziers Syril Karn oder der manische Wunsch nach Wahrheit bei der Verhörspezialistin Dedra Meero wird genauso erklärt wie die Grausamkeit des verkrüppelten Rebellenanführers Saw Gerrera (Forest Whitaker sprach die Figur bereits in CLONE WARS und REBELS, jetzt spielt er ihn erstmals). Selbst die von den Fans so geliebten Querverweise und Zitate sind hier kein Selbstzweck, sondern ordnen sich der großen Erzählung unter.

Das war bei der anderen großen STAR WARS-Serie des Jahres 2022 ganz anders: OBI-WAN KENOBI war ja ursprünglich mal nach *Rogue One* und *Solo* als dritter der One-Shot-Filme geplant. Doch der (relative) Misserfolg von *Solo* bescherte dem Stoff eine Reinkarnation als Serie. Ewan McGregor und Hayden Christensen nahmen beide ihre Rollen als weiser Jedi-Lehrer und böse gewordener Schüler wieder auf, mit Vivien Lyra Blair als junge Prinzessin Leia castete man eine Kinderdarstellerin, die allen die Show stehlen konnte. Aber die Ausdehnung des Kinofilmdrehbuchs auf sechs TV-Teile hat dem Stoff nicht gerade gutgetan.

Nach der Zerschlagung des Jedi-Ordens und dem Sieg des Imperiums finden wir Meister Obi-Wan in der Wüste von Tatooine wieder. Als jedoch Kopfgeldjäger die kleine Prinzessin Leia Organa entführen, um ihren Vater, den Senator, zu erpressen, wirft sich Kenobi die alte Jedi-Kutte über, zündet sein Lichtschwert und macht sich auf die Suche. Leias Befreiung gelingt zügig, doch dann entpuppt sich das altkluge Kind als ziemlich nervige Kackbratze und die Verfolgung der Flüchtenden durch

Ahsoka

Darth Vader und seine Schergen trägt auch nicht gerade zur guten Laune bei.

Das Problem, das der Zuschauer hat: Wir wissen, Obi-Wan kann nichts passieren, Leia wird alle Gefahren überstehen, die Skywalkers genau wie die Organas werden erst im vierten Kinofilm sterben, selbst Darth Vader und sein Imperator sind keine Sekunde lang bedroht. Das – und die scheinbar unendlich lange Laufzeit von 225 Minuten – machen OBI-WAN KENOBI nicht gerade zur Serie des Jahres.

Doch während man bei OBI-WAN KENOBI von Anfang an weiß, wo die Reise hingeht, war das beim MANDALORIAN viele Jahre lang unklar. Immer wieder ignorierten Regisseure und Autoren die Haupthandlung um den behelmten Krieger und sein kleines, grünes Mündel (Vorbild für die Serie war der klassische Manga LONE WULF & CUB, in dem ein herrenloser Samurai und sein kleiner Sohn durch das Japan der Tokugawa-Ära ziehen), schweiften in obskure Nebengeschichten ab, führten eine fast schon unüberschaubare Zahl von Nebenfiguren ein. Bei einer Disney-Präsentation Anfang April 2023 wurde die Katze aus dem Sack gelassen: Drei neue STAR WARS-Filme seien geplant, ein Prequel um den Ursprung der Jedi unter der Regie des unverwüstlichen James Mangold (*Logan, Indiana Jones und das Rad des Schicksals*), eine Fortsetzung der Geschichte um Rey, inszeniert von der Oscar-Preisträgerin Sharmeen Obaid-Chinoy (*Saving Face*) und eine Zusammenführung der STAR WARS-Serien MANDALORIAN, AHSOKA (die nun endlich noch im Lauf des Jahres 2023 starten soll) und SKELETON CREW in einen großen Kinofilm; hier wird der STAR WARS-Routinier Dave Filoni (CLONE WARS, REBELS) auf dem Regiestuhl sitzen. Und seit der dritten Staffel des MANDALORIAN kann man nun auch ahnen, was das Thema dieses Films sein wird: Der Aufstieg der Ersten Ordnung unter ihrem Anführer Snoke und die Rückkehr des Sith-Lords Palpatine.

Zudem hat die Animationsserie VISIONEN eine zweite Staffel bekommen. Diesmal hat man den Produktionsrahmen sogar noch ausgeweitet: Trickfilmstudios aus Frankreich, Südafrika, Großbritannien (die umwerfenden Aardman, von denen auch WALLACE & GROMIT stammten), Chile, Irland, Spanien, Indien, Japan und Südkorea haben jeweils 13 bis 20 Minuten lange Kurzepisoden aus dem STAR WARS-Universum kreiert. Das ist – wie bei Anthologieserien nun mal üblich – qualitativ recht unterschiedlich geworden, interessant sind die Ansätze jedoch alle. Und man kann Lucasfilm nur dafür loben, das eigene Franchise thematisch so zu öffnen.

Mit der zweiten Staffel von BAD BATCH, der STAR WARS-Version vom *Dreckigen Dutzend* liefert Lucasfilm routinierte Military-Science-Fiction ab. Nur die YOUNG JEDI ADVENTURES sind ein Schlag ins Wasser: Geschildert werden die Abenteuer einer Gruppe von Jedi-Schülern, die sich mit untertassengroßen Augen und quietschenden Stimmen durch Drehbücher kämpfen, die die Auffassungsgabe eines Fünfjährigen unterfordern. Der einzige Trost: Wir alle wissen, dass die kleinen Klugscheißer spätestens mit dem Befehl 66 brutal abgeschlachtet werden.

»Ich zeige euch Terror in einer Handvoll Sand«

Neil Gaiman hat eine Schreibblockade. Sein Buch über eine Chinareise schlummert seit Jahren in der Entwicklungshölle. Von der ganz groß angekündigten Fortsetzung seines Ausnahme-Comics MIRACLE MAN ist in sieben Jahren eine Seite erschienen, seit Dezember 2022 erscheinen neue Hefte kleckerweise. Dafür läuft's in der Glotze wie geschnitten Brot: Nachdem Bryan Fuller bei AMERICAN GODS gefeuert wurde, übernahm Gaiman himself die Produktion. Mit großen Budgeteinschränkungen brachte er die Serie, die nach seinem 1000-Seiten-Roman entstanden war, über die Ziellinie. Und jetzt hat er den Showrunner beim SANDMAN gegeben, ebenfalls eine Serie, die nach einem Werk von Gaiman entstanden ist.

Schon mit Erscheinen ist SANDMAN zum Kultcomic ernannt worden. Zwischen 1989 und 1996 erschienen 76 Hefte, danach gab es noch fünf Kurzgeschichten, zwei Graphic Novels und drei Miniserien. Thematisch konnte man Gaimans SANDMAN dem Subgenre der Dark Fantasy zuordnen, bei der Etablierung von DCs Imprint Vertigo mit Geschichten, die sich eher an Erwachsene wandten, spielte die Comicreihe eine wichtige Rolle. Pläne zur Verfilmung gab es bereits seit 1991, zuletzt war 2016 Joseph Gordon-Levitt an einem Drehbuch dran, sie scheiterten jedoch immer wieder an der Komplexität der Handlung. Den Knoten zerschlagen hat dann eine Hörspiel-/Podcast-Produktion, die für Amazon zum Riesenhit wurde. Erst da entschied man sich bei Netflix, Geld für eine TV-Serien-Adaption zu investieren.

Eine durchaus mutige Entscheidung, denn auch der Comic musste anfangs mit Kritiken kämpfen. Als Gaiman 1989 den klassischen Sandman übernahm, staunten die Leser nicht schlecht. Gaimans Figur war nicht länger ein Superheld im Trenchcoat, der Gangster mit seinem Schlafgas bekämpfte. Vielmehr war der Sandman jetzt Morpheus, der Herr der Träume, kurz Dream genannt, der mit seinen Geschwistern Destiny, Desire, Delirium, Despair, Destruction und der wunderschönen Schwester Death eine dysfunktionale Familie bildete, die seit endlosen Zeiten die Geschicke im DC-Universum lenkten. Dieser Morpheus sah wie eine Mischung aus Robert Smith von The Cure und Peter Murphy von Bauhaus aus. Im Jahr 1916 geriet er in die Gefangenschaft eines fiesen Magiers und kann sich erst nach 80 Jahren befreien. Die Insignien seiner Macht sind in alle Welt verstreut, sein Traumreich zerstört, eine typische Queste beginnt. »Der Herr der Träume lernt, dass man sich verändern oder sterben muss«, fasste Gaiman selber mal die Handlung der Comicserie zusammen, »und er trifft seine Entscheidung.«

Auf der einen Seite war THE SANDMAN eine wunderschöne Erzählung über die Macht des Erzählens (und Träumens), angereichert mit unzählbar vielen Verweisen auf griechische und römische Mythologie, auf Shakespeare, Marlowe und Borges, Geschichte und Geschichten von tausendundeiner Nacht, über die Französische Revolution bis hin zur modernen Popkultur. Auf der anderen Seite war das alles natürlich viel zu lang (es existieren 15 Sammelbände). Einige dieser Geschichten zerreißen einem das Herz (»Das Rauschen ihrer Flügel«), bei anderen bekommt man ein Schleudertrauma vom Kopfschütteln (der Kongress der Serienmörder).

Und wenn man ganz ehrlich ist: Gaiman schleuste auch immer wieder Elemente der Scientology-Sekte in seine Storys ein, raffiniert und nie sofort zu identifizieren. Er selber machte aus seiner zeitweiligen Mitgliedschaft viele Jahre lang ein Riesengeheimnis, es war aber immer bekannt, dass seine Eltern zu den wichtigsten Scientologen Großbritanniens gehörten, die nach dem Fall des Eisernen Vorhangs Osteuropa und die ehemalige Sowjetunion »missionierten«. Erst im Herbst 2022 gab Gaiman erstmals dem Podcast-Journalisten Marc Maron ein größeres Interview zu seinem familiären Hintergrund. Und an vielen Stellen ist die politische Korrektheit der TV-Serie dann eben auch so aufgesetzt, dass es schmerzt.

Wohlgemerkt: Das betrifft nicht die Besetzungsänderungen, über die sich viele Ur-Leser so schrecklich aufgeregt haben (manchmal möchte man dieses Internet einfach verbieten!). Dreams Schwester Death etwa ist jetzt kein bleiches, gut gelauntes Goth-Girl mehr, sondern eine eher nachdenkliche Schwarze, der Bibliothekar Lucien wird zu Lucienne und von der britisch-ghanaischen Schauspielerin Vivienne Acheampong gespielt. Und beide machen ihre Sache richtig gut. Dass aus dem zynischen Punk-Zauberer John Constantin, in den Comics eine Mischung aus Sting und Bruce Chatwin, nun eine Lady Johanna Constantine geworden ist, hat dagegen wohl eher damit zu tun, dass die Rechte für den »Hellblazer« Constantine nicht bei Netflix liegen.

Stilistisch recht ähnlich düster ist Tim Burtons Version der Addams Family geworden, nur dass der Ausnahmeregisseur hier eben auch seinem Komik-Affen ordentlich Zucker gibt: WEDNESDAY beschränkt sich fast ausschließlich auf das älteste Kind der klassischen Comedy-Gruselfamilie, gespielt von der phantastischen Jenna Ortega. Nachdem das bleiche Mädchen an ihrer alten Schule einen Piranha-Anschlag auf ihre Mitschüler verübt hat, verfrachten Mutter und Vater Addams (schon irgendwie bizarr: Catherine Zeta-Jones und Luis Guzmàn) die Kleine an ihre alte Alma Mata, das Internat Nevermore (»sprach der Rabe«?), eine Schule für Außenseiter. Doch hier wird das junge Mädchen Zeugin gleich mehrerer äußerst blutiger Morde. Gemeinsam mit ihren Mitschülern macht sich Wednesday auf die Jagd nach einem Monster.

Ortega spielt das mit einem steinernen Gesicht, aber auch der Rest der Besetzung ist großartig, darunter Gwendoline Christie (GAME OF THRONES) und Christina Ricci (die Wednesday aus den Kinofilmen) als Lehrerinnen, die Musikerin Riki Lindholme (Garfunkel & Oates) als überforderte Therapeutin, der Ur-Blue-Man Fred Armisen ist Onkel Fester und einem großartig animierten Eiskalten Händchen. Burton selbst war von diesem Stoff, einer wüsten Mischung aus Fantasy, Horror, Krimi und Comedy mit Tanzeinlagen, so begeistert, dass er bei gleich vier Episoden Regie führte.

Und wo wir gerade beim Stichwort »wüst« waren: Die kanadische Comedy-Legende Mike Myers (*Wayne's World*, *Austin Powers*) meldete sich nach zehn Jahren aus dem selbstauferlegten Ruhestand mit der sechsteiligen Miniserie THE PENTAVERATE bei Netflix zurück. Die gute Nachricht: Er hat auch im zarten Alter von 60 Jahren nicht seinen präpubertären Pippikackawichse-Humor verloren. Die schlechte Nachricht: Für Menschen, die genau diesen Humor hassen, ist diese schrille Verballhornung so ziemlich aller Verschwörungstheorien – von der Hohlerde über die Illuminaten bis hin zur Reptiloiden-Übernahme – leider so gar nichts.

Das genaue Gegenteil finden wir in der animierten Comicverfilmung SAMURAI RABBIT: DIE USAGI-CHRONIKEN. Die Vorlage, die Comicserie USAGI YOJIMBO (etwa: »Leibwächter Hase«) des US-Japaners Stan Sakai, ist eine philosophisch angehauchte Samurai-Geschichte mit anthropomorphen Tieren aus dem Japan der Tokugawa-Ära, als hätte Akira Kurosawa einen Stoff für Walt Disney entwickelt. Aber »Usagi« ist viel mehr als nur ein Comic, es ist eine Möglichkeit, sein Leben sinnvoll auszurichten. Die recht kindlich gewordene TV-Serie bei Netflix nun nimmt einen Nachfolger Usagis, verfrachtet ihn in ein rummelbuntes zukünftiges Neon-Tokio, umgibt ihn mit einer Handvoll schriller Nebenfiguren (die man alle in anderen Funktionen aus den Comic-Heften kennt) und macht ordentlich Action-Remmidemmi. Aber leider. Was eigentlich kinderfreundlich gemeint ist, gerät dann doch etwas infantil.

Auch Naomi Aldermans Roman *Die Gabe* und die daraus für Prime Video entstandene gleichnamige Serie wendet sich erst mal hauptsächlich an Jugendliche. Ausgangspunkt ist ein interessantes Gedankenexperiment: Was wäre, wenn Frauen die Macht auf dieser Welt hätten? Würden sie die Regeln, nach denen patriarchalische Gesellschaften funktionieren, ändern? Und wäre diese Welt so besser dran? Barack Obama zeigte sich von Aldermans Buch, in dem junge Frauen plötzlich die Macht bekommen, mit ihren Händen Stromstöße zu verteilen, extrem begeistert und setzte es auf seine Jahresbestenliste. Alles fängt wie ein Spiel an, einmal wird aus Spaß das Stromnetz lahmgelegt, einmal wird ein Feuerwehralarm ausgelöst, damit eine Klassenarbeit ausfällt. Doch dann wehrt sich eine junge Frau gegen ihren gewalttätigen Stiefvater. Ein Luftunfall passiert, bei dem Hunderte Menschen sterben. Überall auf der Welt, in London, Moldawien, Nigeria, Saudi-Arabien und im Mittleren Westen, entdecken junge Frauen ihre neue Macht. Die Bürgermeisterin von Seattle (gespielt von Toni Collette)

Die Gabe

ist die erste Politikerin, die auf das Phänomen aufmerksam wird. Das ist jetzt nicht unbedingt subtil erzählt, spart sich aber auch den Predigerton, den so viele Serien in den letzten Jahren angeschlagen haben. Auch wenn die Produktion im Rahmen der Corona-Epidemie extrem schwierig waren – Leslie Mann und Rainn Wilson sagten ihre Hauptrollen ab – erwies sich der ausschließlich weiblich besetzte Writer's Room, in dem auch Alderman selbst saß, als Glücksfall.

Ein glücklicheres Händchen hatte Netflix mit der abschließenden zweiten Staffel des Animes GHOST IN THE SHELL: SAC_2045, einer neuen Version des fabelhaften GHOST IN THE SHELL (GitS)-Stoffes von Masamune Shirow. Okay, die neue Fassung kommt nicht an den ursprünglichen Film heran, der ja – völlig begründet – mit dem Klassiker *Blade Runner* verglichen wird. Aber eine gelungene Fortsetzung der Serie STAND ALONE COMPLEX, im Jahr 2002 ein erstes GitS-Spin-off, kann man schon konstatieren. Hier wie dort

Paper Girls

haben sich die Mitglieder der Spezialeinheit Abteilung 9 selbstständig gemacht und lösen nun überall auf der hyperkapitalistischen Welt ihre Fälle. Der ruhige, fast schon philosophisch-meditative Stil des Ursprungsfilms hat einer recht wilden Actionklopperei Platz gemacht, aber der Blick in eine mögliche politische Zukunft der Welt (Umweltverschmutzung, Klimawandel, Flüchtlingselend) ist auch hier klug und spannend geworden.

Auch Haro Asōs Manga ALICE IN BORDERLAND hat nach der Anime-Fassung aus dem Jahr 2014 jetzt eine bemerkenswerte Realversion spendiert bekommen. Die Geschichte um den Schüler Ryōhei und seine Freunde Daikichi Karube und Chōta Segawa, die in einer menschenleeren Parallelwelt um ihr Überleben kämpfen müssen, kommt daher wie eine moderne Mischung aus den viktorianischen Alice-Geschichten des Briten Lewis Carroll und der japanischen Dystopie *Battle Royale*; auch die koreanische Erfolgsserie SQUID GAME (siehe »Das Science Fiction Jahr 2022«) könnte als Vorbild genannt werden, denn die tödlichen Spiele, denen sich das Trio und eine rätselhafte Frau, die sie in der Parallelwelt treffen, stellen müssen, sind ähnlich kompliziert und ausgebufft wie in der koreanischen Serie. Schließlich landen die Spieler zunächst in einem gruseligen Strandhotel und später in der Zentrale der Spielewelt. Doch das ist nur der Auftakt für eine weitere Runde von surrealen und tödlichen Spielen.

Ganz so gelungen war die Verfilmung des US-Mangas **WARRIOR NUN** nicht. Hier entdeckt eine tetraplegische Jugendliche, dass sie nach ihrem Tod wiedererweckt wurde und nun in einer apokalyptischen Zukunft mittels Superkräften in einer Geheimorganisation der katholischen Kirche das Böse bekämpft. Ja, die Realverfilmung des Manga von Ben Dunn sieht genauso trashig aus, wie sich die Beschreibung anhört. Aber immerhin war die erste Staffel so erfolgreich, dass noch eine zweite folgte.

Auch der Konkurrent Prime hat mit einer anderen Comic-Verfilmung leider nicht so viel Glück. Brian K. Vaughan hat nach **Y: THE LAST MAN** (siehe »Das Science Fiction Jahr 2022«) auch mit **PAPER GIRLS** schon wieder das Nachsehen. Diesmal recht unverdient, denn die Geschichte um eine Gruppe von jugendlichen Zeitungsausträgerinnen, die an eine Zeitmaschine geraten, ist schon sehr originell und witzig. Die Serie hatte auch recht gute Kritiken, trotzdem blieb das Zuschauerinteresse dünn und Prime zog nach einer Staffel – die auch noch mit einem Cliffhanger endete – die Notbremse.

Nur noch schnell die Welt retten

EXTRAPOLATIONS sollte vermutlich eigentlich DIE Veröffentlichung des Jahres bei Apple TV+ werden, eine Science-Fiction-Serie, die jenseits des Genres Maßstäbe setzt und zu Diskussionen anregt. In acht Episoden, die nur lose miteinander verknüpft sind, werden die Effekte des Klimawandels gezeigt. Die Besetzung mit Meryl Streep, Sienna Miller, Edward Norton, Diane Lane, Kit Harrington, Daveed Diggs, David Schwimmer, Gemma Chan, Marion Cotillard, Forest Whitaker, Tobey Maguire und vielen anderen mehr ist nicht weniger als spektakulär, als Drehbuchautoren wurden unter anderem Dave Eggers, Rajiv Joseph, Ron Currie Jr. und Bess Wohl gewonnen. Inszeniert wurden einzelne Folgen vom Soderbergh-Spezi Gregory Jacobs, der Kamerafrau Ellen Kuras und der routinierten Regisseurin Nicole Holofcener, produziert wird das Ganze von Scott Z. Burns.

Und genau an dieser Stelle beginnen die Schwierigkeiten: Showrunner Burns ist ja vor allen Dingen durch seine Produzententätigkeit für den Film *Eine unbequeme Wahrheit* bekannt geworden. Der Film von Davis Guggenheim und Ex-Vizepräsident Al Gore ist mit Sicherheit ein früher und wichtiger Beitrag zum Thema Klimawandel. Allerdings vermischt er Naturwissenschaft und Umweltpolitik auf nicht immer ganz seriöse Weise, selbst Klimaforscher wie der Hamburger Mojib Latif kritisieren

Extrapolations

das mangelnde wissenschaftliche Fundament des Films, ein britisches Gericht beklagte neun fundamentale Fehler im Film und verfügte, dass er nicht mehr unkommentiert an Schulen im Land gezeigt werden darf.

Und genau so verfährt auch die Serie EXTRAPOLATIONS. Sicher: Die hier gezeigten Szenarien der Klimaerwärmung tauchen auch alle in den Berichten des Zwischenstaatlichen Ausschusses für Klimaänderungen (IPCC) auf, allerdings alle mit einer äußerst unwahrscheinlichen Möglichkeit des Eintreffens. So etwas war man bisher eher vom deutschen Erziehungsfernsehen gewohnt. EXTRAPOLATIONS nun stellt sich ganz in den Dienst politischer und aktivistischer Forderungen. Dazu kommt auch noch, dass Episoden wie die mit dem kommunizierenden Wal der pure Öko-Esoterik-Kitsch sind.

Wohlgemerkt: Die wissenschaftlichen Erkenntnisse der IPCC-Berichte sind vollkommen ohne Frage der Goldstandard in der Klimaforschung. Wir sollten gut daran tun, diese Einsichten zu beachten und nach ihnen zu handeln. Aber auf den 3000 Seiten des letzten IPCC-Papiers taucht nicht ein einziges Mal das Wort »Klimakatastrophe« auf. Und das Ziel des Pariser Klimaschutzabkommens, die Erderwärmung auf 1,5 Grad Celsius zu beschränken, bezeichnet selbst der Weltklimarat als rigoros und nur mit utopischen Anstrengungen zu erreichen. Beim Betrachten von EXTRAPOLATIONS fällt einem immer wieder die Erkenntnis von Wiglaf

Droste ein: »Das Gegenteil von gut ist eben nicht schlecht, sondern immer noch gut gemeint.«

Etwas besser schneidet Apple TV+ mit zwei nicht ganz so großen Produktionen ab: THE BIG DOOR PRIZE ist eine ziemlich witzige Mystery-Comedy-Mischung mit dem großartigen Chris O'Dowd (THE IT CROWD, STATE OF THE UNION) in der Hauptrolle. Der führt mit Frau und Tochter ein beschauliches Leben in der Kleinstadt Deerfield in Louisiana – bis im örtlichen Supermarkt die Maschine Morpho aufgestellt wird. Nach Eingabe der persönlichen Sozialversicherungsnummer und einem Handteller-Scan kann Morpho das individuelle Potenzial des Fragestellers einschätzen. Das führt dazu, dass einige der Stadtbewohner ihr Leben komplett ändern. Okay, auf Kosten des Mystery-Aspekts ist das oft saukomisch. Vor allen Dingen aber bringt diese tief philosophische Komödie den Zuschauer eher zum Nachdenken als die ziemlich aufgeblasene EXTRAPOLATIONS.

SILO dagegen ist ein grundsolider, aber nicht besonders origineller Genrestoff, beruhend auf der Romantrilogie von Hugh Howey, produziert von Graham Yost (BAND OF BROTHERS, JUSTIFIED) im Auftrag von Ridley Scotts Firma Scott Free: In den Hauptrollen sind Stars wie Rebecca Ferguson (*Doctor Sleep*), Tim Robbins (*Short Cuts*), Ian Glen (GAME OF THRONES), Will Patton (YELLOWSTONE), David Oyelowo (*Jack Reacher*) und Rashida Jones (PARKS & RECREATION). Howeys Romane übrigens sind im Original immer noch über das Amazon Kindle Direct Publishing Programm nur als E-Books erschienen, ein Vorgehen, das den Autoren quasi mit Erscheinen sehr, sehr reich gemacht hat. Blake Crouch war mit seiner WAYWARD PINES-Trilogie einen ähnlichen Weg gegangen.

The Big Door Prize

Silo

Nach einer globalen Katastrophe lebt die Menschheit unter rigiden Vorschriften in riesigen, unterirdischen Städten. Doch immer mehr Einwohner lehnen sich gegen das Kastensystem des Silos auf. Reizvoll anzusehen wird die Serie vor allem durch die weiblichen Stars Ferguson und Jones: Stark und selbstbewusst treiben sie die Handlung voran. Wer hat den Silo gebaut? Warum sind alle Reminiszenzen an die Vergangenheit verboten? Und kann man außerhalb des Bunkers leben? Dazu kommt eine Produktion, die große Kinobilder generiert, auch wenn das Drehbuch mal wieder etwas sehr gemächlich voranschreitet.

Ähnlich wie **EXTRAPOLATIONS** scheiterte auch die große neue ZDF-Produktion **DER SCHWARM**. Im Jahr 2004 erschien der Roman des Kölners Frank Schätzing und wurde damals zu einem riesigen Erfolg. Der Autor galt als der deutsche Michael Crichton (nur eben politisch korrekt). Auch wenn der Roman besonders im letzten Drittel böse Plotlöcher aufwies, die Ausgangssituation war durchaus interessant: Der Mensch hat die Ökosysteme dieser Welt so sehr zerstört, dass eine bis dato unbekannte maritime Lebensform auftaucht (Wortspiel nicht beabsichtigt) und der »Krone der Schöpfung« zeigt, wo der Zimmermann das Loch gelassen hat.

Irgendwann im Laufe der Jahre kaufte die Produktionsfirma von Uma Thurman die Filmrechte – und blieb dann jahrelang auf der Option sitzen. 2018 sprang dann die European Alliance (eine Produktionsfirma an der unter anderem France Télévisions, die italienische Rai, der ORF, das SRF, die Viaplay Group und Hulu Japan beteiligt sind) unter Federführung des ZDF ein. Geplant war es, den Roman in vier Staffeln mit insgesamt 32 Folgen umzusetzen. Und da könnte durchaus das Problem gelegen haben: Aus Schätzings klugem Montageroman wurde ein nahezu unverdaulicher Europudding.

Schätzing selber stieg bereits in einem frühen Stadium aus dem Autorenteam aus, verhielt sich aber bis zur Ausstrahlung der Serie der Produktionsgesellschaft gegenüber äußerst loyal. Dann jedoch war sein Urteil vernichtend: »Es pilchert mehr, als es schwärmt«, schimpfte er in einem ZEIT-Interview. Wichtige Figuren der Erzählung tauchen in der Serie gar nicht auf oder werden auf einen kurzen Gastauftritt reduziert, die Naturkatastrophen passieren komplett ohne Zusammenhang, der globale Bezug spielt überhaupt keine Rolle mehr. Stattdessen geht es viel um Beziehungen und Gefühle. Und anstatt den Zustand der Welt zu zeigen, sitzen ganz oft die Protagonisten in ihren Laboren herum und erzählen sich gegenseitig den Plot der Serie. Am schlimmsten aber: Die Serie hatte ein Budget von über 40 Millionen Euro, trotzdem sehen die katastrophal schlechten Tricks aus Stephen Spielbergs *Der weiße Hai* (von 1975!) besser aus als diese moderne Produktion.

Auch 1899, die schwer gehypte neue Netflix-Serie von Jantje Friese und Baran bo Odar (DARK), entpuppte sich letztlich als Enttäuschung. Es geht um eine Gruppe europäischer Auswanderer, die auf dem Dampfer Kerberos auf dem Weg in die USA sind. Mitten auf dem Atlantik treffen sie auf das vor vier Monaten verschwundene Schwesterschiff Prometheus. Was folgt, ist ein rätselhafter Albtraum in acht künstlerisch aufgeblasenen Episoden voller bedeutungsvoll brummender Andeutungen, unerklärlicher Zeitsprünge und ein Auflösungscliffhanger, für den die beiden Serienmacher eigentlich Tantiemen an die US-Version von LIFE ON MARS zahlen müssten. Obwohl die superaufwendige Babelsberger Produktion auf mindestens drei Staffeln angelegt war und an den ersten Wochenenden zur meistgesehenen Netflix-Produktion wurde, stellte man die Produktion nach der ersten Staffel kommentarlos ein.

… und dann war da noch der unsympathischste Regisseur der Welt (Journalisten, die jemals ein Interview mit dem misanthropischen Dänen Nicolas Winding Refn geführt haben, sind für ihr restliches Leben traumatisiert), der mit COPENHAGEN COWBOY ein ebenso merkwürdiges wie phantastisch aussehendes neues Werk vorgelegt hat. Die Serie folgt der glücksbringenden Telepatin Miu, die in einer nahen Zukunft der Kopenhagener Unterwelt einen nicht ganz freiwilligen Besuch abstattet. Dabei stößt sie auf verschiedene übernatürlich Bedrohungen, bevor sie auf ihre Zwillingsschwester Rakel trifft, die ähnliche Kräfte wie Miu hat; nur setzt Rakel diese Kräfte eben nicht zum Guten ein. Wie eigentlich immer sind die Bilder, die Refn hier kreiert, überwältigend … wunderschön … großartig. Aber leider – wie eigentlich auch immer (*Only God Forgives*, TOO OLD TO DIE YOUNG) – respektiert dieses Kunstwerk sehr stark das Schlafbedürfnis des Zuschauers: Das Ganze ist total langsam und schnarchig erzählt. Immerhin: Wenn man zwischen den TV-Nickerchen aufwacht, hat man eigentlich nie das Gefühl, etwas verpasst zu haben.

Auf der anderen Seite könnte mit Guillermo del Toro der sympathischste Regisseur der Welt erwähnt werden. Der stets gut gelaunte Mexikaner hat mit CABINET OF CURIOSITIES gerade eine Anthologieserie für Netflix vorgelegt, die allerdings im Haus nicht besonders beliebt war; sie startete quasi ohne Presseunterstützung. Die acht Episoden bestehen aus Adaptionen von del Toros Lieblingsautoren – Henry Kuttner, Michael Shea, H. P. Lovecraft – und folgen der Tradition der klassischen Schauerliteratur und des expliziten Grand Guignol. Nicht alle Episoden sind gelungen (wenigstens zwei sind sogar ein ziemlicher Schmarren), aber unterm Strich besticht das Kuriositätenkabinett durch interessante Regisseure und eine Armee von Gaststars, denen man einfach gerne beim Schauspielern zusieht.

Nachdem WESTWORLD in der vierten Staffel ein doch eher enttäuschendes Finale vergönnt war, haben sich Jonathan Nolan und Lisa Joy gleich in ein nächstes Projekt gestürzt: PERIPHERIE heißt es und beruht auf einem Roman von William Gibson. Die junge Gamerin Flynne (Chloë Grace Moretz) testet im Auftrag einer Spielefirma die neuesten, virtuellen Computerrealitäten, bei denen sie auch schon mal abenteuerliche Aufgaben erledigen muss. Doch was sie dabei erlebt, ist eben keine virtuelle Realität, sondern London, 70 Jahre in der Zukunft. Als Flynne in ihre eigene Zeit zurückkehrt, entdeckt sie, dass hier ein apokalyptisches Ereignis bevorsteht, das sie verhindern muss.

Wie schon bei WESTWORLD ist auch PERIPHERIE viel zu clever für diese Welt, auch wenn die noch ausschweifendere Romanvorlage von Gibson (die Romantrilogie ist noch gar nicht beendet) auf eine actionreichere Grundhandlung reduziert wurde. Aber in seiner Machart erinnert die

Serie schon an DARK, für die man beim Zuschauen besser ein Organigramm zeichnete, um den Überblick zu behalten. Und es dürfte noch komplizierter werden, wenn erst die zweite Staffel Thema wird, denn in seinem Roman führt Gibson noch mal komplett neue Hauptfiguren ein.

Fortsetzung folgt ... oder auch nicht

Haken wir noch schnell die Fortsetzungen ab:

Das Ende der politischen Dystopie SNOWPIERCER nach der dritten Season kam überraschend. Bei dem endlosen Zug, der über eine erkaltete Erde donnert, hätte es durchaus noch Handlungsstränge gegeben, die noch nicht thematisiert wurden, das sieht man auch an den Prequel- und Sequel-Comics, die seit 2015 erschienen sind und die der Originaltrilogie (1983–2000) in nichts nachstehen. Während man sich in der ersten Staffel auf einen Krimiplot beschränkte, in der zweiten Staffel auf den wissenschaftlichen Hintergrund, geht es nun, zum Schluss, wieder um gesellschaftspolitische Fragen: An Bord des Snowpiercers kommt es zum Konflikt zwischen dem Erbauer des Zuges, der eine autoritäre Herrschaft errichten will, und den Rebellen, die auf mehr Freiheit hofften.

Eine ganze Staffel lang segelte UPLOAD, die neue Serie von Greg Daniels (die US-Version von THE OFFICE, PARKS & RECREATION) unter jedermanns Radar. Erst mit der zweiten Staffel, die Amazon Prime im März 2022 online gestellt wurde, platzte auch der Zuschauerknoten. UPLOAD spielt in einer nahen Zukunft, im Jahr 2033, in der die Menschheit den Tod überwunden hat. Man kann seinen Geist in ein vorher festgelegtes virtuelles Leben hochladen. Das macht auch Nathan, der bei einem Verkehrsunfall mit einem KI-gesteuerten Auto gestorben ist und in »seinem« Jenseits jetzt von der Kundenservice-Mitarbeiterin Nora betreut wird. Aber im Nachleben leidet Nathan unter Depressionen und Gedächtnislücken. Auch draußen, in der Welt der Lebenden geht vieles schief: Da ist zum einen Nathans Witwe, die keine Lust hat, ihrem Ex ein Lotterleben im Jenseits zu finanzieren. Und im Verlauf der Handlung verdichtet sich Noras Verdacht, dass Nathan ermordet wurde. Clever geschrieben und gut gespielt gibt es nur an einer Sache zu meckern: Diese Welt ist so kompliziert, es muss so viel erklärt werden, dass UPLOAD erst am Ende der ersten und zu Beginn der zweiten Staffel richtig Fahrt aufnimmt.

SERVANT, die wie immer sehr seltsame Mysteryserie mit zwei Besonderheiten von M. Night Shyamalan, findet nach vier Staffeln ihr Ende: Zum

einen haben die Folgen immer nur die Länge von Sitcom-Episoden. Und dann haben so ziemlich alle TV-Produktionen von Shyamalan mehr erzählerische Qualität als seine letzten Kinoproduktionen, so auch diese: Es geht um das Ehepaar Sean und Dorothy (Toby Kebbell und Lauren Ambrose), die ihren 13 Wochen alten Sohn verloren haben. Um den Verlust zu verkraften, ersetzen sie das Baby durch eine lebensechte Puppe. Noch unheimlicher wird es jedoch, als die Nanny Leanne (Nell Tiger Free) auftaucht, die die Puppe wie ein echtes Kind behandelt. Mit ineinander verschachtelten Episoden voller verwirrender Rückblenden und verrückter Wendungen erzählt Shyamalan eine Geschichte über Schuld und Scham. Für mich DIE Feel-Bad-Serie der letzten Jahre.

Ewig weitergehen dagegen wird es wohl mit dem WITCHER, auch wenn Hauptdarsteller Henry Cavill seinen Ausstieg nach Staffel 4 (2024) bereits angekündigt hat; er wird dann durch den TRIBUTE VON PANEM-Star Liam Hemsworth ersetzt werden. Wie dem auch sei: Die Welt, die der polnische Autor Andrzej Sapkowski erschaffen hat, ist so groß, dass viele Specials und Spin-offs möglich sind. Den Anfang machte bereits im letzten Jahr ein animierter Spielfilm, zum Jahreswechsel kam eine vierteilige Miniserie dazu: »Blood Origins« mit der großartigen Michelle Yeoh in der Hauptrolle.

Neu hinzu gekommen ist im Jahr 2022 endlich der Streamingdienst Paramount+, der jedoch außer dem gesamten STAR TREK-Franchise nur mit einer Science-Fiction-Serie überzeugen konnte: FROM ist ein SF-Horror-Stoff, der sich großzügig bei WAYWARD PINES und *30 Days of Night* bedient. Familie Matthews landet bei ihrem Familienausflug in einer Stadt, die sie nicht mehr verlassen kann. Dazu kommt: Mit Anbruch der Nacht werden die Bewohner und ihre Gäste von rätselhaften Kreaturen bedrängt. Das klingt jetzt spannender, als es letztlich verwirklicht wurde. Kurz gesagt reicht dieser Plot nicht für die zehn veröffentlichten Folgen aus. Weniger wäre mehr gewesen.

Ein weiterer Neuling in der Runde der Streamingdienste ist seit 2022 der Amazon-Prime-Ableger Freevee, den man ohne Zusatzkosten nutzen kann. Allerdings zu einem Preis, und der heißt: Werbung bis es raucht. Dafür kann man hier aber lieb gewonnene Klassiker komplett wegbingen, darunter so phantastische SF-Stoffe wie J. Michael Straczynskis Weltraumoper BABYLON 5 (an der auch Harlan Ellison beteiligt war), die clevere Parallelwelten-Serie FRINGE von J. J. Abrams und die wahnsinnig unterhaltsame Geschichte um eine Alien-Invasion FALLING SKIES, produziert von Stephen Spielberg. Aber auch PERSON OF INTEREST, eine Politthriller-Serie, die in naher Zukunft spielt und sich um den Einfluss von KI auf unser zukünftiges Zusammenleben dreht, ist hier erstmals komplett zu sehen. Unbedingte Empfehlung: Besonders die Episoden, die von Jonathan Nolan (dem Bruder von Christopher »Interstellar« Nolan) geschrieben oder inszeniert wurden, sind extrem sehenswert.

HÖRSPIEL

Florian Rinke

SCIENCE FICTION FÜR DIE OHREN

**Von alten Helden, Hasen und Horrormärchen:
die kommerziellen Hörspiele 2022**

Der deutsche Hörspielmarkt wird noch immer von Jugendkrimi-reihen wie DIE DREI ???, TKKG und DIE FÜNF FREUNDE dominiert – und das sind nur die Klassiker. Daneben ermitteln unter anderem noch DIE DREI !!!, DIE DREI ??? KIDS oder DIE TEUFELSKICKER. Abgesehen von Krimi-Hörspielen für Erwachsene (meist irgendwas mit Sherlock Holmes im Titel) können im Horror-Genre nur einige wenige Geisterjäger wie John Sinclair annähernd mit den jungen Detektiven mithalten. Science Fiction führt im direkten Vergleich ein Schattendasein. Letztes Jahr fanden die Kunden in den Regalen der Geschäfte und im Angebot der Online-shops nicht sehr viel Neues vor – doch einige Science-Fiction-Hörspiele wurden auch 2022 produziert. Davon waren die meisten Fortsetzungen bereits länger laufender Reihen.

Captain Future dürfte allen Kindern der Achtzigerjahre durch die gleichnamige Trickfilmserie noch in guter Erinnerung sein. Edmond Hamiltons Space Opera aus den Vierzigerjahren hat aber heute noch ihre Fans. Seit 2012 wurde die Buchreihe von Sebastian Pobot als Hörspiel adaptiert. Die Hauptrollen wurden mit den Schauspielern besetzt, die damals in der Synchronisation der japanischen Anime-Serie für das ZDF in die Rollen von Captain Future, Otto, Greg, Professor Simon und Co schlüpften. Zehn Jahre nach dem Start erschien mit CAPTAIN FUTURE – DER TRIUMPH nun die siebte Hörspielstaffel. Zuletzt wurde die Folge »Im Pilzwald« veröffentlicht. Somit fehlen noch zwei Folgen bis zum Staffelfinale, in dem die Hörer und Hörerinnen erfahren werden, ob Captain Future und seine Crew die Quelle des Lebens rechtzeitig finden und die Machenschaften des Lebensherrn und seinen Drogenhandel mit dem Elixier des Bösen stoppen können.

Auch Andreas Suchaneks Military Space Opera HELIOSPHERE 2265 läuft als Hörspieladaption bereits in der zweiten Staffel. Im Mittelpunkt steht Captain Jayden Cross, der das Kommando über den Interlink-Kreuzer Hyperion übernommen hat. Er muss in mehreren Kämpfen die Freiheit der Solaren Republik gegen äußere Gegner verteidigen und sich mit Feinden in den eigenen Reihen auseinandersetzen. 2022 erschienen die Folgen 15 »Die Büchse der Pandora« und 16 »Freund oder Feind?«. Die Abenteuer der Besatzung der Hyperion sind damit, schaut man auf die Buchvorlage, noch lange nicht zu Ende. Allein zur Vollendung des HELIX-Zyklus fehlen noch acht weitere Hörspiele.

Jules Verne gilt als einer der Wegbereiter der modernen Science Fiction, allerdings entstammt sein Held Phileas Fogg gerade einem seiner reinen Abenteuerromane. So scheint der Held aus *In 80 Tagen um die Welt* nicht die erste Wahl für ein Science-Fiction-Hörspiel zu sein. Die Serie JULES VERNE – DIE NEUEN ABENTEUER DES PHILEAS FOGG ist eine wilde Mischung aus Steampunk, Horror, Abenteuer und eben Science Fiction. Die Hörspiele sind also nicht für Puristen, die ein Aufeinandertreffen von Kapitän Nemo, Robur, Dr. Jekyll und Dracula als grobe Verletzung von Genregrenzen sehen. Alle anderen konnten sich 2022 über fünf weitere Folgen der Hörspielserie freuen – und in Folge 33 »Von der Erde zum Mond« schicken die Autoren der Serie ihren weit gereisten Helden endlich auch in den Weltraum – mehr Science Fiction geht bei einer Jules-Verne-Serie kaum.

Ein anderer Held ist vor Kurzem aus den Tiefen der Achtziger wieder hervorgekommen. Die ersten 45 JAN-TENNER-Hörspielkassetten erschienen ab 1980. Der junge sportliche Physikstudent musste ein ums andere Mal die Welt vor Riesenspinnen, außerirdischen Invasoren und den Machenschaften des wahnsinnigen Professors Zweistein retten.

Jan Tenner zur Seite standen stets Professor Futura, seine Assistentin Laura und General Forbett. Im September 2019 erschienen die ersten sechs Folgen der Neuauflage JAN TENNER – DER NEUE SUPERHELD, die direkt an die alten Folgen anschließen und die alten Helden sowie eine neue Generation auftreten lassen. Während die Besatzung der Hyperion, Captain Future und Phileas Fogg weitere Abenteuer erlebten, machte Jan Tenner erst mal Pause. Mit Folge 20 »Rückkehr ins Reich der Azzarus« erschien 2021 vorerst die letzte Folge. Neue Folgen sind aber für 2023 angekündigt.

Weiter ging es 2022 hingegen mit UND AUF ERDEN STILLE. Die postapokalyptische Hörspielserie vom Label Folgenreich erhielt im März eine zweite Staffel. Hinter dem Projekt stehen Joachim C. Redeker und Balthasar von Weymarn, die kreativen Köpfe hinter den Mark-Brandis-Hörspielen. Angesiedelt ist UND AUF ERDEN STILLE in einer Welt nach dem Zusammenbruch der Zivilisation, welcher – passend für ein Hörspiel – durch eine Überempfindlichkeit des menschlichen Gehörs ausgelöst wurde. Nachdem die Helden in der ersten Staffel einige Hintergründe der Katastrophe aufdeckten, erzählt die Fortsetzung mehr Details über die apokalyptische stille Welt und ihre Bewohner.

Eine ähnliche Idee liegt auch den Hörspielen »Die Caves und der Klang des Todes« und »Die Caves und ein tödlicher Feind« zugrunde. Der Zweiteiler erschien innerhalb der Reihe DREAMLAND GRUSEL. Diese versteht sich als Hommage und indirekte Fortsetzung der Achtzigerjahre-Gruselserie von H. G. Francis aus dem Hause Europa. Innerhalb von DREAMLAND GRUSEL gab es immer wieder einzelne Horrorhörspiele, die Science-Fiction-Elemente aufgriffen. Zu nennen wären hier besonders die Jan-Tenner-Hommage »Todesfalle Seytan-Log« sowie die direkte Fortsetzung eines von H. G. Francis »Die Weltraummonster« aus den Achtzigern. In dem 2022 erschienenen Doppelhörspiel »Die Caves« müssen vier Teenager im Jahr 1987 mitansehen, wie sich Erwachsene in hirnlose Monster verwandeln, die brutal aufeinander losgehen. Auslöser des Grauens ist ein geheimnisvolles Störgeräusch aus Radio- und Fernsehgeräten. Die Jugendlichen sind gegen diese akustische Attacke immun, obwohl auch sie die Töne hören können. Das Grundsetting mit den vier jungen Helden ist deutlich als Hommage an Stephen Kings Roman *Es* und die Netflix-Serie STRANGER THINGS erkennbar.

Der Regisseur, Autor und Produzent Oliver Döring ist in der Hörspiel-szene wahrlich kein Unbekannter. Seinen Durchbruch hatte er mit der

JOHN SINCLAIR-Neuauflage der *Edition 2000*. Es folgten die JOHN SINCLAIR CLASSICS, die Hörspieladaptionen verschiedener STAR WARS-Filme sowie eigener Serien wie END OF TIME oder FOSTER. Für das Label Folgenreich inszenierte er zudem einige Werke von H. G. Wells (*Die Zeitmaschine, Der Krieg der Welten* und *Das Imperium der Ameisen*). Diese Adaption setzte er in OLIVER DÖRINGS PHANTASTISCHE GESCHICHTEN fort. Neben Wells (»Der Unsichtbare«, »Dr. Moreau«) vertonte Döring verschiedene Geschichten von H. P. Lovecraft (»Berge des Wahnsinns«, »From Beyond«). Im April 2022 wurde die Reihe mit »Der gestohlene Körper« und im August mit »Der Stern« fortgesetzt. Beide Hörspiele basieren wieder auf literarischen Vorlagen von H. G. Wells. Besonders an Dörings Adaptionen ist, dass sie jeweils in unserer Gegenwart und nicht in ihrer Entstehungszeit der Buchvorlage angesiedelt sind. Ende des Jahres wagte sich Döring mit »Das Schiff« an etwas Neues. Bei dem Zweiteiler ist der Zeitsprung zwischen der Vorlage und dem Hörspiel wesentlich größer. Wilhelm Hauffs Märchen *Die Geschichte von dem Gespensterschiff* hat Döring weit in die Zukunft versetzt. Aus dem heimeligen Grusel der Vorlage wird in »Das Schiff« düsterer Weltraumhorror. Drei Freunde müssen auf der Flucht mit ihren Sternenjägern einen Hyperlichtsprung ins Ungewisse wagen. Sie stranden mitten in der Leere des Weltraums. In ihrer Nähe gibt es kein bekanntes Sonnensystem, geschweige denn einen bewohnten Planeten. Ihre einzige Hoffnung ist ein durch das galaktische Nichts treibendes riesiges Raumschiff – wo der aus Hauffs Märchen bekannte Horror im modernen Gewand auf die Astronauten wartet.

Einen gegensätzlichen Werdegang als Dörings »Das Schiff« hat das Hörspiel *Rabbits: Dein Spiel. Dein Risiko* hinter sich. Grundlage der Geschichte um ein mysteriöses Spiel, welches die Realität zu verändern scheint, stellt ein Fiction-Podcast von Terry Miles dar. Der Autor ergänzte sein Rabbits-Universum um einen Roman, der 2022 unter dem Titel *Rabbits – Spiel um dein Leben* auch auf Deutsch erschien. Der deutsche Verlag Penguin veröffentlichte nun zeitgleich auch eine deutsche Version des US-Hörspiels, welches eine Art Prequel zu der Geschichte darstellt, die im Roman erzählt wird. Die Hauptfigur in *Rabbits: Dein Spiel. Dein Risiko* ist Carly Parker, welche ihre vermisste Freundin Yumiko sucht. Bei ihren Nachforschungen kommt sie dem Spiel Rabbits auf die Spur. Rabbits folgt seltsamen Regeln. Niemand weiß genau, wann und wie eine neue Runde des Spiels beginnt. Man muss im Alltag, im Internet und in seiner Stadt nach Hinweisen Ausschau halten. Das können verborgene Muster sein oder Veränderungen in der Wahrnehmung der Realität. Auch Yumiko hatte an Rabbits teilgenommen, bevor sie spurlos verschwand. Warum man den Thriller um ein geheimnisvolles Reality-game zur Science Fiction zählen kann, lässt sich ohne größere Spoiler nicht erklären. Wer einen klassischen realistischen Thriller erwartet, wird auf jeden Fall enttäuscht werden. Science-Fiction-Fans werden mit dem mysteriösen Ende ganz gewiss etwas anfangen können.

Gestohlene Unterschenkel und Klimakatastrophen:
die Radiohörspiele 2022
Auch im Programm der Radiosender und in der ARD-Audiothek sind Krimis vorherrschend. Aber Science-Fiction-Hörspiele haben dort ebenfalls ihren festen Platz. Zudem besitzen Horrorgeschichten im öffentlich-rechtlichen Rundfunk oft eine leichte Science-Fiction-Note – viele Hörspiele von Bodo Traber (*Puppenstadt*) oder Martin Heindel (*Die Fabrik*) sind hierfür gute Beispiele. Wenn man einen ersten flüchtigen Blick auf die 2022 gesendeten Hörspiele wirft, entdeckt man eine ganze Menge Science Fiction darunter. Schaut man sie sich aber genauer an, erkennt man, dass viele Geschichten zwar letztes Jahr gesendet wurden, aber ihre Produktion bis in die Sechzigerjahre zurückreicht. So wurden im Juli zum Beispiel anlässlich des Todes von Herbert W. Franke einige Hörspiele (*Papa Joe & Co*, *Signale aus dem Dunkelfeld*), die auf seinen Geschichten basieren, im Programm von Bayern 2 wiederholt. Betrachtet man nur die Produktionen 2022, ist die Science-Fiction-Auswahl deutlich kleiner. Zudem fällt auf, dass große Mammutprojekte, wie zuletzt die Adaption der TRISOLARIS-Trilogie von Cixin Liu durch den WDR und NDR Kultur, fehlen. Dafür konnten sich Fantasy-Fans über eine Vertonung von Ursula K. Le Guins ERDSEE-Saga freuen. Aber es gibt auch keinen Grund zu jammern: Trotz allem gab es 2022 eine beachtliche Zahl sehr guter Science-Fiction-Mehrteiler und Einzelhörspiele im Radio zu hören. Zudem zeichnet sich gegen Ende des Jahres ein Trend zu extra für die Audiothek produzierten Fiction-Podcasts ab, in denen sich im Mystery-Gewand viele interessante Science-Fiction-Ideen verbergen.

Von der Länge her kann *Cryptos* mit der Adaption von *Die drei Sonnen* und den beiden Fortsetzungen sicher nicht mithalten. Janine Lüttmann inszenierte Ursula Poznanskis Jugendroman aus dem Jahr 2020 als sechsteilige Hörspielserie für Bremen 2. *Cryptos* behandelt aktuelle Themen und projiziert sie in die nahe Zukunft. Der Roman wie auch das

Hörspiel spielen in einer durch Umweltzerstörung und Klimawandel lebensfeindlich gewordenen Welt. Die meisten Menschen verbringen ihre Zeit in unterschiedlichen virtuellen Welten. Die Szenarien reichen von mit Dinosauriern besiedelten Urzeitwelten über Fantasy-Universen bis zum Spielparadies für Kinder. Die Programmiererin und Welten-Designerin Jana kommt eines Tages einem düsteren Geheimnis auf die Spur. Gefangen in ihren eigenen virtuellen Welten, muss sie vor einem mächtigen und unsichtbaren Gegner fliehen, bevor sie mit einer Gruppe Rebellen in der Realität gegen die Missstände auf der zerstörten Erde kämpfen kann.

Umweltzerstörung, Artensterben und Klimakonflikte stehen auch im Zentrum der Hörspielereihe 2035. DIE ZUKUNFT BEGINNT JETZT. Außerdem spielen Fleischkonsum, Social Media, gesellschaftliche Spaltungen oder künstliche Intelligenz Rollen in den einzelnen Episoden. Die neun Hörspiele werden jeweils von dem Wissenschaftsjournalisten Niklas Kolorz kurz eingeleitet. Erzählerisch steht in 2035. DIE ZUKUNFT BEGINNT JETZT eine Gruppe Menschen im Mittelpunkt, die 2022 ihren Schulabschluss gemacht hat. Erzählt wird, wie ihr Leben dreizehn Jahre später in einer mehr oder weniger düsteren Zukunft aussieht. Die einzelnen Folgen sind unabhängig voneinander zu hören und präsentieren unterschiedliche Szenarien – es gibt aber immer wieder Querverbindungen zwischen den einzelnen Hörspielen. Die Regisseur*innen Mariola Brillowska, Thilo Reffert, Walter Filz, Martin Heindel, Lars Werner, Sarah Kilter, Arne Salasse, Léon Haase oder Wilke Weermann gehen höchst unterschiedlich an ihre Geschichten heran. Das jeweilige Endprodukt besitzt eine eigene künstlerische Note und präsentiert oft keine gradlinig erzählte Geschichte.

In »Für immer wir alle zusammen« beschließen sechs Freundinnen nach dem Abi, sich jedes Jahr am selben Tag eine Sprachnachricht zu schicken. So bekommt man im Zeitraffer Einblicke in die Entwicklung der Zukunft in den nächsten 13 Jahren. Auch die Folge »9 Dinge, die du 2035 nicht erwartet hättest #6 wird dich umhauen« springt zwischen verschiedenen Protagonisten des Jahres 2035 umher und verschafft einen Überblick über eine kaputte Zukunftsgesellschaft. Höhepunkt der Folge ist eine Szene während einer Party, in der ohne erkennbaren Übergang zwischen verschiedenen Protagonisten hin und her gesprungen wird. In Ihrer Machart erinnert sie darin stark an ein zentrales Kapitel aus John Brunners Roman *Morgenwelt*, der sich Ende der Sechziger-jahre mit ganz ähnlichen Themen auseinandersetzte. Und das Hörspiel »Peak Meat. Die Fleischkriege« fokussiert sich ganz auf den Bürgerkrieg zwischen den Veganern und den Fleischessern. Unterbrochen wird die Handlung immer wieder von parodistischen Parolen und den Veganis-mus propagierenden Gesangseinlagen.

Wem 2035. DIE ZUKUNFT BEGINNT JETZT zu künstlerisch ambitioniert klingt, dem sei MIAMI PUNK: THE COMPLETE DLC empfohlen. Die neunteilige Hörspielserie des Norddeutschen Rundfunks spielt in der gleichen Welt wie der Roman *Miami Punk* von Juan S. Guse aus dem Jahr 2019. MIAMI PUNK: THE COMPLETE DLC stellt eine Erweiterung und Interpretation der Vorlage dar. In einer Rahmenhandlung sitzen Rollenspieler in einer abgelegenen Ferienhütte an einem Tisch und spielen ein Pen-and-Paper-Abenteuer in der Welt von Miami Punk. Dort ist der Atlantik vor Florida ausgetrocknet, in Miami ist eine Krokodilplage ausgebrochen und ein gesamter Hochhauskomplex der Stadt hebt vom Erdboden ab. Auch hier spielen der Klimawandel und der damit einhergehende gesellschaftliche Umbruch eine große Rolle, die Probleme werden aber in jeweils sehr schräge Abenteuer verpackt. Einmal sind die Rollenspieler Teil einer Organisation, welche die Bewohner Miamis vor den Alligato-ren der Stadt beschützen soll. Dann gehören sie einer Rettungstruppe an, welche im ausgetrockneten Ozean vor Florida nach Schiffbrüchigen sucht. Im dritten Abenteuer finden sie sich dann in dem riesigen fliegen-den Wohnkomplex wieder. Unterbrochen werden die drei Abenteuer immer wieder von Diskussionen der drei Rollenspieler mit ihrem Game-master. Nach und nach vermischen sich die Realitäten des Rollenspiels mit der Realität in der Waldhütte. Iris Drögekamp und Felix Lehmann inszenieren MIAMI PUNK: THE COMPLETE DLC als interessantes Verwirrspiel, in dem die Hörer*innen an den Abenteuern in einer skurrilen Zukunfts-welt teilnehmen und am Ende wie die Rollenspieler aufgefordert sind, die Wahrnehmung ihrer eigenen Gegenwart zu hinterfragen.

Wie *Cryptos* und MIAMI PUNK: THE COMPLETE DLC basiert auch TIMOTHY TRUCKLE ERMITTELT auf einer literarischen Vorlage. Die Hörspielserie beschäftigt sich allerdings nicht mit dem Klimawandel und seinen Folgen. In Gert Prokops satirischen Science-Fiction-Krimis sind die USA Mitte des 21. Jahrhunderts ein totalitär regierter Staat. Dort lässt er seinen Privatdetektiv Timothy Truckle im Auftrag der oberen Zehn-tausend in mehreren skurrilen Fällen ermitteln. Prokop schrieb seine

Kriminalfälle rund um Timothy Truckle 1977, zu einer Zeit also, in der die Umweltzerstörung noch nicht so weit oben auf der Agenda stand wie heute. Ein großes Thema in seinem Werk ist die Kritik am Kapitalismus – da der Autor in der DDR lebte und veröffentlichte, bezog sich seine Kritik besonders auf die USA. Wie zeitlos seine Geschichten sind, zeigte dieses Jahr Wolfgang Seesko mit seiner Hörspielumsetzung. Dass Truckle in einer Folge einen verschwundenen Leibkoch suchen muss, klingt noch nach dem gewöhnlichen Arbeitsalltag eines selbstständigen Ermittlers. Gleich zu Beginn in »Wer stiehlt schon Unterschenkel?« muss sich der Privatdetektiv auf die Suche nach gestohlenen Transplantaten machen und deckt dabei die Einbruchspläne in ein Forschungslabor auf. In der nächsten Folge »Schneewittchen und der Mann aus dem 20. Jahrhundert« gilt es zu beweisen, ob man Menschen einfrieren und später in der Zukunft ohne Schäden wieder auftauen kann. Eine Suche nach der Wahrheit, die uns in Zeiten des Internets und Fake News nur allzu bekannt vorkommt. Und dies sind nicht die einzigen Probleme, mit denen sich Truckle herumschlagen muss. Der Privatdetektiv ist nämlich auch noch Mitglied einer Untergrundgruppe, die den Sturz des kapitalistischen Systems plant, wie in der letzten Episode »Die Drossel« verraten wird. Neben all der Kapitalismuskritik erzählen alle vier Hörspielepisoden vor allem aber gelungene Kriminal- und Science-Fiction-Geschichten.

In der Hörspielserie KI-MOM spielt die Situation auf der Erde eine untergeordnete Rolle. So viel wird klar – niemand scheint all die Warnungen vor der Klimakatastrophe ernst genommen zu haben. Zur Rettung der Menschheit plante man nun die Kolonisation eines fernen Planeten. Doch gleich zu Beginn erfahren die Hörer*innen, dass es bereits bei der Landung des Raumschiffs auf dem ausgewählten Planeten zu einer Bruchlandung gekommen ist. Dann springt die Handlung in die Zukunft und schildert das Leben der 17-jährigen Jess und ihrer jüngeren Schwester. Die beiden sind scheinbar die einzigen Überlebenden des Unfalls und wurden von der Schiffs-KI großgezogen. In Rückblicken werden die Ereignisse vor dem Start der Expedition geschildert. Nach und nach kommt raus, dass die KI ihrer eigenen Agenda folgt. Als sie anlässlich Jess' 18. Geburtstags den ehemaligen Popstar Fynn aus dem Kälteschlaf erweckt, stellt dieser erstaunt Fragen über die neue Umgebung auf einem fremden Planeten. Fynn ist zudem sehr erstaunt, dass Jess und ihre Schwester die KI als ihre Mutter ansehen. Thematisch geht es neben dem Untergang der Erde und der Besiedlung eines neuen Planeten vor allem um die Frage, ob eine KI als menschliches Wesen angesehen werden kann oder nicht. Verantwortlich für die Science-Fiction-Serie ist das akustische Kunstprojekt Serotonin, bestehend aus Marie-Luise Goerke und Matthias Pusch, welche schon die Science-Fiction-Hörspiele *Die Van-Berg-Konstante* und *Die Verschiebung* produzierten. 2022 erschienen zwei Staffeln von KI-MOM mit jeweils zehn Folgen.

Mit DREAMLAB startete Ende Dezember eine weitere Hörspielserie. Im Mittelpunkt der Handlung stehen die rätselhaften Vorfälle in einem Schlaflabor, welches mit Patienten im Klartraum experimentiert. Professorin Seling will Menschen während des Schlafes in ihren Träumen miteinander vernetzen. Bei einer Sitzung geht etwas schief und Seling sowie einer der Probanden sterben. Die zwei Überlebenden des Experiments werden in einer Klinik von der Psychologin Lina Weiss behandelt, die einst bei Professorin Seling studiert hatte und sich nach einem Streit von ihr abwendete. Die Psychologin will nun hinter das Geheimnis der Studie kommen, um die beiden Überlebenden zu retten, deren Zustand sich zunehmend verschlechtert. Behindert wird sie bei ihren Bemühungen von einem korrupten Polizisten. Dennoch gelingt es Lina Weiss, mithilfe eines Mönches Verbindungen zwischen der Traumstudie und dem Vatikan aufzudecken. Der achtteilige Mystery-Podcast beginnt als reine Science-Fiction-Geschichte über luzides Träumen, bekommt dann einen deutlichen Horroreinschlag und endet letztlich als Vatikanthriller, während der Science-Fiction-Anteil immer weiter abnimmt. Immerhin scheint DREAMLAB aber der Startschuss zu einer Mystery-Podcast-Offensive im öffentlich-rechtlichen Rundfunk zu sein. Es folgten im Januar 2023 KORRIDORE und MIA INSOMNIA, die sich auf interessante Weise mit den Themen verfluchte Technik und Internethorror sowie Parallelwelten auseinandersetzen.

Neben den mehrteiligen Serien wurden dieses Jahr im Radio auch Hörspiele gesendet, die ganz für sich selbst stehen und keine Teile einer größeren Reihe waren. In *Die Nacht war bleich, die Lichter blinkten* steht wie schon in KI-MOM das Thema künstliche Intelligenz im Mittelpunkt. Das Hörspiel versetzt uns aber nicht auf einen fremden Planeten im fernen Weltraum, sondern spielt im Berlin des Jahres 2060. Die Beziehungen der Menschen untereinander haben sich radikal verändert, seitdem jeder emotional perfekt auf sich eingestellte künstliche Partner bestellen kann. Aber kann man mit Maschinen wirklich die besseren Liebesbeziehungen führen? Auch Lennard hat sich mit der Roboterfrau Beata auf dieses neue Beziehungsmodell eingelassen – kurze Zeit später treibt der junge Mann tot in einem See. Er hat sich selbst das Leben genommen und ist somit Teil einer größeren Selbstmordwelle, die Berlin heimsucht. Lennards Tod ist nun ein Fall für die Roboterfrau Roberta. Sie wurde als Versuchsmodell in den Rang einer Polizeikommissarin erhoben, um nach den Selbstmorden die nächsten Verwandten der Opfer ausfindig zu machen, damit die Stadt die Beerdigungskosten auf diese abwälzen kann. Roberta ist den Menschen aufgrund ihrer analytischen Fähigkeiten weit überlegen, aber im emotionalen Bereich zeigen sich im Laufe ihrer Ermittlungen einige Defizite – Geschlechterzuschreibungen, gesellschaftliche Stellungen oder religiöse Gefühle stellen sie zusätzlich vor ein Rätsel. *Die Nacht war bleich, die Lichter blinkten* basiert auf dem gleichnamigen Roman von Emma Braslavsky aus dem Jahr 2019 und wurde 2022 von Lorenz Schuster für den Bayerischen Rundfunk als Hörspiel adaptiert.

Im Hörspiel *Unearthing* steht wieder eine künstliche Intelligenz in den Weiten des Weltraums im Mittelpunkt des Geschehens. Nachdem ein Expeditionsraumschiff mit einem Meteoriten kollidiert ist, gelangt ein unbekannter Krankheitserreger an Bord. Für die infizierten Astronaut*innen gibt es an Bord keine Heilungsmöglichkeiten, weswegen die KI Anulus gezwungen ist, alle Besatzungsmitglieder in den künstlichen Kälteschlaf zu versetzen. Zu Beginn des Hörspiels wird die Astronautin Anouk Jamal von der Schiffs-KI geweckt. Der Bordcomputer macht sich Sorgen um den Gesundheitszustand eines der Besatzungsmitglieder. Somit ist Anouk die einzige wache menschliche Person auf dem Raumschiff und eine Maschine ihre einzige Ansprechpartnerin. Während sie Angst um das Leben ihres schwer kranken Mitreisenden und Lebensgefährten Andri hat, nimmt die KI die Rolle einer Therapeutin ein. Überraschend und ungewohnt ist der süddeutsche Dialekt der Sprecherin Odine Johne, welcher einen aus der Immersion des Science-Fiction-Hörspiels reißt, weil man Dialekt eher mit in der ländlichen Provinz angesiedelten Geschichten verbindet als mit den unendlichen Weiten des Alls. *Unearthing* wurde vom Autor Erik Wunderlich geschrieben und vom Regisseur Martin Buntz als Hörspiel inszeniert.

Wirkt der Dialekt in *Unearthing* zunächst befremdlich, würde man ihn im Schweizer RADIOTATORT »Mord in Outlog« zwingend erwarten.

Bei vielen Menschen gehört der TATORT zum festen Fernsehritual am Sonntagabend. Nicht ganz so bekannt dürfte der RADIOTATORT sein, den die verschiedenen ARD-Anstalten sowie der ORF und der SFR seit 2008 einmal im Monat senden. Science Fiction hat im sonntäglichen TATORT bekanntermaßen keinen Platz. Anders beim Hörspiel »Mord in Outlog«, das der SFR als Near-Future-Krimi in den Alpen ankündigte. Die Folgen des Klimawandels sind in naher Zukunft auch in der Schweiz spürbar. Gesellschaft und Wirtschaft leiden unter steigenden Temperaturen und schmelzenden Gletschern. Hoch in den Bergen liegt das Outlog, einer der friedlichsten Orte des Landes. Besucher*innen müssen sich hier aus allen Hightech-Geräten und sozialen Netzwerken ausloggen. Gewalttaten, geschweige denn Mord gibt es hier nicht – bis eine Journalistin ermordet aufgefunden wird. Die Suche nach dem Mörder gestaltet sich schwierig ohne KI-Unterstützung, Internet-Implantaten oder GPS-Tracker.

DIE DREI ??? und die Zweifel an der Realität
»Mord in Outlog« vereint noch mal die beiden Themen, die bei den Science-Fiction-Hörspielen 2022 oft eine große Rolle spielen: Klimawandel und die zunehmende Abhängigkeit des Menschen von Internet, technischer Unterstützung und letztlich künstlicher Intelligenz. Die Hörspiele zu diesen Themen sind mal verspielt und künstlerisch wie in 2035. DIE ZUKUNFT BEGINNT JETZT oder klassisch und gradlinig wie in *Cryptos* inszeniert. In den kommerziellen Hörspielen sind diese aktuellen Themen nicht oder nur andeutungsweise zu finden. In Oliver Dörings »Das Schiff« spielt die Schiffs-KI Sarah auch eine bedeutende Rolle bei der Rettung der auf dem Geisterraumschiff gestrandeten Helden. Dennoch würde man das Hörspiel nicht als Beitrag zur aktuellen Debatte über künstliche Intelligenz einordnen. UND AUF ERDEN STILLE spielt immerhin in einer postapokalyptischen Welt, welche zumindest ähnliche Züge aufweist wie die Erde nach einer Klimakatastrophe. Interessant ist im letzteren Hörspiel – wie auch in »Die Caves« – das Spiel mit dem Medium, weil es sich beide Male um eine akustische Bedrohung für die Menschheit handelt.

Unterschiedlich gestaltet sich auch die Adaption von Romanvorlagen. Die Radiohörspiele *Cryptos* und TIMOTHY TRUCKLE ERMITTELT folgen sehr genau den literarischen Vorlagen von Ursula Poznanski beziehungsweise Gert Prokop. Bei den kommerziellen Hörspielen – sieht man mal von der CAPTAIN FUTURE-Serie ab, die sich eng an Edmond Hamiltons Bücher hält – gehen die Regisseur*innen und Autor*innen viel freier an ihre eigenen Versionen heran. Oliver Döring versetzt klassische Science-Fiction-Geschichten in die Gegenwart oder verlegt Märchen sogar in die Zukunft und JULES VERNE – DIE NEUEN ABENTEUER DES PHILEAS FOGG bietet einen überbordenden Mash-up aus Vernes Helden mit dem *Who is Who* der viktorianischen Literatur. Egal, ob die Hörspiele für das Radioprogramm oder für den direkten Verkauf produziert wurden, zeigt sich in ihnen die Vielfalt der Science Fiction. Für das Jahr 2022 sei hier nur auf die beiden Hörspiele MIAMI PUNK: THE COMPLETE DLC und *Rabbits: Dein Spiel. Dein Risiko* hingewiesen, die sich zunächst jeder Genrezuordnung entziehen und den Hörern und Hörerinnen Zugang in neue Welten eröffnen, nur um sie dann voller Fragen zurückzulassen. Dies zeigt, dass Science Fiction nicht immer Roboter oder Raumschiffe benötigt – manchmal reicht schon ein kleiner Zweifel an der Wahrnehmung der Realität. Darum wird es 2023 auch in den Radiohörspielen KORRIDORE und MIA INSOMNIA gehen.

Außerdem sollen 2023 neue Folgen von JAN TENNER – DER NEUE SUPER-HELD, HELIOSPHERE 2265 und JULES VERNE – DIE NEUEN ABENTEUER DES PHILEAS FOGG erscheinen. Die Staffel CAPTAIN FUTURE – DER TRIUMPH wird beendet werden und wohl den Abschluss der Captain-Future-Adaptionen bilden, da der Produzent Sebastian Pobot die mittlerweile verstorbenen Sprecher nicht weiter durch neue Schauspieler ersetzen möchte.

DIE DREI ??? werden sicher 2023 wieder zu den erfolgreichsten Hörspielen in Deutschland gehören. Aber auch die drei Detektive mussten im Laufe ihrer Karriere schon Fälle lösen, die sich zumindest vom Titel her wie Science Fiction anhören. Man erinnere sich nur an die Folgen »Todesflug«, »Geheimakte Ufo« oder zuletzt »Die drei ??? und die Zeitreisende« – auch wenn Justus, Peter und Bob schnell aufdeckten, dass hinter den Vorfällen ganz gewöhnliche Verbrecher steckten. Um zu zeigen, dass das nicht immer so sein muss, gibt es Science-Fiction-Hörspiele, in denen Schurken auch mal galaktische Imperien beherrschen, durch die Zeit reisen oder andere scheinbar unmögliche Dinge vollbringen, bevor Helden wie Captain Future oder Jan Tenner sie stoppen.

COMIC

Matthias Hofmann

CIXIN LIU, FRANK HERBERT UND IMMER WIEDER LEO

SF-Comics 2022 in Deutschland

Während die Science-Fiction-Literatur in Deutschland längst nicht mehr in eigenen Reihen erscheint, einschlägigen Genreromanen nicht mehr das Etikett »SF« auf den Umschlag gedruckt wird und insgesamt die Zahl Veröffentlichungen in den großen Verlagen immer überschaubarer wird, sieht es im Bereich des Comics etwas besser aus. Die Neunte Kunst ist generell im Aufwind, wenn man sich die Verkaufszahlen im deutschen Buchhandel ansieht. Seit einigen Jahren steigen die Umsätze, vor allem bei Manga, den japanischen Comics, aber auch westliche Comics legten kontinuierlich zu.[1]

Der Schwerpunkt dieses Artikels liegt auf dem SF-Comicjahr 2022. Aus Platzgründen kann nicht auf jede einschlägige Neuerscheinung eingegangen werden, dafür sind es zu viele. Manga werden (diesmal)

---

[1] Umfangreiche Jahresrückblicke mit viel Statistik und Bestsellerlisten für das Jahr 2022 finden sich im Comicfachmagazin ALFONZ – DER COMICREPORTER (für Comic in der Nr. 2/2023, für Manga in der Nr. 3/2023).

ausgeklammert, auch wenn es in diesem Bereich viel interessanten Lesestoff gibt. Der folgende Überblick stellt daher für SF-Fans wichtige und interessante »westliche« Comics des vergangenen Jahres vor.

Mit den Comics des Genres »Science Fiction« ist es wie bei STAR TREK: Unendliche Weiten. Und überhaupt: Was ist ein Science-Fiction-Comic? Die Grenzen sind, vergleichbar mit der Belletristik, fließend. Eine Bildergeschichte mit dystopischem Setting, wie THE WALKING DEAD, gilt eher als Horrorcomic. Eine Serie, die grundsätzlich als Fantasycomic gilt, wie THORGAL, ist im Kern aber SF, denn ihr Held kam mit einem Raumschiff von den Sternen.

Und was ist mit den ganzen Superhelden? Das ist im Grunde alles irgendwie Science Fiction. Man nehme nur das berühmte Mutantenkorps der PERRY RHODAN-Romane der 1960er-Jahre. Ras Tschubai, Fellmer Lloyd oder Mausbiber Gucky sind vergleichbar mit den X-Men von Stan Lee und Jack Kirby. Es sind Mutanten oder Wesen, die besondere Fähigkeiten haben.

Wer sich für Comics interessiert, sollte wissen, dass es sich bei diesem Medium vorwiegend um eine serielle Kunstform handelt. Traditionell werden Comics in Fortsetzungen verbreitet. Früher in Zeitungen und Heften, inzwischen in Alben- und Buchform, aber auch dort meist als Serie.

Erste Anlaufstelle: Splitter

Wer Science-Fiction-Comics lesen will, kommt am Portfolio des Splitter Verlags nicht vorbei. Der Bielefelder Verlag, der 2006 gegründet wurde, um SF- und Fantasycomics wieder salonfähig zu machen, hat dies nicht nur geschafft, sondern ist längst ein Garant für sorgfältig und hochwertig produzierte Hardcoveralben geworden. Er bietet neben dem reichhaltigsten Genreangebot aller deutschen Verlage sogar eine direkte Verbindung zur SF-Branche: Die Verlagsgründer Horst Gotta und Dirk Schulz sind selbst Zeichner und steuerten viele Illustrationen und, im Fall von Schulz, auch heute noch »quasi nebenher« Titelbilder für die Heftromanserie PERRY RHODAN bei.

Blickt man auf die Marktanteile im Buchhandel, so liegt der Splitter Verlag auf Platz 4, hinter den großen Drei: Carlsen, Panini und Egmont. Splitter veröffentlichte (zusammen mit seinem Kindercomic-Imprint toonfish) im Jahr 2022 die stolze Anzahl von 239 Novitäten. Das sind fast

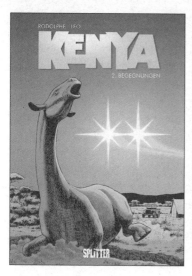 

20 Titel pro Monat. Darunter waren wieder jede Menge Science-Fiction-Comics.

Eine große Fangemeinde haben die Titel des gebürtigen Brasilianers Luis Eduardo de Oliveira, der unter dem Pseudonym Leo Comics veröffentlicht. Seine in Zyklen veröffentlichten Serien aus dem Geschichten-füllhorn von DIE WELTEN VON ALDEBARAN gibt es seit fast 30 Jahren. Leos Storys bieten SF vom Feinsten und vor allem den viel beschworenen *sense of wonder*. Die Erforschung des Weltalls und spannende Abenteuer auf entlegenen Planeten mit faszinierender Flora und Fauna bilden insgesamt eine prächtig unterhaltende Ansammlung von SF-Elementen, die auch anno 2022 noch begeistert. Mit der fesselnden Handlung können die Zeichnungen zwar nicht immer mithalten, zumindest der Zeichenstil von Leo selbst wirkt etwas spröde und statisch, aber das ist Jammern auf hohem Niveau, denn Perspektiven, Hintergründe und Anatomie können insgesamt überzeugen. Wer einstiegen will, startet am besten mit der fünfbändigen Serie ALDEBARAN und lässt BETELGEUSE folgen.

Natürlich sind von Leo auch 2022 diverse Comics erschienen: Die Bände 2 bis 4 der Neuedition von KENYA, einer fantastischen Serie, die er zusammen mit Szenarist Rodolphe kreierte, und die später mit NAMI-BIA und AMAZONIA ausgebaut wurde. Dazu kamen zwei Neustarts: Zum einen Band 1 von MORGEN (Zeichnungen: Louis Alloing), eine Serie, die zwei Handlungsebenen hat: auf der einen Seite das Amerika der

Fünfzigerjahre, auf der anderen eine postapokalyptisch anmutende Welt von morgen, die beide miteinander verbunden scheinen. Und zum anderen der Start von NEPTUN, einer zweiteiligen Miniserie, die Leo in Alleinregie erschaffen hat. Sie zählt als sechster Zyklus seines Opus Magnum DIE WELTEN VON ALDEBARAN und bietet ein brandneues Abenteuer der etablierten Heldin Kim Keller, die sich auf einer gefährlichen Mission in der Nähe des Planeten Neptun nicht nur mit aggressiven Robotern herumschlagen muss …

SF-Literatur als Comic

Im Programm von Splitter finden sich immer wieder Comicadaptionen von SF-Literatur. So sind mit *Die Versorgung der Menschheit* und *Der Kreis* zwei weitere Alben nach Kurzgeschichten des chinesischen Autors Cixin Liu erschienen. Damit sind sechs der insgesamt 16 geplanten Adaptionen im Rahmen der CIXIN LIU GRAPHIC NOVEL COLLECTION publiziert. Auch wenn die Romane des Chinesen sehr umfangreich und komplex sind, eignen sich Lius ebenfalls wegweisende, kürzere Zukunftsvisionen durchaus für die Comicform, und die Interpretation von Künstlerinnen und Künstlern aus China und Europa ist wirklich ein besonders interessantes Projekt.

Für Freunde von Jack Vance sind die ersten beiden Alben der Serie DIE LEGENDE DER DÄMONENPRINZEN erschienen, die auf den fünf Romanen des US-Schriftstellers basiert. Kirth Gersen spielt die Hauptrolle in einem Plot, der rund 1500 Jahre in der Zukunft angesiedelt ist. Als kleiner Junge waren er und sein Großvater die einzigen Überlebenden einer friedliebenden Weltraumkolonie, die durch ein Massaker von Sklavenjägern ausgelöscht wurde. Ausgeführt wurde die schreckliche Operation von einer Horde Piraten, die von fünf kriminellen Dämonenprinzen angeführt wurde. Gersens Lebensaufgabe: diese Prinzen zu jagen und zu töten. Die Romane werden vom französischen Routinier Jean-David Morvan adaptiert und dem Italiener Paolo Traisci grandios umgesetzt. Zehn Alben sind insgesamt geplant.

Der neue *Dune*-Kinofilm generierte selbstverständlich eine ganze Reihe von Comics, die bei Splitter eine deutschsprachige Heimat fanden und zu den meistverkauften Titeln des Verlags im Jahr 2022 zählten: *Muad'Dib*, Band 2 der Graphic-Novel-Reihe, der Einzelband *Dune: Geschichten aus Arrakeen* sowie die Bände 2 und 3 des Dreiteilers DUNE: HAUS ATREIDES, der die offizielle Vorgeschichte von Frank Herberts *Dune* erzählt. Von dieser Reihe sind übrigens zusätzlich jeweils auf 500 Exemplare limitierte Vorzugsausgaben mit exklusivem Bonusmaterial und einem Kunstdruck erschienen.

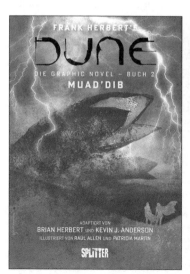

Äußerst gelungen ist die Adaption des Romans *Metro 2033* von Dmitry Glukhovsky. Umgesetzt hat sie der Niederländer Peter Nuyten, für den METRO 2033 nach dem Historiencomic AUGURIA und dem Western APACHE JUNCTION sein erster Ausflug in die Welt der SF ist. Die Dystopie reinsten Wassers, die im Moskau des Jahres 2033 nach einem Atomkrieg spielt, ist beste, grafisch schön inszenierte Comicunterhaltung. Die Serie wurde 2022 mit Band 4 abgeschlossen. Zeitgleich erschien die Gesamtausgabe mit der kompletten Story zu einem günstigeren Preis als die Summe der vier Einzelbände.

Interessant ist auch eine neue Adaption von *Frankenstein*. Der Franzose Georges Bess, von dem ein Jahr davor eine grandiose Comicfassung von Bram Stokers *Dracula* erschienen ist, hat sich danach mit Mary Shelleys SF-Klassiker beschäftigt. Die Tuschezeichnungen von Bess kommen durch diese Schwarz-weiß-Ausgabe hervorragend zur Geltung. Splitter produzierte das Werk in einer besonders aufwendigen bibliophilen Ausgabe mit Bonusmaterial und einem versilberten Cover.

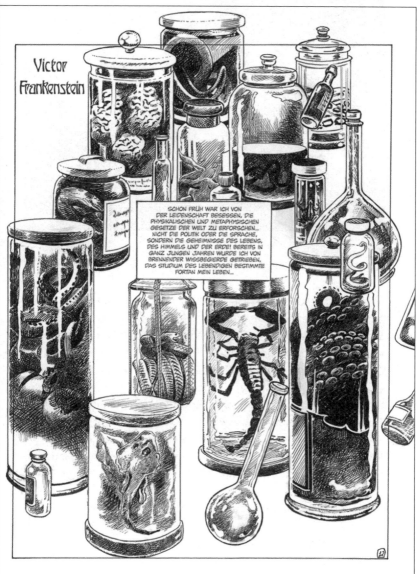

Neue Serien und Einzelbände

Mit THE DEPARTMENT OF TRUTH startete eine extrem spannende Serie bei Splitter, die ihren Ursprung in den USA bei Image Comics hat. Erschienen sind die ersten beiden Bände, die jeweils fünf Hefte des Originals beinhalten. Erzählt wird die Geschichte des FBI-Ausbilders Cole Turner, dessen Schwerpunkt Verschwörungstheorien sind und der sich eigentlich ganz gut mit Wahrheit oder Fake auskannte. Bis er eines Tages auf einem Kongress von Verschwörungstheoretikern auf die Wahrheit hinter der Wahrheit stößt: Alles davon ist wahr. Die Erde ist eine Scheibe, Starregisseur Stanley Kubrick hat die Mondlandung nur inszeniert, die Regierung ist von Echsenmenschen infiltriert. Eine Geheimorganisation hat alles nur inszeniert. Sie nennt sich die Abteilung für Wahrheit. Orwell lässt grüßen.

Der Künstler Martin Simmonds hat die Geschichte von James Tynion IV grafisch raffiniert in Szene gesetzt, mit einem Stil, der an den begnadeten Bill Sienkiewicz erinnert.

Die frankobelgische Serie DER TURM startete mit den klassischen Ingredienzien einer Dystopie, die man glaubt von irgendwoher zu kennen. Dennoch kann die Melange überzeugen, weil sie herrlich unterhält und mit realistischem, überzeugendem Strich gezeichnet ist. Nachdem eine Bakterie fast die gesamte Menschheit ausrottete, leben die letzten rund

3000 Menschen im Jahr 2072 in einem Turm in der Nähe von Brüssel, welcher von einer wohlwollenden künstlichen Intelligenz namens Newton kontrolliert wird. Es gibt die Intras, die im Turm geboren wurden, und die Alten, die sich noch an die Zeit vor der Apokalypse erinnern können. Immer wieder kommt es zu Spannungen, sodass manche Intras planen, aus der Welt des Turms auszubrechen.

Einer meiner persönlichen Favoriten von 2022 ist der Einzelband *Die verlorenen Briefe* des Franzosen Julien Bicheux, der unter dem Pseudonym Jim Bishop veröffentlicht. Ich hatte die Gelegenheit, den Künstler für ein Interview auf dem Comic-Salon in Erlangen 2022 zu treffen, und musste feststellen, dass sowohl im Comic als auch im Künstler mehr steckt, als die märchenhaft abgefahrene Story ahnen lässt.

Der Comic handelt von einem Jungen namens Iode, der auf einen wichtigen Brief wartet, wohl von seiner Mutter. Er wohnt in einem Häuschen auf Stelzen am Meer. Auf seinem Kopf sitzt ein Pelikan, der sprechen kann. Iode fährt eine alte »Ente«, einen grünen Citroën 2CV. Die Post kommt durchs Meer. Ein Clownfisch, der auch sprechen kann, bringt sie mit einem kleinen Rucksack. Überhaupt, es können in diesem Comic ziemlich viele Figuren sprechen, von denen man es nicht erwarten würde. Der Junge beschließt, in die Stadt zu fahren, weil er vermutet, dass der Brief in der Post verloren gegangen ist. Auf dem Weg dorthin trifft er auf die freche Anhalterin Frangine. Diese hat ihre eigene

mysteriöse Agenda, denn sie ist im Geheimauftrag der kriminellen Tintenfisch-Bande unterwegs. Die Welt von Iode ist bevölkert von wundersamem, teils anthropomorphem Meeresgetier. Fische mit menschlichen Extremitäten, Krabben in Polizeiuniform oder Goldfische im Glas, die sich mit humanoiden Ganzkörperprothesen fortbewegen, ergeben ein bizarres Figurenensemble.

Jim Bishops Zeichenkunst gelingt etwas, das viele nicht schaffen. Sie verbindet spielerisch Eigenschaften von westlich-frankobelgischen Comics mit japanischen Manga-Einflüssen. Wenn zu Vergleichszwecken Namen wie Mœbius, Hayao Miyazaki und dessen Studio Ghibli oder Antoine de Saint-Exupéry fallen, so kann man Spuren davon gut in *Die verlorenen Briefe* finden. Das übergroße Format dieses Science-Fantasy-Feuerwerks tut sein Übriges, um die Leser in den Bann zu schlagen.

Auch bei den lange laufenden Comicserien gibt es Fortsetzungen zu verzeichnen. So ist STORM 2022 bei Band 33 angelangt. Das erste Abenteuer des Astronauten Storm, der nach einer missglückten Jupitermission in die Zukunft der Erde verschlagen wurde, erschien 1976. Als der Künstler Don Lawrence 2003 starb, war längere Zeit ungewiss, ob es weitergeht. Aktuell zeichnet Romano Molenaar die Serie und versucht, den markanten malerischen Stil von Don Lawrence zu gut es geht zu emulieren.

Auch die Abenteuer der japanischen Heldin Yoko Tsuno, die erstmals 1970 in Frankreich debütierte, gibt es noch. Von YOKO TSUNO ist inzwischen Band 30 erschienen. Kaum zu glauben, aber wahr: Die prägnante Ligne-Claire-Serie wird noch immer vom Belgier Roger Leloup gezeichnet, der im vergangenen Jahr stolze 89 Jahre alt wurde.

Abschließend sei auf eine der wichtigsten SF-Comicserien überhaupt hingewiesen: VALERIAN UND VERONIQUE. Sie wurde von Szenarist Pierre Christin und Zeichner Jean-Claude Mézières erschaffen. Der Künstler, den ich 2013 persönlich auf dem Comicfestival in Angoulême treffen durfte und sehr schätze, hat uns 2022 verlassen. Er verstarb am 23. Januar. Die Serie über die beiden Agenten des Raum-Zeit-Service hat viele Generationen von Leserinnen und Lesern, aber auch Künstlerinnen und Künstlern geprägt. Sie ist beim Carlsen Verlag in einer siebenteiligen Gesamtausgabe lieferbar. Auch gibt es diverse Sonderbände. Mit dem Band *Die Kunst von Jean-Claude Mézières* ist 2022 ein opulent illustriertes Sekundärwerk erschienen, das dem Zeichner ein würdiges Denkmal setzt und in keiner SF-Comicbibliothek fehlen sollte.

Bibliographische Daten der im Text erwähnten Comics (in alphabetischer Reihenfolge):

Cixin Liu: *Die Versorgung der Menschheit* | Text: Sylvain Runberg, Zeichnungen: Miki Montllò. Splitter | HC | Farbe | 128 Seiten

Cixin Liu: *Der Kreis* | Text/Zeichnungen: Xavier Besse. Splitter | HC | Farbe | 80 Seiten

The Department of Truth, Band 1 und 2 | Text: James Tynion IV, Zeichnungen: Martin Simmonds. Splitter | HC | Farbe | 144 (Nr. 1) bzw. 176 Seiten (Nr. 2)

Dune Graphic Novel Band 2 | Story: Frank Herbert, Text: Brian Herbert, Kevin J. Anderson, Zeichnungen: Raúl Allén. Splitter | HC | Farbe | 176 Seiten

Dune: Geschichten aus Arrakeen | Text: Brian Herbert, Kevin J. Anderson, Zeichnungen: Jakub Rebelka, Adam Gorham. Splitter | HC | Farbe | 112 Seiten

Dune: Haus Atreides Band 2 und 3 | Text: Brian Herbert, Kevin J. Anderson, Zeichnungen: Dev Pramanik, Alex Guimarães. Splitter | HC | Farbe | je 112 Seiten

Frankenstein | Story: Mary Shelley, Text/Zeichnungen: Georges Bess. Splitter | HC | Farbe | 208 Seiten

Kenya Band 2 bis 4 | Text: Leo, Rodolphe, Zeichnungen: Leo. Splitter | HC | Farbe | je 48 Seiten

Die Kunst von Jean-Claude Mézières | Text: Christophe Quillien, Zeichnungen: Jean-Claude Mézières. Carlsen | HC | Farbe | 240 Seiten

Die Legende der Dämonenprinzen Band 1 und 2 | Story: Jack Vance, Text: Jean-David Morvan, Zeichnungen: Paolo Traisci. Splitter | HC | Farbe | 64 (Nr. 1) bzw. 56 Seiten (Nr. 2)

Metro 2033 Gesamtausgabe | Story: Dmitry Glukhovsky, Text/Zeichnungen: Peter Nuyten. Splitter | HC | Farbe | HC | 240 Seiten

Morgen Band 1 | Text: Leo, Rodolphe, Zeichnungen: Louis Alloing. Splitter | HC | Farbe | 56 Seiten

Neptun Band 1 | Text/Zeichnungen: Leo. Splitter | HC | Farbe | 64 Seiten

Storm Band 33 | Text: Rob van Bavel, Zeichnungen: Romano Molenaar. Splitter | HC | Farbe | 64 Seiten

Der Turm Band 1 | Text: Omar Ladgham, Jan Kounen, Zeichnungen: Mr Fab. | Splitter | HC | Farbe | 64 Seiten

Die verlorenen Briefe | Text/Zeichnungen: Jim Bishop. Cross Cult | HC | Farbe | 208 Seiten

Yoko Tsuno Band 30 | Text/Zeichnungen: Roger Leloup. Carlsen | SC | Farbe | 48 Seiten

GAME

Johannes Hahn

KLIMA, KOLLAPS UND KATZEN

Vor zwei Jahren, im *Science Fiction Jahr 2021*, war eines der Leitthemen der Umgang der Zukunftsliteratur mit dem Thema Klimawandel. Mit Spielen wie *Far: Changing Tides* und *Floodlands* und – wenn man es so lesen möchte – auch in *Norco* finden Auswirkungen des Klimawandels ihren Spiegel im modernen Videospiel. Wer dazu mehr lesen möchte, kann gerne den Überblick aus dem erwähnten Jahrbuch lesen.

Außer Klima und Kollaps gab es im letzten Jahr auch ein bisschen Horror zu spielen: *The Callisto Protocol* brachte den Sci-Fi-Horror mit brachialer AAA-Kraft ins Rampenlicht, verhaltener waren da *Scorn* und *Signalis*. Dieser Rückblick beginnt aber – wie immer – mit einigen Kurzrezensionen von bemerkenswerten Spielen.

Bemerkenswert heißt dabei: Die Titel heben sich durch Elemente wie Spielmechanik oder Inszenierung von der Masse ab. Dieser Überblick soll interessierten Leser*innen eine kleine Orientierung in der Spieleflut geben und erhebt keinen Anspruch auf Vollständigkeit – das geht allein aus Platzgründen nicht. Fokus des Überblicks liegt daher auf eher kleineren Titeln, die interessante Aspekte entweder in die Science Fiction oder das Medium Videospiel einbringen. Begonnen wird also folgerichtig mit einem witzigen Genre-Mix: Rollschuh-Derby und Ballerei.

Rollerdrome

Die Leute hinter dem Skateboard-Plattformer *OlliOlli* und seinen Nachfolgern haben das Trendsportgerät gewechselt: Vom Rollbrett geht es auf die Rollschuhe – und gleichzeitig in eine Arena mit bewaffneten Gegnern. In *Rollerdrome* müssen die Spieler*innen in einer Siebzigerjahre-Retro-Zukunft auf Rollschuhen durch verschiedene Arenen gleiten, auf Gegner schießen und durch Tricks ihre Punkte, Gesundheit und Munition aufladen.

Das macht zu Beginn noch Spaß, wird mit der Zeit aber zunehmend hektisch, und so ganz kann sich der Genre-Mix nicht darauf einigen, was ihm gerade wichtiger ist: Sport oder Action? Das ist schade, denn *Rollerdrome* bietet einen frischen Wind im Funsport-Bereich. Zudem überzeugen die Comic-Grafik sowie der stimmige Soundtrack. Da *Rollerdrome* knapp 30 Euro kostet, können Action-Fans ruhig mal einen Blick riskieren.

Trigon: Space Story

Mit *FTL: Faster than Light* landeten die Entwickler von Subset Games gleich mit ihrem Erstlingswerk 2012 einen Überraschungshit. An dieses Spiel lehnt sich auch *Trigon: Space Story* an: Man übernimmt die Steuerung eines Raumschiffs und seiner Crew und springt munter durch den Weltraum. Wo *FTL* aber stets das Ziel vor Augen hatte – die Flucht vor der bösen Rebellenflotte –, hat *Trigon: Space Story* eine etwas komplexere Handlung. Im Zentrum stehen aber die Verwaltung des Raumschiffs und das Ausfechten von Kämpfen. Die gestalten sich fast genauso wie im Vorbild *FTL: Faster than Light*, nur grafisch wesentlich aufgepeppter.

Als Roguelike ist allerdings das Scheitern vorprogrammiert. Es braucht also mehrere Anläufe und eine Portion Glück, um das Ende der Geschichte, die interessanterweise auch aus der Perspektive von Alien-Völkern erlebt werden kann, zu sehen. Außerdem muss man zwischendurch mit einigen Steuerungsschnitzern und anderen Design-Hürden klar kommen. Wer *FTL: Faster than Light* mochte und dringend Nachschub braucht, sollte sich *Trigon: Space Story* anschauen, alle anderen bleiben lieber beim Original.

Warhammer 40k: Darktide

Unter den 2022 erschienen WARHAMMER-Titeln stach *Warhammer 40k: Darktide* hervor. Der First-Person-Coop-Horde-Defense-Shooter bietet frischen Nachschub sowohl im Bereich der Coop-Shooter als auch für

Fans des WARHAMMER-40k-Universums. Bis zu vier Spieler*innen können aus vier unterschiedlichen Klassen wählen und treten dann gegen Horden von Chaos-Kultisten auf einer Imperiumswelt an.

Im Prinzip funktioniert die Tretmühle aus Schießen, Punktesammeln, Aufsteigen und Aufwerten ganz gut. Allerdings krankt das Spiel an fehlender Missionsvielfalt – letztlich wiederholen sich Level und Aufträge zu oft. Auch den Klassen fehlt es an wirklichen Unterschieden oder Besonderheiten. Das ist mit drei weiteren Freunden erträglich, für Solo-Spieler*innen lohnt sich der Dienst für das Imperium aber eher nicht.

Starship Trooper: Terran Command

Eine andere Form von Horde-Defense ist auch *Starship Troopers: Terran Command*, nur in einem völlig anderen Genre. Hier erwehren sich die menschlichen Soldaten der Mobilen Infanterie gegen Horden von Bugs in einem Echtzeitstrategiespiel. Mit Trupps, die sich unterschiedlicher Waffengattungen bedienen, zum Beispiel Scharfschützen oder Sappeure, gilt es, die Missionsziele zu erfüllen. Dabei verzichtet *Starship Troopers: Terran Command* auf den Basisbau, Einheiten werden durch Versorgungspunkte requiriert und anschließend eingeflogen.

Das funktioniert solide und der taktische Anspruch stimmt. Auch wer kein Strategie-Genie ist, kann dank eines stets anpassbaren Schwierigkeitsgrads Erfolge feiern. Allerdings fehlt es dem Spiel auf Dauer etwas an Tiefe: Die unterschiedlichen Truppen können zwar verschiedene Sachen gut, es fehlen aber aufregende Spezialfähigkeiten oder Ähnliches. Auch in Sachen Handlung, deren satirischer Ton sich an der Verhoeven-Verfilmung orientiert, traut man sich leider wenig, eigene Akzente zu setzen. So bleibt am Ende ein solides Echtzeitstrategiespiel, das aber außer durch sein Setting wenig auffällt.

Blade Runner: Enhanced Edition

So wie der 1982 unter der Regie von Ridley Scott erschienene Film *Blade Runner* stellt auch das gleichnamige Spiel von 1997 eine Besonderheit dar: Es erzählte eine vom Film weitgehend unabhängige Geschichte, die sich je nach Spieler*innenentscheidung unterschiedlich verzweigte. Dafür erhielt das Spiel auch entsprechende Preise und hat eine Art Kultstatus erreicht.

2022 erschien daher eine von den Nightdive Studios verantwortete, sogenannte »Enhanced Edition« des Spiels. Zwar sind die Qualitäten von

Blade Runner auch in der Enhanced Edition gleich geblieben, aber tatsächlich lohnt sich der Kauf dieser Ausgabe gegenüber dem Original kaum.

Da Nightdive Studios keinen Zugriff auf die Original-Dateien der vorgerenderten Hintergründe hatte, haben sie nach eigener Aussage unter anderem maschinelles Lernen genutzt, um die Grafiken hochzuskalieren und auf 60 Frames pro Sekunde zu beschleunigen. Allerdings sieht das Resultat wenig besser aus als die emulierte Version, die man seit 2019 kaufen kann. Wer genau hinschaut, findet vielleicht sogar, dass die »verbesserten« Grafiken verwaschener und weniger detailliert sind.

Daher sei allen, denen es nach einer Cyberpunk-Detektivgeschichte dürstet, von der *Blade Runner: Enhanced Edition* abgeraten und stattdessen die ScummVM-Version empfohlen, die es zum Beispiel bei Gog.com und Steam zu kaufen gibt.

Vielleicht eine Metapher – Far: Changing Tides
Far: Changing Tides dreht sich um die Reise der kleinen Hauptfigur unbestimmten Geschlechts, welche ein dampfbetriebenes Schiff findet und damit durch die Welt reist. Durch verschiedene Ausbauten erhält das Gefährt zudem Segel, eine Seilwinde zum Bergen von Unterwasserschätzen sowie die Fähigkeit zu tauchen. Stößt das Schiff bei seiner Reise auf Hindernisse, so verlässt die Figur ihr schwimmendes Zuhause und löst kleine Rätsel, um Tore zu öffnen oder Wracks zu verschieben.

Far: Changing Tides

Damit ist im Grunde die Spielmechanik auch erklärt. Es geht relativ stumpf von rechts nach links, manchmal auch nach oben und unten, Fahrtsequenzen wechseln sich ab mit Rätselabschnitten. Wie auch sein 2018 erschienener Vorgänger setzt sich *Far: Changing Tides* von der manchmal atemlosen Daueraction üblicher AAA-Spiele ab, indem es sehr viel von seinem Charme aus Atmosphäre und Inszenierung seiner Spielwelt zieht.

Zunächst ist dort das Wassergefährt selbst. Es ist mit seinen Hebeln und Schaltern, mit seinen Haken, Schotts und Leitern stets im Zentrum des Bildschirms und wird mit der Zeit sowohl zum (visuellen) Zuhause für die Spielenden, als auch zum (tatsächlichen) Zuhause für die Spielfigur. Jedes Mal wenn das Gefährt durch die eigene Unachtsamkeit Schaden nimmt, fühlt es sich an, als wäre der eigenen Spielfigur etwas zugestoßen.

Dann ist da die tolle Umwelt: Vom Wasser aus lässt sich auf Küsten und Felsen blicken, grob gezimmerte Behausungen sind zu sehen, Reste großer Industrieanlagen lassen mutmaßen, welche Katastrophe diese Welt wohl einst heimsuchte. Gerade aus den ruhigen Fahrsequenzen, in denen wenig mehr geschieht als das gelegentliche Justieren der Segel oder Befüllen des Motors mit Brennstoff, bezieht das Spiel seine eigene Faszination. Hier werden die Spielenden zum Innehalten beinahe gezwungen und dürfen sich beim Bewundern der schönen Dioramen entspannen.

Wo der Vorgänger *Far: Lone Sails* allerdings in seinen postapokalyptischen Schauplätzen ein wenig steril war, versucht *Far: Changing Tides* zumindest in Ansätzen etwas Leben in die Umgebung zu hauchen. So nisten Vögel in Bretterverschlägen und Hirsche blicken von Felsvorsprüngen in die Ferne. Vor allem unter Wasser dank Fischschwärmen, Quallenkolonien oder Begegnungen mit einem Wal, wirkt die Welt etwas wilder als gewohnt.

Wie auch vor fünf Jahren verdient die Musik eine besondere Erwähnung. Komponist Joel Schoch fängt Atmosphäre und Geschehen auf dem Schirm mit seinen Kompositionen hervorragend und stimmungsvoll ein. Mal untermalt die Musik das Stampfen des Motors, mal umspielen die Noten das Gefährt wie der Wind die Segel, und in ein, zwei Sequenzen schaffen die vagen Melodien es, den *sense of wonder* der Unterwasserwelt zu kommunizieren. Dass *Far: Changing Tides* ein tatsächliches Spielerlebnis ist, verdankt es zu großen Teilen seiner Musik.

Kritisch fällt auf, dass es im Gegensatz zum Vorgänger wenig Neues gibt, wodurch sich der Spielablauf noch etwas abwechslungsreicher gestalten könnte. Wenn man außerdem zur Ungeduld neigt, könnten die »leeren« Momente im Spiel etwas zu lang wirken. Aber vielleicht ist es gerade dann umso wichtiger, ein so beruhigendes Spiel wie *Far: Changing Tides* zu erleben.

Es ist unklar, was zur Katastrophe in diesem Spiel und seinem Vorgänger führte. Beiläufige Andeutungen lassen vermuten, dass versucht wurde, dem Untergang mit großen, industriellen Projekten entgegenzuhalten. Wer will, kann da ein Hadern mit der Industrialisierung herauslesen, bedenkt man unsere heutige Situation angesichts des Klimawandels. Skeptiker*innen des Klimas und Apologet*innen des Kapitalismus predigen nur zu gerne, dass uns wundersame Zukunftstechniken vor den Auswüchsen des drohenden CO_2-Kollaps bewahren werden. *Far: Changing Tides* zeigt den Spielenden aber, dass vor den Naturgewalten auch der imposanteste Stahl-und-Beton-Bombast nicht bestehen kann.

Die Menschheit mag überleben – im Verlauf des Spiels erhebt sich eine schwimmende Stadt aus dem Meer und impliziert so Hoffnung auf einen Neuanfang –, aber bis auf die Spielfigur findet sich im ganzen Spiel nur ein*e weitere*r Überlebende*r. Der Großteil der Menschen in der Spielwelt scheint genauso untergegangen zu sein wie die riesigen Maschinen, welche die Welt retten sollten.

Aber keine Sorge: Mit etwas Glück vermittelt uns dieses Spiel nur eine eindrückliche Metapher.

Ein Spiel mit Familien – Floodlands

Das Thema einer überfluteten Welt teilt sich *Far: Changing Tides* mit *Floodlands*: In dem Aufbauspiel sind große Teile der Spielwelt überflutet, nur einzelne Landmassen ragen nach einem riesigen Tsunami noch aus dem Wasser. Auf diesen (halbwegs) trockenen Inseln siedeln die Überlebenden und versuchen, sich in der neuen Welt zurechtzufinden.

Floodlands folgt dabei der üblichen Aufbaulogik: Erst sind die Grundlagen wie Nahrung, Baumaterial und Obdach zu sichern, dann werden nach und nach neue Rohstoffe freigeschaltet, Wissenschaftspunkte gesammelt und schließlich auch neue Inseln besiedelt. Nebenbei können auch Häuser sowie andere Gebäude aus präapokalyptischer Zeit geplündert werden. So weit, so im Grunde auch aus den im letzten Jahr besprochenen Spielen *Surviving the Aftermath* und *Endzone – A World apart* bekannt.

Floodlands

Grafisch wie auch musikalisch orientiert sich *Floodlands* am US-Südstaaten-Flair. Angesichts überfluteter Einfamilienhäuser und aus dem Nass ragender Wassertürme denkt man schnell an die Bilder nach dem Hurrikan Katrina im Jahr 2005, der die Südstaaten Louisiana und Alabama verwüstete.

Was *Floodland* wirklich neu macht, ist, dass es das Management von Wünschen und Vorstellungen verschiedener Gruppierungen innerhalb der eigenen Siedlung in den Vordergrund stellt. Man startet das Spiel mit einem von vier Clans und trifft im Verlauf auf einige andere Familien, die in die eigene Gemeinschaft integriert werden können. Allerdings folgen die Clans immer eigenen Werten auf den Achsen von Tradition und Progressivität (bzw. »Alte Welt« versus »Neue Welt«, wie es das Spiel nennt) sowie Autorität und persönlicher Freiheit. Clans, die auf beiden Achsen unterschiedliche Schwerpunkte haben, liegen bald im Streit. Das alles ist eine nette Ergänzung zu den ansonsten recht bekannten Aufbaumechaniken. Den positiven Eindruck trübt allerdings die etwas verwirrende Menüführung und umständliche Steuerung gerade in der Clan-Verwaltung.

So legt *Floodlands* mehr Wert auf die menschlichen Konsequenzen der Postapokalypse und verleiht dem Aufbau einer neuen Gesellschaft einen leichten soziopolitischen Aspekt. Allerdings greift auch hier die Kritik aus dem letzten Jahr: *Floodlands* geht nicht über die Herstellung eines vor-apokalyptischen Status hinaus, auch wenn manche Clans sich die Schaffung einer »neuen Welt« aus den Trümmern der alten auf die Fahne geschrieben haben. Zwar geht es in manchen Gesetzen um Integration und Toleranz, neue Formen der politischen Ordnung oder Arbeitsorganisation werden nicht explizit dargestellt, schwingen vielleicht irgendwo im Hintergrund mit. Hier verschenkt *Floodlands* leider etwas erzählerisches Science-Fiction-Potenzial.

Ansonsten bleibt *Floodlands* aber den bekannten Funktionsweisen des Genres Aufbauspiel treu und setzt dabei den Schwerpunkt auf die Beziehungen zwischen den Clans. Wer diesen Aspekt besonders interessant findet, sollte sich das Spiel auf jeden Fall anschauen, alle anderen sitzen vielleicht noch an *Surviving the Aftermath* oder *Endzone – A World Apart* aus dem letzten Jahr.

Schlaflos in Erlin's Eye – Citizen Sleeper

Auch das mehr oder weniger »klassische« Adventure soll dieses Jahr nicht vergessen werden. Zwei Titel mit unterschiedlichen Schwerpunkten zogen 2022 weitere Kreise: *Norco* und *Citizen Sleeper*.

Letzteres geht zurück auf das Ein-Personen-Entwicklungsstudio Jump over the Age von Gareth Damian Martin und den Illustrator Guillaume Singelin. Die beiden haben mit Unterstützung zusätzlicher Programmierer*innen mit *Citizen Sleeper* einen erzählerisch starken, atmosphärisch dichten, aber spielerisch eher dünnen Titel abgeliefert. Die fehlende Komplexität mag für manche*n jedoch ein Pluspunkt des Spiels sein.

Darin schlüpft man in die künstliche Haut eines Androiden, der mit einem »emulierten Bewusstsein« ausgestattet ist. Das eigene, computergenerierte Bewusstsein basiert auf einer sich im Kälteschlaf befindenden Person. So können sich die großen Unternehmen um rechtliche Einschränkungen für künstliche Intelligenzen drücken, öffnen sich aber dafür weiteren Diskussionen um die Rechte dieser Sleeper genannten Androiden – schließlich gehören die Robotergehäuse den Unternehmen, das jeweils steuernde Bewusstsein aber einer realen Person. Anklänge an *Ghost in the Shell* und ähnliche Cyberpunk-Werke sind deutlich zu erkennen.

Als solcher Sleeper auf der Flucht vor dem großen Konzern erwacht man auf Erlin's Eye, einer Raumstation, die schon bessere Zeiten gesehen hat. Das Spiel führt nacheinander verschiedene Orte auf der Station und ihre unterschiedlichen, bunten Bewohner*innen ein: vom

Schrottsammler über den Koch eines Straßenimbisses bis zu Daten-händlern und verzweifelten Söldnern. Die begleitenden Texte für Orte und Personen sind allesamt schön und atmosphärisch geschrieben, sie machen Spaß zu lesen und erzählen nebenbei eine spannende Geschichte.

Denn dem Sleeper steht es frei, sich selbst eine Zukunft auf Erlin's Eye aufzubauen – oder die Station so schnell wie möglich wieder zu ver-lassen. Dabei muss man sich aber mehreren Herausforderungen stellen: Zunächst wäre da der große Konzern, vor dem man geflohen ist und der einen weiterhin jagt. Darüber hinaus zerfällt der eigene Roboter-körper langsam – vom Hersteller im Sinne der geplanten Obsoleszenz so beabsichtigt und nur zufällig auch ein guter Schutz gegen flüchtende Androiden. Auch braucht der mechanische Körper Energie in Form von Nahrung, welche wiederum Geld kostet, das verdient werden muss. Mit diesen Ressourcen – Zustand, Nahrung, Geld, Zeit – muss gehaushaltet werden. Neben den Entscheidungen für oder gegen bestimmte Hand-lungen in der Geschichte kommt also noch das Management dieser Ressourcen dazu.

In die verschiedenen Handlungsstränge der Geschichte wird man sowohl als Spieler*in als auch als Sleeper mal reingezogen, mal nimmt man bewusst eine bestimmte Fährte auf. Alle Story-Bögen haben gemeinsam, dass sie mehr Farbe und Atmosphäre in die eigene Geschichte bringen und so das Gefühl entsteht, man erlebt

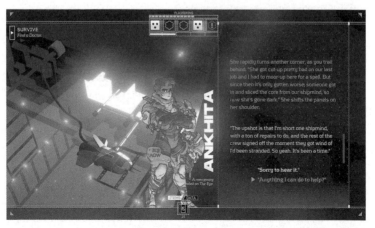

Citizen Sleeper

hier – zumindest beim ersten Durchspielen – wirklich eine persönliche Erzählung. Dies ist die zentrale Stärke von *Citizen Sleeper*: Handlung, Atmosphäre und Spieldesign gehen Hand in Hand und ermöglichen so eine fesselnde Geschichte von fünf bis sieben Stunden Länge.

Als Kritik bleibt letztlich, dass das Rollenspielsystem mit seinen fünf Eigenschaften und den Spezialfertigkeiten und Boni etwas dünn wirkt und vor allem später im Spiel wenig große Vorteile mit sich bringt. Auch die Inszenierung beschränkt sich auf Umgebungsgeräusche und sphärische Musik, die Geschichte wird in weiterhin guten, aber eben statischen und unvertonten Texten und Charakterbildern erzählt.

Einmal im Spiel fallen diese spielmechanischen und inszenatorischen Mankos aber kaum auf. *Citizen Sleeper* bleibt ein für Rollen- und Adventure-Spieler*innen absolut empfehlenswerter Titel. Wer sich auf das Spiel einlässt, wird nach dem Ende des ersten Durchgangs gleich einen neuen starten wollen – einfach, um zu den lieb gewonnen Charakteren auf Erlin's Eye zurückzukehren.

Ein Messias für gelangweilte Teenager – Norco

Norco lehnt sich – im Gegensatz zu *Citizen Sleeper* – eher an klassische Point-and-Click-Adventures an, mit der gewohnten Maussteuerung, Interaktionspunkten auf den großen Pixelhintergründen und ähnlichen, vertrauten Elementen. Doch auch *Norco* enthält viel Text und legt Wert auf seine Handlung, wobei spielerisch mehr Abwechslung entsteht als bei *Citizen Sleeper*, wenn auch die einzelnen Elemente dabei nicht unbedingt so gut ineinandergreifen.

Die Geschichte von *Norco* spielt hier auf der Erde, im namensgebenden Ort Norco in Louisiana. Das Städtchen existiert übrigens tatsächlich und wie auch im Spiel dominiert dort eine Ölraffinerie Wirtschaft und Umwelt. Doch das Spiel mischt bekannte Technologien mit Futurismen wie Androiden, künstlichen Intelligenzen oder Downloads der eigenen Erinnerungen.

Es geht um Kay, eine junge Frau, die nach Norco zurückgekommen ist, um nach dem Tod der gemeinsamen Mutter ihren jüngeren Bruder Blake zu suchen. So erkundet Kay die Stadt und ihre Bewohner*innen und setzt sich natürlich auch mit der Vergangenheit ihrer Familie auseinander.

Konkret besteht das Spiel hauptsächlich aus dem Sammeln von Informationen durch Dialoge sowie dem Lösen von mal einfachen, mal etwas komplexeren Rätseln oder Aufgaben. Die sich entwickelnde Geschichte, geprägt von einer gewissen Melancholie sowie skurrilen Episoden und Personen, ist weitgehend spannend, die meisten Aufgaben lassen sich gut erschließen und lösen. An manchen Stellen schaltet das Spiel zusätzlich in einen rundenbasierten Kampfmodus, wie man ihn aus JRPGs kennt. Diese Momente haben keine taktische Tiefe, sind aber, wie auch andere Minispiele, eine nette Abwechslung, zumal diese Sequenzen oft mit Story-Schnipseln verbunden sind.

Die Geschichte wird im Verlauf immer abgefahrener. Eine zentrale Rolle spielen ein quasi-religiöser Kult gelangweilter Teenager sowie ein messianischer Prediger, der die Protagonistin für einen Nachkommen von Jesus Christus hält. Außerdem lassen sich mit besagtem Kult auch Parallelen zu realen Verschwörungsmythen wie QAnon ziehen. Das verleiht sowohl dem Spiel als auch seiner Handlung eine manchmal gruselige Relevanz, was natürlich zur Faszination beiträgt.

Darüber hinaus beeindruckt *Norco* durch seine sehr schöne Pixelgrafik und bestimmte visuelle Spielereien, wie aus dem Schatten ins Licht tretende Figuren. Allerdings lenkt die sehr schöne Grafik nur stellenweise von der fehlenden Tiefe des Spiels ab. Erzählerisch ist es zudem sehr viel linearer als beispielsweise *Citizen Sleeper*.

Trotzdem bleibt *Norco* allein für seine Stimmung und Story eine Empfehlung für Fans von abgefahrenen Geschichten, die sich zudem an der ein oder anderen Kopfnuss nicht stören.

Weltraum-DDR – Signalis

Auf den ersten Blick nostalgisch erscheint das im Wesentlichen von zwei Hamburger Indie-Entwickler*innen programmierte *Signalis* mit seiner an die alte Playstation erinnernden Grafik. Aber nicht nur grafisch orientiert sich *Signalis* an der 32-Bit-Ära: Auch spielerisch nimmt es sich die damals aufsehenerregenden Spiele *Resident Evil* und *Silent Hill* zum Vorbild.

So taucht das Spiel in die Genre-Konventionen des Survival Horror ein: tatsächlicher Munitionsmangel; gefährliche Einzelgegner, die man auch mal umgehen muss, statt sie umzunieten; Rätsel; eine Geschichte zwischen psychologischem und kosmischem Horror; kein freier Speicher; ein eingeschränktes Inventar. All diese Elemente kennt man aus den Anfängen des Genres. Wer will, kann sogar die (schon damals schreckliche) »Panzer-Steuerung« einschalten.

Signalis nutzt aber diese teilweise veralteten Elemente und macht bewusst, warum sie damals funktioniert haben und auch heute noch

Signalis

Relevanz besitzen können. Die eigene Protagonistin, eine Androidin, wirkt nie übermächtig und die Ausflüge in die Gänge der Planetenbasis Sierpinski müssen geplant und überlegt werden, da das Inventar nur Platz für sechs Gegenstände auf einmal bietet. So unterstützen Beschränkungen die beklemmende Atmosphäre und das Gefühl echter Bedrohung durch die Monster von *Signalis*.

Die Handlung des Spiels dreht sich dabei um die erwähnte Androidin vom Typ Elster, oder LSTR-512. Der Replikant durchsucht die Minenstation Sierpinski nach einer Bekannten und muss sich währenddessen den Angriffen anderer, von einer unheimlichen Krankheit korrumpierter Replikanten erwehren. Beim Durchstreifen der Station lernt Elster verschiedene Überlebende kennen und erfährt mehr über die Hintergründe und Geschehnisse auf der Station. Genre-typisch wird das meist durch herumliegende Tagebuchseiten, Verhörprotokolle oder ähnliche Memos erzählt.

Signalis überzeugt sowohl durch sein Spieldesign als auch durch seine Story und Spielwelt. Sierpinski gehört zu einem Reich namens Eusan, eine Art Weltraum-DDR – inklusive Schwarz-Rot-Gold sowie Hammer- und-Zirkel-Symbole – und schafft es zudem, wunderbar gruselig zu sein.

Die gelungene spielerische und erzählerische Umsetzung macht Signalis interessant, wobei schon die Weltraum-DDR allein ein selten gesehener Ansatz ist und zu einem Abstecher einlädt.

Räume wie Gemälde – Scorn

Wie auch *Signalis* setzt *Scorn* auf eine beklemmende Atmosphäre, die nur punktuell von Schreckmomenten untermalt wird. Der Horror resultiert in diesem Fall allerdings aus den abstrakten bio-mechanischen Albtraumräumen. Stilistisch Pate standen dabei vor allem die Künstler H. R. Giger (bekannt als Schöpfer des Xenomorph aus *Alien* (1979)) sowie Zdzisław Beksiński. Deren Stile fängt das Spiel hervorragend ein und entführt so in eine höchst surreale Welt.

Ganz klar versucht sich das Spiel genau dadurch von anderen First-Person-Action-Spielen abzuheben. Das gelingt auch: Stellenweise wirken einzelne Räume und Szenen wie Gemälde der genannten Künstler. Diese Kunstwerke stellen meistens gleichzeitig auch Maschinen oder andere Vorrichtungen dar, deren Funktion und Zusammenwirken die Spieler*innen entschlüsseln sollen. Später erhält der Protagonist auch eine Waffe mit mehreren Schussmodi, aber die Kämpfe gehören mit zu den schwächsten, wenn nicht sogar nervigsten Aspekten des Spiels.

Scorn ist sehr rätsellastig und ähnelt vor allem zu Beginn eher einem »Walking Simulator« – was besser zum Spiel passt als die erwähnte Action. Allerdings werden die Spieler*innen bei den Rätseln meist allein gelassen: Sinn und Zweck der Geräte, wie die einzelnen Aktionsmöglichkeiten zusammenhängen, was wohin gebracht werden muss oder wo welcher Hebel aktiviert werden soll – das alles muss man sich selbst erschließen. Das braucht viel Geduld und manchmal auch Frusttoleranz.

Ein ähnliches Gefühl könnte sich hinsichtlich der Handlung einstellen: Der namenlose Protagonist erwacht und findet sich in der biomechanisch-apokalyptischen Welt wieder. Er will ein bestimmtes Gebäude erreichen und muss sich dabei durch die Gänge und Tunnel rätseln und kämpfen. So kann sich jede*r selbst einen Reim auf die Wesen, Maschinen und Vorrichtungen an den seltsamen Orten machen, das Spiel verzichtet weitgehend auf Text und erzählt alles durch seine Spielumgebung.

Insgesamt hinterlässt *Scorn* einen gemischten Eindruck: Visuell und atmosphärisch wirklich herausragend, spielerisch ist es aber mitunter sehr sperrig. Es ist durchaus einzigartig – und damit nicht für jede*n geeignet. Wer gerne rätselt und Lust hat, eine atmosphärisch dichte (Albtraum-)Reise zu unternehmen, der findet in *Scorn* rund drei bis fünf Stunden Beschäftigung. Vielleicht sei ein Video-Walktrough aber für die meisten eher angeraten als der Kauf.

Im Nahkampf gegen Zombies – The Callisto Protocol

Als einer der wenigen AAA-Titel soll hier *The Callisto Protocol* besprochen werden, weil es nach langer Zeit das Genre des Science-Fiction-Horrors wieder mit großem Budget inszeniert. Es zeigt jedoch auch: Das muss nicht immer reibungslos klappen.

Zunächst aber: *The Callisto Protocol* wird in der Third-Person-Perspektive gespielt. Man steuert Jacob Lee, einen Raumfrachter-Pilot, der die Strecke zwischen den Jupiter-Monden Europa und Callisto bedient, als sein Frachter von einer Gruppe Terroristen geentert wird. Das Schiff stürzt auf Callisto ab, Lee wird geborgen und in das Black-Iron-Gefängnis geworfen. Dort ist eine seltsame Plage ausgebrochen, welche die Insassen in Quasi-Zombies verwandelt. Jacob muss sich zusammen mit anderen Überlebenden, unter anderem der Anführerin der Terroristen, die ihn angegriffen haben, gegen die Zombies wehren und versuchen, dem Gefängnis zu entkommen.

Diese Geschichte, die rund 10 bis 15 Stunden in Anspruch nimmt, ist mit großem Eifer inszeniert. Vor allem grafisch, in Bezug auf Gesichtsanimationen, Texturen, Beleuchtungen und Umgebungen, bietet *The Callisto Protocol* mitunter wahrscheinlich das Beste, was man derzeit im Videospielbereich sehen kann.

Die grundlegenden Spielmechaniken sind solide, Probleme gibt es aber bei den Details. So setzt das Spiel viel Wert auf den Nahkampf, der über weite Strecken oft die beste Lösung zur Bewältigung von Monsterbegegnungen ist. Das heißt im Umkehrschluss, dass die Handvoll Schusswaffen etwas weniger wirkungsvoll sind und darüber hinaus kaum Varianz in ihrer Nutzung bieten. Zudem wurde der Nahkampf oft als zu einfach kritisiert. Es reicht oft, den Protagonisten Jacob rhythmisch nach rechts und links ausweichen zu lassen, um Schaden zu entgehen, der verfügbare Block ist eigentlich überflüssig. Daher wirkt das Kampfsystem wenig durchdacht und macht im Endeffekt selten wirklich Spaß.

Hier fehlte also der Mut, das Kampfsystem einzigartig und vielleicht auch herausfordernder zu gestalten. Das setzt sich leider auch in der Geschichte fort. Es wird jemanden, die oder der auch nur zwei oder drei Science-Fiction-Horrorfilme gesehen hat, kaum überraschen, dass der Zombie-Ausbruch aus Experimenten an den Gefangenen resultiert. Die Experimente fanden statt, um einen neuen Menschen auf Geheiß des omnipräsenten bösen Unternehmens United Jupiter Company zu schaffen. Eine Spoilerwarnung erübrigt sich hier, weil diese Wendungen wirklich offensichtlich und vorhersehbar sind. Der Mut zu einer vielleicht etwas durchgeknallteren, aber wenigstens halbwegs überraschenden Geschichte fehlt ganz eindeutig.

Am Ende bleibt der Eindruck, *The Callisto Protocol* hätte mehr sein können, wenn man etwas konsequenter gewesen wäre. Konsequenter im Design bestimmter Mechaniken, konsequenter im Handlungsaufbau. Die Rezensionen des Spiels waren daher auch gemischt. Das Ende des Spiels lässt die Tür für einen Nachfolger weit offen, ob der kommt, ist aber aufgrund der verhaltenen Kritiken und der zwar soliden, aber unter den Erwartungen gebliebenen Verkäufe fraglich.

Ein sprichwörtlicher Gartenzwerg – Grounded

Wäre man sehr streng, dann hätte *Grounded* schon im letzten Jahr besprochen werden müssen. Denn das Survival-Spiel ging da in den Early Access, doch weil diese Phase erst 2022 abgeschlossen wurde und *Grounded* dann »offiziell« fertig war, findet es seinen Platz im diesjährigen Jahrbuch.

Dem bekannten Survival-Konzept von Rohstoffsuche, -Verfeinerung und dem Bauen von Gebäuden wird durch das außergewöhnliche Szenario und die Geschichte ein interessanter Dreh verliehen. Man schlüpft in die Rolle eines auf Ameisengröße geschrumpften Teenagers und muss im Garten des eigenen Zuhauses ums Überleben kämpfen. Gleichzeitig geht man den Forschungen eines Wissenschaftlers auf den Grund, schließlich liefert der – hoffentlich – die Antwort darauf, wie man wieder groß wird.

Wer sich an den Disney-Film *Liebling, ich habe die Kinder geschrumpft* aus dem Jahr 1989 erinnert fühlt, hat verstanden, worum es *Grounded* geht. Das Spiel schafft es tatsächlich hervorragend, die Mikroperspektive einigermaßen glaubwürdig zu vermitteln, und lässt sich dabei von einigen Bildern aus dem Film inspirieren. Dabei schafft es *Grounded* mit seinem Comiclook eigene Akzente zu setzen: Die Grafik wirkt in sich stimmig und unterstreicht dabei den humorvollen Ton der Handlung.

Die ist nämlich geprägt von einem augenzwinkernden Umgang mit »Wissenschaft!« sowie der Gesamtsituation. Durch lockere Sprüche untermalen die jugendlichen Protagonisten das Geschehen um sie herum und der Wissenschaftsroboter Burg.L hat eine überschäumende Persönlichkeit, die nur ganz leicht an den Nerven zerrt. Hier wird besonders deutlich, dass die Entwickler*innen von Obsidian

Entertainment hinter *Grounded* stecken. Das Studio ist für Rollenspiele wie *Pillars of Eternity* oder zuletzt *The Outer Worlds* bekannt und hat einen Ruf, gute Geschichten zu schreiben.

Wo *Grounded* bei Setting und Atmosphäre punktet, verliert es leider ein bisschen beim Spiel selbst. Die Survival-Routine von Ressourcensammeln und Basisbau wird durch die geänderte Perspektive etwas spannender, spielerisch bietet es aber wenig Neues. Vor allem alleine und offline artet das Spiel in viel Fleißarbeit aus – daher sollte man es besser kooperativ mit bis zu drei weiteren Freund*innen spielen.

Wer also ein bisschen Abwechslung von dem oft realistischen Anspruch vieler Überlebenssimulationen sucht, ist bei Grounded genau richtig. Spielerische Innovation kann *Grounded* aber nur bedingt bieten.

Raumschiff-Recycling – Hardspace Shipbreakers

Das Genre der Arbeitssimulationen ist in den letzten Jahren immer beliebter geworden – siehe den Erfolg von Spielen wie dem Landwirtschaftssimulator und seinen diversen Ablegern. Augenzwinkernd hat sich nun auch ein Science-Fiction-Spiel dieses Genres angenommen: In *Hardspace Shipbreakers* schlüpfen Spieler*innen in den Weltraumanzug einer Art Müllwerker im Weltraum. Die Aufgabe des namensgebenden Shipbreakers ist es nämlich, auf einer Verwertungsstation im Jahr 2329 alte Raumschiffe fachgerecht zu zerlegen und die Bauteile zu recyceln. Dazu schwebt man frei im 3-D-Raum um das Schiff herum und nutzt die verschiedenen Werkzeuge zum Schneiden, Sprengen oder Transportieren.

Die Schiffe kommen in unterschiedlichen Zuständen in die Recyclingstation gedriftet: Mal ist im Schiff noch Luftdruck, der gefahrlos abgelassen werden will, mal ist noch Treibstoff in den Leitungen, der natürlich nicht explodieren darf. Unfälle werden einem schließlich vom Gehalt abgezogen. Dementsprechend gilt es, umsichtig bei der Entsorgung vorzugehen, was einen eigenen Reiz ausmacht und einen angenehmen Flow entwickelt.

Grafisch orientiert sich das Spiel zum einen an einem retrofuturistischen Röhrenmonitorcharme der 80er-Jahre, zumindest in Bezug auf das Interface. Die Schiffe selbst sowie die gesamte Verwertungsstation erinnern an die Illustrationen des in Sci-Fi-Kreisen bekannten Grafikers Chriss Foss. Untermalt werden die ansehnlichen Weltraumarbeitseinsätze von entspannter Gitarrenmusik mit Country-Anleihen.

Hardspace Shipbreakers

Kritisch anzumerken ist, dass die Handlung um den Arbeitskampf gegen den ausbeuterischen Arbeitgeber zwar ein netter Bonus ist, aber nicht unbedingt die Stärke des Spiels. Auch mag die eine oder der andere den (optionalen) Zeitdruck beim Zerlegen der Zukunftsschiffe als widersprüchlich zum eigentlich entspannten Spielstil solcher Arbeitssimulationen empfinden. Schließlich ist die Steuerung durch den 3-D-Raum auch etwas umständlich und hakelig, aber das kann man auch als Teil der Herausforderung des Spiels empfinden.

Insgesamt ist *Hardspace Shipbreaker* ein ungewöhnlicher Eintrag in die Liste der Science-Fiction-Spiele des Jahres 2022 und lohnt allein dafür schon einen Blick.

Endlich Katze(n)! – Stray

In *Stray* schlüpft man in die Rolle einer kleinen Katze, die durch einen unglücklichen Zufall in die Tiefen einer Bunkerstadt fällt. In dieser »Walled City '99« muss sich nun der Freigänger wieder an die Oberfläche kämpfen. Dabei wird er von der kleinen Drohne B-12 unterstützt. Die Bewohner der Mauerstadt sind dabei allesamt Roboter, die nach dem Verschwinden der Menschen eine eigene Zivilisation entwickelt haben. Warum die Menschen verschwunden sind, wird nicht ganz klar.

Das Spiel wechselt im Verlauf zwischen offenen Erkundungsarealen und linearen Plattform- und Rätselpassagen. Die kleine Katze kann springen und Schalter betätigen, mit B-12s Hilfe auch Türen knacken und

Gegenstände einsammeln. Die Mischung aus Erkundung und Rätseln unterhält über die ungefähr sieben bis zehn Stunden Spieldauer auch ganz gut, nur die Schleichpassagen gegen Ende nerven ein bisschen.

Besonders macht *Stray* dabei die liebevoll und detailreich gestaltete Umwelt der Walled City. Die nimmt architektonisch starken Bezug auf den urbanen Look Hongkongs und seinem berüchtigten Ortsteil Kowloon. In diesem befand sich bis 1994 die sogenannte Walled City, einer der am dichtesten besiedelten Orte auf der Erde (ca. 33.000 Menschen auf 0,027 km²).

So können sich Spieler*innen an den atmosphärisch sehr dichten, ansehnlichen Levels sowie dem gelungenen Porträt einer Katze in einem Videospiel erfreuen. Eine spielerische Offenbarung ist *Stray* nicht, aber eine beeindruckende Demonstration dessen, was auch ein kleines Entwickler*innen-Team wie das von BlueTwelve Studio und Annapurna Interactive zu leisten vermag.

Zum Abschluss

Wo dieses Videospielejahr geprägt war von Klima, Kollaps und Katzen, so zeigt es auch: Kleine Teams wie diejenigen, die *Signalis*, *Norco*, *Citizen Sleeper* und schließlich *Stray* entwickelt haben, können ganz hochwertige und spannende Spiele anbieten. Wo *The Callisto Protocol* mit großem Budget grafische Exzellenz demonstriert und eine inszenatorische Wucht ist, schwächelt es an der spielerischen Front, die wiederum von besagten kleineren Titeln vorangetrieben wird.

Aller Wahrscheinlichkeit nach wird sich dieses Wechselspiel zwischen kleinen und großen Entwicklern auch im Jahr 2023 fortsetzen. An dessen Horizont stehen so große Titel wie *Starfield* von Bethesda oder *Homeworld 3*. Spannend dagegen wird sein, welche »kleinen« Spiele wieder überraschen werden.

Bis dahin alles Gute und bis zum nächsten Mal!

PREISE

BSFA AWARDS 2023
(Preise der British Science Fiction Association)

BEST NOVEL: *City of Last Chances*, **Adrian Tchaikovsky**

NOMINIERT:

The Coral Bones, E. J. Swift

The Red Scholar's Wake, Aliette de Bodard

Stars and Bones, Gareth L. Powell

The This, Adam Roberts

SHORT FICTION: *Of Charms, Ghosts and Grievances*, **Aliette de Bodard**

NOMINIERT:

Luca, Or Luca

»A Moment of Zugzwang«, Neil Williamson

Ogres, Adrian Tchaikovsky

»Seller's Remorse«, Rick Danforth

BOOK FOR YOUNGER READERS: *Unraveller*, **Frances Hardinge**

NOMINIERT:

Her Majesty's Royal Coven, Juno Dawson

Illuminations, T. Kingfisher

Mindwalker, Kate Dylan

Only a Monster, Vanessa Len

Violet Made of Thorns, Gina Chen

Zachary Ying and the Dragon Emperor, Xiran Jay Zhao

Non-Fiction: **Terry Pratchett: A Life with Footnotes,** *Rob Wilkins*

Nominiert:

»The Critic and the Clue: Tracking Alan Garner's Treacle Walker«, Maureen Kincaid Speller

Management Lessons from Game of Thrones: Organization Theory and Strategy in Westeros, Fiona Moore

»Preliminary Observations from an Incomplete History of African SFF«, Wole Talabi

»Too Dystopian for Whom? A Continental Nigerian Writer's Perspective«, Oghenechovwe Donald Ekpeki

DEUTSCHER SCIENCE FICTION PREIS 2022

(verliehen vom Science Fiction Club Deutschland, ermittelt durch eine Jury)

Beste deutschsprachige Kurzgeschichte:

»Utopie27«, **Aiki Mira**

2. Platz: »Das Universum ohne Eisbärin«, Aiki Mira

3. Platz: »Onkel Nate oder die hohe Kunst, aus dem Fenster zu schauen«, Janika Rehak

4. Platz: »Meine künstlichen Kinder«, Thomas Grüter

5. Platz: »Vorsicht Synthetisches Leben!«, Aiki Mira

Bester deutschsprachiger Roman:

Stille zwischen den Sternen, **Sven Haupt**

2. Platz: *Memories of Summer,* Janna Ruth

3. Platz: *Stargazer: Das letzte Artefakt,* Ivan Ertlov

4. Platz: *Die silbernen Felder,* Claudia Tieschky

5. Platz: *Kalte Berechnung,* Michael Rapp

HUGO AWARDS 2022

(Die Hugo Awards, die Preise der SF-Fans, wurden im Dezember 2021 auf der World Science Fiction Convention in Washington vergeben.)

Novel

Winner: *A Desolation Called Peace,* **Arkady Martine**

The Galaxy, and the Ground Within, Becky Chambers

Light From Uncommon Stars, Ryka Aoki

A Master of Djinn, P. Djèlí Clark

Project Hail Mary, Andy Weir

She Who Became the Sun, Shelley Parker-Chan

NOVELLA

Winner: *A Psalm for the Wild-Built*, Becky Chambers

Across the Green Grass Fields, Seanan McGuire

Elder Race, Adrian Tchaikovsky

Fireheart Tiger, Aliette de Bodard

The Past Is Red, Catherynne M. Valente

A Spindle Splintered, Alix E. Harrow

NOVELETTE

Winner: »Bots of the Lost Ark«, Suzanne Palmer

»Colors of the Immortal Palette«, Caroline M. Yoachim

»L'Esprit de L'Escalier«, Catherynne M. Valente

»O2 Arena«, Oghenechovwe Donald Ekpeki

»That Story Isn't the Story«, John Wiswell

»Unseelie Brothers, Ltd.«, Fran Wilde

SHORT STORY

Winner: »Where Oaken Hearts Do Gather«, Sarah Pinsker

»Mr. Death«, Alix E. Harrow

»Proof by Induction«, José Pablo Iriarte

»The Sin of America«, Catherynne M. Valente

»Tangles«, Seanan McGuire

»Unknown Number«, Blue Neustifter

RELATED WORK

Winner: *Never Say You Can't Survive*, Charlie Jane Anders

Being Seen: One Deafblind Woman's Fight to End Ableism, Elsa
    Sjunneson

The Complete Debarkle: Saga of a Culture War, Camestros Felapton

*Dangerous Visions and New Worlds: Radical Science Fiction, 1950 to
    1985*, Andrew Nette & Iain McIntyre

»How Twitter can ruin a life«, Emily St. James

True Believer: The Rise and Fall of Stan Lee, Abraham Riesman

GRAPHIC STORY

Winner: *Far Sector,* N. K. Jemisin, art by Jamal Campbell

Die, Volume 4: Bleed

Lore Olympus, Volume 1

Monstress, Volume 6: The Vow

Once & Future, Volume 3: The Parliament of Magpies

Strange Adventures

DRAMATIC PRESENTATION: LONG FORM

Winner: *Dune*

Encanto, The Green Knight, Shang-Chi and the Legend of the Ten Rings, Space Sweepers, WandaVision

DRAMATIC PRESENTATION: SHORT FORM

Winner: The Expanse: »Nemesis Games«

Arcane: »The Monster You Created«

For All Mankind: »The Grey«

Loki: »The Nexus Event«

Star Trek: Lower Decks: »wej Duj«

The Wheel of Time: »The flame of Tar Valon«

EDITOR, SHORT FORM

Winner: Neil Clarke

Oghenechovwe Donald Ekpeki, Mur Lafferty & S. B. Divya, Jonathan Strahan, Sheree Renée Thomas, Sheila Williams

EDITOR, LONG FORM

Winner: Ruoxi Chen

Nivia Evans, Sarah Guan, Brit Hvide, Patrick Nielsen Hayden, Navah Wolfe

PROFESSIONAL ARTIST

Winner: Rovina Cai

Tommy Arnold, Ashley Mackenzie, Maurizio Manzieri, Will Staehle, Alyssa Winans

SEMIPROZINE

Winner: Uncanny Magazine

Beneath Ceaseless Skies, Escape Pod, FIYAH Magazine of Black Speculative Fiction, PodCastle, Strange Horizons

FANZINE

Winner: Small Gods

The Full Lid, Galactic Journey Journey Planet, Quick Sip Reviews, Unofficial Hugo Book Club Blog

FAN WRITER

Winner: Cora Buhlert

Chris M. Barkley, Alex Brown, Bitter Karella, Jason Sanford, Paul Weimer

FAN ARTIST

Winner: Lee Moyer

Iain J. Clark, Lorelei Esther, Sara Felix, Ariela Housman, N. Magruder

FANCAST

> **Winner: Our Opinions Are Correct**
>
> Be the Serpent, The Coode Street Podcast, Hugo Girl!, Octothorpe, Worldbuilding for Masochists

SERIES

> **Winner: *Wayward Children,* Seanan McGuire**
>
> *The Green Bone Saga*, Fonda Lee
> *The Kingston Cycle*, C. L. Polk
> *Merchant Princes*, Charles Stross
> *Terra Ignota*, Ada Palmer
> *The World of the White Rat*, T. Kingfisher

KURD LASSWITZ PREIS 2023

(der Preis der deutschen SF-Schaffenden)

BESTER DEUTSCHSPRACHIGER SF-ROMAN:

> ***Neongrau*, Aiki Mira**
>
> **2. PLATZ:** *Athos 2643*, Nils Westerboer
> **3. PLATZ:** *Pantopia*, THeresa Hannig

BESTE DEUTSCHSPRACHIGE SF-ERZÄHLUNG:

> **»Der Nachrichtenmacher«, Uwe Hermann**
>
> **2. PLATZ:** »Die Grenze der Welt«, Aiki Mira
> **3. PLATZ:** »Digital Detox«, Aiki Mira

BESTES AUSLÄNDISCHES WERK ZUR SF:

> ***Die Galaxie und das Licht darin,* Becky Chambers**
>
> **2. PLATZ:** *Die Berechnung der Sterne*, Mary Robinette Kowal
> **3. PLATZ:** *Verlorene der Zeiten*, Amal El-Mohtar und Max Gladstone

BESTE ÜBERSETZUNG ZUR SF: **Eva Bauche Eppers für die Übersetzung von Jeff VanderMeer, *Veniss Underground***

> **2. PLATZ:** Bernhard Kempen für Dan Frey, *Future – Die Zukunft gehört dir*
> **3. PLATZ:** Claudia Kern für Ada Palmer, *Dem Blitz zu nah*

BESTE GRAPHIK ZUR SF:

> **Thomas Thiemeyer für das Titelbild zu René Moreau, Hans Jürgen Kugler und Heinz Wipperfürth (Hrsg.): *Exodus 44***
>
> **2. PLATZ:** Arndt Drechsler-Zakrzewski für die Titelbild-Serie zu Perry Rhodan Atlantis (12 Bände)

3. Platz: Michael Böhme für das Titelbild zu René Moreau, Hans Jürgen Kugler und Heinz Wipperfürth (Hrsg.): Exodus 45

Bestes Hörspiel: *Die Nacht war bleich, die Lichter blinkten*, Emma Braslavsky

2. Platz: *Animate*, Chris Salter, Kate Story

3. Platz: *Marie Ka Ih – Schluss mit Gurkensalat*, Lisa Szabo

Bester deutschsprachiger Sachtext:

Hardy Kettlitz und Melanie Wylutzki (Hrsg.): *Das Science Fiction Jahr 2022*

2. Platz: Jörg Weigand: *Autoren der phantastischen Literatur*

3. Platz: Aiki Mira: »Was ist Queer*SF? Mehr als nur Science Fiction!«

Sonderpreis für einmalige herausragende Leistungen im Bereich der SF:

Wolfgang Both, Mario Franke und Ralf Neukirchen für »SF in der DDR« im Rahmen der Ausstellung *Leseland DDR*

2. Platz: Michael Haitel und Thomas Franke für die Neuausgabe von Arno Schmidt, *Die Gelehrtenrepublik*, als Prachtband

3. Platz: Uwe Post und Sylvana Freyberg für die Herausgabe des *Future Fiction Magazine*

Sonderpreis für langjährige herausragende Leistungen im Bereich der SF:

Christian Hoffmann und Udo Klotz für die Herausgabe des Magazins *!Time Machine*

2. Platz: Jörg Weigand für sein Lebenswerk als Autor, Herausgeber und Förderer junger Talente

3. Platz: Rico Gehrke und Peggy Weber-Gehrke für ihre Förderung der deutschsprachigen Science-Fiction-Kurzgeschichte

LOCUS AWARD 2023

(Preis der US-amerikanischen SF-Fachzeitschrift Locus)

SF Novel: *The Kaiju Preservation Society*, John Scalzi

2. Platz: *Sea of Tranquility*, Emily St. John Mandel

3. Platz: *The Daughter of Doctor Moreau*, Silvia Moreno-Garcia

Fantasy Novel: *Babel*, R. F. Kuang

2. Platz: *Nettle & Bone*, T. Kingfisher

3. Platz: *Nona the Ninth*, Tamsyn Muir

HORROR NOVEL: *What Moves the Dead*, T. Kingfisher
>   2. PLATZ: *The Pallbearers Club*, Paul Tremblay
>   3. PLATZ: *Just Like Home*, Sarah Gailey

YOUNG ADULT BOOK: *Dreams Bigger Than Heartbreak*, Charlie Jane Anders
>   2. PLATZ: *Bloodmarked*, Tracy Deonn
>   3. PLATZ: *Bitter*, Akwaeke Emezi

FIRST NOVEL: *The Mountain in the Sea*, Ray Nayler
>   2. PLATZ: *Legends & Lattes*, Travis Baldree
>   3. PLATZ: *The Book Eaters*, Sunyi Dean

NOVELLA: *A Prayer for the Crown-Shy*, Becky Chambers
>   2. PLATZ: *Even Though I Knew the End*, C. L. Polk
>   3. PLATZ: *Into the Riverlands*, Nghi Vo

NOVELETTE: »**If You Find Yourself Speaking to God, Address God with the Informal You**«, John Chu
>   2. PLATZ: »Two Hands, Wrapped in Gold«, S. B. Divya
>   3. PLATZ: »A Dream of Electric Mothers«, Wole Talabi

SHORT STORY: »**Rabbit Test**«, Samantha Mills
>   2. PLATZ: »Master of Ceremonies«, Frances Ogamba
>   3. PLATZ: »Give Me English«, Ai Jiang

COLLECTION: *Boys, Beasts & Men*, Sam J. Miller
>   2. PLATZ: *Memory's Legion*, James S. A. Corey
>   3. PLATZ: *The Memory Librarian: And Other Stories of Dirty Computer*, Janelle Monáe

ANTHOLOGY: *Africa Risen: A New Era of Speculative Fiction*, Sheree Renée Thomas, Oghenechovwe Donald Ekpeki & Zelda Knight, eds.
>   2. PLATZ: *The Best Science Fiction of the Year, Volume 6*, Neil Clarke, ed.
>   3. PLATZ: *The Future is Female! Volume Two: The 1970s*, Lisa Yaszek, ed.

NON-FICTION: *Terry Pratchett: A Life With Footnotes: The Official Biography*, Rob Wilkins
>   2. PLATZ: The Rise of the Cyberzines: The Story of the Science-Fiction Magazines from 1991 to 2020, Mike Ashley
>   3. PLATZ: *Fantasy: How It Works*, Brian Attebery

ILLUSTRATED AND ART BOOK: *Chivalry*, Neil Gaiman, art by Colleen Doran
>   2. PLATZ: *Creature: Paintings, Drawings, and Reflections*, Shaun Tan
>   3. PLATZ: *The Keeper*, Tananarive Due & Steven Barnes, art by Marco Finnegan

EDITOR: **Ellen Datlow**
>   2. PLATZ: Neil Clarke
>   3. PLATZ: Sheree Renée Thomas

MAGAZINE: *Tor.com*
>   2. PLATZ: Uncanny
>   3. PLATZ: Clarkesworld

PUBLISHER/IMPRINT: **Tor**
>   2. PLATZ: Tordotcom
>   3. PLATZ: Subterranean

ARTIST: **Charles Vess**
>   2. PLATZ: John Picacio
>   3. PLATZ: Rovina Cai

NEBULA AWARD 2023

(Preis der US-amerikanischen Schriftstellervereinigung SFWA)

BEST NOVEL: *Babel*, R. F. Kuang
>   NOMINIERT:
>   *Legends & Lattes*, Travis Baldree
>   *The Mountain in the Sea*, Ray Nayler
>   *Nettle & Bone,* T. Kingfisher
>   *Nona the Ninth*, Tamsyn Muir
>   *Spear*, Nicola Griffith

BEST NOVELLA: *Even Though I Knew the End*, C. L. Polk
>   NOMINIERT:
>   »Bishop's Opening«, R. S. A. Garcia
>   *High Times in the Low Parliament*, Kelly Robson
>   *I Never Liked You Anyway*, Jordan Kurella
>   *A Prayer for the Crown-Shy*, Becky Chambers

BEST NOVELETTE: **»If You Find Yourself Speaking to God, Address God with the Informal You«, John Chu**
>   NOMINIERT:
>   »A Dream of Electric Mothers«, Wole Talabi
>   »Murder by Pixel: Crime and Responsibility in the Digital Darkness«, S. L. Huang
>   »The Prince of Salt and the Ocean's Bargain«, Natalia Theodoridou
>   »Two Hands, Wrapped in Gold«, S. B. Divya
>   »We Built This City«, Marie Vibbert

Best Short Story: »Rabbit Test«, Samantha Mills

Nominiert:

»D.I.Y«, John Wiswell

»Destiny Delayed«, Oghenechovwe Donald Ekpeki

»Dick Pig«, Ian Muneshwar

»Douen«, Suzan Palumbo

»Give Me English«, Ai Jiang

Best Game Writing: *Elden Ring*, Hidetaka Miyazaki & George R. R. Martin

Nominiert:

Horizon Forbidden West

Journeys through the Radiant Citadel

Pentiment

Stray

Vampire: The Masquerade – Sins of the Sires

Ray Bradbury Award: *Everything Everywhere All at Once*

Finalisten:

Andor: »One Way Out«

Nope

Our Flag Means Death

The Sandman (Season 1)

Severance

SFWA Grand Master Award: Robin McKinley

SERAPH 2023

(vergeben von einer Jury der Phantastischen Akademie)

Bestes Buch: *Pantopia*, Theresa Hannig

Bestes Debüt: *Medusa: Verdammt lebendig*, Lucia Herbst

Bester Independent-Titel: *Der salzige Geschmack unserer Freiheit*, Christopher Abendroth

Zusammengestellt von Hardy Kettlitz

CARCOSA

PHANTASTISCHE WELTLITERATUR

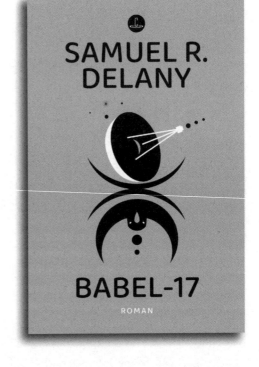

SAMUEL R. DELANY

BABEL-17

ROMAN

Neuübersetzung
[*Babel-17* (1966)]
Deutsch von
Jakob Schmidt
Klappenbroschur
250 Seiten

Eine außerirdischen Spezies setzt ihre Sprache im interstellaren Krieg gegen die Menschen als Waffe ein. Rydra Wong, Linguistin, Dichterin und Telepathin, soll das Geheimnis dieser Sprache entschlüsseln. Neuübersetzung des mit dem Nebula Award ausgezeichneten Klassikers.

Carcosa ist ein verschwistertes Imprint von
Memoranda Verlag Hardy Kettlitz | verlag@memoranda.eu

www.carcosa-verlag.de

Heike Lindhold

HUGO AWARDS 2022

Am 4. September 2022 wurde auf der Worldcon in Chicago zum 69. Mal die nach Hugo Gernsback benannte silberne Rakete verliehen. Es gab zwischen Mönchen und Robotern, Kunstballaden und Erstkontakten viele gute Gründe zum Feiern, unter anderem, dass einer der Preise verdienterweise nach Bremen ging. Ein Rückblick auf die nominierten Romane.

Wie jedes Jahr prämierten die Mitglieder der World Science Fiction Society, die aus Besucher*innen und Förder*innen der diesjährigen Worldcon besteht, die besten Romane und Kurzgeschichten, aber auch Lektor*innen, Fanzines und das Engagement von Fans. Moderiert wurde die Verleihung, die in den vergangenen Jahren nicht immer ganz unproblematisch verlief, von Charlie Jane Anders und Annalee Newitz, die mit Witz und Charme ohne größere Pannen durch den Abend führten.

Das hyperproduktive Autor*innenpaar konnte überdies gleich mehrere der begehrten silbernen Raketen mit nach Hause nehmen: Sie gewannen für den gemeinsamen Podcast OUR OPINIONS ARE CORRECT sowie für Anders' Buch *Never Say You Can't Survive*, das sich in der Kategorie »Best Related Work« unter anderem gegen Elsa Sjunnesons autobiographischen Appell *Being Seen: One Deafblind Woman's Fight to End Ableism* und Abraham Riesmans Stan-Lee-Biographie *True Believer* durchsetzte.

Zählte die Romankategorie selbst dieses Jahr zu den stärksten der jüngeren Zeit, hielten auch die anderen Shortlists einige Highlights bereit. Der Hugo für die beste Kurzgeschichte ging wenig überraschend an Sarah Pinskers »Where Oaken Hearts do Gather«, deren Spiel mit digitalen Textformen bereits mit einem Nebula Award belohnt wurde. Ebenso erwartbar wie erfreulich war auch der zweite Hugo Award für Becky Chambers, die bereits 2019 für ihre WAYFARERS-Reihe ausgezeichnet wurde. Deren letzter Band war zwar auch für den besten Roman nominiert, doch ausgezeichnet wurde die 37-Jährige für die Solarpunknovelle *A Psalm for the Wild-Built*, in der ein Mönch und ein Roboter Freundschaft schließen und mit einem Teewagen durch die Welt ziehen.

In ihrer berührenden Dankesrede, die in Abwesenheit vorgetragen wurde, sprach Chambers über ihre Post-Covid-Erschöpfung und die Notwendigkeit, sich Raum für Erholung zu geben. Das tröstet beinahe darüber hinweg, dass der Hugo für die beste Buchreihe dieses Jahr weder an Ada Palmers brillante TERRA IGNOTA-Bücher noch an Fonda Lees innovative GREEN BONE-Trilogie ging, sondern an Seanen McGuires im Übrigen auch exzellente WAYWARD CHILDREN-Novellen.

Ein besonderer Moment war die Kategorie »Best Fan Writer«, in der die Bremerin Cora Buhlert sich nach zwei Nominierungen nun endlich darüber freuen durfte, in die Reihe der wenigen Gewinner*innen aufgenommen zu werden, die nicht aus dem angloamerikanischen Raum stammen. Per Video dazugeschaltet, ließ die Übersetzerin und Englischlehrerin auch ihre den Twitterfollowern wohlbekannten He-Man-Figuren zu Wort kommen, bevor sie liebenswürdig aber bestimmt eine Lanze für die weitere Internationalisierung der ja immerhin großspurig selbstbetitelten Worldcon brach. Neben ihrem eigenen Blog, auf dem sie alles rezensiert und kommentiert, das in den Bereich internationale Phantastik fällt, und insbesondere ihrer Liebe zum klassischen Pulp Ausdruck verleiht, kuratiert Buhlert gemeinsam mit Jessica Rydill auch das SPECULATIVE FICTION SHOWCASE, wo kleine und selbstverlegte Publikationen vornehmlich in den Blick genommen werden. Zu ihren besonderen Verdiensten der letzten Jahre gehört der Einsatz für die kleineren Hugo-Kategorien, in denen oft weniger abgestimmt wird.

Zu den kontroverseren Momenten gehörte hingegen der Lodestar Award for Best Young Adult Book, der gemeinsam mit den Hugos verliehen wird, aber streng genommen ein eigenständiger Preis ist. Er ging an Naomi Noviks *The Last Graduate*, das, wie einige verärgerte Stimmen rasch anmerkten, nicht als Jugendbuch vermarktet wurde. Es ist allerdings leicht zu erkennen, wie der Roman als zweiter Band der SCHOLOMANCE-Trilogie in dieser Kategorie gelandet ist, denn von der genervten Icherzählerin bis zum Zauberschulsetting hat er alle Eigenschaften eines typischen bis klischeehaften YA-Romans. Es wäre daher wünschenswert, dass sich die weitere Diskussion nicht an einer Formalität aufhängt, sondern sich das Fandom hier selbst hinterfragt: Bei allem Respekt vor Novik als oft herausragender Autorin hat hier der mit Abstand schwächste Titel auf einer ansonsten starken Shortlist gewonnen, sodass ich persönlich mich ehrlich frage, wie viele Worldconmitglieder die zur Auswahl stehenden Romane tatsächlich gelesen haben.

Im Zentrum des Interesses steht aber natürlich weiterhin die Frage, welcher Roman denn nun nach Ansicht der World Science Fiction Society der beste des Jahres 2021 war?

DIE NOMINIERTEN

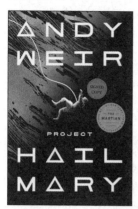

Project Hail Mary – **Andy Weir**
(Ballantine/Del Rey)
(dt. *Der Astronaut*, Heyne)
Geschwächt und ohne Erinnerung erwacht Ryland Grace zwischen mumifizierten Leichen an Bord eines Raumschiffs. Bruchstückhafte Flashbacks offenbaren ihm seine verzweifelte Lage: Sein Team ist auf einer Forschungsmission, von der alles Leben auf der Erde abhängt, und als einziger Überlebender des Kälteschlafs ist er nun die letzte Hoffnung für unsere verlöschende Sonne. Doch nicht nur wir Menschen sind vom mysteriösen Sonnensterben betroffen, und am Ziel der Reise findet sich Ryland unvermittelt in einer Erstkontaktsituation wieder. Es ist der Beginn einer gewagten wissenschaftlichen Zusammenarbeit und der unwahrscheinlichsten Freundschaft der gesamten Milchstraße …

Bereits mit dem Erfolgsroman *Der Marsianer*, der 2011 im Selbstverlag erschien und 2014 neu veröffentlicht wurde, bewies Andy Weir ein Talent dafür, harte Science Fiction und leichte Unterhaltung zu vereinbaren. *Project Hail Mary* ist offensichtlich darauf angelegt, ein ähnlicher Publikumsliebling zu werden. Wie der auf dem Mars gestrandete Mark Watney muss sich Ryland Grace in einer hyperindividualistischen Robinsonphantasie aus dem Schlamassel macgyvern – nur dass diesmal zusätzlich das Schicksal der ganzen Erde auf seinen genialen Schultern lastet. Dieser Heroismus wäre an sich schwer zu ertragen, doch glücklicherweise stellt die entzückende Bromance zwischen Mensch und arachnidem Steinwesen in der zweiten Hälfte ein dringend benötigtes emotionales Gegengewicht dar. Auch im Hinblick auf die Darstellung von Wissenschaft ist der Roman gut ausbalanciert und arbeitet primär mit angewandtem Schulwissen, sodass man sich beim Lesen klug fühlt, ohne selbst knobeln zu müssen. Kein Wunder also, dass die Filmrechte bereits vor Buchveröffentlichung verkauft waren.

Eine große Schwäche sind allerdings die Flashbacks, in denen Rylands Erinnerungen wiederkehren. Die zwischenmenschlichen Szenen wirken künstlich und driften gelegentlich ins Lächerliche ab. Auch tragen sie nur unwesentlich zur Handlung bei und enthalten ein paar Passagen, die geradezu unzeitgemäß wirken. Es drängt sich der Gedanke auf, dass Weir seine Bekanntheit nicht umsonst einer Geschichte verdankt, in der ein Mann allein auf dem Mars strandet.

**She Who Became the Sun –
Shelley Parker-Chan (Tor/Mantle)**
Autorinnen wie R. F. Kuang und Xiran Jay Zhao haben das mittelalterliche China in kürzester Zeit zu einem hyperprodukti-ven mythischen Ort für englischsprachige Mainstreamphantastik gemacht. Verbinden-des Element ist dabei ein erfrischend freier Umgang mit historischen Vorbildern, die stets Inspiration sind, aber nie einschrän-ken. Auch die malaysisch-australische Auto-rin Shelley Parker-Chan ist Teil dieser Ent-wicklung und erzählt in ihrem Debüt den Aufstieg von Hungwu, dem ersten Kaiser der Ming-Dynastie, mit einem entscheidenden Twist: In ihrer alternativen Geschichtsschreibung voller Geister und Magie ist der rebellierende Mönch mit der großen Zukunft tatsächlich eine Frau, die sich als ihr verstorbener Bruder ausgibt.

Zhu Chongba, dem Sohn einer armen Bauernfamilie, wird ein großes Schicksal vorhergesagt. Als er überraschend stirbt, nimmt seine Schwes-ter seine Identität an und vergisst aus Angst, das Schicksal könnte den Betrug bemerken, ihren eigenen Namen. Getrieben von einem schier unermesslichen Überlebenswillen bewahrt sie ihr Geheimnis während ihrer Lehrzeit im Kloster, schließt sich der Rebellion an und beginnt, ihren eigenen Aufstieg zu planen. Parker-Chan verbindet unterhaltsame Schlachten und melodramatische Intrigen mit Fragen nach Männlich-keit und Schicksal. Zhu Chongba ist eine großartige, aber auch abgrün-dige (Anti-)Heldin, die in ihrer Rolle als Mann so sehr aufgeht, dass sie schließlich sogar so weit geht, einem dümmlichen Feldherrn in einem absoluten Powermove die Verlobte auszuspannen. So wird sie zur Anti-podin ihres Gegenspielers und Erzfeinds, des rachebesessenen Eunu-chen Ouyang, dessen Hadern mit seiner Männlichkeit ihm nicht erlaubt, seinen homosexuellen Wünschen nachzugeben. Wer von beiden die tragischere Figur ist, wird das Sequel zeigen.

So ist das Thema Geschlecht in *She Who Became the Sun* allgegenwärtig – kein Wunder also, dass die queere Autorin, die vorher als Diplomatin tätig war, beim Schreibprozess durch eine Otherwise-Fellowship unterstützt wurde, die an Autor*innen vergeben wird, die in ihrer Fiktion mit Genderkonzepten experimentieren. Doch auch darüber hinaus ist es ein absolutes Highlight für Fans epischer Fantasy, ebenso klug wie zugänglich, ebenso politisch wie unterhaltsam – was Parker-Chan dann auch den Astounding Award als beste neue Autorin einbrachte. Ein zweiter Band, in dem Zhu Chongbas Reise an ihr Ende gelangt, ist bereits in Arbeit.

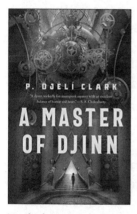

A Master of Djinn – **P. Djèlí Clark (Tordotcom/Orbit UK)**

Kairo, 1912: Fatma el-Sha'arawi, bekannt aus P. Djèlí Clarks Kurzgeschichte »A Dead Djinn in Cairo«, ist als Agentin des Ministeriums für Alchemie, Zauberei und übernatürliche Wesenheiten einiges gewohnt. Doch als die gesamte Bruderschaft von al-Jahiz, bestehend aus reichen Weißen Engländern mit Orientalismusfimmel, tot aufgefunden wird, bringen die Ermittlungen sie und ihre neue Partnerin Hadia Abdel Hafez an ihre Grenzen. Verdächtigt wird ein Mann mit goldener Maske, der von sich behauptet, eben jener al-Jahiz zu sein, der vor 40 Jahren der Welt die Magie zurückbrachte. Eine unglaubliche Vorstellung, die in den Straßen Kairos für Aufregung sorgt und den internationalen Friedensvertrag gefährdet, der soeben ausgehandelt werden soll. Kann Fatma das Rätsel lösen, bevor die ganze Stadt im Chaos versinkt …?

Aufmerksamen Hugo-Beobachter*innen ist P. Djèlí Clark schon wegen seiner früheren Novellen »The Black God's Drum« und »The Haunting of Tram Car 015« ein Begriff. Mit *A Master of Djinn*, dem ersten Roman aus dem sogenannten **DEAD DJINN UNIVERSE** gewann er dieses Jahr bereits den Nebula und den Locus Award. Die postkoloniale Krimireihe mit Fantasy- und Steampunkelementen ist auch deswegen so wohltuend zu lesen, weil die klassischen Ermittler von Holmes bis Poirot sich allzu oft in ihren kolonialistischen Settings zurücklehnen, die Städte wie Kairo lediglich als exotische Kulisse für ebenjene wohlhabenden Brit*innen sehen, die Clark bereits im ersten Kapitel aus der Geschichte streicht. Die Figuren sind liebevoll gezeichnet und brechen in ihrer Unterschiedlichkeit mit allen gängigen Klischees von muslimischen Frauen. Auch Fatmas geheimnisvolle Liebhaberin Siti und Nachwuchsagent Hamed Nasr dürfen wieder mit von der Partie sein, und das durch seine magische Bevölkerung unabhängig gebliebene Ägypten ist ein unglaubliches Setting mit tausend Möglichkeiten für kommende Geschichten. Da ist es beinahe egal, dass die Lösung des Falls dann fast ein bisschen zu einfach und der finale Twist etwas zu offensichtlich ist.

**The Galaxy and the Ground Within –
Becky Chambers (Hodder&Stoughton)**
(dt. *Die Galaxie und das Licht darin*, FISCHER Tor)
Der Planet Gora hat keine Atmosphäre und ist wegen seiner Nähe zu einem intergalaktischen Verkehrsknotenpunkt ein beliebter Halt für Raumschiffe, die darauf warten, zu ihrem jeweiligen Wurmloch gelotst zu werden. Hier betreiben Ouloo und ihr kleiner Sohn Tupo die Raststätte »Five-Hop, One Stop« und beobachten interessiert das Kommen und Gehen unterschiedlichster Reisender. Als ein technischer Fehler die Satelliten über Gora lahmlegt, finden sie sich gemeinsam mit drei Gästen vom Rest der Welt abgeschnitten. Es ist ein Clash widersprüchlicher Alienkulturen, aber auch eine einzigartige Gelegenheit für neue Freundschaften …

Dass Becky Chambers die lose zusammenhängende WAYFARERS-Reihe mit *Record of a Spaceborn Few* doch nicht beendet hat, sondern in ihrem vierten Roman die verschiedenen Aliens in den Blick nimmt, die ihr Universum bevölkern, ist eine mehr als positive Überraschung. Mit dem wachen Blick für soziale Situationen und der wohligen Warmherzigkeit, die inzwischen ihr Markenzeichen ist, kreiert die Tochter einer Astrobiologin konzise Momentaufnahmen, die beinahe Kammerspielcharakter haben. Jäh aus ihren Zeitplänen gerissen und gezwungen, innezuhalten und sich in Geduld zu üben, kommen die Figuren nach und nach ins Gespräch. Es stellt sich heraus, dass sie alle an einem möglichen Wendepunkt stehen oder eine schwierige Entscheidung zu treffen haben. Die Art, auf die sie schließlich beginnen, sich einander zu öffnen, hat dabei nichts Schicksalhaftes. Hier werden keine Leben miteinander verflochten oder Gemeinschaften gegründet. Es entsteht vielmehr jene besondere Nähe, die man nur mit zufälligen Reisebegegnungen erleben kann und deren Intimität auf dem Bewusstsein fußt, dass bald alle wieder ihrer Wege gehen. Chambers feinsinnige Liebeserklärung an diese Begegnungen vergisst dabei nicht, wie viel Dank wir jenen schulden, die sie ermöglichen, und so ist der Roman zugleich ein Loblied auf die Kunst des Gastgebens. Eine menschlichere Geschichte kann man sich kaum vorstellen – und vergisst beim Lesen völlig, dass in *The Galaxy and the Ground Within* gar keine Menschen vorkommen.

**Light From Uncommon Stars –
Ryka Aoki (Tor/St. Martin's Press)**
(dt. *Das Licht gewöhnlicher Sterne*, Heyne)
Eine Violinistin, die einen Pakt mit dem Teufel geschlossen hat. Eine Raumschiffkapitänin vom anderen Ende der Galaxis, die Donuts verkauft. Ein trans Mädchen auf der Suche nach einer Zukunft. In einer unwahrscheinlichen Wendung verknüpfen sich mitten in LA die Schicksale dieser drei Figuren, als die weltberühmte Musiklehrerin Shizuka Satomi auf die verzweifelte Ausreißerin Katrina trifft und sie unter ihre Fittiche nimmt. Noch eine letzte Seele schuldet sie der Hölle, dann ist sie frei – und die Seele ihrer neuen Schülerin strahlt besonders hell. Doch als Shizuka sich in die geheimnisvolle Donutverkäuferin Lan Tran verliebt, regt sich ihr Gewissen …

Entgegen gängiger Vergleiche mit Gaiman oder Chambers eröffnet *Light From Uncommon Stars* in der Gegenwartsphantastik eine eigene Kategorie, vergleichbar höchstens mit Charlie Jane Anders' *All the Birds in the Sky*, das in seiner Coming-of-Age-Geschichte ähnlich unverkrampft Science-Fiction- und Fantasyelemente vermischt. In musikalischer Sprache und mit großem Feingefühl geht Aoki der Körperlichkeit von Identitätsfragen nach und fügt Fragmente von Gewalt und Schmerz, Genuss und Glück zu außergewöhnlichen Figuren zusammen. Dabei verleiht sie Essen eine Schlüsselfunktion und zeigt in einem genialen Kunstgriff die Fluidität von personaler und kultureller Identität durch die ständig wechselnden kulinarischen Hot Spots in LA. Es ist schier unmöglich, den Roman zu lesen, ohne Heißhunger auf Donuts, Bratnudeln oder Mandarinensaft zu bekommen.

Ein besonderer Fokus liegt aber natürlich auf dem Thema der trans Identität. Die ungeschönte Darstellung des Horrors, in den die Gesellschaft trans Frauen zwingt, gehört zu seinen größten Stärken. Die Figur der Katrina ist herausragend geschrieben, wird in ihren Facetten so fühlbar, dass sie das emotionale Zentrum der ganzen Geschichte bildet. Nichts wiegt beim Lesen so schwer wie die Hoffnung, dass sie am Ende einen sicheren Ort in der Welt findet. So treten die Höllenboten immer weiter in den Hintergrund, während die unvergesslichen Figuren Aokis sinnliche Welt zu ihrer Bühne machen. Was als symbolischer faustischer Pakt begann, endet als eine Geschichte über Menschen, die wunderschön zu erleben ist.

DER GEWINNER

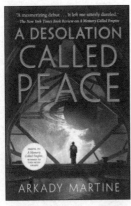

**A Desolation Called Peace –
Arkady Martine (Tor)**
(dt. *Am Abgrund des Krieges*, Heyne)
Da Arkady Martine mit ihrem Debütroman *A Memory Called Empire* bereits 2020 gewann, war es keine große Überraschung, dass es auch der Nachfolger auf die Shortlist schaffte. In dieser Fortsetzung der Space Opera bekommt das zentrale Problem der kulturellen Identität eine neue Variable in Form eines Erstkontaktszenarios mit der feindlichen Alienmacht, die das teixcalaanische Imperium bedroht. Als die Beamtin Three Seagrass den Auftrag erhält, mit den mörderischen Fremden, die offenbar nicht davor zurückschrecken, ganze Stationen mit einem Schlag auszulöschen, in Kontakt zu treten, weiß sie sofort, dass sie hierfür die Hilfe der Botschafterin Mahit Dzmare benötigt. Diese ist inzwischen auf Lsel Station zurückgekehrt und muss feststellen, dass man ihr in der ehemaligen Heimat mit Misstrauen begegnet. Ein hervorragender Zeitpunkt also, um sich in ein weiteres halsbrecherisches Abenteuer zu stürzen und herauszufinden,

wie man mit etwas kommuniziert, das zwar intelligent ist, aber keine erkennbare Sprache hat.

Wie schon der Vorgänger entwirft *A Desolation Called Peace* ein lebhaftes Panorama kultureller Differenzen und Hegemonien, die sich durch den drohenden Krieg nur noch verschärfen. Dabei lässt sich der Roman viel Zeit damit, das große moralische Dilemma vorzubereiten, auf das die Geschichte unweigerlich zusteuert. Dennoch macht er einem den Einstieg, wenn die Lektüre von *Memory* zwei Jahre und 100 Bücher zurückliegt, nicht besonders leicht. Insbesondere Mahits pikante Situation auf Lsel Station braucht einiges an Vorwissen bezüglich der sabotierten Imago-Übertragung.

Dafür werden die Unübersetzbarkeiten zwischen Three Seagrass' teixcalaanischer Kultur und Mahits Raumstationshintergrund auf neutralem Boden an den Rändern des Imperiums besonders greifbar, und der möglichen Romanze, die sich zwischen den beiden anbahnt, stehen ganz klassisch Stolz und Vorurteil im Weg, sodass mitunter die Kommunikation mit den Aliens die einfachere Aufgabe scheint. Eine erfreuliche Überraschung sind außerdem die kleinen Momente von bösem Weltraumhorror, die der Geschichte eine besondere Note verleihen.

Seien wir ganz ehrlich: In jedem weniger herausragenden Jahr hätte dieser Roman einen Daumen nach oben bekommen. Fünf von fünf Sternen. Aber irgendwo muss man Unterscheidungen treffen, und während *A Desolation Called Peace* eine der größten Fragen überhaupt verhandelt, lassen die sich überschlagenden Ereignisse nicht immer den nötigen Raum, um das, was auf dem Spiel steht, nicht nur zu wissen, sondern auch zu fühlen. Ganz anders ist es dann plötzlich, wenn Arkady Martine auf die Bühne tritt und ebenso eloquent wie bescheiden über die Hintergründe des Romans spricht. Ihre Faszination für Situationen gegenseitiger Bedrohung und deren Ausweglosigkeit, ihr Wunsch, in ihrer Fiktion eben doch eine Lösung zu finden, macht die TEIXCALLAN-Reihe zu einem direkten Gegenentwurf zu Cixin Lius ultrapessimistischen Annahmen in *Der dunkle Wald*, nach denen ein Frieden zwischen intelligenten Spezies nicht möglich ist. Martines Hoffnung auf Lösbarkeit, auf Verständigung und auf Frieden gilt eben nicht nur für intergalaktische, sondern auch für internationale Konflikte. Sich hinter diesem Buch zu versammeln steht der mit jedem Jahr internationaler werdenden World Science Fiction Society gut an.

Erik Simon

RUSSISCHE SF-PREISE 2022

Die von Covid-19 verursachten Verwerfungen in der russländischen SF-Szene sind weitgehend überwunden, bei den Preisen des Genres gibt es aber weiterhin Ausfälle (darunter wohl einige dauerhafte) und Verzögerungen. (Der Krieg in der Ukraine wird, soweit ich das feststellen kann, in der SF-Szene offiziell weitgehend ignoriert; es scheint allerdings in den Jurys mancher Preise unlängst personelle Veränderungen in die eine wie auch in die andere Richtung gegeben zu haben.) Nur Ryshenkowas Roman hat 2022 zwei von den wichtigen Preisen errungen; ich ergänze die Auswahl um ein paar nur einmal preisgekrönte Arbeiten und berücksichtige dabei wie üblich vor allem Werke von Autoren, von denen auch deutsch etwas erschienen ist (Djatschenko, Lukianenko, Lukin). Das ukrainische Ehepaar Maryna und Serhij Djatschenko (beim Piper Verlag in der Schreibweise »Dyachenko«) lebt seit 2013 in den USA, publiziert aber weiterhin auf Russisch in russländischen Verlagen. Lukins Erzählung hat 2023 noch den »Bronzenen Roscon« erhalten, d. h. einen dritten Platz belegt. Stoljarows Powest war auch für den »Filigran« und den InterpressCon-Preis nominiert.

Romane:
Sergej Lukianenko: *Die Veränderten* (Изменённые) [Preis für die 2021 und '22 erschienenen vier Romane eines Space-Opera-Zyklus mit übermächtigen (u. a. reptiloiden) Aliens, die Menschen als Kanonenfutter verwenden, etc. Den meisten Rezensenten zufolge spannend geschrieben, aber durchweg nach Schema 08-15 komponiert.] ● »Filigran« 2022

Julia Ryshenkowa: *Der Reinkarnator* (Реинкарнатор) [Der Roman spielt in einem breit ausgemalten alternativhistorischen Russland, wo in Anlehnung an indisch-buddhistische Vorstellungen vom Karma mittels einer Synthese von Magie und Technik die Wiedergeburt von Menschen bewerkstelligt wird, die sich auch an ihre früheren Leben erinnern.] ● Roscon 2022 ● »Stunde des Stiers« (Preis des Roscon für sozial orientierte Werke) 2022

Powesti (Novellen, Kurzromane, lange Erzählungen):
Marina und Sergej Djatschenko: »Maßstab: Der Mord in der Botschaft«
(Масштаб: Убийство в посольстве) [Gehört zu einem Zyklus über zwei
verfeindete Nachbarstaaten, deren riesen- bzw. zwergenhafte Bewohner sich in der Größe noch stärker unterscheiden als bei Swifts Gulli-
ver. Im vorliegenden Werk müssen zwei Kriminalisten aus den beiden
Völkern zusammenarbeiten, um den Ausbruch eines Krieges zu verhindern.] ● InterpressCon 2022

Andrej Stoljarow: »Die fortgesetzte Gegenwart« (Продолженное
настоящее) [Powest über eine Zukunft, in der alle für das 21. Jahrhundert prognostizierten großen Veränderungen ausgeblieben sind, Teil
eines Zyklus namens »Futurozid«.] ● Strugazki-Preis 2022

Erzählungen:
Jewgeni Lukin: »Sinnestäuschung« (Наваждение) [Der Erzähler bemerkt, dass sich alle mit Hilfe augmentierter Realität in geschönten
Phantasiewelten bewegen. Als er erkennt, dass auch er unwissentlich
in einer Scheinwelt lebte, hält er die Wirklichkeit nicht aus und flieht
zurück in die Illusion.] ● InterpressCon 2022

Literaturkritik und Publizistik:
Leonid Smirnow und Klara Britikowa: *Bibliographie der inländischen, in rus-
sischer Sprache 1759 bis 1991 im Russischen Reich und in der Sowjetunion
verlegten Phantastik* (Библиография отечественной фантастики …)
[Die Bibliographie erschien in sieben Bänden 2006–2021] ● »Messers
Schneide« (Kritik-Kategorie des Jefremow-Preises) 2022

Der InterpressCon in der Nähe von Sankt Petersburg und der Moskauer
Roscon sind die beiden wichtigsten russischen SF-Conventions, über
die Hauptpreise stimmen die Conbesucher ab. Der auf dem Roscon
vergebene Preis »Stunde des Stiers« ist nach dem Roman Jefremows
benannt und wurde von der Föderation unabhängiger Gewerkschaften
Russlands gestiftet.

Der Strugazki-Preis und der Kritiker-Preis »Filigran« werden von Jurys
zuerkannt. Der Iwan-Jefremow-Literaturpreis wird in mehreren Kategorien vom »Internationalen Rat für phantastische und Abenteuerliteratur« und vom Schriftstellerverband Russlands vergeben.

Usch Kiausch

ANDERE WELTEN
Interviews zur Science Fiction
Band 1 – Die weibliche Perspektive

Usch Kiausch lernte in ihrer langen Karriere als Journalistin, Autorin und Übersetzerin viele bedeutende Schriftstellerinnen und Schriftsteller sowie Kolleginnen und Kollegen kennen und führte zahllose Interviews. Der erste Band der drei Bände umfassenden Reihe präsentiert vier Essays über bedeutende Autorinnen wie Doris Lessing und Margaret Atwood, zwölf Interviews, Buchrezensionen sowie eine Erzählung von Usch Kiausch. Abgerundet wird der Band durch eine ausführliche Einleitung, in der die Autorin Einblicke in ihre Arbeit gibt, sowie durch ein Vorwort von Thomas Recktenwald.

Interviews in Band 1 mit: Doris Lessing, Michaela Roessner, Elisabeth Vonarburg, Connie Willis, Karen Joy Fowler, Ursula K. Le Guin, Sharon Shinn, Octavia E. Butler, Nancy Kress und Charles Sheffield, Pat Cadigan sowie Leigh Kennedy und Christopher Priest.

250 Seiten | 21,90 Euro | auch als E-Book erhältlich

MEMORANDA

www.memoranda.eu

Band 2 »Die technologische Perspektive« und Band 3 »Die literarische Perspektive« erscheinen 2024.

TODESFÄLLE

Greg Bear (1951–2022)

Der amerikanische Science-Fiction-Autor Greg Bear ist im Alter von 71 Jahren an den Folgen eines Schlaganfalls verstorben, den er während einer Herz-OP erlitt. Vor allem in den 1980er- und 90er-Jahren zählte er zu den erfolgreichsten Vertretern des Genres. Er wurde gleich mehrfach mit den Hugo- und Nebula-Awards ausgezeichnet, unter anderem für Erzählungen und Romane wie *Blutmusik* und *Das Darwin-Virus*. Teilweise bewegen sich seine Werke im Bereich der Hard-SF wie zum Beispiel *Äon*, doch er scheute sich nicht, auch ungewöhnliche Wege zu beschreiten, wie er in dem Roman *Die Stadt am Ende der Zeit* zeigte, wo die Grenze zwischen Technologie und Magie nahezu verschwimmt, und er legte in fast allen seinen Werken Wert darauf, ein detailliertes Gesellschaftsbild zu zeichnen.

Eric Brown (1960–2023)

Der britische Autor Eric Brown wurde durch seine Kurzgeschichten im Magazin INTERZONE bekannt. Für »Hunting the Slarque« (1999) und »Children of Winter« (2001) gewann er jeweils den British Science Fiction Award. Daneben veröffentlichte er auch zahlreiche Science-Fiction-Romane, von denen nur zwei auf Deutsch erschienen sind. Zuletzt *Wormhole* im November 2022, den er zusammen mit Keith Brooke verfasst hatte. Zu seinen Romanserien gehörte die THE VIREX TRILOGY und die BENGAL STATION-Serie, in der er Hard Science Fiction mit einer Krimi-handlung mischt.

Eric Flint (1947–2022)

Der amerikanische Autor Eric Flint hat sich vor allem durch seine Alternativweltgeschichten einen Namen gemacht, schrieb aber auch klassische Science Fiction. Besonderer Beliebtheit erfreute sich seine 1632-Serie, die eine alternative Version der Zeit vom Jahr 1632 bis zum Dreißigjährigen Krieg erzählt, in der die Stadt Grantville, West Virginia, dorthin verlagert wird. In zahlreichen weiteren Romanen brachte er historische Ereignisse der Menschheitsgeschichte durcheinander, indem er moderne Menschen in diese Zeiten versetzte.

Christopher Fowler (1953–2023)

Zuletzt konnte Christopher Fowler vor allem mit seiner Mystery-Reihe BYRANT & MAY Erfolge feiern, kann jedoch auch einige phantastische Werke vorweisen. Für seine Kurzgeschichte »Wageslaves« (aus *City Fiction*) gewann er 1997 den British Fantasy Award. Viele seiner Frühwerke spielen in einem unwirklich wirkenden London. Ein klassischer Science-Fiction-Autor war er nicht, ging aber mit *Seventy-Seven Clocks* Richtung Steampunk, und dürfte SF-Fans vor allem durch seine Tätigkeit im Film-Marketing bekannt sein, denn dort schuf er für den Film *Alien* die unsterbliche Zeile »Im Weltall hört dich niemand schreien« (»In space, no one can hear you scream«).

Rico Gehrke (1966–2022)

Im November 2022 starb völlig überraschend der Verleger und Autor Rico Gehrke. Der studierte Betriebswirt gründete 2014 zusammen mit seiner Frau den Verlag für moderne Phantastik, der vor allem für seine Anthologien bekannt ist. Daneben verfasste Gehrke auch selbst zahlreiche Kurzgeschichten, die in Magazinen wie EXODUS erschienen sind.

John Jakes (1932–2023)

John Jakes ist vor allem für seine historischen Romane bekannt, hat aber auch einiges an Science Fiction veröffentlicht. Seine ersten Kurzgeschichten veröffentlichte er in Magazinen wie FANTASTIC ADVENTURES, AMAZING STORIES und GALAXY. *When the Star Kings Die* war sein erster SF-Roman und erschien 1967. Unter Pseudonymen wie Alan Henry, Jacob

Johns, Alan Payne, Jay Scotland und Alan Wilder war er in zahlreichen Genres unterwegs. Auf Deutsch erschienen unter anderem seine historische Serie DIE CHRONIK DER KENT-FAMILIE über den amerikanischen Bürgerkrieg, die JOHNNY HAVOC-Krimis und im Fantasy-Genre der BRAK-Zyklus. Aber auch SF-Jugendbücher wie *Das Tor zur anderen Zeit* waren hierzulande erfolgreich.

Tom Maddox (1945–2022)

Der US-Autor Daniel Thomas Maddox hat mit *Halo* (1991) nur einen einzigen Roman geschrieben, ist durch seine Kurzgeschichten Cyberpunk-Fans aber durchaus ein Begriff. Zusammen mit William Gibson schrieb er die Drehbücher für die beiden AKTE-X-Folgen *Kill Switch* und *First Person Shooter*.

Eckhard D. Marwitz (1941– 2022)

Der langjährige Science-Fiction-Fan und Fanzine-Herausgeber Eckhard D. Marwitz, im Fandom Ecki oder EDM genannt, verstarb im Dezember 2022. Er schrieb in seinen Fanzines ironisch oder auch polemisch über Fans und ihre Aktivitäten und war auf so gut wie jeder deutschen Convention anzutreffen, wo er live das Fanzine CONFACT produzierte. Über viele Jahre hinweg organisierte er den HanseCon und den LüMiCon. EDM sorgte durch seine Unterstützung dafür, dass das Magazin ALIEN CONTACT nach 1991 überleben konnte.

Matthew Mather (1969–2022)

Der kanadische Autor war vor allem für seine Techno-Thriller bekannt. Darunter *CyberStorm* (2013, dt. *Cyberstorm*), gefolgt von *CyberSpace* (2020) und *CyberWar* (2020). Daneben erschienen noch die THE NEW EARTH-Serie und die THE DELTA DEVLIN-Serie sowie die Einzelromane *Darknet* (2015) und *Polar Vortex* (2019).

Leiji Matsumoto (1938–2023)

Der japanische Mangaka Leiji Matsumoto ist im Alter von 85 Jahren verstorben. Seinen Strich kennt man besonders aus den Anime-Adaptionen seiner Science-Fiction-Mangas, darunter *Space Battleship Yamato*, *Captain Harlock* und die auf Tele 5 gelaufene Serie mit dem wunderschönen Titel DIE KÖNIGIN DER TAUSEND JAHRE. Auch der Film *Interstellar 5555* mit den dazugehörigen Musikvideos der französischen

Band Daft Punk, die Anfang der 2000er auf MTV in Dauerrotation liefen, stammen von ihm.

Cormac McCarthy (1933–2023)

89 Jahre alt wurde der amerikanische Schriftsteller Cormac McCarthy. Größere Bekanntheit erlangte er durch die Verfilmung seines Romans *Kein Land für alte Männer* (*No Country For Old Men*). Hauptsächlich schrieb er in einem Genre, dass man grob als Neo-Western bezeichnen könnte. Doch mit dem Endzeitroman *Die Straße* (*The Road*), der mit Viggo Mortensen in der Hauptrolle verfilmt wurde, erhielt er auch in der SF-Community Aufmerksamkeit. In kurzen, prägnanten Sätzen wird von einem Vater erzählt, der mit seinem Sohn durch eine trostlose, apokalyptische Landschaft zieht und ums Überleben kämpft. McCarthys erster Roman *Der Feldhüter* (*The Orchard Keeper*) erschien bereits 1965, seine letzten beiden *Der Passagier* (*The Passenger*) und *Stella Maris* 2022.

Suzy McKee Charnas (1939–2023)

Die Science-Fiction-(Horror- und Fantasy-)Autorin gehört zu den Pionierinnen des Genres, wenn es um die Themen Geschlechteridentität, Sexualität und Feminismus geht. Für ihre Kurzgeschichte »Unicorn Tapestry« erhielt sie 1981 den Nebula Award, für »Boobs« 1990 den Hugo und 1999 den James Tiptree, Jr. Award für den Roman *The Conqueror's Child*. Auf Deutsch erschienen die ersten beiden Bände der HOLDFAST CHRONICLES (*Tochter der Apokalypse* und *Alldera und die Amazonen*) sowie *Der Vampir-Baldachin*. Daneben schrieb sie zahlreiche Kurzgeschichten.

Nichelle Nichols (1932–2022)

Als Lieutenant Uhura in der ursprünglichen STAR TREK-Serie RAUMSCHIFF ENTERPRISE schrieb die amerikanische Schauspielerin Geschichte. Legendär die Anekdote, wie Martin Luther King sie auf einer Party dazu überredete, nach der ersten Staffel nicht aus der Serie auszusteigen, da sie zum Vorbild für Millionen Afroamerikaner*innen geworden war. Nach Beendigung der Serie arbeitete sie für die NASA in Sachen Nachwuchsrekrutierung und setzte sich für die Erschließung des Weltraums ein. Auf Conventions zeigte sie sich ihren Fans gegenüber stets offen und freundlich. Mit *Saturn's Child* und *Saturna's Quest* hat sie mithilfe von Co-Autor*innen in den 1990ern auch zwei Science-Fiction-Romane veröffentlicht.

Ray Nelson (1931–2022)

Der Amerikaner Ray Nelson war Illustrator und SF-Autor. Auf Deutsch erschien sein Roman *Die Invasoren von Ganymed* (1976), den er zusammen mit Philip K. Dick schrieb, und seine Kurzgeschichten *Punkt acht Uhr morgens* (1964) und *Schalt den Himmel ab* (1983). Zusammen mit Michael Moorcock schmuggelte er in den 1960ern die in Großbritannien verbotenen Bücher von Henry Miller ins Land, wofür er des Landes verwiesen wurde, während man Moorcock verhaftete. Nelson gehörte zu den Autor*innen der sogenannten New Wave.

Rachel Pollack (1945–2023)

Rachel Grace Pollack war eine amerikanische Autorin, die unter anderem an Comics wie DOOM PATROL mitgeschrieben hat. Für *Unquenchable Fire* (1988), der auf Deutsch unter dem Titel *Parallelwelten* erschien, erhielt sie den Arthur C. Clarke Award. Ihr Debüt-Roman ist die Space Opera *Golden Vanity*. Sie bewegte sich fließend durch die Genres und erhielt 1987 den World Fantasy Award für *Godmother Night*.

Albert Pyun (1953–2022)

Der hawaiianische Regisseur Albert Pyun ist im Alter von 69 Jahren verstorben. 2013 gab er bekannt, dass er an Multipler Sklerose erkrankt sei, 2017 kam Demenz hinzu. Wer in den 1990ern aufgewachsen ist und sich in der Videothek Filme nach Titel und Cover ausgeliehen hat, dürfte an den teils durchaus charmanten B-Movies Pyuns nicht vorbeigekommen sein. Seinen ersten größeren Erfolg hatte er mit dem Endzeit-Film *Cyborg*, in dem Jean-Claude Van Damme die Hauptrolle spielt. Bekannt sind auch der SF-Film *Nemesis* und der Sword-and-Sorcery-Trash *The Sword and the Sorcerer*. 1990 drehte er übrigens einen *Captain America*-Film, der durchaus einen gewissen Unterhaltungswert besitzt.

Michael Reaves (1950–2003)

Der amerikanische Autor war vor allem für seine Arbeit an den Zeichentrickserien BATMAN: THE ANIMATED SERIES und GARGOYLES bekannt, schrieb aber auch zahlreiche Science-Fiction-Romane, von denen einige auch auf Deutsch erschienen. Darunter die Parallelwelt-Trilogie INTERWORLD, die er zusammen mit Neil Gaiman verfasste, sowie der Roman *Zerschmetterte Welt*. Außerdem veröffentlichte er zahlreiche STAR WARS-Romane.

Ryuichi Sakamoto (1952–2023)

Der japanische Pionier elektronischer Musik und Filmkomponist Ryuichi Sakamoto ist im Alter von 71 Jahren verstorben. Science-Fiction-Fans könnten seine Musik aus Filmen und Serien wie *The Wings of Honnêamise*, *Appleseed*, *Proxima*, BLACK MIRROR und EXCEPTION kennen. Als Schauspieler stand er unter anderem in *Merry Christmas, Mr. Lawrence* an der Seite von David Bowie vor der Kamera. Für seine Musik zum Film *Der letzte Kaiser* wurde er mit dem Oscar ausgezeichnet. In Japan galt er als Ikone, sein Tod löste landesweit große Bestürzung aus.

Zusammengestellt von Markus Mäurer

BIBLIOGRAPHIE

Vorbemerkungen

Es gibt viele Leser, die gerne auf E-Books oder auch Hörbücher umgestiegen sind. Ich gehöre nicht dazu. Für mich besteht ein Buch aus Papier. Dennoch ist in der Liste auch das eine oder andere ausschließlich elektronisch erschienene Werk zu finden. Das sind dann frei herunterladbare Werke, zumeist Sekundärliteratur.

Eine wesentliche Herausforderung einer Bibliographie in einem bestimmten Zeitraum erschienener Science Fiction besteht darin, dass sich die Genres innerhalb der Phantastik oft nicht scharf abgrenzen lassen. In meiner Datenbank erfolgt die Abgrenzung letztlich nach meinem Dafürhalten, basierend auf über dreißig Jahren Beschäftigung mit dem Genre, aber meine Einschätzung muss nicht jedermann teilen. Hinweise auf relevante, in dieser Bibliographie fehlende Werke sind jederzeit herzlich willkommen.

Die folgende Bibliographie enthält die 2022 auf Papier erschienenen deutschsprachigen Publikationen aus dem Bereich Science Fiction. Wenn eine Veröffentlichung in der Deutschen Nationalbibliothek als im Bestand vermerkt ist, oder bei Amazon als »auf Lager«, oder auf der Seite des Verlags als lieferbar, dann halte ich die Existenz der Publikation für ausreichend wahrscheinlich, um sie hier zu listen.

Eine vollständige Übersicht wirklich aller 2022 erschienenen Werke, bis hin zum letzten, obskursten Buch, das ist diese Bibliographie nicht – und kann und will es auch nicht sein. Und trotzdem sind es allein mit Erstdrucken über 1850 Einträge geworden.

Diese Bibliographie enthält keine Nachdrucke. Wer sich auch für die Nachdrucke interessiert ist herzlich eingeladen, sich darüber auf der unten angeführten Webseite zu informieren.

Die dieser Ausgabe zugrunde liegende Datenbank ist im Netz zu finden: Auf der Webseite www.chpr.at sind derzeit (Stand: Juli 2023) über 99.000 Bücher aus den Bereichen SF und Fantasy bibliographisch erfasst, ebenso ca. 225.000 Kurzgeschichten und Artikel.

http://www.chpr.at/sfstory.html	Autoren-Übersicht
http://www.chpr.at/sf-jahr.html	Jahres-Übersicht
http://www.chpr.at/sf-uebs.html	Übersetzer-Übersicht

Christian Pree

Aufbau der bibliographischen Daten

Die Autoren sind jeweils fett gedruckt, danach folgen die Publikationen des Autors, die 2022 publiziert wurden. Die Dokumentation zu jeder Publikation besteht aus bis zu sechs Zeilen, wobei Zeilen entfallen können, wenn keine Daten vorliegen.

Beispiel für Bücher:

Dan Abnett
Der Vincula-Aufstand (2022) (D) (SF)
The Vincula Insurgency (E)
Ü: Christine Aharon
Black Library Warhammer & 40000, 601: 1. Aufl. (HC) (DE)
268 S., ISBN: 978-1-78193-601-6
Serie: Warhammer 40000: Geisterakte, 1

Zeile 1: Titel des Werks, plus
- Erscheinungsjahr
- Sprache
- Inhaltliche Einordnung

SF	Science Fiction		F	Fantasy
PH	Phantastik		HO	Horror
AH	Alternativwelten		SP	Sekundärwerk Phantastik

Zeile 2: Fremdsprachiger Original-Titel des Werks, plus
- Erscheinungsjahr der fremdsprachigen Originalausgabe
- Originalsprache

E	Englisch (außer USA)		
US	US-amerikanisches Englisch		
F	Französisch	RU	Russisch
NL	Niederländisch	J	Japanisch
I	Italienisch	SP	Spanisch

Zeile 3: Übersetzer

Zeile 4: Verlag und Auflage, plus
- Publikationsform

TB	Taschenbuch	PB	Paperback
HC	Hardcover	RH	Romanheft
GB	Großband	A4	A4-Format

- Erscheinungsart

OA	Originalausgabe	DE	Deutsche Erstausgabe
OZ	Originalzusammenstellung		

Zeile 5: Seitenzahl und ISBN

Zeile 6: Serie

BÜCHER
(eigenständige Publikationen)

Regine Abel
Herz aus Stein (2022) (D) (SF)
Heart of Stone (2019) (E)
Regine Abel, 5700: 1. Aufl. (TB) (DE)
236 S., ISBN: 978-1-9988-5700-5
Serie: Khargals von Duras, 1

Mein Drachenehemann (2022) (D) (SF)
I Married a Dragon (2022) (E)
Ind. Pub., 7277: 1. Aufl. (TB) (DE)
308 S., ISBN: 978-1-9905-7277-7
Serie: Match Maker Agentur, 6

Mein Minotaurus Ehemann (2022) (D) (SF)
I Married a Minotaur (E)
Ind. Pub., 7247: 1. Aufl. (TB) (DE)
298 S., ISBN: 978-1-9905-7247-0
Serie: Match Maker Agentur, 5

Mein Nixen Ehemann (2022) (D) (SF)
I Married a Merman (2022) (E)
Ind. Pub., 7237: 1. Aufl. (TB) (DE)
278 S., ISBN: 978-1-9905-7237-1
Serie: Match Maker Agentur, 4

Christopher Abendroth
Der salzige Geschmack unserer Freiheit (2022)
(D) (SF)
Abendroth: 1. Aufl. (TB) (OA)
208 S., ISBN: 978-3-910394-00-1

Dan Abnett
(mit: Aaron Dembski-Bowden, Graham McNeill)
Die Söhne des Imperators (C) (2022) (D) (SF)
Söns of the Emperor (E)
Ü: Bent Jensen, Birgit Hausmayer
Black Library Warhammer & 40000, 556:
1. Aufl. (HC) (DE)
280 S., ISBN: 978-1-78193-556-9
Serie: Warhammer 40000: Horus Heresy – Pri

Der Vincula-Aufstand (2022) (D) (SF)
The Vincula Insurgency (E)
Ü: Christine Aharon
Black Library Warhammer & 40000, 601:
1. Aufl. (HC) (DE)
268 S., ISBN: 978-1-78193-601-6
Serie: Warhammer 40000: Geisterakte, 1

Tom Abrahams
Battle (2022) (D) (SF)
Battle (2017) (US)
Ü: Raimund Gerstäcker
Luzifer, 760: 1. Aufl. (TB) (DE)
308 S., ISBN: 978-3-95835-660-3
Serie: Traveler, 5

Kreuzzug: Der Anschlag (2022) (D) (SF)
<unbekannt / unknown> (US)
Ü: Sylvia Pranga
Luzifer, 797: 1. Aufl. (TB) (DE)
340 S., ISBN: 978-3-95835-697-9

Vermächtnis (2022) (D) (SF)
Legacy (2018) (US)
Ü: Raimund Gerstäcker
Luzifer, 829: 1. Aufl. (TB) (DE)
256 S., ISBN: 978-3-95835-729-7
Serie: Traveler, 6

Andreas F. Achenbach
Experimentum Mundi (2022) (D) (SF)
epubli, 7947: 1. Aufl. (TB) (OA)
300 S., ISBN: 978-3-7549-7947-1

Galax Acheronian
Demeter (2022) (D) (SF)
Twentysix, 1488: 1. Aufl. (TB) (OA)
676 S., ISBN: 978-3-7407-1488-8
Serie: Koloniewelten, 2254

Science Fiction Stories 3 (C) (2022) (D) (SF)
Twentysix, 8715: 1. Aufl. (TB) (OA)
392 S., ISBN: 978-3-7407-8715-8

Bobby Adair
Tag Null (2022) (D) (SF)
Zero Day (2013) (US)
Ü: Frank Dietz
Ind. Pub., 8402: 1. Aufl. (TB) (DE)
502 S., ISBN: 979-8-365-68402-7
Serie: Schwelbrand, 1

Zerstörer (2022) (D) (SF)
Destroyer (2013) (US)
Ü: Frank Dietz
Ind. Pub., 1887: 1. Aufl. (TB) (DE)
276 S., ISBN: 979-8-371-21887-2
Serie: Schwelbrand, 2

Celin Aden
Das verschwundene Herz (2022) (D) (SF)
Ind. Pub., 8471: 1. Aufl. (TB) (OA)
376 S., ISBN: 979-8-412-98471-1
Serie: Prisma, 1

Thayet Agapi
Der letzte Kampf um das Licht (2022) (D) (SF)
tredition, 68527/68528: 1. Aufl.
(TB/HC) (OA)
624 S., ISBN: 978-3-347-68527-7 /
978-3-347-68528-4
Serie: Zeitenwende 2033, 1

Mathias Aicher
1988 (2022) (D) (SF)
kul-jal, 8: 1. Aufl. (TB) (OA)
456 S., ISBN: 978-3-949260-08-7

Alexandra Aisling
Anne Rose und die Gedichte der Künstlichen
Intelligenz (2022) (D) (SF)
Alexandra Aisling, 45756: 1. Aufl. (TB) (OA)
122 S., ISBN: 979-8-215-45756-6

Yasemin Aküzüm
Künstlicher Frieden (2022) (D) (SF)
Twentysix, 585: 1. Aufl. (TB) (OA)
632 S., ISBN: 978-3-7407-0585-5
Serie: Der Kreator, 1

Craig Alanson
Columbus Day (2022) (D) (SF)
Columbus Day (2016) (US)
Ü: Andreas Helweg
Saga Egmont, 25: 1. Aufl. (TB) (DE)
682 S., ISBN: 978-3-98750-025-1
Serie: Expedition Force, 1

Gabriele Albers
Nordland. 2061 – Gleichheit (2022) (D) (SF)
Plan 9, 55: 1. Aufl. (TB) (OA)
600 S., ISBN: 978-3-948700-55-3

Axel Aldenhoven
Flissik Bloy (2022) (D) (SF)
Ind. Pub., 3635: 1. Aufl. (TB) (OA)
44 S., ISBN: 979-8-834-83635-3
Serie: G.O.D.S. – Flucht durch die Zeit, 1

Zoey Aldrich
Roman 2040 (2022) (D) (SF)
Ind. Pub., 2470: 1. Aufl. (TB) (OA)
368 S., ISBN: 979-8-832-22470-1

Sergio 2041 (2022) (D) (SF)
Ind. Pub., 7692: 1. Aufl. (TB) (OA)
411 S., ISBN: 979-8-355-47692-2

JD Alexander
Apokalyptica: Am Anfang das Ende (C) (2022)
(D) (SF)
Ind. Pub., 2862: 1. Aufl. (TB) (OA)
227 S., ISBN: 979-8-836-92862-9

Cliff Allister
Das Erbe der Ersten (2022) (D) (SF)
Ind. Pub., 3674: 1. Aufl. (TB) (OA)
329 S., ISBN: 979-8-843-63674-6
Serie: Die Hegemonie von Krayt, 4

Lutz Altmann
Aus dem Leben eines Unsichtbaren: Missge-
schicke (2022) (D) (SF)
epubli, 5267: 1. Aufl. (TB) (OA)
288 S., ISBN: 978-3-7549-5267-2

R. M. Amerein
Erdfeuer (2022) (D) (SF)
Libri Books on Demand, 9183: 1. Aufl. (TB)
(OA)
296 S., ISBN: 978-3-7557-9183-6
Serie: Archen-Odyssee, 3

Roboter: Fading Smoke (2022) (D) (SF)
Atlantis, 1026: 1. Aufl. (HC) (OA)
178 S., ISBN: 978-3-86402-826-7

World's End. Our Beginning (2022) (D) (SF)
Libri Books on Demand, 4227: 1. Aufl. (TB)
(OA)
200 S., ISBN: 978-3-7562-4227-6

Joshua Anderle (mit: Michael T. Anderle)
Raubzug (2022) (D) (SF)
Raid (2019) (US)
Ü: Darren A. Kus
LMBPN, 1340: 1. Aufl. (TB) (DE)
284 S., ISBN: 978-1-64971-340-7
Serie: Animus, 9

Michael T. Anderle
Eine dunkle Zukunft (2022) (D) (SF)
One Dark Future (2020) (US)
Ü: Judith Kirch
LMBPN, 1227: 1. Aufl. (TB) (DE)
590 S., ISBN: 978-1-64971-227-1
Serie: Opus X, 8

Mahlstrom des Verrats (2022) (D) (SF)
Maelstrom of Treason (2020) (US)
Ü: Judith Kirch
LMBPN, 1225: 1. Aufl. (TB) (DE)
582 S., ISBN: 978-1-64971-225-7
Serie: Opus X, 6

Schatten der Überzeugung (2022) (D) (SF)
Shadows of Opinion (2020) (US)
Ü: Judith Kirch
LMBPN, 1226: 1. Aufl. (TB) (DE)
582 S., ISBN: 978-1-64971-226-4
Serie: Opus X, 7

Heinz Andernach

Der Park meines Bruders (2022) (D) (SF)
Libri Books on Demand, 127: 1. Aufl. (TB) (OA)
204 S., ISBN: 978-3-7568-0127-5

Johannes Anders

Die Havarie der Stephen Hawking (2022) (D) (SF)
Saphir im Stahl, 166: 1. Aufl. (TB) (OA)
220 S., ISBN: 978-3-96286-066-0
Serie: Sternenlicht, 13

Verräter an Bord (2022) (D) (SF)
Saphir im Stahl, 161: 1. Aufl. (TB) (OA)
175 S., ISBN: 978-3-96286-061-5
Serie: Sternenlicht, 8

(mit: Peter R. Krüger)
Wir sind die Roboter (2022) (D) (SF)
Saphir im Stahl, 165: 1. Aufl. (TB) (OA)
192 S., ISBN: 978-3-96286-065-3
Serie: Sternenlicht, 12

Steven Lee Anderson

In der neuen Welt (2022) (D) (SF)
Ind. Pub., 1740: 1. Aufl. (TB) (OA)
580 S., ISBN: 979-8-353-61740-2
Serie: Juno-Trilogie, 2

Joachim Angerer

Die psychische Partie (2022) (D) (SF)
Relativ Fiktiv, 74550: 1. Aufl. (TB) (OA)
97 S., ISBN: 978-3-347-74550-6

Anonym (Hrsg.)

Train Tracks. Fahrten in Ungewisse (2022)
(D) (SF)
Ind. Pub., 3418: 1. Aufl. (TB) (OA)
284 S., ISBN: 979-8-359-73418-9

Thor Ansell

Omnium 3 (2022) (D) (SF)
Ind. Pub., 2890: 1. Aufl. (TB) (OA)
256 S., ISBN: 979-8-412-52890-8

Uwe Anton

Die Chaos-Bastion (2022) (D) (SF)
Moewig Perry Rhodan, 3169: 1. Aufl. (RH) (OA)
59 S., Serie: Perry Rhodan – Heft, 3169

Farbauds Plan (2022) (D) (SF)
Moewig Perry Rhodan, 3189: 1. Aufl. (RH) (OA)
59 S., Serie: Perry Rhodan – Heft, 3189

Der Rote Stern (2022) (D) (SF)
Moewig Perry Rhodan, 3175: 1. Aufl. (RH) (OA)
59 S., Serie: Perry Rhodan – Heft, 3175

Die Suche des Joseph Andalous (2022) (D) (SF)
Moewig Perry Rhodan, 3157: 1. Aufl. (RH) (OA)
59 S., Serie: Perry Rhodan – Heft, 3157

Diana Arent

Das Tor der Spiegel (2022) (D) (SF)
Diana Mangold, 3/4: 1. Aufl. (HC/TB) (OA)
327 S., ISBN: 978-3-949480-03-4 /
978-3-949480-04-1
Serie: Amanda Prix, 2

Akira Arenth (mit: Vaelis Vaughan)

Nao (2022) (D) (SF)
Ind. Pub., 5241: 1. Aufl. (HC) (OA)
322 S., ISBN: 979-8-370-55241-0

Manfred Arlt

Kampf der Mütter: Welt ohne Männer (2022)
(D) (SF)
Harderstar, 960: 1. Aufl. (TB) (OA)
334 S., ISBN: 978-9083-28-960-1

Cahal Armstrong

Das Geheimnis von Cradle Rock (2022) (D) (SF)
Ind. Pub., 9851: 1. Aufl. (TB) (OA)
329 S., ISBN: 979-8-841-69851-7
Serie: Iason Spyridon, 33

Das Gesetz des Tas (2022) (D) (SF)
Ind. Pub., 9368: 1. Aufl. (TB) (OA)
312 S., ISBN: 979-8-433-69368-5
Serie: Iason Spyridon, 32

Quantum Road Trip (2022) (D) (SF)
Ind. Pub., 4210: 1. Aufl. (TB) (OA)
346 S., ISBN: 979-8-811-04210-4

Virgo (2022) (D) (SF)
Ind. Pub., 6822: 1. Aufl. (TB) (OA)
324 S., ISBN: 979-8-359-36822-3
Serie: Iason Spyridon, 34

Juan Arte

Pyramidenspiel (2022) (D) (SF)
Ind. Pub., 400: 1. Aufl. (TB) (OA)
279 S., ISBN: 979-8-776-50400-6

Edward Ashton

Mickey 7 – Der letzte Klon (2022) (D) (SF)
Mickey 7 (2022) (US)
Ü: Felix Mayer
Heyne, 32172: 1. Aufl. (TB) (DE)
366 S., ISBN: 978-3-453-32172-4

Slav Astrov

Das Duell (C) (2022) (D) (SF)
Chubenko: 1. Aufl. (TB) (DE)
209 S., ISBN: 978-3-9505281-6-9

Michael Atamanov
Im Dienste des Pharaos (2022) (D) (SF)
In Service of the Pharaoh (2020) (E)
Magic Dome, 931/932: 1. Aufl.
(TB/HC) (DE)
519 S., ISBN: 978-80-7619-831-9 /
978-80-7619-832-6
Serie: Allianz der Pechvögel, 2

Eine Katze und ihr Mensch (2022) (D) (SF)
A Cat and His Human (2020) (E)
Magic Dome, 683/682: 1. Aufl.
(HC/TB) (DE)
497 S., ISBN: 978-80-7619-583-7 /
978-80-7619-582-0
Serie: Allianz der Pechvögel, 1

Tom Aten
Quantum Polis (2022) (D) (SF)
Ind. Pub., 7070: 1. Aufl. (TB) (OA)
486 S., ISBN: 979-8-406-57070-8

A. A. Attanasio
Centuries (2022) (D) (SF)
Centuries (US)
Apex, 7604/7605: 1. Aufl. (TB/HC) (DE)
648/624 S., ISBN: 978-3-7549-7604-3 /
978-3-7549-7605-0

Solis (2022) (D) (SF)
Solis (1994) (US)
Apex, 65/63: 1. Aufl. (HC/TB) (DE)
288/300 S., ISBN: 978-3-7565-0065-9 /
978-3-7565-0063-5

Skadi Auriel
Brennende Erde (2022) (D) (SF)
Bookmundo, 32: 1. Aufl. (TB) (OA)
544 S., ISBN: 978-9403-63-032-8
Serie: War Zone Earth, 2

Dunkle Schatten (2022) (D) (SF)
Bookmundo, 481: 1. Aufl. (TB) (OA)
472 S., ISBN: 978-9403-60-481-7
Serie: War Zone Earth, 1

Moritz Averdunk
Das Geheimnis der Museumsinsel (2022) (D)
(SF)
Ind. Pub., 2953 / epubli, 1553: 1. Aufl. (HC/
TB) (OA)
243/263 S., ISBN: 979-8-841-92953-6 /
979-3-7565-1553-0

Christopher Baar
Verhängnisvolle Bedrohung (2022) (D) (SF)
Wortschatten, 22: 1. Aufl. (TB) (OA)
246 S., ISBN: 978-3-969640-22-7
Serie: Impact, 2

Chris Bachmann
Tuere Vitam (2022) (D) (SF)
Ind. Pub., 5397: 1. Aufl. (TB) (OA)
412 S., ISBN: 979-8-411-05397-5
Serie: Syramon, 5

Tuere Vitam 2 (2022) (D) (SF)
Ind. Pub., 473/1484: 1. Aufl. (HC/TB) (OA)
431 S., ISBN: 979-8-360-60473-0 /
979-8-360-61484-5
Serie: Syramon, 6

Travis Bagwell
Abgrund (2022) (D) (SF)
Precipice (2017) (US)
Magic Dome, 782/781: 1. Aufl.
(HC/TB) (DE)
549 S., ISBN: 978-80-7619-682-7 /
978-80-7619-681-0
Serie: Awaken Online, 2

Marco Baldrich
Die Jesus-DNA (2022) (D) (SF)
Ind. Pub., 7786: 1. Aufl. (TB) (OA)
469 S., ISBN: 979-8-808-47786-5

Marcus Bannò
Die Suche (2022) (D) (SF)
Ind. Pub., 8838: 1. Aufl. (TB) (OA)
577 S., ISBN: 979-8-838-48838-1
Serie: Portal, 2

David Barbens
John Spencer: Erst mal einen Mokka (2022)
(D) (SF)
Ind. Pub., 4988: 1. Aufl. (TB) (OA)
416 S., ISBN: 979-8-847-34988-8

R. A. Bartonek
Gottes Kino (2022) (D) (SF)
Romankiosk, 1583/1578: 1. Aufl. (HC/TB) (OA)
600/636 S., ISBN: 978-3-7565-1583-7 /
978-3-7565-1578-3

Leander Bauer
Der Saboteur (2022) (D) (SF)
tradition, 51038/51037: 1. Aufl. (HC/TB) (OA)
352 S., ISBN: 978-3-347-51038-8 /
978-3-347-51037-1

Marco Bauer
Jenseits des Jenseits (2022) (D) (SF)
Ind. Pub., 5455: 1. Aufl. (HC) (OA)
324 S., ISBN: 979-8-354-85455-4
Serie: Über den Tod hinaus, 2

Zeitlos verbunden (2022) (D) (SF)
Ind. Pub., 2018: 1. Aufl. (HC) (OA)
440 S., ISBN: 979-8-416-82018-3
Serie: Über den Tod hinaus, 1

Stephen Baxter
Artefakt – Sterneningenieure (2022) (D) (SF)
World Engines – Creator (2020) (E)
Ü: Peter Robert
Heyne, 32075: 1. Aufl. (TB) (DE)
670 S., ISBN: 978-3-453-32075-8

Stephan Becher
China Brain Project (2022) (D) (SF)
Polarise, 65: 1. Aufl. (TB) (OA)
586 S., ISBN: 978-3-947619-65-8

Alexander Becker
Parusie: Die Wiederkunft der Götter (2022)
(D) (SF)
Libri Books on Demand, 8526: 1. Aufl. (TB)
(OA)
302 S., ISBN: 978-3-7543-8526-5

Siggi Becker
Commander Tirza – Offene Fragen (2022)
(D) (SF)
Ind. Pub., 6191: 1. Aufl. (TB) (OA)
201 S., ISBN: 979-8-406-66191-8

Der neunte Planet (2022) (D) (SF)
Ind. Pub., 3893: 1. Aufl. (TB) (OA)
131 S., ISBN: 979-8-774-13893-7

Ein Ort namens Paradise City (2022) (D) (SF)
Ind. Pub., 9815: 1. Aufl. (TB) (OA)
178 S., ISBN: 979-8-834-79815-6

Die Waffe von Artaios (2022) (D) (SF)
Ind. Pub., 1400: 1. Aufl. (TB) (OA)
151 S., ISBN: 979-8-440-51400-3

Mary Bee
Ein letzter Zug (2022) (D) (SF)
Libri Books on Demand, 689: 1. Aufl. (TB) (OA)
424 S., ISBN: 978-3-7562-0689-6
Serie: Schachmatt, 2

Das Spiel beginnt (2022) (D) (SF)
Libri Books on Demand, 643: 1. Aufl. (TB) (OA)
378 S., ISBN: 978-3-7562-0643-8
Serie: Schachmatt, 1

Die Steine fallen (2022) (D) (SF)
Libri Books on Demand, 725: 1. Aufl. (TB) (OA)
398 S., ISBN: 978-3-7562-0725-1
Serie: Schachmatt, 3

Jana Beek
Körpergewitter (2022) (D) (SF)
Twentysix, 1000: 1. Aufl. (TB) (OA)
424 S., ISBN: 978-3-7407-1000-2

Anika Beer
Succession Game (2022) (D) (SF)
Piper Fantasy, 70588: 1. Aufl. (PB) (OA)
496 S., ISBN: 978-3-492-70588-2

David Beers
(mit: Michael T. Anderle)
Des Kriegsherrn Geburt (2022) (D) (SF)
Warlord Born (2021) (US)
Ü: Tobias Lohmann
LMBPN, 2789: 1. Aufl. (TB) (DE)
342 S., ISBN: 978-1-68500-789-8
Serie: Der große Aufstand, 1

Gabriele U. Behrend
Das Dorf am Grunde des Sees (2022) (D) (SF)
p.machinery Außer der Reihe: 1. Aufl. (TB) (OA)
172 S., ISBN: 978-3-95765-280-5

Georges Beliaeff
Die Glücks-Erbauer (2022) (D) (SF)
Les batisseurs de bonheur (F)
AFNIL, 9506: 1. Aufl. (TB) (OA)
494 S., ISBN: 978-2-4911-9506-9

Alyson Belle
Der Abschlussball (2022) (D) (SF)
Ind. Pub., 4030: 1. Aufl. (TB) (OA)
118 S., ISBN: 979-8-844-64030-8

Das Leben als mystische Frau (C) (2022) (D)
(SF)
Ind. Pub., 2832: 1. Aufl. (TB) (OA)
402 S., ISBN: 979-8-422-72832-9

Virtuelle Freundin (2022) (D) (SF)
Ind. Pub., 2946: 1. Aufl. (TB) (OA)
88 S., ISBN: 979-8-463-82946-7

Zweite Chancen (2022) (D) (SF)
Ind. Pub., 4026: 1. Aufl. (TB) (OA)
124 S., ISBN: 979-8-844-64026-1

Thomas Benda
Babette (2022) (D) (SF)
Ind. Pub., 7632: 1. Aufl. (TB) (OA)
140 S., ISBN: 979-8-806-97632-2

Michael A. Benderson
Mindfuck 42 V1.0 (2022) (D) (SF)
Ind. Pub., 4992: 1. Aufl. (TB) (OA)
96 S., ISBN: 979-8-842-14992-6

Reg Benedikt
Elysions Tochter (2022) (D) (SF)
Homo Littera, 194: 1. Aufl. (TB) (OA)
298 S., ISBN: 978-3-903238-94-7

Jella Benks
Auf silbernen Schwingen (2022) (D) (SF)
Nova MD, 4494: 1. Aufl. (TB) (OA)
492 S., ISBN: 978-3-98595-494-0
Serie: Die Goldene, 4

In bronzenen Flammen (2022) (D) (SF)
Nova MD, 4244: 1. Aufl. (TB) (OA)
414 S., ISBN: 978-3-98595-244-1
Serie: Die Goldene, 3

Jennifer Bennett
Next Gen (2022) (D) (SF)
Textem, 267: 1. Aufl. (TB) (OA)
317 S., ISBN: 978-3-86485-267-1

D. K. Berg
Schatten der Vergangenheit (2022) (D) (SF)
epubli, 2715: 1. Aufl. (TB) (OA)
532 S., ISBN: 978-3-7565-2715-1
Serie: Dürre, 1

Sibylle Berg
RCE: #RemoteCodeExecution (2022) (D) (SF)
Kiepenheuer & Witsch, 164: 1. Aufl. (HC) (OA)
704 S., ISBN: 978-3-462-00164-8

Andrew G. Berger
Der Sonnensturm (2022) (D) (SF)
Libri Books on Demand, 5606: 1. Aufl. (TB)
(OA)
520 S., ISBN: 978-3-7562-5606-8

W. Berner
(mit: A. T. Legrand) (Hrsg.)
Anderwelt (2022) (D) (SF)
Libri Books on Demand, 5735: 1. Aufl. (TB)
(OA)
292 S., ISBN: 978-3-7568-5735-7
Serie: XUN präsentiert

Der Herrscher von Punkstadt (2022) (D) (SF)
Ind. Pub., 9920: 1. Aufl. (TB) (OA)
84 S., ISBN: 979-8-408-59920-2
Serie: Nebelmond, 5

Martina Bernsdorf
Tagebuch nach dem Ende der Welt (2022)
(D) (SF)
Ind. Pub., 3137: 1. Aufl. (TB) (OA)
371 S., ISBN: 979-8-357-93137-5

Matilda Best
Imala und Amarok (2022) (D) (SF)
tredition, 65563/65564: 1. Aufl. (TB/HC) (OA)
316 S., ISBN: 978-3-347-65563-8 /
978-3-347-65564-5

Sonja Bethke-Jehle
Träume in Rot (2022) (D) (SF)
Libri Books on Demand, 9939: 1. Aufl. (TB)
(OA)
312 S., ISBN: 978-3-7557-9939-9

Michael Betz
Adams Geschichten: Geschichten eines
Ewigen (2022) (D) (SF)
Ind. Pub., 4011: 1. Aufl. (TB) (OA)
226 S., ISBN: 979-8-804-04011-7

Andrea Beyl
Fest in Gedanken (C) (2022) (D) (SF)
Libri Books on Demand, 4894: 1. Aufl. (TB)
(OA)
70 S., ISBN: 978-3-7557-4894-6

Heike Bicher-Seidel
Transformation (2022) (D) (SF)
Hybrid, 283: 1. Aufl. (TB) (OA)
292 S., ISBN: 978-3-96741-183-6
Serie: Ich ohne Wir, 2

Paul Bies
Die Rückkehr des Astronauten (2022) (D) (SF)
Eifelbild, 16: 1. Aufl. (TB) (OA)
120 S., ISBN: 978-3-98508-016-8

Willi Bieske
Die Invasion der Ratten 1 (2022) (D) (SF)
Ind. Pub., 8506: 1. Aufl. (TB) (OA)
83 S., ISBN: 979-8-436-18506-4

Lou Bihl
Amazonah (2022) (D) (SF)
Unken, 7: 1. Aufl. (HC) (OA)
440 S., ISBN: 978-3-949286-07-0

Peter Biro
Auf zum fröhlichen Weltuntergang (C) (2022)
(D) (SF)
Blitz Phantastik, 16: 1. Aufl. (TB) (OA)
276 S.

Trouble Black
Purrluna (2022) (D) (SF)
Libri Books on Demand, 5583/5585: 1. Aufl.
(TB/HC) (OA)
604/452 S., ISBN: 978-3-7557-5583-8 /
978-3-7557-5585-2
Serie: Die Zweitgeborene, 3

Benetton Blake
Lost Colony (2022) (D) (SF)
via tolino, 2237/2233: 1. Aufl. (TB/HC) (OA)
376/308 S., ISBN: 978-3-7546-2237-7 /
978-3-7546-2233-9
Serie: Savaged Breed – Richards, 1

Tantos Gate (2022) (D) (SF)
via tolino, 2462 / Ind. Pub., 2958: 1. Aufl. (TB/
TB) (OA)
44/37 S., ISBN: 978-3-7546-2462-3 /
979-8-404-62958-3
Serie: Savaged Breed

Corben C. Blake
Nova Patria: Wächter der Zukunft (2022) (D)
(SF)
Ind. Pub., 1830/5976: 1. Aufl. (TB/HC) (OA)
558/546 S., ISBN: 979-8-828-21830-1 /
979-8-834-25976-3

John Blake
Welt unter ewigem Eis (2022) (D) (SF)
Luzifer, 781: 1. Aufl. (TB) (OA)
236 S., ISBN: 978-3-95835-681-8

Matteo Blocher
Das Embryonenschiff (2022) (D) (SF)
Hybrid, 268: 1. Aufl. (TB) (OA)
460 S., ISBN: 978-3-96741-168-3

Cathrin Block
Der Fühlweber: Asche des Feindes (2022)
(D) (SF)
epubli, 4107: 1. Aufl. (TB) (OA)
528 S., ISBN: 978-3-7565-4107-2

Victor Boden
Das blaue Ende der Zeit (2022) (D) (SF)
p.machinery Andro SF, 126: 1. Aufl. (TB) (OA)
6543 S., ISBN: 978-3-95765-260-7

Philipp Böhm
Supermilch (C) (2022) (D) (SF)
Verbrecher, 514: 1. Aufl. (HC) (OA)
168 S., ISBN: 978-3-95732-514-3

Mark Bold
Der lange Weg zur Unsterblichkeit (2022)
(D) (SF)
Cartagena, 7: 1. Aufl. (TB) (OA)
600 S., ISBN: 978-3-948892-07-4

**Sandra Bollenbacher (mit: Benjamin Ziech)
(Hrsg.)**
Body Enhancements (2022) (D) (SF)
Polarise, 132: 1. Aufl. (TB) (OA)
166 S., ISBN: 978-3-949345-32-6

Klaus Bollhöfener (Hrsg.)
phantastisch! 85 – 88 (2022) (D) (SF)
Atlantis phantastisch!, 85 – 88: 1. Aufl. (A4)
(OA)
85/76/84/81 S.

Rose-Lise Bonin
Perfect – Spüre die Angst (2022) (D) (SF)
via tolino, 7352: 1. Aufl. (TB) (OA)
408 S., ISBN: 978-3-7546-7352-2

Elena Bork
Am Rande des Wahnsinns (2022) (D) (SF)
Redrum, 958: 1. Aufl. (TB) (OA)
329 S., ISBN: 978-3-95957-958-2
Serie: Brink of Insanity, 1

Carsten Born
Egophobication (2022) (D) (SF)
via tolino, 2200/2199: 1. Aufl. (HC/TB) (OA)
224 S., ISBN: 978-3-7546-2200-1 /
978-3-7546-2199-8
Serie: Fremdkörper-Trilogie, 3

Simon Borner
(mit: Oliver Müller)
Countdown (2022) (D) (SF)
Bastei Maddrax, 598: 1. Aufl. (RH) (OA)
63 S., Serie: Maddrax, 598

The Walking Matt (2022) (D) (SF)
Bastei Maddrax, 577: 1. Aufl. (RH) (OA)
63 S., Serie: Maddrax, 577

Melanie Bottke
Selve: Zerrissene Leben (2022) (D) (SF)
Libri Books on Demand, 2728: 1. Aufl. (TB)
(OA)
384 S., ISBN: 978-3-7562-2728-0

Stefan Boucher
Blut und Rost (2022) (D) (SF)
Atlantis, 970: 1. Aufl. (TB) (OA)
376 S., ISBN: 978-3-86402-770-3
Serie: Tranthal, 3

Julius Boxberger
Im Nebelmeer (2022) (D) (SF)
Romankiosk, 1571/1572: 1. Aufl. (TB/HC) (OA)
312/288 S., ISBN: 978-3-7565-1571-4 /
978-3-7565-1572-1

Steffen Brabetz
Die Brücken von Tompelin (C) (2022) (D) (SF)
tredition, 69697/69698: 1. Aufl. (TB/HC) (OA)
336 S., ISBN: 978-3-347-69697-6 /
978-3-347-69698-3

Harald Braem
Outbreak: Die Zeitrebellen (2022) (D) (SF)
Elvea, 117: 1. Aufl. (TB) (OA)
196 S., ISBN: 978-3-946751-17-5

Frederic Brake
Duell mit dem Unbekannten (2022) (D) (SF)
Atlantis Ikarus, 85: 1. Aufl. (TB) (OA)
85 S., ISBN: 978-3-86402-833-5
Serie: Rettungskreuzer Ikarus, 85

Flucht ins Licht (2022) (D) (SF)
Atlantis Ikarus, 86: 1. Aufl. (TB) (OA)
87 S., ISBN: 978-3-86402-849-6
Serie: Rettungskreuzer Ikarus, 86

Sprung ins Ungewisse (2022) (D) (SF)
Atlantis Ikarus, 84: 1. Aufl. (TB) (OA)
85 S., ISBN: 978-3-86402-790-1
Serie: Rettungskreuzer Ikarus, 84

Jo Branco
Katie 42 – Intelligent (2022) (D) (SF)
Branco, 9537/9538: 1. Aufl. (TB/HC) (OA)
211/210 S., ISBN: 978-3-0330-9537-3 /
978-3-0330-9538-0

Jake Brandau
Der geheime Superheld (2022) (D) (SF)
Ind. Pub., 9309: 1. Aufl. (HC) (OA)
137 S., ISBN: 979-8-408-09309-0
Serie: Der geheime Superheld, 1

Die Rückkehr (2022) (D) (SF)
Ind. Pub., 2472 / Libri Books on Demand, 1977:
1. Aufl. (HC/TB) (OA)
177/184 S., ISBN: 979-8-845-82472-1 /
978-3-7568-1977-5
Serie: Der geheime Superheld, 2

Andreas Brandhorst
Das Bitcoin-Komplott (2022) (D) (SF)
Fischer, 70719: 1. Aufl. (PB) (OA)
608 S., ISBN: 978-3-596-70719-5

Ruf der Unendlichkeit (2022) (D) (SF)
Fischer Tor, 70575: 1. Aufl. (PB) (OA)
544 S., ISBN: 978-3-596-70575-7

Siegfried Brandt
Ciao, Ciao, Marie! (2022) (D) (SF)
Ind. Pub., 9420: 1. Aufl. (TB) (OA)
809 S., ISBN: 979-8-360-49420-1

Thorsten Braun
Der neue Kontinent (2022) (D) (AH)
Ind. Pub., 4895: 1. Aufl. (TB) (OA)
137 S., ISBN: 979-8-831-84895-3

Olaf Brill
Atlantis muss sterben! (2022) (D) (SF)
Pabel-Moewig Perry Rhodan Atlant., 11:
1. Aufl. (RH) (OA)
64 S., Serie: Perry Rhodan – Atlantis, 11

Der Mann aus der Vergangenheit (2022) (D)
(SF)
Pabel-Moewig Perry Rhodan Neo, 282: 1. Aufl.
(TB) (OA)
161 S., Serie: Perry Rhodan Neo, 282

Der Raumschiffsfriedhof (2022) (D) (SF)
Pabel-Moewig Perry Rhodan Atlant., 4: 1. Aufl.
(RH) (OA)
64 S., Serie: Perry Rhodan – Atlantis, 4

Henry Brochet
Die ersten drei Jahre (2022) (D) (SF)
Ind. Pub., 837: 1. Aufl. (TB) (OA)
94 S., ISBN: 979-8-847-40837-0
Serie: Die letzte Welle, 1

Die letzten drei Jahre (2022) (D) (SF)
Ind. Pub., 4050: 1. Aufl. (TB) (OA)
88 S., ISBN: 979-8-364-64050-5
Serie: Die letzte Welle, 3

Die nächsten drei Jahre (2022) (D) (SF)
Ind. Pub., 6328: 1. Aufl. (TB) (OA)
116 S., ISBN: 979-8-357-86328-7
Serie: Die letzte Welle, 2

Anna Brocks
Die Suche nach Kalea (2022) (D) (SF)
epubli, 3301: 1. Aufl. (TB) (OA)
284 S., ISBN: 978-3-7565-3301-5
Serie: Synchronik, 1

Walter Brodowsky
Die Apophis-Verschwörung (2022) (D) (SF)
Ind. Pub., 1421: 1. Aufl. (TB) (OA)
239 S., ISBN: 979-8-356-11421-2
Serie: Das Erbe der Attaner, 6

Geheimprojekt Attuna (2022) (D) (SF)
Ind. Pub., 7012: 1. Aufl. (TB) (OA)
287 S., ISBN: 979-8-846-27012-1
Serie: Das Erbe der Attaner, 5

Alfred Broi
Die längste Stunde (2022) (D) (SF)
Libri Books on Demand, 440: 1. Aufl. (HC) (OA)
488 S., ISBN: 978-3-7562-0440-3
Serie: Genesis, 7

Dani Brown
Das Alien-Komplott (2022) (D) (SF)
epubli, 5384: 1. Aufl. (TB) (OA)
444 S., ISBN: 978-3-7549-5384-6
Serie: Geheimakte Area 51, 6

Nach 2 Millionen Jahren (2022) (D) (SF)
Ind. Pub., 1802: 1. Aufl. (TB) (OA)
402 S., ISBN: 979-8-366-31802-0
Serie: Geheimakte NASA, 4

Nach 7 Millionen Jahren (2022) (D) (SF)
Ind. Pub., 624: 1. Aufl. (TB) (OA)
401 S., ISBN: 979-8-832-80624-2
Serie: Geheimakte NASA, 3

Unheimliche Begegnung der vierten Art
(2022) (D) (SF)
epubli, 3571: 1. Aufl. (TB) (OA)
424 S., ISBN: 978-3-7565-3571-2
Serie: Geheimakte Area 51, 7

Elisabeth Brückner
System in der Ewigkeit / Krieg der Ewigkeit /
Reise durch das All 1 (C) (2022) (D) (SF)
Elios Schastél, 1: 1. Aufl. (HC) (OA)
108 S., ISBN: 978-3-9824222-1-3

Brunotte. Oliver
Die neue Hölle auf Erden (2022) (D) (SF)
tredition, 72910/72902: 1. Aufl. (HC/TB) (OA)
476/524 S., ISBN: 978-3-347-72910-0 /
978-3-347-72902-5
Serie: Das neue Paradies auf Erden, 2

Kris Brynn
A. R.T. – Coup zwischen den Sternen (2022)
(D) (SF)
Knaur, 52915: 1. Aufl. (TB) (OA)
384 S., ISBN: 978-3-426-52915-7

Max von Buchau
Ben & ich (2022) (D) (SF)
Ind. Pub., 9074: 1. Aufl. (TB) (OA)
97 S., ISBN: 979-8-363-49074-3

Isabella Buchfink
Jonathan und der sanftmütige Roboter (2022)
(D) (SF)
Ind. Pub., 6302: 1. Aufl. (TB) (OA)
152 S., ISBN: 979-8-836-76302-2

Anja Buchmann
Im Bann der Planeten (2022) (D) (SF)
epubli, 3669: 1. Aufl. (TB) (OA)
128 S., ISBN: 978-3-7565-3669-6
Serie: Phoenix, 1

Doris Bühler
Goodbye Charly (2022) (D) (SF)
Libri Books on Demand, 7277: 1. Aufl. (TB)
(OA)
458 S., ISBN: 978-3-7557-7277-4
Serie: Timeflyer, 1

Leb wohl Mellie (2022) (D) (SF)
Libri Books on Demand, 6003: 1. Aufl. (TB)
(OA)
178 S., ISBN: 978-3-7543-6003-3
Serie: Timeflyer, 3

So long Ronnie (2022) (D) (SF)
Libri Books on Demand, 8264: 1. Aufl. (TB)
(OA)
184 S., ISBN: 978-3-7557-8264-3
Serie: Timeflyer, 2

Stefan Burban
Exodus (2022) (D) (SF)
Atlantis, 1058: 1. Aufl. (TB) (OA)
376 S., ISBN: 978-3-86402-858-8
Serie: Blutläufer, 3

Das Licht schwindet (2022) (D) (SF)
Atlantis, 1041: 1. Aufl. (TB) (OA)
300 S., ISBN: 978-3-86402-841-0
Serie: Chronik der Falkenlegion, 2

Mit Feuer und Schwert (2022) (D) (SF)
Atlantis, 1029: 1. Aufl. (TB) (OA)
400 S., ISBN: 978-3-86402-829-8
Serie: Skull, 5

Peter Burg
Das fünfte Baby (2022) (D) (SF)
Re di Roma, 2542: 1. Aufl. (TB) (OA)
404 S., ISBN: 978-3-98527-542-7
Serie: Die Rhiusaner, 3

Nora Burgard-Arp
Wir doch nicht (2022) (D) (SF)
Katapult, 38: 1. Aufl. (HC) (OA)
224 S., ISBN: 978-3-948923-38-9

Edgar Rice Burroughs
Die Auferstehung des Jimber Jaw (2022) (D)
(SF)
The Resurrection of Jimber Jaw (US)
Ü: Johannes Schmidt
Dornbrunnen, 61: 1. Aufl. (TB) (DE)
44 S., ISBN: 978-3-943275-61-2

M. A.C.
The Numbers: First Interference (2022) (D) (SF)
Österr. Lit.-Ges., 65: 1. Aufl. (HC) (OA)
493 S., ISBN: 978-3-03886-065-5

Juan Manuel Rodriguez Caamano
Utopia (2022) (D) (SF)
<unbekannt / unknown> (SP)
Ind. Pub., 5217: 1. Aufl. (TB) (DE)
71 S., ISBN: 979-8-369-95217-7

Caledonia Fan
Die Vergeltung (2022) (D) (SF)
Sweek, 97: 1. Aufl. (TB) (OA)
416 S., ISBN: 978-9403-63-097-7
Serie: Guardians, 3

Caliban
Darkfire (2022) (D) (SF)
Ind. Pub., 2330: 1. Aufl. (TB) (OA)
220 S., ISBN: 979-8-430-92330-3
Serie: Crown of Shadows, 1

Frostfeuer (2022) (D) (SF)
Ind. Pub., 2625: 1. Aufl. (TB) (OA)
424 S., ISBN: 979-8-846-12625-1
Serie: Ghost – Rebellion, 2

M. R. Carey
Der letzte Krieg (2022) (D) (SF)
The Fall of Koli (E)
Ü: Manfred Sanders
Festa, 963: 1. Aufl. (HC) (DE)
656 S., ISBN: 978-3-86552-963-3
Serie: Die Legende von Koli, 3

Das Signal von Albion (2022) (D) (SF)
The Trials of Koli (E)
Ü: Manfred Sanders
Festa, 957: 1. Aufl. (HC) (DE)
560 S., ISBN: 978-3-86552-957-2
Serie: Die Legende von Koli, 2

Veronika Carver
V-Sights: Die Realität ist nicht genug (2022)
(D) (SF)
Tagträumer, 127: 1. Aufl. (TB) (OA)
350 S., ISBN: 978-3-98658-027-8

Ivo Cassani
Die Zone (2022) (D) (SF)
Ind. Pub., 3139: 1. Aufl. (TB) (OA)
103 S., ISBN: 979-8-422-83139-5

Jean-Gabriel Causse
Justine und die Rettung der Welt (2022) (D)
(SF)
L'algorithme du coeur (2019) (F)
Ü: Nathalie Lemmens
Penguin, 10914: 1. Aufl. (TB) (DE)
320 S., ISBN: 978-3-328-10914-3

Maili Cavanagh
Die Verlorenen von Assandur (2022) (D) (SF)
Dead Soft, 1526: 1. Aufl. (TB) (OA)
340 S., ISBN: 978-3-96089-526-8

Alexis B. Cellan
Eine Liebe erschafft Welten (2022) (D) (SF)
Twentysix, 8779: 1. Aufl. (TB) (OA)
380 S., ISBN: 978-3-7407-8779-0
Serie: Blitz und Donner, 3

Eine Liebe geht durch Welten (2022) (D) (SF)
Twentysix, 8739: 1. Aufl. (TB) (OA)
372 S., ISBN: 978-3-7407-8739-4
Serie: Blitz und Donner, 1

Eine Liebe spaltet Welten (2022) (D) (SF)
Twentysix, 8778: 1. Aufl. (TB) (OA)
352 S., ISBN: 978-3-7407-8778-3
Serie: Blitz und Donner, 2

Stefan Cernohuby (Hrsg.)
Facetten der Zukunft (2022) (D) (SF)
ohneohren, 149: 1. Aufl. (TB) (OA)
318 S., ISBN: 978-3-903296-49-7

Becky Chambers
Die Galaxie und das Licht darin (2022) (D) (SF)
The Galaxy, and the Ground Within (2021) (US)
Ü: Karin Will
Fischer Tor, 70701: 1. Aufl. (TB) (DE)
399 S., ISBN: 978-3-596-70701-0
Serie: Wayfarer, 4

J. N. Chaney
Renegade Atlas (2022) (D) (SF)
Renegade Atlas (US)
Ü: Ralph Tegtmeier
SAGA, 46551: 1. Aufl. (TB) (DE)
242 S., ISBN: 978-8-728-46551-6
Serie: Renegade Star, 2

Renegade Moon (2022) (D) (SF)
Renegade Moon (US)
Ü: Ralph Tegtmeier
SAGA, 56563: 1. Aufl. (TB) (DE)
200 S., ISBN: 978-8-728-56563-6
Serie: Renegade Star, 3

Renegade Star (2022) (D) (SF)
Renegade Star (2017) (US)
Ü: Ralph Tegtmeier
SAGA, 43414: 1. Aufl. (TB) (DE)
224 S., ISBN: 978-8-728-43414-7
Serie: Renegade Star, 1

Mary Chilton-Burse
Saferions Auftrg: Tripolonium (2022) (D) (SF)
Institut Drachenhaus, 48: 1. Aufl. (TB) (OA)
615 S., ISBN: 978-3-946711-48-3

Süleyman Ciloglu
EEnVV: <<^vv (2022) (D) (SF)
Libri Books on Demand, 219: 1. Aufl. (TB) (OA)
164 S., ISBN: 978-3-7568-0219-7

Der Lebenstropfen (2022) (D) (SF)
Libri Books on Demand, 4378: 1. Aufl. (TB)
(OA)
100 S., ISBN: 978-3-7562-4378-5

Andy Clark
Belagerer (2022) (D) (SF)
Steel Tread (E)
Ü: Bent Jensen
Black Library Warhammer & 40000, 1008:
1. Aufl. (TB) (DE)
352 S., ISBN: 978-1-80026-008-5
Serie: Warhammer 40000

Lasko Clark
Der Anfang (2022) (D) (SF)
Ind. Pub., 2648: 1. Aufl. (TB) (OA)
55 S., ISBN: 979-8-372-02648-3
Serie: Dark AI, 1

Cassandra Rose Clarke
Im Bann der Schatten (2022) (D) (SF)
Shadows Have Offended (2021) (US)
Ü: Bernd Perplies
Cross Cult Star Trek Next Gen., 18: 1. Aufl.
(TB) (DE)
368 S., ISBN: 978-3-96658-672-6
Serie: Enterprise – Die nächste Gen. – CC, 18

Max Claro
Der Mann, der aus dem 3D-Drucker kam
(2022) (D) (SF)
Heller, 72: 1. Aufl. (HC) (OA)
208 S., ISBN: 978-3-929403-72-5

Matthias Clostermann
Simulation – Die perfekte Illusion – die perfekte Droge (2022) (D) (SF)
Infinite Mind, 3805: 1. Aufl. (TB) (OA)
292 S., ISBN: 978-3-7546-3805-7

Richard Codenys
Die Galaktische Liga (2022) (D) (SF)
Ind. Pub., 8331: 1. Aufl. (TB) (OA)
59 S., ISBN: 979-8-403-88331-3
Serie: Phalanx, 1

Titanen (2022) (D) (SF)
Ind. Pub., 1568: 1. Aufl. (TB) (OA)
64 S., ISBN: 979-8-807-21568-0
Serie: Phalanx, 3

Sebastian Cohen
Ohne Abschied (2022) (D) (SF)
Ind. Pub., 6552/8710: 1. Aufl. (TB/HC) (OA)
335/329 S., ISBN: 979-8-439-76552-2 /
979-8-804-48710-3
Serie: Duke, 10

Marc Collins
Grausiges Mahl (2022) (D) (SF)
Grim Repast (E)
Ü: Stefan Behrenbruch
Black Library Warhammer & 40000, 605:
1. Aufl. (TB) (DE)
330 S., ISBN: 978-1-78193-605-4
Serie: Warhammer 40000 – Quillon Drask, 1

Melina Coniglio
Pray for Better Hallucinations (2022) (D) (SF)
Melina Coniglio, 5 / Ind. Pub., 7346: 1. Aufl.
(HC/TB) (OA)
320 S., ISBN: 978-3-9824048-5-1 /
979-8-825-17346-7

Elias J. Connor
Deep Infection (2022) (D) (SF)
epubli, 5001: 1. Aufl. (TB) (OA)
116 S., ISBN: 978-3-7549-5001-2

Richard F. Conrad
Kampf um Numantia (2022) (D) (SF)
tredition, 64013: 1. Aufl. (TB) (OA)
428 S., ISBN: 978-3-347-64013-9
Serie: Zeitenwenden – Turn of Eras, 4

Diane Cook
Die neue Wildnis (2022) (D) (SF)
The New Wilderness (US)
Ü: Astrid Finke
Heyne, 32158: 1. Aufl. (PB) (DE)
544 S., ISBN: 978-3-453-32158-8

James Corey
Leviathan fällt (2022) (D) (SF)
Leviathan Falls (2021) (US)
Ü: Jürgen Langowski
Heyne, 31944: 1. Aufl. (TB) (DE)
624 S., ISBN: 978-3-453-31944-8
Serie: Expansion, 9

Das Protomolekül (2022) (D) (SF)
Memory's Legion (2022) (US)
Ü: Marcel Häußler
Heyne, 32203: 1. Aufl. (TB) (DE)
496 S., ISBN: 978-3-453-32203-5
Serie: Expansion, 10

Yara Cornu
When everything shatters (2022) (D) (SF)
Ind. Pub., 9140: 1. Aufl. (TB) (OA)
276 S., ISBN: 979-8-354-99140-2

Robert Corvus
Freundliches Feuer (2022) (D) (SF)
Moewig Perry Rhodan, 3163: 1. Aufl. (RH) (OA)
60 S., Serie: Perry Rhodan – Heft, 3163

Lockruf der schwarzen Lohe (2022) (D) (SF)
Moewig Perry Rhodan, 3186: 1. Aufl. (RH) (OA)
60 S., Serie: Perry Rhodan – Heft, 3186

Meister des Hyper-Eises (2022) (D) (SF)
Moewig Perry Rhodan, 3172: 1. Aufl. (RH) (OA)
63 S., Serie: Perry Rhodan – Heft, 3172

Meisterin der unbesiegbaren Schatten (2022)
(D) (SF)
Moewig Perry Rhodan, 3173: 1. Aufl. (RH) (OA)
60 S., Serie: Perry Rhodan – Heft, 3173

Mission MAGELLAN (2022) (D) (SF)
Moewig Perry Rhodan, 3200: 1. Aufl. (RH) (OA)
80 S., Serie: Perry Rhodan – Heft, 3200

Sternenbrücke (2022) (D) (SF)
Piper Fantasy, 70626: 1. Aufl. (PB) (OA)
368 S., ISBN: 978-3-492-70626-1

Der Überläufer (2022) (D) (SF)
Moewig Perry Rhodan, 3195: 1. Aufl. (RH) (OA)
59 S., Serie: Perry Rhodan – Heft, 3195

Die Vollkommenen (2022) (D) (SF)
Moewig Perry Rhodan, 3201: 1. Aufl. (RH) (OA)
61 S., Serie: Perry Rhodan – Heft, 3201

Christoph Crane
Endspiel (2022) (D) (SF)
Ind. Pub., 5724/5723: 1. Aufl. (HC/TB) (OA)
395 S., ISBN: 979-8-842-05724-5 /
979-8-842-05723-8
Serie: Devonia-Projekt, 3

Kolonie (2022) (D) (SF)
Ind. Pub., 7785/7519: 1. Aufl. (HC/TB) (OA)
400 S., ISBN: 979-8-419-77785-9 /
979-8-419-77519-0
Serie: Devonia-Projekt, 2

Nate Crowley
Gazghkul Thraka: Prophet des Waaagh! (2022)
(D) (SF)
Gazghkul Thraka: Prophet of the Waaagh! (E)
Ü: Birgit Hausmayer
Black Library Warhammer & 40000, 616:
1. Aufl. (HC) (DE)
304 S., ISBN: 978-1-80026-616-2
Serie: Warhammer 40000

Regentschaft (2022) (D) (SF)
The Twice-Dead King Reign (E)
Ü: Anna Knaus
Black Library Warhammer & 40000, 587:
1. Aufl. (PB) (DE)
393 S., ISBN: 978-1-78193-587-3
Serie: Warhammer 40000: Albtraumkönig, 2

Ruin (2022) (D) (SF)
The Twice-Dead King Ruin (E)
Ü: Anna Knaus
Black Library Warhammer & 40000, 583:
1. Aufl. (PB) (DE)
375 S., ISBN: 978-1-78193-583-5
Serie: Warhammer 40000: Albtraumkönig, 1

F. A. Cuisinier
Extermado: Der Überlebende der Endzeit
(2022) (D) (SF)
DeBehr, 1135: 1. Aufl. (TB) (OA)
297 S., ISBN: 978-3-95753-935-9

Die Geheimnisse des Leonardo da Vinci (2022)
(D) (SF)
DeBehr, 1189: 1. Aufl. (TB) (OA)
322 S., ISBN: 978-3-95753-989-2

Nancey Cummings
Alien-Herausforderung (2022) (D) (SF)
<unbekannt / unknown> (US)
Ü: Evelyne Schulz
Ind. Pub., 8732: 1. Aufl. (TB) (DE)
258 S., ISBN: 979-8-830-38732-3
Serie: Planet der Gesetzlosen, 1

Rose Curie
SHEE – die SIGA (2022) (D) (SF)
epubli, 1828: 1. Aufl. (TB) (OA)
180 S., ISBN: 978-3-7565-1828-9

Aybiline I. Dahlson
Gescheiterte Wahl (2022) (D) (SF)
Ind. Pub., 9275: 1. Aufl. (TB) (OA)
305 S., ISBN: 979-8-361-19275-5
Serie: Laim-Saga, 6

Göttlicher Funke (2022) (D) (SF)
Ind. Pub., 8064: 1. Aufl. (TB) (OA)
317 S., ISBN: 979-8-360-58064-5
Serie: Laim-Saga, 7

Kristalline Logik (2022) (D) (SF)
Ind. Pub., 4845: 1. Aufl. (TB) (OA)
348 S., ISBN: 979-8-352-54845-5
Serie: Laim-Saga, 5

Logischer Irrtum (2022) (D) (SF)
Ind. Pub., 1503: 1. Aufl. (TB) (OA)
398 S., ISBN: 979-8-838-41503-5
Serie: Laim-Saga, 1

Die Neue (2022) (D) (SF)
Ind. Pub., 573: 1. Aufl. (TB) (OA)
312 S., ISBN: 979-8-371-60573-3
Serie: Laim-Saga, 9

Die Rebellin von Traux (2022) (D) (SF)
Ind. Pub., 2480: 1. Aufl. (TB) (OA)
379 S., ISBN: 979-8-835-72480-2
Serie: Laim-Saga, 4

(mit: Szosha Kramer) (Hrsg.)
Reisen ins Grenzenlose (2022) (D) (SF)
Ind. Pub., 8393: 1. Aufl. (TB) (OA)
251 S., ISBN: 979-8-844-58393-3
Serie: Sternenglut, 2

Verlorener Sieg (2022) (D) (SF)
Ind. Pub., 108: 1. Aufl. (TB) (OA)
373 S., ISBN: 979-8-832-90108-4
Serie: Laim-Saga, 3

Joshua Dalzelle
Gegenschlag (2022) (D) (SF)
Counterstrike (2015) (US)
Ü: Frank Dietz
Ind. Pub., 1915: 1. Aufl. (TB) (DE)
334 S., ISBN: 979-8-370-11915-6
Serie: Die Schwarze Flotte, 3

Kriegsschiff (2022) (D) (SF)
Warship (2015) (US)
Ü: Frank Dietz
Ind. Pub., 6970: 1. Aufl. (TB) (DE)
304 S., ISBN: 979-8-358-86970-7
Serie: Die Schwarze Flotte, 1

Ruf zu den Waffen (2022) (D) (SF)
Call to Arms (2015) (US)
Ü: Frank Dietz
Ind. Pub., 3930: 1. Aufl. (TB) (DE)
330 S., ISBN: 979-8-363-93930-3
Serie: Die Schwarze Flotte, 2

Henry-Sebastian Damaschke
Dreißig Tage ohne Gott (2022) (D) (SF)
epubli, 7889: 1. Aufl. (TB) (OA)
296 S., ISBN: 978-3-7549-7889-4

Mathias Dambacher
Der weiße Planet 1 (2022) (D) (SF)
Ind. Pub., 9319/9333: 1. Aufl. (HC/TB) (OA)
410 S., ISBN: 979-8-412-99319-5 /
979-8-412-99333-1
Serie: Das Erbe der Aedifizier, 1

Der weiße Planet 2 (2022) (D) (SF)
Ind. Pub., 617/765: 1. Aufl. (TB/HC) (OA)
466/410 S., ISBN: 979-8-362-00617-4 /
979-8-362-00765-2
Serie: Das Erbe der Aedifizier, 2

Johanna Danninger
Descendant of Heat and Blaze (2022) (D) (SF)
Carlsen Impress, 30457: 1. Aufl. (TB) (OA)
342 S., ISBN: 978-3-551-30457-5
Serie: Celestial Legacy, 2

Heiress of Thunder and Lightning (2022) (D)
(SF)
Carlsen Impress, 30456: 1. Aufl. (TB) (OA)
314 S., ISBN: 978-3-551-30456-8
Serie: Celestial Legacy, 1

Tyler Sue Dark
Suche nach einem Zufluchtsort (2022) (D) (SF)
Libri Books on Demand, 6132: 1. Aufl. (HC)
(OA)
138 S., ISBN: 978-3-7543-6132-0
Serie: Am Abgrund der Zeit, 1

Nika S. Daveron
Kupferkrone: Der Hauch des Todes (2022)
(D) (SF)
epubli, 1114: 1. Aufl. (TB) (OA)
284 S., ISBN: 978-3-7565-1114-3

Joy Daves
Alien-Eroberer (2022) (D) (SF)
Ind. Pub., 1541: 1. Aufl. (TB) (OA)
189 S., ISBN: 979-8-832-11541-2

Peter David
Rückkehr (2022) (D) (SF)
The Returned (US)
Ü: Helga Parmiter
Cross Cult New Frontier, 18: 1. Aufl. (TB) (DE)
500 S., ISBN: 978-3-96658-864-5
Serie: Enterprise – New Frontier, 18

Matthaeus J. Deffner
Der zweite Kreis (2022) (D) (SF)
Ind. Pub., 5979: 1. Aufl. (TB) (OA)
453 S., ISBN: 979-8-846-55979-0

Thorsten De Groot
Weesewiesen (2022) (D) (SF)
Libri Books on Demand, 9067: 3. Aufl. (TB)
(OA)
112 S., ISBN: 978-3-7562-9067-3

Tom Dekker
Diesel (2022) (D) (SF)
epubli, 5563: 1. Aufl. (TB) (OA)
400 S., ISBN: 978-3-7549-5563-5
Serie: Terapolis, 3

LA Delic
Prophezeiung (2022) (D) (SF)
Ind. Pub., 8043: 1. Aufl. (TB) (OA)
409 S., ISBN: 979-8-404-38043-9
Serie: Mirrors, 2

Alice Delwin
Eden.exe: Neustart für die Welt (2022) (D) (SF)
Polarise, 124: 1. Aufl. (TB) (OA)
366 S., ISBN: 978-3-949345-24-1

Aaron Dembski-Bowden
Echo der Ewigkeit (2022) (D) (SF)
Echoes of Eternity (E)
Ü: Stefan Behrenbruch
Black Library Warhammer & 40000, 595:
1. Aufl. (PB) (DE)
492 S., ISBN: 978-1-78193-595-8
Serie: Warhammer 40000: Siege of Terra, 7

Troy Denning
Stiller Sturm (2022) (D) (SF)
Silent Storm (2018) (US)
Ü: Tobias Toneguzzo, Andreas Kasprzak
Panini Halo, 4265: 1. Aufl. (PB) (DE)
432 S., ISBN: 978-3-8332-4265-6
Serie: Halo: Master Chief

Paul Desselmann
Gela-Siol (2022) (D) (SF)
epubli, 7927: 1. Aufl. (TB) (OA)
388 S., ISBN: 978-3-7549-7927-3
Serie: Eridani-Explorer, 10

Gestrandet (2022) (D) (SF)
epubli, 5481: 1. Aufl. (TB) (OA)
376 S., ISBN: 978-3-7549-5481-2
Serie: Eridani-Explorer, 9

Mission Endufal (2022) (D) (SF)
epubli, 4629: 1. Aufl. (TB) (OA)
356 S., ISBN: 978-3-7565-4629-9
Serie: Eridani-Explorer, 12

Pessidal (2022) (D) (SF)
epubli, 1815: 1. Aufl. (TB) (OA)
372 S., ISBN: 978-3-7565-1815-9
Serie: Eridani-Explorer, 11

Manuel De Vittorio
Birds Are Crying: Black Edition (2022) (D) (SF)
Ind. Pub., 9323/3606: 1. Aufl. (TB/HC) (OA)
214/205 S., ISBN: 979-8-832-19323-6 /
979-8-834-73606-6

Birds Are Crying: Special Edition (2022) (D) (SF)
Ind. Pub., 2642: 1. Aufl. (TB) (OA)
214 S., ISBN: 979-8-831-82642-5

Birds Are Crying: White Edition (2022) (D) (SF)
Ind. Pub., 141: 1. Aufl. (TB/HC) (OA)
214/205 S., ISBN: 979-8-832-10141-5 /
979-8-834-70766-0

Solomonica De Winter
Das Gesetz der Natur (2022) (D) (SF)
Natural Law (2022) (E)
Ü: Meredith Barth
Diogenes, 7218: 1. Aufl. (HC) (DE)
608 S., ISBN: 978-3-257-07218-1

Kay Dick
Sie. Szenen des Unbehagens (2022) (D) (SF)
They (1977) (E)
Ü: Kathrin Razum
Hoffmann & Campe, 1346: 1. Aufl. (HC) (DE)
160 S., ISBN: 978-3-455-01346-7

Anna Lena Diel
Die Vollkommenen: Perfektes Design (2022)
(D) (SF)
Libri Books on Demand, 7339: 1. Aufl. (TB)
(OA)
336 S., ISBN: 978-3-7557-7339-9

Waldemar Dite
Der Fall des Jägers Riemer (2022) (D) (SF)
Ind. Pub., 7970: 1. Aufl. (TB) (OA)
173 S., ISBN: 979-8-440-77970-9

Ruby Dixon
Georgie und Vektal (2022) (D) (SF)
Ice Planet Barbarians (US)
Ü: Michaela Link
Piper Fantasy, 70741: 1. Aufl. (TB) (DE)
336 S., ISBN: 978-3-492-70741-1
Serie: Ice Planet Barbarians, 1

Liz and Raahosh (2022) (D) (SF)
Barbarian Aliens (US)
Ü: Michaela Link
Piper Fantasy, 70742: 1. Aufl. (TB) (DE)
336 S., ISBN: 978-3-492-70742-8
Serie: Ice Planet Barbarians, 2

Doctora
Blackout – Medizin mit den sieben Sinnen
(2022) (D) (SF)
Lehmanns Media, 357/360: 1. Aufl. (TB/HC)
(OA)
168 S., ISBN: 978-3-96543-357-1 /
978-3-96543-360-1

Cory Doctorow
Sabotage (2022) (D) (SF)
Attack Surface (2020) (US)
Ü: Jürgen Langowski
Heyne, 32168: 1. Aufl. (PB) (DE)
572 S., ISBN: 978-3-453-32168-7
Serie: Little Brother, 3

Hans Dominik
Die Welt im Jahre 1999 (C) (2022) (D) (SF)
Synergen, 260: 1. Aufl. (HC) (OZ)
360 S., ISBN: 978-3-910234-60-4

Dagmar Dornbierer
2392 – Enthüllte Wirklichkeiten (2022) (D) (SF)
Libri Books on Demand, 9731: 1. Aufl. (TB)
(OA)
228 S., ISBN: 978-3-7557-9731-9

Volker Dornemann
Die Mohnblumenfelder des Mars (C) (2022)
(D) (SF)
Ind. Pub., 526: 1. Aufl. (TB) (OA)
220 S., ISBN: 979-8-843-30526-0

Naniten (C) (2022) (D) (SF)
Ind. Pub., 5405: 1. Aufl. (TB) (OA)
224 S., ISBN: 979-8-830-95405-1

Lisa Dröttbohm
Verraten (2022) (D) (SF)
Alea Libris, 94: 1. Aufl. (TB) (OA)
320 S., ISBN: 978-3-945814-94-9
Serie: Septemberkinder, 1

Axel Düvel
Anatomie eines Aliens (2022) (D) (SF)
Ind. Pub., 1054: 1. Aufl. (TB) (OA)
227 S., ISBN: 979-8-791-01054-4
Serie: Rauschen, 2

Denny N. Dwight
Economic Creatures 1 (2022) (D) (SF)
Freeze, 197: 1. Aufl. (TB) (OA)
332 S., ISBN: 978-3-98510-197-9

Eric Eaglestone
Die Angst kann warten (2022) (D) (SF)
Paashaas, 1103: 1. Aufl. (TB) (OA)
276 S., ISBN: 978-3-96174-103-8

Celeste Ealain
Secrets in the deep (2022) (D) (SF)
tredition, 70081/70082: 1. Aufl. (TB/HC) (OA)
420 S., ISBN: 978-3-347-70081-9 /
978-3-347-70082-6
Serie: Secrets, 1

Luca Elin Ebbert (mit: Kira Hoppe)
Beyond the Ocean (2022) (D) (SF)
Libri Books on Demand, 7960: 1. Aufl. (TB)
(OA)
454 S., ISBN: 978-3-7568-7960-1
Serie: Imperial Topaz, 2

EBURD
Interview mit einem Men in Black (2022) (D)
(SF)
Ind. Pub., 7964: 1. Aufl. (TB) (OA)
274 S., ISBN: 979-8-833-47964-3

Nicole Eckermann
Avan: Die Mission des Zeitreisenden (2022)
(D) (SF)
Libri Books on Demand, 9934: 1. Aufl. (TB)
(OA)
368 S., ISBN: 978-3-7557-9934-4

Sandra Eckervogt
Verlorene Engel (2022) (D) (SF)
epubli, 4217: 1. Aufl. (TB) (OA)
364 S., ISBN: 978-3-7565-4217-8
Serie: Abenteuer der Jamie Lee, 6

Jens Eckhardt
Desaster (2022) (D) (SF)
Ind. Pub., 4691: 1. Aufl. (TB) (OA)
403 S., ISBN: 979-8-848-14691-2
Serie: Der letzte Funke, 1

Michael Edelbrock
Der Dunkle Ruf (2022) (D) (SF)
Bastei Maddrax, 588: 1. Aufl. (RH) (OA)
63 S., Serie: Maddrax, 588

Erschütterungen (2022) (D) (SF)
Bastei Maddrax, 594: 1. Aufl. (RH) (OA)
63 S., Serie: Maddrax, 594

Nova Edwins
Des Cyborgs Ausreisserin (2022) (D) (SF)
The Cyborg's Runaway (E)
Ind. Pub., 5519: 1. Aufl. (TB) (DE)
141 S., ISBN: 979-8-422-65519-9
Serie: Royale Cyborgs, 2

Des Cyborgs Königin (2022) (D) (SF)
The Cyborg's Queen (E)
Ind. Pub., 9438: 1. Aufl. (TB) (DE)
124 S., ISBN: 979-8-806-19438-2
Serie: Royale Cyborgs, 3

Des Cyborgs Rebellin (2022) (D) (SF)
<unbekannt / unknown> (E)
Ind. Pub., 4519: 1. Aufl. (TB) (DE)
120 S., ISBN: 979-8-812-74519-6
Serie: Royale Cyborgs, 4

Den Voight ausgeliefert (2022) (D) (SF)
<unbekannt / unknown> (E)
Ind. Pub., 4403: 1. Aufl. (TB) (DE)
212 S., ISBN: 979-8-835-84403-6

Jennifer Egan
Candy Haus (2022) (D) (SF)
The Candy House (US)
Ü: Henning Ahrens
S. Fischer, 397145: 1. Aufl. (HC) (DE)
415 S., ISBN: 978-3-10-397145-3

Peter Egly
Wille (2022) (D) (SF)
telegonos, 70: 1. Aufl. (TB) (OA)
580 S., ISBN: 978-3-946762-70-6
Serie: Die Kugel der Zeiten, 2

Susanne Ehlert
Die Entfaltung einer neuen Welt (2022) (D) (SF)
tredition, 77631/77632: 1. Aufl. (TB/HC) (OA)
364/268 S., ISBN: 978-3-347-77631-9 /
978-3-347-77632-6
Serie: Danach, 2

Jo Ellie
Die Verschwörung (2022) (D) (SF)
Ind. Pub., 2092: 1. Aufl. (TB) (OA)
478 S., ISBN: 979-8-784-22092-9
Serie: Panacea, 2

Arndt Ellmer
Das Dritte Galaktikum (2022) (D) (SF)
Moewig Perry Rhodan, 3155: 1. Aufl. (RH) (OA)
59 S., Serie: Perry Rhodan – Heft, 3155

Das Schaukelpferd und andere Abenteuer aus
der Galaxis (C) (2022) (D) (SF)
Torsten Low, 120: 1. Aufl. (TB) (OA)
225 S., ISBN: 978-3-96629-020-3

Amal El-Mohtar (mit: Max Gladstone)
Verlorene der Zeiten (2022) (D) (SF)
This is How You Lose the Time War (2019) (US)
Ü: Simon Weinert
Piper Fantasy, 70606: 1. Aufl. (HC) (DE)
189 S., ISBN: 978-3-492-70606-3

Holger Emmerich
The Green Rain: Die schwimmende Stadt
(2022) (D) (SF)
Libri Books on Demand, 5414: 1. Aufl. (TB)
(OA)
242 S., ISBN: 978-3-7557-5414-5
Serie: Warthog Adventure, 1

Solveig Engel
System Error (2022) (D) (SF)
Heyne, 32191: 1. Aufl. (TB) (OA)
384 S., ISBN: 978-3-453-32191-5

Martin Engelbrecht
Drei Hurras den Kindern des Endes (2022)
(D) (SF)
tredition, 76322/76321: 1. Aufl. (HC/TB) (OA)
196/194 S., ISBN: 978-3-347-76322-7 /
978-3-347-76321-0

Theresia Enzensberger
Auf See (2022) (D) (SF)
Hanser, 27397: 1. Aufl. (HC) (OA)
272 S., ISBN: 978-3-446-27397-9

Sara Erb
Translator of the universe (2022) (D) (SF)
Bookapi, 11: 1. Aufl. (TB) (OA)
396 S., ISBN: 978-3-9824015-1-5

Nadine Erdmann
Cyberworld 7.0: Bunker 7 (2022) (D) (SF)
Plan 9, 76: 1. Aufl. (TB) (OA)
360 S., ISBN: 978-3-948700-76-8

Nikki Erlick
Die Vorhersage (2022) (D) (SF)
The Measure (US)
Ü: Sabine Thiele
Heyne, 32244: 1. Aufl. (HC) (DE)
480 S., ISBN: 978-3-453-32244-8

Rainer Ernst
2244 Auf die Kameraden (2022) (D) (SF)
Ind. Pub., 3481/8984: 1. Aufl. (TB/HC) (OA)
311 S., ISBN: 979-8-795-53481-7 /
979-8-794-28984-8
Serie: Chronicles of Terra, 3

2244 Rebellion (2022) (D) (SF)
Ind. Pub., 6506/1610: 1. Aufl. (HC/TB) (OA)
267 S., ISBN: 979-8-847-86506-7 /
979-8-846-11610-8
Serie: Chronicles of Terra, 4

Walter J. Ernst
Navarra (2022) (D) (SF)
Walter J. Ernst, 6858: 1. Aufl. (TB) (OA)
449 S., ISBN: 978-3-200-06858-2
Serie: Baliza-Zyklus, 2

Penumbra (2022) (D) (SF)
Walter J. Ernst, 6855: 1. Aufl. (TB) (OA)
542 S., ISBN: 978-3-200-06855-1
Serie: Baliza-Zyklus, 1

Ivan Ertlov
All Hail Britannia! (2022) (D) (SF)
Ind. Pub., 6733: 1. Aufl. (PB) (OA)
232 S., ISBN: 979-8-848-76733-9
Serie: Avatar-Zyklus, 7

Fremde Welten (2022) (D) (SF)
Belle Epoque, 354: 1. Aufl. (TB) (OA)
297 S., ISBN: 978-3-96357-254-8
Serie: Stargazer – After Terra, 5

Mary Shane & die lüsternen Dimensions-
Formwandler: Voller Körpereinsatz für die
Gilde! (2022) (D) (SF)
Ind. Pub., 1237/882: 1. Aufl. (HC/TB) (OA)
140/120 S., ISBN: 979-8-370-51237-7 /
979-8-370-50882-0
Serie: Reverse Harem Interspecies, 1

Weltenrichter (2022) (D) (SF)
Belle Epoque, 353: 1. Aufl. (TB) (OA)
295 S., ISBN: 978-3-96357-253-1
Serie: Stargazer – After Terra, 4

Weltenriss: Totgesagte leben länger (2022)
(D) (SF)
Ind. Pub., 3394: 1. Aufl. (PB) (OA)
191 S., ISBN: 979-8-366-43394-5
Serie: Avatar-Zyklus, 8

Andreas Eschbach
Freiheitsgeld (2022) (D) (SF)
Lübbe, 2812: 1. Aufl. (HC) (OA)
527 S., ISBN: 978-3-7857-2812-3

Die Gordische Konstellation (2022) (D) (SF)
Moewig Perry Rhodan, 3199: 1. Aufl. (RH) (OA)
64 S., Serie: Perry Rhodan – Heft, 3199

Eine unberührte Welt (C) (2022) (D) (SF)
Bastei-Lübbe, 18767: 1. Aufl. (TB) (OZ)
480 S., ISBN: 978-3-404-18767-6

Rolf Esser
Anselm und Neslin in kosmischer Zukunft
(2022) (D) (SF)
tradition, 70105/70104: 1. Aufl. (HC/TB) (OA)
524 S., ISBN: 978-3-347-70105-2 /
978-3-347-70104-5

Anselm und Neslin in Raum und Zeit (2022)
(D) (SF)
tradition, 70048/70047: 1. Aufl. (HC/TB) (OA)
488 S., ISBN: 978-3-347-70048-2 /
978-3-347-70047-5

Nirina Etter
Herzstillstand (2022) (D) (SF)
epubli, 12: 1. Aufl. (HC) (OA)
56 S., ISBN: 978-3-7575-0012-2

r. evolver (Hrsg.)
Der heraufschauende Drecksköter (2022)
(D) (SF)
Blitz Super Pulp, 13: 1. Aufl. (TB) (OA)
220 S.

Nedylenes Todesschwadron (2022) (D) (SF)
Blitz Super Pulp, 9: 1. Aufl. (TB) (OA)
228 S.

Überfall im Boudoir (2022) (D) (SF)
Blitz Super Pulp, 12: 1. Aufl. (TB) (OA)
195 S.

Frank Fabian
Hades: Planet der Verdammten (2022) (D) (SF)
Ind. Pub., 8196: 1. Aufl. (TB) (OA)
356 S., ISBN: 979-8-840-28196-3

Andy Fachtan
OMA vs. EVIL (2022) (D) (SF)
Heinz Späthling, 82: 1. Aufl. (HC) (OA)
85 S., ISBN: 978-3-942668-82-8

Thilo Falk
Dark Clouds: Der Regen ist dein Untergang
(2022) (D) (SF)
dtv, 22021: 1. Aufl. (PB) (OA)
509 S., ISBN: 978-3-423-22021-7

Tino Falke
(mit: Jule Jessenberger) (Hrsg.)
Sonnenseiten (2022) (D) (SF)
Libri Books on Demand, 187: 1. Aufl. (TB) (OA)
182 S., ISBN: 978-3-7568-0187-9

Spinnenpinata (C) (2022) (D) (SF)
Hybrid, 260: 1. Aufl. (TB) (OA)
288 S., ISBN: 978-3-96741-160-7

G. E. Falkenberg
Der Clan (2022) (D) (SF)
Ind. Pub., 4226: 1. Aufl. (TB) (OA)
350 S., ISBN: 979-8-402-04226-1
Serie: 22.22, 3

Der Finde-Stein (2022) (D) (SF)
Ind. Pub., 9213: 1. Aufl. (TB) (OA)
274 S., ISBN: 979-8-799-99213-2
Serie: 22.22, 2

Andy S. Falkner
Ewig (2022) (D) (SF)
Ind. Pub., 2458: 1. Aufl. (TB) (OA)
98 S., ISBN: 979-8-367-72458-5
Serie: Megalomane und Gigantophobe

Megalomane und Gigantophobe 9 (C) (2022)
(D) (SF)
Ind. Pub., 6137: 1. Aufl. (TB) (OA)
182 S., ISBN: 979-8-416-36137-2

Matthias P. Farbig
Die Rückkehr des Schöpfers (2022) (D) (SF)
Re di Roma, 2579: 1. Aufl. (TB) (OA)
366 S., ISBN: 978-3-98527-579-3
Serie: Code of Universe, 2

Matthew Farrer
Urdesh: Der Magister und der Märtyrer (2022)
(D) (SF)
Urdesh – The Magister and the Martyr (E)
Ü: Bent Jensen
Black Library Warhammer & 40000, 584:
1. Aufl. (TB) (DE)
396 S., ISBN: 978-1-78193-584-2
Serie: Warhammer 40000: Sabbatwelten, 3

Joe Fauntleroy
Dragon's Lair (2022) (D) (SF)
Ind. Pub., 2077: 1. Aufl. (TB) (OA)
418 S., ISBN: 979-8-426-12077-8
Serie: Task Force Rubikon, 4

D. L. Felinus
Der Raumporter (2022) (D) (SF)
Ind. Pub., 353: 1. Aufl. (TB) (OA)
316 S., ISBN: 979-8-411-20353-0
Serie: 32%, 2

Frederick Fichman
SETI: Suche nach außerirdischer Intelligenz
(2022) (D) (SF)
Ind. Pub., 6443: 1. Aufl. (TB) (OA)
321 S., ISBN: 979-8-362-26443-7

Ulf Fildebrandt
Arena der Illusionen (2022) (D) (SF)
Polarise, 100: 1. Aufl. (PB) (OA)
322 S., ISBN: 978-3-949345-00-5

Segel zu den Sternen (2022) (D) (SF)
Hybrid, 272: 1. Aufl. (TB) (OA)
368 S., ISBN: 978-3-96741-172-0
Serie: Das Städte-Universum, 1

Wolf D. Fischer
Gondwanas Erbe (2022) (D) (SF)
Ind. Pub., 2374: 1. Aufl. (TB) (OA)
504 S., ISBN: 979-8-758-12374-4
Serie: Resonanz, 1

Inmitten der Hölle (2022) (D) (SF)
Ind. Pub., 2889: 1. Aufl. (TB) (OA)
496 S., ISBN: 979-8-352-42889-4
Serie: Resonanz, 4

Projekt Perlenkette (2022) (D) (SF)
Ind. Pub., 969: 1. Aufl. (TB) (OA)
503 S., ISBN: 979-8-808-30969-2
Serie: Resonanz, 2

Ein teuflischer Plan (2022) (D) (SF)
Ind. Pub., 501: 1. Aufl. (TB) (OA)
457 S., ISBN: 979-8-352-30501-0
Serie: Resonanz, 3

Jens Fitscher
Be Human: Schatten der Sterne (2022) (D) (SF)
epubli, 3146: 1. Aufl. (TB) (OA)
348 S., ISBN: 978-3-7565-3146-2

Alexandra Flint
One Side of the Light (2022) (D) (SF)
Thienemann-Esslinger Planet!, 50709: 1. Aufl.
(PB) (OA)
494 S., ISBN: 978-3-522-50709-7
Serie: Emerdale, 2

Two Sides of the Dark (2022) (D) (SF)
Thienemann-Esslinger Planet!, 50708: 1. Aufl.
(PB) (OA)
480 S., ISBN: 978-3-522-50708-0
Serie: Emerdale, 1

Günter Flohrs
Lovestory 2200 (C) (2022) (D) (SF)
Shaker Media, 1915: 1. Aufl. (TB) (OA)
196 S., ISBN: 978-3-95631-915-0

Lucinda Flynn
Code X – Das Erwachen der Cybertechs (2022)
(D) (SF)
Knaur, 52800: 1. Aufl. (TB) (OA)
384 S., ISBN: 978-3-426-52800-6

Martin Förster
Daydreams (C) (2022) (D) (SF)
Ind. Pub., 3511: 1. Aufl. (TB) (OA)
182 S., ISBN: 979-8-818-63511-8

M. R. Forbes
Das Ende von Liberty (2022) (D) (SF)
The End of Liberty (2015) (US)
Ü: Susann Heymann
Ind. Pub., 1539: 1. Aufl. (TB) (DE)
408 S., ISBN: 979-8-370-31539-8
Serie: Der Ewige Krieg, 2

Ewiges Raumschiff (2022) (D) (SF)
Starship Eternal (2015) (US)
Ü: Susann Heymann
Ind. Pub., 4226: 1. Aufl. (TB) (DE)
426 S., ISBN: 979-8-441-14226-7
Serie: Der Ewige Krieg, 1

Mekyla Fortuin
Nächste Ausfahrt: Erde (2022) (D) (SF)
Ind. Pub., 8632: 1. Aufl. (TB) (OA)
98 S., ISBN: 979-8-842-88632-6

E. B. Fragg
Taranique Bay (C) (2022) (D) (SF)
Ind. Pub., 8617/9654: 1. Aufl. (TB/HC) (OA)
245 S., ISBN: 979-8-846-78617-2 /
979-8-361-99654-4
Serie: Taranique Bay

Herbert W. Franke
(mit: Gerd Maximovic, Peter Schattschneider)
Am Ufer winkt Unendlichkeit (C) (2022) (D) (SF)
epubli, 1272/1128: 1. Aufl. (HC/TB) (OA)
224/240 S., ISBN: 978-3-7565-1272-0 /
978-3-7565-1128-0

Keine Spur von Leben (C) (2022) (D) (SF)
p.machinery AndroSF, 84: 1. Aufl. (TB/HC) (OZ)
264 S., ISBN: 978-3-95765-284-3 /
978-3-95765-285-0

Alfred Frankenbach
Helion: Gefangen auf dem Planeten Erde
(2022) (D) (SF)
Romeon, 371: 1. Aufl. (TB) (OA)
104 S., ISBN: 978-3-96229-371-0

Alexander Freed
Schattenfall (2022) (D) (SF)
Shadow Fall (US)
Ü: Andreas Kasprzak
Blanvalet Fantasy, 6287: 1. Aufl. (TB) (DE)
576 S., ISBN: 978-3-7341-6287-9
Serie: Star Wars – Alphabet-Geschwader, 2

Tobias Frei
5071: SoulOfTheInternet (2022) (D) (SF)
epubli, 5474: 1. Aufl. (HC) (OA)
144 S., ISBN: 978-3-7565-5474-4

Infinite Adventures 2 (C) (2022) (D) (SF)
epubli, 5378: 1. Aufl. (HC) (OA)
328 S., ISBN: 978-3-7549-5378-5

Infinite Adventures 3 (C) (2022) (D) (SF)
epubli, 5379: 1. Aufl. (HC) (OA)
340 S., ISBN: 978-3-7549-5379-2

John French
Ahriman: Aeternus (2022) (D) (SF)
Ahriman – Eternal (E)
Ü: Stefan Behrenbruch
Black Library Warhammer & 40000, 1652:
1. Aufl. (TB) (DE)
335 S., ISBN: 978-1-80026-652-0
Serie: Warhammer 40000

Freundeskreis SF Leipzig (Hrsg.)
(N)irgendwo (n)irgendwann (2022) (D) (SF)
FKSFL: 1. Aufl. (TB) (OA)
506 S.

Dan Frey
Future – Die Zukunft gehört dir (2022) (D) (SF)
The Future is Yours (2021) (US)
Ü: Bernhard Kempen
Heyne, 32131: 1. Aufl. (PB) (DE)
430 S., ISBN: 978-3-453-32131-1

Sylvana Freyberg (mit: Uwe Post) (Hrsg.)
Future Fiction Magazine 1 – 3 (2022) (D) (SF)
Ind. Pub., 8679/8948/4833: 1. Aufl. (TB/TB/
TB) (OA)
101/95/91 S.,
ISBN: 979-8-535-68679-0 /
979-8-840-18948-1 /
979-8-367-54833-4
Serie: Future Fiction Magazine, 1 – 3

Klaus N. Frick (Hrsg.)
Das Heft zu 60 Jahre Atlan (2022) (D) (SF)
Moewig Perry Rhodan Sonderb, 4: 1. Aufl.
(RH) (OA)
98 S., Serie: Perry Rhodan – Sonderband, 4

Michelle Friedrich
Android Hunters (2022) (D) (SF)
Silberkrone, 5: 1. Aufl. (TB) (OA)
260 S., ISBN: 978-3-903387-05-8

Peter Friedrich
Operation Gewitter 2 (2022) (D) (AH)
Ind. Pub., 5879: 1. Aufl. (PB) (OA)
565 S., ISBN: 979-8-447-75879-0
Serie: Seelöwe, 5

Fritzman
Flucht vom Mars (2022) (D) (SF)
Ind. Pub., 8082: 1. Aufl. (TB) (OA)
206 S., ISBN: 979-8-843-28082-6

Oliver Fröhlich
Das Extemporale Gefecht (2022) (D) (SF)
Moewig Perry Rhodan, 3180: 1. Aufl. (RH) (OA)
63 S., Serie: Perry Rhodan – Heft, 3180

Der Genetische Algorithmus (2022) (D) (SF)
Moewig Perry Rhodan, 3166: 1. Aufl. (RH) (OA)
63 S., Serie: Perry Rhodan – Heft, 3166

(mit: Christian Montillon)
Zerstört die MAGELLAN! (2022) (D) (SF)
Moewig Perry Rhodan, 3202: 1. Aufl. (RH) (OA)
63 S., Serie: Perry Rhodan – Heft, 3202

May Frost
Flut der Träume (2022) (D) (SF)
Dunkelstern, 4276: 1. Aufl. (TB) (OA)
400 S., ISBN: 978-3-98595-276-2

Doctor Pineapple Fruit
D. P. A.: Dezernat für politische Angelegenheiten (2022) (D) (SF)
Libri Books on Demand, 7348: 1. Aufl. (HC) (OA)
352 S., ISBN: 978-3-7557-7348-1

Karin Fruth
Atacama ruft (2022) (D) (SF)
TRAdeART, 73704/73702: 1. Aufl. (TB/HC) (OA)
220 S., ISBN: 978-3-347-73704-4 /
978-3-347-73702-0

Aufbruch von Magneterra (2022) (D) (SF)
tredition, 62345/62346: 1. Aufl. (TB/HC) (OA)
416/292 S., ISBN: 978-3-347-62345-3 /
978-3-347-62346-0

Blaue Augen für alle (2022) (D) (SF)
TRAdeART, 58783/58782: 1. Aufl. (HC/TB) (OA)
492/531 S., ISBN: 978-3-347-58783-0 /
978-3-347-58782-3

Candis Welt (2022) (D) (SF)
tredition, 60652/60645: 1. Aufl. (HC/TB) (OA)
260/280 S., ISBN: 978-3-347-60652-4 /
978-3-347-60645-6

Mahbata: Weltraumwesen (2022) (D) (SF)
TRAdeART, 59293: 1. Aufl. (HC) (OA)
146 S., ISBN: 978-3-347-59293-3

Senioren auf der Flucht 3 (2022) (D) (SF)
TRAdeART, 61760/61761: 1. Aufl. (TB/HC) (OA)
252/279 S., ISBN: 978-3-347-61760-5 /
978-3-347-61761-2
Serie: Alpha und Omega 2127, 3

Das Stahlmann-Projekt: Der Letzte seiner Art (2022) (D) (SF)
TRAdeART, 72044/72046: 1. Aufl. (TB/HC) (OA)
272/196 S., ISBN: 978-3-347-72044-2 /
978-3-347-72046-6

Zwei Senioren auf der Flucht 1 (2022) (D) (SF)
TRAdeART, 58057/58058: 1. Aufl. (TB/HC) (OA)
227 S., ISBN: 978-3-347-58057-2 /
978-3-347-58058-9
Serie: Alpha und Omega 2127, 1

Zwei Senioren auf der Flucht 2 (2022) (D) (SF)
TRAdeART, 57823/57825: 1. Aufl. (TB/HC) (OA)
272/304 S., ISBN: 978-3-347-57823-4 /
978-3-347-57825-8
Serie: Alpha und Omega 2127, 2

Geri G.
Transit,22 (2022) (D) (SF)
Libri Books on Demand, 9247: 1. Aufl. (TB) (OA)
142 S., ISBN: 978-3-7557-9247-5

Der Zeitreisende (2022) (D) (SF)
epubli, 6444: 1. Aufl. (TB) (OA)
108 S., ISBN: 978-3-7549-6444-6

Rolf Gänsrich
Verpasste Gelegenheiten (C) (2022) (D) (SF)
Libri Books on Demand, 481: 1. Aufl. (TB) (OA)
300 S., ISBN: 978-3-7562-0481-6
Serie: George Hungerlundts Zeitreisen, 1

Dave Galanter
Der ewige Ort (2022) (D) (SF)
Dead Endless (US)
Ü: Anika Klüver
Cross Cult Star Trek Discovery, 6: 1. Aufl. (TB) (DE)
400 S., ISBN: 978-3-96658-576-7
Serie: Enterprise – Discovery, 6

Hans Jakob Gall
Planet der Vögel (2022) (D) (SF)
Frankfurter Lit.Vlg., 2602: 1. Aufl. (TB) (OA)
342 S., ISBN: 978-3-8372-2602-7

Christian Gallo
Der Shumgona-Überfall (2022) (D) (SF)
epubli, 6127: 1. Aufl. (TB) (OA)
208 S., ISBN: 978-3-7549-6127-8
Serie: Kairos – Die Entscheidung, 2

Claus-Peter Ganssauge
Die Erben der Vergangenheit (2022) (D) (SF)
Ind. Pub., 8095/5673: 1. Aufl. (HC/TB) (OA)
268/343 S., ISBN: 979-8-356-28095-5 /
979-8-364-25673-7

Nik Gehenna
DannRoman noch nicht geschrieben (2022)
(D) (SF)
The Novel Not Yet Written (2022) (E)
Ind. Pub., 6440: 1. Aufl. (TB) (DE)
340 S., ISBN: 979-8-839-26440-3

Rainer Gellrich
Schwestern der Ewigkeit: Eine geheimnisvolle
Hinterlassenschaft (2022) (D) (SF)
tredition, 54707/54708: 1. Aufl. (TB/HC) (OA)
452 S., ISBN: 978-3-347-54707-0 /
978-3-347-54708-7
Serie: Syberian Cluster, 3

Torsten Gems
Die Schlacht von Ki-Shamash (2022) (D) (SF)
Ind. Pub., 1482: 1. Aufl. (TB) (OA)
164 S., ISBN: 979-8-423-01482-7
Serie: Ben – Sohn der Rays, 2

Wie alles begann (2022) (D) (SF)
Ind. Pub., 5662: 1. Aufl. (TB) (OA)
176 S., ISBN: 979-8-404-55662-9
Serie: Ben – Sohn der Rays, 1

Herbert Genzmer
Liquid (2022) (D) (SF)
Solibro, 92: 1. Aufl. (PB) (OA)
428 S., ISBN: 978-3-96079-092-1

Mike Gerhardt
Flucht aus der Wirklichkeit – Notausgang Tod
(2022) (D) (SF)
Libri Books on Demand, 3028: 1. Aufl. (TB)
(OA)
216 S., ISBN: 978-3-7562-3028-0
Serie: L. U.C. I.E., 2

Stefan Gerner
Neobiont (2022) (D) (SF)
Libri Books on Demand, 188: 1. Aufl. (TB) (OA)
304 S., ISBN: 978-3-7562-0188-4

Markus Gersting
Hydorgol – Erwachen (2022) (D) (SF)
Libri Books on Demand, 9933: 1. Aufl. (TB)
(OA)
314 S., ISBN: 978-3-7557-9933-7
Serie: Hünenwelt, 3

Markus Gerwinski
Gefangene der Wahrhaftigkeit (2022) (D) (SF)
Libri Books on Demand, 3940: 1. Aufl. (TB)
(OA)
304 S., ISBN: 978-3-7557-3940-1
Serie: Der Sagittarius-Krieg, 1

Thomas Gessert
Im Auftrag der Ewigkeit (2022) (D) (SF)
Libri Books on Demand, 8910: 1. Aufl. (TB)
(OA)
446 S., ISBN: 978-3-7568-8910-5
Serie: Tanz der Welten, 3

Markus Giebeler
Ärger im Transporterraum (2022) (D) (SF)
Spica, 128: 1. Aufl. (TB) (OA)
136 S., ISBN: 978-3-98503-028-6
Serie: Transporterraum, 3

Byron Giehl
Der letzte Zeuge (2022) (D) (SF)
Ind. Pub., 2311: 1. Aufl. (TB) (OA)
437 S., ISBN: 979-8-422-32311-1
Serie: Kolari-Chroniken, 2

Der Untergang von Majherfil (2022) (D) (SF)
Ind. Pub., 9002: 1. Aufl. (TB) (OA)
316 S., ISBN: 979-8-421-79002-0
Serie: Kolari-Chroniken, 1

Jaruli Gifera
Kreipos (2022) (D) (SF)
Ind. Pub., 2120: 1. Aufl. (TB) (OA)
205 S., ISBN: 979-8-834-32120-0
Serie: Core ex Animo, 2

Pascal Gillessen
Niedergang (2022) (D) (SF)
Romankiosk, 7000/6999: 1. Aufl. (HC/TB) (OA)
708/768 S., ISBN: 978-3-7549-7000-3 /
978-3-7549-6999-1
Serie: Carnivore, 3

Jan Gladzie
Der entfernte Planet (2022) (D) (SF)
Vielseitig, 24: 1. Aufl. (TB) (OA)
316 S., ISBN: 978-3-03309-024-8
Serie: Entdecke die Zukunft, 1

Angelika Godau
Luise und ihr Traum vom Gestern (2022) (D) (SF)
Ind. Pub., 960: 1. Aufl. (TB) (OA)
322 S., ISBN: 979-8-770-20960-0
Serie: Besuch aus der Kaiserzeit, 1

Luise und ihr Traum von Freiheit (2022) (D) (SF)
Ind. Pub., 8404: 1. Aufl. (TB) (OA)
354 S., ISBN: 979-8-429-08404-6
Serie: Besuch aus der Kaiserzeit, 3

Luise und ihr Traum von morgen (2022) (D) (SF)
Ind. Pub., 7986: 1. Aufl. (TB) (OA)
324 S., ISBN: 979-8-786-37986-1
Serie: Besuch aus der Kaiserzeit, 2

Rivaa Golden
Vom Alien markiert (2022) (D) (SF)
Ind. Pub., 6486: 1. Aufl. (TB) (OA)
228 S., ISBN: 979-8-825-06486-4
Serie: Interstellare Anticrime Unit, 2

Vom Alien-Prinz gerettet (2022) (D) (SF)
Ind. Pub., 7408: 1. Aufl. (TB) (OA)
210 S., ISBN: 979-8-430-97408-4
Serie: Interstellare Anticrime Unit, 1

Terry Goodkind
Teufelsnest (2022) (D) (SF)
Nest (2016) (US)
Ü: Patrick Baumann
Festa, 970: 1. Aufl. (TB) (DE)
544 S., ISBN: 978-3-86552-970-1

Grace Goodwin
Der Elite-Starfighter (2022) (D) (SF)
Elite Starfighter (2021) (US)
Ksa Publishing, 1584: 1. Aufl. (TB) (DE)
202 S., ISBN: 978-1-7959-1584-7
Serie: Sternenkämpfer Trainingsakademie, 3

Meine große, böse Bestie (2022) (D) (SF)
Big Bad Beast (2022) (US)
Ind. Pub., 871: 1. Aufl. (TB) (DE)
210 S., ISBN: 979-8-842-90871-4
Serie: Interstellare Bräute - Bestien, 4

Traumbestie (2022) (D) (SF)
Beast Charming (2022) (US)
Ksa Publishing, 2239: 1. Aufl. (TB) (DE)
196 S., ISBN: 978-1-7959-2239-5
Serie: Interstellare Bräute – Bestien, 5

Ralph Gorny
Ellis Erden (2022) (D) (SF)
Ind. Pub., 3586: 1. Aufl. (TB) (OA)
256 S., ISBN: 979-8-413-43586-1

Georgi Gospodinov
Zeitzuflucht (2022) (D) (SF)
Vrerneubezhishte (BU)
Ü: Alexander Sitzmann
Aufbau, 3889: 1. Aufl. (HC) (DE)
342 S., ISBN: 978-3-351-03889-2

Matthias Grabo
Entropie (2022) (D) (SF)
Ind. Pub., 6339: 1. Aufl. (TB) (OA)
358 S., ISBN: 979-8-360-46339-9
Serie: Asynchron, 3

Felix Grabsch
Kontrolle (2022) (D) (SF)
epubli, 1565: 1. Aufl. (TB) (OA)
336 S., ISBN: 978-3-7565-1565-3

Mathilda Grace
Im Herzen des Sternenlichts (2022) (D) (SF)
Ind. Pub., 7830/987: 1. Aufl. (TB/HC) (OA)
415/283 S., ISBN: 979-8-797-87830-8 /
979-8-798-00987-9

Marie Graßhoff
Blühender Verrat (2022) (D) (SF)
Thienemann-Esslinger Planet!, 50717: 1. Aufl.
(HC) (OA)
464 S., ISBN: 978-3-522-50717-2
Serie: Spring Storm, 1

Gabriel Grayson
Zeittor: Zeitreise möglich? (2022) (D) (SF)
Ind. Pub., 9827/9866: 1. Aufl. (TB/HC) (OA)
339 S., ISBN: 979-8-356-49827-5 /
979-8-356-49866-4

Bernhard Grdseloff
Das Scharren am Ende der Träume (2022)
(D) (SF)
Hirnkost, 249: 1. Aufl. (HC) (OA)
296 S., ISBN: 978-3-949452-49-9

Heiner Grenzland
Die Entsorgung (2022) (D) (SF)
tredition, 56477: 1. Aufl. (TB) (OA)
152 S., ISBN: 978-3-347-56477-0

Natalie Grey (mit: Michael T. Anderle)
Der Hüter (2022) (D) (SF)
Warden (2018) (US)
Ü: Elena Martinez Cabanas
LMBPN, 2744: 1. Aufl. (TB) (DE)
336 S., ISBN: 978-1-68500-744-7
Serie: Chroniken der Gerechtigkeit, 3

Der Paladin (2022) (D) (SF)
Paladin (2018) (US)
Ü: Elena Martinez Cabanas
LMBPN, 2767: 1. Aufl. (TB) (DE)
296 S., ISBN: 978-1-68500-767-6
Serie: Chroniken der Gerechtigkeit, 4

Der Wächter (2022) (D) (SF)
Sentinel (2018) (US)
Ü: Elena Martinez Cabanas
LMBPN, 2694: 1. Aufl. (TB) (DE)
340 S., ISBN: 978-1-68500-694-5
Serie: Chroniken der Gerechtigkeit, 2

Corinna Griesbach
Alien Love (C) (2022) (D) (SF)
p.machinery AndroSF, 151: 1. Aufl. (TB) (OA)
106 S., ISBN: 978-3-95765-277-5

Christian Grimm
Der Pfad des Kojoten (2022) (D) (SF)
Libri Books on Demand, 233: 1. Aufl. (TB) (OA)
412 S., ISBN: 978-3-7568-0233-3
Serie: Legende des verirrten Lichts, 1

Christoph Grimm (Hrsg.)
Alien Contagium (2022) (D) (SF)
Eridanus, 33: 1. Aufl. (TB) (OA)
425 S., ISBN: 978-3-946348-33-7

Weltenportal 3 – 4 (2022) (D) (SF)
Privatdruck Weltenportal, 202204/202211:
1. Aufl. (A4) (OA)
100/144 S., Serie: Weltenportal, 3 – 4

Gina Grimpo
Sanaris (2022) (D) (SF)
Libri Books on Demand, 5434: 1. Aufl. (TB) (OA)
412 S., ISBN: 978-3-7543-5434-6

Kevin Groh
Die Agency (2022) (D) (SF)
Libri Books on Demand, 1704: 1. Aufl. (TB) (OA)
320 S., ISBN: 978-3-7568-1704-7
Serie: Omni Legends – Silver Wolf, 3

Origins (2022) (D) (SF)
Libri Books on Demand, 5425: 1. Aufl. (TB) (OA)
280 S., ISBN: 978-3-7543-5425-4
Serie: Omni Legends – Silver Wolf, 1

Special Forces (2022) (D) (SF)
Libri Books on Demand, 1253: 1. Aufl. (TB) (OA)
312 S., ISBN: 978-3-7562-1253-8
Serie: Omni Legends – Silver Wolf, 2

Wolf Pack (2022) (D) (SF)
Libri Books on Demand, 7603: 1. Aufl. (TB) (OA)
364 S., ISBN: 978-3-7562-7603-5
Serie: Omni Legends: Silver Wolf Mercenary, 1

Mischa Tassilo Erik Grossmann
Erwachen der Leere (2022) (D) (SF)
Libri Books on Demand, 8536: 1. Aufl. (HC) (OA)
76 S., ISBN: 978-3-7543-8536-4
Serie: Realität im Umbruch, 2

Tod und Leben (2022) (D) (SF)
Libri Books on Demand, 8934: 1. Aufl. (TB) (OA)
74 S., ISBN: 978-3-7568-8934-1
Serie: Realität im Umbruch, 3

Fabienne Gschwind
Sternen Bowling (2022) (D) (SF)
epubli, 4507: 1. Aufl. (TB) (OA)
332 S., ISBN: 978-3-7565-4507-0

Christian Günther
Geschichten vom Ende der Welt (C) (2022) (D) (SF)
Libri Books on Demand, 2824: 1. Aufl. (TB) (OA)
260 S., ISBN: 978-3-7562-2824-9

Richardt Guitterzzi
Codename: Weiße Ratte (2022) (D) (SF)
<unbekannt / unknown> (PT)
Ind. Pub., 3740: 1. Aufl. (TB) (DE)
32 S., ISBN: 979-8-415-53740-2
Serie: Maison Arkonak Rhugen, 7

Gefahr in Venedig (2022) (D) (SF)
<unbekannt / unknown> (PT)
Ind. Pub., 1246: 1. Aufl. (TB) (DE)
32 S., ISBN: 979-8-409-11246-2
Serie: Maison Arkonak Rhugen, 6

Lucy Guth
Auf der Jagd nach dem roten Diamanten (2022) (D) (SF)
Bastei Maddrax, 596: 1. Aufl. (RH) (OA)
63 S., Serie: Maddrax, 596

Blume des Raytschats (2022) (D) (SF)
Pabel-Moewig Perry Rhodan Neo, 287: 1. Aufl. (TB) (OA)
161 S., Serie: Perry Rhodan Neo, 287

Festung Arkonis (2022) (D) (SF)
Pabel-Moewig Perry Rhodan Atlant., 2: 1. Aufl. (RH) (OA)
64 S., Serie: Perry Rhodan – Atlantis, 2

Fremder als fremd (2022) (D) (SF)
Pabel-Moewig Perry Rhodan Neo, 280: 1. Aufl.
(TB) (OA)
161 S., Serie: Perry Rhodan Neo, 280

Fremder als fremd (2022) (D) (SF)
Pabel-Moewig Perry Rhodan Neo, 280: 1. Aufl.
(RH) (OA)
25 S., Serie: Perry Rhodan Neo, 280

Das Geheimnis im Eis (2022) (D) (SF)
Bastei Maddrax, 582: 1. Aufl. (RH) (OA)
63 S., Serie: Maddrax, 582

Nirgendwo in Agartha (2022) (D) (SF)
Bastei Maddrax, 579: 1. Aufl. (RH) (OA)
63 S., Serie: Maddrax, 579

Quartams Opfer (2022) (D) (SF)
Pabel-Moewig Perry Rhodan Atlant., 8: 1. Aufl.
(RH) (OA)
64 S., Serie: Perry Rhodan – Atlantis, 8

Die schlafende Göttin (2022) (D) (SF)
Pabel-Moewig Perry Rhodan Neo, 277: 1. Aufl.
(TB) (OA)
161 S., Serie: Perry Rhodan Neo, 277

Undercover auf Olymp (2022) (D) (SF)
Pabel-Moewig Perry Rhodan Neo, 271: 1. Aufl.
(TB) (OA)
161 S., Serie: Perry Rhodan Neo, 271

David Guymer
Die Liste der Patrioten (2022) (D) (SF)
The Patriot List (E)
Ü: René Ulmer
Cross Cult, 3067: 1. Aufl. (TB) (DE)
381 S., ISBN: 978-3-98666-067-3
Serie: Marvel Untold – Dark Avengers

Vivian H.
Lost World: Kampf der verlorenen Welt (2022)
(D) (SF)
Libri Books on Demand, 4133: 1. Aufl. (TB)
(OA)
356 S., ISBN: 978-3-7568-4133-2

Michael Haag
Hoffnung (2022) (D) (SF)
Ind. Pub., 6671: 1. Aufl. (TB) (OA)
111 S., ISBN: 979-8-412-06671-4
Serie: Z – Der Anfang vom Ende, 10

Christina Hacker (Hrsg.)
SOL 105 – 108 (2022) (D) (SF)
PR Fanzentrale Sol, 105 – 108: 1. Aufl. (A4) (OA)
66/66/66/66 S., Serie: SOL – Das Magazin der
PRFZ, 105 – 108

Chris Hadfield
Die Apollo-Morde (2022) (D) (SF)
The Apollo Murders (2021) (US)
Ü: Charlotte Lungstrass-Kapfer
dtv, 22010: 1. Aufl. (TB) (DE)
639 S., ISBN: 978-3-423-22010-1

Thomas Hagemann
Ein neuer Weg (2022) (D) (SF)
Libri Books on Demand, 9246: 1. Aufl. (TB)
(OA)
414 S., ISBN: 978-3-7557-9246-8

Marlene von Hagen
Im Kältewald (2022) (D) (SF)
Pabel-Moewig Perry Rhodan Neo, 285: 1. Aufl.
(TB) (OA)
161 S., Serie: Perry Rhodan Neo, 285

Der Versuchsplanet (2022) (D) (SF)
Pabel-Moewig Perry Rhodan Neo, 290: 1. Aufl.
(TB) (OA)
161 S., Serie: Perry Rhodan Neo, 290

Michael Haitel (Hrsg.)
Nova 31 (2022) (D) (SF)
p.machinery Nova, 31: 1. Aufl. (TB) (OA)
328 S., ISBN: 978-3-95765-270-6
Serie: Nova SF-Magazin, 31

Samantha Halama
The Map That Leads To You (2022) (D) (SF)
Nova MD, 3891: 1. Aufl. (TB) (OA)
354 S., ISBN: 978-3-96966-891-7
Serie: London Ruins, 1

Guy Haley
Der Thron des Lichts (2022) (D) (SF)
Throne of Light (E)
Ü: Birgit Hausmayer
Black Library Warhammer & 40000, 1275:
1. Aufl. (TB) (DE)
462 S., ISBN: 978-1-80026-275-1
Serie: Warhammer 40000: Feuerdämmerung, 4

Presley Hall
Vom Alien-Krieger verführt (2022) (D) (SF)
Pursued (2021) (US)
Ind. Pub., 4564: 1. Aufl. (TB) (DE)
250 S., ISBN: 979-8-796-14564-7
Serie: Die Gladiatoren von Kalix, 10

P. S. Hanlor
Die verschwundenen Krieger (2022) (D) (SF)
Libri Books on Demand, 138: 1. Aufl. (TB) (OA)
618 S., ISBN: 978-3-7568-0138-1
Serie: Nachhall der Verdammten, 1

Abdul Manan Hannan
Gerolikschaft aus der Zukunft (2022) (D) (SF)
Libri Books on Demand, 1928: 1. Aufl. (TB)
(OA)
150 S., ISBN: 978-3-7562-1928-5

Theresa Hannig
Pantopia (2022) (D) (SF)
Fischer Tor, 70640: 1. Aufl. (PB) (OA)
463 S., ISBN: 978-3-596-70640-2

Ralph Harrisburgh
Keine Gnade (2022) (D) (SF)
Ind. Pub., 8963: 1. Aufl. (TB) (OA)
242 S., ISBN: 979-8-401-18963-9
Serie: Krieg um die Randwelten, 1

Lautlose Schreie im All (2022) (D) (SF)
Ind. Pub., 6747: 1. Aufl. (TB) (OA)
370 S., ISBN: 979-8-355-76747-1

Die Rache des Hilaners (2022) (D) (SF)
Ind. Pub., 3811: 1. Aufl. (TB) (OA)
296 S., ISBN: 979-8-818-63811-9

Rob Hart
Paradox Hotel (2022) (D) (SF)
The Paradox Hotel (2021) (US)
Ü: Michael Pfingstl
Heyne, 32171: 1. Aufl. (PB) (DE)
444 S., ISBN: 978-3-453-32171-7

Peter Hartl
Zwei Zeitzeugen der Zukunft (2022) (D) (SF)
Libri Books on Demand, 4606: 1. Aufl. (TB)
(OA)
252 S., ISBN: 978-3-7557-4606-5

Fred Hartmann
Albtraum Erde 2 (2022) (D) (SF)
Fred Hartmann: 1. Aufl. (TB) (OA)
312 S., ISBN: 978-3-9824719-0-7
Serie: Nick der Weltraumfahrer

Klaus Hartung
Das Ende einer langen Reise durch die Nacht
(C) (2022) (D) (SF)
Ind. Pub., 755/6461: 1. Aufl. (HC/TB) (OA)
218 S., ISBN: 979-8-838-00755-1 /
979-8-837-66461-8

Höllenwelt oder Planet auf Abwegen (2022)
(D) (SF)
Ind. Pub., 7817/7062: 1. Aufl. (HC/TB) (OA)
278/318 S., ISBN: 979-8-352-77817-3 /
979-8-351-87062-5
Serie: Mionlach, 2

Parallele Dimensionen (2022) (D) (SF)
Ind. Pub., 5767/6876: 1. Aufl. (TB/HC) (OA)
321/298 S., ISBN: 979-8-362-55767-6 /
979-8-363-76876-7

Das Pergament (2022) (D) (SF)
Ind. Pub., 9797: 1. Aufl. (TB/HC) (OA)
299/263 S., ISBN: 979-8-844-29797-7 /
979-8-844-54358-6
Serie: Mionlach, 1

Zu den Sternen! (2022) (D) (SF)
Ind. Pub., 1052: 1. Aufl. (TB) (OA)
170 S., ISBN: 979-8-819-41052-3

Ben Calvin Hary
Die Ceynach-Jägerin (2022) (D) (SF)
Pabel-Moewig Perry Rhodan Neo, 281: 1. Aufl.
(TB) (OA)
161 S., Serie: Perry Rhodan Neo, 281

Im Land der Sternengötter (2022) (D) (SF)
Pabel-Moewig Perry Rhodan Atlant., 1: 1. Aufl.
(RH) (OA)
64 S., Serie: Perry Rhodan – Atlantis, 1

Nekrolog (2022) (D) (SF)
Pabel-Moewig Perry Rhodan Atlant., 12:
1. Aufl. (RH) (OA)
64 S., Serie: Perry Rhodan – Atlantis, 12

Wilfried A. Hary
SG 000: Das große Star Gate-Buch (2022) (D)
(SF)
Ind. Pub., 4416: 1. Aufl. (HC) (OA)
296 S., ISBN: 979-8-368-14416-0
Serie: Star Gate

Karl-Heinz Haselmeyer
Grenze der Vollkommenheit (2022) (D) (SF)
Libri Books on Demand, 1705: 1. Aufl. (TB)
(OA)
132 S., ISBN: 978-3-7568-1705-4

Nachwelt (2022) (D) (SF)
Libri Books on Demand, 2920: 1. Aufl. (TB)
(OA)
116 S., ISBN: 978-3-7562-2920-8

Der Traum von der Zelle (2022) (D) (SF)
Libri Books on Demand, 2818: 1. Aufl. (TB)
(OA)
84 S., ISBN: 978-3-7562-2818-8

Sven Haupt
Wo beginnt die Nacht (2022) (D) (SF)
Eridanus, 35: 1. Aufl. (TB) (OA)
370 S., ISBN: 978-3-946348-35-1

Topaz Hauyn
Einzigartiges biometrisches Merkmal (2022)
(D) (SF)
Ind. Pub., 7989: 1. Aufl. (TB) (OA)
30 S., ISBN: 979-8-794-97989-3

Langweilige Süßigkeitentechnik (2022) (D) (SF)
Ind. Pub., 251: 1. Aufl. (TB) (OA)
40 S., ISBN: 979-8-428-30251-6

Die letzte Kneipe auf dieser Tour (2022) (D) (SF)
Ind. Pub., 9306: 1. Aufl. (TB) (OA)
36 S., ISBN: 979-8-401-29306-0

Tempeh, der Zauberpilz (2022) (D) (SF)
Ind. Pub., 1142: 1. Aufl. (TB) (OA)
32 S., ISBN: 979-8-429-41142-2

Verliebt in die blinde Passagierin (2022) (D)
(SF)
Ind. Pub., 9181: 1. Aufl. (TB) (OA)
52 S., ISBN: 979-8-794-99181-9

Mia Hazel
Sie haben dich (2022) (D) (SF)
Libri Books on Demand, 3755: 1. Aufl. (TB)
(OA)
378 S., ISBN: 978-3-7568-3755-7
Serie: Morvanja, 2

Sie sehen dich (2022) (D) (SF)
Libri Books on Demand, 4315: 1. Aufl. (TB)
(OA)
378 S., ISBN: 978-3-7543-4315-9
Serie: Morvanja, 1

Kevin Hearne
Do not eat! Wie ein T-Shirt mich vor Aliens
bewahrte (2022) (D) (SF)
A Question of Navigation (2021) (US)
Ü: Urban Hofstetter
Knaur, 22739: 1. Aufl. (HC) (DE)
176 S., ISBN: 978-3-426-22739-8

**Frank Hebben (mit: Armin Rößler, André
Skora) (Hrsg.)**
Cybäria (2022) (D) (SF)
Begedia, 1134: 1. Aufl. (TB) (OA)
247 S., ISBN: 978-3-95777-134-6

Roland Hebesberger
Das Flutprotokoll (2022) (D) (SF)
Ind. Pub., 3126/2799: 1. Aufl. (HC/TB) (OA)
337 S., ISBN: 979-8-368-03126-2 /
979-8-368-02799-9
Serie: Divinus, 1

Social Project: P.I.K.E. (2022) (D) (SF)
Morawa myMorawa, 918 / Ind. Pub., 9343:
1. Aufl. (HC/TB) (OA)
370/365 S., ISBN: 978-3-99129-918-9 /
979-8-443-09343-7

Philipp Heckmann
Der Felsenweg (2022) (D) (SF)
Libri Books on Demand, 1333: 1. Aufl. (TB)
(OA)
76 S., ISBN: 978-3-7562-1333-7

Jennifer Heddle (Hrsg.)
Geschichten von Jedi und Sith (2022) (D) (SF)
Stories of Jedi and Sith (2022) (US)
Ü: Marc Winter
Panini, 4256: 1. Aufl. (PB) (DE)
256 S., ISBN: 978-3-8332-4256-4
Serie: Star Wars

Klaus Heimann
Blessed Islands (2022) (D) (SF)
Libri Books on Demand, 98: 1. Aufl. (TB) (OA)
248 S., ISBN: 978-3-7562-0098-6

Franz Heimer
Manifest eines Zeitreisenden an die Menschheit (2022) (D) (SF)
Ind. Pub., 5989: 1. Aufl. (TB) (OA)
113 S., ISBN: 979-8-405-25989-5

Ingo Heinscher
Die Schlacht von Gleck (2022) (D) (SF)
Ind. Pub., 7182: 1. Aufl. (TB) (OA)
471 S., ISBN: 979-8-832-17182-1
Serie: Soldaten von Gleck, 4

Stephan Heinz
Chondrit 55 (2022) (D) (SF)
Lippe, 511: 1. Aufl. (TB) (OA)
172 S., ISBN: 978-3-89918-511-9

Markus Heitkamp
Operation M.E.L.B.A. (2022) (D) (SF)
Leseratten, 61: 1. Aufl. (TB) (OA)
132 S., ISBN: 978-3-945230-61-9
Serie: German Kaiju

Faye Hell
Der letzte Traum (2022) (D) (SF)
ohneohren, 142: 1. Aufl. (TB) (OA)
300 S., ISBN: 978-3-903296-42-8

Hans-Jürgen Hellberg
Aufstand der Kinder (2022) (D) (SF)
Libri Books on Demand, 1755: 1. Aufl. (TB)
(OA)
648 S., ISBN: 978-3-7562-1755-7

Kristofer Hellmann
C – Die Remission (2022) (D) (SF)
Skrypteum, 1: 1. Aufl. (TB) (OA)
173 S., ISBN: 978-3-949645-01-3

Bernhard Hellmuth
Traumtänzer (2022) (D) (SF)
Ind. Pub., 4093: 1. Aufl. (HC) (OA)
328 S., ISBN: 979-8-366-84093-4

Peter Hennerfeind
Wer fürchtet sich vorm kleinen Gott? (2022)
(D) (SF)
Ind. Pub., 2985: 1. Aufl. (TB) (OA)
185 S., ISBN: 979-8-364-62985-2

Stefan Hensch
Fern der Erde (2022) (D) (SF)
Bastei Maddrax, 580: 1. Aufl. (RH) (OA)
63 S., Serie: Maddrax, 580

Brian Herbert (mit: Kevin J. Anderson)
Die Herrin von Caladan (2022) (D) (SF)
The Lady of Caladan (US)
Ü: Jakob Schmidt
Heyne, 32195: 1. Aufl. (PB) (DE)
704 S., ISBN: 978-3-453-32195-3
Serie: Wüstenplanet – Herzog von Caladan, 2

Elmar Hergenröder
Der große Bluff von Allintisa (2022) (D) (SF)
Ind. Pub., 7104: 1. Aufl. (TB) (OA)
337 S., ISBN: 979-8-844-27104-5
Serie: Antario 4, 19

Meridon (2022) (D) (SF)
Ind. Pub., 4414: 1. Aufl. (TB) (OA)
275 S., ISBN: 979-8-831-34414-1
Serie: Antario 4, 18

Thomas Herget
Die Liquidatorinnen (2022) (D) (SF)
Libri Books on Demand, 9631: 1. Aufl. (TB)
(OA)
104 S., ISBN: 978-3-7557-9631-2

Klaus Herpertz
Pandora Electric (2022) (D) (SF)
Europa Edizioni, 2993: 1. Aufl. (TB) (OA)
307 S., ISBN: 979-1-2201-2993-0

Marc A. Herren
Alraska (2022) (D) (SF)
Moewig Perry Rhodan, 3187: 1. Aufl. (RH) (OA)
63 S., Serie: Perry Rhodan – Heft, 3187

Hardy Herzberg
2525 – gefangen im Omniversum (2022) (D)
(SF)
Ind. Pub., 8550: 1. Aufl. (TB) (OA)
136 S., ISBN: 979-8-446-78550-6

Volker Herzberg
Der Apfel der Erkenntnis (2022) (D) (SF)
Nova MD, 4279: 1. Aufl. (HC) (OA)
694 S., ISBN: 978-3-98595-279-3

Marion Herzog
Terra Nova (2022) (D) (SF)
Heyne, 42452: 1. Aufl. (PB) (OA)
432 S., ISBN: 978-3-453-42452-4
Serie: Hope of Tomorrow, 2

Anne W. v. Hess
Prophezeiung: Excidium Babylon (2022) (D)
(SF)
Nydensteyn, 73180: 1. Aufl. (TB) (OA)
496 S., ISBN: 978-3-00-073180-8

Fritz Peter Heßberger
Die Parallelwelt (C) (2022) (D) (SF)
Libri Books on Demand, 3089: 1. Aufl. (TB)
(OA)
176 S., ISBN: 978-3-7557-3089-7

Zwischen Südsee und Galaxis (C) (2022) (D)
(SF)
Libri Books on Demand, 2234: 1. Aufl. (TB)
(OA)
272 S., ISBN: 978-3-8391-2234-1

Alexandra Hildenbrand
Licht und Nebel (2022) (D) (SF)
tredition, 69158/69157: 1. Aufl. (HC/TB) (OA)
384 S., ISBN: 978-3-347-69158-2 /
978-3-347-69157-5
Serie: Daylight-Saga, 1

Silke Hilgers
Transfer im Merkur-See (2022) (D) (SF)
Silke Hilgers, 1/2: 1. Aufl. (TB/HC) (OA)
474/460 S., ISBN: 978-3-910307-01-8 /
978-3-910307-02-5

Ian Rolf Hill
Endspiel (2022) (D) (SF)
Bastei Maddrax, 599: 1. Aufl. (RH) (OA)
63 S., Serie: Maddrax, 599

Flucht aus der Dunkelwelt (2022) (D) (SF)
Bastei Maddrax, 574: 1. Aufl. (RH) (OA)
63 S., Serie: Maddrax, 574

Griff nach dem Mars (2022) (D) (SF)
Bastei Maddrax, 578: 1. Aufl. (RH) (OA)
63 S., Serie: Maddrax, 578

Der Medusa-Effekt (2022) (D) (SF)
Bastei Maddrax, 590: 1. Aufl. (RH) (OA)
63 S., Serie: Maddrax, 590

Mission Flächenräumer (2022) (D) (SF)
Bastei Maddrax, 589: 1. Aufl. (RH) (OA)
63 S., Serie: Maddrax, 589

(mit: Lara Möller)
Rulfans Rückkehr (2022) (D) (SF)
Bastei Maddrax, 592: 1. Aufl. (RH) (OA)
63 S., Serie: Maddrax, 592

Sein oder Nichtsein (2022) (D) (SF)
Bastei Maddrax, 585: 1. Aufl. (RH) (OA)
63 S., Serie: Maddrax, 585

Smythe vs. Smythe (2022) (D) (SF)
Bastei Maddrax, 581: 1. Aufl. (RH) (OA)
63 S., Serie: Maddrax, 581

Triple Trouble (2022) (D) (SF)
Bastei Maddrax, 586: 1. Aufl. (RH) (OA)
63 S., Serie: Maddrax, 586

Wege des Wahnsinns (2022) (D) (SF)
Bastei Maddrax, 597: 1. Aufl. (RH) (OA)
63 S., Serie: Maddrax, 597

Justin D. Hill
Minka Lesk: Verräterfelsen (2022) (D) (SF)
Minka Lesk: Traitor Rock (E)
Ü: Michael Boros
Black Library Warhammer & 40000, 598:
1. Aufl. (PB) (DE)
379 S., ISBN: 978-1-78193-598-9
Serie: Warhammer 40000

Tom Hillenbrand
Die Drohnen des Monsieur Leclerq (C) (2022)
(D) (SF)
epubli, 7532: 1. Aufl. (TB) (OA)
76 S., ISBN: 978-3-7549-7532-9

Achim Hiltrop
Grande Parure (2022) (D) (SF)
Atlantis, 936: 1. Aufl. (HC) (OA)
160 S., ISBN: 978-3-86402-836-6

Sven Himmen
Wach durch die Traumwelt (2022) (D) (SF)
Libri Books on Demand, 1481: 1. Aufl. (TB)
(OA)
288 S., ISBN: 978-3-7562-1481-5

Christian Hinterlechner
Die Karte der Ostmark (2022) (D) (SF)
Hinterlechner, 4: 1. Aufl. (TB) (OA)
360 S., ISBN: 978-3-9864716-4-4

Arne Hinz
Zweite Zeit (2022) (D) (SF)
Libri Books on Demand, 1923: 1. Aufl. (TB)
(OA)
338 S., ISBN: 978-3-7562-1923-0

Kai Hirdt
Die Advokatin Bukk (2022) (D) (SF)
Moewig Perry Rhodan, 3184: 1. Aufl. (RH) (OA)
63 S., Serie: Perry Rhodan – Heft, 3184

Die herrlichste Stadt aller Zeiten (2022) (D) (SF)
Moewig Perry Rhodan, 3159: 1. Aufl. (RH) (OA)
59 S., Serie: Perry Rhodan – Heft, 3159

Schutzherren für Valotio (2022) (D) (SF)
Moewig Perry Rhodan, 3171: 1. Aufl. (RH) (OA)
59 S., Serie: Perry Rhodan – Heft, 3171

Tolcais Totenspiele (2022) (D) (SF)
Pabel-Moewig Perry Rhodan Atlant., 7: 1. Aufl.
(RH) (OA)
64 S., Serie: Perry Rhodan – Atlantis, 7

Verfall und Verheißung (2022) (D) (SF)
Moewig Perry Rhodan, 3178: 1. Aufl. (RH) (OA)
63 S., Serie: Perry Rhodan – Heft, 3178

Die Zukunft ist eine Falle (2022) (D) (SF)
Moewig Perry Rhodan, 3160: 1. Aufl. (RH) (OA)
63 S., Serie: Perry Rhodan – Heft, 3160

Matthias Hirthe
Dodos im Weltall (2022) (D) (SF)
Bookmundo, 781: 1. Aufl. (TB) (OA)
316 S., ISBN: 978-9403-67-781-1

Michael Hirtzy
Die Grenze der Dunkelheit (2022) (D) (SF)
Ind. Pub., 5652: 1. Aufl. (TB) (OA)
344 S., ISBN: 979-8-352-25652-7

Weg ohne Wiederkehr (2022) (D) (SF)
Lizard Creek, 5555: 1. Aufl. (TB) (OA)
332 S., ISBN: 978-3-7546-5555-9
Serie: Bilder der Apokalypse, 3

Christian Hoffmann (mit: Udo Klotz) (Hrsg.)
!Time Machine 6 (2022) (D) (SF)
Wurdack Time Machine, 6: 1. Aufl. (A4) (OA)
64 S., Serie: Time Machine, 6

G. O. Hoffmann
Der zehnte Kreis der Hölle (2022) (D) (SF)
Weltenbaum, 18: 1. Aufl. (TB) (OA)
290 S., ISBN: 978-3-949640-18-6

Steve Hofmann
Superposition & Mondkoller (C) (2022) (D) (SF)
Sparkys, 4: 1. Aufl. (TB) (OA)
304 S., ISBN: 978-3-949768-04-0
Serie: Henry und Art

Thomas Hofmann (Hrsg.)
Neuer Stern 77 – 80, 82 – 86 (2022) (D) (SF)
ASFC Halle Neuer Stern, 77 – 80, 82 – 86:
1. Aufl. (RH) (OA)
Serie: Fanzine: Neuer Stern

Richard G. Hole
Das Ding (2022) (D) (SF)
Richard G. Hole, 50573: 1. Aufl. (TB) (OA)
120 S., ISBN: 979-8-201-50573-8

Fliegende Untertassen (2022) (D) (SF)
Ind. Pub., 7208: 1. Aufl. (TB) (OA)
98 S., ISBN: 979-8-201-47208-5

Höhle (2022) (D) (SF)
Ind. Pub., 7222: 1. Aufl. (TB) (OA)
92 S., ISBN: 979-8-201-47222-1

ReFoundation (2022) (D) (SF)
Ind. Pub., 8299: 1. Aufl. (TB) (OA)
116 S., ISBN: 979-8-201-58299-9

Sabotage (2022) (D) (SF)
Ind. Pub., 6311: 1. Aufl. (TB) (OA)
98 S., ISBN: 978-1-3939-6311-0

Visionär (2022) (D) (SF)
Ind. Pub., 3355: 1. Aufl. (TB) (OA)
104 S., ISBN: 979-8-201-93355-5

Sascha Hoops
Das koaxiale Komplott (2022) (D) (SF)
Ind. Pub., 9888/5852: 1. Aufl. (TB/HC) (OA)
311 S., ISBN: 978-1-0925-9888-0 /
979-8-363-45852-1
Serie: Arbeiter NULL, 3

Franklin Horton
Einer gegen alle (2022) (D) (SF)
The Mad Mick (2018) (US)
Ü: Nicole Lischewski
Luzifer, 746: 1. Aufl. (TB) (DE)
284 S., ISBN: 978-3-95835-646-7
Serie: Mad Mick, 1

Widerstand (2022) (D) (SF)
Masters of Mayhem (2019) (US)
Ü: Nicole Lischewski
Luzifer, 748: 1. Aufl. (TB) (DE)
364 S., ISBN: 978-3-95835-648-1
Serie: Mad Mick, 2

Susanne Hottendorf
Die Nebelschwaden: Bernds Illusionen (2022)
(D) (SF)
Libri Books on Demand, 6945: 1. Aufl. (TB)
(OA)
100 S., ISBN: 978-3-7568-6945-9

Michel Houellebecq
Vernichten (2022) (D) (SF)
Anéantir (F)
Ü: Stephan Kleiner, Bernd Wilczek
Dumont, 8193: 1. Aufl. (HC) (DE)
624 S., ISBN: 978-3-8321-8193-2

Peter Hrankov
Exit (2022) (D) (SF)
Independently Pub., 2388: 1. Aufl. (HC) (OA)
80 S., ISBN: 979-8-357-32388-0

Karlheinz Huber
Der Erlöser (2022) (D) (SF)
Libri Books on Demand, 1620: 1. Aufl. (TB)
(OA)
360 S., ISBN: 978-3-7568-1620-0
Serie: Galaxy Rulers, 7

Anette Huesmann
Die Flucht (2022) (D) (SF)
Libri Books on Demand, 6960: 1. Aufl. (TB)
(OA)
320 S., ISBN: 978-3-8391-6960-5
Serie: Homo Animalis, 1

Hubert Hug
Gijutsu, Stadt der Hoffnung (2022) (D) (SF)
epubli, 1441: 1. Aufl. (TB) (OA)
140 S., ISBN: 978-3-7565-1441-0

Jörg Hugger
Unternehmen Bienenrettung: Die Gründung
der Kosmischen Hilfsingenieure (2022) (D) (SF)
Libri Books on Demand, 1112: 1. Aufl. (TB)
(OA)
384 S., ISBN: 978-3-7557-1112-4

Nikki Hughey
Der Spachtelkrieg (2022) (D) (SF)
The Spatula War (1921) (E)
Ind. Pub., 1018: 1. Aufl. (TB) (OA)
53 S., ISBN: 979-8-435-41018-1

Starr Huntress (mit: Nancey Cummings)
Kalen: Kriegsherrenbräute (2022) (D) (SF)
Kalen (2016) (US)
Ü: Evelyne Schulz
Ind. Pub., 2225: 1. Aufl. (TB) (DE)
294 S., ISBN: 979-8-362-92225-2
Serie: Krieger von Sangrin, 2

Paax: Kriegsherrenbräute (2022) (D) (SF)
Paax (2016) (US)
Ü: Evelyne Schulz
Ind. Pub., 430: 1. Aufl. (TB) (DE)
132 S., ISBN: 979-8-843-30430-0
Serie: Krieger von Sangrin, 1

Kameron Hurley
Soldaten im Licht (2022) (D) (SF)
The Light Brigade (US)
Ü: Helga Parmiter
Panini, 4278: 1. Aufl. (PB) (DE)
416 S., ISBN: 978-3-8332-4278-6

Clayton Husker
Die Schwestern (2022) (D) (SF)
Ind. Pub., 2378: 1. Aufl. (TB) (OA)
306 S., ISBN: 979-8-848-82378-3
Serie: Dünen der Zeit, 5

Vril (2022) (D) (SF)
Ind. Pub., 855: 1. Aufl. (TB) (OA)
300 S., ISBN: 979-8-416-30855-1
Serie: Dünen der Zeit, 4

Jek Hyde
Im Hormon Dschungel (2022) (D) (SF)
Ind. Pub., 5566: 1. Aufl. (TB) (OA)
282 S., ISBN: 979-8-433-55566-2

Daniela Igelhorst
Restructure (2022) (D) (SF)
Ind. Pub., 1378: 1. Aufl. (TB) (OA)
326 S., ISBN: 979-8-414-81378-1
Serie: Hope Fé, 2

Revenge (2022) (D) (SF)
Ind. Pub., 7463: 1. Aufl. (TB) (OA)
337 S., ISBN: 979-8-838-97463-1
Serie: Hope Fé, 3

Kerstin Imrek
Die Sonnenstadt (2022) (D) (SF)
Libri Books on Demand, 2236: 1. Aufl. (TB) (OA)
688 S., ISBN: 978-3-7562-2236-0
Serie: Utopia, 2

Weisse Sonne (2022) (D) (SF)
Libri Books on Demand, 8021: 1. Aufl. (TB) (OA)
692 S., ISBN: 978-3-7557-8021-2
Serie: Utopia, 1

Justina Ireland
Mission ins Verderben (2022) (D) (SF)
Mission to Disaster (US)
Ü: Andreas Kasprzak
Panini, 4194: 1. Aufl. (PB) (DE)
274 S., ISBN: 978-3-8332-4194-9
Serie: Star Wars – Die Hohe Republik

Joshua Izzo
Die Welt von Avatar (2022) (D) (SF)
Dorling Kindersley, 3869: 1. Aufl. (HC) (DE)
128 S., ISBN: 978-3-8310-3869-5
Serie: Avatar

Heide Jahn
Mandragora (2022) (D) (SF)
Libri Books on Demand, 8977: 1. Aufl. (TB) (OA)
226 S., ISBN: 978-3-7568-8977-8

Verloren (2022) (D) (SF)
Libri Books on Demand, 1595: 1. Aufl. (TB) (OA)
104 S., ISBN: 978-3-7557-1595-5

Alex A. Janek
Dunkle Materie: Terion (2022) (D) (SF)
Ind. Pub., 5773: 1. Aufl. (TB) (OA)
536 S., ISBN: 979-8-352-05773-5

Jan Janomann
Glücksland oder Transmundo (2022) (D) (SF)
epubli, 1893: 1. Aufl. (TB) (OA)
124 S., ISBN: 978-3-7565-1893-7

Ralf Jechow
Die unbekannte Macht im All (2022) (D) (SF)
epubli, 4023: 1. Aufl. (TB) (OA)
408 S., ISBN: 978-3-7565-4023-5
Serie: Rrokkari, 1

Sameena Jehanzeb
Frozen, Ghosted, Dead (2022) (D) (SF)
Nova MD, 4326: 1. Aufl. (TB) (OA)
424 S., ISBN: 978-3-98595-326-4

N. K. Jemisin
Die Wächterinnen von New York (2022) (D) (SF)
The City We Became (US)
Ü: Benjamin Mildner
Klett-Cotta Tropen, 50018: 1. Aufl. (HC) (DE)
544 S., ISBN: 978-3-608-50018-9

Mark Joggerst
Eine phantastische Geschichte über den Frieden und wo er zu finden ist (2022) (D) (SF)
tredition, 63031/63030: 1. Aufl. (HC/TB) (OA)
348 S., ISBN: 978-3-347-63031-4 / 978-3-347-63030-7

Jaleigh Johnson
Triptychon (2022) (D) (SF)
Triptych (2021) (US)
Ü: René Ulmer
Cross Cult, 2954: 1. Aufl. (TB) (DE)
336 S., ISBN: 978-3-96658-954-3
Serie: Marvel – Xaviers Institut, 3

Emily Kate Johnston
Hoffnung der Königin (2022) (D) (SF)
Queen's Hope (US)
Ü: Andreas Kasprzak, Tobias Toneguzzo
Panini Lucas Books, 4082: 1. Aufl. (PB) (DE)
256 S., ISBN: 978-3-8332-4082-9
Serie: Star Wars

Barry Jonsberg
Der Riss in unserem Leben (2022) (D) (SF)
Catch Me If I Fall (E)
Ü: Ursula Höfker
Bertelsmann cbt Fantasy, 16636: 1. Aufl. (HC) (DE)
288 S., ISBN: 978-3-570-16636-9

Roman Just
Andere Dimensionen – Die Gabe (2022) (D) (SF)
Gelsenecke, 70944: 1. Aufl. (TB) (OA)
164 S., ISBN: 978-3-347-70944-7
Serie: Zeitreisen mit Daniel, 1

Krista K.
Divergent: Tödliche Abweichung (2022) (D) (SF)
epubli, 4643: 1. Aufl. (TB) (OA)
444 S., ISBN: 978-3-7549-4643-5
Serie: DNA, 3

Kathryna Kaa
Dunkelblut: Zwischen Stein und Schatten (2022) (D) (SF)
via tolino, 2663: 1. Aufl. (TB) (OA)
388 S., ISBN: 978-3-7546-2663-4

Christina Kade
Lyra (2022) (D) (SF)
epubli, 4509: 1. Aufl. (TB) (OA)
344 S., ISBN: 978-3-7565-4509-4

Kia Kahawa
Aufruhr: Die Aves-Logfiles (2022) (D) (SF)
Plan 9, 61: 1. Aufl. (TB) (OA)
387 S., ISBN: 978-3-948700-61-4
Serie: Logfiles, 2

Alexander Kaiser
Die Rettung aus dem Sternenschwarm (2022) (D) (SF)
SFC BHG Rätsel der Galaxien, 50: 1. Aufl. (EP) (OA)
65 S., Serie: Rätsel der Galaxien, 50

Wir lassen niemanden zurück (2022) (D) (SF)
SFC BHG Rätsel der Galaxien, 51: 1. Aufl. (EP) (OA)
64 S., Serie: Rätsel der Galaxien, 51

Sören Kalmarczyk
Telepathenaufstand (2022) (D) (SF)
epubli, 4675/4676: 1. Aufl. (HC/TB) (OA)
628 S., ISBN: 978-3-7549-4675-6 / 978-3-7549-4676-3
Serie: Telepathenkrieg, 1

Sylvia Kaml
Adaption: Kadett 889 (2022) (D) (SF)
Hybrid, 270: 1. Aufl. (TB) (OA)
336 S., ISBN: 978-3-96741-170-6

Klaus F. Kandel
Der Traum des Admirals (2022) (D) (SF)
Libri Books on Demand, 9451: 1. Aufl. (TB) (OA)
180 S., ISBN: 978-3-7557-9451-6
Serie: Zeitsprung-Trilogie, 1

Sina Kase
Einheit 702 (2022) (D) (SF)
Kelebek, 60: 1. Aufl. (TB) (OA)
204 S., ISBN: 978-3-947083-60-2

Amie Kaufman
(mit: Jay Kristoff)
Aurora entflammt (2022) (D) (SF)
Aurora Burning (US)
Ü: Barbara König
Fischer Sauerländer, 5671: 1. Aufl. (PB) (DE)
529 S., ISBN: 978-3-7373-5671-8
Serie: Aurora Rising, 2

(mit: Jay Kristoff)
Aurora erleuchtet (2022) (D) (SF)
Aurora's End (US)
Ü: Barbara König
Fischer Sauerländer, 5952: 1. Aufl. (PB) (DE)
528 S., ISBN: 978-3-7373-5952-8
Serie: Aurora Rising, 3

(mit: Jay Kristoff)
Obsidio (2022) (D) (SF)
Obsidio (US)
Ü: Gerald Jung, Katharina Orgaß
dtv, 76357: 1. Aufl. (HC) (DE)
624 S., ISBN: 978-3-423-76357-8
Serie: Illuminae-Akten, 3

(mit: Meagan Spooner)
The Other Side of the Sky (2022) (D) (SF)
The Other Side of the Sky (2020) (US)
Ü: Katja Held
dtv, 76402: 1. Aufl. (HC) (DE)
480 S., ISBN: 978-3-423-76402-5
Serie: Die Göttin und der Prinz, 1

Harald Kaup
2153 A. D. – Porta (2022) (D) (SF)
Noel, 1103: 1. Aufl. (TB) (OA)
334 S., ISBN: 978-3-96753-103-9
Serie: Neuland-Saga, 30

2154 A. D. – Cloud (2022) (D) (SF)
Noel, 1107: 1. Aufl. (TB) (OA)
344 S., ISBN: 978-3-96753-107-7
Serie: Neuland-Saga, 31

2155 A. D. – Moyo (2022) (D) (SF)
Noel, 1122: 1. Aufl. (TB) (OA)
337 S., ISBN: 978-3-96753-122-0
Serie: Neuland-Saga, 32

2156 A. D. – Lost (2022) (D) (SF)
Noel, 1128: 1. Aufl. (TB) (OA)
343 S., ISBN: 978-3-96753-128-2
Serie: Neuland-Saga, 33

Endgame (2022) (D) (SF)
Noel, 1116: 1. Aufl. (TB) (OA)
334 S., ISBN: 978-3-96753-116-9
Serie: Das 2082-Projekt, 5

Paul Kavaliro
Androidenblut (2022) (D) (SF)
epubli, 5629: 1. Aufl. (TB) (OA)
352 S., ISBN: 978-3-7549-5629-8
Serie: Die zwei Seiten des Ichs, 3

Wenn die Raben südwärts ziehen (C) (2022)
(D) (SF)
epubli, 4808: 1. Aufl. (TB) (OA)
172 S., ISBN: 978-3-7565-4808-8

Martin Kay
Überrannt (2022) (D) (SF)
Atlantis, 915: 1. Aufl. (HC) (OA)
372 S., ISBN: 978-3-86402-815-1

Erdem Kaya
Unterwerfer (2022) (D) (SF)
Libri Books on Demand, 8539: 1. Aufl. (TB)
(OA)
110 S., ISBN: 978-3-7568-8539-8

Yann C. Kee
Waterhouse Children – Freaks a la carte (2022)
(D) (SF)
Main, 556: 1. Aufl. (TB) (OA)
208 S., ISBN: 978-3-95949-556-1

Rainer Keip
Helenas Vermächtnis (2022) (D) (AH)
Romankiosk, 4718/4716: 1. Aufl. (HC/TB) (OA)
516/552 S., ISBN: 978-3-7549-4718-0 /
978-3-7549-4716-6
Serie: Diana Lenz, 2

Erik Kellen
Das geheime Leben der Farben (2022) (D) (SF)
Ind. Pub., 2424 / Libri Books on Demand, 1031:
1. Aufl. (TB/HC) (OA)
336 S., ISBN: 979-8-805-02424-6 /
978-3-7562-1031-2

Jeremy L. Keller
Ungeborene (2022) (D) (SF)
tredition, 66111: 1. Aufl. (TB) (OA)
216 S., ISBN: 978-3-347-66111-0

Helmut-Michael Kemmer
Die Mauer (2022) (D) (SF)
Libri Books on Demand, 9898: 1. Aufl. (HC)
(OA)
576 S., ISBN: 978-3-7543-9898-2

Olaf Kemmler
Operation Cybersturm (2022) (D) (SF)
Lesewuth: 1. Aufl. (TB) (OA)
364 S., ISBN: 978-3-949995-00-2

Bernhard Kempen
Aura (2022) (D) (SF)
p.machinery AndroSF, 150: 1. Aufl. (TB) (OA)
163 S., ISBN: 978-3-95765-276-8
Serie: Xenosys, 3

Anke Kemper
Jahresendglitzerfest (2022) (D) (SF)
tredition, 75082: 1. Aufl. (TB) (OA)
91 S., ISBN: 978-3-347-75082-1

Alexander Keppel
Der zweite Kontinent (2022) (D) (SF)
Drava, 990: 1. Aufl. (HC) (OA)
265 S., ISBN: 978-3-85435-990-6

Laura Kier
Wunsch nach Freiheit (2022) (D) (SF)
Laura Kier, 41: 1. Aufl. (TB) (OA)
31 S., ISBN: 978-3-96427-041-2
Serie: Perfektion, 3

Jesse Kilior
Die Reise (2022) (D) (SF)
Libri Books on Demand, 9945: 1. Aufl. (TB)
(OA)
406 S., ISBN: 978-3-7557-9945-0
Serie: Othersides, 2

Ramirez Alexander Kimling
Sieben Ebenen (2022) (D) (SF)
Libri Books on Demand, 5400: 1. Aufl. (TB)
(OA)
482 S., ISBN: 978-3-7557-5400-8

Alexandra Kirschbaum
Graphen Neuronen (2022) (D) (SF)
Libri Books on Demand, 2232: 1. Aufl. (TB)
(OA)
64 S., ISBN: 978-3-7568-2232-4

Philipp Klaiber
Der erste Krieg (2022) (D) (SF)
epubli, 5819: 1. Aufl. (TB) (OA)
234 S., ISBN: 978-3-7565-5819-3
Serie: Projekt Schimäre, 2

Der Verfall (2022) (D) (SF)
epubli, 6948: 1. Aufl. (TB) (OA)
244 S., ISBN: 978-3-7549-6948-9
Serie: Projekt Schimäre, 1

Thorsten Klein
Psyche 3 & 4 (2022) (D) (SF)
tredition Allgemeine Reihe, 76404/76403:
1. Aufl. (HC/TB) (OA)
688 S., ISBN: 978-3-347-76404-0 /
978-3-347-76403-3
Serie: Psyche (NA), 2

Psyche 5 & 6 (2022) (D) (SF)
tredition Allgemeine Reihe, 76414 /76413:
1. Aufl. (HC/TB) (OA)
560 S., ISBN: 978-3-347-76414-9 /
978-3-347-76413-2
Serie: Psyche (NA), 3

Psyche: Buch Null (2022) (D) (SF)
tredition Allgemeine Reihe, 76609/76608:
1. Aufl. (HC/TB) (OA)
156 S., ISBN: 978-3-347-76609-9 /
978-3-347-76608-2
Serie: Psyche (NA)

Francy Klose
Mika 2060: Im Zwielicht des Menschseins
(2022) (D) (SF)
Libri Books on Demand, 3445: 1. Aufl. (TB)
(OA)
192 S., ISBN: 978-3-7562-3445-5
Serie: 20XX, 3

Wolfsspuren (2022) (D) (SF)
Libri Books on Demand, 1446: 1. Aufl. (HC)
(OA)
420 S., ISBN: 978-3-7562-1446-4
Serie: 20XY, 1

Roland Knorr
Jenny Silver (2022) (D) (SF)
Ind. Pub., 4805: 1. Aufl. (TB) (OA)
551 S., ISBN: 979-8-843-64805-3
Serie: (Un)tote Nebenwirkungen, 1

Kurt Kobler
Bomben, Gangster und Mutanten (2022) (D)
(SF)
Terran. Club EdeN Jerry Carbon, 1: 1. Aufl.
(RH) (OA)
72 S., Serie: Jerry Carbon, 1

Lothar Koch
Syltopia (2022) (D) (SF)
Clarity, 49308: 1. Aufl. (TB) (OA)
272 S., ISBN: 978-3-00-049308-9

Robert Kocher
Weltenuntergang (2022) (D) (SF)
Ind. Pub., 3387: 1. Aufl. (TB) (OA)
50 S., ISBN: 979-8-844-03387-2

Anja König
Seele der Jagd (2022) (D) (SF)
tredition, 71020: 1. Aufl. (TB) (OA)
612 S., ISBN: 978-3-347-71020-7
Serie: Rat der Fünf, 4

Seele der Jagd (2022) (D) (SF)
tredition, 71013/71005: 1. Aufl. (HC/TB) (OA)
232/328 S., ISBN: 978-3-347-71013-9 /
978-3-347-71005-4
Serie: Rat der Fünf, 4

Dieter König (Hrsg.)
Aufstieg der Menschheit (2022) (D) (SF)
Sarturia, 48: 1. Aufl. (TB) (OA)
262 S., ISBN: 978-3-946498-48-3

Im Gestern von Übermorgen (2022) (D) (SF)
Sarturia SF, 115: 1. Aufl. (TB) (OA)
253 S., ISBN: 978-3-946498-15-5

Stefan Koenig
2034: Zehn Jahre nach Corona (2022) (D) (SF)
Pegasus, 16: 1. Aufl. (TB) (OA)
368 S., ISBN: 978-3-9823395-6-6

Johanna F. Körber
Opas auf dem Mars (2022) (D) (SF)
Twentysix, 8418: 1. Aufl. (TB) (OA)
238 S., ISBN: 978-3-7407-8418-8

Heiko Kohfink
Trapship: Todeszone Mars (2022) (D) (SF)
Ind. Pub., 7502: 1. Aufl. (TB) (OA)
377 S., ISBN: 979-8-828-37502-8

Anna Konelli
How Green, How Gentle (2022) (D) (SF)
Nova MD, 4134: 1. Aufl. (TB) (OA)
680 S., ISBN: 978-3-98595-134-5
Serie: Lovely Faces, 2

Lillith Korn
Herz oder Hirn (2022) (D) (SF)
Dark Empire: 1. Aufl. (TB) (OA)
324 S., ISBN: 978-3-9823570-0-3

Pavel Kornev
Resonanz: Progression (2022) (D) (SF)
<unbekannt / unknown> (US)
Magic Dome, 962/961: 1. Aufl. (HC/TB) (DE)
497 S., ISBN: 978-80-7619-862-3 /
978-80-7619-861-6
Serie: Der Praktiker, 1

Alex Kosh
Der Pfad der Klingen (2022) (D) (SF)
The Highway of Blades (2022) (US)
Magic Dome, 934/935: 1. Aufl. (TB/HC) (DE)
399 S., ISBN: 978-80-7619-834-0 /
978-80-7619-835-7
Serie: Einzelgänger, 2

Tore des Donners (2022) (D) (SF)
Gates of Thunder (2021) (US)
Magic Dome, 821/820: 1. Aufl. (HC/TB) (DE)
465 S., ISBN: 978-80-7619-721-3 /
978-80-7619-720-6
Serie: Einzelgänger, 1

Mario Kossmann
Europa (2022) (D) (SF)
Ind. Pub., 7316: 1. Aufl. (TB) (OA)
276 S., ISBN: 979-8-803-47316-9
Serie: Kaiyo-Mission, 2

Charlotte Krafft
Marlow im Sand: Die Unveränderlichen (2022)
(D) (SF)
Korbinian, 1: 1. Aufl. (TB) (OA)
200 S., ISBN: 978-3-9824602-1-5

Szosha Kramer
Der Teufel von Kerelaos (2022) (D) (SF)
via tolino, 7498: 1. Aufl. (TB) (OA)
388 S., ISBN: 978-3-7546-7498-7
Serie: Sternenballade, 1

Raffaela Kraus
The Social Experiment (2022) (D) (SF)
Libri Books on Demand, 2420: 1. Aufl. (TB)
(OA)
196 S., ISBN: 978-3-7568-2420-5

Christoph T. M. Krause
Mein Zeitsprung nach 2056: Aus der Zeit
gerissen (2022) (D) (SF)
tradition, 66320/66307: 1. Aufl. (HC/TB) (OA)
112 S., ISBN: 978-3-347-66320-6 /
978-3-347-66307-7

Michael Krausert
Nowhere to go (2022) (D) (SF)
Romeon, 313: 1. Aufl. (TB) (OA)
256 S., ISBN: 978-3-96229-313-0
Serie: Nowhere, 1

Nowhere to hide (2022) (D) (SF)
Romeon, 426: 1. Aufl. (TB) (OA)
264 S., ISBN: 978-3-96229-426-7
Serie: Nowhere, 2

Tina Krauss
Der Deutschlandkrieg 1 (2022) (D) (SF)
Ind. Pub., 5558: 1. Aufl. (TB) (OA)
223 S., ISBN: 979-8-420-83338-4

Jasmin Kreilmann
Letzte Entscheidung (2022) (D) (SF)
Wreaders, 318: 1. Aufl. (TB) (OA)
382 S., ISBN: 978-3-96733-318-3
Serie: Chroniken der Zeit, 3

Stefan Krell
Über uns der Mond (2022) (D) (SF)
Ind. Pub., 5997/4467: 1. Aufl. (HC/TB) (OA)
3887402 S., ISBN: 979-8-442-25997-1 /
979-8-591-34467-2

Urlaub in der Apokalypse 7 (2022) (D) (SF)
Ind. Pub., 2666/8659: 1. Aufl. (TB/HC) (OA)
558/526 S., ISBN: 979-8-841-22666-6 /
979-8-843-88659-2

Theo Kreutzkamp
Die Verlorenen (2022) (D) (SF)
HJB, 192: 1. Aufl. (HC) (OA)
240 S., ISBN: 978-3-95634-192-2

Lisa J. Krieg
Drei Phasen der Entwurzelung: Oder Die Liebe
der Schildkröten (2022) (D) (SF)
Wortschatten, 28: 1. Aufl. (TB) (OA)
466 S., ISBN: 978-3-96964-028-9

Jay Kristoff
Lostl1f3 (2022) (D) (SF)
Lostl1f3 (E)
Ü: Gerald Jung
dtv, 76401: 1. Aufl. (HC) (DE)
496 S., ISBN: 978-3-423-76401-8
Serie: Das Babel-Projekt, 2

Peter R. Krüger
Die Soliamit-Krise (2022) (D) (SF)
Saphir im Stahl, 162: 1. Aufl. (TB) (OA)
168 S., ISBN: 978-3-96286-062-2
Serie: Sternenlicht, 9

Claudia Krupensky
Wähle (2022) (D) (SF)
salz-korn Allgemeine Reihe, 37: 1. Aufl. (TB)
(OA)
332 S., ISBN: 978-3-99147-037-3
Serie: 2068, 1

Axel Kruse
Migiersdottir (2022) (D) (SF)
Wurdack, 155: 1. Aufl. (HC) (OA)
185 S., ISBN: 978-3-95556-155-0

Zeittrips gehen anders (2022) (D) (SF)
Atlantis, 1035: 1. Aufl. (HC) (OA)
180 S., ISBN: 978-3-86402-835-9
Serie: Zeit-Zyklus, 2

Fred Kruse
Kontakt (2022) (D) (SF)
Ind. Pub., 9511 / Libri Books on Demand, 6052:
1. Aufl. (TB/HC) (OA)
317/300 S., ISBN: 979-8-360-19511-5 /
978-3-7568-6052-4
Serie: Weltensucher, 3

Udo Kübler
SYSTRA (2022) (D) (SF)
Ind. Pub., 3157: 1. Aufl. (TB) (OA)
544 S., ISBN: 979-8-367-43157-5
Serie: Die Mission, 2

Thorsten Küper
Belichtungszeit (C) (2022) (D) (SF)
p.machinery Cutting Edge, 1: 1. Aufl. (TB) (OA)
248 S., ISBN: 978-3-95765-305-5

Christian Mathias Küsters
Der Essrotiar und die ersten Qualen (2022)
(D) (SF)
Ind. Pub., 3907: 1. Aufl. (TB) (OA)
403 S., ISBN: 979-8-355-63907-5

Hans Jürgen Kugler
Freier Fall (2022) (D) (SF)
Hirnkost, 246: 1. Aufl. (HC) (OA)
160 S., ISBN: 978-3-949452-46-8

Jeremias Kuhtz
Wolkengefährt: Insignien der Macht (2022)
(D) (SF)
Ind. Pub., 8815: 1. Aufl. (TB) (OA)
153 S., ISBN: 979-8-370-98815-8

Thor Kunkel
Welt unter (2022) (D) (SF)
Golkonda, 1061: 1. Aufl. (PB) (OA)
528 S., ISBN: 978-3-96509-061-3

Bastian J. Kurz (mit: A. Tupolewa)
Aufmarsch der Freaks (2022) (D) (SF)
Twentysix, 1332: 1. Aufl. (TB) (OA)
116 S., ISBN: 978-3-7407-1332-4
Serie: Die Eispiraten, 6

Ausweglos (2022) (D) (SF)
Twentysix, 1503: 1. Aufl. (TB) (OA)
116 S., ISBN: 978-3-7407-1503-8
Serie: Die Eispiraten, 7

Gnadenlose Jagd (2022) (D) (SF)
Twentysix, 987: 1. Aufl. (TB) (OA)
124 S., ISBN: 978-3-7407-0987-7
Serie: Die Eispiraten, 5

In den Klauen der AKIA (2022) (D) (SF)
Twentysix, 994: 1. Aufl. (TB) (OA)
148 S., ISBN: 978-3-7407-0994-5
Serie: Die Eispiraten, 8

Kampf um Wostok (2022) (D) (SF)
Twentysix, 577: 1. Aufl. (TB) (OA)
120 S., ISBN: 978-3-7407-0577-0
Serie: Die Eispiraten, 4

Christian Kurz
Liebesfresser (2022) (D) (SF)
Main, 620: 1. Aufl. (TB) (OA)
232 S., ISBN: 978-3-95949-620-9

Petra Kurz
I know your minds!: Die Organisation (2022)
(D) (SF)
epubli, 4655: 1. Aufl. (TB) (OA)
332 S., ISBN: 978-3-7565-4655-8

Nick Kyme
Volpones Ruhm (2022) (D) (SF)
Volpones Glory (E)
Ü: Stefan Behrenbruch
Black Library Warhammer & 40000, 1832:
1. Aufl. (TB) (DE)
510 S., ISBN: 978-1-80026-832-6
Serie: Warhammer 40000: Sabbatwelten, 4

Veronika Lackerbauer
U wie Utopia (2022) (D) (SF)
ohneohren, 120: 1. Aufl. (TB) (OA)
700 S., ISBN: 978-3-903296-20-6

Olaf Lahayne
(No) more Future! (C) (2022) (D) (SF)
Libri Books on Demand, 1831: 1. Aufl. (TB)
(OA)
298 S., ISBN: 978-3-7562-1831-8

Dirk Lakomy
Nur ein Wimpernschlag (C) (2022) (D) (SF)
Lakomy, 3/1: 1. Aufl. (HC/TB) (OA)
160/166 S., ISBN: 978-3-9820633-3-1 /
978-3-9820633-1-7

Mika Lamar
Die Ankunft (2022) (D) (SF)
Libri Books on Demand, 7422: 1. Aufl. (TB)
(OA)
332 S., ISBN: 978-3-7557-7422-8
Serie: Im Anfang, 1

Das Ende der Reise (2022) (D) (SF)
Libri Books on Demand, 9242: 1. Aufl. (TB)
(OA)
358 S., ISBN: 978-3-7557-9242-0
Serie: Im Anfang, 3

Die Vorbereitung (2022) (D) (SF)
Libri Books on Demand, 7386: 1. Aufl. (TB)
(OA)
508 S., ISBN: 978-3-7557-7386-3
Serie: Im Anfang, 2

L. V. Lane
Beute (2022) (D) (SF)
Prey (2021) (US)
Ü: Tanja Klement
Ind. Pub., 3495: 1. Aufl. (TB) (DE)
352 S., ISBN: 979-8-839-13495-9
Serie: Begehrte Beute, 3

Entführt (2022) (D) (SF)
Taken (2020) (US)
Ü: Tanja Klement
Ind. Pub., 6217: 1. Aufl. (TB) (DE)
304 S., ISBN: 979-8-355-76217-9
Serie: Begehrte Beute, 5

Für ihr Vergnügen beansprucht (2022) (D) (SF)
Claimed For Their Pleasure (2021) (US)
Ü: Tanja Klement
Ind. Pub., 8465: 1. Aufl. (TB) (DE)
432 S., ISBN: 979-8-355-78465-2
Serie: Begehrte Beute, 2

Für ihr Vergnügen trainiert (2022) (D) (SF)
Trained For Their Pleasure (2021) (US)
Ü: Tanja Klement
Ind. Pub., 5272: 1. Aufl. (TB) (DE)
318 S., ISBN: 979-8-840-45272-1
Serie: Begehrte Beute, 1

Preis (2022) (D) (SF)
Prize (2021) (US)
Ü: Tanja Klement
Ind. Pub., 2325: 1. Aufl. (TB) (DE)
294 S., ISBN: 979-8-847-02325-2
Serie: Begehrte Beute, 4

Klaus Langbein
Die Insel in Dementia (2022) (D) (SF)
meinbestseller.de, 493: 1. Aufl. (TB) (OA)
68 S., ISBN: 978-9403-66-493-4

Helge Lange
Café Meyrink (C) (2022) (D) (SF)
Edition SOLAR-X, 91: 1. Aufl. (TB) (OA)
204 S., ISBN: 978-3-945713-91-4

Chronoport (2022) (D) (SF)
Edition SOLAR-X, 86: 1. Aufl. (TB) (OA)
312 S., ISBN: 978-3-945713-86-0

Eva Friederike Laspas
Das Spiel beginnt (2022) (D) (SF)
Laspas, 22/23: 1. Aufl. (TB/HC) (OA)
284/288 S., ISBN: 978-3-95051-022-5 /
978-3-95051-023-2
Serie: Der letzte Zeitwächter, 1

Estelle Laure
Dunkle Gefahren (2022) (D) (SF)
City of Hooks and Scars (US)
Ü: Ellen Kurtz
Carlsen, 28076: 1. Aufl. (HC) (DE)
272 S., ISBN: 978-3-551-28076-3
Serie: City of Villains, 2

Geheimnisvolle Mächte (2022) (D) (SF)
City of Villains (2021) (US)
Ü: Ellen Kurtz
Carlsen, 28075: 1. Aufl. (HC) (DE)
288 S., ISBN: 978-3-551-28075-6
Serie: City of Villains, 1

Cath Lauria
Elsa Bloodstone – Vermächtnis (2022) (D) (SF)
Elsa Bloodstone: Bequest (2021) (US)
Ü: Jill Göndöven
Cross Cult, 2854: 1. Aufl. (TB) (DE)
320 S., ISBN: 978-3-96658-854-6
Serie: Marvel Heldinnen, 3

Karl Layton
Das letzte Schiff der Föderation (2022) (D) (SF)
Ind. Pub., 7255: 1. Aufl. (TB) (OA)
540 S., ISBN: 979-8-829-47255-9
Serie: Earth Federation Saga, 1

Moondreamer (C) (2022) (D) (SF)
Ind. Pub., 2244: 1. Aufl. (TB) (OA)
166 S., ISBN: 979-8-369-62244-5
Serie: Earth Federation Saga

Thomas Le Blanc (Hrsg.)
Variationen der Vergangenheit (2022) (D) (AH)
Ph. Bib. Wetzlar Phantast. Miniaturen, 58:
1. Aufl. (RH) (OA), 75 S.

Kai-Fu Lee (mit: Quifan Chen)
KI 2041 (C) (2022) (D) (SF)
<unbekannt / unknown> (US)
Ü: Thorsten Schmidt
Campus, 1549: 1. Aufl. (HC) (DE)
534 S., ISBN: 978-3-59351-549-6

Valerie Le Fiery (mit: Frank Böhm)
Projekt G 2000: Deine Gedanken gehören mir
(2022) (D) (SF)
Ind. Pub., 5803: 1. Aufl. (TB) (OA)
122 S., ISBN: 979-8-831-25803-5

Karsten Lehmann
Z-Alpha (2022) (D) (SF)
Libri Books on Demand, 4077/2049: 1. Aufl.
(HC/TB) (OA)
424 S., ISBN: 978-3-7557-4077-3 /
978-3-7562-2049-6

Peer Lehregger
Skudhene (2022) (D) (SF)
Ind. Pub., 5793: 1. Aufl. (TB) (OA)
552 S., ISBN: 979-8-411-95793-8
Serie: E. B.E. 21, 3

Timo Leibig
Blue Exile: Die Jagd (2022) (D) (SF)
Ind. Pub., 7631/6213: 1. Aufl. (HC/TB) (OA)
298 S., ISBN: 979-8-429-47631-5 /
979-8-429-46213-4
Serie: Die Sandmafia, 2

Nanos – Sie bestimmen, wann du stirbst
(2022) (D) (SF)
Belle Epoque, 408: 1. Aufl. (PB) (OA)
352 S., ISBN: 978-3-96357-308-8
Serie: Malek Wutkowski, 3

Reaktor (2022) (D) (SF)
Ind. Pub., 8446/7378: 1. Aufl. (HC/TB) (OA)
348/400 S., ISBN: 979-8-838-98446-3 /
979-8-838-97378-8

Red Exile: Die Flucht (2022) (D) (SF)
Ind. Pub., 9515/8352: 1. Aufl. (TB/HC) (OA)
300/304 S., ISBN: 979-8-795-89515-4 /
979-8-796-28352-3
Serie: Die Sandmafia, 1

Schatten des Krieges (2022) (D) (SF)
A7L, 4508: 1. Aufl. (TB) (OA)
314 S., ISBN: 978-3-98595-508-4
Serie: Schlachtschiff Nighthawk, 1

Marc Lelky
Der Call-Boy und die Quantenrealität (2022)
(D) (SF)
Ind. Pub., 8532: 1. Aufl. (TB) (OA)
326 S., ISBN: 979-8-430-38532-3

S. Edmund Lennartz
Die Überlebenden (2022) (D) (SF)
Ind. Pub., 6038: 1. Aufl. (TB) (OA)
364 S., ISBN: 979-8-836-76038-0
Serie: Das Karree, 1

Alexander Lenz
Jenseits des Sturms (2022) (D) (SF)
Ind. Pub., 8832/4685: 1. Aufl. (TB/HC) (OA)
321 S., ISBN: 979-8-840-68832-8 /
979-8-844-14685-5
Serie: Arising, 1

Daniel Leon
Die Tore der Sterne (2022) (D) (SF)
epubli, 7921: 1. Aufl. (TB) (OA)
372 S., ISBN: 978-3-7549-7921-1

F. R.E. Levin
Der zweite Fall von Eden (2022) (D) (SF)
epubli, 7053: 1. Aufl. (TB) (OA)
216 S., ISBN: 978-3-7549-7053-9

Aniela Ley
Als Zofe ist man selten online (2022) (D) (SF)
dtv, 76369: 1. Aufl. (HC) (OA)
336 S., ISBN: 978-3-423-76369-1
Serie: London Whisper, 1

Als Zofe tanzt man selten (2022) (D) (SF)
dtv, 76408: 1. Aufl. (HC) (OA)
384 S., ISBN: 978-3-423-76408-7
Serie: London Whisper, 2

Oscar Liebermann
Lockdown – 10 Wochen (2022) (D) (SF)
Skubis, 3/5: 1. Aufl. (TB/HC) (OA)
329 S., ISBN: 978-3-9822839-3-7 /
978-3-9822839-5-1
Serie: Lockdown – 10 Tage, 2

Jörg Liemann
Der letzte Computer (2022) (D) (SF)
epubli, 4074: 1. Aufl. (TB) (OA)
248 S., ISBN: 978-3-7565-4074-7

Jens Liljestrand
Der Anfang von Morgen (2022) (D) (SF)
Även om allt tar slut (2021) (SW)
Ü: Thorsten Alms, Karoline Hippe, Franziska
Hüther, Stefanie Werner
S. Fischer, 397190: 1. Aufl. (HC) (DE)
542 S., ISBN: 978-3-10-397190-3

Moritz Linden
Schlüssel zur Unmöglichkeit (C) (2022) (D) (SF)
epubli, 250: 1. Aufl. (TB) (OA)
392 S., ISBN: 978-3-7565-0250-9
Serie: Universum 2b, 6

Gesche Lindenberg
Futur II (2022) (D) (SF)
Heider, 38: 1. Aufl. (TB) (OA)
435 S., ISBN: 978-3-947779-38-3

Tilo Linthe
Quantumschrein (2022) (D) (SF)
meinbestseller.de, 992: 1. Aufl. (TB) (OA)
380 S., ISBN: 978-9403-60-992-8

Leonard Lionstrong
Pendulum Prime: Aufklärer in tödlicher Mission (2022) (D) (SF)
Libri Books on Demand, 2853: 1. Aufl. (TB)
(OA)
220 S., ISBN: 978-3-7562-2853-9

Tina Lipp
Das große Mysterium des Lebens (2022) (D)
(SF)
tredition, 66278/66283: 1. Aufl. (TB/HC) (OA)
232 S., ISBN: 978-3-347-66278-0 /
978-3-347-66283-4

Liesbeth Listig
Die Zeit der U-h-rmenschen (2022) (D) (SF)
epubli, 2057: 1. Aufl. (TB) (OA)
120 S., ISBN: 978-3-7565-2057-2
Serie: Weltensichten, 7

Andrei Livadny
Der Fluch von Burg Rion (2022) (D) (SF)
The Curse of Rion Castle (2017) (E)
Magic Dome, 836/837: 1. Aufl. (TB/HC) (DE)
527 S., ISBN: 978-80-7619-736-7 /
978-80-7619-737-4
Serie: Der Neuro, 2

Die Reaper (2022) (D) (SF)
The Reapers (2018) (E)
Magic Dome, 951/952: 1. Aufl. (TB/HC) (DE)
467 S., ISBN: 978-80-7619-851-7 /
978-80-7619-852-4
Serie: Der Neuro, 3

Martin Lloyd
Ozean (2022) (D) (SF)
Libri Books on Demand, 2060: 1. Aufl. (TB)
(OA)
282 S., ISBN: 978-3-7568-2060-3

Jessica Lobe
Das Bündnis (2022) (D) (SF)
Ind. Pub., 1246: 1. Aufl. (TB) (OA)
166 S., ISBN: 979-8-753-81246-9
Serie: Die Offenbarung der Schleicher, 4

Walter Michael Löhr
Die Clowns und ihre Piloten (2022) (D) (SF)
Ind. Pub., 1137: 1. Aufl. (TB) (OA)
119 S., ISBN: 979-8-429-11137-7

Monika Loerchner (mit: Leveret Pale)
Menschen und andere seltsame Wesen (C)
(2022) (D) (SF)
Hybrid, 275: 1. Aufl. (TB) (OA)
244 S., ISBN: 978-3-96741-175-1

Tea Loewe
Die Macht des Avain (2022) (D) (SF)
GRIN, 925: 1. Aufl. (TB) (OA)
356 S., ISBN: 978-3-98637-925-4

Thomas Lohwasser (mit: Vanessa Kaiser, Thomas Karg)
Verfall (2022) (D) (SF)
Torsten Low, 122: 1. Aufl. (TB) (OA)
156 S., ISBN: 978-3-966290-22-7
Serie: Die Erben Abaddons, 4

Philipp Lonsky
Hope 15 (2022) (D) (SF)
Ind. Pub., 1959: 1. Aufl. (TB) (OA)
421 S., ISBN: 979-8-362-41959-2

Jens Lubbadeh
Der Klon (2022) (D) (SF)
Heyne, 32013: 1. Aufl. (PB) (OA)
477 S., ISBN: 978-3-453-32013-0

Stefan Lüders
Aus Versehen erleuchtet (2022) (D) (SF)
Libri Books on Demand, 8605: 1. Aufl. (TB) (OA)
100 S., ISBN: 978-3-7557-8605-4

Die Konferenz der Solipsisten: Es kann nur einen geben (2022) (D) (SF)
Libri Books on Demand, 2105: 1. Aufl. (TB) (OA)
104 S., ISBN: 978-3-7562-2105-9

Die Kunst des Vergessens (2022) (D) (SF)
Libri Books on Demand, 5213: 1. Aufl. (TB) (OA)
146 S., ISBN: 978-3-7557-5213-4

Jana Maria Lüpke
Laser Blue 1.0 – Fehler im System (2022) (D) (SF)
Piper Wundervoll, 50445: 1. Aufl. (TB) (OA)
392 S., ISBN: 978-3-492-50445-4
Serie: Breakdown-Trilogie, 1

Laser Blue 2.0 – Echtzeit Synchronisation (2022) (D) (SF)
Piper Wundervoll, 50498: 1. Aufl. (TB) (OA)
488 S., ISBN: 978-3-492-50498-0
Serie: Breakdown-Trilogie, 2

Laser Blue 3.0 – Zugriff verweigert (2022) (D) (SF)
Piper Wundervoll, 50499: 1. Aufl. (TB) (OA)
538 S., ISBN: 978-3-492-50499-7
Serie: Breakdown-Trilogie, 3

Leo Lukas
Die Engel der Pallas (2022) (D) (SF)
Moewig Perry Rhodan, 3182: 1. Aufl. (RH) (OA)
63 S., Serie: Perry Rhodan – Heft, 3182

Notruf der Kosmokratin (2022) (D) (SF)
Moewig Perry Rhodan, 3193: 1. Aufl. (RH) (OA)
59 S., Serie: Perry Rhodan – Heft, 3193

Die Türmer von Tratuum (2022) (D) (SF)
Moewig Perry Rhodan, 3170: 1. Aufl. (RH) (OA)
63 S., Serie: Perry Rhodan – Heft, 3170

Die Wandlungen des Ossan Bak (2022) (D) (SF)
Moewig Perry Rhodan, 3156: 1. Aufl. (RH) (OA)
63 S., Serie: Perry Rhodan – Heft, 3156

Mikael Lundt
Rekursion: Jenseits der Zeit (2022) (D) (SF)
Libri Books on Demand, 8080 / Ind. Pub., 4042: 1. Aufl. (TB/HC) (OA)
310/302 S., ISBN: 978-3-7557-8080-9 / 979-8-797-44042-0

Steve Lyons
Todeskorps (2022) (D) (SF)
Krieg (2022) (E)
Ü: Bent Jensen
Black Library Warhammer & 40000, 592: 1. Aufl. (TB) (DE)
300 S., ISBN: 978-1-78193-592-7
Serie: Warhammer 40000

P. M.
Die Leitung (2022) (D) (SF)
Hirnkost, 265: 1. Aufl. (HC) (OA)
176 S., ISBN: 978-3-949452-65-9

Letzte Tage in Kaiserpalast (2022) (D) (AH)
Hirnkost, 56: 1. Aufl. (HC) (OA)
160 S., ISBN: 978-3-947380-56-5
Serie: Die große Fälschung, 8

Die grauen Reiter (2022) (D) (AH)
Hirnkost, 59: 1. Aufl. (HC) (OA)
168 S., ISBN: 978-3-947380-59-6
Serie: Die große Fälschung, 9

Das Mordkomplott der Krähen von Venedig / Der unheimliche Gast (C) (2022) (D) (AH)
Hirnkost, 62: 1. Aufl. (HC) (OA)
140 S., ISBN: 978-3-947380-62-6
Serie: Die große Fälschung, 10

J. C. Maas
Pascal und der unsichtbare Sturm (2022) (D) (SF)
via tolino, 3860: 1. Aufl. (TB) (OA)
400 S., ISBN: 978-3-7546-3860-6

David Mack
Tor des Vergessens (2022) (D) (SF)
Oblivion's Gate (2021) (US)
Cross Cult Star Trek Coda, 3: 1.Aufl. (TB) (DE)
460 S., ISBN: 978-3-98666-009-3
Serie: Enterprise – Coda, 3

Robbie MacNiven
Das erste Team (2022) (D) (SF)
First Team (E)
Ü: Anne Bergen
Cross Cult, 2637: 1.Aufl. (TB) (DE)
400 S., ISBN: 978-3-96658-637-5
Serie: Marvel – Xaviers Institut, 2

Maxi Magga
Das Vermächtnis (2022) (D) (SF)
tredition, 68848: 1.Aufl. (TB) (OA)
354 S., ISBN: 978-3-347-68848-3
Serie: Moro, 3

Vasily Mahanenko
Der Anfang (2022) (D) (SF)
The Beginning (2017) (E)
Magic Dome, 905/906: 1.Aufl. (TB/HC) (DE)
545 S., ISBN: 978-80-7619-805-0/
978-80-7619-806-7
Serie: Der dunkle Paladin, 1

Das Bärenjunge (2022) (D) (SF)
The Cub (2021) (E)
Magic Dome, 791/790: 1.Aufl. (HC/TB) (DE)
469 S., ISBN: 978-80-7619-691-9 /
978-80-7619-690-2
Serie: Clan der Bären, 1

Leibhaftige Noa (2022) (D) (SF)
Noa in the Flesh (2020) (E)
Magic Dome, 708/707: 1.Aufl. (HC/TB) (DE)
477 S., ISBN: 978-80-7619-608-7 /
978-80-7619-607-0
Serie: Welt der Verwandelten, 3

Der Magier (2022) (D) (SF)
The Wizard (2021) (E)
Magic Dome, 909/910: 1.Aufl. (TB/HC) (DE)
483 S., ISBN: 978-80-7619-809-8 /
978-80-7619-810-4
Serie: Clan der Bären, 2

Stadt der Toten (2022) (D) (SF)
City of the Dead (2020) (E)
Magic Dome, 802/801: 1.Aufl. (HC/TB) (DE)
537 S., ISBN: 978-80-7619-702-2 /
978-80-7619-701-5
Serie: Der Alchemist, 1

Der Wald der Sehnsucht (2022) (D) (SF)
Forest of Desire (2020) (E)
Magic Dome, 907/908: 1.Aufl. (TB/HC) (DE)
475 S., ISBN: 978-80-7619-807-4 /
978-80-7619-808-1
Serie: Der Alchemist, 2

D. Eric Maikranz
Infinite. Die Unsterblichen (2022) (D) (SF)
The Reincarnationist Papers (US)
Ü: Stefanie Adam
Heyne, 32223: 1.Aufl. (PB) (DE)
544 S., ISBN: 978-3-453-32223-3

Frank Makowski
Die Frauen von Berbarath (2022) (D) (SF)
Edition SOLAR-X, 87: 1.Aufl. (TB) (OA)
207 S., ISBN: 978-3-945713-87-7

Kadlin Mallet
Vitawatch! Suche: Erdbeere (2022) (D) (SF)
tredition, 69971: 1.Aufl. (TB) (OA)
136 S., ISBN: 978-3-347-69971-7

Jeff H. Malum
Civilian (2022) (D) (SF)
Ind. Pub., 5279: 1.Aufl. (TB) (OA)
150 S., ISBN: 979-8-843-85279-5
Serie: Backfire, 3

Michael Mammay
Die Rebellion (2022) (D) (SF)
Planetside (2018) (US)
Ü: Martin Spieß
Grin, 609: 1.Aufl. (TB) (DE)
420 S., ISBN: 978-3-98637-609-3
Serie: Planetside, 1

Michael Maniura
Vergangene Zukunft (C) (2022) (D) (SF)
Libri Books on Demand, 9330: 1.Aufl. (TB)
(OA)
384 S., ISBN: 978-3-7557-9330-4

Ingrid Manogg
Eutopia (2022) (D) (SF)
Libri Books on Demand, 3796: 1.Aufl. (TB)
(OA)
624 S., ISBN: 978-3-7562-3796-8

Monika Mansour
Lichter über Luzern (2022) (D) (SF)
Emons, 2610: 1.Aufl. (TB) (OA)
320 S., ISBN: 978-3-7408-1610-0

Evelyn Marker
PX39-61: Eine andere Welt (2022) (D) (SF)
via tolino, 9294: 1.Aufl. (TB) (OA)
408 S., ISBN: 978-3-7546-9294-3

W. J. Marko (Hrsg.)
Science Fiction-Anthologie 2021 (2022) (D) (SF)
Libri Books on Demand, 1588: 1. Aufl. (TB) (OA)
248 S., ISBN: 978-3-7557-1588-7

Michael Marrak
Cutter ante portas (2022) (D) (SF)
Amrun, 591: 1. Aufl. (TB) (OA)
240 S., ISBN: 978-3-95869-491-0
Serie: Kanon

Lex Talionis (2022) (D) (SF)
Memoranda: 1. Aufl. (TB) (OA)
322 S., ISBN: 978-3-948616-64-9

Thomas Marsek (mit: U. D. Marsek)
Kryex-Rebellion: Ein schmutziger Krieg (2022) (D) (SF)
Ind. Pub., 9971: 1. Aufl. (TB) (OA)
549 S., ISBN: 979-8-353-19971-7

Alicia S. Martin
Untergehende Welten (2022) (D) (SF)
Wreaders, 355: 1. Aufl. (TB) (OA)
394 S., ISBN: 978-3-96733-355-8
Serie: 365, 2

Anna Martin
Vergessene Welt: Wildes Herz (2022) (D) (SF)
<unbekannt / unknown> (US)
Ü: Debora Exner
Cursed, 471: 1. Aufl. (TB) (DE)
284 S., ISBN: 978-3-95823-371-3

Helge Martin
Bedroht: Gefährliche Zeiten (2022) (D) (SF)
Libri Books on Demand, 1363: 5. Aufl. (TB) (OA)
314 S., ISBN: 978-3-7562-1363-4
Serie: Isangkah, 2

Arkady Martine
Am Abgrund des Krieges (2022) (D) (SF)
A Desolation Called Peace (2020) (US)
Ü: Bernhard Kempen
Heyne, 31994: 1. Aufl. (TB) (DE)
695 S., ISBN: 978-3-453-31994-3
Serie: Imperium, 2

Ragnar Martinson
Die Knoten-Anomalien (C) (2022) (D) (SF)
Libri Books on Demand, 5718: 1. Aufl. (TB) (OA)
120 S., ISBN: 978-3-7557-5718-4

Tobias Marx
Die Harrows machen eine altmodische Hyperraumreise (2022) (D) (SF)
Ind. Pub., 6937: 1. Aufl. (TB) (OA)
215 S., ISBN: 979-8-354-66937-0

Oliver W. Matthias
Sohos Welten (2022) (D) (SF)
Ind. Pub., 3197: 1. Aufl. (TB) (OA)
580 S., ISBN: 979-8-409-73197-7

Markus Mattzick (Hrsg.)
Geschichten ohne Strom (2022) (D) (SF)
tredition, 62141/62142: 1. Aufl. (TB/HC) (OA)
368/320 S., ISBN: 978-3-347-62141-1 /
978-3-347-62142-8

Jörg Maurer
Shorty (2022) (D) (SF)
S. Fischer, 7: 1. Aufl. (HC) (OA)
464 S., ISBN: 978-3-949465-07-9

Gerd Maximovic
Die Legende vom Blauen Planeten (C) (2022) (D) (SF)
epubli, 1350: 1. Aufl. (TB) (OZ)
128 S., ISBN: 978-3-7565-1350-5

Agnes Maxsein
Die Federschlange (2022) (D) (SF)
tredition, 56673/56672: 1. Aufl. (HC/TB) (OA)
348/368 S., ISBN: 978-3-347-56673-6 /
978-3-347-56672-9
Serie: Alteras, 2

Der Weltenspringer (2022) (D) (SF)
tredition, 80499/80512: 1. Aufl. (TB/HC) (OA)
460/436 S., ISBN: 978-3-347-80499-9 /
978-3-347-80512-5
Serie: Alteras, 3

Jacqueline Mayerhofer
Darren Lloyd – Der Sternenrächer (2022) (D) (SF)
story.one, 660: 1. Aufl. (HC) (OA)
80 S., ISBN: 978-3-7108-0660-5

Our Mechanical Hearts (2022) (D) (SF)
Libri Books on Demand, 5737: 1. Aufl. (TB) (OA)
196 S., ISBN: 978-3-7557-5737-5

Zukunftsvision (2022) (D) (SF)
In Farbe und Bunt, 434: 1. Aufl. (TB) (OA)
140 S., ISBN: 978-3-95936-334-1
Serie: Hunting Hope, 4

Una McCormack
Die Autobiografie von Kathryn Janeway (2022) (D) (SF)
The Autobiography of Kathryn Janeway (E)
Ü: Roswitha Giesen
Cross Cult, 1948: 1. Aufl. (HC) (DE)
360 S., ISBN: 978-3-96658-948-2
Serie: Enterprise

Amie McCracken (mit: Marty McCracken)
Neue Freunde für Kiki (2022) (D) (SF)
Kiki Finds Friends (2022) (E)
Ü: Johanna Ellsworth
Amie McCracken: 1. Aufl. (TB) (DE)
140 S., ISBN: 978-3-910271-00-5
Serie: Sailing the Stars, 1

David W. McGillen
Angriff der Fallarken (2022) (D) (SF)
Ind. Pub., 7494/7509: 1. Aufl. (TB/HC) (OA)
314 S., ISBN: 979-8-364-87494-8 /
979-8-364-87509-9
Serie: Geheimakte Mars, 47

Entfesselte Kräfte (2022) (D) (SF)
Ind. Pub., 7278/7378: 1. Aufl. (TB/HC) (OA)
330 S., ISBN: 979-8-843-37278-1 /
979-8-843-37378-8
Serie: Geheimakte Mars, 45

Escape (2022) (D) (SF)
Ind. Pub., 414/863: 1. Aufl. (TB/HC) (OA)
399 S., ISBN: 979-8-798-40414-8 /
979-8-798-40863-4
Serie: Geheimakte Mars, 42

Im Fadenkreuz der Gill-Grimm (2022) (D) (SF)
Ind. Pub., 2397/2028: 1. Aufl. (HC/TB) (OA)
342 S., ISBN: 979-8-437-62397-8 /
979-8-437-62028-1
Serie: Geheimakte Mars, 43

Intervention Andromeda (2022) (D) (SF)
Ind. Pub., 3693/4573: 1. Aufl. (TB/HC) (OA)
360 S., ISBN: 979-8-827-33693-8 /
979-8-827-34573-2
Serie: Geheimakte Mars, 44

Die vergessene Zivilisation (2022) (D) (SF)
Ind. Pub., 4931/4761: 1. Aufl. (HC/TB) (OA)
353 S., ISBN: 979-8-353-14931-6 /
979-8-353-14761-9
Serie: Geheimakte Mars, 46

Douglas McLeod
Gott der Hoffnung (2022) (D) (SF)
Ind. Pub., 6244/4841: 1. Aufl. (TB/HC) (OA)
116 S., ISBN: 979-8-830-26244-6 /
979-8-830-34841-6
Serie: Jacks Tagebuch, 1

Andy McMinimy
Das interessante Leben des ehrenwerten
Ernest Eli Constable (2022) (D) (SF)
epubli, 4276: 1. Aufl. (TB) (OA)
200 S., ISBN: 978-3-7549-4276-5

Scott Medbury
Der letzte alte Mann (2022) (D) (SF)
<unbekannt / unknown> (US)
Ind. Pub., 4226: 1. Aufl. (TB) (DE)
190 S., ISBN: 979-8-839-54226-6
Serie: Amerika fällt, 9

Udo Meeßen
Brandon auf Tanros (2022) (D) (SF)
tradition, 60411/60410: 1. Aufl. (HC/TB) (OA)
432 S., ISBN: 978-3-347-60411-7 /
978-3-347-60410-0

Cindy – Das ewige Kind (2022) (D) (SF)
Ind. Pub., 952: 1. Aufl. (TB) (OA)
440 S., ISBN: 979-8-424-10952-2
Serie: Das Gesetz der Seele, 21

Freelesb: Die Siedlerinnen (2022) (D) (SF)
tradition, 74037/74036: 1. Aufl. (HC/TB) (OA)
712/710 S., ISBN: 978-3-347-74037-2 /
978-3-347-74036-5

Lines letzte Schlacht (2022) (D) (SF)
Ind. Pub., 759: 1. Aufl. (TB) (OA)
363 S., ISBN: 979-8-836-60759-3
Serie: Das Gesetz der Seele, 22

Sonnenkind (2022) (D) (SF)
Ind. Pub., 4043: 1. Aufl. (TB) (OA)
402 S., ISBN: 979-8-415-24043-2
Serie: Das Gesetz der Seele, 20

Dominik A. Meier
Die Bedrohung (2022) (D) (SF)
Ind. Pub., 1663/1563: 1. Aufl. (HC/TB) (OA)
293/401 S., ISBN: 979-8-833-81663-9 /
979-8-833-81563-2
Serie: Monolith, 3

Die Entdeckung (2022) (D) (SF)
Ind. Pub., 1578/1453: 1. Aufl. (HC/TB) (OA)
296/402 S., ISBN: 979-8-409-41578-5 /
979-8-409-41453-5
Serie: Monolith, 1

Das Genesis-Signel (2022) (D) (SF)
A7L Thrilling Books, 507: 1. Aufl. (TB) (OA)
314 S., ISBN: 978-3-98595-507-7

Kinder der Zitadelle (2022) (D) (SF)
Ind. Pub., 9948/9384: 1. Aufl. (HC/TB) (OA)
300/41^3 S., ISBN: 979-8-795-79948-3 /
979-8-795-79384-9
Serie: Kreatur, 2

Der Konflikt (2022) (D) (SF)
Ind. Pub., 8570/9195: 1. Aufl. (TB/HC) (OA)
421/310 S., ISBN: 979-8-446-68570-7 /
979-8-446-69195-1
Serie: Monolith, 2

Die letzte Entscheidung (2022) (D) (SF)
Ind. Pub., 1340/9873: 1. Aufl. (HC/TB) (OA)
299/409 S., ISBN: 979-8-844-51340-4 /
979-8-844-39873-5
Serie: Das Relikt, 2

Todeszone New York (2022) (D) (SF)
Ind. Pub., 8775/8552: 1. Aufl. (HC/TB) (OA)
242/333 S., ISBN: 979-8-417-68775-4 /
979-8-417-68552-1
Serie: Kreatur, 3

Der vergessene Sektor (2022) (D) (SF)
Ind. Pub., 5087/6016: 1. Aufl. (HC/TB) (OA)
312/425 S., ISBN: 979-8-834-65087-4 /
979-8-834-56016-6
Serie: Das Relikt, 1

William Meikle
Operation Loch Ness (2022) (D) (SF)
Operation: Loch Ness (2018) (E)
Ü: Philipp Seedorf
Luzifer, 742: 1. Aufl. (TB) (DE)
240 S., ISBN: 978-3-95835-642-9
Serie: Operation X, 5

Operation Syrien (2022) (D) (SF)
Operation Syria (2019) (E)
Ü: Philipp Seedorf
Luzifer, 744: 1. Aufl. (TB) (DE)
240 S., ISBN: 978-3-95835-644-3
Serie: Operation X, 6

Alexander Merow
Mein Omega (2022) (D) (SF)
Libri Books on Demand, 4805: 1. Aufl. (TB)
(OA)
336 S., ISBN: 978-3-7562-4805-6
Serie: Das aureanische Zeitalter, 7

Lars Meyer
Die verborgene Welt (2022) (D) (SF)
Südpol, 173: 1. Aufl. (HC) (OA)
368 S., ISBN: 978-3-96594-173-1
Serie: After Dawn, 1

Max Meyer
Jenseits dieser Zeit (2022) (D) (SF)
Sumid Press, 67696: 1. Aufl. (TB) (OA)
421 S., ISBN: 978-3-347-67696-1

Moritz Meyer
Darkest Time (2022) (D) (SF)
Ind. Pub., 8133: 1. Aufl. (TB) (OA)
203 S., ISBN: 979-8-420-38133-5
Serie: Darkest Time, 1

Charly Michel
Die Mahnung (2022) (D) (SF)
Ind. Pub., 999/952: 1. Aufl. (HC/TB) (OA)
457 S., ISBN: 979-8-849-80999-1 /
979-8-849-80952-6
Serie: Zwei Schritte bis zum Abgrund, 2

Die Offenbarung (2022) (D) (SF)
Ind. Pub., 3502/4698: 1. Aufl. (TB/HC) (OA)
290 S., ISBN: 979-8-837-43502-7 /
979-8-844-44698-6
Serie: Zwei Schritte bis zum Abgrund, 1

Volker Michel
Der pelzige Pälzer (2022) (D) (SF)
Lauinger, 9164: 1. Aufl. (TB) (OA)
180 S., ISBN: 978-3-7650-9164-3

Terry Miles
Rabbits (2022) (D) (SF)
Rabbits (US)
Ü: Kai Andersen
Penguin, 60227: 1. Aufl. (PB) (DE)
496 S., ISBN: 978-3-328-60227-9

John Jackson Miller
Schwarze Schafe (2022) (D) (SF)
Rogue Elements (E)
Ü: Stephanie Pannen
Cross Cult Star Trek Picard, 3: 1. Aufl. (HC/
TB) (DE)
400 S., ISBN: 978-3-98666-107-6 /
978-3-98666-108-3
Serie: Enterprise – Picard, 3

Merlin S. Miller
AYUK: Eine schöne Geschichte vom Ende der
Welt (2022) (D) (SF)
Mermaids and Vino, 8872/8849: 1. Aufl. (HC/
TB) (OA)
196 S., ISBN: 978-3-200-08872-6 /
978-3-200-08849-8

Tobias Miller
Genuine Madness (2022) (D) (SF)
Ind. Pub., 3683: 1. Aufl. (TB) (OA)
311 S., ISBN: 979-8-797-93683-1

Michele Mills
Sein menschliches Pflegekind (2022) (D) (SF)
His Human Ward (2020) (US)
Ü: Stephanie Walters
Ind. Pub., 3985: 1. Aufl. (TB) (DE)
282 S., ISBN: 978-1-6369-3985-8
Serie: Monster lieben kurvige Mädchen, 5

Seine menschliche Managerin (2022) (D) (SF)
His Human Organizer (2021) (US)
Ü: Nathalie Hopper
Ind. Pub., 3981: 1. Aufl. (TB) (DE)
196 S., ISBN: 978-1-6369-3981-0
Serie: Monster lieben kurvige Mädchen, 4

Aiki Mira
Neongrau (2022) (D) (SF)
Polarise, 128: 1. Aufl. (TB) (OA)
520 S., ISBN: 978-3-949345-28-9

Titans Kinder (2022) (D) (SF)
p.machinery AndroSF, 156: 1. Aufl. (TB) (OA)
195 S., ISBN: 978-3-95765-294-2

Lara Möller (mit: Ian Rolf Hill)
Die letzte Schlacht (2022) (D) (SF)
Bastei Maddrax, 593: 1. Aufl. (RH) (OA)
63 S., Serie: Maddrax, 593

Jacqueline Montemurri
Der verbotene Planet (2022) (D) (SF)
Plan 9, 64: 1. Aufl. (TB) (OA)
373 S., ISBN: 978-3-948700-64-5

Christian Montillon
Addanc, der Taucher (2022) (D) (SF)
Moewig Perry Rhodan, 3190: 1. Aufl. (RH) (OA)
63 S., Serie: Perry Rhodan – Heft, 3190

In Schrödingers Palast (2022) (D) (SF)
Moewig Perry Rhodan, 3198: 1. Aufl. (RH) (OA)
63 S., Serie: Perry Rhodan – Heft, 3198

Der Kammerpage der Kosmokratin (2022)
(D) (SF)
Moewig Perry Rhodan, 3162: 1. Aufl. (RH) (OA)
63 S., Serie: Perry Rhodan – Heft, 3162

Die Meisterschülerin (2022) (D) (SF)
Moewig Perry Rhodan, 3179: 1. Aufl. (RH) (OA)
59 S., Serie: Perry Rhodan – Heft, 3179

Mojara Moon
Erster Kontakt (2022) (D) (SF)
epubli, 5046: 1. Aufl. (TB) (OA)
352 S., ISBN: 978-3-7549-5046-3
Serie: Mutter des Universums, 1

Thorsten Morawietz
Götter von den Sternen (2022) (D) (SF)
Edition SOLAR-X, 89: 1. Aufl. (TB) (OA)
193 S., ISBN: 978-3-945713-89-1

René Moreau (mit: Hans Jürgen Kugler, Heinz Wipperfürth) (Hrsg.)
Exodus 44 – 45 (2022) (D) (SF)
Exodus – René Moreau Exodus, 44 – 45:
1. Aufl. (A4) (OA)
116/116 S.

Amelie Morel
Zu perfekt, um glücklich zu sein (2022) (D) (SF)
Harderstar, 976: 1. Aufl. (TB) (OA)
232 S., ISBN: 978-9-9083-23-976-7

Kass Morgan
Supernova (2022) (D) (SF)
Supernova (US)
Ü: Urban Hofstetter
Heyne, 32194: 1. Aufl. (TB) (DE)
320 S., ISBN: 978-3-453-32194-6
Serie: Light Years, 2

Brandon Q. Morris
Die Ankunft (2022) (D) (SF)
Ind. Pub., 9604/9409: 1. Aufl. (HC/TB) (OA)
314/326 S., ISBN: 979-8-809-79604-0 /
979-8-809-79409-1
Serie: Andromeda, 3

Die Antwort (2022) (D) (SF)
Belle Epoque, 392: 1. Aufl. (TB) (OA)
380 S., ISBN: 978-3-96357-292-0
Serie: Die Störung, 2

Die Bastion Gottes (2022) (D) (SF)
A7L Thrilling Books, 532: 1. Aufl. (TB) (OA)
320 S., ISBN: 978-3-98595-532-9
Serie: Die kosmische Schmiede, 2

Die letzte Kosmonautin (2022) (D) (AH)
Fischer Tor, 70675: 1. Aufl. (PB) (OA)
344 S., ISBN: 978-3-596-70675-4

Möbius 3 (2022) (D) (SF)
Ind. Pub., 8902/5131: 1. Aufl. (HC/TB) (OA)
314/368 S., ISBN: 979-8-838-88902-7 /
979-8-833-15131-0
Serie: Das zeitlose Artefakt, 3

Das Pluto-Debakel (2022) (D) (SF)
Ind. Pub., 9452/2852: 1. Aufl. (HC/TB) (OA)
408/426 S., ISBN: 979-8-426-69452-1 /
979-8-426-62852-6

Die Schmiede Gottes (2022) (D) (SF)
A7L Thrilling Books, 506: 1. Aufl. (TB) (OA)
314 S., ISBN: 978-3-98595-506-0
Serie: Die kosmische Schmiede, 1

Das Uranus-Fiasko (2022) (D) (SF)
Ind. Pub., 5185/4951: 1. Aufl. (HC/TB) (OA)
348/364 S., ISBN: 979-8-848-05185-8 /
979-8-848-04951-0

Sima B. Moussavian
Leben x Unendlich (2022) (D) (SF)
Ind. Pub., 3441: 1. Aufl. (TB) (OA)
461 S., ISBN: 979-8-793-93441-1

Morgen starb der Tod (2022) (D) (SF)
Ind. Pub., 6641: 1. Aufl. (TB) (OA)
445 S., ISBN: 979-8-426-56641-5

Michael Mühlehner
Archiv der Sterne (2022) (D) (SF)
Atlantis Ikarus, 87: 1. Aufl. (TB) (OA)
108 S., ISBN: 978-3-86402-859-5
Serie: Rettungskreuzer Ikarus, 87

Der Eisenfürst (2022) (D) (SF)
PR Fanzentrale PR Fan-Edition, 23: 1. Aufl.
(TB) (OA)
71 S., Serie: Perry Rhodan Fan-Edition, 23

Heiße Fracht nach Seiros (2022) (D) (SF)
Atlantis Ikarus, 88: 1. Aufl. (TB) (OA)
105 S., ISBN: 978-3-86402-876-2
Serie: Rettungskreuzer Ikarus, 88

Markus D. Mühleisen
Spiegeltaten (2022) (D) (SF)
Libri Books on Demand, 3389: 1. Aufl. (TB)
(OA)
450 S., ISBN: 978-3-7562-3389-2

Jürgen Müller
Die Entscheidung: Reise zum Atair (2022)
(D) (SF)
Ind. Pub., 1978: 1. Aufl. (TB) (OA)
601 S., ISBN: 979-8-815-81978-8

Oliver Müller
Körper gesucht (2022) (D) (SF)
Bastei Maddrax, 587: 1. Aufl. (RH) (OA)
63 S., Serie: Maddrax, 587

Ron Müller
Das Zwillingsparadoxon (2022) (D) (SF)
p.machinery AndroSF, 155: 1. Aufl. (TB) (OA)
204 S., ISBN: 978-3-95765-279-9

Wilko Müller jr.
Twist (2022) (D) (SF)
Edition Solar-X Allgemeien Reihe, 92: 1. Aufl.
(TB) (OA)
186 S., ISBN: 978-3-945713-92-1

Udo Müller-Christian
Passagier 82, 11.09.2001 (2022) (D) (SF)
Libri Books on Demand, 8633: 1. Aufl. (TB)
(OA)
524 S., ISBN: 978-3-7557-8633-7

Juliane Müller-Kranepohl
Das Alienkind (2022) (D) (SF)
Harderstar, 546: 1. Aufl. (TB) (OA)
178 S., ISBN: 978-9083-20-546-5

Detlef Münch (Hrsg.)
Die letzten Menschen (2022) (D) (SF)
Synergen, 158: 1. Aufl. (HC) (OA)
314 S., ISBN: 978-3-946366-58-4

Vakuumreiniger des Lebendigen (2022) (D)
(SF)
Synergen, 154: 1. Aufl. (HC) (OA)
306 S., ISBN: 978-3-946366-54-6

Welt ohne Elektrizität (2022) (D) (SF)
Synergen, 153: 1. Aufl. (HC) (OA)
304 S., ISBN: 978-3-946366-53-9

Jörg Martin Munsonius (Hrsg.)
Anna auf dem Feld der Toten (2022) (D) (SF)
<unbekannt / unknown> (I)
epubli, 5772: 1. Aufl. (TB) (DE)
152 S., ISBN: 978-3-7565-5772-1

Tim Murawski
fragezeichen (2022) (D) (SF)
tredition, 55918: 1. Aufl. (TB) (OA)
412 S., ISBN: 978-3-347-55918-9

Die Herrlichkeit der Vollkommenheit (2022)
(D) (SF)
tredition, 64871: 1. Aufl. (TB) (OA)
320 S., ISBN: 978-3-347-64871-5

Mac Murdock
Sündige Welten: Liebeslust im Weltall (2022)
(D) (SF)
Ind. Pub., 4220: 1. Aufl. (TB) (OA)
65 S., ISBN: 979-8-796-84220-1

Patrik P. Musollaj
Kein Ausweg (2022) (D) (SF)
Libri Books on Demand, 3405: 1. Aufl. (TB)
(OA)
54 S., ISBN: 978-3-7568-3405-1

Markus Mythan
Die Suche nach den Juwelen des Pyrak (2022)
(D) (SF)
Ind. Pub., 9738/1198: 1. Aufl. (TB/HC) (OA)
194/165 S., ISBN: 979-8-355-79738-6 /
979-8-355-91198-0

Martin Nahser
Pandemics: Apokalypse (2022) (D) (SF)
epubli, 4152: 1. Aufl. (TB) (OA)
184 S., ISBN: 978-3-7549-4152-2

Narrator
Brennende Welten (2022) (D) (SF)
Ind. Pub., 6171: 1. Aufl. (TB) (OA)
634 S., ISBN: 978-3-9823617-1-0

Peter Nathschläger
Cyborg me (2022) (D) (SF)
Himmelsstürmer, 1003: 1. Aufl. (TB) (OA)
144 S., ISBN: 978-3-98758-003-1

Diane Neisius
Die Renegatinnen 1 (2022) (D) (SF)
Libri Books on Demand, 5212: 1. Aufl. (TB)
(OA)
348 S., ISBN: 978-3-7568-5212-3

Patrick Ness
Es gibt immer eine Wahl (2022) (D) (SF)
The Ask and the Answer (US)
Ü: Petra Koob-Pawis
Bertelsmann cbt Fantasy, 31304: 1. Aufl. (TB)
(DE)
592 S., ISBN: 978-3-570-31304-6
Serie: Chaos Walking, 2

Frank Neugebauer
Milch für den Schlangenkönig (C) (2022) (D)
(SF)
epubli, 333: 1. Aufl. (TB) (OA)
204 S., ISBN: 978-3-7565-0333-9

Thomas Newton
Die andere Möglichkeit (2022) (D) (SF)
Peter Hopf, 242: 1. Aufl. (HC) (OA)
360 S., ISBN: 978-3-86305-142-6
Serie: Nick der Weltraumfahrer

Kim Nexus
Hexenflug ins Vertrauen (2022) (D) (SF)
Kim Nexus, 15/14: 1. Aufl. (HC/TB) (OA)
532/604 S., ISBN: 978-3-949552-15-1 /
978-3-949552-14-4
Serie: Hexenflug-Chroniken, 3

Hexenflug zum Jupiter (2022) (D) (SF)
Kim Nexus, 11/10: 1. Aufl. (HC/TB) (OA)
538/604 S., ISBN: 978-3-949552-11-3 /
978-3-949552-10-6
Serie: Hexenflug-Chroniken, 2

Sonnenverbrannt (2022) (D) (SF)
Kim Nexus, 21/20: 1. Aufl. (HC/TB) (OA)
132/146 S., ISBN: 978-3-949552-21-2 /
978-3-949552-20-5
Serie: Hexenflug-Novelle, 2

Celeste Ng
Unsre verschwundenen Herzen (2022) (D) (SF)
Our Missing Hearts (US)
Ü: Brigitte Jakubeit
dtv, 29035: 1. Aufl. (HC) (DE)
400 S., ISBN: 978-3-423-29035-7

Kristy Nichols
Eine Rose für Jack the Ripper (2022) (D) (SF)
Ind. Pub., 4870: 1. Aufl. (TB) (OA)
344 S., ISBN: 979-8-801-34870-4

Monika Niehaus
Austern im Halbschlaf (C) (2022) (D) (SF)
p.machinery AndroSF, 158: 1. Aufl. (TB) (OA)
257 S., ISBN: 978-3-95765-297-3

Renée Niehaus
Die Überlebenden von Crashmere (2022)
(D) (SF)
Ind. Pub., 5336: 1. Aufl. (TB) (OA)
114 S., ISBN: 979-8-842-45336-8

Reimon Nischt
Club der Unsterblichen (2022) (D) (SF)
Ind. Pub., 1976: 1. Aufl. (TB) (OA)
224 S., ISBN: 979-8-412-11976-2
Serie: Dunkel wie das All, 3

John Noblesse
Für immer (2022) (D) (SF)
<unbekannt / unknown> (US)
Ü: Warren Doughty
Ind. Pub., 3142: 1. Aufl. (TB) (DE)
500 S., ISBN: 979-8-448-03142-7
Serie: Soldat Online, 1

Calin Noell
Die Ankunft (2022) (D) (SF)
Plan 9, 52: 1. Aufl. (TB) (OA)
290 S., ISBN: 978-3-948700-52-2
Serie: Fools in Space, 2

Jochen Nöller
Der Kampf um Jusmin (2022) (D) (SF)
XOXO, 78: 1. Aufl. (TB) (OA)
300 S., ISBN: 978-3-96752-078-1
Serie: Vermächtnis der Winde, 3

Gabriele Nolte
Gruß von Gallia (2022) (D) (SF)
Ind. Pub., 5194: 1. Aufl. (TB) (OA)
295 S., ISBN: 979-8-437-15194-5

Magnetsturm-Kinder (2022) (D) (SF)
Ind. Pub., 6573: 1. Aufl. (TB) (OA)
327 S., ISBN: 979-8-364-26573-9

Unsichtbare Invasion (2022) (D) (SF)
Ind. Pub., 1959: 1. Aufl. (TB) (OA)
278 S., ISBN: 979-8-842-91959-8

Ellen Norten (Hrsg.)
Das Alien tanzt im Schlaraffenland (2022)
(D) (SF)
p.machinery AndroSF, 148: 1. Aufl. (TB) (OA)
269 S., ISBN: 978-3-95765-269-0

Anna North
Die Gesetzlose (2022) (D) (SF)
Outlawed (US)
Ü: Sonia Bonné
Eichborn, 101: 1. Aufl. (HC) (DE)
336 S., ISBN: 978-3-8479-0101-3

S. G. Nowag
Das Embow-Projekt (2022) (D) (SF)
via tolino, 5383: 1. Aufl. (TB) (OA)
192 S., ISBN: 978-3-7546-5383-8

Rudi Nuss
Die Realität kommt (2022) (D) (SF)
Diaphanes, 508: 1. Aufl. (TB) (OA)
248 S., ISBN: 978-3-0358-0508-6

Kolja S. Nyberg
Aufbruch nach Yxen (2022) (D) (SF)
Silvia Zeiler, 9: 1. Aufl. (TB) (OA)
354 S., ISBN: 978-3-949868-09-2

Blake O'Bannon (mit: Cahal Armstrong)
Andromeda (2022) (D) (SF)
Ind. Pub., 3129: 1. Aufl. (TB) (OA)
240 S., ISBN: 979-8-364-23129-1
Serie: Leitstern, 9

Carta (2022) (D) (SF)
Ind. Pub., 1200: 1. Aufl. (TB) (OA)
225 S., ISBN: 979-8-829-21200-1
Serie: Leitstern, 8

Lion Obra
Almerics Brasserie am Eiffelturm (2022) (D) (SF)
epubli, 5492: 1. Aufl. (TB) (OA)
140 S., ISBN: 978-3-7549-5492-8
Serie: Zeitagenten, 1

David Wright O'Brien
Ein Sherlock des 25. Jahrhunderts (C) (2022)
(D) (SF)
Twenty-Fifth Century Sherlock / The Man Who
Murdered Himself (US)
Ü: Johannes Schmidt
Dornbrunnen, 66: 1. Aufl. (TB) (DE)
34 S., ISBN: 978-3-943275-66-7

Temi Oh
Sojourn (2022) (D) (SF)
Sojourn (US)
Ü: Tobias Toneguzzo
Panini, 4286: 1. Aufl. (TB) (DE)
240 S., ISBN: 978-3-8332-4286-1
Serie: Overwatch, 2

Manfred Ohde
In der Schwärze der kalten Nacht (2022) (D)
(SF)
DeBehr, 1216: 1. Aufl. (TB) (OA)
316 S., ISBN: 978-3-98727-016-1

Anne Oldach
Tod und Vergebung (2022) (D) (SF)
Nova MD, 4094: 1. Aufl. (TB) (OA)
340 S., ISBN: 978-3-98595-094-2
Serie: New Worlds, 2

Daniel José Older
Mitternachtshorizont (2022) (D) (SF)
Midnight Horizon (US)
Ü: Andreas Kasprzak, Tobias Toneguzzo
Panini, 4193: 1. Aufl. (PB) (DE)
480 S., ISBN: 978-3-8332-4193-2
Serie: Star Wars – Die Hohe Republik

Ben Oliver
The Arc (2022) (D) (SF)
The Arc (E)
Ü: Birgit Niehaus
Carlsen, 52121: 1. Aufl. (PB) (DE)
368 S., ISBN: 978-3-551-52121-7
Serie: The Loop, 3

Karl Olsberg
Dunkle Wolken (2022) (D) (SF)
Ind. Pub., 5880: 1. Aufl. (TB) (OA)
168 S., ISBN: 979-8-361-75880-7
Serie: Minecraft – Das Dorf, 24

Das Ende der Welt (2022) (D) (SF)
Ind. Pub., 7047: 1. Aufl. (TB) (OA)
155 S., ISBN: 979-8-441-37047-9
Serie: Minecraft – Das Dorf, 23

Jona Orbis
Gegen alle Tabus (2022) (D) (SF)
Libri Books on Demand, 1563: 1. Aufl. (TB) (OA)
306 S., ISBN: 978-3-7557-1563-4

Nachtschicht: Abenteuer mit einem Pflegeroboter (2022) (D) (SF)
Libri Books on Demand, 289: 1. Aufl. (TB) (OA)
74 S., ISBN: 978-3-7562-0289-8

Outgate: Vor den Mauern der Stadt (2022) (D) (SF)
Libri Books on Demand, 9340: 1. Aufl. (TB) (OA)
644 S., ISBN: 978-3-7557-9340-3

Schwarzer Engel: Die Unberührbaren (2022) (D) (SF)
Libri Books on Demand, 292: 1. Aufl. (TB) (OA)
104 S., ISBN: 978-3-7562-0292-8

Carl Os
Galaktisch gesehen Schnuppe (2022) (D) (SF)
CoLibri Fairlag, 27: 1. Aufl. (HC) (OA)
592 S., ISBN: 978-3-949790-27-0

Daniel Osland
Pythen (2022) (D) (SF)
Ind. Pub., 3425: 1. Aufl. (TB) (OA)
158 S., ISBN: 979-8-831-53425-2

Heiger Ostertag
Wenn der Führer wüßte – 9. November 2023 (2022) (D) (AH)
SüdWestBuch, 245: 1. Aufl. (TB) (OA)
333 S., ISBN: 978-3-96438-045-6

René Oth
Die Rückkehr aus den Ewigen Jagdgründen (2022) (D) (SF)
Traumfänger, 15: 1. Aufl. (TB) (OA)
285 S., ISBN: 978-3-948878-15-3

Jens Michael Ottow
Amorpheus: Stein des Anstoses (2022) (D) (SF)
epubli, 2362: 1. Aufl. (TB) (OA)
356 S., ISBN: 978-3-7565-2362-7

Maik Pätzmann
Spirits of Lullaby: Wisdom (2022) (D) (SF)
tredition, 75939/75938: 1. Aufl. (HC/TB) (OA)
160/220 S., ISBN: 978-3-347-75939-8 / 978-3-347-75938-1

B. Pallina
Robofreund: Reflexionen in Plastik (2022) (D) (SF)
Ind. Pub., 6221: 1. Aufl. (TB) (OA)
81 S., ISBN: 979-8-839-96221-7

Ada Palmer
Dem Blitz zu nah (2022) (D) (SF)
Too Like the Lightning (2012) (US)
Ü: Claudia Kern
Panini, 4097: 1. Aufl. (PB) (DE)
672 S., ISBN: 978-3-8332-4097-3
Serie: Terra Ignota, 1

Sieben Kapitulationen (2022) (D) (SF)
Seven Surrenders (US)
Ü: Claudia Kern
Panini, 4175: 1. Aufl. (PB) (DE)
576 S., ISBN: 978-3-8332-4175-8
Serie: Terra Ignota, 2

Paluten (mit: Klaas Kern)
Reise zum Mittelschlund der Erde (2022) (D) (SF)
Community Editions, 208: 1. Aufl. (HC) (OA)
220 S., ISBN: 978-3-96096-208-3
Serie: Minecraft Freedom, 4

Verschollen im Berschmudadreieck (2022) (D) (SF)
Community Editions, 250: 1. Aufl. (HC) (OA)
220 S., ISBN: 978-3-96096-250-2
Serie: Minecraft Freedom, 5

Melissa H. Panther
Warum die Schlange den Apfel stahl (C) (2022) (D) (SF)
Libri Books on Demand, 6046: 1. Aufl. (TB) (OA)
172 S., ISBN: 978-3-7557-6046-7

Jana Paradigi
Die letzte Bastion (2022) (D) (SF)
Bastei Maddrax, 576: 1. Aufl. (RH) (OA)
63 S., Serie: Maddrax, 576

Sophie E. Parker
Formula: Wer hat Angst vorm bösen Wolf (2022) (D) (SF)
epubli, 5365: 1. Aufl. (TB) (OA)
332 S., ISBN: 978-3-7565-5365-5

M. Pastore
Hinterm Mond und weiter (C) (2022) (D) (SF)
Hybrid, 239: 1. Aufl. (TB) (OA)
256 S., ISBN: 978-3-96741-139-3

Claude Peiffer
Ein neuer Garten Eden (2022) (D) (SF)
Libri Books on Demand, 5848: 1. Aufl. (TB) (OA)
240 S., ISBN: 978-3-7557-5848-8
Serie: Cerateran – Amanen-Zyklus, 1

Die Pläne der Mächtigen (2022) (D) (SF)
Libri Books on Demand, 6287: 1. Aufl. (TB) (OA)
240 S., ISBN: 978-3-7568-6287-0
Serie: Cerateran – Meroth-Zyklus, 2

Denny Peletier
Licht von Pangäa (2022) (D) (SF)
Ind. Pub., 7958: 1. Aufl. (TB) (OA)
265 S., ISBN: 979-8-446-37958-3
Serie: John Orion, 5

Zodiak (2022) (D) (SF)
Ind. Pub., 9041: 1. Aufl. (TB) (OA)
253 S., ISBN: 979-8-435-09041-3
Serie: John Orion, 4

Peter Pelikan
Autophobie (2022) (D) (SF)
Ind. Pub., 6283/6625: 1. Aufl. (TB/HC) (OA)
187 S., ISBN: 979-8-767-86283-2 /
979-8-429-46625-5
Serie: Sammelsurium

Dragon Heist (2022) (D) (SF)
Ind. Pub., 3212/557: 1. Aufl. (TB/HC) (OA)
243 S., ISBN: 979-8-423-03212-8 /
979-8-821-70557-0
Serie: Sammelsurium

Gernot Pelle
Damokleszeit: Gelbpest (2022) (D) (SF)
Gernot Pelle, 3: 1. Aufl. (TB) (OA)
304 S., ISBN: 978-3-949024-03-0

Phillippa Penn
Invalidum: Trügerische Sicherheit (2022) (D) (SF)
Libri Books on Demand, 3192: 1. Aufl. (TB) (OA)
412 S., ISBN: 978-3-7543-3192-7
Serie: Eugenica, 2

Ros Per
Ebene Null (2022) (D) (SF)
Level Zero (2021) (E)
Magic Dome, 731/730: 1. Aufl. (HC/TB) (DE)
549 S., ISBN: 978-80-7619-631-5 /
978-80-7619-630-8
Serie: Alpha Rom, 3

Der hybride Krieg (2022) (D) (SF)
The Hybrid War (2022) (E)
Magic Dome, 817/816: 1. Aufl. (HC/TB) (DE)
491 S., ISBN: 978-80-7619-717-6 /
978-80-7619-716-9
Serie: Alpha Rom, 4

Skurfaifer (2022) (D) (SF)
Skurfaifer (2021) (E)
Magic Dome, 655/654: 1. Aufl. (HC/TB) (DE)
513 S., ISBN: 978-80-7619-555-4 /
978-80-7619-554-7
Serie: Alpha Rom, 2

Natalie Peracha
Im Schutz der Dämmerung (2022) (D) (SF)
Brighton, 939: 1. Aufl. (TB) (OA)
300 S., ISBN: 978-3-95876-839-0
Serie: Liongirl, 1

Jäger der Nacht (2022) (D) (SF)
Brighton, 938: 1. Aufl. (TB) (OA)
300 S., ISBN: 978-3-95876-838-3
Serie: Liongirl, 3

Spuren der Vergeltung (2022) (D) (SF)
Brighton, 937: 1. Aufl. (TB) (OA)
300 S., ISBN: 978-3-95876-837-6
Serie: Liongirl, 2

Marion Perko
Der Wind in meinen Händen (2022) (D) (SF)
Insel, 64328: 1. Aufl. (HC) (OA)
384 S., ISBN: 978-3-458-64328-9
Serie: Vega, 1

Josef Peters
Pulsar (2022) (D) (SF)
Libri Books on Demand, 6742: 1. Aufl. (TB) (OA)
116 S., ISBN: 978-3-7557-6742-8

Phillip Peterson
Nano: Jede Sekunde zählt (2022) (D) (SF)
Fischer Tor, 70764: 1. Aufl. (PB) (OA)
704 S., ISBN: 978-3-596-70764-5

Ethan Pettus
Vietnam (2022) (D) (SF)
Primitive War Vietnam (US)
Ü: Phillip Seedorf
Luzifer, 787: 1. Aufl. (TB) (DE)
342 S., ISBN: 978-3-95835-687-0
Serie: Dino War, 1

André Petzold
Weltall Erdball Mensch (2022) (D) (SF)
Libri Books on Demand, 6150: 1. Aufl. (TB)
(OA)
180 S., ISBN: 978-3-7557-6150-1

Wilhelm Petzold
Zia: Relikte (2022) (D) (SF)
Medu, 185: 1. Aufl. (TB) (OA)
732 S., ISBN: 978-3-96352-085-3

Honey Phillips
Anna und der Alien (2022) (D) (SF)
Anna and the Alien (2018) (US)
Ind. Pub., 1542: 1. Aufl. (TB) (DE)
250 S., ISBN: 979-8-812-21542-2
Serie: Alienentführung, 1

Beth und der Barbar (2022) (D) (SF)
Beth and the Barbarian (2018) (US)
Ind. Pub., 2211: 1. Aufl. (TB) (DE)
264 S., ISBN: 979-8-839-52211-4
Serie: Alienentführung, 2

Cam und der Krieger (2022) (D) (SF)
Cam and the Conqueror (2018) (US)
Ind. Pub., 1422: 1. Aufl. (TB) (DE)
282 S., ISBN: 979-8-842-91422-7
Serie: Alienentführung, 3

Deb und der Dämon (2022) (D) (SF)
Deb and the Demon (2019) (US)
Ind. Pub., 3012: 1. Aufl. (TB) (DE)
304 S., ISBN: 979-8-849-13012-5
Serie: Alienentführung, 4

Ella und der Imperator (2022) (D) (SF)
Ella and the Emperor (2019) (US)
Ind. Pub., 6458: 1. Aufl. (TB) (DE)
280 S., ISBN: 979-8-362-66458-9
Serie: Alienentführung, 5

Faith und der Kapitän (2022) (D) (SF)
Faith and the Fighter (2019) (US)
Ind. Pub., 1865: 1. Aufl. (TB) (DE)
290 S., ISBN: 979-8-371-61865-8
Serie: Alienentführung, 6

Eine Frage der Nacktheit (2022) (D) (SF)
A Nude Attitude (2021) (US)
Ü: Franziska Humphrey
Ind. Pub., 3282: 1. Aufl. (TB) (DE)
168 S., ISBN: 979-8-364-93282-2
Serie: Den Elementen ausgeliefert, 3

Die Leibesvisitation (2022) (D) (SF)
The Strip Down (US)
Ü: Franziska Humphrey
Ind. Pub., 8532: 1. Aufl. (TB) (DE)
168 S., ISBN: 979-8-371-48532-8
Serie: Den Elementen ausgeliefert, 5

Das muskulöse Biest (2022) (D) (SF)
The Buff Beast (2021) (US)
Ü: Franziska Humphrey
Ind. Pub., 2988: 1. Aufl. (TB) (DE)
146 S., ISBN: 979-8-364-92988-4
Serie: Den Elementen ausgeliefert, 4

Das nackte Alien (2022) (D) (SF)
The Naked Alien (2021) (US)
Ü: Stephanie Walters
Ind. Pub., 6314: 1. Aufl. (TB) (DE)
140 S., ISBN: 979-8-367-96314-4
Serie: Den Elementen ausgeliefert, 1

Das nackte Minimum (2022) (D) (SF)
The Bare Essentials (2021) (US)
Ü: Franziska Humphrey
Ind. Pub., 6451: 1. Aufl. (TB) (DE)
152 S., ISBN: 979-8-355-56451-3
Serie: Den Elementen ausgeliefert, 2

Barbara Piebel
Aufbruch ins All (2022) (D) (SF)
Morawa myMorawa, 70/71: 1. Aufl. (HC/TB)
(OA)
120 S., ISBN: 978-3-99139-070-1 /
978-3-99139-071-8
Serie: Sebastians Generationenraumschiff, 1

Natalie Pietzka
Planet der Schafe – Die Konditionierung
(2022) (D) (SF)
Ind. Pub., 3555: 1. Aufl. (TB) (OA)
393 S., ISBN: 979-8-822-43555-1

Joshua Pitner
The Song of Life (2022) (D) (SF)
epubli, 6613: 1. Aufl. (TB) (OA)
212 S., ISBN: 978-3-7549-6613-6

Manfred Pitterna
Im System Marschzorch (2022) (D) (SF)
Karin Fischer, 4822: 1. Aufl. (TB) (OA)
50 S., ISBN: 978-3-8422-4822-9
Serie: Marschzorch III, 10

Der königliche Siedler (2022) (D) (SF)
Karin Fischer, 4821: 1. Aufl. (TB) (OA)
48 S., ISBN: 978-3-8422-4821-2
Serie: Marschzorch III, 9

Weichenstellungen (2022) (D) (SF)
Karin Fischer, 4820: 1. Aufl. (TB) (OA)
48 S., ISBN: 978-3-8422-4820-5
Serie: Marschzorch III, 8

Thomas Pizzini
Aramis und Simara in Puma Punku:
zeitreisekörperwechsledichdingens (2022)
(D) (SF)
Libri Books on Demand, 5650: 1. Aufl. (TB)
(OA)
238 S., ISBN: 978-3-7562-5650-1

Oliver Plaschka
Retter unter falscher Flagge (2022) (D) (SF)
Pabel-Moewig Perry Rhodan Neo, 270: 1. Aufl.
(TB) (OA)
161 S., Serie: Perry Rhodan Neo, 270

Pofbanow
Der Hutmacher von Mumplix 3 (2022) (D) (SF)
Libri Books on Demand, 766: 1. Aufl. (TB) (OA)
52 S., ISBN: 978-3-7557-0766-0

Anne Polifka
Der letzte Außenposten (2022) (D) (SF)
via tolino, 5733/5641: 1. Aufl. (HC/TB) (OA)
404 S., ISBN: 978-3-7546-5733-1 /
978-3-7546-5641-9
Serie: Impakt-Chroniken, 1

S. Pomej
Der vierte Versuch (2022) (D) (SF)
Libri Books on Demand, 2951: 1. Aufl. (TB)
(OA)
242 S., ISBN: 978-3-7562-2951-2

Uwe Post
Klima-Korrektur-Konzern (2022) (D) (SF)
Polarise, 92: 1. Aufl. (TB) (OA)
212 S., ISBN: 978-3-947619-92-4

(mit: Uwe Hermann)
Zeitschaden (2022) (D) (SF)
Libri Books on Demand, 4772: 1. Aufl. (TB)
(OA)
156 S., ISBN: 978-3-7562-4772-1

Rory Power
Wilder Girls (2022) (D) (SF)
Wilder Girls (2020) (US)
Ü: Andrea Bottlinger
Piper Fantasy, 70608: 1. Aufl. (HC) (DE)
352 S., ISBN: 978-3-492-70608-7

Tim A. Pratt
Zerfallenes Imperium (2022) (D) (SF)
The Necropolis Empire (US)
Ü: Johannes Neubert
Cross Cult, 2860: 1. Aufl. (TB) (DE)
400 S., ISBN: 978-3-96658-860-7
Serie: Twilight Imperium, 2

Katja Preiss
Jump 1 (2022) (D) (SF)
Noel, 1134: 1. Aufl. (TB) (OA)
280 S., ISBN: 978-3-96753-134-3

C. L. Pride
Nixx (2022) (D) (SF)
Nixx (US)
Ü: Yvonne Rothmeier
Ind. Pub., 9050: 1. Aufl. (TB) (DE)
414 S., ISBN: 979-8-357-69050-0
Serie: Eine andere Welt, 1

Hinrich Hans Pries
Baby Naomi: Die Geschichte von einem klei-
nen jungen Mädchen (2022) (D) (SF)
Libri Books on Demand, 1043: 1. Aufl. (TB)
(OA)
232 S., ISBN: 978-3-7562-1043-5

Coronima X: 2050 (2022) (D) (SF)
Libri Books on Demand, 8165: 1. Aufl. (TB)
(OA)
270 S., ISBN: 978-3-7557-8165-3

Der Dritte Weltkrieg fällt aus (2022) (D) (SF)
Libri Books on Demand, 5706: 1. Aufl. (TB)
(OA)
506 S., ISBN: 978-3-7543-5706-4

Der Dritte Weltkrieg fällt aus: 2033 (2022)
(D) (SF)
Libri Books on Demand, 4178: 1. Aufl. (TB)
(OA)
498 S., ISBN: 978-3-7568-4178-3

Eva Prinz
Bauer Kurt und Blem Blem (2022) (D) (SF)
Herzsprung, 22: 1. Aufl. (TB) (OA)
140 S., ISBN: 978-3-986270-22-3

Roman Prokofiev
Der Archon (2022) (D) (SF)
The Archon (2021) (E)
Magic Dome, 806/805: 1. Aufl. (HC/TB) (DE)
491 S., ISBN: 978-80-7619-706-0 /
978-80-7619-705-3
Serie: Projekt Stellar-1, 5

Die Gene der Altehrwürdigen (2022) (D) (SF)
The Gene of the Ancients (2020) (E)
Magic Dome, 943/944: 1. Aufl. (TB/HC) (DE)
493 S., ISBN: 978-80-7619-843-2 /
978-80-7619-844-9
Serie: Der Spieler, 2

Der Legat (2022) (D) (SF)
The Legate (2022) (E)
Magic Dome, 874/873: 1. Aufl. (HC/TB) (DE)
531 S., ISBN: 978-80-7619-874-6 /
978-80-7619-873-9
Serie: Projekt Stellar-1, 6

Der Rebell (2022) (D) (SF)
The Rebel (2021) (E)
Magic Dome, 657/656: 1. Aufl. (HC/TB) (DE)
517 S., ISBN: 978-80-7619-557-8 /
978-80-7619-556-1
Serie: Projekt Stellar-1, 4

Das Sternenlicht-Schwert (2022) (D) (SF)
The Starlight Sword (2020) (E)
Magic Dome, 736/735: 1. Aufl. (HC/TB) (DE)
529 S., ISBN: 978-80-7619-636-0 /
978-80-7619-635-3
Serie: Der Spieler, 1

Klaus-Dieter Puhl
Reevolution (2022) (D) (SF)
Ind. Pub., 1828: 1. Aufl. (TB) (OA)
182 S., ISBN: 979-8-834-91828-8

Horst Pukallus
Neutrinoklänge in Stunde X (C) (2022) (D) (SF)
Lesewuth, 2: 1. Aufl. (TB) (OA)
168 S., ISBN: 978-3-949995-02-6

Natasha Pulley
Der Leuchtturm an der Schwelle der Zeit
(2022) (D) (SF)
The Kingdoms (E)
Ü: Jochen Schwarzer
Klett-Cotta Hobbit-Presse, 98636: 1. Aufl.
(HC) (DE)
544 S., ISBN: 978-3-608-98636-5

Darius Quinn
Die letzte Prophezeiung des Frank Fischer
(2022) (D) (SF)
Darius Quinn, 2: 1. Aufl. (TB/HC) (OA)
492/420 S., ISBN: 978-3-949802-02-7 /
978-3-949802-03-4
Serie: Die letzte Prophezeiung, 3

Thomas Rabenstein
Neurotims Garten (2022) (D) (SF)
Ind. Pub., 4476: 1. Aufl. (TB) (OA)
212 S., ISBN: 979-8-840-14476-3
Serie: Nebular, 72

Welt der Rekruten (2022) (D) (SF)
Ind. Pub., 6618: 1. Aufl. (TB) (OA)
206 S., ISBN: 979-8-818-86618-5
Serie: Nebular, 71

Lina Rather
Schwestern des Ewigen Schwarz (2022) (D)
(SF)
Sisters of the Vast Black (2019) (US)
Ü: Claudia Kern
Panini, 4182: 1. Aufl. (TB) (DE)
155 S., ISBN: 978-3-8332-4182-6
Serie: Unsere Liebe Frau d. unendl. Welten, 1

Melissa Ratsch
Game Over – Spiel um dein Leben (2022)
(D) (SF)
via tolino, 8253: 1. Aufl. (TB) (OA)
336 S., ISBN: 978-3-7546-8253-1

Marco Rauch
Hard Boiled (2022) (D) (SF)
Blitz Super Pulp, 14: 1. Aufl. (TB) (OA)
306 S.

Detlef Raupach
Orbiter – Geschichten aus der Umlaufbahn (C)
(2022) (D) (SF)
Kunstundwerk, 4: 1. Aufl. (TB) (OA)
132 S., ISBN: 978-3-947565-04-7

Sascha Rauschenberger
Die dunkle Zuflucht (2022) (D) (SF)
Libri Books on Demand, 6855: 1. Aufl. (TB)
(OA)
334 S., ISBN: 978-3-7562-6855-9
Serie: Der Falke von Rom, 10

Olga Ravn
Die Angestellten (2022) (D) (SF)
De Ansatte (DÄ)
Ü: Alexander Sitzmann
März, 9: 1. Aufl. (HC) (DE)
143 S., ISBN: 978-3-7550-0009-9

Jürgen Reckert
Der Diplomat und Kommodore der Medusa
(2022) (D) (SF)
Agenda, 745: 1. Aufl. (TB) (OA)
202 S., ISBN: 978-3-89688-745-0

Janika Rehak (mit: Yvonne Tunnat) (Hrsg.)
Der Tod kommt auf Zahnrädern (2022) (D) (SF)
Amrun, 600: 1. Aufl. (TB) (OA)
318 S., ISBN: 978-3-95869-500-9

Peter Rehders
Projektion: Von der Macht und was sie bedeutet (2022) (D) (SF)
Libri Books on Demand, 1536: 1. Aufl. (TB) (OA)
476 S., ISBN: 978-3-7562-1536-2

Geraldine Reichard
Die dystopische Firma (2022) (D) (SF)
GR, 75: 1. Aufl. (TB) (OA)
307 S., ISBN: 978-3-96994-075-4
Serie: Human Design

Matthew Reilly
Die vier mystischen Königreiche (2022) (D) (SF)
The Four Legendary Kingdoms (2016) (E)
Festa, 1032: 1. Aufl. (HC) (DE)
528 S., ISBN: 978-3-98676-032-8
Serie: Jack West, 4

David Reimer
Das Signal der Schöpfer (2022) (D) (SF)
Twentysix, 757/1130: 1. Aufl. (TB/HC) (OA)
370 S., ISBN: 978-3-7407-0757-6 /
978-3-7407-1130-6
Serie: Die Wächter des Wissens, 3

Thorsten Reimnitz
Der finale Countdown (2022) (D) (SF)
Libri Books on Demand, 8517: 1. Aufl. (TB) (OA)
48 S., ISBN: 978-3-7568-8517-6
Serie: Raumschiff EUROPE, 1

Frank Reinecke
Die Weltmeisterschaft der Götter (2022) (D) (SF)
Libri Books on Demand, 4038: 1. Aufl. (TB) (OA)
260 S., ISBN: 978-3-7562-4038-8
Serie: Raumschiff Genderpreis, 2

Christian Reisböck
Die Chroniken des Zeitlosen 1 (2022) (D) (SF)
Nova MD, 4140: 1. Aufl. (TB) (OA)
360 S., ISBN: 978-3-98595-140-6

Michael Reisinger
Invasion (2022) (D) (SF)
Twentysix, 8716: 1. Aufl. (TB) (OA)
276 S., ISBN: 978-3-7407-8716-5
Serie: Das zweite Protokoll, 2

Philip Reißner
Regen in Utopia (2022) (D) (SF)
Ind. Pub., 4664: 1. Aufl. (TB) (OA)
434 S., ISBN: 979-8-365-24664-5

Marco Reuter
Space Noir (2022) (D) (SF)
epubli, 5032: 1. Aufl. (TB) (OA)
80 S., ISBN: 978-3-7565-5032-6

S. K. Reyem
Unterschätzt: Die letzten vierzehn Tage Europas (2022) (D) (SF)
Libri Books on Demand, 5798: 1. Aufl. (TB) (OA)
362 S., ISBN: 978-3-7568-5798-2

Wenn der Wille siegt (2022) (D) (SF)
Libri Books on Demand, 4129: 1. Aufl. (TB) (OA)
318 S., ISBN: 978-3-7568-4129-5
Serie: Todesregion Deutschland, 4

Arden Rheer
Die Antarfari-Crew (2022) (D) (SF)
Libri Books on Demand, 8558: 1. Aufl. (TB) (OA)
284 S., ISBN: 978-3-7568-8558-9
Serie: 2090 Deine Zukunft, 1

Douglas E. Richards
Das galaktische Orakel (2022) (D) (SF)
Oracle (2019) (US)
Ü: Manuela Würz
Belle Epoque, 415: 1. Aufl. (TB) (DE)
400 S., ISBN: 978-3-96357-315-6

Charlotte Richter
Hidden Lies: Mein Geheimnis kann dich töten (2022) (D) (SF)
Arena, 60685: 1. Aufl. (HC) (OA)
448 S., ISBN: 978-3-401-60685-9

E. V. Ring
Cyan Zane Veil (2022) (D) (SF)
tredition, 74995: 1. Aufl. (TB) (OA)
460 S., ISBN: 978-3-347-74995-5
Serie: Maschinenmacht, 1

Jürgen Rink (Hrsg.)
c't 2022 / 2 – 26, c't 2023 / 1 – 2 (2022) (D) (SF)
Heise c't, 202202: 1. Aufl. (A4) (OA)

c't 2022 / Jahresrückblick (2022) (D) (SF)
Heise c't Jahresrückblick, 2022: 1. Aufl. (A4) (OA)
190 S.

Peter Ripota
Der Untergang Österreichs (C) (2022) (D) (AH)
Libri Books on Demand, 3298: 1. Aufl. (TB)
(OA)
199 S., ISBN: 978-3-7543-3298-6

Gabriel Ritter
Der Gefangene von Zendaban (2022) (D) (SF)
Ind. Pub., 8598: 1. Aufl. (TB) (OA)
177 S., ISBN: 979-8-849-18598-9
Serie: Fern vom Planeten Inchbald, 2

Peter Ritter
Das Erbe der Fledermäuse (2022) (D) (SF)
Ind. Pub., 1944/7716: 1. Aufl. (TB/HC) (OA)
300 S., ISBN: 979-8-826-91944-6 /
979-8-827-37716-0

Rebecca Roanhorse
Der neue Widerstand (2022) (D) (SF)
Resistance Reborn (US)
Ü: Andreas Kasprzak
Blanvalet Fantasy, 6255: 1. Aufl. (TB) (DE)
512 S., ISBN: 978-3-7341-6255-8
Serie: Star Wars

Kim Stanley Robinson
(mit: Fritz Heidorn)
Erzähler des Klimawandels (C) (2022) (D) (SF)
Hirnkost, 231: 1. Aufl. (HC) (DE)
320 S., ISBN: 978-3-949452-31-4

Ryan Rockwell
Hyperions Untergang (2022) (D) (SF)
Ind. Pub., 7794/7295: 1. Aufl. (HC/TB) (OA)
228/254 S., ISBN: 979-8-831-67794-2 /
979-8-831-67295-4
Serie: NeoBiota, 5

Kallistos Erbe (2022) (D) (SF)
epubli, 5969: 1. Aufl. (TB) (OA)
344 S., ISBN: 978-3-7565-5969-5
Serie: Kallistos Erbe, 1

Kampf um den Mars (2022) (D) (SF)
Ind. Pub., 9262/9823: 1. Aufl. (TB/HC) (OA)
242/216 S., ISBN: 979-8-842-39262-9 /
979-8-842-39823-2
Serie: NeoBiota, 6

Metapopulation (2022) (D) (SF)
Ind. Pub., 1172/2075: 1. Aufl. (TB/HC) (OA)
264/236 S., ISBN: 979-8-407-41172-7 /
979-8-407-42075-0
Serie: NeoBiota, 3

Das Vesta-Artefakt (2022) (D) (SF)
Ind. Pub., 9685/7945: 1. Aufl. (TB/HC) (OA)
264/240 S., ISBN: 979-8-444-99685-0 /
979-8-825-17945-2
Serie: NeoBiota, 4

Flashcard Roer
Diese Züchter (2022) (D) (SF)
Ind. Pub., 3650: 1. Aufl. (TB) (OA)
77 S., ISBN: 979-8-353-53650-5

Rolf Rötgers
Mein Name ist Draeck (2022) (D) (SF)
Kultur Medienwerkst., 304: 1. Aufl. (HC) (OA)
248 S., ISBN: 978-3-91032-304-9

Danielle Rollins
Zwischen den Welten (2022) (D) (SF)
Stolen Time (US)
Ü: Charlotte Lungstrass-Kapfer
Bertelsmann cbj Fantasy, 16648: 1. Aufl. (HC)
(DE)
464 S., ISBN: 978-3-570-16648-2
Serie: Stolen Time, 1

James Rollins
Erddämmerung (2022) (D) (SF)
The Starless Crown (US)
Ü: Michael Siefener
Heyne, 32127: 1. Aufl. (TB) (DE)
848 S., ISBN: 978-3-453-32127-4

Lara Roner
Ludentes: Die Spielenden (2022) (D) (SF)
Dunkelstern, 4392: 1. Aufl. (TB) (OA)
560 S., ISBN: 978-3-98595-392-9

Kay Roo
Bumerang Effekt (2022) (D) (SF)
Ind. Pub., 3035/4267: 1. Aufl. (TB/HC) (OA)
102/192 S., ISBN: 979-8-407-53035-0 /
979-8-408-04267-8

Dreck im Weltall (2022) (D) (SF)
Ind. Pub., 4986/4557: 1. Aufl. (HC/TB) (OA)
164 S., ISBN: 979-8-410-64986-5 /
979-8-410-64557-7
Serie: Fahnder Felix, 2

Das Drohnennest (2022) (D) (SF)
Ind. Pub., 4868: 1. Aufl. (TB) (OA)
93 S., ISBN: 979-8-411-94868-4

Elysium Privum (2022) (D) (SF)
Ind. Pub., 2416/1949: 1. Aufl. (HC/TB) (OA)
150 S., ISBN: 979-8-410-62416-9 /
979-8-410-61949-3

Es begann mit den Rauschkäfern (2022) (D)
(SF)
Ind. Pub., 3510/3124: 1. Aufl. (HC/TB) (OA)
168 S., ISBN: 979-8-410-63510-3 /
979-8-410-63124-2
Serie: Fahnder Felix, 1

Gurandons und andere Kalamitäten (2022)
(D) (SF)
Ind. Pub., 9797/9380: 1. Aufl. (HC/TB) (OA)
201 S., ISBN: 979-8-411-09797-9 /
979-8-411-09380-3
Serie: Fahnder Felix, 3

Supertrooper (2022) (D) (SF)
Ind. Pub., 2237/1834: 1. Aufl. (HC/TB) (OA)
206 S., ISBN: 979-8-412-12237-3 /
979-8-412-11834-5

Tödliche Antiwelt (2022) (D) (SF)
Ind. Pub., 396: 1. Aufl. (TB) (OA)
71 S., ISBN: 979-8-412-50396-7

Eine total gerechte Welt (2022) (D) (SF)
Ind. Pub., 5349/5512: 1. Aufl. (TB/HC) (OA)
83 S., ISBN: 979-8-841-35349-2 /
979-8-841-35512-0

Der unsichtbare Kommissar (2022) (D) (SF)
Ind. Pub., 1444: 1. Aufl. (TB) (OA)
87 S., ISBN: 979-8-412-51444-4

James Rosone
(mit: T. C. Manning)
In das Feuer (2022) (D) (SF)
Into the Fire (2021) (US)
Ü: Ingrid Könemann-Yarnell
Front Line Pub., 3434: 1. Aufl. (TB) (DE)
377 S., ISBN: 978-1-9576-3434-0
Serie: Aufstieg der Republik, 5

In die Stille (2022) (D) (SF)
Into the Calm (2022) (US)
Ü: Ingrid Könemann-Yarnell
Front Line Pub., 3443: 1. Aufl. (TB) (DE)
372 S., ISBN: 978-1-9576-3443-2
Serie: Aufstieg der Republik, 6

David Rosterberger
Das Matriarchat (2022) (D) (SF)
epubli, 5110: 1. Aufl. (TB) (OA)
296 S., ISBN: 978-3-7565-5110-1

Gerhard Roth
Die Imker (2022) (D) (SF)
S. Fischer, 397467: 1. Aufl. (HC) (OA)
549 S., ISBN: 978-3-10-397467-6

Kiara Roth
Die Rebellion (2022) (D) (SF)
Libri Books on Demand, 5633: 1. Aufl. (HC)
(OA)
270 S., ISBN: 978-3-7543-5633-3
Serie: Silver Soul, 1

Jess Rothenberg
The Kingdom: Das Erwachen der Seele (2022)
(D) (SF)
The Kingdom (2019) (US)
Ü: Reiner Pfleiderer
Oetinger, 225: 1. Aufl. (TB) (DE)
336 S., ISBN: 978-3-7512-0225-1

M. A. Rothman
(mit: D. J. Butler)
Aufstieg des Administrators (2022) (D) (SF)
Rise of the Administrator (2022) (US)
Ü: Michael Krug
Ind. Pub., 4889: 1. Aufl. (TB) (DE)
100 S., ISBN: 979-8-844-54889-5
Serie: Time Trials

(mit: D. J. Butler)
Im Bann der Zeit (2022) (D) (SF)
Time Trials (2022) (US)
Ü: Michael Krug
Primordial Press, 7939/2731: 1. Aufl. (HC/
TB) (DE)
404 S., ISBN: 978-0-9976-7939-7 /
979-8-218-02731-5
Serie: Time Trials

Multiverse (2022) (D) (SF)
Multiverse (2022) (US)
Ü: Michael Krug
Ind. Pub., 7749/7772: 1. Aufl. (TB/HC) (DE)
392 S., ISBN: 979-8-359-97749-4 /
979-8-359-97772-2

S. Rühl
Die Suche nach der Argo (2022) (D) (SF)
Ind. Pub., 3654/3744: 1. Aufl. (HC/TB) (OA)
543 S., ISBN: 979-8-449-53654-9 /
979-8-449-93744-5
Serie: Die neuen Argonauten, 1

Karl-Heinz Rüster
AI-GEDDON (2022) (D) (SF)
Libri Books on Demand, 9653: 1. Aufl. (TB)
(OA)
280 S., ISBN: 978-3-7557-9653-4

Sonja Rüther
Libellenfeuer (2022) (D) (AH)
Knaur, 52740: 1. Aufl. (TB) (OA)
400 S., ISBN: 978-3-426-52740-5
Serie: Geistkrieger, 2

Gerd Rufft
Die leere Stadt (2022) (D) (SF)
Weberhof, 3272: 1. Aufl. (TB) (OA)
224 S., ISBN: 978-3-7546-3272-7

Kerstin Ruhkieck
Acht Momente (2022) (D) (SF)
Libri Books on Demand, 9207: 1. Aufl. (TB) (OA)
396 S., ISBN: 978-3-7557-9207-9
Serie: Rules of Vicinity, 2

Neun Seelen (2022) (D) (SF)
Libri Books on Demand, 9208: 1. Aufl. (TB) (OA)
452 S., ISBN: 978-3-7557-9208-6
Serie: Rules of Vicinity, 3

Horst Ruhnke (mit: Heidi Ruhnke)
Erlebnisse zwischen den Planeten im All (2022) (D) (SF)
tredition, 59009: 1. Aufl. (HC) (OA)
96 S., ISBN: 978-3-347-59009-0
Serie: Die Hüter der Genesis, 6

Die Zukunft ruft (2022) (D) (SF)
tredition, 57716/57714: 1. Aufl. (TB/HC) (OA)
264/100 S., ISBN: 978-3-347-57716-9 / 978-3-347-57714-5
Serie: Die Hüter der Genesis, 5

Wilfried B. Rumpf
Visionen der Welt von morgen (C) (2022) (D) (SF)
Triga, 1293: 1. Aufl. (TB) (OA)
143 S., ISBN: 978-3-95828-293-3

Maike Ruppelt
Manu (2022) (D) (SF)
Ind. Pub., 1855/972: 1. Aufl. (HC/TB) (OA)
399/453 S., ISBN: 979-8-424-61855-0 / 979-8-424-60972-5

Kim Rylee
Praegressus (2022) (D) (SF)
Libri Books on Demand, 5138: 1. Aufl. (TB) (OA)
388 S., ISBN: 978-3-7557-5138-0

Emilio Salgari
Die Wunder des Jahres 2000 (2022) (D) (SF)
Le meraviglie del Duemila (1907) (I)
Ü: Manuel Martinez
Ind. Pub., 1728/1717: 1. Aufl. (HC/TB) (DE)
113 S., ISBN: 979-8-813-31728-6 / 979-8-813-31717-0

Konstantin T. Salmann
Red Giant Star (2022) (D) (SF)
RGS, 42: 1. Aufl. (TB) (OA)
374 S., ISBN: 978-3-948189-42-6

Siegfried Sammet
Krro und das blaue Leuchten (2022) (D) (SF)
Sammet Media Edition SAM: 1. Aufl. (TB) (OA)
488 S., ISBN: 978-3-9825158-0-9

Sarah Sander
Neshka (2022) (D) (SF)
Ind. Pub., 9298: 1. Aufl. (TB) (OA)
293 S., ISBN: 979-8-848-49298-9
Serie: Zirkulum, 2

Erika Sanders
Der Überlebende (2022) (D) (SF)
Erika Sanders, 78063: 1. Aufl. (TB) (OA)
64 S., ISBN: 979-8-201-78063-0
Serie: Hommage an Isaac Asimov, 1

Brandon Sanderson
Starsight – Bis zum Ende der Galaxie (2022) (D) (SF)
Starsight (US)
Ü: Oliver Plaschka
Knaur, 52687: 1. Aufl. (TB) (DE)
512 S., ISBN: 978-3-426-52687-3
Serie: Claim the Stars, 2

W. H. Sarau
Die letzte Schlacht (2022) (D) (SF)
Ind. Pub., 6462: 1. Aufl. (TB) (OA)
324 S., ISBN: 979-8-446-66462-7
Serie: Konstrukt, 3

S. C. Scarlett
Die Zeit im Blut (2022) (D) (SF)
tredition, 78663/78660: 1. Aufl. (HC/TB) (OA)
284/288 S., ISBN: 978-3-347-78663-9 / 978-3-347-78660-8
Serie: Tempcorpinus, 1

Rüdiger Schäfer
Alaskas Odyssee (2022) (D) (SF)
Pabel-Moewig Perry Rhodan Neo, 274: 1. Aufl. (TB) (OA)
161 S., Serie: Perry Rhodan Neo, 274

Der Fluch der Kartanin (2022) (D) (SF)
Pabel-Moewig Perry Rhodan Neo, 284: 1. Aufl.
(TB) (OA)
161 S., Serie: Perry Rhodan Neo, 284

Im Land Catron (2022) (D) (SF)
Pabel-Moewig Perry Rhodan Neo, 289: 1. Aufl.
(TB) (OA)
161 S., Serie: Perry Rhodan Neo, 289

Leticrons Fall (2022) (D) (SF)
Pabel-Moewig Perry Rhodan Neo, 279: 1. Aufl.
(TB) (OA)
161 S., Serie: Perry Rhodan Neo, 279

Der neunte Atorakt (2022) (D) (SF)
Pabel-Moewig Perry Rhodan Neo, 269: 1. Aufl.
(TB) (OA)
161 S., Serie: Perry Rhodan Neo, 269

Weidenburn (2022) (D) (SF)
Pabel-Moewig Perry Rhodan Neo, 294: 1. Aufl.
(TB) (OA)
161 S., Serie: Perry Rhodan Neo, 294

Sebastian Schaefer
Des toten Manns Kiste (2022) (D) (SF)
Eridanus, 31: 1. Aufl. (TB) (OA)
420 S., ISBN: 978-3-946348-31-3

Peter Schattschneider
Extrapolationen (C) (2022) (D) (SF)
Romankiosk, 4739/4738: 1. Aufl. (HC/TB) (OA)
348/372 S., ISBN: 978-3-7549-4739-5 /
978-3-7549-4738-8

Simulationen (C) (2022) (D) (SF)
Romankiosk, 5894/5889: 1. Aufl. (HC/TB) (OA)
288/312 S., ISBN: 978-3-7565-5894-0 /
978-3-7565-5889-6

Anette Schaumlöffel
Eine zweite Chance (2022) (D) (SF)
Libri Books on Demand, 530: 1. Aufl. (TB) (OA)
416 S., ISBN: 978-3-7562-0530-1

Holger Scheffler
Das Erbe der Atrylya 6 (2022) (D) (SF)
epubli, 4582: 1. Aufl. (TB) (OA)
348 S., ISBN: 978-3-7549-4582-7

Das Erbe der Atrylya 7 (2022) (D) (SF)
epubli, 4584: 1. Aufl. (TB) (OA)
340 S., ISBN: 978-3-7549-4584-1

Sissy Scheible
Goethes Labyrinth (2022) (D) (SF)
Burg, 243: 1. Aufl. (TB) (OA)
360 S., ISBN: 978-3-948397-43-2

Vivian Schey
WXE: Mein Weg zu Keria (2022) (D) (SF)
epubli, 390 / Ind. Pub., 6166: 1. Aufl. (HC/TB)
(OA)
672/714 S., ISBN: 978-3-7575-0390-1 /
979-8-367-06166-6

Juliane Schiesel
(Hrsg.)
Acht Wochen Dunkelheit (2022) (D) (SF)
Alea Libris, 85: 1. Aufl. (TB) (OA)
300 S., ISBN: 978-3-945814-95-6

Stillstand: Das Ende von Allem (2022) (D) (SF)
Alea Libris, 89: 1. Aufl. (TB) (OA)
456 S., ISBN: 978-3-945814-89-5

Steve Schild (mit: Avery Seagrave)
Tarantum (2022) (D) (SF)
Libri Books on Demand, 7443: 1. Aufl. (TB)
(OA)
246 S., ISBN: 978-3-7562-7443-7
Serie: Gefangene der Zukunft, 2

Peter Schindler
Leviathan (2022) (D) (SF)
Libri Books on Demand, 2570: 1. Aufl. (TB)
(OA)
700 S., ISBN: 978-3-7562-2570-5
Serie: Tarnas B300433-A, 10

Planetarerkundung (2022) (D) (SF)
Libri Books on Demand, 5957: 1. Aufl. (TB)
(OA)
700 S., ISBN: 978-3-7543-5957-0
Serie: Tarnas B300433-A, 9

Roman Schleifer
Totenstille (2022) (D) (SF)
Pabel-Moewig Perry Rhodan Atlant., 9: 1. Aufl.
(RH) (OA)
64 S., Serie: Perry Rhodan – Atlantis, 9

Aaron Schlüter
Prototyp: Gott 1 (2022) (D) (SF)
epubli, 693: 2. Aufl. (TB) (OA)
240 S., ISBN: 978-3-7565-0693-4

Claire Schmartz
Bug: 010000100101010101000111 (2022)
(D) (SF)
Hydre, 34: 1. Aufl. (TB) (OA)
192 S., ISBN: 978-9998-78-834-3

Ellen Caroline Schmeer
Nülandia: Wie ein Neuanfang gelingt (2022)
(D) (SF)
tredition, 68334/68331: 1. Aufl. (HC/TB) (OA)
504/503 S., ISBN: 978-3-347-68334-1 /
978-3-347-68331-0

Dietmar Schmidt
Der Fall Kerlon (2022) (D) (SF)
Pabel-Moewig Perry Rhodan Neo, 292: 1. Aufl.
(TB) (OA)
161 S., Serie: Perry Rhodan Neo, 292

In der Methanhölle (2022) (D) (SF)
Pabel-Moewig Perry Rhodan Atlant., 6: 1. Aufl.
(RH) (OA)
64 S., Serie: Perry Rhodan – Atlantis, 6

Das Talagon (2022) (D) (SF)
Pabel-Moewig Perry Rhodan Atlant., 10:
1. Aufl. (RH) (OA)
64 S., Serie: Perry Rhodan – Atlantis, 10

Esther S. Schmidt
Rho (2022) (D) (SF)
Plan 9, 39: 1. Aufl. (TB) (OA)
322 S., ISBN: 978-3-948700-39-3

Tommy Schmidt
Femi und die Fische (2022) (D) (SF)
Monochrom Edition Mono, 179: 1. Aufl. (TB)
(OA)
280 S., ISBN: 978-3-902796-79-0

Claus Dieter Schneider
Baluer Himmel über blondem Haar (2022)
(D) (SF)
Bibliothek Provinz, 133: 1. Aufl. (TB) (OA)
268 S., ISBN: 978-3-99126-133-9

J. H. Schneider
Maybe Baby besiegt das Böse (2022) (D) (SF)
epubli, 3696: 1. Aufl. (TB) (OA)
64 S., ISBN: 978-3-7565-3696-2

Marc Schneider (Hrsg.)
World of Cosmos 111 – 114 (2022) (D) (SF)
SFC BHG World of Cosmos, 111 – 114: 1. Aufl.
(EP) (OA)
115/158/124/115 S., Serie: Fanzine: World of
Cosmos, 111 – 114

Michaoj Schnej
Die Schönheit der Saturnringe (2022) (D) (SF)
Ind. Pub., 9093: 1. Aufl. (TB) (OA)
543 S., ISBN: 979-8-443-49093-9

Holger Schnell
Gefangener Geist: Meister der Umnachtung
(2022) (D) (SF)
Ind. Pub., 7373/5772: 1. Aufl. (TB/HC) (OA)
499 S., ISBN: 979-8-353-57373-9 /
979-8-360-55772-2

Martin Schöne
Jan und das Geheimnis der letzten Stunde
(2022) (D) (SF)
Rheinlese, 6: 1. Aufl. (TB) (OA)
328 S., ISBN: 978-3-9822279-6-2
Serie: Die Zeitensammler, 1

Rainer Schorm
Die Cybora-Etappe (2022) (D) (SF)
Pabel-Moewig Perry Rhodan Neo, 276: 1. Aufl.
(TB) (OA)
161 S., Serie: Perry Rhodan Neo, 276

Der Mahlstrom (2022) (D) (SF)
Pabel-Moewig Perry Rhodan Neo, 273: 1. Aufl.
(TB) (OA)
161 S., Serie: Perry Rhodan Neo, 273

Makkos finsteres Herz (2022) (D) (SF)
Pabel-Moewig Perry Rhodan Neo, 278: 1. Aufl.
(TB) (OA)
161 S., Serie: Perry Rhodan Neo, 278

Payntec-Fieber (2022) (D) (SF)
Pabel-Moewig Perry Rhodan Neo, 288: 1. Aufl.
(TB) (OA)
161 S., Serie: Perry Rhodan Neo, 288

Der Plan der Vollendung (2022) (D) (SF)
Pabel-Moewig Perry Rhodan Neo, 293: 1. Aufl.
(TB) (OA)
161 S., Serie: Perry Rhodan Neo, 293

Weite Ferne (2022) (D) (SF)
Pabel-Moewig Perry Rhodan Neo, 283: 1. Aufl.
(TB) (OA)
161 S., Serie: Perry Rhodan Neo, 283

Peter Schrammel
Nekromant der Raumfaltepoche (2022) (D)
(SF)
Libri Books on Demand, 6964: 1. Aufl. (TB)
(OA)
492 S., ISBN: 978-3-7568-6964-0

Erik Schreiber
Seuchenschiff (2022) (D) (SF)
Saphir im Stahl, 163: 1. Aufl. (TB) (OA)
267 S., ISBN: 978-3-96286-063-9
Serie: Sternenlicht, 10

Joe Schreiber
The Mandalorian 2 (2022) (D) (SF)
The Mandalorian 2 (2022) (US)
Ü: Andreas Kasprzak
Panini, 4192: 1. Aufl. (TB) (DE)
216 S., ISBN: 978-3-8332-4192-5
Serie: Star Wars

Mike Schreiner
New Hope (2022) (D) (SF)
Ind. Pub., 8753/7716: 1. Aufl. (HC/TB) (OA)
390/437 S., ISBN: 979-8-837-68753-2 /
979-8-837-67716-8
Serie: Das Laaren-Projekt, 2

Quaesitor (2022) (D) (SF)
Ind. Pub., 4114/363: 1. Aufl. (HC/TB) (OA)
383/426 S., ISBN: 979-8-371-44114-0 /
979-8-371-30363-9
Serie: Das Laaren-Projekt, 3

Marco Bernhard Schrittwieser
Auf Rettungsmission (2022) (D) (SF)
Ind. Pub., 7761: 1. Aufl. (TB) (OA)
404 S., ISBN: 979-8-370-17761-3
Serie: Nova Black Ops, 2

Der Prototyp (2022) (D) (SF)
Ind. Pub., 503: 1. Aufl. (TB) (OA)
416 S., ISBN: 979-8-366-50503-1
Serie: Nova Black Ops, 1

Klaus Schröder
Imana – Kampf um New Eden (2022) (D) (SF)
Libri Books on Demand, 4680: 1. Aufl. (TB)
(OA)
384 S., ISBN: 978-3-7568-4680-1
Serie: Willkommen im Abenteuer Unend-
lichk., 2

Bernd Schuh
Irre real (C) (2022) (D) (SF)
p.machinery AndroSF, 157: 1. Aufl. (TB) (OA)
185 S., ISBN: 978-3-95765-295-9

Erik D. Schulz
Weltmacht ohne Menschen (2022) (D) (SF)
Delfy, 7: 1. Aufl. (TB) (OA)
320 S., ISBN: 978-3-9814022-7-8

Richard Oliver Schulz
Himmelsstürmer (2022) (D) (SF)
Ind. Pub., 4000: 1. Aufl. (TB) (OA)
584 S., ISBN: 979-8-357-44000-6

Identitäten (C) (2022) (D) (SF)
Ind. Pub., 8221/7008: 1. Aufl. (HC/TB) (OA)
316 S., ISBN: 979-8-351-68221-1 /
979-8-351-67008-9

Julian Schulze
Chaos (2022) (D) (SF)
Ind. Pub., 3124/5696: 1. Aufl. (TB/HC) (OA)
541/483 S., ISBN: 979-8-407-43124-4 /
979-8-407-45696-4
Serie: Lost Paradise Chroniken, 2

Utopia (2022) (D) (SF)
Ind. Pub., 358/7358: 1. Aufl. (HC/TB) (OA)
513/571 S., ISBN: 979-8-366-90358-5 /
979-8-365-97358-9
Serie: Lost Paradise Chroniken, 3

E. M. Schumacher
Das Geheimnis der Wächter (2022) (D) (SF)
Ind. Pub., 8460: 1. Aufl. (TB) (OA)
346 S., ISBN: 979-8-356-98460-0
Serie: Engelsjünger, 1

Jens Schumacher
Deep – Gefahr aus der Tiefe (2022) (D) (SF)
Mantikore, 1154: 1. Aufl. (TB) (OA)
360 S., ISBN: 978-3-96188-154-3

Manfred Schumacher
Eiskalte Berge (2022) (D) (SF)
Ind. Pub., 8794: 1. Aufl. (TB) (OA)
442 S., ISBN: 979-8-842-58794-0

Die Suche nach dem geheimnisvollen Kristall
(2022) (D) (SF)
vss, 412: 1. Aufl. (TB) (OA)
517 S., ISBN: 978-9403-68-412-3
Serie: Engelsjünger, 2

Sven Schumann (mit: Hongxia Xiao)
Die Natur intelligenten Lebens (2022) (D) (SF)
Ind. Pub., 6872: 1. Aufl. (TB) (OA)
50 S., ISBN: 979-8-806-16872-7
Serie: Die Reifung der Menschheit, 1

Susan Schwartz
Die Einsamen von Halut (2022) (D) (SF)
Moewig Perry Rhodan, 3185: 1. Aufl. (RH) (OA)
61 S., Serie: Perry Rhodan – Heft, 3185

Fremde in Zeit und Raum (2022) (D) (SF)
Moewig Perry Rhodan, 3161: 1. Aufl. (RH) (OA)
59 S., Serie: Perry Rhodan – Heft, 3161

Haus der Chimären (2022) (D) (SF)
Moewig Perry Rhodan, 3194: 1. Aufl. (RH) (OA)
63 S., Serie: Perry Rhodan – Heft, 3194

Horis Erinnerungen (2022) (D) (SF)
Moewig Perry Rhodan, 3154: 1. Aufl. (RH) (OA)
63 S., Serie: Perry Rhodan – Heft, 3154

Kampf der Kastellanin (2022) (D) (SF)
Moewig Perry Rhodan, 3167: 1. Aufl. (RH) (OA)
59 S., Serie: Perry Rhodan – Heft, 3167

Das Rostland (2022) (D) (SF)
Moewig Perry Rhodan, 3177: 1. Aufl. (RH) (OA)
59 S., Serie: Perry Rhodan – Heft, 3177

Christian Schwarz
Ausflug ins Grauen (2022) (D) (SF)
Bastei Maddrax, 595: 1. Aufl. (RH) (OA)
63 S., Serie: Maddrax, 595

Nachbeben (2022) (D) (SF)
Bastei Maddrax, 591: 1. Aufl. (RH) (OA)
63 S., Serie: Maddrax, 591

Die Schuld der Pancinowa (2022) (D) (SF)
Bastei Maddrax, 583: 1. Aufl. (RH) (OA)
63 S., Serie: Maddrax, 583

Das Wurmloch-Gambit (2022) (D) (SF)
Bastei Maddrax, 584: 1. Aufl. (RH) (OA)
63 S., Serie: Maddrax, 584

Lilly Schwarz
Versprochen, zu dienen (2022) (D) (SF)
epubli, 14: 1. Aufl. (TB) (OA)
352 S., ISBN: 978-3-7575-0014-6
Serie: Blue Eyes – X-Saga, 1

Ruben Schwarz
Startphase (2022) (D) (SF)
Ind. Pub., 2198: 1. Aufl. (TB) (OA)
156 S., ISBN: 979-8-503-72198-0

Cavan Scott
Im Zeichen des Sturms (2022) (D) (SF)
Out of the Shadows (US)
Ü: Andreas Kasprzak
Blanvalet Fantasy, 6311: 1. Aufl. (TB) (DE)
560 S., ISBN: 978-3-7341-6311-1
Serie: Star Wars – Zeit der Hohen Republik, 2

Jean Secré
Wasserblau (2022) (D) (SF)
hochblau, 3: 1. Aufl. (TB) (OA)
320 S., ISBN: 978-3-948549-03-9
Serie: Verborgene Zeit, 3

Miriam Seebris
Freund und Feind (2022) (D) (SF)
Ind. Pub., 1581: 1. Aufl. (TB) (OA)
421 S., ISBN: 979-8-415-81581-4
Serie: Die Zeitläuferin, 4

Ingrid Seemann
Ein ganz normaler Junge: Jonas (2022) (D) (SF)
Twentysix, 1188: 1. Aufl. (TB) (OA)
212 S., ISBN: 978-3-7407-1188-7

Klaus Seibel
Jagd auf die Abtrünnigen (2022) (D) (SF)
Libri Books on Demand, 7442 / Ind. Pub., 5380:
1. Aufl. (TB/HC) (OA)
264/267 S., ISBN: 978-3-7568-7442-2 /
979-8-360-85380-0
Serie: Science Force, 6

Menschendruckerei (2022) (D) (SF)
Ind. Pub., 7555 / Libri Books on Demand, 1025:
1. Aufl. (HC/TB) (OA)
277/276 S., ISBN: 979-8-811-37555-4 /
978-3-7562-1025-1
Serie: Science Force, 5

Olaf Seiwert
Hirnfraß (2022) (D) (SF)
epubli, 433: 1. Aufl. (TB) (OA)
76 S., ISBN: 978-3-7565-0433-6

Garrett P. Serviss
Die zweite Sintflut (2022) (D) (SF)
The Second Deluge (E)
Ü: Wilko Müller jr.
Edition SOLAR-X, 90: 1. Aufl. (TB) (DE)
278 S., ISBN: 978-3-945713-90-7

Jürgen Sester
Wiederkehr (2022) (D) (SF)
epubli, 3206: 1. Aufl. (TB) (OA)
248 S., ISBN: 978-3-7565-3206-3
Serie: The Final Voyage, 2

Jona Sheffield
Der Gegenschlag (2022) (D) (SF)
Ind. Pub., 8191: 1. Aufl. (TB) (OA)
322 S., ISBN: 979-8-360-68191-5
Serie: Transform, 3

Die Invasion (2022) (D) (SF)
Ind. Pub., 5104/5826: 1. Aufl. (TB/HC) (OA)
318/314 S., ISBN: 979-8-803-75104-5 /
979-8-825-85826-5
Serie: Transform, 2

Transform (2022) (D) (SF)
Ind. Pub., 7570/6483: 1. Aufl. (TB/HC) (OA)
402/364 S., ISBN: 979-8-402-27570-6 /
979-8-404-36483-5
Serie: Transform, 1

Harrison Shepard
Auf der Spur der PARAMUR (2022) (D) (SF)
Ind. Pub., 7106: 1. Aufl. (TB) (OA)
504 S., ISBN: 979-8-835-77106-6
Serie: Raumakademie Paluran, 2

Freimuth Shepheart
Ungeheuerrlich gierige Aliens (2022) (D) (SF)
Bookmundo, 403: 1. Aufl. (TB) (OA)
48 S., ISBN: 978-9403-68-403-1

Neal Shusterman (mit: Jarrod Shusterman)
Roxy (2022) (D) (SF)
Roxy (US)
Ü: Pauline Kurbasik, Kristian Lutze
Fischer Sauerländer, 6120: 1. Aufl. (PB) (DE)
448 S., ISBN: 978-3-7373-6120-0

Mika Siegle
Ragnars Welt (2022) (D) (SF)
Atlantis, 1063: 1. Aufl. (HC) (OA)
349 S., ISBN: 978-3-86402-863-2

Johannes Siemers
Für den Admiral (2022) (D) (SF)
Ind. Pub., 1947/9665: 1. Aufl. (HC/TB) (OA)
488/506 S., ISBN: 979-8-837-31947-1 /
979-8-837-29665-9
Serie: Die Curtis-Legende, 6

Cordula Simon
Die Wölfe von Pripyat (2022) (D) (SF)
Residenz, 1750: 1. Aufl. (HC) (OA)
396 S., ISBN: 978-3-7017-1750-7

David A. Simpson
Konvoi des Gemetzels (2022) (D) (SF)
Convoy of Carnage (2017) (US)
Ind. Pub., 8876: 1. Aufl. (TB) (DE)
450 S., ISBN: 979-8-411-58876-7
Serie: Zombie Road, 1

Der Zug des Gemetzels (2022) (D) (SF)
Rage on the Rails (2017) (US)
Ind. Pub., 4619: 1. Aufl. (TB) (DE)
522 S., ISBN: 979-8-412-14619-5
Serie: Zombie Road, 3

Nikodem Skrobisz
Die Nacht danach (2022) (D) (SF)
Libri Books on Demand, 4219: 1. Aufl. (TB)
(OA)
156 S., ISBN: 978-3-7568-4219-3

Ryan Skye
Blaues Erwachen (2022) (D) (SF)
epubli, 5499: 1. Aufl. (TB) (OA)
460 S., ISBN: 978-3-7549-5499-7

Ritter des Sternenreiches (2022) (D) (SF)
epubli, 3695: 1. Aufl. (TB) (OA)
438 S., ISBN: 978-3-7549-3695-5

Schwert des Phönix (2022) (D) (SF)
epubli, 7577: 1. Aufl. (TB) (OA)
467 S., ISBN: 978-3-7549-7577-0
Serie: Phönix-Dilogie, 1

Sternenlied (2022) (D) (SF)
epubli, 1960/2473: 1. Aufl. (TB/HC) (OA)
544 S., ISBN: 978-3-7565-1960-6 /
978-3-7565-2473-0
Serie: Sternenlied-Saga, 1

Weltenfeuer (2022) (D) (SF)
epubli, 3836/3914: 1. Aufl. (TB/HC) (OA)
612 S., ISBN: 978-3-7565-3836-2 /
978-3-7565-3914-7
Serie: Sternenlied-Saga, 2

Eve Smith
Der letzte Weg (2022) (D) (SF)
The Waiting Rooms (E)
Ü: Beate Brammertz
Heyne, 32169: 1. Aufl. (TB) (DE)
448 S., ISBN: 978-3-453-32169-4

Nicholas Sansbury Smith (mit: Anthony J. Melchiorri)
Dark Age 4 (2022) (D) (SF)
Dark Age 4 (US)
Festa, 1010: 1. Aufl. (TB) (DE)
512 S., ISBN: 978-3-98676-010-6
Serie: Dark Age, 4

Ludwig Smodilla
Magnetgeisterwelten: Des Tagtraumsommers
Kaffeerauschelegie (2022) (D) (SF)
epubli, 201: 1. Aufl. (TB) (OA)
72 S., ISBN: 978-3-7575-0201-0

Das Zauberkastel mit dem Falschraumverzer-
rer (C) (2022) (D) (SF)
epubli, 6520: 1. Aufl. (TB) (OA)
72 S., ISBN: 978-3-7549-6520-7

Johanna Söllner
Die Erwählung der jungen Sklavin (2022) (D)
(SF)
Blue Panther, 3188: 1. Aufl. (TB) (OA)
168 S., ISBN: 978-3-7507-3189-9

Morbus Sollistimus
Alien-Paranoia (2022) (D) (SF)
Ind. Pub., 3142/1812: 1. Aufl. (HC/TB) (OA)
86 S., ISBN: 979-8-441-73142-3 /
979-8-441-71812-7

Der Antichrist (2022) (D) (SF)
Ind. Pub., 7460: 1. Aufl. (TB) (OA)
147 S., ISBN: 979-8-441-07460-5

Samuel Sommer

2200 – Zweitausendzweihundert (2022) (D)
(SF)
Ind. Pub., 3961: 1. Aufl. (TB) (OA)
644 S., ISBN: 979-8-801-93961-2

Haen Son

Ende der Weinlese (2022) (D) (SF)
Libri Books on Demand, 2627: 1. Aufl. (TB)
(OA)
252 S., ISBN: 978-3-7562-2627-6

John Sonplaeng

König Joschua: Eine Reise in die Parallelwelt
(2022) (D) (AH)
Ind. Pub., 310: 1. Aufl. (TB) (OA)
159 S., ISBN: 979-8-837-80310-9

Die Weltrevolution (2022) (D) (SF)
Ind. Pub., 4519: 1. Aufl. (TB) (OA)
103 S., ISBN: 979-8-836-74519-6

T. L. Soturi

Dead Inside: The Last Wave (2022) (D) (SF)
Talawah, 80: 1. Aufl. (TB) (OA)
452 S., ISBN: 978-3-947550-60-9

Christopher Sprung

Gefallene Welt: Das Buch der Traurigkeit (2022)
(D) (SF)
epubli, 2676: 1. Aufl. (TB) (OA)
216 S., ISBN: 978-3-7565-2676-5

Oszillation (2022) (D) (SF)
epubli, 5822: 1. Aufl. (TB) (OA)
628 S., ISBN: 978-3-7549-5822-3

Geoff St. Reynard

Armagedon, 1970! Das enorme Zimmer!
(2022) (D) (SF)
<unbekannt / unknown> (US)
Ü: Roman Martinu
Ind. Pub., 8070: 1. Aufl. (HC) (DE)
283 S., ISBN: 979-8-446-38070-1

Die Giganten aus dem Weltall! Achtung die
Space Invaders!
Der Himmel voller Fremder! (2022) (D) (SF)
<unbekannt / unknown> (US)
Ü: Roman Martinu
Ind. Pub., 7059: 1. Aufl. (HC) (DE)
430 S., ISBN: 979-8-446-47059-4

Rache aus der Vergangenheit! Die Welt von
Morgen! Jenseits
des furchterregenden Waldes! (2022) (D) (SF)
<unbekannt / unknown> (US)
Ind. Pub., 2118: 1. Aufl. (HC) (DE)
209 S., ISBN: 979-8-446-42118-3

Der verzauberte Kreuzzug! Keine Panik! (2022)
(D) (SF)
<unbekannt / unknown> (US)
Ind. Pub., 3634: 1. Aufl. (HC) (DE)
199 S., ISBN: 979-8-446-33634-0

Bea Stache

Die Fremden – Erwählt (2022) (D) (SF)
Libri Books on Demand, 6320/5859: 1. Aufl.
(TB/HC) (OA)
328 S., ISBN: 978-3-7568-6320-4 /
978-3-7562-5859-8

Joachim Stahl

Im Takt der Teufelsdroge (2022) (D) (SF)
Saphir im Stahl, 164: 1. Aufl. (TB) (OA)
240 S., ISBN: 978-3-96286-064-6
Serie: Sternenlicht, 11

Leene Stahl

Mittsommer: 2052 – Die Vergangenheit liegt
in der Zukunft (2022) (D) (SF)
Ind. Pub., 6014: 1. Aufl. (TB) (OA)
432 S., ISBN: 979-8-371-86014-9

Simon Stalenhag

Das Labyrinth (2022) (D) (SF)
The Labyrinth (2021) (SW)
Ü: Stefan Pluschkat
Fischer Tor, 70692: 1. Aufl. (HC) (DE)
152 S., ISBN: 978-3-596-70692-1

Julia Stamm

Die Erben von Mira (2022) (D) (SF)
epubli, 3195: 1. Aufl. (TB) (OA)
720 S., ISBN: 978-3-7565-3195-0

Michael Stappert

Libertas (2022) (D) (SF)
epubli, 6246: 1. Aufl. (TB) (OA)
708 S., ISBN: 978-3-7549-6246-6
Serie: Interface, 2

Al Steiger

Anno 2095: Nichts ist, wie es scheint (2022)
(D) (SF)
Libri Books on Demand, 2652: 1. Aufl. (TB)
(OA)
232 S., ISBN: 978-3-7562-2652-8

Manfred Steinbacher

Das Geheimnis des Kyffhäuser (2022) (D) (SF)
epubli, 7633: 1. Aufl. (TB) (OA)
456 S., ISBN: 978-3-7549-7633-3

Im Netz von Mog (2022) (D) (SF)
epubli, 7632: 1. Aufl. (TB) (OA)
324 S., ISBN: 978-3-7549-7632-6

M. H. Steinmetz
Shinigami (2022) (D) (SF)
Ind. Pub., 8760: 1. Aufl. (TB) (OA)
339 S., ISBN: 979-8-795-38760-4

Robert E. Steinmetz
2039 A Cruel New World: Die Zukunft endet
jetzt (2022) (D) (SF)
Ind. Pub., 4437: 1. Aufl. (TB) (OA)
372 S., ISBN: 979-8-366-94437-3

Giele Botter: Eine tödliche Verschwörung
(2022) (D) (SF)
Ind. Pub., 2744: 1. Aufl. (TB) (OA)
502 S., ISBN: 979-8-831-42744-8

Michelle Stern
Die Gezeiten der Audh (2022) (D) (SF)
Moewig Perry Rhodan, 3197: 1. Aufl. (RH) (OA)
59 S., Serie: Perry Rhodan – Heft, 3197

Die Jahrmillionenkarte (2022) (D) (SF)
Moewig Perry Rhodan, 3165: 1. Aufl. (RH) (OA)
59 S., Serie: Perry Rhodan – Heft, 3165

Die Kralasenin (2022) (D) (SF)
Pabel-Moewig Perry Rhodan Atlant., 5: 1. Aufl.
(RH) (OA)
64 S., Serie: Perry Rhodan – Atlantis, 5

Lepso im Visier (2022) (D) (SF)
Moewig Perry Rhodan, 3158: 1. Aufl. (RH) (OA)
63 S., Serie: Perry Rhodan – Heft, 3158

Die letzten Tage von Pordypor (2022) (D) (SF)
Moewig Perry Rhodan, 3188: 1. Aufl. (RH) (OA)
63 S., Serie: Perry Rhodan – Heft, 3188

Das schwarze Verwehen (2022) (D) (SF)
Moewig Perry Rhodan, 3176: 1. Aufl. (RH) (OA)
63 S., Serie: Perry Rhodan – Heft, 3176

Miriam Stettler
Grüeni Schlange (2022) (D) (SF)
tredition, 49985/49987: 1. Aufl. (HC/TB) (OA)
132/204 S., ISBN: 978-3-347-49985-0 /
978-3-347-49987-4

Stefan J. Stoecklein
Die KI-Verschwörung (2022) (D) (SF)
Ind. Pub., 1246: 1. Aufl. (TB) (OA)
305 S., ISBN: 979-8-831-91246-3

Bernd Stöhr
DeepSky: Die letzte Entscheidung (2022) (D)
(SF)
Libri Books on Demand, 8427: 1. Aufl. (TB)
(OA)
500 S., ISBN: 978-3-7568-8427-8
Serie: DarkSky, 3

Yves Gorat Stommel
Retrovolution (2022) (D) (SF)
Ind. Pub., 8083: 1. Aufl. (TB) (OA)
430 S., ISBN: 979-8-835-18083-7

Tana Stone
Gestalkt (2022) (D) (SF)
Stalk (2022) (E)
Broadmoor Allgemeine Reihe, 9446: 1. Aufl.
(TB) (DE)
280 S., ISBN: 978-1-9575-9446-0
Serie: Himmelsklan der Taori, 2

Unterworfen (2022) (D) (SF)
Submit (2022) (E)
Broadmoor Allgemeine Reihe, 9425: 1. Aufl.
(TB) (DE)
338 S., ISBN: 978-1-9575-9425-5
Serie: Himmelsklan der Taori, 1

Verführt (2022) (D) (SF)
Seduce (2022) (E)
Broadmoor Allgemeine Reihe, 9452: 1. Aufl.
(TB) (DE)
302 S., ISBN: 978-1-9575-9452-1
Serie: Himmelsklan der Taori, 3

Britta Strauß
Galaxy Hunter (C) (2022) (D) (SF)
Ind. Pub., 2334: 1. Aufl. (TB) (OA)
430 S., ISBN: 979-8-827-52334-5
Serie: Galaxy Hunter (TB), 1

Ronald Streibel
Reise zum Ende der Zeit (2022) (D) (SF)
Ind. Pub., 5081: 1. Aufl. (TB) (OA)
249 S., ISBN: 979-8-359-05081-4

Christian Streichan
Der Chipler: Chip 123 XX FF VTZ exisiert nicht
mehr! (2022) (D) (SF)
Ind. Pub., 7223: 1. Aufl. (TB) (OA)
150 S., ISBN: 979-8-448-27223-3

Robert Stretfield
In 13 Jahren (2022) (D) (SF)
net, 547: 1. Aufl. (HC) (OA)
268 S., ISBN: 978-3-95720-347-2

Daniel Strobel
Laser-Raptoren im Ski Erholungsgebiet (C)
(2022) (D) (SF)
Daniel Strobel, 1: 1. Aufl. (TB) (OA)
113 S., ISBN: 978-3-9823736-1-4

Philipp Nathanael Stubbs
Der stille Planet (2022) (D) (SF)
Ind. Pub., 5502/3465: 1. Aufl. (TB/HC) (OA)
400/385 S., ISBN: 979-8-366-05502-4 /
979-8-366-23465-8
Serie: Rodderick & Storm, 4

Richard Sturmport
Die Planetenhändler (2022) (D) (SF)
Libri Books on Demand, 6396: 1. Aufl. (TB)
(OA)
476 S., ISBN: 978-3-7534-6396-4

Andreas Suchanek
Der Anschlag (2022) (D) (SF)
Greenlight Press Heliosphere 2278, 1: 1. Aufl.
(HC/TB) (OA)
328 S., ISBN: 978-3-95834-469-3 /
978-3-95834-464-8
Serie: Heliosphere 2278, 1

Interspace One (2022) (D) (SF)
Piper Fantasy, 70634: 1. Aufl. (PB) (OA)
378 S., ISBN: 978-3-492-70634-6

Dan Sugralinov
Die dämonischen Spiele (2022) (D) (SF)
The Demonic Games (2021) (US)
Magic Dome, 809/808: 1. Aufl. (HC/TB) (DE)
541 S., ISBN: 978-80-7619-709-1 /
978-80-7619-708-4
Serie: Disgardium, 7

Feind des Infernos (2022) (D) (SF)
Enemy of the Inferno (2021) (US)
Magic Dome, 922/923: 1. Aufl. (TB/HC) (DE)
529 S., ISBN: 978-80-7619-822-7 /
978-80-7619-823-4
Serie: Disgardium, 8

Der Pfad des Geistes (2022) (D) (SF)
Path of Spirit (2021) (US)
Magic Dome, 677/676: 1. Aufl. (HC/TB) (DE)
481 S., ISBN: 978-80-7619-577-6 /
978-80-7619-576-9
Serie: Disgardium, 6

Bernhard Sumser
Chancenlos: Von Anfang an (2022) (D) (SF)
Buchschmiede, 310/312: 1. Aufl. (HC/TB) (OA)
368 S., ISBN: 978-3-99139-310-8 /
978-3-99139-312-2

Dwight V. Swain
Dunkles Schicksal (2022) (D) (SF)
Dark Destiny (1952) (US)
Ü: Alfons Winkelmann
Blitz Terra, 1: 1. Aufl. (TB) (DE), 135 S.

James Swallow
Die Asche von morgen (2022) (D) (SF)
The Ashes of Tomorrow (2021) (US)
Ü: Katrin Aust
Cross Cult Star Trek Coda, 2: 1. Aufl. (TB) (DE)
400 S., ISBN: 978-3-96658-958-1
Serie: Enterprise – Coda, 2

Franziska Szmania
Flora: Jagd durch den Regenwald (2022) (D)
(SF)
Ind. Pub., 8862 / via tolino, 7455: 1. Aufl.
(HC/TB) (OA)
392 S., ISBN: 979-8-809-18862-3 /
978-3-7546-7455-0

Harald Taglinger
Icke (2022) (D) (SF)
Libri Books on Demand, 4571: 1. Aufl. (HC)
(OA)
296 S., ISBN: 978-3-7543-4571-9
Serie: Glückstrilogie, 1

Norbert (2022) (D) (SF)
Libri Books on Demand, 2863: 1. Aufl. (HC)
(OA)
196 S., ISBN: 978-3-7562-2863-8
Serie: Glückstrilogie, 2

Kendall Talbot
Erste Welle (2022) (D) (SF)
First Fate (2020) (US)
Ind. Pub., 3793: 1. Aufl. (TB) (OA)
396 S., ISBN: 979-8-369-73793-4
Serie: Wellen des Schicksals, 1

Sylvia Taschka
Wiederkunft (2022) (D) (SF)
Jacobs, 7: 1. Aufl. (TB) (OA)
360 S., ISBN: 978-3-89918-507-2

Julia Tauwald
Seelenflamme (2022) (D) (SF)
Libri Books on Demand, 3059/8399: 1. Aufl.
(HC/TB) (OA)
514 S., ISBN: 978-3-7386-3059-6 /
978-3-7543-8399-5
Serie: Befallen, 2

Dennis E. Taylor
Himmelsfluss (2022) (D) (SF)
Heaven's River (US)
Ü: Urban Hofstetter
Heyne, 32166: 1. Aufl. (PB) (DE)
720 S., ISBN: 978-3-453-32166-3
Serie: Bobiverse, 4

Jana Taysen
Wir Verstoßenen (2022) (D) (SF)
Kirschbuch, 18: 1. Aufl. (TB) (OA)
580 S., ISBN: 978-3-948736-18-7
Serie: Wir Verlorenen, 2

Adrian Tchaikovsky
Die Scherben der Erde (2022) (D) (SF)
Shards of Earth (2021) (E)
Ü: Irene Holicki
Heyne, 32182: 1. Aufl. (PB) (DE)
640 S., ISBN: 978-3-453-32182-3
Serie: Scherben der Erde, 1

Tag des Aufstiegs (2022) (D) (SF)
Day of Ascension (E)
Ü: Birgit Hausmayer
Black Library Warhammer & 40000, 1608:
1. Aufl. (TB) (DE)
220 S., ISBN: 978-1-80026-608-7
Serie: Warhammer 40000

Anton Tekshin
Endspiel (2022) (D) (SF)
Endgame (2022) (US)
Magic Dome, 841/842: 1. Aufl. (TB/HC) (DE)
511 S., ISBN: 978-80-7619-741-1 /
978-80-7619-742-8
Serie: Aufgetaut, 5

Ein gutes Spiel (2022) (D) (SF)
Good Game (2021) (US)
Magic Dome, 743/744: 1. Aufl. (TB/HC) (DE)
471 S., ISBN: 978-80-7619-643-8 /
978-80-7619-644-5
Serie: Aufgetaut, 3

Ein Held der alten Schule (2022) (D) (SF)
Old-School (2021) (US)
Magic Dome, 623/624: 1. Aufl. (TB/HC) (DE)
483 S., ISBN: 978-80-7619-523-3 /
978-80-7619-524-0
Serie: Aufgetaut, 2

Ein mörderisches Spiel (2022) (D) (SF)
Killer Play (2022)(US)
Magic Dome, 797/796: 1. Aufl. (HC/TB) (DE)
547 S., ISBN: 978-80-7619-697-1 /
978-80-7619-696-4
Serie: Aufgetaut, 4

Uwe Tellkamp
Der Schlaf in den Uhren (2022) (D) (SF)
Suhrkamp, 43100: 1. Aufl. (HC) (OA)
904 S., ISBN: 978-3-518-43100-9

Heiko Tessmann
Charis: Die Reise (2022) (D) (SF)
Libri Books on Demand, 1579: 1. Aufl. (TB)
(OA)
292 S., ISBN: 978-3-7568-1579-1

Insel 64 (2022) (D) (SF)
Libri Books on Demand, 7815: 1. Aufl. (TB)
(OA)
456 S., ISBN: 978-3-7557-7815-8
Serie: Insel 64

Die Niederlage der Nike (C) (2022) (D) (SF)
Libri Books on Demand, 3996: 1. Aufl. (TB)
(OA)
316 S., ISBN: 978-3-7562-3996-2
Serie: Insel 64

Nick Thacker
Der Amazonas-Code (2022) (D) (SF)
The Amazon Code (2016) (US)
Ü: Tina Lohse
Luzifer, 791: 1. Aufl. (TB) (DE)
352 S., ISBN: 978-3-95835-691-7
Serie: Harvey Bennett, 2

Georg E. Thaller
Der Austausch (2022) (D) (SF)
Ind. Pub., 2938: 1. Aufl. (TB) (OA)
93 S., ISBN: 979-8-413-32938-2
Serie: Sternenzigeuner, 203

Die Brüder Morales (2022) (D) (SF)
Ind. Pub., 7447: 1. Aufl. (TB) (OA)
101 S., ISBN: 979-8-444-37447-4
Serie: Sternenzigeuner, 206

Die Führung der Galaktischen Patrouille (2022)
(D) (SF)
Ind. Pub., 5324: 1. Aufl. (TB) (OA)
91 S., ISBN: 979-8-405-65324-2
Serie: Sternenzigeuner, 202

Die Gegenstation (2022) (D) (SF)
Ind. Pub., 9850: 1. Aufl. (TB) (OA)
96 S., ISBN: 979-8-839-09850-3
Serie: Sternenzigeuner, 212

Die Häscher (2022) (D) (SF)
Ind. Pub., 5300: 1. Aufl. (TB) (OA)
104 S., ISBN: 979-8-841-05300-2
Serie: Sternenzigeuner, 213

Der halb volle Honigtopf (2022) (D) (SF)
Ind. Pub., 1764: 1. Aufl. (TB) (OA)
99 S., ISBN: 979-8-368-11764-5
Serie: Sternenzigeuner, 221

Der Honigtopf (2022) (D) (SF)
Ind. Pub., 9904: 1. Aufl. (TB) (OA)
94 S., ISBN: 979-8-366-99904-5
Serie: Sternenzigeuner, 220

Der Klub der Chef-Sekretärinnen (2022) (D)
(SF)
Ind. Pub., 7337: 1. Aufl. (TB) (OA)
92 S., ISBN: 979-8-353-27337-0
Serie: Sternenzigeuner, 216

Die Kunden (2022) (D) (SF)
Ind. Pub., 2090: 1. Aufl. (TB) (OA)
102 S., ISBN: 979-8-357-92090-4
Serie: Sternenzigeuner, 217

Kundschafter (2022) (D) (SF)
Ind. Pub., 6169: 1. Aufl. (TB) (OA)
101 S., ISBN: 979-8-810-36169-5
Serie: Sternenzigeuner, 208

Das Quiz (2022) (D) (SF)
Ind. Pub., 538: 1. Aufl. (TB) (OA)
96 S., ISBN: 979-8-837-70538-0
Serie: Sternenzigeuner, 211

Reiche Beute (2022) (D) (SF)
Ind. Pub., 4416: 1. Aufl. (TB) (OA)
96 S., ISBN: 979-8-827-44416-9
Serie: Sternenzigeuner, 209

Das Schattenreich (2022) (D) (SF)
Ind. Pub., 4042: 1. Aufl. (TB) (OA)
103 S., ISBN: 979-8-844-14042-6
Serie: Sternenzigeuner, 214

Der Schiffsfriedhof (2022) (D) (SF)
Ind. Pub., 3269: 1. Aufl. (TB) (OA)
94 S., ISBN: 979-8-794-63269-9
Serie: Sternenzigeuner, 201

Der Schiffsfriedhof (2022) (D) (SF)
Ind. Pub., 7139: 1. Aufl. (TB) (OA)
92 S., ISBN: 979-8-832-87139-4
Serie: Sternenzigeuner, 210

Die vergessenen Touristen (2022) (D) (SF)
Ind. Pub., 5394: 1. Aufl. (TB) (OA)
95 S., ISBN: 979-8-435-15394-1
Serie: Sternenzigeuner, 205

Die vermissten Kriegsschiffe (2022) (D) (SF)
Ind. Pub., 4804: 1. Aufl. (TB) (OA)
95 S., ISBN: 979-8-362-44804-2
Serie: Sternenzigeuner, 218

Die vermissten Meerjungfrauen (2022) (D) (SF)
Ind. Pub., 448: 1. Aufl. (TB) (OA)
97 S., ISBN: 979-8-419-10448-8
Serie: Sternenzigeuner, 204

Die vermissten Siedler (2022) (D) (SF)
Ind. Pub., 8639: 1. Aufl. (TB) (OA)
100 S., ISBN: 979-8-803-88639-6
Serie: Sternenzigeuner, 207

Die Verschwörer (2022) (D) (SF)
Ind. Pub., 3951: 1. Aufl. (TB) (OA)
99 S., ISBN: 979-8-363-73951-4
Serie: Sternenzigeuner, 219

Die verschwundenen Siedler (2022) (D) (SF)
Ind. Pub., 7539: 1. Aufl. (TB) (OA)
101 S., ISBN: 979-8-351-27539-0
Serie: Sternenzigeuner, 215

Der zweite Honigtopf (2022) (D) (SF)
Ind. Pub., 4411: 1. Aufl. (TB) (OA)
92 S., ISBN: 979-8-371-54411-7
Serie: Sternenzigeuner, 222

Thariot
Kinder der 1000 Meere (2022) (D) (SF)
Ind. Pub., 554: 1. Aufl. (TB) (OA)
440 S., ISBN: 979-8-838-10554-7
Serie: Nomads, 2

Kinder der 1000 Sonnen (2022) (D) (SF)
Ind. Pub., 5093: 1. Aufl. (TB) (OA)
444 S., ISBN: 979-8-418-35093-0
Serie: Nomads, 1

(mit: Sam Feuerbach)
Zeitschmerz (2022) (D) (SF)
Ind. Pub., 4050: 1. Aufl. (TB) (OA)
366 S., ISBN: 979-8-368-34050-0
Serie: Instabil, 5

Verena Themsen
Blitzreiterin (2022) (D) (SF)
Moewig Perry Rhodan, 3153: 1. Aufl. (RH) (OA)
65 S., Serie: Perry Rhodan – Heft, 3153

Matthias Thieme
Die verlorene Seele (2022) (D) (SF)
Ind. Pub., 5337: 1. Aufl. (TB) (OA)
748 S., ISBN: 979-8-848-55337-6

Thomas Thiemeyer
Countdown – Der letzte Widerstand (2022)
(D) (SF)
Arena, 60446: 1. Aufl. (HC) (OA)
440 S., ISBN: 978-3-401-60446-6

Evelyne Thies
Zukunftgeschichten (C) (2022) (D) (SF)
Re di Roma, 2504: 1. Aufl. (TB) (OA)
48 S., ISBN: 978-3-98527-504-5

H. L. Thomas
Shine (2022) (D) (SF)
epubli, 6692: 1. Aufl. (TB) (OA)
376 S., ISBN: 978-3-7549-6692-1
Serie: Schattenkriege, 3

P. C. Thomas
Die Geflohenen (2022) (D) (SF)
Ind. Pub., 9363: 1. Aufl. (TB) (OA)
622 S., ISBN: 979-8-352-19363-1
Serie: Stadt unter Glas, 2

Tade Thompson
Fern vom Licht des Himmels (2022) (D) (SF)
Far From the Light of Heaven (2021) (E)
Ü: Jakob Schmidt
Golkonda, 359: 1. Aufl. (PB) (DE)
384 S., ISBN: 978-3-965090-59-0

Rosewater – Der Aufstand (2022) (D) (SF)
The Rosewater Insurrection (2019) (E)
Ü: Jakob Schmidt
Golkonda, 326: 1. Aufl. (PB) (DE)
400 S., ISBN: 978-3-965090-26-2
Serie: Wormwood-Trilogie, 2

Vanessa A. Thompson
Beta: Riskantes Spiel (2022) (D) (SF)
Libri Books on Demand, 9825/9847: 1. Aufl.
(TB/HC) (OA)
376 S., ISBN: 978-3-7543-9825-8 /
978-3-7543-9847-0
Serie: Phase Chronicles, 2

Gav Thorpe
Auferstehung (2022) (D) (SF)
Armageddon Saint (E)
Black Library Warhammer & 40000, 578:
1. Aufl. (PB) (DE)
400 S., ISBN: 978-1-78193-578-1
Serie: Warhammer 40000: Die Todgeweihten, 4

Luther – Der erste Gefallene (2022) (D) (SF)
Luther: First of the Fallen (E)
Ü: Birgit Hausmayer
Black Library Warhammer & 40000, 614:
1. Aufl. (HC) (DE)
256 S., ISBN: 978-1-80026-614-8
Serie: Warhammer 40000: Horus Heresy

Die Wolfszeit (2022) (D) (SF)
The Wolftime (E)
Ü: Birgit Hausmayer
Black Library Warhammer & 40000, 574:
1. Aufl. (PB) (DE)
520 S., ISBN: 978-1-78193-574-3
Serie: Warhammer 40000: Feuerdämmerung, 3

Michael Marcus Thurner
Flucht der Kosmokratin (2022) (D) (SF)
Moewig Perry Rhodan, 3196: 1. Aufl. (RH) (OA)
63 S., Serie: Perry Rhodan – Heft, 3196

Im Chaofaktenhort (2022) (D) (SF)
Moewig Perry Rhodan, 3191: 1. Aufl. (RH) (OA)
60 S., Serie: Perry Rhodan – Heft, 3192

Im Primordialen Korridor (2022) (D) (SF)
Moewig Perry Rhodan, 3183: 1. Aufl. (RH) (OA)
59 S., Serie: Perry Rhodan – Heft, 3183

Lloyd und das Chaofaktum (2022) (D) (SF)
Moewig Perry Rhodan, 3164: 1. Aufl. (RH) (OA)
63 S., Serie: Perry Rhodan – Heft, 3164

Die Schwarzen Gärten von Ogygia (2022)
(D) (SF)
Moewig Perry Rhodan, 3152: 1. Aufl. (RH) (OA)
63 S., Serie: Perry Rhodan – Heft, 3152

Die Telepathische Allianz (2022) (D) (SF)
Moewig Perry Rhodan, 3174: 1. Aufl. (RH) (OA)
63 S., Serie: Perry Rhodan – Heft, 3174

(mit: Christian Montillon)
Unter dem Nabel von Zou Skost (2022) (D) (SF)
Moewig Perry Rhodan, 3192: 1. Aufl. (RH) (OA)
63 S., Serie: Perry Rhodan – Heft, 3192

Unter dem Neutronenstern (2022) (D) (SF)
Moewig Perry Rhodan, 3151: 1. Aufl. (RH) (OA)
59 S., Serie: Perry Rhodan – Heft, 3151

Lisa Thyssen
Dunkle Geheimnisse (2022) (D) (SF)
Sistabooks, 29: 1. Aufl. (TB) (OA)
428 S., ISBN: 978-3-907860-29-8
Serie: Magic Kids, 2

Burkhard Tomm-Bub
Auf die Schnelle – Science Fiction & Co. (C)
(2022) (D) (SF)
Libri Books on Demand, 7164: 1. Aufl. (TB)
(OA)
44 S., ISBN: 978-3-7534-7164-8

Alf Tondern
Ich war Angela Merkel (2022) (D) (SF)
tredition, 56267: 1. Aufl. (TB) (OA)
204 S., ISBN: 978-3-347-56267-7

Roland A. Toonen
Schlachtfeld Erde (2022) (D) (SF)
Ind. Pub., 2633: 1. Aufl. (TB) (OA)
264 S., ISBN: 979-8-836-82633-8
Serie: Liga intelligenter Lebewesen, 1

Eric Torda
Kampf um den Systemkern (2022) (D) (SF)
Libri Books on Demand, 494: 1. Aufl. (TB) (OA)
412 S., ISBN: 978-3-7568-0494-8
Serie: Soulstreamer, 2

Die mechanische Festung (2022) (D) (SF)
Libri Books on Demand, 6733: 1. Aufl. (TB)
(OA)
368 S., ISBN: 978-3-7543-6733-9
Serie: Soulstreamer, 1

Thomas Tralantry
Jason Herkinster (2022) (D) (SF)
Ind. Pub., 4393: 1. Aufl. (TB) (OA)
319 S., ISBN: 979-8-803-44393-3
Serie: Spaceship U.N.K.N.O.W.N., 5

Joshua Tree
(mit: Dominik A. Meier)
Ankunft der Dunkelheit (2022) (D) (SF)
Ind. Pub., 387/6224: 1. Aufl. (HC/TB) (OA)
311/426 S., ISBN: 979-8-368-10387-7 /
979-8-367-86224-9
Serie: Invasion, 1

Der Jenseits-Code (2022) (D) (SF)
Ind. Pub., 5545: 1. Aufl. (TB) (OA)
442 S., ISBN: 979-8-843-35545-6

Das letzte Schlachtschiff (2022) (D) (SF)
Ind. Pub., 7561: 1. Aufl. (TB) (OA)
462 S., ISBN: 979-8-409-67561-5
Serie: Das letzte Schlachtschiff, 1

Oberon entfesselt (2022) (D) (SF)
Ind. Pub., 703: 1. Aufl. (TB) (OA)
452 S., ISBN: 979-8-835-30703-6
Serie: Das letzte Schlachtschiff, 4

Das Objekt (2022) (D) (SF)
A7L Thrilling Books, 509: 1. Aufl. (TB) (OA)
332 S., ISBN: 978-3-98595-509-1

Schlachtfeld Erde (2022) (D) (SF)
Ind. Pub., 4543: 1. Aufl. (TB) (OA)
444 S., ISBN: 979-8-432-74543-9
Serie: Das letzte Schlachtschiff, 2

Tore zur Hölle (2022) (D) (SF)
Ind. Pub., 8155: 1. Aufl. (TB) (OA)
414 S., ISBN: 979-8-812-98155-6
Serie: Das letzte Schlachtschiff, 3

Jan Trouw
Menschenfleisch (2022) (D) (SF)
Libri Books on Demand, 2070: 1. Aufl. (TB)
(OA)
318 S., ISBN: 978-3-7562-2070-0

E. C. Tubb
Melome (2022) (D) (SF)
Melome (1983) (E)
Ü: Dirk Van den Boom
Atlantis, 1072: 1. Aufl. (TB) (DE)
180 S., ISBN: 978-3-86402-872-4
Serie: Earl Dumarest, 28

Wolfram Tungsten
Nekyia: Spurensuche in der Unterwelt (2022)
(D) (SF)
Harderstar, 549: 1. Aufl. (TB) (OA)
310 S., ISBN: 978-9083-20-549-6

A. Tupolewa (mit: Bastian J. Kurz)
Der Kuss der Apokalypse (2022) (D) (SF)
Twentysix, 8772: 1. Aufl. (TB) (OA)
124 S., ISBN: 978-3-7407-8772-1
Serie: Die Eispiraten, 3

Dana Twin
Äonenkind (2022) (D) (SF)
Re di Roma, 2669: 1. Aufl. (TB) (OA)
328 S., ISBN: 978-3-98527-669-1
Serie: Amelie, 2

Yuri Ulengov
Die Wächter der Grenze (2022) (D) (SF)
The Guardian of the Verge (2021) (E)
Magic Dome, 826/827: 1. Aufl. (TB/HC) (DE)
489 S., ISBN: 978-80-7619-726-8 /
978-80-7619-727-5
Serie: Sperrgebiet, 3

Wolfgang Ullrich
Ganz wie ein Mensch (2022) (D) (SF)
UniScripta, 29: 1. Aufl. (TB) (OA)
228 S., ISBN: 978-3-942728-29-4

Axel Ulrich
Herbert und die letzte Atombombe (2022)
(D) (SF)
Ind. Pub., 6625: 1. Aufl. (TB) (OA)
264 S., ISBN: 979-8-842-26625-8
Serie: Herbert, 3

Umbrella Brothers
Exil (2022) (D) (SF)
Ind. Pub., 6775: 1. Aufl. (TB) (OA)
288 S., ISBN: 979-8-791-26775-7
Serie: Das verlorene Volk, 1

Vera Elle Unita
Daisy & Rebel (2022) (D) (SF)
<unbekannt / unknown> (US)
Independently Pub., 1302: 1. Aufl. (TB) (DE)
278 S., ISBN: 979-8-808-61302-7
Serie: Alien-Kink, 3

Mea & Lore (2022) (D) (SF)
Independently Pub., 9512: 1. Aufl. (TB) (DE)
278 S., ISBN: 979-8-354-99512-7
Serie: Alien-Kink, 4

Sia & Razon (2022) (D) (SF)
<unbekannt / unknown> (US)
Independently Pub., 8593: 1. Aufl. (TB) (DE)
220 S., ISBN: 979-8-808-98593-3
Serie: Alien-Kink, 2

Adrian Urban
Die Killer-App (2022) (D) (SF)
p.machinery AndroSF, 127: 1. Aufl. (TB) (OA)
440 S., ISBN: 978-3-95765-275-1
Serie: Ram Collins, 1

Wim Vandemaan
Haus der Maghane (2022) (D) (SF)
Moewig Perry Rhodan, 3168: 1. Aufl. (RH) (OA)
63 S., Serie: Perry Rhodan – Heft, 3168

Roter Stern über der Ruhrstadt (2022) (D) (SF)
Moewig Perry Rhodan, 3181: 1. Aufl. (RH) (OA)
60 S., Serie: Perry Rhodan – Heft, 3181

Dirk Van den Boom
Der Ruf des Marschalls (2022) (D) (AH)
Atlantis, 980: 1. Aufl. (TB) (OA)
253 S., ISBN: 978-3-86402-780-2
Serie: Kaiserkrieger (3), 2

John Vanderspeigle
Die erste Zeit (2022) (D) (SF)
epubli, 24: 1. Aufl. (TB) (OA)
300 S., ISBN: 978-3-7565-0024-6
Serie: Die Hüter des letzten Tores, 1

Die zweite Zeit (2022) (D) (SF)
epubli, 2822: 1. Aufl. (TB) (OA)
264 S., ISBN: 978-3-7565-2822-6
Serie: Die Hüter des letzten Tores, 2

Armin Varga
Der Wahre (2022) (D) (SF)
Elvea, 111: 1. Aufl. (TB) (OA)
298 S., ISBN: 978-3-946751-11-3
Serie: Stein von Ghalad, 4

Alexander Vassilenko (mit: Anton Mitleider)
Die Begegnung (2022) (D) (SF)
Ind. Pub., 6212/9584: 1. Aufl. (TB/HC) (OA)
219/206 S., ISBN: 979-8-361-96212-9 /
979-8-365-99584-0

Valerius Vauclain
Der Mann mit der Kappe: Die neue Ordnung
(2022) (D) (SF)
Bookmundo, 929: 1. Aufl. (TB) (OA)
568 S., ISBN: 978-9403-66-929-8

Kerstin B. Veen
Der Idiotenverein: Das Matriarchat schlägt
zurück (2022) (D) (SF)
Libri Books on Demand, 3007: 1. Aufl. (TB)
(OA)
416 S., ISBN: 978-3-7557-3007-1

Sascha Vennemann
Fluchtpunkt Venus (2022) (D) (SF)
Pabel-Moewig Perry Rhodan Atlant., 3: 1. Aufl.
(RH) (OA)
64 S., Serie: Perry Rhodan – Atlantis, 3

Zwischen den Sternen (2022) (D) (SF)
Bastei Maddrax, 575: 1. Aufl. (RH) (OA)
63 S., Serie: Maddrax, 575

Roman Viktors
Die AG (2022) (D) (SF)
Libri Books on Demand, 6017: 1. Aufl. (TB)
(OA)
376 S., ISBN: 978-3-7519-6017-5

Horst Vogel
Zeit der Allmächtigen (2022) (D) (SF)
Ind. Pub., 4542: 1. Aufl. (TB) (OA)
392 S., ISBN: 979-8-837-14542-1

Freddy Vogt
Überfall aus dem Außerhalb (2022) (D) (SF)
epubli, 7974: 1. Aufl. (TB) (OA)
116 S., ISBN: 978-3-7549-7974-7

Judith C. Vogt
(mit: Christian Vogt)
Laylayland (2022) (D) (SF)
Plan 9, 77: 1. Aufl. (TB) (OA)
332 S., ISBN: 978-3-948700-77-5
Serie: Wasteland, 2

(mit: Kathrin Dodenhoeft, Lena Richter) (Hrsg.)
Queer*Welten 2022/07 (2022) (D) (SF)
Ach je, 85: 1. Aufl. (TB) (OA)
60 S., ISBN: 978-3-947720-85-9

(mit: Heike Knopp-Sullivan, Lena Richter)
(Hrsg.)
Queer*Welten 2022/08 (2022) (D) (SF)
Ach je, 91: 1. Aufl. (TB) (OA)
120 S., ISBN: 978-3-947720-91-0

(mit: Heike Knopp-Sullivan, Lena Richter)
(Hrsg.)
Queer*Welten 2022/09 (2022) (D) (SF)
Ach je, 95: 1. Aufl. (TB) (OA)
106 S., ISBN: 978-3-947720-95-8

Lutz Vordermayer
JWD: Leben und Tod auf dem Mars (2022)
(D) (SF)
Ind. Pub., 4207: 1. Aufl. (TB) (OA)
285 S., ISBN: 979-8-848-84207-4

Helena Wagenschütz
Die Wahrhaftigen (2022) (D) (SF)
Lindwurm, 66: 1. Aufl. (TB) (OA)
350 S., ISBN: 978-3-948695-66-8

Herbert Wagner
Skystar (2022) (D) (SF)
Yantra, 34: 1. Aufl. (TB) (OA)
52 S., ISBN: 978-3-903276-34-5

Uwe Wagner
Geheimakte Bratappel (2022) (D) (SF)
Libri Books on Demand, 2878: 1. Aufl. (TB)
(OA)
588 S., ISBN: 978-3-7562-2878-2

Monika Walke
Anna die Auserwählte (2022) (D) (SF)
Ind. Pub., 1964: 1. Aufl. (TB) (OA)
290 S., ISBN: 979-8-351-71964-1
Serie: Pelargona: Planet der roten Monde, 3

Die Eisfürsten (2022) (D) (SF)
Ind. Pub., 1633: 1. Aufl. (TB) (OA)
298 S., ISBN: 979-8-819-61633-8
Serie: Amathea: Planet der roten Monde, 2

John Walker
Allianz (2022) (D) (SF)
Ind. Pub., 7964: 1. Aufl. (TB) (OA)
392 S., ISBN: 979-8-357-97964-3
Serie: Vermächtniskrieg, 3

Artefakt (2022) (D) (SF)
Ind. Pub., 6771: 1. Aufl. (TB) (OA)
382 S., ISBN: 979-8-826-66771-2
Serie: Aufstieg der Menschheit, 6

Behemoth (2022) (D) (SF)
Ind. Pub., 3236: 1. Aufl. (TB) (OA)
372 S., ISBN: 979-8-407-13236-3
Serie: Aufstieg der Menschheit, 1

Konflikt (2022) (D) (SF)
Ind. Pub., 7632: 1. Aufl. (TB) (OA)
383 S., ISBN: 979-8-803-77632-1
Serie: Aufstieg der Menschheit, 4

Kriegskunst (2022) (D) (SF)
Ind. Pub., 9557: 1. Aufl. (TB) (OA)
278 S., ISBN: 979-8-413-39557-8
Serie: Aufstieg der Menschheit, 2

Offensive (2022) (D) (SF)
Ind. Pub., 2086: 1. Aufl. (TB) (OA)
390 S., ISBN: 979-8-845-92086-7
Serie: Aufstieg der Menschheit, 9

Raumschiff Gnosis (2022) (D) (SF)
Ind. Pub., 7696: 1. Aufl. (TB) (OA)
389 S., ISBN: 979-8-352-17696-2
Serie: Vermächtniskrieg, 1

Rebellion (2022) (D) (SF)
Ind. Pub., 5756: 1. Aufl. (TB) (OA)
370 S., ISBN: 979-8-835-05756-6
Serie: Aufstieg der Menschheit, 7

Showdown (2022) (D) (SF)
Ind. Pub., 5832: 1. Aufl. (TB) (OA)
393 S., ISBN: 979-8-351-85832-6
Serie: Aufstieg der Menschheit, 10

Sturzflug (2022) (D) (SF)
Ind. Pub., 8693: 1. Aufl. (TB) (OA)
373 S., ISBN: 979-8-365-28693-1
Serie: Vermächtniskrieg, 5

Überfall (2022) (D) (SF)
Ind. Pub., 522: 1. Aufl. (TB) (OA)
337 S., ISBN: 979-8-420-20522-8
Serie: Aufstieg der Menschheit, 3

Verfolgung (2022) (D) (SF)
Ind. Pub., 7395: 1. Aufl. (TB) (OA)
385 S., ISBN: 979-8-826-67395-9
Serie: Aufstieg der Menschheit, 5

Verlorene Systeme (2022) (D) (SF)
Ind. Pub., 5838: 1. Aufl. (TB) (OA)
392 S., ISBN: 979-8-357-75838-5
Serie: Vermächtniskrieg, 2

Vernichtung (2022) (D) (SF)
Ind. Pub., 9505: 1. Aufl. (TB) (OA)
374 S., ISBN: 979-8-841-49505-5
Serie: Aufstieg der Menschheit, 8

Verschollen (2022) (D) (SF)
Ind. Pub., 2149: 1. Aufl. (TB) (OA)
371 S., ISBN: 979-8-365-52149-0
Serie: Vermächtniskrieg, 4

Wiedereinnahme (2022) (D) (SF)
Ind. Pub., 186: 1. Aufl. (TB) (OA)
391 S., ISBN: 979-8-369-70186-7
Serie: Vermächtniskrieg, 6

Alfred Wallon
Krakatau stirbt (2022) (D) (SF)
Blitz Nautilus, 4: 1. Aufl. (TB) (OA)
192 S., Serie: Neue Abenteuer der Nautilus, 4

Kurs auf die Kokos-Inseln (2022) (D) (SF)
Blitz Nautilus, 5: 1. Aufl. (TB) (OA)
178 S., Serie: Neue Abenteuer der Nautilus, 5

Die Station unter dem Eis (2022) (D) (SF)
Blitz Nautilus, 6: 1. Aufl. (TB) (OA)
184 S., Serie: Neue Abenteuer der Nautilus, 6

C. V. Walter
Ein Alien-Baby zu Weihnachten (2022) (D) (SF)
The Alien's Christmas Baby (US)
Ind. Pub., 3968: 1. Aufl. (TB) (DE)
80 S., ISBN: 979-8-839-03968-1
Serie: Alienbräute

Country Roads – der Weg zurück (2022) (D)
(SF)
Country Roads (2021) (US)
Ind. Pub., 6392: 1. Aufl. (TB) (DE)
223 S., ISBN: 979-8-804-16392-2
Serie: Alienbräute, 4

Gefesselt – Trina und der Alien-Kapitän (2022)
(D) (SF)
Captivating the Alien Captain (2022) (US)
Ind. Pub., 4027: 1. Aufl. (TB) (DE)
286 S., ISBN: 979-8-357-34027-6
Serie: Alienbräute, 5

Verheiratet mit dem Alien-Prinz (2022) (D) (SF)
Wed to the Alien Prince (2021) (US)
Ind. Pub., 5690: 1. Aufl. (TB) (DE)
267 S., ISBN: 979-8-423-25690-6
Serie: Alienbräute, 3

Wilfried Wambold
Raumschiff SMM32 verschwunden (2022)
(D) (SF)
Waldkirch, 175: 1. Aufl. (TB) (OA)
184 S., ISBN: 978-3-86476-175-1
Serie: UFO-Alarm, 2

Gernold Wandrei
Einmal falsch abgebogen (2022) (D) (SF)
Ind. Pub., 5698: 1. Aufl. (TB) (OA)
140 S., ISBN: 979-8-431-25698-1
Serie: Die Erzlüge, 1

Klaus Wanninger
Schwaben-Zukunft (2022) (D) (SF)
KBV, 632: 1. Aufl. (TB) (OA)
300 S., ISBN: 978-3-95441-632-5
Serie: Kommissar Braig, 1

Dayton Ward
Zeit in Scherben (2022) (D) (SF)
Moments Asunder (US)
Ü: Katrin Aust
Cross Cult Star Trek Coda, 1: 1. Aufl. (TB) (DE)
400 S., ISBN: 978-3-96658-941-3
Serie: Enterprise – Coda, 1

Tom Warschewski
Eine Gesellschaft voller Fremder (2022) (D) (SF)
Libri Books on Demand, 3827 / 8619: 1. Aufl.
(TB/HC) (OA)
478 S., ISBN: 978-3-7568-3827-1 /
978-3-7568-8619-7

Armin Weber
Erstkontakt (2022) (D) (SF)
Ind. Pub., 2296: 1. Aufl. (TB) (OA)
466 S., ISBN: 979-8-440-72296-5
Serie: Der Besucher, 1

Mars (2022) (D) (SF)
Ind. Pub., 7521: 1. Aufl. (TB) (OA)
390 S., ISBN: 979-8-826-17521-7
Serie: Der Besucher, 2

Unendlichkeit (2022) (D) (SF)
Ind. Pub., 5126: 1. Aufl. (TB) (OA)
354 S., ISBN: 979-8-837-65126-7
Serie: Der Besucher, 3

Helena Weber
Für einen Moment (2022) (D) (SF)
Libri Books on Demand, 2228: 1. Aufl. (TB)
(OA)
380 S., ISBN: 978-3-7534-2228-2
Serie: Unendlich, 3

Maxime Weber
Das Gangrän (2022) (D) (SF)
Kremart, 40: 1. Aufl. (TB) (OA)
300 S., ISBN: 978-2-919781-40-9

Jörg Weese
Endstation (2022) (D) (SF)
Ind. Pub., 6170 / 5050: 1. Aufl. (TB/HC) (OA)
52/76 S., ISBN: 979-8-758-96170-4 /
979-8-767-85050-1

Jan Weesmans
Dejahs Geheimnis (2022) (D) (SF)
Libri Books on Demand, 6631: 1. Aufl. (TB)
(OA)
188 S., ISBN: 978-3-7557-6631-5
Serie: Blue Pearl

Jennifer Weimann (mit: Milena Hahn)
Alive: Gebrannte Kinder (2022) (D) (SF)
Mystic, 58: 1. Aufl. (TB) (OA)
348 S., ISBN: 978-3-947721-58-0

Alfred Weinert
Timecrash: Sturz in die Steinzeit (2022) (D) (SF)
Harderstar, 977: 1. Aufl. (TB) (OA)
447 S., ISBN: 978-9083-23-977-4

Hermann Weinhauer
Schicksalsfrage Stalingrad (2022) (D) (AH)
EK-2 Publishing, 262/261: 1. Aufl. (HC/TB) (OA)
195/190 S., ISBN: 978-3-96403-262-1 /
978-3-96403-261-4
Serie: Imperium Germanicum, 1

S. O. Weinmann
Die Mappe aus New Jersey (2022) (D) (SF)
Ind. Pub., 3920: 1. Aufl. (TB) (OA)
247 S., ISBN: 979-8-409-53920-7

John Welante
Gestrandet (2022) (D) (SF)
epubli, 5524: 1. Aufl. (TB) (OA)
464 S., ISBN: 978-3-7549-5524-6
Serie: Tales from Haven, 1

Nils Westerboer
Athos 2643 (2022) (D) (SF)
Klett-Cotta Hobbit-Presse, 98494: 1. Aufl. (PB)
(OA)
431 S., ISBN: 978-3-608-98494-1

Dirk Westphal
Operation Reichskind (2022) (D) (SF)
tradition, 68919: 1. Aufl. (TB) (OA)
509 S., ISBN: 978-3-347-68919-0

Stefan Wetterau
Der Glanz des Rosenkäfers (2022) (D) (SF)
tradition, 67818/67812: 1. Aufl. (HC/TB) (OA)
296/392 S., ISBN: 978-3-347-67818-7 /
978-3-347-67812-5

Ruben Wickenhäuser
Die Hölle der Wega (2022) (D) (SF)
Pabel-Moewig Perry Rhodan Neo, 272: 1. Aufl.
(TB) (OA)
161 S., Serie: Perry Rhodan Neo, 272

Kartell der Pilgerväter (2022) (D) (SF)
Pabel-Moewig Perry Rhodan Neo, 286: 1. Aufl.
(TB) (OA)
161 S., Serie: Perry Rhodan Neo, 286

Kriechende Kälte (2022) (D) (SF)
Pabel-Moewig Perry Rhodan Neo, 275: 1. Aufl.
(TB) (OA)
161 S., Serie: Perry Rhodan Neo, 275

Verrat am Imperium (2022) (D) (SF)
Pabel-Moewig Perry Rhodan Neo, 291: 1. Aufl.
(TB) (OA)
161 S., Serie: Perry Rhodan Neo, 291

Alexander Wiechec
Goethebürger (2022) (D) (SF)
tradition, 56110: 1. Aufl. (TB) (OA)
148 S., ISBN: 978-3-347-56110-6

Dorian Wiedergut
Down Under (2022) (D) (SF)
Ind. Pub., 4573: 1. Aufl. (TB) (OA)
51 S., ISBN: 979-8-361-84573-6

Markus Wiesböck
Pinball World (2022) (D) (SF)
Libri Books on Demand, 8466: 1. Aufl. (HC)
(OA)
460 S., ISBN: 978-3-7568-8466-7

Marcel Willié
Im Schatten der vier Sonnen (2022) (D) (SF)
tradition, 45535/45534: 1. Aufl. (HC/TB) (OA)
272/377 S., ISBN: 978-3-347-45535-1 /
978-3-347-45534-4
Serie: Vondur, 1

Just Wilson
Behind it (2022) (D) (SF)
Re di Roma, 2487: 1. Aufl. (TB) (OA)
590 S., ISBN: 978-3-98527-487-1

Runa Winacht
Die Magie der Ebene (2022) (D) (SF)
Ind. Pub., 5641: 1. Aufl. (TB) (OA)
431 S., ISBN: 979-8-366-65641-2
Serie: Morganas erwählte Kinder, 1

Benjamin Winter
Die Zentaur-Intrige (2022) (D) (SF)
Ind. Pub., 4747: 1. Aufl. (TB) (OA)
240 S., ISBN: 979-8-362-84747-0
Serie: Kepheus-Universum, 1

Fiona Winther
Die Krieger (2022) (D) (SF)
Morawa myMorawa, 708: 1. Aufl. (TB) (OA)
352 S., ISBN: 978-3-99129-708-6
Serie: Zehn Leben, 1

Richard Wissinger
#Urknallkinder (C) (2022) (D) (SF)
Morawa myMorawa, 687: 1. Aufl. (TB) (OA)
198 S., ISBN: 978-3-99129-687-4

Norbert Witte
Provokant (2022) (D) (SF)
Roberto, 6: 1. Aufl. (HC) (OA)
302 S., ISBN: 978-3-9824585-6-4

Urs Wittwer

Verschollen auf dem Weg nach oben (2022)
(D) (SF)
Libri Books on Demand, 8640: 1. Aufl. (TB)
(OA)
160 S., ISBN: 978-3-7557-8640-5

Alanna Wolf

High Rise Isle (2022) (D) (SF)
Piper Wundervoll, 50457: 1. Aufl. (TB) (OA)
396 S., ISBN: 978-3-492-50457-7

Thomas Wolf

Wellentrotz (2022) (D) (SF)
tredition, 64833/64833: 1. Aufl. (TB/HC) (OA)
780/779 S., ISBN: 978-3-347-64833-3 /
978-3-347-64838-8
Serie: Sturmblicke, 2

Marie Wollatz

Der doppelte Patrick (2022) (D) (SF)
Feiyr, 56: 1. Aufl. (TB) (OA)
140 S., ISBN: 978-3-98756-056-9
Serie: Das Zeitreisehaus, 2

Das Geheimnis der Familie Tempus (2022)
(D) (SF)
Feiyr, 303: 1. Aufl. (TB) (OA)
136 S., ISBN: 978-3-98756-303-4
Serie: Das Zeitreisehaus, 1

Anton Wollnik

(mit: Gary G. Aldrin, Jan Gardemann, Jessica
Keppler)
Angriff der Supersoldaten (2022) (D) (SF)
Unitall Ren Dhark Weg ins W., 108: 1. Aufl.
(HC) (OA)
270 S., ISBN: 978-3-95634-185-4
Serie: Ren Dhark – Weg ins Weltall, 108

(mit: Gary G. Aldrin, Alfred Bekker, Nina
Morawietz)
Die Balduren-Ebene (2022) (D) (SF)
Unitall Ren Dhark Weg ins W., 110: 1. Aufl.
(HC) (OA)
270 S., ISBN: 978-3-95634-187-8
Serie: Ren Dhark – Weg ins Weltall, 110

(mit: Hendrik M. Bekker, Jan Gardemann,
Jessica Keppler)
Ein besonderes Geschenk (2022) (D) (SF)
Unitall Ren Dhark Weg ins W., 105: 1. Aufl.
(HC) (OA)
270 S., ISBN: 978-3-95634-182-3
Serie: Ren Dhark – Weg ins Weltall, 105

(mit: Hendrik M. Bekker, Jan Gardemann, Nina
Morawietz)
Flucht von Dafzone (2022) (D) (SF)
Unitall Ren Dhark Weg ins W., 109: 1. Aufl.
(HC) (OA)
270 S., ISBN: 978-3-95634-186-1
Serie: Ren Dhark – Weg ins Weltall, 109

(mit: Gary G. Aldrin, Jan Gardemann, Gabriel
Wiemert)
Die schwarze Statue von Cyrus (2022) (D) (SF)
Unitall Ren Dhark Weg ins W., 112: 1. Aufl.
(HC) (OA)
269 S., ISBN: 978-3-95634-189-2
Serie: Ren Dhark – Weg ins Weltall, 112

(mit: Gary G. Aldrin, Jan Gardemann, Jessica
Keppler)
Verborgen im Eis (2022) (D) (SF)
Unitall Ren Dhark Weg ins W., 106: 1. Aufl.
(HC) (OA)
270 S., ISBN: 978-3-95634-183-0
Serie: Ren Dhark – Weg ins Weltall, 106

(mit: Hendrik M. Bekker, Jessica Keppler, Nina
Morawietz)
Der Zeittorus (2022) (D) (SF)
Unitall Ren Dhark Weg ins W., 107: 1. Aufl.
(HC) (OA)
270 S., ISBN: 978-3-95634-184-7
Serie: Ren Dhark – Weg ins Weltall, 107

(mit: Gary G. Aldrin, Alfred Bekker, Hendrik M.
Bekker)
Zurück nach Nal (2022) (D) (SF)
Unitall Ren Dhark Weg ins W., 111: 1. Aufl.
(HC) (OA)
272 S., ISBN: 978-3-95634-188-5
Serie: Ren Dhark – Weg ins Weltall, 111

Tao Wong

(mit: K. T. Hanna)
Blutskontrakt (2022) (D) (SF)
Bloody Oath (2022) (E)
Ü: Fabian Eberle
Starlit, 5075/5076: 1. Aufl. (TB/HC) (DE)
531 S., ISBN: 978-1-7785-5075-1 /
978-1-7785-5076-8
Serie: System-Apokalypse – Australien, 3

Die entzweiten Sterne (2022) (D) (SF)
Stars Asunder (2020) (E)
Ü: Frank Dietz
Starlit, 5070/5071: 1. Aufl. (TB/HC) (DE)
527 S., ISBN: 978-1-7785-5070-6 /
978-1-7785-5071-3
Serie: System-Apokalypse, 9

(mit: Craig Hamilton)
Eine Faust voller Credits (2022) (D) (SF)
Fist Full of Credits (2021) (E)
Ü: Iwan Gabovitch
Starlit, 5000/5001: 1. Aufl. (TB/GC) (DE)
553/554 S., ISBN: 978-1-7785-5000-3 /
978-1-7785-5001-0
Serie: System-Apokalypse – Gnadenlos, 1

(mit: K. T. Hanna)
So schnell die Füße tragen (2022) (D) (SF)
Flat Out (2022) (E)
Ü: Fabian Eberle
via tolino, 6793/6792: 1. Aufl. (HC/TB) (DE)
624 S., ISBN: 978-3-7546-6793-4 /
978-3-7546-6792-7
Serie: System-Apokalypse – Australien, 2

(mit: K. T. Hanna)
Die Stadt am Ende der Welt (2022) (D) (SF)
Town Under (2021) (E)
Ü: Fabian Eberle
Starlit, 5004/5003: 1. Aufl. (HC/TB) (DE)
548/546 S., ISBN: 978-1-7785-5004-1 /
978-1-7785-5003-4
Serie: System-Apokalypse – Australien, 1

Stern der Rebellen (2022) (D) (SF)
Rebel Star (2019) (E)
Ü: Frank Dietz
via tolino, 6746/6744: 1. Aufl. (HC/TB) (DE)
552 S., ISBN: 978-3-7546-6746-0 /
978-3-7546-6744-6
Serie: System-Apokalypse, 8

Die Sterne erwachen (2022) (D) (SF)
Stars Awoken (2019) (E)
Ü: Frank Dietz
Starlit, 5005/5007: 1. Aufl. (TB/HC) (DE)
377 S., ISBN: 978-1-7785-5005-8 /
978-1-7785-5007-2
Serie: System-Apokalypse, 7

Chris Wraight
Das Helwinter-Tor (2022) (D) (SF)
The Helwinter Gate (E)
Ü: Bent Jensen
Black Library Warhammer & 40000, 596:
1. Aufl. (PB) (DE)
443 S., ISBN: 978-1-78193-596-5
Serie: Warhammer 40000

Kriegsfalke (2022) (D) (SF)
Warhawk (E)
Ü: Stefan Behrenbruch
Black Library Warhammer & 40000, 577:
1. Aufl. (PB) (DE)
ISBN: 978-1-78193-577-4
Serie: Warhammer 40000: Siege of Terra, 6

Valdor – Die Geburt des Imperiums (2022)
(D) (SF)
Valdor: Birth of the Imperium (E)
Ü: Mark Schüpstuhl
Black Library Warhammer & 40000, 275:
1. Aufl. (HC) (DE)
230 S., ISBN: 978-1-78193-586-6
Serie: Warhammer 40000: Horus Heresy –
Cha, 1

William Writer
Das Buch (2022) (D) (SF)
Ind. Pub., 6199/3798: 1. Aufl. (HC/TB) (OA)
542 S., ISBN: 979-8-837-26199-2 /
979-8-834-43798-7

Ming-Yi Wu
Der Mann mit den Facettenaugen (2022) (D)
(SF)
<unbekannt / unknown> (CH)
Ü: Johannes Fiederling
Matthes & Seitz, 69: 1. Aufl. (HC) (DE)
317 S., ISBN: 978-3-7518-0069-3

Patrick Wunsch
Der Künstler und die Assassinin (2022) (D) (SF)
tredition, 64650/64654: 1. Aufl. (TB/HC) (OA)
284 S., ISBN: 978-3-347-64650-6 /
978-3-347-64654-4

Elin Wyn
Aedan – Sternensöldner (2022) (D) (SF)
Played (2020) (US)
Ü: Ivy Winter
Ind. Pub., 8552: 1. Aufl. (TB) (DE)
320 S., ISBN: 979-8-829-28552-4
Serie: Starbreed Alien-Krieger, 8

Connor – Sternensöldner (2022) (D) (SF)
Bonded (2017) (US)
Ü: Ivy Winter
Ind. Pub., 1189: 1. Aufl. (TB) (DE)
288 S., ISBN: 979-8-828-31189-7
Serie: Starbreed Alien-Krieger, 2

Davien – Sternensöldner (2022) (D) (SF)
Given (2017) (US)
Ü: Ivy Winter
Ind. Pub., 505: 1. Aufl. (TB) (DE)
304 S., ISBN: 979-8-828-30505-6
Serie: Starbreed Alien-Krieger, 1

Geir – Sternensöldner (2022) (D) (SF)
Craved (2018) (US)
Ü: Ivy Winter
Ind. Pub., 7542: 1. Aufl. (TB) (DE)
300 S., ISBN: 979-8-829-27542-6
Serie: Starbreed Alien-Krieger, 5

Hakon – Sternensöldner (2022) (D) (SF)
Forged (2020) (US)
Ü: Ivy Winter
Ind. Pub., 9533: 1. Aufl. (TB) (DE)
326 S., ISBN: 979-8-829-29533-2
Serie: Starbreed Alien-Krieger, 10

Lorcan – Sternensöldner (2022) (D) (SF)
Taken (2019) (US)
Ü: Ivy Winter
Ind. Pub., 8391: 1. Aufl. (TB) (DE)
302 S., ISBN: 979-8-829-28391-9
Serie: Starbreed Alien-Krieger, 7

Mack – Sternensöldner (2022) (D) (SF)
Caged (2017) (US)
Ü: Ivy Winter
Ind. Pub., 7054: 1. Aufl. (TB) (DE)
316 S., ISBN: 979-8-829-27054-4
Serie: Starbreed Alien-Krieger, 3

Quinn – Sternensöldner (2022) (D) (SF)
Crossed (2020) (US)
Ü: Ivy Winter
Ind. Pub., 9370: 1. Aufl. (TB) (DE)
318 S., ISBN: 979-8-829-29370-3
Serie: Starbreed Alien-Krieger, 9

Ronan – Sternensöldner (2022) (D) (SF)
Freed (2017) (US)
Ü: Ivy Winter
Ind. Pub., 7247: 1. Aufl. (TB) (DE)
310 S., ISBN: 979-8-829-27247-0
Serie: Starbreed Alien-Krieger, 4

Xander – Sternensöldner (2022) (D) (SF)
Snared (2018) (US)
Ü: Ivy Winter
Ind. Pub., 7954: 1. Aufl. (TB) (DE)
324 S., ISBN: 979-8-829-27954-7
Serie: Starbreed Alien-Krieger, 6

Hanya Yanagihara
Zum Paradies (2022) (D) (SF)
To Paradise (US)
Ü: Stephan Kleiner
Claassen, 10051: 1. Aufl. (HC) (DE)
896 S., ISBN: 978-3-546-10051-9

Jonathan Yanez
Gedeihen (2022) (D) (SF)
Thrive (2014) (US)
Ind. Pub., 4411: 1. Aufl. (TB) (DE)
346 S., ISBN: 979-8-824-84411-5
Serie: Das Pandora-Experiment, 1

(mit: J. R. Castle)
Immer vorwärts (2022) (D) (SF)
Always Forward (2018) (US)
Ind. Pub., 9562: 1. Aufl. (TB) (DE)
526 S., ISBN: 979-8-430-99562-1
Serie: Eine Pforte zur Galaxie, 2

(mit: J. R. Castle)
In die Bresche (2022) (D) (SF)
Into the Breach (2018) (US)
Ind. Pub., 5376: 1. Aufl. (TB) (DE)
518 S., ISBN: 979-8-415-15376-3
Serie: Eine Pforte zur Galaxie, 1

(mit: J. R. Castle)
Mach's oder stirb (2022) (D) (SF)
<unbekannt / unknown> (US)
Ind. Pub., 1510: 1. Aufl. (TB) (DE)
524 S., ISBN: 979-8-446-41510-6
Serie: Eine Pforte zur Galaxie, 3

Überleben (2022) (D) (SF)
Survive (2018) (US)
Ind. Pub., 1272: 1. Aufl. (TB) (DE)
254 S., ISBN: 979-8-839-81272-7
Serie: Das Pandora-Experiment, 2

Hannes Yarek
Kampf um Planet 394 – Galaxis im Feuer
(2022) (D) (SF)
Ind. Pub., 649: 1. Aufl. (TB) (OA)
351 S., ISBN: 979-8-368-20649-3
Serie: Die Senatskriege, 2

H. K. Ysardsson
Wurzeln der Vergangenheit (2022) (D) (SF)
Buchschmiede, 267: 1. Aufl. (TB) (OA)
376 S., ISBN: 978-3-99139-267-5

Silja Zachian
Cikäste: Schattenkrieger (2022) (D) (SF)
Ind. Pub., 1187: 1. Aufl. (TB) (OA)
430 S., ISBN: 979-8-411-61187-8

Crystal: Eiszeit (2022) (D) (SF)
Ind. Pub., 764: 1. Aufl. (TB) (OA)
356 S., ISBN: 979-8-845-90764-6

Skytha: Sumpfkrieger (2022) (D) (SF)
Ind. Pub., 9481: 1. Aufl. (TB) (OA)
398 S., ISBN: 979-8-446-29481-7

C. J. Zandomeni
Aufbruch in eine neue Welt (2022) (D) (SF)
C. J. Zandomeni, 1: 1. Aufl. (TB) (OA)
360 S., ISBN: 978-3-910305-01-4
Serie: Sarah, 1

Petr Zhgulyov
Die Erde retten (2022) (D) (SF)
Defending Earth (2021) (E)
Magic Dome, 958/959: 1. Aufl. (TB/HC) (DE)
531 S., ISBN: 978-80-7619-858-6 /
978-80-7619-859-3
Serie: Im System, 3

Stadt der Goblins (2022) (D) (SF)
City of Goblins (2020) (E)
Magic Dome, 800/799: 1. Aufl. (HC/TB) (DE)
527 S., ISBN: 978-80-7619-700-8 /
978-80-7619-699-5
Serie: Im System, 1

Stadt der Untoten (2022) (D) (SF)
City of the Undead (2021) (E)
Magic Dome, 851/852: 1. Aufl. (TB/HC) (DE)
489 S., ISBN: 978-80-7619-751-0 /
978-80-7619-752-7
Serie: Im System, 2

Andreas Zwengel
Im Tribunal der Häuser (2022) (D) (SF)
Blitz Promet Sternenabent., 5: 1. Aufl. (TB) (OA)
166 S., Serie: Promet – Sternenabenteuer, 5

Der Raub der Moranerin (2022) (D) (SF)
Blitz Promet – Stern, 39: 1. Aufl. (TB) (OA)
148 S., Serie: Promet – Von Stern zu Stern, 39

Transition ons Gestern (2022) (D) (SF)
Blitz Promet – Stern, 40: 1. Aufl. (TB) (OA)
150 S., Serie: Promet – Von Stern zu Stern, 40

Überfall auf Wasp (2022) (D) (SF)
Blitz Promet – Stern, 41: 1. Aufl. (TB) (OA)
152 S., Serie: Promet – Von Stern zu Stern, 41

Die wahnhaften Künstler (2022) (D) (SF)
Blitz Promet Sternenabent., 7: 1. Aufl. (TB) (OA)
180 S., Serie: Promet – Sternenabenteuer, 7

Das Zeitenorakel (2022) (D) (SF)
Blitz Promet Sternenabent., 6: 1. Aufl. (TB) (OA)
166 S., Serie: Promet – Sternenabenteuer, 6

Sekundärliteratur

Anonym
Die Gegner in Star Trek (2022) (D) (SP)
<unbekannt / unknown> (US)
Cross Cult, 2631: 1. Aufl. (TB) (DE)
176 S., ISBN: 978-3-96658-631-3

(Hrsg.)
Meteorit Magazin (2022) (D) (SP)
Blurr Meteorit Magazin: 1. Aufl. (A4) (OA)
Serie: Meteorit Magazin

Karl E. Aulbach
Kaminlektüre (C) (2022) (D) (SP)
EDFC Fantasia, 958/1001/1003: 1. Aufl. (EB)
(OA)
122/74/65 S.
Serie: Fantasia, 958/1001/1003

Stephen Baxter
Die Wissenschaft von Avatar (2022) (D) (SP)
Science of Avatar (E)
Ü: Urban Hofstetter
Heyne, 31399: 1. Aufl. (TB) (DE)
336 S., ISBN: 978-3-453-31399-6

Armand Berger
Tolkien, Europa und die Tradition (2022) (D)
(SP)
Jungeuropa, 19: 1. Aufl. (HC) (OA)
104 S., ISBN: 978-3-948145-19-4

Oliver D. Bidlo (Hrsg.)
Streifzüge durch Tolkiens Welt Mittelerde
(2022) (D) (SP)
Oldib, 94: 1. Aufl. (TB) (OA)
180 S., ISBN: 978-3-939556-94-7

Andreas Bierschenk (mit: Lars Johansen)
Grenzenlos (2022) (D) (SP)
Kompakt, 1: 1. Aufl. (HC) (OA)
152 S., ISBN: 978-3-9824059-1-9

Lisa Marie Bopp
Unnützes Wissen für Potter-Fans 2 (2022) (D)
(SP)
Nucleo, 26: 1. Aufl. (TB) (OA)
183 S., ISBN: 978-3-98561-026-6

Dunja Brötz (Hrsg.)
Menschmaschinen / Maschinenmenschen in
der Literatur (2022) (D) (SP)
Innsbruck University, 87: 1. Aufl. (TB) (OA)
222 S., ISBN: 978-3-99106-087-1

Cinema – Das Kino-Magazin (Hrsg.)
Der Herr der Ringe – Die Chronik (2022) (D)
(SP)
Panini, 4260: 1. Aufl. (HC) (OZ)
200 S., ISBN: 978-3-8332-4260-1
Serie: Der Herr der Ringe

Dietmar Dath
Stephen King (2022) (D) (SP)
Reclam 100 Seiten, 20674: 1. Aufl. (TB) (OA)
100 S., ISBN: 978-3-15-020674-4

Kurt S. Denkena
SF-Notizen 817/820-821/829-838/840/842-
844/848-862 (C) (2022) (D) (SP)
Privatdruck SF-Notizen, 817/820-821/829-
838/840/842-844/848-862: 1. Aufl. (A4) (OA)
Serie: Fanzine: SF-Notizen

Paul Duncan
Das Star Wars-Archiv 1999 – 2005 (2022) (D)
(SP)
The Star Wars Archive 1999 – 2005 (US)
Taschen, 9324: 1. Aufl. (HC) (DE)
512 S., ISBN: 978-3-8365-9324-3

Rainer Eisfeld
Rock'n'Roll und Science Fiction (2022) (D) (SP)
Dieter von Reeken, 162: 2. Aufl. (TB) (OA)
161 S., ISBN: 978-3-945807-62-0

**Torsten Erdbrügger (mit: Joanna Jablkowska,
Inga Probst) (Hrsg.)**
Erosion der sozialen Ordnung (2022) (D) (SP)
Lang, 84965: 1. Aufl. (HC) (OA)
297 S., ISBN: 978-3-631-84965-1

**Thomas Fornet-Ponse (mit: Julian T. M.
Eilmann, Thomas Honegger, Evelyn Koch)
(Hrsg.)**
Hither Shore: Brücken und Grenzen (2022)
(D) (SP)
Oldib Tolkien-Jahrbuch, 17: 1. Aufl. (TB) (OA)
304 S., ISBN: 978-3-939556-93-0
Serie: Jahrbuch Tolkien-Gesellschaft, 2020

Sylvana Freyberg (Hrsg.)
Andromeda Nachrichten 276 – 279 (2022)
(D) (SP)
SFCD Andromeda Nachr., 276 – 279: 1. Aufl.
(A4) (OA)
127/131/138/100 S.
Serie: Andromeda Nachrichten, 276 – 279

R. Gustav Gaisbauer (Hrsg.)
Pioniere der Fantasy – Pioneers of Wonder (2022) (D) (SP)
EDFC Fantasia, 1000: 1. Aufl. (EB) (OA)
319 S.
Serie: Fantasia, 1000

Peter M. Gaschler
Das Phantastik-Filmjahr 2022 1 – 27 (2022) (D) (SP)
EDFC Fantasia, 994/996/998/1002/1004/1006/1008/1010/1012/1014/1016/1018/1020/1022/1024/1026/1028/1030/1032/1036/1038/1040/1042/1044/1046/1048/1050:
1. Aufl. (EB) (OA)
108/90/104/105/77/88/108/104/88/112/119/138/92/152/128/106/103/83/96/127/122/162/156/144/110/176/280 S.
Serie: Fantasia

Achim Hättich
Geheimnisse in dunklen Sphären 16 – 20 (2022) (D) (SP)
EDFC Fantasia, 970/974/988/1015/1043: 1. Aufl. (EB) (OA)
299/317/255/315/547 S.
Serie: Fantasia

Michael Haitel (mit: Jörg E. Weigand) (Hrsg.)
Gespiegelte Fantasie (2022) (D) (SP)
p.machinery AndroSF, 149: 1. Aufl. (TB) (OA)
296 S., ISBN: 978-3-95765-266-9

Tobias Haupts
US-Fantasy 1977 – 1987 (2022) (D) (SP)
De Gruyter, 100037: 1. Aufl. (TB) (OA)
148 S., ISBN: 978-3-11-100037-4

Jörg Helbig (mit: Andreas Rauscher) (Hrsg.)
Zeitreisen in Zelluloid (2022) (D) (SP)
WVT, 967: 1. Aufl. (TB) (OA)
288 S., ISBN: 978-3-86821-967-8

Erich Herbst (Hrsg.)
Ellerts Stammtisch Post 277 – 288 (2022) (D) (SP)
PR Stammtisch Ellert Stammtisch Post, 277 – 288: 1. Aufl. (EP) (OA)
14/8/11/11/12/14/12/11/12/9/9/11 S.
Serie: Fanzine: Ellerts Stammtisch Post

Ellerts Stammtisch Post Info 245 (2022) (D) (SP)
PR Stammtisch Ellert Stammtisch Post Info, 245: 1. Aufl. (EP) (OA)
1 S., Serie: Fanzine: Ellerts Stammtisch P.-Info, 245

Alexandra Juster
Neurezeption und juristische Dystopie (2022) (D) (SP)
Lang, 89197: 1. Aufl. (HC) (OA)
ISBN: 978-3-631-89197-1

Falk-Ingo Klee
Per Schreibmaschine durch die Galaxis (2022) (D) (SP)
Peter Hopf, 436: 1. Aufl. (TB) (OA)
334 S., ISBN: 978-3-86305-336-9

Wolfgang Kosack
Nirgendwo Atlantis? (2022) (D) (SP)
Christoph Brunner, 77: 1. Aufl. (TB) (OA)
77 S., ISBN: 978-3-906206-77-6

Christoph T. M. Krause
The Invaders (Invasion von der Wega) (2022) (D) (SP)
tradition, 7472/7473: 1. Aufl. (TB/HC) (OA)
104 S., ISBN: 978-3-347-57472-4 / 978-3-347-57473-1

Tolkien: Der Archetyp eines sublimierten Homosexuellen, am Beispiel eines Superstars? (2022) (D) (SP)
tradition, 73830/73831: 1. Aufl. (TB/HC) (OA)
700 S., ISBN: 978-3-347-73830-0 / 978-3-347-73831-7

Uwe Lammers
Der Theken-Tunnelblick (2022) (D) (SP)
PR Stammtisch Ellert Stammtisch Post Sond, 16: 1. Aufl. (EP) (OA)
10 S.
Serie: Fanzine: Ellerts Stammtisch Post S., 16

Roland Lehoucq (mit: Loic Mangin, Jean-Sébastien Steyrer) (Hrsg.)
Die Wissenschaft von Mittelerde (2022) (D) (SP)
Tolkien et les sciences (F)
Ü: Andrea Debbou
WBG Theiss, 4514: 1. Aufl. (HC) (DE)
384 S., ISBN: 978-3-8062-4514-1

Lieven L. Litaer
Arbeitsbuch Klingonisch (2022) (D) (SP)
Heel, 1352: 1. Aufl. (TB) (OA)
64 S., ISBN: 978-3-96664-352-8

Philipp Martin
Das Schicksal der Erde (2022) (D) (SP)
Rombach Wissenschaft Nordica, 30: 1. Aufl. (TB) (OA)
227 S., ISBN: 978-3-96821-902-8

Anne-Sophie Moreau (Hrsg.)
Tolkien und sein Mythos (2022) (D) (SP)
Philomagazin Sonderausgabe, 22: 1. Aufl.
(TB) (OA)
126 S., ISBN: 978-3-949621-09-3

Karsten Müller
Chemie und Science Fiction (2022) (D) (SP)
Springer Spektrum, 64384: 1. Aufl. (TB) (OA)
186 S., ISBN: 978-3-662-64384-6

Detlef Münch
Das Beste an der Jagd ist nicht der Schuß. Das
Schönste ist das freie Leben da draußen (2022)
(D) (SP)
Synergen, 188: 1. Aufl. (HC) (OA)
316 S., ISBN: 978-3-946366-88-1

Etwas Besseres, Bequemeres, Billigeres wie
das Fahrrad, wird nie erfunden werden (2022)
(D) (SP)
Synergen, 187: 1. Aufl. (TB) (OA)
144 S., ISBN: 978-3-946366-87-4

Hans Dominik, der Bildner der Technik (2022)
(D) (SP)
Synergen, 263: 1. Aufl. (TB) (OA)
312 S., ISBN: 978-3-910234-63-5

Hans Dominik, der Prophet der Technik (2022)
(D) (SP)
Synergen, 262: 1. Aufl. (TB) (OA)
204 S., ISBN: 978-3-910234-62-8

Johann Joseph Polt, Julius von Voß und
Wilhelm Hauff als Begründer der technischen
Kriegsutopie in der deutschen Literatur 1800 –
1827 (2022) (D) (SP)
Synergen, 159: 1. Aufl. (TB) (OA)
118 S., ISBN: 978-3-946366-59-1

Mit der Tierwelt geht auch die Menschheit
unter (2022) (D) (SP)
Synergen, 186: 1. Aufl. (TB) (OA)
246 S., ISBN: 978-3-946366-86-7

Nachhaltige Zukunft und ökologische Katastrophen (2022) (D) (SP)
Synergen, 156: 1. Aufl. (TB) (OA)
256 S., ISBN: 978-3-946366-56-0

Russland als Gefahr des Weltfriedens in den
militärischen und politischen Antizipationen
der Kriegsutopien von Rudolf Martin 1906 –
1910 (2022) (D) (SP)
Synergen, 261: 1. Aufl. (TB) (OA)
250 S., ISBN: 978-3-910234-61-1

Peter Neumann
Feuerland (2022) (D) (SP)
Siedler, 150: 1. Aufl. (HC) (OA)
304 S., ISBN: 978-3-8275-0150-9

Denis Newiak
Blackout – nichts geht mehr (2022) (D) (SP)
Schüren, 406: 1. Aufl. (TB) (OA)
232 S., ISBN: 978-3-7410-0406-3

Anneliese Ostertag (mit: Tabea Rossol) (Hrsg.)
Akribie und Obsession (2022) (D) (SP)
Spector, 584: 1. Aufl. (TB) (OA)
120 S., ISBN: 978-3-95905-584-0

Alice Sam Parker
Leben auf Pandora: Traditionen, Kultur und
Lebensweise der Na'vi (2022) (D) (SP)
Life in Pandora (US)
Ind. Pub., 5177: 1. Aufl. (TB) (DE)
72 S., ISBN: 979-8-804-05177-9
Serie: Avatar

Jörg Petersen
In einer Galaxie – weit, weit entfernt (2022)
(D) (SP)
Ind. Pub., 7762: 1. Aufl. (TB) (OA)
288 S., ISBN: 979-8-365-47762-9

Charles Platt
Die Weltenschöpfer · Band 2 (2022) (D) (SP)
Dream Makers/Dream Makers Vol. 2 (US)
Memoranda: 1. Aufl. (PB) (DE)
350 S., ISBN: 978-3-948616-66-3

Die Weltenschöpfer · Band 3 (2022) (D) (SP)
Dream Makers Vol. 2 (US)
Memoranda: 1. Aufl. (PB) (DE)
350 S., ISBN: 978-3-948616-74-8

**Kristin Platt (mit: Monika Schmitz-Emans)
(Hrsg.)**
Zukunftsromane der Zwischenkriegszeit
(2022) (D) (SP)
De Gruyter, 77093: 1. Aufl. (HC) (OA)
358 S., ISBN: 978-3-11-077093-3

**Markus Pohlmeyer (mit: Franz Januschek)
(Hrsg.)**
Science Fiction (2022) (D) (SP)
Igel, 1013: 1. Aufl. (TB) (OA)
156 S., ISBN: 978-3-948958-13-8

Thomas Recktenwald (Hrsg.)
SFCD-intern 53 – 56 (2022) (D) (SP)
SFCD SFCD-intern, 53 – 56: 1. Aufl. (RH) (OA)
14/15/7/19 S.

Franz Rottensteiner (Hrsg.)
Quarber Merkur 122 – 123 (2022) (D) (SP)
Lindenstruth Quarber Merkur, 122 – 123:
1. Aufl. (TB) (OA)
287/263 S., ISBN: 978-3-934273-12-2 /
978-3-934273-13-9
Serie: Quarber Merkur, 122 / 123

Konstantin T. Salmann
Gravitation (2022) (D) (SP)
RGS, 44: 1. Aufl. (TB) (OA)
93 S., ISBN: 978-3-948189-44-0

Rüdiger Schäfer
Die Welt von Perry Rhodan Neo (2022) (D) (SP)
Pabel-Moewig: 1. Aufl. (EP) (OA)
9 S.
Serie: Perry Rhodan Neo

Thomas Schölderle
Auf der Suche nach dem Nirgendwo (2022)
(D) (SP)
Campus, 1526: 1. Aufl. (TB) (OA)
302 S., ISBN: 978-3-59351-526-7

Franz Schröpf (Hrsg.)
Aus der phantastischen Welt der Literatur
(2022) (D) (SP)
EDFC Fantasia, 954/955/957(959/961/963/965/
967/969/971/973/975/977/979/981/983/985/
987/989/991/993/995/997/999/1005/1007/
1009/1011/1013/1019/1021/1023/1025/1027/
1029/1031/1033/1035/1037/1039/1041/1045/
1049/1051/1053/1055: 1. Aufl. (EB) (OA)
Serie: Fantasia

Christian Schwochert
Dystopische Romane – Eine Analyse (2022)
(D) (SP)
tredition, 63190: 1. Aufl. (TB) (OA)
132 S., ISBN: 978-3-347-63190-8

Stefan Selke
Wunschland (2022) (D) (SP)
Ullstein Hardcover, 5067: 1. Aufl. (HC) (OA)
528 S., ISBN: 978-3-550-05067-1

Stefan Servos
Unnützes Wissen für Tolkien-Fans (2022) (D)
(SP)
Riva, 2139: 1. Aufl. (TB) (OA)
192 S., ISBN: 978-3-7423-2139-8

Kris M. Smith
DeForest Kelley – Ganz nah und persönlich
(2022) (D) (SP)
DeForest Kelley – Close Up and Personal
(2015) (US)
Ü: Thorsten Walch
In Farbe und Bunt, 441: 1. Aufl. (TB) (DE)
450 S., ISBN: 978-3-95936-341-9

Peter Soukup (Hrsg.)
Blätter für Volksliteratur 2022 1 – 4 (2022)
(D) (SP)
Freunde Volkslit. Blätter, 202201 – 202204:
1. Aufl. (RH) (OA)

Dierk Spreen (mit: Bernd Flessner) (Hrsg.)
Die Raumfahrt der Gesellschaft (2022) (D) (SP)
transcript, 5762: 1. Aufl. (TB) (OA)
310 S., ISBN: 978-3-8376-5762-3

Klaus Stähle
Rechtsfragen beim Kontakt mit Extraterrestri-
schen (2022) (D) (SP)
Berliner Wiss.-Vlg., 5514: 1. Aufl. (TB) (OA)
186 S., ISBN: 978-3-8305-5514-8

**Isabelle Stauffer (mit: Corinna Dziudzia,
Sebastian Tatzel) (Hrsg.)**
Utopien und Dystopien (2022) (D) (SP)
Aisthesis, 1542: 1. Aufl. (TB) (OA)
160 S., ISBN: 978-3-8498-1542-4

Angela und Karlheinz Steinmüller
Erkundungen (C) (2022) (D) (SP)
Memoranda: 1. Aufl. (PB) (OA)
249 S., ISBN: 978-3-948616-70-0

Philipp Theisohn
Einführung in die außerirdische Literatur
(2022) (D) (SP)
Matthes & Seitz, 383: 1. Aufl. (HC) (OA)
495 S., ISBN: 978-3-7518-0383-0

Iain S. Thomas (mit: GPT-3, Jasmine Wang)
Was euch zu Menschen macht (2022) (D) (SP)
What Makes Us Human (US)
Ü: Judith Elze
Diederichs, 35125: 1. Aufl. (HC) (DE)
208 S., ISBN: 978-3-424-35125-5

**Alexandra Trinley (mit: Alexander Kaiser)
(Hrsg.)**
60 Jahre Perry Rhodan: Das Tribut-Projekt
(2022) (D) (SP)
PR Fanzentrale: 1. Aufl. (TB) (OA)
504 S.

Yvonne Tunnat

Was die Zukunft bietet (C) (2022) (D) (SP)
EDFC Fantasia, 1052: 1. Aufl. (EB) (OA)
124 S.
Serie: Fantasia, 1052

Klaus-Michael Vent

Gehört und gelesen (C) (2022) (D) (SP)
EDFC Fantasia, 964/990/992/1017/1034/
1047/1054: 1. Aufl. (EB) (OA)
111/62/57/92/95/88/102 S.
Serie: Fantasia

John Walsh

Die Klapperschlange – Escape From New York
(2022) (D) (SP)
<unbekannt / unknown> (US)
Ü: Thorsten Walch
Cross Cult, 2883: 1. Aufl. (HC) (DE)
160 S., ISBN: 978-3-96658-883-6

Jörg E. Weigand

Autoren der fantastischen Literatur (2022)
(D) (SP)
p.machinery AndroSF, 153: 1. Aufl. (TB) (OA)
232 S., ISBN: 978-3-95765-290-4

Katrin Weil (mit: Janina Zimmer) (Hrsg.)

Perry Rhodan – Willkommen in Deinem
Kopfkino (2022) (D) (SP)
Pabel-Moewig: 1. Aufl. (EP) (OA)
2 S., Serie: Perry Rhodan

Monika Wolting (Hrsg.)

Utopische und dystopische Weltentwürfe
(2022) (D) (SP)
V & R unipress, 1417: 1. Aufl. (HC) (OA)
326 S., ISBN: 978-3-8471-1417-8

Melanie Wylutzki und Hardy Kettlitz (Hrsg.)

Das Science Fiction Jahr 2022 (2022) (D) (SP)
Hirnkost, 269: 1. Aufl. (TB) (OA)
565 S., ISBN: 978-3-949452-69-7

AUTOR*INNEN UND MITARBEITER*INNEN

S. Beneš | benSwerk gestaltet und illustriert Buchcover in den Bereichen Science Fiction, Phantastik und Weird Fiction. www.benswerk.com

Wolfgang Both (*1950) ist promovierter Informationstechniker und lebt in Berlin. Früh entdeckte er die Science Fiction, ist seit 1973 im Fandom aktiv und hat Sachbücher sowie Aufsätze zum Thema verfasst. Seine Geschichte linker Utopien *Rote Blaupausen* wurde 2008 mit dem Kurd Laßwitz Preis geehrt. 2021 erschien eine erweiterte Neuausgabe bei Memoranda. Seit mehr als zehn Jahren befasst er sich auch mit der frühen Raumfahrtgeschichte und hat gerade das Buch *Kulturaufgabe Weltraumschiff - Die Geschichte des Vereins für Raumschiffahrt* (2020) veröffentlicht. Für den Ausstellungsteil »SF in der DDR« im Rahmen von »Leseland DDR« erhielt er in diesem Jahr den Kurd Laßwitz Preis.

Hans Esselborn lehrte seit 1987 Neuere Deutsche Literaturwissenschaft an der Universität Köln, Institut für deutsche Sprache und Literatur I, 2008–2011 an der Jagiellonen-Universität Krakau; war Gastprofessor in Lawrence (Kansas), Nancy, Paris und Lyon. Spezialgebiete: Aufklärung und Jean Paul, Klassische Moderne: Expressionismus und Weimarer Republik, Literatur und Film, Interkulturelle Aspekte, Literatur und Naturwissenschaft bzw. Technik (Science Fiction). Autor von *Georg Trakl. Die Krise der Erlebnislyrik* (Köln/Wien 1981), *Das Universum der Bilder. Die Naturwissenschaft in den Schriften Jean Pauls* (Tübingen 1989), *Die Erfindung der Zukunft in der Literatur* (2. Aufl., Würzburg 2019). Herausgeber von *Utopie, Antiutopie und Science Fiction im deutschsprachigen Roman des 20. Jahrhunderts* (Würzburg 2003), *Ordnung und Kontingenz. Das kybernetische Modell in den Künsten* (Würzburg 2009) und der Science-Fiction-Werkausgabe von Herbert W. Franke (Murnau seit 2014).

Christian Endres arbeitet als Redakteur für den TAGESSPIEGEL, TIP BERLIN, GEEK!, PHANTASTISCH!, Panini Comics und diezukunft.de. Seine SF-Geschichten werden u. a. in C'T – MAGAZIN FÜR COMPUTERTECHNIK, SPEKTRUM DER WISSENSCHAFT und

EXODUS veröffentlicht. Für seine Arbeit wurde er mit dem Deutschen Phantastik Preis und dem Kurd Laßwitz Preis ausgezeichnet – 2023 gewann seine SF-Erzählung »Die Straße der Bienen« beim Literaturwettbewerb Klimazukünfte2050 überdies einen der Hauptpreise. Zuletzt erschien sein Fantasy-Roman *Die Prinzessinnen: Fünf gegen die Finsternis* bei Cross Cult. www.christianendres.de und @MisterEndres

Hans Frey (geb. 24.12.1949), Germanist, Sozialwissenschaftler, Lehrer, Ex-NRW-Landtagsabgeordneter (1980–2005), Vorsitzender des Weiterbildungsträgers aktuelles forum e. V., Autor und Publizist. Der Gelsenkirchener schreibt SF-Sachbücher, Monografien und Essays für SF-Magazine. Sein zentrales Projekt ist eine Literaturgeschichte der deutschsprachigen Science Fiction. Bislang sind im Memoranda Verlag vier Bücher der Reihe erschienen. 2020 wurde Frey für die ersten beiden Bände mit dem Kurd Laßwitz Preis ausgezeichnet. Er ist Herausgeber der im Hirnkost Verlag erscheinenden Reihe **WIEDERENTDECKTE SCHÄTZE DER DEUTSCHSPRACHIGEN SF**. Zusammen mit anderen rief er das Projekt »Zeitenwende – Kongress der Utopien« ins Leben. Die Idee: Ein öffentlicher Diskurs soll mit der Kraft der Utopie dem aktuellen Problemdruck humane Zukunftsperspektiven entgegensetzen. Kontakt: hans-ruhrgebiet@gmx.de

Lutz Göllner (*1961) gehört einer tragischen Generation an: zu jung, um zum Mond zu fliegen, zu dick, um Astronaut auf der ISS zu werden, zu alt, um noch den Mars zu erobern. Daher wurde er freier Journalist und schrieb viele Jahre für alle, die ihn bezahlt haben. Ab 2002 war er Redakteur beim Berliner Stadtmagazin **ZITTY**, wo er hauptsächlich über Kulturthemen (Literatur, Film und Fernsehen) schrieb. Nebenbei hat er u. a. die Comicserien **BERLIN**, **BONE** und **SIN CITY** übersetzt und redaktionell betreut. Göllner ist verheiratet, hat zwei erwachsene Kinder, mag Hunde und schmutzt nicht.

Johannes Hahn, 1985 in Thüringen geboren und am Niederrhein aufgewachsen, lebt und arbeitet in Berlin. Dort berät er Jugendliche über ihre Arbeits- und Bildungszukunft. Für **DAS SCIENCE FICTION JAHR** bespricht er, wie die Zukunft in Videospielen aussieht. In seinem Mehr-Spieler-Podcast (über robots-and-dragons.de) geht es ebenfalls um Videospiele. Daneben übersetzt er Pen-and-Paper-Rollenspielabenteuer, unter anderem für den Verlag System Matters. Erreichen kann man ihn zum Beispiel über @MaxwellMoebius @rollenspiel.social

Thorsten Hanisch, M.A., Literaturwissenschaftler, Redakteur und Autor in den Bereichen Film und Comic. Tätig für diverse Zeitschriften und Comic-Verlage. Produziert darüber hinaus Bonusmaterialien (Booklettexte, Videoessays und Audiokommentare) für Blu-ray- und DVD-Editionen der unterschiedlichsten Filme. Mehr unter: http://www.thorsten-hanisch.de

Christian Hoffmann (*1966) lebt in München. Er ist der Autor mehrerer Kurzgeschichten sowie zahlreicher Rezensionen und Artikel, die u. a. in **ALIEN**

CONTACT, NOVA, PANDORA, PHANTASTISCH!, im QUARBER MERKUR und in DAS SCI-ENCE FICTION JAHR veröffentlicht wurden. Im Shayol Verlag erschien 2012 sein Sachbuch *Phantastische Literatur aus Afrika*, welches u. a. dazu führte, dass er 2019 als Special Guest zur dänischen Fantasticon nach Kopenhagen eingeladen wurde. Hoffmann verfasste zudem für die Reihe SF PERSONALITY Monografien über John Sladek, Fritz Leiber, Robert Sheckley und Harry Harrison (die drei Letzteren gemeinsam mit Hardy Kettlitz). Er ist Mitherausgeber des SF-Magazins !TIME MACHINE im Wurdack Verlag.

Matthias Hofmann, geboren 1967 in Lörrach, schreibt für Internetportale und diverse Magazine Artikel und Rezensionen über Comics, Kunst und Bücher sowie die Menschen, die sie erschaffen. Sein erstes SF-Fanzine publizierte er 1982 mit 15 Jahren. Viele weitere sollten in den 1980er- und 1990er-Jahren folgen. Er betreut den Branchenbeobachter COMIC REPORT und ist seit Gründung Mitherausgeber des führenden Comicfachmagazins ALFONZ – DER COMICREPORTER, ebenso von der Sekundärbuchreihe TEXTE ZUR GRAPHISCHEN LITERATUR und dem Premiummagazin CAMP.

Dominik Irtenkauf (*1979), Studium der Philosophie, freier Autor und Journalist, u. a. für RAUMFAHRT CONCRET, TELEPOLIS, ZUKUNFT (A) und PHANTASTISCH!. Lange als Musikjournalist für verschiedene Medien tätig. Eigenes Fanzine von 1995 bis 2000. Lebt in Berlin. Mitorganisator der MetropolCon Berlin im Mai 2023. Leitet zudem eine Arbeitsgruppe »Near Future Narrative« zum Thema Science Fiction und Raumfahrt bei der Space Renaissance International Organisation. Macht mit Hardy Kettlitz den MEMORANDA SCIENCE FICTION PODCAST. Zunehmend literarische Texte. www.anthropop.de

Kai Ulrich Jürgens wurde 1966 geboren, ist promovierter Literaturwissenschaftler und arbeitet freiberuflich als Publizist, Lektor und Dozent in Kiel. Er veröffentlicht regelmäßig Beiträge im SCIENCE FICTION JAHR und gehört zum Team des Carcosa Verlags. Aktuelle Publikation: »›Als sich ins Blau und Weiß des Tages abends blutigrotes Endlicht mischte‹ Tobias O. Meißner und sein Debütroman *Starfish Rules* (1997)« in dem von David Röhe herausgegebenem Arbeitsbuch *Tobias O. Meißner. Aufsätze und Materialien* (Berlin 2022).

Peter Kempin, geboren 1943 in Berlin, lebt ebendort. Studium der Elektrotechnik und Soziologie. Tätigkeit in der Weiterbildung. Mitautor der Bücher *Maschinen-Menschen Mensch-Maschinen. Grundrisse einer sozialen Beziehung*, Reinbek 1983, und *Identität, Geist und Maschine. Auf dem Weg zur technologischen Zivilisation*, Reinbek 1989.

Hardy Kettlitz (*1966) war Mitbegründer und Mitarbeiter des SF-Magazins ALIEN CONTACT, das er 15 Jahre lang als Chefredakteur verantwortete. Seit 1994 gibt er die Buchreihe SF PERSONALITY heraus (bisher 28 Bände), für die er (z. T. mit

Christian Hoffmann und anderen) über ein Dutzend Ausgaben verfasste. Er war Kollektivist des Shayol Verlags und arbeitete ein Jahrzehnt intensiv beim Golkonda Verlag mit, wo er seit 2015 die Buchreihe **MEMORANDA** herausgab. Anfang 2020 gründete Kettlitz den Memoranda Verlag, www.memoranda.eu. Seit 2019 ist er gemeinsam mit Melanie Wylutzki Herausgeber von **DAS SCIENCE FICTION JAHR**. Zuletzt erschienen seine Sachbuch-Trilogie *Die Hugo Awards* sowie die Monografien *Ray Bradbury – Poet des Raketenzeitalters* und *Isaac Asimov – Schöpfer der Foundation*. Außerdem sorgt er beim Festa Verlag dafür, dass aus Manuskripten Bücher werden. Er wurde für seine Arbeit bisher fünfmal mit dem Kurd Laßwitz Preis ausgezeichnet.

Udo Klotz hat 1962 in Alzenau im Norden Bayerns das Licht der Welt erblickt. Mit 13 Jahren entdeckte er die Science-Fiction-Literatur, mit 17 das Science-Fiction-Fandom, und mit 19 schrieb er die ersten Beiträge für Magazine und Lexika. Er war Mitherausgeber von **DER GOLEM**, einem Jahrbuch zur phantastischen Literatur, und des **SHAYOL JAHRBUCH ZUR SCIENCE FICTION**. 1991 übernahm er die Treuhänderschaft des Kurd Laßwitz Preises, eines Literaturpreises zur deutschsprachigen Science Fiction, und seit 2017 ist er einer der Herausgeber des Fan-Magazins **!TIME MACHINE**. Er lebt mit seiner Frau in München, wo er als Produktmanager in der Telekommunikationsbranche arbeitete.

Heike Lindhold: Heike Behnke ist wissenschaftliche Mitarbeiterin an der Christian-Albrechts-Universität zu Kiel sowie freie Autorin und Kritikerin. Sie studierte Philosophie, Anglistik und Gegenwartsliteratur in Kiel und Paris. Seit 2017 rezensiert sie unter dem Namen Heike Lindhold Science-Fiction- und Fantasyromane beim Onlinemagazin **TEILZEITHELDEN**, für das sie auch in der Jury der Phantastik-Bestenliste sitzt. Ihre Schwerpunkte sind philosophische Anthropologie, feministische Philosophie und Science Fiction als Kulturtechnik.

Nelo Locke (geboren 1982 in Frankfurt/Oder) lebt in der Zukunft und nutzt schon jetzt das geschlechtsneutrale Pronomen ›ens‹. Nelo sammelt leidenschaftlich Bücher und Informationen, schreibt Rezensionen sowie phantastische Geschichten und bloggt von Berlin aus auf phantastisches-sammelsurium.de mit einem Schwerpunkt auf Science Fiction und Horror von feministischen und queeren Autor*innen. Im Studium Historikerens mit Schwerpunkt auf DDR-Geschichte, macht ens im beruflichen Leben gewerkschaftliche Bildungsarbeit aktuell mit Schwerpunkt digitale Umsetzung von Bildung.

Ralf Lorenz, 1960 in Kleinmachnow geboren, seit 1980 in Berlin lebend. Im Brotberuf ist er als kaufmännischer Angestellter in der Wohnungswirtschaft tätig. Sein Einstieg in die Science Fiction erfolgte über frühe Lektüre von Jules Vernes Büchern. Befeuert durch die erste Mondlandung 1969 wuchs sein Interesse an Weltraum-Themen und Geschichten aus der Zukunft. Als Teenager faszinierten ihn die vielen Spielarten des Genres, die er durch das Sehen von einschlägigen

TV-Serien und Filmen kennenlernen durfte. Ist vor einiger Zeit zu der Erkenntnis gekommen, dass die Realität dabei ist, die SF zu überholen. Was ihm aber nicht den Spaß am Lesen und Rezensieren von gut erzählter SF-Prosa genommen hat.

Wenzel Mehnert ist Zukunftsforscher und beschäftigt sich mit den Imaginären neuer und aufkommender Technologien. Er forscht, schreibt und lehrt experimentelle Methoden der Zukunftsforschung. In seiner Arbeit konzentriert sich Wenzel Mehnert auf die Schnittstelle zwischen spekulativen Fiktionen und der Bewertung von neuen und aufkommenden Wissenschaften und Technologien (z.B. K. I., Quanten-Technologie, Neurotech etc.). Er arbeitete bis 2022 als wissenschaftlicher Mitarbeiter an der Universität der Künste Berlin, ist Mitbegründer des Berlin Ethics Lab an der Technischen Universität Berlin und lebt derzeit in Wien, wo er am Austrian Institute of Technology in der Forschungsgruppe Societal Futures tätig ist.

Markus Mäurer: Der ehemalige Sozialpädagoge und Absolvent der Nord- und Lateinamerikastudien an der FU Berlin, der seit seiner Kindheit zwischen hohen Bücherstapeln vergraben den Kopf in fremde Welten steckt, ist Redakteur bei Tor Online, wo er regelmäßig Artikel veröffentlicht, und arbeitet seit einigen Jahren als Übersetzer phantastischer Literatur.

Wolfgang Neuhaus, geboren 1961 in Dortmund, lebt in Berlin. Er ist seit Längerem Mitarbeiter beim **SCIENCE FICTION JAHR**. Eine Sammlung seiner Essays fürs Jahrbuch ist 2018 unter dem Titel *Die Überschreitung der Gegenwart* bei Memoranda erschienen.

Uwe Neuhold lebt als Unternehmer, bildender Künstler und Schriftsteller in Salzburg. 2003 gründete er die VERDANDI GmbH, mit der er internationale Ausstellungen und Museen zu natur- und geisteswissenschaftlichen Themen gestaltet. Aus den fachlichen Unterlagen und Kontakten im Zusammenhang mit dieser Arbeit speisen sich auch seine Essays, Drehbücher und Kurzgeschichten. Für seine Texte erhielt er u. a. den Leonardo-da-Vinci-Preis von IBM, den Carl-Mayer-Drehbuchpreis des ORF, den Limburger Buchpreis für Romane, den Villacher Literaturpreis und den Stephen-King-Preis des Senders ARTE für Kurzgeschichten sowie den Preis des Radiosenders Ö1 für Essays.

Christian Pree lebt in Wien, beschäftigt sich als Leser und Sammler seit vielen Jahren mit SF und legt Wert auf Privatsphäre.

Florian Rinke arbeitete als Journalist und Redakteur für verschiedene Zeitschriften und Unternehmen. Seine Leidenschaft für fantastische Filme, Comics, Bücher und vor allem Hörspiele lebt er in seinen Beiträgen für die Internetseite *Robots & Dragons* aus. Dort schreibt er kurze Meldungen und längere Artikel zu unterschiedlichen Fantasy-, Horror- und Science-Fiction-Themen. Sein

Schwerpunkt liegt aber dort im Bereich Hörspiel. Neben Kritiken von fantastischen Hörspielen verfasst er Sendehinweise zu Genrehörspielen im öffentlich-rechtlichen Rundfunk. Seine Leidenschaft für Hörspiele begann, wie bei vielen Kassettenkindern der 80er-Jahre mit **DIE DREI ???** sowie mit der Science-Fiction-Serie **JAN TENNER**. Heute hört er gerne klassische Science-Fiction-Hörspiele und immer wieder alte Folgen seiner damaligen Lieblingsserien, freut sich aber auch sehr über jede gut inszenierte moderne Genregeschichte, die in den Mediatheken der Radiosender und in den Regalen der Läden zu finden ist.

Hermann Ritter studierte Sozialarbeit, dann Geschichte und Politik. Das Studium der Sozialarbeit hat er mit einer Diplomarbeit über Fantasy-Rollenspiele abgeschlossen, mit einem Magister über Alternative Welten sein Studium der Geschichte und Politik. Nach mehrjähriger Tätigkeit im Spieleverkauf und für einen amerikanischen Spielehersteller wechselte er 1999 in sein erlerntes Fach und ist seitdem als Sozialarbeiter tätig. Aktuell arbeitet er als Geschäftsführer. Er lebt mit seiner Frau in Herford. Hermann Ritter ist schon seit über 40 Jahren im Fandom sehr aktiv. Mehrere Male war Hermann Ritter der Vorsitzende der Perry Rhodan Fan-Zentrale. Des Weiteren war er einer der Herausgeber des Fantasy-Jahrbuchs **MAGIRA** des FC e. V. Er veröffentlichte unter anderem für **BATTLETECH** und **PERRY RHODAN**. Er schreibt und liest weiterhin »virulent«.

Jol Rosenberg landete 1976 auf der Erde und suchte im Außen nach lebbaren Utopien. Später wandte sich Jol innerem Wachstum zu, wurde Psychotherapeutx und begleitet reale Menschen auf der Suche nach individuell lebbaren Wegen. Am heimischen Schreibtisch folgt Jol fiktiven Menschen in phantastische Welten, die einen Hauch Utopie in sich tragen. Jol bloggt auf www.jol-rosenberg.de mit dem Schwerpunkt Science Fiction. Dort findet sich auch die Liste aktueller Veröffentlichungen. Kurzgeschichten erschienen in Anthologien und Zeitschriften. Jols Romandebüt *Das Geflecht. An der Grenze* erschien 2022 und wurde für den Kurd Laßwitz Preis und den Deutschen Science-Fiction-Preis nominiert. Im Herbst 2023 erscheint bei Plan9 die Dilogie *Etomi*.

Maurice Schuhmann, Jg. 1978, ist promovierter Politikwissenschaftler und praktischer Philosoph. Momentan lebt er – nach einem mehrjährigen Frankreichaufenthalt – wieder in Berlin. Er unterrichtet als Lehrbeauftragter an unterschiedlichen Hochschulen und Einrichtungen der Erwachsenenbildung. Sein Zugang zur Science Fiction ist vor allem durch sein Interesse am utopischen Denken geprägt. Zuletzt erschien von ihm ein Beitrag über die Dystopien des Marquis de Sade in dem von Peter Seyferth herausgegebenen Sammelband *Dystopie und Staat* (Nomos Verlag 2023). Mehr Informationen: www.maurice-schuhmann.de

Erik Simon wohnt seit 1950 in Dresden. Er ist Diplomphysiker und war SF-Lektor im DDR-Verlag Das Neue Berlin. Auf dem Gebiet von SF und Fantasy ist er als Übersetzer, Herausgeber, Autor, Essayist und Rezensent hervorgetreten und hat einschlägige deutsche und internationale Preise gewonnen. 2023 erschienen die von ihm herausgegebene internationale Anthologie *Zeitgestrüpp* und mit *Zeitmaschinen, Spiegelwelten* die Neuausgabe von Band 4 seiner Werkausgabe SIMON'S FICTION; im Zentrum beider Bücher steht alternativ- und kryptohistorische SF.

Simon Spiegel ist Privatdozent und Senior Researcher am Seminar für Filmwissenschaft der Universität Zürich sowie Chefredakteur der ZEITSCHRIFT FÜR FANTASTIKFORSCHUNG. 2007 ist *Die Konstitution des Wunderbaren*, sein Grundlagenwerk zum SF-Film, erschienen, 2019 folgte *Bilder einer besseren Welt* zu utopischen Entwürfen im Dokumentar- und Propagandafilm (beide bei Schüren, beide als Open Access erhältlich); derzeit sind zwei Publikationen zum Thema Spoiler in Vorbereitung. Spiegel schreibt regelmäßig für diverse Publikationen über Film, viele seiner Texte sind auf simifilm.ch und utopia2016.ch erhältlich. Er lebt mit Frau und zwei Söhnen in Zürich.

Guido Sprenger ist Professor für Ethnologie an der Universität Heidelberg. Seit dem Jahr 2000 forscht er im Hochland von Laos zu ethnischen Minderheiten. Seine Forschungsinteressen umfassen Ritual, Austausch, Animismus, Mensch-Umwelt-Beziehungen und ethnische Identität.

Karlheinz Steinmüller, Jahrgang 1950, Diplomphysiker und promovierter Philosoph, interessiert sich sowohl als SF-Autor als auch als Zukunftsforscher für die ferne Zukunft der Menschheit. In den 1980er-Jahren gemeinsam mit seiner Frau Angela Steinmüller durch SF-Romane und -Erzählungen bekannt geworden, berät er seit 1991 Unternehmen und Regierungsstellen in Zukunftsfragen.

Frank Christian Stoffel (*1969) ist Musikwissenschaftler, freischaffender Musiker, Netlabel-Betreiber, Blogger, Programmierer, Hausmann und nicht zuletzt auch Podcaster. Unter schriftsonar.de veröffentlicht er in unregelmäßigen Abständen einen Podcast zu SF und Ähnlichem. Er lebt in Köln.

Markus Tillmann ist promovierter Literaturwissenschaftler; seine Lesesozialisation erfolgte in jungen Jahren fast ausschließlich über die Lektüre von Science-Fiction-Literatur, was bis heute noch schwerwiegende Folgen zeitigt. Zurzeit gestaltet Markus Tillmann als wissenschaftlicher Mitarbeiter an der Ruhr-Universität Bochum das Lehr- und Forschungsprojekt »Climate Fiction. Narrative Szenarien des Klimawandels in der Literatur«. Das Projekt dient primär dazu, die u. a. in der Science-Fiction-Literatur aufscheinenden Klimawandel-Diskurse mit Wissenschaftlerinnen und Wissenschaftlern aus verschiedenen Fachdisziplinen (z. B. Klimaforschung, Zukunftsforschung, Soziologie, Kultur- und Medienwissenschaft etc.) zu diskutieren, um eine produktive und interdisziplinäre Auseinandersetzung über die gesellschaftliche Relevanz von Science-Fiction-Literatur zu initiieren. Weitere Forschungsschwerpunkte: Technikzukünfte in der deutschsprachigen SF-Literatur, Theorien der Immersion, Schreibweisen deutsch-sprachiger Gegenwartsliteratur.

Yvonne Tunnat (geboren 1978 in Sögel/Emsland) hat einen Blog mit Schwer-punkt SF unter rezensionsnerdista.de und einen Podcast unter literatunnat.de. Seit 2021 veröffentlicht sie auch selbst phantastische Kurzgeschichten u. a. in EXODUS und in WELTENPORTAL, oder auch Essays, wie in !TIME MACHINE. Beruflich ist sie Bibliothekswissenschaftlerin in der ZBW am Standort Kiel.

Judith C. Vogt schreibt, meist mit Christian Vogt zusammen, Fantasy- und Sci-ence-Fiction-Romane. Ihre neusten Romane sind *Anarchie Déco*, in dem im Berlin der 1920er-Jahre die Magie entdeckt wird und eine ungeahnte Wendung für die politischen Geschehnisse dieser Zeit bringt, *Schildmaid – Das Lied der Skaldin*, ein feministisches Roadmovie über weibliche Erfahrungen, patriarchale Gewalt und eine widerständige Gemeinschaft mit zwanzig Frauen auf einem Langboot, und *Laylayland*, Hopepunk und Climate Fiction in einem postapokalyptischen Europa. Sie schreibt außerdem Hörspiele, Rollenspiele und Sachtexte rund ums Genre, übersetzt aus dem Englischen und lektoriert. Mit Lena Richter hostet sie den GEN-DERSWAPPED PODCAST, in dem Rollenspiel und Phantastik aus feministischer Per-spektive betrachtet werden, und gibt das halbjährlich erscheinende queerfeminis-tische Science-Fiction- und Fantasy-Kurzgeschichtenzine QUEER*WELTEN heraus. www.jcvogt.de

Michael Wehren studierte Theaterwissenschaft und Philosophie. Künstlerische Arbeiten an den Schnittstellen von Performance, Medienkunst und Theater als Regisseur, Dramaturg und Autor. Forschung sowie zahlreiche Veröffent-lichungen insbesondere zu der Aktualität der Brecht'schen Lehrstücke, Körper-politiken, intersektionalen Perspektiven auf Klassismus in den Künsten, dem transmedialen und transgenerationalem Nachleben der Shoah sowie Theorien des Dritten. Schreibt (SF), arbeitet und lebt in Berlin.

Gary Westfahl, jetzt emeritierter Professor an der Universität von La Verne, hat einunddreißig Bücher geschrieben, herausgegeben oder mit herausgegeben, alle bis auf eines über Science Fiction und Fantasy, sowie zahlreiche Artikel und Rezensionen für Fachzeitschriften, Magazine und Websites verfasst.

Melanie Wylutzki hat während ihres Anglistik-Studiums die Phantastik für sich entdeckt, hat einmal die gesamte Scheibenwelt bereist, die Welt auf diverse Arten untergehen sehen und unterschiedlichste Galaxien erkundet. Nach Stationen in verschiedenen Literaturagenturen und Verlagen wie Fischer Tor und Golkonda ist sie nun im Hirnkost Verlag tätig. Sie fühlt sich sehr geehrt, seit 2019 DAS SCIENCE FICTION JAHR gemeinsam mit Hardy Kettlitz herausgeben zu dürfen.